Wicked VIRGIN WHISPERER

HOLLY CLARKSON

DIE AUTORIN

Holly Clarkson ist das Pseudonym einer erfolgreichen deutschen Autorin, die unter ihrem richtigen Namen schon zahlreiche Liebesromane veröffentlicht hat. Als Holly sind ihre Geschichten ein paar Grade heißer und sündiger. Mit ihrem ersten Roman Wicked Gentleman Lover schaffte sie es auf Anhieb bis auf Rang 3 der Amazon Charts und stand auf Platz 11 der Bild Bestseller Liste. Eigentlich ist Holly eine hoffnungslose Romantikerin und das spiegelt sich auch in all ihren Büchern wider. Sie glaubt an die Macht der Liebe, an das Universum und daran, dass nichts so sexy ist, wie ein Mann, der einem morgens Kaffee ans Bett bringt.

Deutsche Erstveröffentlichung Oktober 2018

c/o Barbara's Autorenservice

Tüttendorfer Weg 3

24214 Gettorf

Email: Holly.Clarkson@gmx.de

Cover: Booklover Coverdesign

KAPITEL 1

KAYNE

»Wir brauchen mehr Lampen, um das Bett besser auszuleuchten.« Ich deutete in die linke obere Ecke. »Genau da muss ein Strahler hin und dasselbe auf der anderen Seite.« Wieso musste ich mich eigentlich selbst um jeden Scheiß kümmern? Wozu hatte ich ein gottverdammtes Team engagiert, das jeden Monat ein paar Tausend Dollar Gehalt von mir überwiesen bekam?

»Die Szenen im Bett kommen viel zu dunkel im Video rüber. Warum ist dir das bisher noch nicht aufgefallen?«, fragte ich Yasha, meinen russischstämmigen Regisseur, der lange Jahre in Moskau Pornos gedreht hatte. Ja, ich Kayne Crest war mit meinen achtundzwanzig Jahren nicht nur Besitzer einiger Nobelbordelle, die mich zum Multimillionär gemacht hatten, nein, ich expandierte nebenbei auch mit einem eigenen Studio in der Pornobranche.

Unsere (zugegeben gestellten) Entjungferungsvideos fanden reißenden Absatz von der Ost- bis zur Westküste. Als hätte das halbe verfickte Land nur darauf gewartet, endlich einmal ein Jungfernhäutchen im Großformat sowie in Farbe begaffen zu dürfen. Gewiss, auch ich hatte ein Faible für den jungfräulichen Frauentyp, aber hey, welcher Kerl hatte nicht gern seinen Schwanz tief in einer unberührten Pussy vergraben, die sich so eng um einen schmiegte, dass es schon schmerzte. Leider gab es in diesem Land, anders als in den bitterärmsten Teilen Osteuropas, viel zu wenig Jungfrauen mit der Bereitschaft, sich für eine nette Summe vor laufender Kamera deflorieren zu lassen. Und die obendrein kein Problem damit hatten, dass diese netten Filmchen millionenfach in die ganze Welt verkauft wurden. Somit mussten wir bislang Schauspielerinnen einfliegen lassen, die solche Szenen für uns nachstellten. Für mich als Besitzer des Filmunternehmens eine extrem unbefriedigende Situation. Yasha hatte da weniger Skrupel die Zuschauer zu bescheißen, und mir im Vertrauen mitgeteilt, dass auch in den osteuropäischen Filmen nicht alles so ablief, wie es auf den ersten Blick schien.

Yasha kratzte sich am Kopf, sein kariertes Hemd flatterte um seinen schmächtigen Körper. »Wir machen uns bis morgen daran, kein Problem«, erwiderte er schließlich achselzuckend, damit war die Sache für ihn erledigt.

»Das hoffe ich. Morgen fliegt diese blonde Kleine aus Weißrussland für einen Dreh ein, da muss alles stimmen. Wie heißt die nochmal?«

»Oksana«, half mir Yasha auf die Sprünge und grinste in sich hinein. »Das Flittchen hat bislang kaum Filme gedreht, außer ein paar unbedeutenden ukrainischen Pornos. Für die beschissene Qualität bezahlt kein Mensch Geld. Sie ist somit fast noch unverbraucht und wird hervorragend eine Jungfrau mimen.«

Das taten sie alle für den Batzen Dollarscheine, den ich ihnen hinblätterte. Die Ostbräute. In dieser Hinsicht besaß jede einzelne extrem viel Talent, dazu waren sie ausgesprochen hübsch. Dennoch wären mir echte Jungfrauen lieber.

»Ich möchte in Zukunft Jungfrauen für die Drehs«, stellte ich mit fester Stimme klar.

»Die Unberührten sind anstrengend.« Yasha zuckte mit den Achseln. »Die bibbern und heulen sofort, wenn es mal wehtut. Manche rennen auch mitten im Dreh davon. Kayne, tu dir das besser nicht an. Ich sorge schon dafür, dass keiner unsere *Jungfrauen* wiedererkennt.«

»Darum geht es mir nicht«, warf ich ein. »Ich möchte die Filme authentisch haben.«

»Was meinst du, Griffin?«, wandte ich mich an meinen

Kameramann. Einen talentierten Kerl von fünfundzwanzig Jahren, der, seit ich ihn kannte, mit seinem Übergewicht kämpfte.

»Ist es denn schwierig, echte Jungfrauen aufzutreiben?«, stellte Griffin eine in meinen Augen berechtigte Frage. Unsere Blicke richteten sich auf Yasha, der genervt die Augen verdrehte.

»In Russland lässt sich alles beschaffen«, sagte er schließlich, »auch echte volljährige Jungfrauen. Aber warum wollt ihr euch diesen Stress antun, wenn ihr auch mit Profis filmen könnt?« In seiner Stimme schwang komplettes Unverständnis mit.

In mir wuchs das Gefühl, dass sich eher Yasha ein unbedarftes Mädchen beim Dreh nicht antun wollte. Natürlich hatte er es mit einer Profi-Schauspielerin um einiges leichter. Das wollte ich gar nicht abstreiten. Aber ich wusste einfach, dass unberührte junge Frauen die Filme um ein vielfaches aufwerten würden. Ich hatte hohe Ansprüche an mich selbst und meine Adult Filmfirma, die ich erst vor ein paar Monaten gegründet hatte. Schon die gefakten Filme waren eingeschlagen wie eine Raketenfehlzündung in der Wüste, um wie viel besser würden erst authentische Videos beim Zielpublikum ankommen?

»Meine Entscheidung steht fest. Nach dem Dreh mit Olga …«

»Oksana«, verbesserte Yasha mich zähneknirschend.

»Nach dem Dreh mit Oksana filmen wir nur noch mit echten Jungfrauen. Ende der Diskussion.« Allein die Vorstellung ließ mich hart werden. Ich sah mich in meinem Studio um und betrachtete die Kulissen. Neben dem Schlafzimmer gab es noch ein nachgestelltes Bad, sowie eine Ecke, die wie ein Wohnzimmer eingerichtet war, mit breitem Sofa und offenem Kamin. Als hätte man sich in eine moderne, geräumige Wohnung verirrt.

»Deine Entscheidung«, bestätigte Yasha und murmelte etwas auf Russisch, das sich wie ein Fluch anhörte. »Dann drehen wir eben in Zukunft mit Bäuerinnen aus irgendwelchen Dörfern des Uralgebirges oder den hintersten Ecken der Taiga. Du wirst schon sehen, was du davon hast.«

»Solange sie hübsch und volljährig sind, ist mir egal, wo sie herkommen«, gab ich ungerührt zurück.

»Wie läuft der Dreh morgen ab?« Griffin warf einen Blick auf sein Smartphone. »Können wir das kurz besprechen? Ich muss gleich weg.«

»Ja, klar.« Yasha nickte, während ich eingegangene Nachrichten auf meinem Smartphone abrief. Der Dreh morgen ging mich nichts an, die Abläufe waren Sache des Teams, die alle genau wussten, was sie taten.

»Dann lass ich euch jetzt allein.« Ich scrollte durch die Namen. Nichts Wichtiges darunter.

»Alles klar. Bis dann, Kayne«, sagte Yasha, bevor er sich an Griffin wandte. Sein Blick blieb mitten in der Bewegung hängen und verweilte schräg hinter mir. Reflexartig drehte ich mich um. Eine junge Frau in abgeschnittenen Jeansshorts und einem weißen Top stand in der Eingangstür und rührte sich nicht.

»Können wir dir helfen?«, fragte ich laut, und sah, wie sie zusammenzuckte. Leicht schreckhaft, die Kleine.

Während sie ein paar langsame Schritte näherkam, scannte ich sie unauffällig von oben bis unten. Sie war ziemlich klein, also im Vergleich zu den Frauen, mit denen ich mich umgab. Ihre rotblonden Locken standen wild und ungezähmt nach allen Seiten ab und ihre Oberweite, also die war … üppig? Zwei ansprechend große Titten, die selbst zwei Männerhände wohl nur schwer zu Packen bekamen. Obwohl der Rest ihres Körpers verhältnismäßig zierlich war, passten die Brüste zu ihr, sie machten die Kleine kurvig und auf eine natürliche Art auch sinnlich. Aber ihr Gesicht! Um Himmels Willen. Was hatte sie denn damit angestellt? Eine dicke dunkle Make-Up Schicht ließ sie um Jahre älter wirken, als sie wahrscheinlich in Wirklichkeit war. Ich schätzte sie auf Anfang zwanzig. Und erst die breiten schwarzen Kajalstriche um die Augen, dazu der knallrot geschminkte Mund! Sie sah aus, wie eine der illegalen Huren vom Straßenstrich in Vegas.

Sie räusperte sich, als sie vor uns stand. Tränen der Aufregung glitzerten in ihren Augen. Machten wir ihr etwa Angst?

»Können wir dir helfen?« Ich schenkte ihr ein freundliches Lächeln, das sie jedoch nicht erwiderte. Ihre Miene blieb ausdruckslos.

»Bin ich hier im Studio von Pussycat Productions?«

»Warum willst du das wissen?«, schnauzte Yasha mit seinem harten russischen Akzent, während er sie mit zusammengekniffenen Augen wie einen Käfer taxierte, den er gleich zertreten wollte.

Hastig wich sie einen Schritt zurück und Yashas ruppige Reaktion machte mich sauer. Warum erschreckte er die Süße grundlos?

»Da bist du richtig.« Ich nickte. »Und was möchtest du?«

»Mich bewerben.« Ihr Mund bewegte sich kaum beim Flüstern. Sie schlug so scheu und langsam die Lider nieder, dass es mir durch und durch ging. Blauer Lidschatten glitzerte unter ihren Augenbrauen. Viel zu viel Farbe im Gesicht. Dennoch, die Kleine hatte etwas. Und hatte ich soeben richtig gehört? Sie wollte sich bewerben? Als was?

»Du willst dich hier bewerben?«, hakte ich nach und sie nickte.

»Du weißt aber schon, was für Filme in diesem Studio gedreht werden? Du bist hier nicht in Hollywood«, sagte ich.

Sie sah wieder hoch, ihre Unterlippe bebte und ich könnte schwören, ihr Herz pumpte gerade auf Hochtouren Blut durch ihre Venen. »Erotische Filme«, hauchte sie und setzte noch hinzu: »Entjungferungen.«

Gott, war sie süß. So schüchtern und kurvig, ihr Haar so voll und wellig, dass es einen beinahe dazu zwang hineinzugreifen, um ihr während eines Blowjobs einen Rhythmus vorzugeben.

»Und du bist noch Jungfrau?«, fragte Yasha amüsiert.

Sie nickte. »Ja, bin ich.«

»Wie alt bist du?«, kam es von Griffin.

Berechtigte Frage. Unsere Schauspielerinnen mussten volljährig sein, wir hielten uns an die geltenden Gesetze, ansonsten handelten wir uns nur unnötige Scherereien mit den Behörden ein.

»Ich bin zweiundzwanzig«, hauchte sie mit zittriger Stimme und in genau diesem Moment wollte ich sie ficken. Ihr dieses simple Top über den Kopf streifen und ihre ausufernden Brüste mit beiden Händen kneten. Ich wollte sie vor mir auf alle Viere zwingen und sie von hinten langsam und genüsslich deflorieren, bevor ich meinen Saft auf ihren Rücken spritzte und sie als allererster Mann in ihrem Leben markierte. Ihr hoffentlich mein Sperma für alle Zeiten in die Haut einbrannte, auf den ersten

Blick sichtbar für jeden meiner Nachfolger. Fuck, mein Schwanz pulsierte, drückte sich unangenehm hart gegen den Reißverschluss meiner dunkelgrauen Anzughose.

»Wir haben keine Zeit für diesen Blödsinn.« Yasha winkte ab. »Verschwinde.«

»Yasha«, sagte ich leise, aber in einem Tonfall der ihn aufhorchen ließ. Mit einem kurzen Fingerzeig bedeutete ich dem Kerl, seine verdammte Klappe zu halten und der Russe verstand zu seinem Glück sofort. Sein Kiefer klappte nach unten.

»Dein Ernst?«, fragte er fassungslos.

Ich nickte. »Mein voller Ernst.«

»Du?« Er klang so ungläubig, dass ich ihm das fast schon übel nahm.

»Ja, ich.«

Yasha brach in schallendes Gelächter aus. »Okay, von mir aus.«

»Worum geht es hier gerade?«, fragte die Kleine verwirrt.

»Um ein nicht eingeplantes Shooting«, gab Yasha Auskunft, als wäre die Süße schwer von Begriff, dabei hatten wir mit ihr noch gar keine Details besprochen. Somit konnte sie auch nicht wissen, dass wir binnen zehn Sekunden alles Wichtige geregelt hatten.

»Mit mir?« Ihre Atmung wurde hektisch und zum ersten Mal überkam mich eine vage Ahnung, weshalb Yasha auf professionelle Schauspielerinnen setzte.

»Nur, sofern du zustimmst«, beruhigte ich sie. Ich deutete hinüber zum Ausgang. »Dort ist die Tür, du kannst jederzeit verschwinden. Aber ich dachte, du bist wegen eines Drehs hergekommen.«

»Kommt auf den Preis an«, stieß sie hervor und ich sah sie plötzlich in einem völlig anderen Licht. Nicht, dass ich mit der Art und Weise ihrer Geldbeschaffung ein Problem gehabt hätte. Ihre Aussage kam lediglich so überraschend und passte im Prinzip auch gar nicht zu ihr.

»Wir bezahlen unseren Schauspielerinnen 10.000 Dollar für den kompletten Dreh. Und zwar hinterher, nachdem sie das Shooting durchgezogen haben, ohne kreischend davonzulaufen«, erklärte Yasha in seiner charmanten russischen Art.

»10.000 Dollar?« Ihre hübschen, viel zu dick bemalten Augen wurden groß. »Und wann würde der Dreh dann stattfinden?«

»Jetzt natürlich«, Yasha klang genervt. »Gleich nach der Vertragsunterzeichnung und natürlich müssen wir vorher kontrollieren, ob du wirklich schon volljährig bist. Es muss alles seine Ordnung haben.« Er klopfte mir grinsend auf den Rücken. »Du hast Glück. Unser bester Schauspieler ist anwesend. Er wird dir vorher seine Testergebnisse zeigen, um dir zu beweisen, dass er sauber ist. Wir drehen ausschließlich ohne Kondom. Verhütest du?«

Sie nickte schwach. »Ich nehme die Pille, wegen meiner … ähm … Regelschmerzen.«

»Perfekt.« Yasha wirkte zufrieden.

An Testergebnisse hatte ich noch gar nicht gedacht. In dieser Hinsicht handelte Yasha schlichtweg professioneller als ich. Ohne negativen HIV Test gab es bei uns kein Engagement. Was man bei einer echten Jungfrau vernachlässigen konnte. Glücklicherweise ließ ich mich regelmäßig testen und hatte erst vergangene Woche meine Ergebnisse zugeschickt bekommen, sodass ich sie am Handy abrufen konnte.

Ihr Blick schweifte zu mir und blieb an meinem Gesicht hängen, als würde sie mir nicht über den Weg trauen.

»Das kommt alles sehr plötzlich«, sagte sie schließlich.

»Für uns auch.« Ich schenkte ihr ein warmes Lächeln, damit sie mir nicht am Ende noch in Panik auf und davonrannte. »Wie heißt du?«

»Lainey.«

»Also, Lainey. Ich bin Kayne.« Sie hatte einen schönen Namen, er gefiel mir ausgesprochen gut, und passte zu ihrer attraktiven Optik. Verdammt, ich wollte sie unbedingt vögeln. Ihre unberührte Pussy mit meinem Schwanz dehnen und dieses winzige Häutchen durchstoßen. Danach würde ich ihr die wohlverdienten 10.000 Dollar in die Hand drücken und sie mit dem Geld auf Nimmerwiedersehen nach Hause schicken. Sie durfte bloß keine kalten Füße kriegen und abhauen. »Was sagst du dazu?«

»Das Geld bekomme ich gleich im Anschluss?«, versicherte sie sich noch einmal.

Ich nickte. Wie es aussah, brauchte sie dringend Kohle. Mein Glück. »Ja, bar auf die Hand. Wie vertraglich vereinbart.«

»Wie …« Sie blinzelte. »Wie läuft der Dreh genau ab? Was muss ich tun? Ich fürchte, ich bin noch ein wenig unerfahren auf diesem Gebiet.«

Ich lachte in mich hinein, während ich nach außen hin meine professionelle Miene bewahrte. *Genau das Baby, ist der Reiz an der Sache.* »Du musst gar nichts tun«, beruhigte ich sie mit freundlicher Stimme. »Ich werde dich anleiten. Du machst einfach mit, oder lässt mich machen. Hast du dir schon mal einen unserer Filme angeschaut?«

»Nur den Trailer auf eurer Homepage.«

»Dann weißt du auch, dass wir vorab deine Jungfräulichkeit nachkontrollieren. Und zwar vor laufender Kamera.«

Die dicke Makeup Schicht verdeckte die Reaktion ihrer Haut auf meine Ankündigung, aber anhand ihres nervösen Herumgezappels war ich mir sicher, dass ihre Wangen glühten.

»Ich weiß.« Sie nickte. »Wer prüft das nach?«

»Ich.« Und wie ich das tun würde. »Solltest du gelogen haben, erkenne ich das sofort und du bist raus aus der Nummer.«

»Ich lüge nicht.« Ihr Blick schweifte zur Seite. »Wer wird noch anwesend sein?«

»Nur wir drei.« Ich deutete auf die beiden anderen. »Griffin ist unser Kameramann und Yasha übernimmt die Regie. Er gibt dir Anweisungen, falls nötig. Wie du dich am besten vor der Kamera präsentierst, damit der Zuschauer später alles Wichtige deines Körpers zu sehen bekommt.«

»Ich verstehe.« Sie nickte. »Ein Pornodreh.«

»Wir werden beide nackt sein und Sex vor laufender Kamera haben, ja.« Ich redete so behutsam wie möglich mit ihr, denn ich wollte ihr ein Stückweit die Nervosität nehmen.

Sie sah mich wieder direkt an. »Werden wir uns küssen?«

Ich stockte. Wie kam sie plötzlich auf diese Frage?

»Wenn du gern möchtest, können wir uns auch küssen.« Mein Hals zog sich ein Stückweit zusammen, als ich ihr das versprach. Nicht wegen ihr. Sie war absolut süß und niedlich und das alles.

Aber Küsse bedeuteten Intimität, und diese Art der vertrauten Nähe war überhaupt nicht mein Ding.

»Ich glaube, ich möchte bei meinem ersten Mal geküsst werden.« Sie betrachtete ihre Füße.

Himmel, die Kleine war so niedlich und ich beschloss spontan, ihr erstes Mal zu einem ganz besonderen Event für sweet Lainey zu machen. Zu einem Ereignis, das sie für den Rest ihres Lebens nicht mehr vergessen würde und dem im Vergleich, kein Mann nach mir standhalten konnte. »Dann machen wir das.«

»Wird es weh tun?«, schlüpfte leise die nächste Frage aus ihrem Mund.

»Wir werden sehen.« Was sollte ich schon großartig dazu sagen? Ich hatte keine Ahnung.

Sie nickte. »Dann bringen wir die Sache hinter uns.«

Och, keine gute Einstellung, hübsche Lainey. Aber ich würde sie schon noch vom Gegenteil überzeugen, spätestens dann, wenn sie hinterher verschwitzt und erschöpft in meinen Armen lag.

Yasha gab ihr einen Wink. »Gehen wir für die Formalitäten nach nebenan ins Büro. Wie gesagt, gibt es das Geld in bar und zwar nach dem Dreh.« Er warf mir einen fragenden Blick zu und ich nickte.

»Ach, Lainey«, sagte ich, als die beiden sich gemeinsam in Bewegung setzten. »Vorher wirst du noch duschen. Yasha gibt dir ein Outfit und Unterwäsche, das ziehst du an und ich möchte, dass du dir die viele Schminke aus dem Gesicht wäschst. Ich will dich nachher beim Dreh ungeschminkt und natürlich haben.«

»Und rasier dir die Schamhaare und zwar blank«, legte Yasha nach.

Als die beiden verschwunden waren, zückte ich mein Smartphone und rief meine Assistentin Joanne an. »Joanne, schick sofort jemand mit 10.000 Dollar in bar zu mir ins Studio.«

»Wird gemacht. Spencer macht sich gleich auf den Weg«, erwiderte Joanne ohne weitere Nachfragen.

»Danke.« Ich legte auf und lachte in mich hinein. Der Himmel war heute gnädig zu mir und hatte mir eine waschechte Jungfrau geschickt. Zur Krönung würde ich gleich den ersten Porno meines Lebens drehen. Ein Filmchen nur für meine eigenen privaten Zwecke. Davon musste die Kleine ja nichts wissen und im Prinzip konnte es ihr auch nur recht sein, dass nicht die halbe Welt einen detaillierten Einblick auf ihre niedliche Pussy erhielt. Was trieb diese Frau wohl dazu, in einem Studio dieser Art hereinzuschneien? Egal. Ich wollte die Hintergründe gar nicht erst wissen. Alles was mich interessierte war, sie zu ficken.

KAPITEL 2

LAINEY

Frisch geduscht musterte ich mich im Spiegel des Badezimmers, das dieser Yasha mir zugewiesen hatte. Ich sah wieder ganz wie ich selbst aus, unzählige Sommersprossen wuselten blass über meine nun helle Haut. Normalerweise trug ich nie Schminke. Die Rinder meiner Eltern interessierten sich nicht für mein Aussehen. Heute Abend würde ich meinem Vater das Geld für die Modernisierung seines Kuhstalls übergeben, bevor ich mein Zuhause für immer verließ. Ich ertrug das Leben dort nicht mehr, die Einsamkeit und die Lieblosigkeit meiner Eltern. Wohin ich gehen sollte, wusste ich noch nicht.

Ich selbst besaß nur eine Handvoll Dollar, aber irgendwas würde sich schon ergeben. Die dringend benötigte Technik würde meinem betagten Vater den Alltag auf der Ranch um einiges erleichtern, sodass der Wegfall meiner Arbeitskraft ihn nicht zusätzlich belastete. Bestimmt würde seine Viehzucht durch die neuen Maschinen sogar mal wieder ein paar Gewinne abwerfen. Und vielleicht würden meine Eltern dann endlich wieder anfangen, mich zu lieben.

Seufzend nahm ich den glänzenden weißen Satinslip vom Waschbeckenrand und schlüpfte hinein. Unterwäsche in dieser Art hatte ich noch nie besessen und sie fühlte sich ungewohnt glatt auf meiner Haut an. Zuerst hatte ich gedacht, dieser Russe würde mich in irgendeinen ordinären Fummel stecken, aber die

Klamotten sahen stinknormal aus. Als würde ich frisch von einem Stadtbummel kommen. Ein kurzer Minirock aus Jeansstoff, der knappe Slip, sowie ein schwarzes trägerloses Bandeautop, das ich, wie es aussah, ohne BH tragen sollte.

Was dieser Kayne wohl zu mir sagen würde, sobald er mich nachher ungeschminkt zu Gesicht bekam? Ohne Schminke war ich blass und unscheinbar. Noch nie in meinem Leben hatte ich einen attraktiveren Mann als ihn getroffen. Allein die Vorstellung, wie dieser Sexgott – dieser Profi - mich nachher auszog und meine Jungfräulichkeit überprüfte, trieb mir Angstschweiß auf die Stirn. Ein sachtes Kribbeln regte sich in meinem Bauch, beim Gedanken daran, seine Hände auf meinem Körper zu spüren.

Sofort verbot ich mir diese Gefühlsregung. Männer spielten in meinem Alltag keine Rolle. Ich hatte kein Recht auf eine glückliche Beziehung, kein Recht auf Spaß und auch nicht darauf, mein Leben in irgendeiner Art und Weise zu genießen. Obwohl ich das alles wusste, mir immer wieder vorbetete, tat mein dummes Herz weh und stachelte die brodelnde Aufregung in meinem Magen zusätzlich an. Es war vollkommen egal, dass ich in wenigen Minuten meine Jungfräulichkeit vor laufender Kamera mit einem Fremden verlor, redete ich mir stumm Mut zu.

Ich hatte einen Deal ausgehandelt, war freiwillig in dieses zwielichtige Studio spaziert, damit diese Männer mir Geld gaben. Meine Familie hatte die 10.000 Dollar bitter nötig, somit konnte ich wenigstens ein bisschen wieder gutmachen, auch wenn ich mir in Wahrheit nur etwas vortäuschte. Nichts ließ sich in Ordnung bringen. Aber immerhin musste ich einem Partner hinterher keine Lügen auftischen, da ich noch nie einen Freund hatte – und auch niemals einen haben würde.

Schließlich stand ich fertig angezogen im Bad und tauschte meine roten Chucks gegen ein Paar flache schwarze Ballerinas, die mir der Russe gegeben hatte. Ich rieb meine schweißnassen Hände aneinander, zwang mein wild schlagendes Herz zur Ruhe und kühlte mit den Handrücken meine verräterisch glühenden Wangen. Von jetzt an würde mir dieser Kayne jede Gefühlsregung am Gesicht ablesen und genau darauf hatte er es wahrscheinlich auch angelegt. Ob er wohl schwer enttäuscht von meinem unscheinbaren Äußeren sein würde? Tja, sein Pech. Der Vertrag war unterzeichnet. Ob er wollte oder nicht. Nun musste Kayne ebenfalls durch diese Prozedur.

Noch einmal atmete ich tief durch, bevor ich das Bad verließ und mit steifen Schritten zurück ins Studio stakste.

»Hi«, machte ich mich leise bemerkbar. Die drei saßen in dem nachgestellten Wohnzimmer auf dem Sofa und unterhielten sich, sahen aber auf, als sie meine Stimme hörten.

Mein Puls pochte unangenehm im Hals.

Sie erhoben sich einer nach dem anderen und unterzogen mich einer ausgiebigen Musterung.

»Ungeschminkt bin ich etwas blass.« Ich hatte das Gefühl, mich für mein schlichtes Äußeres entschuldigen zu müssen. Ehrlicherweise hatte ich ihnen vorhin ganz bewusst jemanden völlig anderen angeboten, aber Kayne wollte mich ja unbedingt natürlich haben. Scheu sah ich zu Boden. Wusste nicht, ob ich es überhaupt schaffte, den dreien später alles von mir zu präsentieren, mich zu entblößen und meine eigene Nacktheit zur Schau zu tragen wie ein Haute Couture Kleid. Mich hatte noch nie ein Mann nackt gesehen. Niemals. Dieses Hintergrundwissen verschwieg ich den Kerlen wohlweislich, ansonsten zog das bestimmt nur unangenehme Fragen nach sich.

»Tausendmal besser.« Kaynes tiefes Timbre vibrierte durch mich hindurch und versetzte mein gebeuteltes Inneres in tausend unwillkommene Schwingungen. Nein, nein. Das durfte ich nicht zulassen. Keine Emotionen, egal welcher Art. Ich wollte diesen Dreh doch ruhig und eiskalt durchziehen, mich wenigstens halbwegs professionell verhalten. Verzweifelt versuchte ich mich wieder in den Griff zu kriegen, fing jedoch fast zu hyperventilieren an und war drauf und dran, die Flucht zu ergreifen. Hörbar schnappte ich nach Luft. Plötzlich hatte ich unglaublichen Schiss vor ihnen.

Kaynes Zeigefinger legte sich unter mein zitterndes Kinn. Er hob mein Gesicht an und zwang mich, ihn anzusehen. Ich war mir sicher, er spürte meine Panik, aber er ließ sich nichts anmerken.

»Du bist perfekt.« Ein begieriger Glanz legte sich in seine braunen Augen, bevor er sich halb abwandte. »So muss eine

Jungfrau auftreten, Yasha«, hörte ich ihn sagen, was auch immer das bedeutete.

»Äußerst bezaubernd«, gab dieser Yasha ihm recht.

»Wie …«, ich räusperte mich. »Wie … ich meine, wann sind wir fertig?« Meine Stimme klang atemlos, fast schon gehetzt. Was hatte ich da eben für einen Schwachsinn von mir gegeben? Am liebsten würde ich mich selbst ohrfeigen. Insgeheim wollte ich nichts wie raus, obwohl ich wusste, dass sie mich jederzeit problemlos gehen lassen würden. Auch das hatte im Vertrag gestanden. Beim Dreh passierte nichts gegen meinen Willen und dieser offizielle Passus, schwarz auf weiß geschrieben, hatte mich dann doch ein wenig beruhigt. Bei Pussycat Productions handelte es sich um ein offizielles Adult-Movie Studio, sie buchten haufenweise Darstellerinnen für ihre vielen Filme, wie ich von ihrer Homepage wusste. Somit war ich nicht die erste Jungfrau, die sich in diesem Studio entjungfern ließ.

Meine Vorgängerinnen hatten den Dreh bewältigt, also würde mir diese Kissenschlacht ebenso gelingen. Oder doch nicht? Mein Puls pochte schmerzhaft im Hals. *Nein,* sagte ich im Stillen energisch zu mir selbst. Ich würde mein Vorhaben durchziehen und nicht in letzter Sekunde kneifen. Immerhin stand ich aus freien Stücken vor ihnen, auch wenn mir mein Entschluss inzwischen wie eine riesengroße Schnapsidee vorkam.

Ein amüsiertes Lächeln zeigte sich auf Kaynes Lippen. »Wir haben noch nicht mal mit dem Dreh begonnen, Cherie.«

Er war mindestens anderthalb Köpfe größer als ich, dazu breit und muskulös gebaut, obwohl sein weißes Hemd so einiges verbarg. Während ich duschen war, hatte er sein Jackett ausgezogen, sowie die Krawatte abgelegt und wirkte unglaublich lässig. Seine Wirkung auf mich ließ sich nicht unterdrücken, so sehr ich es auch versuchte. Allein sein intensiver Blick versetzte meinen Körper in tausend unwillkommene Schwingungen, die ich nicht von mir kannte. Sein Duft strömte mir in die Nase, ein Hauch von Waschpulver und einer herb frischen Note. Ich mochte, wie er roch und das gab mir Mut. Glücklicherweise war Kayne mir sympathisch.

»Was kommt jetzt?« Meine Knie begannen zu zittern, trugen mich beinahe nicht mehr, auch das Beben meiner Hände war unübersehbar und wie es schien, törnte mein erbärmlicher Zustand ihn auch noch an. Ich hingegen wollte diese Entjungferung einfach nur schnell hinter mich bringen, wie das Weisheitszahnziehen beim Zahnarzt.

»Setzen wir uns.« Er nahm meine Hand und allein seine harmlose Berührung riss mich fast von den Füßen. Mit Mühe schaffte ich es zum Sofa, das die drei bis eben noch in Beschlag genommen hatten. Kayne sank neben mich aufs Polster, während dieser Griffin an seiner Kamera hantierte.

»Muss ich irgendwas beachten?« Ich wollte nichts falsch machen, den Dreh mit meiner Unbedarftheit nicht verderben oder schlimmer noch - unnötig in die Länge ziehen.

»Sei einfach du selbst und entspann dich ein bisschen.« Kayne lehnte sich zurück. »Wo kommst du her?«

»Was?« Seine Frage brachte mich völlig aus dem Konzept.

»Wo du wohnst, meine ich.«

»Ist das wichtig?«

»Nein, nicht für den Dreh, wir schneiden das nachher raus, keine Sorge.«

Ich holte tief Luft. »Meine Eltern besitzen eine Farm hier in Clark County. Sie züchten Rinder.«

»Rinder«, wiederholte er interessiert. »Mein Großvater besaß auch eine Rinderzucht. Aber die Bewässerung seines Farmlandes hat ihm immer größere Probleme bereitet, sodass er sie schließlich aufgegeben hat.«

»Ja, das altbekannte Problem im Wüstenstaat. Meine Eltern kämpfen auch mit der Wasserknappheit. Sie brauchen dringend zehntausend Dollar, um ihre Bewässerungsanlage zu reparieren und die Ställe ein wenig zu modernisieren, ansonsten stehen wir wohl bald ebenfalls vor dem Aus.«

Er nickte. »Dafür brauchst du das Geld also.«

»Ja«, gab ich zu. »Es geht um unsere Existenz.« Scheinwerferlicht blendete mich, als ich den Kopf wandte und merkte, dass Griffin bereits filmte. Ganz kurz hatte ich nichts mehr um mich herum wahrgenommen, aber jetzt schlug mein Herz dafür im doppelten Tempo.

Kayne nahm sanft mein Kinn und drehte mein Gesicht in

seine Richtung. »Bleib bei mir.« Sein Lächeln hatte eine verführerische Wirkung auf mich.

»Was machst du noch so? Außer, dass du auf der Farm deiner Eltern hilfst. Studierst du?«

»Nein.« Ich schüttelte den Kopf und konzentrierte mich wieder auf die Unterhaltung, was mir nicht mehr so einfach gelang. Ich räusperte mich. »Ursprünglich wollte ich gern Literatur studieren. Ich liebe Bücher über alles. Aber meine Familie braucht jede helfende Hand auf der Farm.« Hoffentlich sah er mir die Lüge nicht am Gesicht an.

»Schade, dass du nicht studieren gegangen bist. Du lässt dir eine tolle Zeit entgehen.« Kayne wirkte tatsächlich interessiert an mir. »Du bist übrigens ausgesprochen hübsch. Natürlich schön. Was liest du so?«

Erst nachdem ich sein beiläufig eingestreutes Kompliment einigermaßen verdaut hatte, war ich zu einer Antwort fähig. Dieser Mann brachte mich vollkommen durcheinander. »Ich lese alles Mögliche. Jane Austen oder Audrey Niffenegger. Ich liebe auch die Gedichte von Emily Dickinson.«

»Du magst also die Romantiker.«

»Ja, wie es aussieht.« Peinlich berührt schlug ich die Lider nieder und kam mir kitschig vor. Vor allem in dieser sündigen Kulisse.

»Ich habe im College Dickinson gelesen«, machte er weiter, »viele ihrer Gedichte sprachen mir aus dem Herz.«

Ich hob den Kopf. »Wirklich?«, und sah ihn nicken.

»Ich liebe alles, was sie geschrieben hat. Jede einzelne Zeile«, gab ich zu. Emily Dickinson hatte fast ihr ganzes Leben zurückgezogen in ihrem Haus verbracht, allein aus diesem Grund fühlte ich mich ihr so nah, als wäre sie meine Seelenschwester.

Kayne rückte näher, legte einen Arm hinter mir auf der Sofalehne ab und erinnerte mich auf diese Weise an den Grund, weshalb ich hier saß. Sein warmer Atem streifte meine Wange, als er mir ins Ohr flüsterte: »Ich finde, du bist eine sehr interessante Frau.«

Ich schluckte.

Seine Hand streichelte über meine nackte Schulter und jagte

mir Gänsehaut den Rücken hinunter. »Ich möchte gern wissen, wie du unter diesem Top aussiehst. Darf ich?«

Nach kurzem Zögern nickte ich, meine Haut wurde empfindlich, während ich einfach reglos dasaß und die Lider schloss. Ich spürte seine Fingerspitzen am Saum meines Oberteils, bevor er es langsam nach unten zog, Inch für Inch. Ein praktisch ausgewähltes Kleidungsstück für diesen Dreh wurde mir klar. Die kühle Luft der Klimaanlage umfing meinen nackten Busen. Unwillkürlich zogen sich meine Brustwarzen zusammen und wurden hart.

»Du bist wunderschön.« Kayne klang atemlos, als seine Hand über meine Brüste streichelte, er mich so zärtlich liebkoste, dass ich unwillkürlich leise aufkeuchte. Schnell biss ich mir auf die Lippen.

»Halt dich nicht zurück.« Es klang wie ein geflüsterter Befehl und verschaffte mir eine gewisse Freiheit. Befolgte ich seine Anweisungen, so hatte diese Inszenierung nichts mit mir zu tun, nichts mit meinen verbotenen Empfindungen. Ich schauspielerte lediglich für die Kamera.

»Sie soll die Augen aufmachen«, hörte ich Yasha sagen und hob die Lider.

Jetzt fühlte ich Kaynes Hand nicht nur auf mir, ich sah sie auch. Seine große gebräunte Hand, mit den langen schlanken Fingern, die meine schneeweißen Brüste abwechselnd streichelte. Meine Nervenenden ballten sich zu Feuerkugeln zusammen, die in mir explodierten.

»Du fühlst dich großartig an.« Er beugte sich zu mir und nahm meine linke Brustwarze in den Mund, saugte und knabberte daran. Ein wohliger Schauer schüttelte mich.

»Nicht mit so viel Gefühl, bitte«, flehte ich. »Bitte, sei nicht so zärtlich zu mir.«

Kurz hielt er inne und entfernte sich eine Handbreit von meinen Brüsten. »Shh, lass dich einfach fallen.«

Ich schaffte es nicht länger, das wilde Pochen zwischen meinen Beinen zu ignorieren. Entsetzt fühlte ich, wie Feuchtigkeit meinen Slip benetzte, den er mir nachher ausziehen würde. »Oh, Gott«, keuchte ich, denn Kayne widmete sich erneut mit Hingabe meinen Brüsten, die unter seinen geschickten Händen voll und schwer wurden.

Als seine Hand über meinen Bauch nach unten wanderte, hielt ich den Atem an, bevor ich ihn zittrig wieder ausstieß. Er streichelte die empfindliche Innenseite meiner Schenkel, und brachte jeden Inch meiner Haut zum Glühen. Himmel, wie machte er das? Bedächtig ließ er von meinen Brüsten ab und setzte sich wieder aufrecht hin, gewährte mir somit freien Ausblick auf seine Hand, die zwischen meinen Schenkeln ruhte.

»Öffne sie noch ein bisschen für mich«, wies er mich an. Ich wusste, sobald ich ihm gehorchte, verschaffte ich Kayne vollständigen Zutritt zu dem kaum mehr auszuhaltenden Ziehen in meiner Mitte. Spätestens dann war ich verloren. Schwach legte ich den Kopf auf der Lehne ab und spreizte gleichzeitig gehorsam die Beine ein wenig. Es war eine Regieanweisung, nichts weiter, beruhigte ich mich selbst. Mein Atem ging stoßweise, ich kam mit diesen für mich völlig neuen Empfindungen kaum klar.

»So ist es gut.« Seine Hand wanderte quälend langsam an meinem Schenkel nach oben, bis seine Fingerspitzen meinen feuchten Slip berührten und meine empfindlichste Stelle im Rhythmus meines rasanten Herzschlages pochte. Oh, Gott, ich würde sterben, wenn er so weitermachte, mich weiterhin dermaßen süß folterte. Kayne streichelte mich durch den hauchzarten Stoff. Zum ersten Mal in meinem Leben spürte ich die Hand eines Mannes an dieser Stelle und zerfloss beinahe vor neu entdeckter Lust.

»Griffin, zoom mit der Kamera näher ran«, sagte dieser Yasha, aber ich konnte mich jetzt auf nichts anderes konzentrieren. Ich wollte diese wundervollen Gefühle auskosten, die Kayne in mir hervorrief.

Seine andere Hand gesellte sich unter meinen knappen Rock, der mir mittlerweile bis hoch zu den Hüften gerutscht war. Als er am Saum meines Höschens zog, hob ich den Hintern an, sodass er mir den Streifen Stoff über die Schenkel ziehen konnte. Seine Lippen küssten meinen Hals, trafen genau die sensible Stelle unter meinem Ohr, während er mit einem Finger sachte den Spalt zwischen meinen Schamlippen entlangfuhr. Alles war so neu, so göttlich, so atemberaubend, dass ich hoffte, nein flehte, er möge nie mehr damit aufhören.

»Kayne«, sagte Yasha, worauf er seinen wundervollen Mund von meinem Hals nahm. »Vergiss nicht, du musst noch ihre Jungfräulichkeit nachprüfen. Dring nicht vorher mit dem Finger in sie ein.«

Yashas Ansage wirkte wie eine Eiswürfeldusche auf mich. Hastig schlug ich die Augen auf, war binnen Millisekunden aus meinem Taumel erwacht und setzte mich aufrecht hin. Ich ignorierte dabei, dass Kaynes Hand noch immer zwischen meinen Beinen steckte.

Kayne seufzte. »Vielen Dank, Yasha.« Er klang genervt. Jetzt erst bemerkte ich, dass Griffin direkt vor uns kniete und schamlos zwischen meine Beine filmte. Reflexartig presste ich sie zusammen, worauf Kayne von mir abließ, was ich so schade fand.

»Lainey.« Er strich mir die wilden Locken aus dem Gesicht. »Ich werde jetzt deine Jungfräulichkeit feststellen, okay?« Eindringlich sah er mir in die Augen. Er wich mit seinem Blick nicht von mir, als wollte er mir auf diese Weise durch eine unangenehme Prozedur helfen. Kayne verhielt sich so rücksichtsvoll, so liebenswürdig, dass meine Nervosität zwar nicht ganz schwand, sich jedoch einigermaßen legte. Ich hatte vorab ja schon gewusst, dass dieser Moment kommen würde, genau wie der, wenn er mich vor laufender Kamera entjungfern würde. Niemandem sonst auf der Welt könnte ich diesen intimen Part nach diesem Auftakt wohl gestatten als Kayne. Mit seiner einfühlsamen Art hatte er sich binnen Minuten mein Vertrauen erschlichen. Dazu war er der absolut atemberaubendste Mann weit und breit. Wider Willen öffnete sich mein Herz ein Stückweit für ihn, floss etwas Süßes durch mich hindurch, das den Schmetterlingen in meinem Bauch zum ersten Mal in meinem Leben Nahrung gab.

»Was muss ich tun?«, fragte ich leise, meine Stimme bebte.

Statt einer Antwort langte Kayne in meinen Nacken und schob mich nach unten, sodass ich auf der Sitzfläche des Sofas lag, bevor er mein linkes Bein am Knöchel umfasste, und über der Lehne platzierte. Meine Beine somit weit spreizte. Hinter ihm erschien Griffin mit der Kamera und zoomte auf meine Vagina. Ich verging beinahe vor Verlegenheit.

Währenddessen setzte sich Kayne auf ein Knie. Sein Blick verwandelte sich, die Augen wurden dunkel und hungrig, als wäre ich ein Beutetier, das er ewig lang gejagt hatte und endlich erlegte.

»Keine Angst, ich werde dir nicht wehtun.« Er platzierte eine Hand auf meinem Bauch.

Als ich nickte, legte er seine warmen Finger auf meine Vagina und spreizte meine zarten inneren Falten, dehnte die empfindliche Haut um meinen Eingang. Er verharrte einige Sekunden und ließ Griffin Zeit für seine Bilder, ehe er sich vorbeugte und meine Mitte begutachtete.

Heiße Scham kochte in meinen Wangen hoch, während ich die Prozedur reglos über mich ergehen ließ. Ich sah starr zur Decke hoch. Kayne hingegen schien sich nicht von dem Anblick losreißen zu können. Ich hörte ihn tief durchatmen, während er vorsichtig mit einem Finger den äußeren Bereich um meine Öffnung streichelte.

»Du bist eindeutig noch Jungfrau«, sagte er schließlich und klang euphorisch. Er ließ von mir ab. Instinktiv hob ich mein Bein von der Lehne, setzte mich aufrecht hin und presste die Schenkel zusammen. Dieser schöne Mann hatte meine privatesten Stellen bis ins Detail betrachtet. Genauso schrecklich fühlte sich der Gedanke an, dass meine Vagina nun auf alle Ewigkeiten für einen Film konserviert war. In dieses Studio zu kommen, war eine mehr als dumme Idee gewesen.

»Ich kann das doch nicht«, flüsterte ich und erntete ein genervtes Schnauben von Yasha.

»Du wolltest ja unbedingt eine Echte. Jetzt siehst du, was dabei herauskommt«, schnauzte er Kayne an.

Kayne ignorierte ihn, legte stattdessen einen Arm um meine Schultern und kam mit dem Gesicht näher, während ich starr auf meine Hände im Schoß blickte.

»Würdest du dich nochmal genauso hinlegen wie eben?«, fragte er leise. »Ich möchte dir etwas zeigen.«

Überrascht wandte ich den Kopf. Eine dunkelblonde Strähne hing Kayne lässig in die Stirn, die ich ihm am liebsten aus dem

Gesicht gestrichen hätte, nur um ihn zu berühren. Eigentlich hatte ich vermutet, er würde spätestens an dieser Stelle den Dreh abbrechen und mich entnervt nach Hause schicken.

»Was denn?«

Sein linker Mundwinkel hob sich zu einem frechen Grinsen. »Das kann ich dir nur zeigen, Cherie.« Wieder wanderte seine große Hand in meinen Nacken, mit der er mich sanft zurück in meine vorherige Position schob, bevor er mein Bein über die Lehne hob. Mein Herz klopfte so wild, dass ich schon fürchtete, es könnte jeden Moment zerspringen. Was würde er jetzt machen? Was hatte er vor?

Mit beiden Händen glitt Kayne an den Innenseiten meiner Schenkel entlang, bevor er sein Gesicht zwischen meine Beine senkte. Seine Zungenspitze stupste meine empfindlichste Stelle an, erst einmal, dann spielerisch ein zweites Mal und schickte ein Bataillon Blitze durch mich hindurch, die meine Nervenenden zu verglühen drohten.

Ich schrie überwältigt auf, rührte mich aber nicht. Bei Gott, ich wollte mehr davon. Meine Hände krallten sich in das Leder des Sofas, hinterließen wahrscheinlich hässliche Kratzspuren auf der Oberfläche, doch das war mir sowas von egal. Mit jeder Sekunde die verging, wollte ich mehr von ihm und stöhnte genussvoll, als er meine Klitoris zwischen die Lippen saugte, ehe er vorsichtig daran knabberte. Ein winziger Rest in mir kämpfte gegen seine Verführungskünste an. Meine überschwängliche Lust duellierte sich mit einer Prise Selbstbeherrschung. Gegenwehr war zwecklos. Kaynes Sog war stärker, zog mich unweigerlich in diesen glückseligen Strudel, aus dem ich nie wieder auftauchen wollte, auch wenn es mir den Atem raubte. Ich wand mich unter ihm, als er mit der Zunge um meine Perle kreiste, sie so wohltuend und sanft malträtierte, dass ich kaum noch Luft bekam. Ich wimmerte nach mehr und hob ihm mein Becken entgegen. Kayne erhitzte mein Blut dermaßen, dass ich trunken vor Begehren, alles mitmachte, was dieser sexy Kerl mit mir veranstaltete. Was Kayne mit mir anstellte, war zum Niederknien göttlich, so fremd, so unbekannt beängstigend und gleichzeitig das berauschendste Gefühl, das je meinen Körper geflutet hatte. Er leckte mit der ganzen Breite seiner Zunge über meine Schamlippen, bevor er vorsichtig – viel zu vorsichtig, mit der Zungenspitze die empfindliche Haut meines Eingangs liebkoste. Ich brauchte mehr, stellte ich überrascht fest und mich überkam die Eingebung, dass sich Kayne schwer zurückhielt, mir längst nicht alles gab, was er zu bieten hatte. Fast schon frustrierend einfühlsam vorging.

»Das machst du großartig, Kayne. Sie kommt gleich«, murmelte Yashas Stimme durch den glückseligen Nebel, der mich einhüllte. Mir war jetzt schon schwindlig, eine Steigerung ertrug ich nicht mehr. Als hätte Yasha ein Zauberwort ausgesprochen, zogen sich meine Bauchmuskeln rhythmisch zusammen, bog sich mein Rücken ins Hohlkreuz, während ich laut stöhnte. Die halbe Welt krachte über mir zusammen und riss mich in heißen Wellen davon, spülte mich durch gleißendes Licht, in dem ich jede Zelle meines Körpers fühlen konnte. Ich konnte fliegen, besser gesagt schwebte über mir selbst, in dem hoffnungslosen Versuch, die tausend explodierenden Gefühle in mir zu begreifen, die mich schüttelten und denen ich mich nur schreiend erwehren konnte. Nur langsam tauchte ich aus meinem Nebel wieder auf, schaffte es allerdings nicht, meinen hektischen Atem unter Kontrolle zu bekommen und öffnete träge die Augen. Kayne hob den Oberkörper und wischte sich mit dem Handrücken über das vor Nässe glänzende Kinn. Ein triumphierender Ausdruck stand in sein Gesicht gemeißelt und ich wusste nicht, womit ich diesen begnadeten Mann verdient hatte.

KAPITEL 3

KAYNE

Sollte Yasha weiterhin so blöd dazwischen quatschen, würde ich mich schon sehr bald vergessen. Sobald er eine Anweisung blaffte, oder einen blöden Kommentar von sich gab, verwandelte sich Lainey binnen Sekunden wieder in diese scheue Maus. Und das jedes Mal, nachdem ich sie mühsam aufgepäppelt hatte. Ich wusste selbst wie grandios ich im Bett war, von Yasha brauchte ich diesbezüglich ganz bestimmt keine Bestätigung. Sein Palaver riss Lainey nur unnötig aus ihrem Rausch, den ich für sie aufbaute. Ein wenig Ablenkung wirkte Wunder bei der Süßen. Obwohl sie so unsicher und naiv daherkam, loderte tief in ihrem Inneren ein kleines Feuer.

Ich könnte schwören, dass Lainey schon seit Jahren von heißem Sex fantasierte, obwohl es bisher nicht dazu gekommen war. Aus welchem Grund auch immer. Für mich ein halber Lottogewinn. Mal im Ernst, wann traf ein Mann mal eine hübsche Jungfrau in den Zwanzigern? Praktisch nie. Genau aus diesem Grund sollte Yasha auch seine verdammte Klappe halten. Ich wusste schon, wie ich vorzugehen hatte. Ihre Entjungferung war meine Show, und Lainey so hingebungsvoll talentiert. Noch immer lag sie breitbeinig und atemlos vor mir, ihr seliger Blick verriet mir alles. Ihr süßlicher Geschmack lag noch auf meiner Zunge und bei allen Heiligen: so köstlich konnte nur eine Jungfrau schmecken. Es hatte mich einen Kraftakt an

Selbstbeherrschung gekostet, meine Finger nicht in sie zu stecken, um ihren gewaltigen Orgasmus noch intensiver mitzuerleben. Aber ich wollte nichts kaputtmachen.

Nachdem ich sie genügend vorbereitet hatte, sie klitschnass und willig vor mir lag, kam endlich mein Part. Ich wollte sie ficken, nichts anderes zählte.

Ich musste doch tatsächlich einmal tief durchatmen, ehe ich in der Lage war, mich ganz vom Sofa zu erheben und hielt ihr die Hand hin. Nach einem Moment des Zögerns ergriff sie sie und ließ sich von mir auf die Beine helfen. Noch immer war sie erhitzt, ihre Wangen glühten, auch ein paar erregte Flecke zierten rosa ihr Dekolleté. Oh, diese wundervollen straffen Brüste. Bei jeder Bewegung wippten sie einladend, sodass ich am liebsten meinen Schwanz dazwischen stecken wollte, um diese einmaligen Titten zu vögeln. Ich legte beide Hände auf ihre Hüften und schob ihr den störenden Minirock über die Schenkel. Das Top ließ ich ihr an. Es hatte sich in einem sexy Streifen um ihre Taille gewickelt und stand ihr ausgezeichnet. Wie sie gekonnt die Lider niederschlug. Ja, sie schämte sich für ihre Lust, aber ihre Hemmungen waren mir scheißegal. Ab jetzt ging es nur noch um mich. *Baby, ich will dieses zauberhafte Häutchen zerstören, nichts anderes interessiert mich.*

»Alles in Ordnung?«, fragte ich leise und streichelte ihre zittrige Hand. Die anstehende Defloration sollte ihr ebenfalls Spaß bereiten. Sonst machte die Sache keinen Sinn. Ich befriedigte immer eine Frau im Bett. Das befahl mir zwar nicht meine gute Kinderstube - dafür jedoch mein Ego.

Die Süße stand ein wenig schwach auf den Beinen. Höchste Zeit, sie ins Bett zu schaffen. Wehte da tatsächlich ein Anflug von Nervosität über mich hinweg? Welch unbekannt erregendes Gefühl.

»Mir geht es gut.« Sie schenkte mir ein schwaches Lächeln, so bezaubernd, dass es mir durch und durch ging. Es war das allererste Mal, dass ich sie lächeln sah. Sie sollte das viel öfter tun.

»Gehen wir rüber ins Bett.«

»Jetzt wird es also Ernst«, hauchte sie leise, sodass nur ich sie verstehen konnte, obwohl die beiden Nervensägen uns auf

Schritt und Tritt verfolgten. Ihre Hände zitterten. Behutsam lotste ich sie zum Bett, das immer noch so beschissen ausgeleuchtet war. Verdammt. Am liebsten hätte ich die zwei Störenfriede rausgeschmissen, aber ich wollte den Film. Mir jede Sekunde im Nachhinein noch einmal genüsslich betrachten. Dieser Moment kam nie wieder.

»Kayne«, meldete sich Yasha schon wieder im ungünstigsten Augenblick zu Wort. »Vergiss den Moneyshot nicht.«

Lainey wich mit dem Kopf zurück. »Moneyshot?«

»Kayne muss nachher auf dir abspritzen, auf keinen Fall darf er das in deiner Pussy tun«, erläuterte Yasha genervt. »Die Zuschauer wollen sehen, wie er kommt. Genau dafür bezahlen sie Geld.«

»Ach, so ist das.« Lainey schluckte.

Yasha. Verfluchter, unsensibler Idiot. Obwohl ich zugeben musste: an den Moneyshot hatte ich bisher nicht einen einzigen Gedanken verschwendet.

Ich nahm ihr bebendes Gesicht in beide Hände. »Ich bin vorsichtig.«

»Danke«, quetschte sie hervor. Tränen schwammen in ihren Augen. Oh, bitte jetzt nicht weinen.

Ich senkte meine Lippen auf ihre und drang mit meiner Zunge behutsam in ihren Mund ein, bevor ich ihn richtiggehend in Besitz nahm. Schon wieder zögerte sie, als würde ich ihr ein Tor zu einer fremden Welt aufstoßen. Sie konnte nicht dermaßen unerfahren sein. Jungfrau, okay. Aus Überzeugung vielleicht, religiösen Motiven oder weshalb auch immer. Aber ungeküsst niemals. Dafür war sie schlichtweg zu attraktiv. Das Beben in ihr ließ langsam nach, ihre Zunge fing an, mit meiner zu spielen. Sie umkreisten sich so leidenschaftlich, dass mein armer sowieso schon malträtierter Schwanz nach Befreiung winselte. Meine Hoden zogen sich schmerzhaft zusammen, sodass ich mich fast krümmte. Ich war dermaßen hart, dass ich nicht wusste, ob ich mich nachher tatsächlich zurückhalten konnte. Scheiße.

»Kayne, du bist der absolut perfekte Jungfrauen-Flüsterer«, mischte sich Yasha erneut ein und klang unterschwellig erregt. »Ihr kommt bestimmt grandios im Video rüber.«

Obwohl mich sein Lob freute, sollte ich langsam in Bewegung

kommen. Lainey lag nackt in meinen Armen, ihre festen Titten drückten sich gegen meinen Brustkorb, was meinen Schwanz vollkommen ausflippen ließ. Er zuckte und pulsierte unkontrolliert. Steckte ich nicht bald in ihr, würde der arme Kerl explodieren. Unser Kuss war atemberaubend, nahm an Tiefe zu und hatte eine unnachahmliche Süße. Lainey küsste mich so sexy, dass ich meine Kussaversion ganz vergaß. Ich mochte es, sie zu küssen, gestand ich mir widerwillig ein.

Höchste Zeit, unser heißes Zungenspiel zu beenden. Halbwegs widerwillig löste ich mich von ihren Lippen und knöpfte mir das Hemd auf, bevor ich es über meine Schultern schob und einfach zu Boden fallen ließ. Ihre hübschen hellblauen Augen wurden groß, sie begaffte mich richtig und was ich in ihrem Blick ausmachte, hatte ich schon tausendmal bei anderen Frauen zur Kenntnis genommen. Die Girls liebten meinen Body, der jahrelange Kraftsport zahlte sich aus, den ich eher betrieb, um fit für meinen anstrengenden Job zu bleiben. Die Muskeln waren lediglich ein angenehmer Nebeneffekt. Ihre Hand zuckte in meine Richtung, sie wollte mich berühren, traute sich jedoch nicht. Also nahm ich sie und legte ihre Finger auf meine Brust. Ich streichelte mich selbst mit ihrer Hand, ließ ihre Fingerspitzen über meine harten Rippenmuskeln nach unten gleiten. Fuck, sie machte das so gekonnt, dass ich fast in meine Boxershorts kam. Ich widerstand dem Drang, meine Augen zu schließen, um mich auf ihre zärtlichen Berührungen zu konzentrieren, obwohl ich überhaupt nicht auf Vanilla Sex stand. Ich war fast schon ein wenig besorgt über meine Kuschelfick Fantasien.

Im Prinzip war ich ein versauter Sadist, aber diese dunkle Seite in mir, würde die Kleine sowieso niemals zu sehen bekommen. Obwohl sie einiges verpasste. Vielleicht sollte ich sie demnächst nochmal …? Nein, diese Idee war zu absurd.

»Öffne meine Hose und hol meinen Schwanz raus«, wies ich sie an. Mal sehen, wie mutig die hübsche Lainey war. Um sie ein wenig zu motivieren, schob ich ihre Hand weiter nach unten und presste sie auf mein steinhartes Glied. Scheiße, das hätte ich nicht tun sollen. Kurz blieb mir doch tatsächlich die Luft weg, das Pulsieren in meinem Schaft stieg bis hoch in den Bauch.

Lusttropfen rieselten in meine Boxershorts, wie bei einer kaputten Sprenkleranlage.

Sie fädelte tatsächlich den Gürtel aus der Schnalle und öffnete Knopf und Reißverschluss. Unter normalen Umständen würde ich jetzt den Gürtel aus den Schlaufen ziehen, ihn einmal in der Mitte zusammenfalten und der schneeweißen Haut auf ihrem Arsch ein wunderschönes rotes Muster verpassen. Ihr währenddessen unanständige Dinge ins Ohr flüstern. Wehmütig wischte ich all die aufploppenden Gedanken beiseite, für ihr erstes Mal wollte ich der Lady nicht zu viel zumuten. Sie schob mir die Anzughose von den Beinen, ging dafür in die Hocke, bis ihr Gesicht direkt vor meinem Schwanz verweilte, der immer stärker in Richtung Freiheit drängte. Ganz falsche Position, Baby.

Obwohl ich das wirklich nicht tun wollte, packte ich Lainey fest im Genick. Ein Reflex, den ich nicht steuern konnte. Sie stieß einen erschrockenen kleinen Schrei aus, den ich ignorierte. Stattdessen presste ich ihr Gesicht fest auf meine noch im Stoff gefangene Erektion. Jede andere Frau würde ihn mir nun lutschen müssen, und zwar in einem Takt, den ich ihr vorgab. Leider wirkte Lainey überfordert, sodass ich sie an mich gepresst nach oben holte.

Ihre Wange, ihre Lippen, ihr Kinn strichen über meinen gequälten Schwanz und über meinen nackten Bauch und Brustkorb, ohne dass sie sich wehrte. Nur zu gern würde ich sie an der nächstbesten Wand festbinden und eine kleine Session mit ihr veranstalten, ihr eine ganz besondere Art der Erotik nahebringen, von der diese Unschuld nicht mal ahnte, dass sie existierte. Als ich in ihre keuschen Augen sah, erinnerte ich mich wieder, weshalb ich vor ihr stand. Mit einer kurzen Handbewegung streifte ich meine Boxershorts ab und verschaffte der Hübschen ungehinderten Ausblick auf meinen doch recht gewaltigen Schwanz, der steil nach oben ragte.

Etwas wie Schreck wogte in ihrem Blick, als sie meine Erektion betrachtete. Rasch schnappte ich sie um die Schultern und drängte sie aufs Bett, legte mich auf sie, während ich hingebungsvoll ihre Brüste streichelte und ihren Hals küsste. Ja, ich konnte zärtlich sein, wenn ich wollte. Prüfend strich ich mit zwei Fingern zwischen ihre klitschnassen Schamlippen. Positiv.

Lainey war immer noch erregt, und keuchte wie zum Beweis für mich auf. Ich konnte meine wachsende Erregung kaum noch kontrollieren. Ein Schalter in meinem Kopf knipste sich aus, ich schob ihr ein Bein an der Kniekehle bis hoch zur Brust, um mich mit einem einzigen Stoß tief in ihr zu versenken.

»Nicht in dieser Stellung, Kayne.« Jäh holte Yasha mich zurück in den Dreh und ich hob den Kopf, während Lainey starr unter mir lag.

»Was?« Ich musterte ihn fragend.

»Die Kamera fängt in dieser Position nicht ein, wie du in sie eindringst«, legte Yasha nach. »Sie sollte sich besser mit dem Rücken zu dir gewandt, seitlich vor dich legen, dann schiebt sie ein Bein über deinen Schenkel, sodass Griffin alles im Detail filmen kann. In der Stellung kannst du sie grandios von hinten nehmen. So sieht der Zuschauer nachher jede Einzelheit der Entjungferung perfekt.«

Da sprach der Profi. Zwar keine bequeme Stellung für ein erstes Mal, ich hätte ihr die anstehende Defloration lieber behaglicher vergönnt. Aber scheiß drauf. Das Video musste perfekt werden, Yasha hatte recht, ich sollte mich jetzt nicht als Gentleman aufführen. Ich wandte mich an Lainey. »Kriegst du das hin?«

»Ich denke schon.« Sie klang fiebrig, kurzatmig und extrem erregt. Nachdem wir die verlangte Position eingenommen hatten, senkte ich meine Lippen auf die Stelle, an der ihr Hals in die Schulter überging. Meine Hand schlich sich zwischen ihre Beine und ich streichelte ihre angeschwollene Klit. Fingerte sie so lange, bis sie ihr schweres Keuchen nicht mehr unterdrücken konnte und butterweich in meinen Armen lag. Jede Anspannung in ihrem Körper lockerte sich, ich spürte es ganz deutlich. Mein Schwanz drückte sich hart gegen ihren Arsch, den ich ebenfalls liebend gern in Besitz nehmen würde.

Lainey stützte sich mit dem Ellenbogen ab, hielt Kopf und Schultern in der Luft, während ich meinen Schwanz mit einer Hand umfasste und zu ihrem unberührten Eingang dirigierte. Langsam und vorsichtig drang ich in sie ein, schob meine Eichel behutsam zwischen ihre zarten Falten und fixierte mit einer Hand ihr Bein auf meinem Oberschenkel. Sie durfte sich jetzt nicht bewegen. Verflucht war das geil. Ihre Brüste bebten, ich sah, wie sie den Kiefer anspannte, als ich mich ein weiteres Stück in ihre Spalte drängte. Noch nie in meinem Leben war mein Schwanz dermaßen eng empfangen worden, ihre Muskeln saßen so fest, dass sie meinen Penis beinahe schmerzhaft zusammenpressten. Lainey schluchzte auf und biss die Zähne zusammen. Shit. Ich war noch nicht mal halb drin. Ich wartete, bis sie wieder zu Atem kam, bevor ich mich unerbittlich weiter in sie schob, und doch so langsam und behutsam wie möglich vorging. Immer tiefer in dieser unglaublich betörenden Hitze versank, die meinen Schwanz malträtierte und meinen Blutdruck in Wellen nach oben jagte. Als ich schließlich vollkommen in ihr steckte, gab ich Lainey einen Moment Zeit, sich an meinen Kingsize Freund zu gewöhnen. Ihre innere Anspannung ließ nach, sodass ich schließlich ein Stück aus ihr herausrutschte, bevor ich behutsam wieder zustieß.

Hatte tatsächlich ein kleiner Jauchzer ihre Lippen verlassen? Immer wieder stieß ich in sie, drang mit meiner ganzen Länge in sie ein, verstärkte den Druck und die Intensität, bis sie mir schließlich mit dem Becken entgegen kam. Noch nie hatte ich eine Frau mit so viel Vergnügen gevögelt wie Lainey. Obwohl ich sie bisher alle gern gefickt hatte. Dieser Schwanz hatte hunderte von ihnen beglückt. Aber keine von denen hatte mir das geben können, was ich von ihr gerade bekam. Den absoluten Kick. Laineys nasse Pussy spürte ich so intensiv, wie bei keiner jemals zuvor und wähnte mich im Himmel. War ich etwa schon gestorben? Lainey war ein wundervolles Wesen, weswegen ich mich nicht zurückhalten konnte und es auch gar nicht mehr wollte. Meine Stöße wurden härter, schneller und durchbrachen den letzten Widerstand ihrer Unschuld.

»Ja«, stöhnte sie, »Ja«, und immer wieder nur »Ja«, was mich zur Höchstleistung anspornte. Ich wollte sie unbedingt befriedigen. Fast mehr noch als mich selbst. Schon im nächsten Moment zogen sich diese fast schon kriminellen Muskeln um meinen Schwanz zusammen und töteten ihn beinahe ab. Ihr Körper bebte unkontrolliert. Jede Sekunde ihres Orgasmus war ein Geschenk, eine Offenbarung, sodass ich fast in ihr gekommen wäre und den Moneyshot versaut hätte. Im letzten Moment zog ich mich aus ihr zurück, was mich unglaublich viel Überwindung kostete. Meine Hoden pumpten bereits Sperma durch meinen Schaft, das über ihre makellose Hüfte bis hoch zu den Brüsten regnete. Wunderschön.

Sie trug mein Mal. Ich schrie meinen Orgasmus heraus, die Sehnen in meinem Hals spannten sich an. Scheiße, war das geil. Erst als der letzte Tropfen ihre Haut besudelte, war ich restlos befriedigt und setzte mich auf die Fersen. Genüsslich verteilte ich mit den Fingerspitzen meinen Saft auf ihr. An meinem Schwanz klebte Blut und ein roter Fleck auf dem makellosen weißen Leintuch bezeugte meine großartige Tat. Ich hatte die hübsche Lainey entjungfert und fühlte mich mehr als euphorisch. Und schon eröffnete sich das nächste Problem. Wie sollte ich nach dieser Nummer jemals wieder stinknormalen Sex mit irgendeiner Frau haben?

KAPITEL 4

LAINEY

»Hier, Dad.« Meine Hand zitterte, als ich meinem Vater das Bündel Dollarnoten hinhielt. »Das Geld ist für euch. Damit kannst du die kaputte Bewässerungsanlage reparieren und es bleibt sogar noch genügend übrig, um die Melkanlage aufzurüsten.« Ich wagte ein scheues Lächeln, obwohl ich wusste, er würde es nicht erwidern. »Du musst dann nicht mehr so hart arbeiten.«

Dad schob seine grauen buschigen Augenbrauen zusammen, während er die vielen grünen Scheine betrachtete. Seine Gesichtshaut war von der jahrelangen Arbeit unter der heißen Sonne Nevadas fast schon lederartig, tiefe Falten hatten sich in seine Stirn gegraben. An der Brusttasche seines ausgebleichten Jeanshemdes hing etwas Stroh. Er war eben erst aus dem Kuhstall zurück ins Wohnzimmer gekommen, weil gleich irgendein Footballspiel im Fernsehen übertragen wurde.

»Für euch, Dad«, redete ich auf ihn ein, weil er sich überhaupt nicht rührte. »Bitte, lass mich nicht betteln. Ich möchte euch so gern helfen. Der Arzt hat gesagt, du sollst dich schonen, aber trotzdem arbeitest du viel zu viel draußen auf der Weide und in den Ställen. Dad, ich mache mir Sorgen, dass dein krankes Herz den Stress sonst nicht mehr lange durchhält. Lass mich dir helfen. Nimm das Geld. Auch wenn es von mir kommt.«

»Kannst du dafür ins Gefängnis wandern?« Er klang kalt und

hart. Ich wusste, er wollte nicht mit mir reden und mir schon gar nicht in die Augen sehen. Das ertrug er kaum. Noch immer machte mein Vater keinerlei Anstalten, die vielen sauerverdienten Dollarnoten zu nehmen und mein Hals zog sich zusammen. Sollte er kein Geld von mir akzeptieren, hatte ich mich völlig umsonst vor laufender Kamera entjungfern lassen. Diese ganze peinliche Prozedur für nichts und wieder nichts auf mich genommen.

»Nein, Dad.« Hastig schüttelte ich den Kopf. »Es ist ehrlich verdient. Ich schwöre.« Ich wusste, er würde nicht näher nachfragen, woher der plötzliche Geldregen stammte. So weit ging sein Interesse an mir nicht.

Schließlich nahm er es doch und ein unglaubliches Gefühl der Erleichterung durchströmte mich, als er die Scheine durchfächerte und leise zählte. Meine Mutter beobachtete uns vom Sofa aus. Als mein Blick auf sie fiel, wandte sie sich wieder ihrer Daily Soap im Fernsehen zu, als ginge sie diese Unterhaltung nichts an.

Während mein Vater die 10.000 Dollar im oberen Schrankfach verstaute, nahm ich meine schwarze Reisetasche, die neben mir auf dem Boden stand. »Dann gehe ich jetzt. Mit den neuen Maschinen sollte der Wegfall meiner Arbeit kein Problem mehr darstellen. Bye Dad.« Nur mit Mühe hielt ich Tränen zurück, in meinen Schläfen pochte es dumpf und ich hätte alles für eine Umarmung gegeben. Der Abschied von meinem Zuhause fiel mir schwerer als erwartet, obwohl ich fast nur frostige Jahre auf dieser Farm verbracht hatte. Dennoch hing ich mehr an diesen beiden Menschen, als für mich gut war.

Mein Vater schloss die Schranktür, drehte sich um und nickte mir zu. »Lass mal wieder was von dir hören, Lainey.« Seine Miene blieb ausdruckslos, als hätte er lediglich eine abgedroschene Abschiedsfloskel von sich gegeben. Und genauso war sein Lebewohl auch gemeint gewesen. Belanglos. Ich war belanglos für ihn. Warum kapierte ich das nicht endlich?

Ich wandte mich an meine Mutter, hielt dabei meine Reisetasche schützend wie ein Schild vor meine Brust. »Auf Wiedersehen, Mom.«

Sie reagierte überhaupt nicht. Das eingespielte Lachen der

Sitcom mischte sich grotesk in unseren frostigen Abschied. Alles fühlte sich falsch an und doch gewohnt vertraut. Sie würde mir niemals verzeihen. Trotzdem ging mir ihre eisige Kälte immer noch unter die Haut, ungeachtet aller Geschehnisse wünschte ich mir ihre Liebe zurück. Aber das würde niemals geschehen und deshalb musste ich fort. Wenigstens ein bisschen hatte ich vorher noch für sie sorgen können – ein beruhigendes Gefühl.

Ich floh beinahe aus dem Haus, eilte den geschotterten Feldweg vor zur Landstraße und kam gerade noch rechtzeitig für den nächsten Bus. Hastig sprang ich hinein, während hinter mir mit einem Zisch die hydraulische Tür schloss. In der Eile hatte ich nicht einmal auf die Linie geachtet und hatte nun keine Ahnung, wohin meine Reise ging. Hauptsache weg. Schweren Herzens bezahlte ich drei Dollar für das Ticket beim Fahrer. Nun besaß ich noch genau fünf Dollar. Das reichte für überhaupt nichts.

Ich warf mich auf den nächsten freien Sitz. Gleichmäßig und monoton schaukelte der Bus über die staubige Landstraße mitten durch die Wüste. Wie gebannt starrte ich aus dem Seitenfenster durch die hereinbrechende Finsternis in die Einsamkeit, bevor ich mir mit beiden Händen durchs Gesicht wischte. Was sollte ich jetzt bloß tun? Mit den Fingerspitzen massierte ich meine geschlossenen Lider, um nicht in Tränen auszubrechen. Vielleicht sollte ich einfach bis zur Endstation durchfahren, auf diese Weise hätte ich ein wenig Zeit herausgeschlagen, in der ich nicht vollkommen allein auf mich selbst gestellt war. Am liebsten würde ich für immer hier sitzenbleiben.

Ich tippte der grauhaarigen Lady vor mir auf die Schulter. »Entschuldigen Sie Ma'am. Wohin fährt der Bus?«

Sie wandte sich um und musterte mich durch ihre dicken Brillengläser, als wäre ich nicht ganz richtig im Kopf. »Nach Las Vegas«, gab sie schließlich Auskunft und ich lehnte mich zurück.

Diese riesige Stadt jagte mir eine Heidenangst ein, andererseits waren meine Chancen auf eine erfolgreiche Jobsuche dort am größten, obwohl ich keinen blassen Schimmer hatte, wo ich beginnen sollte.

Die nächste Stunde saß ich einfach nur da und befahl meinem Gehirn vehement, jegliche Denkarbeit einzustellen. Ansonsten wurde ich noch verrückt vor Angst. Meine Hände zitterten auf meinen Oberschenkeln, noch schlimmer als heute Nachmittag im Studio von Pussycat Productions. Um ehrlich zu sein, hatte ich dort nicht halb so viel Angst verspürt wie jetzt, so ganz auf mich allein gestellt.

Ein Stückweit am Straßenrand ragte plötzlich ein riesiges Schild in die Höhe, und leuchtete in der Dunkelheit. *Aushilfe gesucht!*

Meine Augen wurden groß und ein Adrenalinschub preschte durch meine Venen, ehe ich meine Reisetasche schnappte und nach vorn zum Busfahrer hechtete. »Bitte, lassen Sie mich sofort aussteigen.«

Mit klopfendem Herzen stand ich vor dem Gentleman's Paradise und rührte mich nicht. Selbst ein Landei wie ich hatte von diesem Club schon gehört. *Gehört* war die Untertreibung des Jahrhunderts. Und Club ein beschönigendes Wort für Bordell. Das Gentleman's Paradise war berüchtigt. Unter normalen Umständen hätte ich nie auch nur einen Fuß in die Nähe dieses Sündentempels gesetzt. Ich hatte eine riesengroße Dummheit begangen, so überhastet den schützenden Bus zu verlassen, ohne zu wissen, was mich erwartete. Das Management suchte eine Aushilfe. Wofür? Käufliche Liebe? Mein Magen zog sich zu einem Klumpen zusammen.

Bedächtig ging ich näher, beobachtete das lebhafte Treiben vor dem Eingang. Männer strömten ins Innere oder kamen mit einem breiten Grinsen im Gesicht aus der riesigen Villa im Südstaatenstil. Nach meinem Besuch bei Pussycat Productions hatte ich gedacht, es könnte nicht mehr schlimmer kommen, aber wie bei allem im Leben, gab es für jede demütigende Erfahrung eine Steigerung. Und die hatte ich soeben gefunden. Mir wurde schlecht, als ich die massive Doppeltür erreichte und ich ignorierte die interessierten Blicke der Kerle um mich herum, die mich von oben bis unten musterten. Oh, Gott. Ich wollte nichts wie weg.

Ein glatzköpfiger Kerl, der ganz in schwarz gekleidet war, bemerkte mich und er runzelte die Stirn. Security stand auf seinem Shirt quer über die Brust geschrieben. »Kann ich dir helfen?« Er nickte in meine Richtung und ich wich instinktiv einen Schritt zurück. Der Typ wirkte unglaublich Furcht einflößend auf mich. Ein silberner Eckzahn blitzte im Kunstlicht auf, und verlieh ihm einen kriminellen Touch.

Ich atmete tief durch, obwohl ich am liebsten davongerannt wäre. »An der Straße steht ein Schild, dass hier eine Aushilfe gesucht wird.« Hilflos deutete ich mit dem Daumen über die Schulter in die Dunkelheit, während ich mühsam meine zitternden Knie in Schach hielt.

»Boss!«, rief der Koloss ins Innere und kurz darauf erschien ein attraktiver Mann Ende zwanzig im Türrahmen. Er wirkte seriös, sogar sympathisch in seinem anthrazitfarbenen Anzug. Als wäre er ein ganz normaler Geschäftsmann.

»Was gibt's, Spencer?«, fragte er, ohne mich zu beachten.

»Die Kleine bewirbt sich auf den Aushilfsposten.« Spencer deutete in meine Richtung.

Sein Chef unterzog mich einer knappen Musterung. »Endlich«, stieß er hervor und hob beide Hände gen Himmel. »Ich hatte schon befürchtet, dass wir auf die Schnelle niemanden finden.« Er streckte mir die Hand hin und lächelte freundlich. »Mein Name ist Aidan O'Conners, aber sag einfach Aidan. Du kannst sofort anfangen.«

Es dauerte etwas, bis ich es über mich brachte, seine Hand zu schütteln. Er hatte einen festen Händedruck, energisch und selbstbewusst.

»Vorher will ich wissen, was ich tun muss.« Das Blut rauschte mir in den Ohren, instinktiv wich ich vor ihm zurück, was er mit einem Stirnrunzeln quittierte.

»Ich ziehe mich nicht aus«, stellte ich hektisch klar, worauf dieser Aidan mir einen verwirrten Blick zuwarf.

»Selbstverständlich nicht«, erwiderte er, seine Belustigung nur halbwegs unterdrückend. »Es wäre etwas unhygienisch, wenn du nackt hinter dem Tresen stehst und den Gästen Getränke servierst.«

Ein riesiger Felsbrocken sackte von meinem Brustkorb. »Ihr sucht jemanden für den Ausschank?«

»Ja«, er nickte. »Und zwar dringend. Unsere Angestellte

Grace, die sonst für die Bar zuständig ist, hat sich die Schulter gebrochen. Wir brauchen dringend Ersatz bis sie wieder gesund ist.« Er wirkte etwas in Eile, warf nebenbei immer wieder einen Blick auf sein Smartphone. »Warum antwortet der Kerl nicht?«, murmelte er vor sich hin, ehe er wieder aufblickte. »Also, willst du den Job?«

Ich strahlte ihn an. »Ja«, hektisch nickte ich. »Sehr gern sogar.« Solange ich mich nicht ausziehen musste, war mir alles recht. Ich brauchte diesen Job so dringend, wenn ich nicht verhungern wollte.

»Dann lass uns für die Formalitäten hoch ins Büro gehen, danach kannst du sofort anfangen. Grace zeigt dir dann alles.«

Ehe ich zu einer Antwort ansetzen konnte, hatte er sich schon in Bewegung gesetzt und marschierte zügig voran, während ich ihm durch einen Nebeneingang ins Innere des sündigsten Hauses von ganz Nevada folgte.

KAPITEL 5

LAINEY

Ich hatte drei Tage benötigt, um mich einigermaßen im Barbetrieb des Gentleman's Paradise einzuarbeiten. Der Job war nicht so einfach, wie er sich anhörte. Noch immer brachte ich sämtliche Alkoholika durcheinander und musste mir die Rezeptur jedes Mixed Drinks fünfmal wiederholen lassen.

»Man merkt, dass du noch nie hinter dem Tresen gestanden hast.« Diese Grace beobachtete jede meiner Handbewegungen, während ich saubere Gläser aus der Spülmaschine in das verspiegelte Regal räumte. Ich hielt in meiner Arbeit inne und wandte mich ihr zu.

»Ich habe immer nur auf der Farm meiner Eltern mitgeholfen.« Entschuldigend zuckte ich mit den Schultern.

»Das kriegen wir schon hin. So schwer ist der Job ja nicht.« Sie tätschelte mir die Wange, während sie ihren geschienten Arm so ruhig wie möglich hielt. Auf den ersten Blick hatte sie ein wenig einschüchternd auf mich gewirkt, mit den weißblond gebleichten Haaren und dem grell geschminkten Gesicht, dazu die auffälligen Schlauchboot-Lippen. Ob ich bei Pussycat Productions ebenso übertrieben aufgetreten war? Nichts wollte ich lieber, als den Filmdreh so schnell wie möglich zu vergessen, verdrängen, dass er jemals stattgefunden hatte und mich auf meine neue Arbeit konzentrieren. Barkeeperin in einem Bordell.

Halleluja! Meiner Mutter würde meine Berufswahl bestimmt gefallen.

Grace rieb eine meiner lockigen rotblonden Haarsträhnen zwischen zwei Fingern. »Du bräuchtest mal wieder eine Haarwäsche, Mädchen. Du siehst nicht eben gepflegt aus. Trotz allem sind wir ein edles Haus.«

»Mein Vermieter hat mir Wasser und Strom abgedreht und stellt es erst wieder an, nachdem ich meine Miete bezahlt habe«, log ich geistesgegenwärtig. Dass ich gar keine Bleibe hatte, würde ich Grace garantiert nicht auf die Nase binden. Mir war selbst klar, dass ich mittlerweile aussah, wie eine undefinierbare Kreatur, die man aus einem Sumpf gezogen hatte. Aber was sollte ich machen?

Ein mitleidiger Ausdruck legte sich in ihre Augen. »Das tut mir leid, Kleines. Ich kenne mich mit fiesen Vermietern aus, die hatte ich früher zur Genüge. Wenn du magst, kannst du solange bei mir duschen. Ich wohne hier im Haus, hinten liegt mein Zimmer.« Mit dem Daumen deutete sie in den hinteren Teil der Villa und ich wäre ihr am liebsten um den Hals gefallen. Einzig mein leicht muffiger Körpergeruch hielt mich von einer Umarmung ab. Bisher hatte ich mich notdürftig auf der Damentoilette frischgemacht, aber mehr als eine kurze Katzenwäsche und Zähneputzen war dort nicht möglich. Allein aus diesem Grund hätte ich ihr fast auf Knien für ihr großzügiges Angebot gedankt. Ich fühlte mich so eklig in meiner Haut, so allein, und vollkommen aufgeschmissen.

Ich war jetzt offiziell eine Obdachlose, schlief bis Sonnenaufgang auf der Bank vorne bei der Bushaltestelle. So konnte es nicht ewig weitergehen, das wusste ich. Ich musste mir einen sicheren Schlafplatz suchen. Nur wo? Ich hatte noch fünf Dollar in der Tasche. Gestern war ich die halbe Nacht wachgelegen, während irgendwelche Tiere beängstigende Geräusche von sich gaben, irgendwas raschelte, um mich herumschlich und immer näher kam. Mein erstes Gehalt bekam ich erst in ein paar Tagen ausbezahlt und wie lange ich in diesem Club arbeiten konnte, stand sowieso in den Sternen. Wohin ich nach Graces Genesung gehen sollte, wusste ich ebenso wenig. Meine Lage war zum Verzweifeln. Ich hatte tatsächlich gedacht, von nun an würde ein neues Leben für mich beginnen. Ich hätte endlich den Punkt erreicht, an dem ich die Vergangenheit hinter mir lassen konnte. Aber ich schaffte es einfach nicht, sie verfolgte mich auf Schritt und Tritt, biss schmerzhafte Wunden in mein Gewissen und flüsterte mir im Schlaf zu, dass ich ihr niemals entkommen konnte, egal wie weit ich floh.

»Ich danke dir. Dein Angebot nehme ich gern an. Darf ich jetzt kurz?« Noch war früh am Abend und in der Bar nicht viel los, sodass ich die Gelegenheit nur zu bereitwillig nutzen wollte.

»Natürlich Schätzchen. Komm mit.« Mit schwingenden Hüften lief Grace voraus und meine Augen wurden groß, als ihre nackten Pobacken unter dem pinkfarbenen Schlauchkleid hervorblitzten.

Nach einer heißen Dusche fühlte ich mich schon tausendmal besser. Meine Kopfhaut juckte nicht mehr unangenehm und dank Graces Lavendelduschgel duftete ich jetzt wie sie. Sie hatte mir sogar angeboten, meine schmutzige Wäsche mit zu waschen, aber ich hatte dankend abgelehnt. Immerhin war sie verletzt und musste ihren Arm schonen. Diese Frau war ein Schatz. Vielleicht sollte ich als kleines Dankeschön ihre Wäsche waschen? Nachher würde ich sie fragen.

»Schätzchen, mach mir mal ein Bier und noch ein Glas Champagner für die Lady«, orderte ein Gast, der die rothaarige Shawna im Arm hielt. Eine der Prostituierten, die hier arbeiteten. Sie schmiegte sich an ihn, rieb ihre Wange an seiner Brust und fasste ihm frech in den Schritt. Zur Revanche kniff er ihr lachend unter dem roten Minirock in die Schamlippen. Peinlich berührt wandte ich mich ab, und holte rasch eine Flasche Bier aus dem Kühlschrank. Noch immer hatte ich mich an das freizügige Verhalten der Leute in diesem Club nicht gewöhnt. Eine Erinnerung stieg in mir auf, während ich den Kronkorken der Bierflasche abdrehte und nach einem Sektglas im Spiegelregal griff. Wie Kaynes Hand quälend langsam meinen Schenkel gestreichelt hatte, wie sie schließlich unter meinem Rock verschwand und einen Moment lang fühlte ich sogar noch einmal seine Fingerspitzen sachte auf meinen Schamlippen. In letzter Sekunde unterdrückte ich ein Aufkeuchen und langte nach der Champagnerflasche. Meine empfindlichste Stelle pulsierte, sobald dieser Mann vor meinem geistigen Auge auftauchte. Ich konnte Kayne einfach nicht vergessen. Er verfolgte mich bis in meine Träume, entjungferte mich jede Nacht aufs Neue. Ließ all diese spektakulären Gefühle wieder großflächig in mir aufleben, die ich mir tagsüber strikt verbot.

Ich stellte den beiden lächelnd ihre Getränke auf den Tresen und buchte sie auf der Clubkarte des Gastes auf, bevor ich mit einem Lappen Wasserflecken abwischte, um mich zu beschäftigen, denn Shawnas Begleiter saugte mittlerweile an ihrer linken Brustwarze. Hoffentlich war meine Schicht bald vorbei. Viel zu viele ungute Erinnerungen malträtierten mich, als hätte Kayne den Schlüssel für einen Käfig in mir gefunden, und sämtliche eingesperrte Fantasien wie eine Schar Wellensittiche befreit.

»Sieh mal einer an.«

Eine mir bekannte Männerstimme holte mich jäh aus meinen Gedanken. Mein Kopf flog buchstäblich in die Höhe und mein Herz stand einen Augenblick vollkommen still, als ich realisierte, wer vor mir stand. Kayne. Und zwar höchstpersönlich.

»Oh, mein Gott«, entfuhr es mir, glücklicherweise hatte ich nichts Zerbrechliches in der Hand, denn das Tuch rutschte mir aus den Fingern.

»Einfach nur Kayne.« Er zwinkerte mir zu und setzte sich an die Bar. Erst jetzt bemerkte ich Aidan O'Conners neben ihm, dessen Blick zwischen mir und seinem Begleiter wechselte. Scheiße. Mein Boss und er kannten sich.

Auch Aidan ließ sich auf einem der hohen Hocker nieder. »Ihr kennt euch? Ich habe Lainey als Vertretung für Grace eingestellt. Du warst die vergangenen Tage ja nicht erreichbar.«

Kayne lehnte sich zurück. Ein amüsierter Ausdruck stand ihm im Gesicht. Im Gegenteil zu mir wirkte er nicht im mindesten schockiert.

»Ich hatte vor ein paar Tagen die große Ehre, die hübsche Lainey entjungfern zu dürfen«, berichtete er laut und ohne Spur von Hemmungen.

Ich hingegen starb beinahe vor Scham. Für einen Moment

schloss ich die Augen und sammelte mich mühsam. Oh, nein. War er etwa Stammgast im Gentleman's Paradise? Das durfte doch nicht wahr sein. Ich hatte gehofft, wir zwei würden uns nie wieder über den Weg laufen.

»Ach ja? Wie klein die Welt doch ist.« Aidan klang interessiert und ebenfalls belustigt. »Wie kam das?«

»Ähm, was darf es sein?«, grätschte ich hastig dazwischen, in der Hoffnung, Kayne würde keine Virgin Colada bestellen, nur um mich noch mehr bloßzustellen. In meinen Wangen pulsierte heißes Blut. Er würde jetzt nicht allen Ernstes meine Entjungferung großartig vor meinem Boss ausbreiten. *Bitte nicht,* flehte ich ihn mit Blicken an.

»Zwei Bourbon on the rocks«, bestellte Aidan, worauf ich hektisch die Flaschen im Regal absuchte.

»Ist dir das peinlich, Lainey?«, fragte Kayne allen Ernstes und ich hätte ihn für diese unverschämte Frage am liebsten erwürgt. Mit der Flasche in der Hand drehte ich mich um.

»Ich denke nicht, dass mein Boss sich für mein Privatleben interessiert.« Ich betonte jedes einzelne Wort wie eine geknurrte Warnung und deutete auf Aidan, der mir vollkommen entspannt lauschte. »Also, würdest du bitte nicht mehr davon reden. Und zwar nie wieder«, schob ich scharf hinterher und schoss mit den Augen blitzende Pfeile in seine Richtung. Gott, war das unangenehm.

Kayne fuhr sich mit einer Hand durch sein dunkelblondes Haar, was viel zu sexy aussah. Eigentlich dürfte mir das gar nicht auffallen.

»Ich denke, das interessiert deinen Boss, zumindest einen davon.«

Mit zittrigen Fingern schaufelte ich Eiswürfel in zwei Whiskygläser, bevor ich sie mit der braunen Flüssigkeit auffüllte und ihnen vor die Nase stellte.

»Einen?« Ich sah hoch. Wovon redete der Kerl?

Kayne wandte sich an Aidan. »Du hast mich verschwiegen?«

»Du hast tagelang blau gemacht. Außerdem, wieso zum Teufel war das wichtig? Ich habe sie als Aushilfe eingestellt und wusste ja, dass ihr euch noch früh genug über den Weg laufen würdet.« Zum ersten Mal begutachtete Aidan mich genauer, ließ seinen Blick langsam über mein Gesicht und meinen üppigen Busen schweifen.

»Und seit wann sind solche Frauen dein Typ?«, redete Aidan weiter, als wäre ich nicht anwesend.

»Ähm«, ich räusperte mich. »Es ist nicht so, wie es vielleicht aussieht.« Verdammt, warum hielt ich nicht einfach meine Klappe? »Ich meine, dass ich vielleicht sein Typ wäre, oder so. Es war nur ein Geschäft und ich dachte, wir würden uns nie wieder über den Weg laufen. Hätte ich geahnt, dass ausgerechnet er …« Ich machte eine ausschweifende Handbewegung in Kaynes Richtung. »Also, dass er und du, also, dass ihr euch kennt …«

»Halt mal die Luft an, Lainey«, ging Kayne dazwischen und nippte an seinem Glas. »Was er dir mitteilen will, ist lediglich, dass die Hälfte dieses Ladens mir gehört, und ich somit zur Hälfte auch dein Boss bin.«

»Nein.« Mein Kiefer klappte nach unten. Das durfte nicht wahr sein. Schon als Gast war sein Erscheinen katastrophal, als mein Arbeitgeber konnte ich nur noch meine Sachen packen und schleunigst von diesem verruchten Ort verschwinden. Ich meine, dieser Mann hatte mich vor laufender Kamera entjungfert, das war nichts, woran man sich gerne erinnerte. Okay, das war gelogen. Aber ein normaler Umgang mit ihm wäre, nach allem was wir miteinander teilten, für mich schlichtweg unmöglich. Er hatte meine Vagina in allen Einzelheiten begutachtet, kannte sie nun besser als ich selbst. Am Ende erwartete er von mir, dass wir nochmal …

Kayne legte einen Finger unter mein Kinn und schloss meinen Mund. »Ich kann dir versichern, du bist nicht im Ansatz mein Typ. Somit musst du auch keine Angst haben, dass ich dir noch einmal an die Wäsche möchte. Daran hast du gerade gedacht, nicht wahr? Cherie …« Er machte eine gewichtige Pause. »Du hast mir schlichtweg nichts mehr zu bieten.«

»Kayne«, mahnte Aidan ihn leise und schüttelte missbilligend den Kopf.

Kaynes grobe Ansage wirkte wie eine Ohrfeige auf mich. Ich hatte ihm nichts mehr zu bieten. So mies war ich also gewesen? Zumindest während des Drehs hatte ich das Gefühl gehabt, dass ihm der Sex mit mir gefallen hatte. Nach Ende des Shootings hatte er Griffin und den übel gelaunten Russen aus dem Studio geschickt und mich im Bett noch über eine Stunde in den Armen gehalten. Mir dabei geholfen, wieder zu Atem zu kommen. Ich hatte mich an seine Brust gekuschelt und mich so großartig wie noch nie gefühlt. Geborgen und begehrt. Kayne hatte mir das Gefühl gegeben, als ob ihm etwas an mir läge. Ich keine billige Pornodarstellerin für ihn war. Im Gegenteil. Er hatte mich zärtlich und lieb behandelt, hatte mich gestreichelt und mir süße Komplimente ins Ohr geflüstert. Den Kayne, der vor mir saß, erkannte ich zumindest nicht wieder.

Wie zur Entschuldigung zuckte Kayne mit den Schultern. »Es sollte nicht so hart klingen. Du bist nur eine Nummer zu süß.«

Was auch immer das bedeutete.

»Okay.« Ich klang zu betont cool, wie mir selbst auffiel. Mein Puls klopfte schmerzhaft im Hals.

»Sei froh, dass du nicht nochmal in seinen Fängen landest.« Aidan leerte seinen Bourbon in einem großen Zug. Wie es aussah, konnte er mit Kaynes Gerede etwas anfangen. Er stellte sein Glas zurück auf den Tresen, während Kayne dem Treiben auf der Bühne folgte, wo eine hübsche Brünette strippte.

»Anna performed auch immer langweiliger«, sagte er zu Aidan, als würde ich nicht mehr existieren. »Wir brauchen mal wieder was Ausgefalleneres auf der Bühne, nicht immer nur dieselbe Show.«

»Was schwebt dir vor?«, fragte Aidan, der mich binnen Sekunden ebenfalls vergessen hatte. »Eine Live-Entjungferung on Stage?« Er lachte und Kayne stimmte mit ein.

Ich sollte den beiden besser nicht mehr zuhören.

»Leider lassen sich nur die wenigsten Jungfrauen auf solche Späße ein.« Kayne klang wehmütig - und ich fühlte mich beschissen. Er stand also auf Jungfrauen, konnte das sein? Ich hatte vermutet, er deflorierte beruflich. Überhaupt. Er war Porno-Schauspieler und gleichzeitig Bordellbesitzer? Ich verstand überhaupt nichts mehr.

»Hättest du eine Idee für die Bühne?«, wandte sich Kayne plötzlich an mich, als wäre nichts gewesen. Seine bernsteinfarbenen Augen durchleuchteten mich und schickten mir warme Wellen durch den Brustkorb. Er war ein faszinierender Mann, das konnte ich nicht abstreiten. Alles an ihm war groß, beeindruckend und aufregend. Obwohl ich mich gar nicht nach Aufregung sehnte, ließ er mich dennoch nicht kalt. Heute trug er wieder Anzug und Krawatte, was seinen eindrucksvollen Oberkörper nur erahnen ließ. Gleichzeitig sah er so heiß aus, wie er vollkommen entspannt dasaß und hin und wieder an seinem Bourbon nippte. Ein Bartschatten stand ihm im Gesicht, er musste sich ein paar Tage nicht rasiert haben und wirkte wild und verwegen. Am liebsten würde ich über den Tresen klettern und mich auf seinen Schoß setzen, mich an seine athletische Brust schmiegen, bis seine Hände auf meinem Körper auf Wanderschaft gingen.

»Lainey.« Kayne schnipste vor meinen Augen und holte mich zurück in die Realität. Zurück zu einem Mann, für den ich nicht mal mehr im Bett infrage kam. Wie demütigend.

»Ist dir schon was eingefallen? Du hast sehr nachdenklich ausgesehen.«

Hastig nahm ich ein Tuch zur Hand und polierte ein Glas. »Nein.«

Aidan stieß ihn an. »Lass sie doch in Ruhe. Aber ich finde deine Idee super, ein paar Neuheiten täten der Show gut, ansonsten laufen uns die Kerle schon bald zur Konkurrenz über.«

»Macht doch mal eine Show für Frauen«, rutschte es mir heraus und ich biss mir rasch auf die Unterlippe. Sicherlich hatten die beiden nicht mehr mit meiner Lauschattacke gerechnet.

Kayne legte einen Ellbogen auf dem Tresen ab und stützte sein Kinn in die Handfläche, bevor er mit dem Gesicht näherkam. »Du meinst eine Chippendales Show? Die gibt es schon in Las Vegas. Langweilig.«

»Ich habe keine Ahnung«, meine Stimme flatterte. »War nur so ein blöder Gedanke.«

»Also würde es dir gefallen, wenn ich mich jetzt vor dir ausziehe?« Seine Stimme klang dunkel und verführerisch.

»Nein.« Ich schüttelte den Kopf.

»Nein?«, wiederholte er.

»Lass sie doch mal ausreden«, ging Aidan dazwischen. »Was meinst du genau?«

Hilfe! Ich wollte mich mit den beiden nicht über solche Themen unterhalten, von denen hatte ich null Ahnung. Aber die zwei sahen mich erwartungsvoll an.

»Nun ja, nicht einfach nur ausziehen. Vielleicht ein bisschen mehr.«

»Und was schwebt dir genau vor?« Aidan machte eine Handbewegung, als wollte er mich antreiben.

»Na, ich meine, ein Ambiente wie hier, nur für Frauen.« Ich sah mich in der inzwischen mit Gästen gefüllten Bar um. Überall standen Männer mit leicht bekleideten Damen herum, es wurde gefummelt und getrunken. Warum sagte ich überhaupt solche Sachen? In meiner Fantasie stellte ich mir Kayne vor. Wie er mich in die Geheimnisse der Liebe einweihte, mir schmeichelte und jeden in mir schlummernden Wunsch erfüllte, mich immer wieder aufs Neue überraschte und mich noch einmal genauso zum Schmelzen brachte, wie vor ein paar Tagen. Meine heimlichen Sehnsüchte bereiteten mir Herzklopfen, ich musste mir diese Bilder schleunigst aus dem Kopf schlagen.

»Ich meine, einen Ort, an dem Männer die Wünsche von Frauen erfüllen und nicht immer nur umgekehrt«, sprudelte es aus mir heraus und natürlich hatte ich dabei nur ihn im Kopf.

»Wieso sollte eine Frau für Sex bezahlen?«, hakte Kayne nach.

Ich schluckte. »Nun, man müsste ihr irgendwas Spezielles bieten, was sie nirgendwo sonst bekommt, vielleicht. Eine neue Erfahrung.«

Die beiden musterten mich nachdenklich. »Süße«, sagte Kayne, »vielleicht habe ich dich doch unterschätzt.« Sein Grinsen wurde breiter, düster und angsteinflößend. Er taxierte mich gründlich, verwandelte sich binnen Sekunden in einen anderen Mann. Etwas Dunkles ging völlig unerwartet von ihm aus, eher ein schattiger Hang zu etwas sehr bösem. Mühsam schluckte ich den wachsenden Kloß im Hals hinunter.

»Was meinst du damit?« Sein plötzlich wiedererwachtes Interesse überforderte mich. Noch immer trug er dieses gerissene Grinsen auf den sinnlich geschwungenen Lippen, gleichzeitig warfen seine Augen mir finstere Fantasien entgegen. Er ließ mich

Bilder erkennen, die nicht für jeden bestimmt waren. Und der Himmel beschütze mich, ich wollte wissen, was da in ihm schlummerte.

»Dass ich vielleicht doch noch nicht durch bin mit dir.« Noch während er das sagte, wandte er sich von mir ab.

KAPITEL 6

KAYNE

Später in meinem Büro setzte ich mich an den Schreibtisch und fuhr den Computer hoch. Yasha hatte mir eine Datei auf WeTransfer hochgeladen und mir den link aufs Handy geschickt. Mir in der Nachricht noch scherzhaft geschrieben, ich könnte jederzeit als Schauspieler im Studio anfangen.

Mein Pulsschlag jagte doch tatsächlich in die Höhe, als ich das Video startete. Die DVD wollte er mir in den nächsten Tagen noch zukommen lassen, aber ich konnte nicht mehr länger warten. Unser Intro erklang, während das Pussycat Logo über den Bildschirm huschte. Der Schatten einer Katze. Dann endlich begann der interessante Part. Laineys Gesicht erschien in Großaufnahme, die wasserblauen Augen ängstlich aufgerissen, ein leichtes Zittern erfasste ihre Unterlippe.

So unschuldig.

So süß.

So unwiderstehlich.

Dasselbe Beben wie damals beim Dreh erfüllte mich, dieser starke Wunsch keimte in mir, sie noch einmal zu entjungfern, was ja leider nicht ging. Ein wehmütiger Seufzer verließ meine Lippen. Nach diesem Fick hatte ich drei Tage zur Erholung benötigt.

Ich selbst erschien im Bild, wie ich mit ihr auf dem Sofa saß und wir miteinander redeten. Dieser Blick von ihr hatte mich fasziniert, binnen Minuten hatte sich der Ausdruck in ihren Augen gewandelt, war die Angst darin verschwunden und ich konnte regelrecht mitansehen, wie sie mir verfiel.

Yasha hatte den Film bravourös geschnitten, einen Haufen des langweiligen Palavers herausgenommen, sodass wir recht schnell zu dem Part kamen, an dem ich ihre hübschen riesigen Titten entblößte. Konnte man hier nirgends Zeitlupe einstellen?

Was für Prachtstücke. Ich beneidete mich selbst, als meine Hand über ihren steinharten rosa Nippel glitt. Laineys Brüste hatten sich unglaublich angefühlt. Mein Schwanz zuckte, richtete sich auf und drückte unangenehm gegen den Reißverschluss. Er erinnerte sich also auch noch.

Schon wollte ich mir selbst Abhilfe verschaffen, da sprang die Tür auf und Aidan schneite in mein Büro. Ausgerechnet jetzt. Verstohlen zupfte ich im Schritt an meiner Hose, mein Ständer war so angeschwollen, dass er fast platzte.

»Was machst du da?« Aidan kam zu mir und stellte sich hinter mich. »Ist das nicht Lainey?« Interessiert betrachtete er das Video, bevor ihm endlich ein Licht aufging. »Du Mistkerl. Du hast sie vor laufender Kamera entjungfert?«

Breit grinsend lehnte ich mich zurück. Oh, ja. Das hatte ich getan. Und ich war verdammt stolz auf mich.

»Wie du siehst.«

Schweigend sahen wir weiter zu, wie sie ihre Beine spreizte und dabei so eingeschüchtert guckte, wie das sonst nur junge Häschen konnten.

Dann zoomte die Kamera direkt zwischen ihre Schenkel, während ich ihre Schamlippen weit auseinanderzog und die empfindliche Haut um ihren Eingang spannte.

»Ist das nicht ein wunderschönes Jungfernhäutchen?« Ich wischte mir über den Mund, mein Schwanz rebellierte schmerzhaft, wollte endlich nach draußen in Freiheit und noch einmal in Laineys süße Enge stoßen.

Aidan schüttelte den Kopf. »Ich weiß nicht, was ich dazu sagen soll. Du hast tatsächlich deinen eigenen Porno gedreht?«

Ich zuckte mit den Schultern, konnte mich an Laineys hübscher Pussy nicht sattsehen. »Es hat sich so ergeben.«

Er legte eine Hand auf meine Schulter. »Kayne, brich ihr nicht das Herz.«

Was? Was sollte das jetzt? »Ich habe nicht vor, die Sache mit ihr weiterlaufen zu lassen. Wie kommst du auf diesen Blödsinn?« Wenn mich einer kannte, dann Aidan. Er wusste, dass ich niemals und ich betone: niemals auf emotionaler Basis etwas mit einer Frau anfing. Somit erledigten sich Scherereien von vorne herein. Na ja, halbwegs zumindest. Faye kapierte immer noch nicht, dass die Sache zwischen uns gelaufen war und rief andauernd an. Nervte mich. Die Luft zwischen uns war einfach raus, der Reiz nach unzähligen Sessions dahin.

»Ihren ersten Kerl vergisst eine Frau nie.« Aidan setzte sich halb auf die Tischplatte, hatte jegliches Interesse an meinem Erstlingswerk verloren, dabei ging es noch nicht mal richtig zur Sache. »Für Lainey wirst du ihr ganzes Leben lang jemand besonderes bleiben. Also pass auf, was du machst, okay?«

Und schon war meine Stimmung im Eimer. Das war ja fast noch komplizierter als mit Faye. Ich stoppte den Film und lehnte mich zurück. Es war wohl besser, wenn ich mir den Rest allein und in Ruhe reinzog. Ich hatte nicht vor, der Kleinen das Herz zu brechen, oder ihr wehzutun.

Ganz und gar nicht. Genau aus diesem Grund würde ich auch meine Finger bei mir behalten. Es gab genügend andere Frauen für eine schnelle Nummer. Geeignetere. Lainey besaß bedauerlicherweise nichts mehr, was sie mir schenken konnte. Ich konnte mir nicht vorstellen, dass sie es stimulierend fand, beim Sex meine Hand fest um ihren Hals gedrückt zu spüren oder unten im Keller Darstellerin eines düsteren Rollenspiels zu werden. Bestimmt würde sie auch beim Anblick eines Floggers, gepaart mit ein paar Fesseln, schreiend davonlaufen. Was also sollte ich mit ihr? Ich würde niemals eine Frau gegen ihren Willen zu meinen Spielchen zwingen. Sollten sie meine Neigungen nicht teilen, fing ich erst gar nichts mit ihnen an. So einfach verhielt sich die Sache.

»Für die süße Lainey wird es keine Wiederholung geben.« Ich deutete lax auf das Standbild, das zufällig bei ihrem Gesicht gestoppt hatte. Jetzt blickte sie mir direkt in die Augen. Groß und unschuldig.

Auch Aidan gönnte sich einen zweiten Blick. »In der Tat sehr reizvoll, das muss ich zugeben. Aber erzähl bloß Vivien nichts davon. Die reißt mir sonst den Kopf ab.« Er klopfte mir auf die Schulter. »Du Jungfrauen-Flüsterer«, sagte er lachend.

Seit Aidan sich erneut in seine Jugendfreundin verliebt hatte, war er zu einem schrecklich verknallten Langeweiler mutiert. Früher hatten wir uns nächtelang gemeinsam eine Frau geteilt oder uns auf irgendwelchen einschlägigen Partys ausgetobt, heutzutage redete er nur noch von Vivien. Und ich konnte ihn sogar verstehen. Vivien war ein Hauptgewinn. Da hatte der Kerl mal richtig Glück gehabt, obwohl seither nichts mehr mit ihm los war.

»Warum bist du überhaupt in meinem Büro?« Höchste Zeit für einen Themawechsel, wenn ich meinen Porno schon nicht genießen konnte.

»Ich habe über das nachgedacht, was Lainey vorhin gesagt hat.«

Die Kleine hatte irgendwas Wichtiges erzählt? Kurz musste ich tatsächlich nachdenken. »Dieses Chippendales Gequatsche?«

»Ja«, er nickte. »Warum eröffnen wir nicht einen Club wie das Gentleman's Paradise nur für Frauen?«

»Ich dachte, wir wollten in unseren Laden mehr Pepp bringen.«

Aidan verzog die Lippen. »Wir sollten nichts vermischen. Mittlerweile besitzen wir vier Sexclubs, einer ist wie der andere. Warum bauen wir nicht auf dem Farmland von Freeman ein Lady's Paradise?«

Erst kürzlich war Ronald Freeman, der uns jahrelang den Kauf seiner maroden Farm verwehrt hatte, doch tatsächlich angekrochen gekommen, um uns seine verdorrten Felder für den Bruchteil dessen zu verhökern, was wir ihm während seiner Trotzphase bezahlt hätten. Selbst Schuld. Immerhin hatte der Kerl mir mal eine Mistgabel ins Kreuz jagen wollen. Dieser katholische Sturkopf. Aber Moment, was hatte Aidan eben vorgeschlagen? Hatte Vivien sein Gehirn weichgevögelt, oder was war plötzlich mit dem Kerl los?

»Du glaubst nicht wirklich, dass sowas funktioniert. Welche

Frau bezahlt Kohle, um sich von irgendeinem Typen in einem Bordell vögeln zu lassen. Das ist lächerlich.«

»Nicht, wenn man die Sache richtig aufzieht.«

Ich langte mir an den Kopf. Diese Idee war sowas von bescheuert. »Wie willst du ihnen den Blödsinn verkaufen? Als erotische Yogastunde? Oder Tantra-Stuhlkreis?«

»Man müsste das Thema eben sinnlich und leidenschaftlich verpacken.« Aidan erhob sich vom Schreibtisch. »Ein ansprechendes gehobenes Ambiente zum Beispiel. Heiße, gut gebaute Kerle, die ihre Verdorbenheit hinter einer charmanten Fassade verstecken. Ein Ort, an dem die Mädels sich wohlfühlen, wo sie Spaß haben, die Männer nicht aufdringlich sind, Champagner in Strömen fließt und auch die hässlichste von ihnen sich einmal wie eine Prinzessin fühlen darf.«

Ich konnte mir ein Prusten nicht verkneifen. »Also ein Bordell im Disney Style. Du hast sie ja nicht mehr alle, Aidan.«

Er rollte mit den Augen. »Lass es uns doch wenigstens versuchen. Ein halbes Jahr vielleicht. Wir bauen den neuen Schuppen doch sowieso. Sollte der Laden nicht laufen, dann ändern wir das Konzept. Komm schon, seit wann stellst du dich bei neuen Herausforderungen quer?«

»Nur, wenn sie schwachsinnig sind.« Ich lehnte mich zurück. Mir fehlte schlichtweg der Glaube an das Projekt, oder mein Vorstellungsvermögen reichte nicht aus. Ich kannte die Weiber einfach zu gut. Noch nie hatte ich eine getroffen, die auch nur einen Cent locker gemacht hätte, um mal richtig durchgevögelt zu werden.

Ich hörte Aidan schnauben, er war genervt und zwar tierisch. Okay, bitte. Sollte er halt mit der Schnapsidee auf die Nase fallen. »Dann mach es. Aber sag hinterher nicht, ich hätte dich nicht gewarnt.«

»Das Projekt wird nicht schiefgehen«, er schüttelte den Kopf. »Ich habe ein richtig gutes Gefühl dabei.«

Ich wandte mich wieder meinem Bildschirm zu. Gerade gab es wichtigere Prioritäten, als seine Spinnereien und zwar dem pulsierenden Ständer in meiner Hose endlich Erleichterung zu verschaffen. Gleich, nachdem Aidan endlich verduftet war, würde ich Grace für einen Blow-Job herbestellen. Selbst Hand anzulegen, darauf hatte ich keine Lust mehr. Und von Lainey sollte ich laut Anweisung ja die Finger lassen. Was blieb mir da übrig?

Wohlwollend tätschelte ich Grace den Kopf, während sie sich einen Tropfen Sperma vom Kinn wischte. Braves Mädchen, hatte alles geschluckt. Mein Herz raste noch immer in meiner Brust. Diese Frau konnte blasen. Ein Gedicht.

Ich half ihr auf die Beine, immerhin war ihr linker Arm geschient.

»Sonst noch was, Boss?« Sie lächelte mich an.

»Nein, alles bestens. Du warst wie immer großartig.« Ich schloss Reißverschluss und Knopf.

»Freut mich, dass es dir gefallen hat, mein Süßer.« Sie kniff mir in die Wange. »Dann geh ich jetzt schlafen.«

Ich wusste ihre Professionalität außerordentlich zu schätzen. Warum konnten nicht alle Frauen so sein wie sie? Einem Kerl den Verstand aus dem Kopf blasen und sich hinterher verziehen.

»Gute Nacht. Ist der Laden schon dicht?«

Sie sah auf ihre Armbanduhr. »Halb fünf. Schon seit einer halben Stunde«, sagte sie im Rausgehen und schloss die Tür hinter sich.

Wie die Zeit verging. In Wahrheit hatte ich so lange gewartet, um Lainey nicht mehr über den Weg zu laufen. Zweimal hintereinander hatte ich mir das verfluchte Video angesehen und mir jedes Mal gewünscht, sie noch einmal in mein Bett zu locken. Was total verrückt war. Das war nicht ich. Normalerweise reagierten die Frauen in dieser Art auf mich. Ich verstand meinen verrückten Sinneswandel einfach nicht. Was war an dieser Frau so besonders, dass sie mich dermaßen faszinierte?

Bloß, weil ich ihr die Unschuld geraubt und sie mich fast um den Verstand gevögelt hatte? Lächerlich. Meine Erinnerung an unseren Sex war nicht wie sonst leicht getrübt, sondern glasklar. Vielleicht lag das auch an diesem Film. Nein – zumindest nicht nur. Bereits die vergangenen Tage hatte ich mir jede Einzelheit zwischen uns nochmals ganz bewusst zurück in mein Gedächtnis geholt. Aus einem mir unerfindlichen Grund hatte ich nach dem Dreh den Wunsch verspürt, sie noch ein Weilchen in meinen Armen zu halten, hatte sogar den gefühlvollen Lover gemimt, sie gestreichelt und ihre wirren Locken aus dem Gesicht gestrichen. Ich war ihrem unverdorbenen Charme regelrecht erlegen. Und ich hatte Dinge zu ihr gesagt, an die ich mich lieber nicht zurückerinnern wollte. Ihr zuckrige Komplimente ins Ohr geflüstert, fiebrige Küsse auf ihren Hals gedrückt und sie federleicht gestreichelt. Ich hatte einfach nicht genug von ihrem perfekten Körper bekommen können.

Energisch stand ich auf. War ich noch zu retten? Noch immer flatterten diese Gedanken in mir herum, sie beruhigten sich einfach nicht. Dabei hatte ich gehofft, Graces professioneller Einsatz würde diesen Schwachsinn endgültig aus meinem Kopf vertreiben.

So langsam sollte ich mich auf den Heimweg begeben. Mich hinlegen und schlafen. Im Gegensatz zu Aidan wohnte ich nicht in Las Vegas. Der Trubel dort war kaum auszuhalten. Ich hatte mir ein geräumiges Haus in einem Städtchen ganz in der Nähe des Gentleman's Paradise gekauft und somit keine halbe Stunde Fahrt.

Ich schloss die Bürotür hinter mir, lief durch den Korridor und dann die Treppe hinunter. Die Notbeleuchtung erhellte notdürftig den Vorraum zur Bar. Im Haus war es gespenstisch still. Vielleicht sollte ich mir noch einen Schlummertrunk mit nach Hause nehmen. Meine letzte Whiskyflasche hatte ich gestern geleert. Kurzerhand drehte ich um und betrat die düstere Gentleman's Bar, durchquerte sie mit großen Schritten, ehe ich die Tür zum Lagerraum aufstieß und das Licht einschaltete.

Zielstrebig ging ich zwischen den parallelen Regalreihen auf die Kartons mit dem teuren Bourbon zu. Wenn schon, denn schon. Und öffnete den obersten. Ein Klirren ließ mich innehalten. Was war das gewesen? Hier befand sich doch jemand. Ruckartig drehte ich mich um und tastete in der Innentasche meines Jacketts nach meiner Baby Glock. Wer auch immer sich hier versteckt hielt, gleich würde ich es wissen. Mein Herzschlag pochte dumpf in meiner Brust, als ich an den Regalen entlang zur nächsten Reihe schlich, bevor ich um die Ecke schnellte und dabei die Pistole am ausgestreckten Arm vor mich hielt.

»Nicht schießen«, japste eine erschrockene Stimme und ich senkte die Waffe.

»Bist du verrückt?«, schnauzte ich, erstmal tief durchatmend. Wie kam Lainey ins Getränkelager? Sie lag auf einer dünnen Matte und hatte sich mit einer Jacke zugedeckt. Eine umgekippte Wasserflasche kullerte neben ihr über den Boden.

»Was zum Teufel machst du hier? Um ein Haar hätte ich dich erschossen.« Ich ging auf sie zu und zerrte sie am Oberarm auf die Füße. Überall in mir brodelte es. »Willst du uns bestehlen?«

»Nein«, sie schüttelte hektisch den Kopf, ihre blauen Augen hatte sie weit aufgerissen. »Ich wollte mich nur ausruhen, das ist alles.«

»Warum gehst du dann nicht nach Hause?«

Sie senkte den Kopf. »Ich habe kein Zuhause.«

»Ich dachte, du lebst auf der Farm deiner Eltern. Warum gehst du nicht zu ihnen?« Ich steckte die Waffe weg, noch immer klopfte mein Herz hektisch und flirrte Adrenalin durch meine Venen, das mich hellwach machte.

Ruckartig hob sie den Kopf, ein kämpferischer Ausdruck trat in ihr Gesicht, den ich noch nie zuvor an ihr gesehen hatte. »Das geht dich nichts an.«

»Tut es das nicht?« Ich holte sie an ihrem T-Shirt dicht vor mein Gesicht. »Dann schauen wir doch mal, was die Cops dazu meinen, dass du dich ohne Erlaubnis im Club aufhältst.« Ich bluffte. Nie im Leben würde ich diese Arschlöcher anrufen, solange ich eine Angelegenheit auch selbst regeln konnte. Aber wie erwartet, schnappte sie erschrocken nach Luft. Ich war mir sicher, sie wollte irgendwas stehlen und sich danach aus dem Staub machen. Hatte Aidan die Kleine nicht überprüft?

»Bitte, hol nicht die Polizei«, flehte sie mich an, was ich spontan als Schuldeingeständnis wertete.

»Nenn mir einen Grund, weshalb ich das nicht tun sollte.« Ich gab meiner Stimme einen harten Klang.

»Weil … weil ich nicht lüge.« Ihr Körper spannte sich an, als bereite sie sich spontan zur Flucht vor.

»Du bist gefeuert.« Die kleine Bitch konnte mir viel erzählen.

Irgendwas stimmte nicht mit ihr, und ich hatte keine Lust, wegen einer Aushilfe in irgendwelche Scherereien zu geraten. Vor ein paar Monaten erst hätten die Cops den Club fast dichtgemacht und ich wollte es auf kein zweites Mal ankommen lassen.

»Kayne, tu das bitte nicht.«

»Verschwinde.«

Tränen glitzerten in ihren Augen, aber ich blendete ihren aufgelösten Anblick aus. Warum ich dermaßen überreagierte, wusste ich selbst nicht. Normalerweise hielt ich mich problemlos im Griff. »Pack dein Zeug zusammen und hau ab. Geh zurück auf deine Rinderfarm.«

Sie schluchzte leise, als sie die Matte zusammenrollte, und ihre Jacke in die winzige Reisetasche stopfte. Verdammt, um ein Haar hätte ich die Kleine erschossen.

»Raus jetzt«, sagte ich härter als notwendig und schob sie am Schulterblatt voran, durch den Lagerraum und quer durch die Bar.

»Lass dich nie wieder auch nur in der Nähe des Clubs blicken«, sagte ich, als wir draußen standen und ich die massive Eingangstür verschloss. »Morgen weise ich Spencer an, er soll die Cops holen, falls du dich weiterhin auf dem Gelände herumtreibst.«

»Wann … wann fährt der nächste Bus?«, fragte sie leise und mit zittriger Stimme.

»Woher soll ich das wissen?« Ich wedelte mit einer Hand in der Luft herum. »Nimm dir ein Taxi.«

Sie presste die schwarze Reisetasche fest vor ihre Brust. »Ich habe nur noch fünf Dollar.«

»Dann gehst du eben zu Fuß.« Ohne eine Antwort abzuwarten, stiefelte ich zu meinem brandneuen roten Ferrari California, den ich mir erst vor ein paar Wochen zugelegt hatte. Wie jede Nacht hatte mir Spencer mein Baby vor den Eingang geparkt. Mit der Fernbedienung entriegelte ich die Tür, bevor ich sie aufmachte und mich auf den Sitz warf. Warum war ich so unverhältnismäßig sauer auf sie? Normalerweise regelte ich Differenzen vernünftig und emotionslos. Ich zog die Tür zu, schnallte mich an und startete den Wagen. Die Scheinwerfer leuchteten sofort auf und die Räder überdrehten beim Wegfahren auf dem sandigen Boden. Im Rückspiegel sah ich Lainey reglos an derselben Stelle stehen, während ich mich immer weiter entfernte. Fuck. Wütend schlug ich auf das Lenkrad ein. Fuck! Fuck! Fuck! Im nächsten Moment stieg ich auf die Bremsen, wendete den Wagen und fuhr zurück. Ich hirnverbrannter Idiot. Dicht neben ihr hielt ich an und ließ die Seitenscheibe der Beifahrerseite herunter.

»Steig ein.«

»Was?« Sie klang überrascht.

»Ich sagte, steig ein.« Herrgott, ich war der größte Idiot, der weit und breit herumlief.

»Aber …«

»Mach endlich, bevor ich es mir anders überlege.«

Nach einem Moment des Zögerns, kam sie meiner Aufforderung nach und kletterte ins Auto, bevor sie die Tür ins Schloss fallen ließ.

»Anschnallen«, schnauzte ich, während ich losfuhr.

»Wo bringst du mich hin?« Ihre Stimme bebte.

»Wo willst du denn hin?« Ich bog auf die Landstraße ab, die am Gelände des Gentleman's Paradise entlangführte und brauste durch die schwarze Nacht.

»Ich weiß nicht.«

»Dann fahren wir jetzt zu mir.«

KAPITEL 7

LAINEY

Mit zaghaften Schritten trat ich in den Flur und sah mich scheu um. Hier wohnte Kayne also. Das doppelstöckige Haus wirkte auf den ersten Blick gemütlich und geräumig. Sämtliche Türen standen offen. Ich ging Kayne nach, der links abbog und den Lichtschalter betätigte. Schon landete ich in einem großzügig geschnittenen Wohnzimmer das mit einem hellen Holzboden ausgelegt war.

»Setz dich.« Er deutete auf eine hellbeige Sofagruppe, direkt neben einem offenen Kamin, in dem jedoch kein Feuer brannte. Durch die deckenhohen Sprossenfenster hatte man tagsüber bestimmt einen wundervollen Ausblick.

Ich stakste zum Sofa, sank langsam in die weichen Kissen und blickte auf den ausgeschalteten überdimensionalen Flachbildfernseher an der Wand, als würde ich einen spannenden Krimi anschauen. Ich war von Natur aus kein Mensch, der schnell Vertrauen fasste, im Gegenteil, normalerweise witterte ich hinter jeder Ecke eine Gefahr. Und er kam mir gerade sehr gefährlich vor. Somit blieb Kayne wohl kaum verborgen, wie unwohl ich mich in seinem Haus fühlte. Wie eine Einbrecherin. Ich hatte hier nichts verloren und er sah das mit Sicherheit ähnlich.

Kayne blieb im Türrahmen stehen. »Möchtest du einen

Drink?« Er klang leicht ungehalten, als würde er bereits bereuen, mich mitgenommen zu haben. Voila!

»Ähm, nein danke.« Mein Pulsschlag pochte in den Schläfen.

Er verschwand wortlos, kam jedoch kurz darauf mit zwei Bier zurück und reichte mir eins. Zögerlich nahm ich die mit Kondenswasserperlen benetzte eiskalte Flasche. Ich wollte ihn nicht noch mehr verärgern.

In einigem Abstand zu mir ließ er sich ebenfalls auf das Sofa sinken und trank einen großen Schluck. »Nur eine Nacht«, sagte er plötzlich und jedes einzelne Wort betonend.

Ich wandte den Kopf. »Was meinst du?«

»Du bleibst in meinem Haus nur für eine Nacht. Morgen früh fahre ich dich zurück auf die Farm deiner Eltern.«

»Das kannst du nicht machen«, widersprach ich sofort. »Ich meine, mich zurück zu meinen Eltern bringen. Dazu hast du kein Recht.«

»Du hast fünf Dollar in der Tasche, was bleibt dir anderes übrig?«

»Ich bekomme noch mein Gehalt für die letzten drei Tage im Gentleman's Paradise. Das sind 150 Dollar.«

Kayne langte in die Hosentasche und beförderte seine Geldbörse zutage, bevor er darin herumkramte. Achtlos warf er mir drei grüne Scheine in den Schoß. »Dein Geld. Wenn du nicht zurück zu deinen Eltern willst, kannst du morgen den Bus nehmen. Was ist mit den zehntausend Dollar passiert, die ich dir gegeben habe? Ist die ganze Kohle schon verbraten?«

Ich rollte die Scheine zusammen und verbarg sie in meiner Hand. Es war die schlechteste Idee seit langem gewesen, in dieses Auto zu steigen. Und schon gar nicht wollte ich mich von ihm über meine derzeitige Lebenssituation ausquetschen lassen.

»Meine Eltern haben das Geld für die Farm bekommen, das habe ich dir bereits erzählt.«

»Alles?« Er nahm einen großen Schluck aus seiner Flasche und hielt ihn einen Moment im Mund, bevor er schluckte. »Jeden Cent?«

»Ja. Die komplette Summe.« Ich nickte.

»Und jetzt willst du nicht mehr dorthin zurück? Das ergibt keinen Sinn.«

Es machte sehr wohl Sinn. Nur kannte er die Geschichte dahinter eben nicht und würde sie auch niemals erfahren. »Ich will meinen eigenen Weg gehen, ohne die Hilfe von irgendjemandem.« Ich nippte an meiner Flasche und verzog bei dem bitteren Geschmack die Lippen. Bier war noch nie mein Fall gewesen.

»Dein Weg führt dich aber nicht sehr weit. Du hast nicht mal mehr einen Job.«

Herrgott, er war so ein Arschloch. »Vielleicht will ich für so einen beschissenen Chef gar nicht mehr arbeiten«, rutschte es mir heraus, weil er mich langsam richtig sauer machte. Dieser Typ war so dermaßen von sich überzeugt, dass es nicht auszuhalten war. Zudem hatte ich ganz andere Sorgen, und musste mich nicht zusätzlich noch von ihm runtermachen lassen.

Er lachte kurz auf. »Du hast eine große Klappe für deine Situation.«

Ich drehte den Kopf zur Seite. »Hat dir schon mal jemand gesagt, dass du kein netter Mensch bist?«

»Wäre ich kein netter Mensch, hätte ich dich am Straßenrand stehenlassen.«

Hastig stand ich auf. »Ich sollte besser gehen.«

Kayne zog mich am Handgelenk zurück aufs Sofa. »Bleib noch bis es hell ist. Du siehst müde aus.«

Mit beiden Händen wischte ich mir durchs Gesicht. Ich hatte keine Ahnung, wohin ich verschwinden sollte. Oder, was ich machen sollte. Den nächsten Bus nehmen, darauf hoffend, dass erneut irgendwo ein Schild mit einem Jobgesuch am Straßenrand stand? »Es geht schon.«

»Wo willst du hin?«, ließ er nicht locker. »Was wirst du tun? Das bisschen Kohle wird nicht lange reichen. Ich meine, du hast nicht mal einen Schlafplatz.«

Warum interessierte ihn mein Leben überhaupt? Er war ja nicht ganz unschuldig an der Verschlimmerung meiner Situation. »Du hast mich doch entlassen.«

»Moment, so nicht.« Kayne klang knallhart. »Du hast deinen Boss hintergangen und ich weiß immer noch nicht, was du in Wahrheit vorgehabt hast.«

Ich hob wieder den Kopf. »Ich hatte nichts vor.«

Warum konnte er mich nicht endlich in Ruhe lassen? Mein Gehirn war ganz vernebelt, ich konnte nicht mehr klar denken und fühlte mich in der Tat todmüde. Die vergangenen kalten Nächte in der Wüste, mit den Tiergeräuschen im Ohr und der Angst, von irgendeinem Verrückten entdeckt zu werden, hatten mich fertiggemacht. Alles was ich vorgehabt hatte, war eine einzige ruhige Nacht zu verbringen. Ich brauchte nicht noch zusätzlich sein Misstrauen. Auch ohne sein Gerede wusste ich, wie beschissen ich dran war.

Sein Blick ließ mich nicht los, ich spürte ihn auf meiner Haut und in jeder Faser meiner Zellen. Er durchbohrte mich, fräste sich tiefer und tiefer in mich hinein, bis ich mir nackt vorkam. Meine Muskeln spannten sich an, denn ich ahnte plötzlich, weshalb er dermaßen überzogen reagierte. Er wollte nicht in eine verantwortungsvolle Rolle für mich gedrängt werden. Mit der Entscheidung, mich einzusammeln und in sein Zuhause zu verfrachten, hatte er sich wahrscheinlich extrem weit aus seiner Komfortzone bewegt und das behagte ihm nicht. Wahrscheinlich schlimmer noch, er bereute seine Kurzschlusshandlung zutiefst. Aber er brauchte keine Angst zu haben. Ich würde mich ihm nicht aufdrängen. Würde ich in nächster Zeit mitten in der Wüste sterben, wäre das sowieso nur ausgleichende Gerechtigkeit. Ich sollte nicht so sehr an meinem Leben hängen. Dabei war alles einmal ganz anders gewesen, ich hatte eine innige Beziehung zu meiner Familie gehabt. Es gab Zeiten, in denen meine Eltern mich geliebt hatten. Doch die waren lange her.

»Legen wir uns hin, ich bin todmüde.«

»Was?« Ich sah ihn entgeistert an.

Kayne rollte mit den Augen. »Ich habe ein Gästezimmer, du kannst dort ein paar Stunden schlafen und dann sehen wir weiter.«

Ein paar Stunden Aufschub hörten sich verlockend an, ich fühlte mich so erschöpft wie schon lange nicht mehr und für ein weiches Bett würde ich gerade alles tun. Also, nicht alles. Nur so gut wie alles.

»Okay«, stimmte ich leise zu und stand gleichzeitig mit ihm auf. Er stellte seine geleerte Bierflasche auf den Tisch und ich meine volle daneben, ehe er wie selbstverständlich meine Reisetasche schnappte und voranstapfte.

Ich eilte hinter ihm die Treppe hoch, wie bei einer Verfolgung, bis er eine Tür zur rechten aufstieß und mich hindurchließ. »Dein Zimmer für heute Nacht, da ist ein Bad, falls du dich frischmachen möchtest.« Er deutete auf eine weiße Holztür auf der rechten Seite. »Ich schlafe gleich gegenüber, wenn was ist.«

»Ist gut. Danke.«

Kayne stellte die Tasche auf den Boden und machte die Tür von außen zu. Er ließ mich einfach stehen. Ich sah mich in dem Zimmer um. Ein bequem aussehendes King-Size Bett stand an der Wand, daneben ein Kleiderschrank aus hellbraunem Holz, sowie eine hübsche Spiegelkommode. Das Zimmer sah nicht aus, als hätte ein Mann wie Kayne es eingerichtet. Seufzend verschwand ich für eine kurze Dusche im Bad. Wer wusste schon, wann ich mal wieder Gelegenheit zu einer ausgedehnten Körperreinigung haben würde. Wenigstens sauber wollte ich morgen bei meinem Rauswurf sein.

Nachdem ich mich abgetrocknet hatte, kuschelte ich mich ins Bett, nur bekleidet mit einem uralten oversize T-Shirt meines Bruders, das ein Emblem unserer alten Highschool zierte. Trotz der behaglichen Wärme, die mich unter der Decke umfing, konnte ich nicht einschlafen, denn meine Gedanken fanden ohne mein Wollen, von allein zurück nach Hause.

»Lainey, *Lainey.*« *Meine zwei Jahre jüngere Schwester Kayla kam in unser gemeinsames Zimmer gewirbelt, in dem ich saß und Hausaufgaben machte. Sie sah wie eine Prinzessin aus, in dem wunderhübschen grünen Kleid, das über und über mit Strass-Steinen besetzt war. Es funkelte und glitzerte bei jeder Bewegung.*

Ich stand von meinem Schreibtischstuhl auf. »Wow. Mit diesem Kleid holst du bestimmt den ersten Preis.« Ein kleiner Stich fuhr mir ins Herz, als ich meine sechsjährige Schwester bewunderte, die wie eine erwachsene Frau zurechtgemacht war. High Heels trug und Extensions, die ihr Haar in eine grandiose gelockte Mähne verwandelten, welche bis zu den Hüften reichte. Sie wirkte, wie eine lebendige Barbie. Was gäbe ich dafür, nur einmal so auszusehen wie sie. Instinktiv griff ich in meine Strähnen. Meine störrischen Locken hielt ein fest geflochtener Zopf zusammen, weil sie sich sonst nicht bändigen ließen, während Kaylas Haare wie flüssige Goldbäche über ihren Rücken rauschten.

»Dieses Kleid toppt alles. Ich hoffe, dass ich gewinne. Der Wettbewerb in Sacramento ist so wichtig für Mom. Ich will sie nicht enttäuschen. Sie sagt, wir brauchen das Preisgeld dringend, sonst kann Dad keinen neuen Zuchtbullen kaufen.« Bedächtig drehte sich Kayla einmal im Kreis, bevor sie die Pirouette in einem ballerinamäßigen Knicks beendete.

»Das klappt schon«, munterte ich sie auf, denn ich bemerkte einen Anflug von Nervosität in ihren Augen. Mitunter nahm meine kleine Schwester der Druck, der auf ihr lastete, mehr mit, als sie zugab. »Du bist wie immer die Schönste.« Ich wusste, dass sie sich Sorgen machte, sie könnte bei dem Schönheitswettbewerb am Wochenende nicht als Beste abschneiden. Das letzte Mal, als sie lediglich den zweiten Preis geholt hatte, musste sie hinterher wochenlang im Schuppen laufen üben und ihr Siegerlächeln im Spiegel wieder und wieder einstudieren. Nicht einen Tag hatte Mom ihr Ruhe gegönnt. Nicht solange, bis jeder Schritt perfekt saß und sie strahlte wie Miss Universum. Ich wusste nicht, wann ich das letzte Mal mit meiner kleinen Schwester gespielt hatte. Aber wir brauchten das Geld so dringend, hatte Dad mir mit einem ganz merkwürdigen Ausdruck im Gesicht erklärt.

»Mom hat für Sacramento eine Stylistin angeheuert, die uns begleiten wird. Vor der Show bekomme ich noch ein Sprühtanning verpasst.« Sie gluckste. »Die lackieren mich wie ein Auto.«

Wir kicherten ausgelassen über den ganzen Quatsch, den meine Mom sich dauernd ausdachte. Sie war wie besessen von diesen Schönheitswettbewerben für Kinder, zu denen sie mich nie mitnahm, weil ich dort ihrer Ansicht nach nur nerven würde. Insgeheim träumte ich davon, auch einmal so viel Aufmerksamkeit von meiner Mutter zu erfahren. Sie sollte mir auch mal ein Prinzessinnenkleid anziehen, mich schminken und frisieren, wie sie das andauernd bei meiner Schwester tat. Leider war ich für derlei Sonderbehandlungen nicht hübsch genug. Einmal nur wollte ich ebenso schön aussehen, sollte meine Mutter mich mit demselben Stolz im Blick mustern wie Kayla. Trotz allem liebte ich meine Schwester von ganzem Herzen und war stolz darauf, dass sie in ihrem Alter schon mehr verdiente, als mein Dad.

Mom kam ins Zimmer. »Hier steckst du Kayla, ich habe dich schon überall gesucht. Die Stylistin ist da, sie will ein paar Makeups für Samstag ausprobieren, kommst du bitte mit?«

Kayla nahm meine Hand. »Kann sie Lainey nicht auch schminken, Mom? Bitte. Das wäre bestimmt lustig.«

»Au ja, bitte Mom.« Ich drückte Kaylas Hand und hibbelte von einem Bein auf das andere. Meine Schwester war ein Schatz.

»Das geht nicht. Die Stylistin verlangt fünfzig Dollar die Stunde.« Mom streichelte mir über den Kopf. »Nach dem Wettbewerb schminke ich dich, in Ordnung? Davor haben wir keine Zeit, es muss noch so viel vorbereitet werden. Der Wettbewerb am Samstag ist so unglaublich wichtig für Kaylas Karriere. Einige Talentscouts reisen extra aus Hollywood an, die ein paar Kinder für den Disney Channel suchen. Das ist Kaylas Chance auf den ganz großen Durchbruch. Du verstehst das doch, oder?«

Ich nickte mit hängenden Schultern. »Ja, natürlich verstehe ich.« Selbstverständlich kapierte ich die Gründe. Dennoch gelang es mir nicht, meine Enttäuschung so einfach hinunterzuschlucken. Ich konnte einfach nichts dagegen machen. Mir fehlte meine Mom. Nie hatte sie Zeit für mich.

Mom hob mein Kinn an. »Bist du schon mit deinen Hausaufgaben fertig?«

»Nur noch zwei Aufgaben.«

Sie gab mir einen Kuss auf die Wange. »Sobald die Stylistin gegangen ist, back ich Waffeln für euch beide. Dazu gibt es heiße Schokolade mit Mini-Marshmallows. Na, wie klingt das?«

»Super«, jubelte meine Schwester und zum allerersten Mal fielen mir die dunklen Ringe unter ihren Augen auf.

»Hoffentlich geht die Frau bald«, murrte ich.

»Na, na. Sowas sagt man nicht.« Mom nahm Kayla an der Hand. »Jetzt komm und du Schatz«, sie deutete auf mich, »mach deine Hausaufgaben fertig.«

Frustriert drehte ich mich auf die andere Seite. Ich sollte mich nicht mit alten Erinnerungen quälen. Durch die Ritzen des Vorhangs drangen bereits diesige Sonnenstrahlen. Sobald es richtig hell war, würde Kayne mich zum Teufel jagen, ich sollte jetzt besser noch ein paar Stunden schlafen. So schnell würde ich wohl nicht mehr in einem Bett liegen. Ich schloss die Augen, fühlte endlich die erlösende Schwere meiner Lider und glitt tiefer in die angenehme Dunkelheit. Plötzlich war ich müde, so so müde und angenehme Bilder fluteten mein Gehirn.

Vor meinem inneren Auge sah ich Kayne, wie er aufrecht vor mir stand, mir die Hände hinter dem Rücken fesselte, bevor er mich auf die Knie zwang. Ich war splitternackt und sah demütig zu ihm auf, alles in mir lechzte nach diesem Mann. Nach seinen magischen Händen und seiner schonungslosen Bestrafung. Er ließ ein Paddle in seine Hand schnalzen, während er mich mit dunklem, lüsternem Blick betrachtete. Schließlich setzte er sich auf den Bettrand und klopfte auf seinen Schoß. Ein stummes Kommando und ich wusste sofort, was er von mir erwartete. Meine empfindlichste Stelle zog sich lustvoll zusammen, als ich mich mit langsamen Bewegungen erhob, die Spannung durch meine bedächtigen Regungen schier unendlich steigerte. Er musste auch nichts sagen, jedes gesprochene Wort war überflüssig. Ich legte mich quer über seinen Schoß, sodass mein Hintern nun vor ihm in die Höhe ragte. Als er mit einer Hand über meine Pobacken strich, stöhnte ich leise auf und erschauerte wohlig, bis ein einzelner kräftiger Hieb meine Haut in Flammen setzte. »Ja, Kayne«, durchbrach ich das Schweigen und genoss das Prickeln in meinen Nervenenden. Zärtlich streichelte er die getroffene Stelle, als wollte er mir mit dieser Geste den Schmerz nehmen. Wie unbeabsichtigt wischte er dabei mit Fingerspitzen über meine Schamlippen, was ich mit einem süßen Wimmern quittierte. Ich war Kayne vollkommen ausgeliefert und genoss jede Sekunde seiner süßen Bestrafung. Mit dunkler Stimme flüsterte er mir etwas ins Ohr, doch ich konnte nichts verstehen.

Kein einziges Wort. Aber er klang so verlockend, so betörend und besitzergreifend, dass mich eine wohlige Gänsehaut schüttelte. Ein tiefer Seufzer verließ meine Lippen. Plötzlich fühlte ich mich leicht und schwerelos, als würde eine weiche Feder über meinen Körper streicheln, mich zwischen den Schenkeln liebkosen und langsam, ganz langsam immer weiter nach oben wandern. Oh Himmel, dieses starke Gefühl, das sich in mir aufbaute, war kaum noch auszuhalten. Ich drehte mich auf den Rücken, keuchte, während ein unkontrollierbares Zittern meine Schenkel erfasste. Wandte meinen Kopf von einer Seite auf die andere. Meine Hand rutschte über meinen Bauch, suchte sich wie von selbst den Weg zu meinem Venushügel. Ich wurde feucht, während ich träumte, dass Kayne mich noch einmal so gekonnt streichelte, wie damals bei dem Dreh. Derselbe Traum, es war immer derselbe Traum und sobald mir das bewusst wurde, tauchte ich aus der Schwere meines Schlafes nach oben. Dieses wundervolle Gefühl ebbte nicht wie sonst ab, sondern verstärkte sich sogar noch, flutete mich stärker und mächtiger.

»Kayne«, flüsterte ich, »oh, Kayne.«

»Shh, es ist alles okay«, raunte mir seine Stimme ins Ohr, die so unglaublich real klang. Seine Finger glitten durch meine Nässe und kreisten um meine empfindlichste Stelle. So wohltuend, so gekonnt, dass ich die Knie anhob und sie auseinandersinken ließ.

»Ist das gut so, Lainey?«, hörte ich Kayne deutlicher und dicht an meinem Ohr, sein warmer Atem wehte über meine Wange. »Oder brauchst du mehr?«

Ich spürte seine Fingerspitzen zwischen meinen Schamlippen und hob flatternd die Lider. Oh Gott, ich träumte nicht, Kayne lag tatsächlich halbnackt neben mir. Er hatte die Decke beiseitegeschoben und seine Hand berührte meine Vagina.

»Was?« Ich schaffte es nicht, mich zu regen, denn Kayne drang mit einem Finger in mich ein und brachte meinen Oberkörper zum Beben.

»Du hast im Schlaf meinen Namen gerufen«, sagte er gedämpft, als wollte er mich nicht verschrecken. Sein Finger rutschte tiefer in mich rein. »Außerdem hast du gestöhnt und gekeucht, dass ich es bis in mein Zimmer gehört habe.«

Ich kratzte meinen letzten Rest an Selbstwillen zusammen, um meine Beine zu schließen, schaffte es jedoch nicht. Er stimulierte mich zu gekonnt, jagte Millionen kleine Lustblitze durch mich hindurch, genau wie beim Dreh. Als anständige Frau müsste ich mich jetzt panisch aufsetzen und die Decke bis hoch zur Nasenspitze ziehen, aber mein gieriger Körper spielte nicht mit. Mein rechtes Knie lag auf seinem Oberschenkel, das T-Shirt hatte er mir bis zum Hals geschoben. Meine Brüste bebten vor unterdrückter Lust. Er bemerkte es ebenfalls.

»Was machst du da?«, vollendete ich endlich meine

angefangene Frage, obwohl er mir die Zusammenhänge bereits ausreichend erklärt hatte. Ein süßes Ziehen baute sich in mir auf, als er seinen Daumen auf meine Klitoris legte, und um die sensible Perle kreiste, während er einen zweiten Finger in mich steckte. Die Gefühle, die in mir hochschossen, waren unbeschreiblich. Gnadenlos göttlich und verzehrend. Hilflos wand ich mich unter ihm, drehte meinen Kopf von einer Seite auf die andere. Er hatte es einfach drauf. Immer wieder japste ich nach Luft und ließ alles mit mir machen, betete um süße Erlösung oder besser noch, eine grandiosen Steigerung. Mittlerweile wusste ich, wieviel mehr er zu bieten hatte.

»Ich gebe dir, was du brauchst.« Er nahm meine Brustwarze in den Mund und saugte daran, stieß seine Finger währenddessen rhythmisch in mich.

Oh, und wie ich es brauchte, ich brauchte ihn. Mein Inneres schmolz wie Vanilleeis unter heißer Karamellsoße. Diese geschickten Finger trieben mich in den Wahnsinn. Ich spürte Kayne einfach überall. Auf mir, in mir. Mein Verstand schaltete sich aus, die Lust übernahm das Ruder, all meine niederen Triebe richteten sich auf Kayne aus. Und ich ließ sie gewähren.

»Schlaf mit mir«, keuchte ich stöhnend, denn die Anspannung in mir steigerte sich weiter, war kaum mehr auszuhalten. »Oh bitte, Kayne schlaf mit mir.« Ich wollte sein Glied noch einmal tief in mir fühlen, leidenschaftlich von ihm genommen werden, mir einen überwältigenden Orgasmus von ihm schenken lassen, oder am besten gleich mehrere von ihm stehlen. Mir war alles gleich. Ich wollte endlich mit ihm schlafen. Statt einer Antwort krümmte er seine Finger, reizte einen Punkt tief in mir, der mich laut aufstöhnen ließ. Unfähig mich zu bewegen, spreizte ich lediglich meine Beine so weit ich konnte, lud ihn ein, mir endlich alles zu geben. Sein Blick verwandelte sich im Halbdunklen, wurde erregt und düster. Dennoch zögerte er. Wie es aussah, hatte Kayne noch alle Sinne beisammen. Wie war das möglich? Mit ein paar simplen Streicheleinheiten hatte er mich längst in eine andere Galaxie katapultiert. Sein Blick wanderte von meinem Gesicht an meinem Körper entlang, über meine Brüste und meinen Bauch, bis er zwischen meinen Beinen verharrte. Er beobachtete, wie seine Finger in mich eindrangen und wieder aus mir herausglitschten. Zu langsam für die heiß ersehnte Erlösung, das wusste er selbst.

Ich war klitschnass, so herrlich nass und bereit für ihn. Flehte stumm nach mehr. Meine Entjungferung hatte nur am Anfang ganz kurz wehgetan, danach hatte er mich ins Paradies geschickt. Dieses ausgefüllte Gefühl in mir war so neu und aufregend gewesen, dass meine überbordende Lust bald alles andere überdeckte. Ich wollte diese Erfahrung noch einmal machen, mich mit Kayne vereinen, seine Härte tief in mir spüren und von ihm hoch bis zu den Wolken getragen werden.

»Kayne, mach was. Bitte.« Meine Hände krallten sich ins Leintuch.

»Fuck«, fluchte Kayne, bevor er seine Boxershorts ein Stück nach unten zog und sich auf mich rollte. Mein ganzer Körper bebte vor freudiger Erwartung. Ich schloss die Augen, als die zarte Haut seiner Eichel meinen Eingang berührte, nahm dieses wundervolle Gefühl tief in mich auf. Meine Finger drückten sich in seine muskulösen Schultern, als er schließlich in mich eindrang, dieses Mal nicht mehr langsam und vorsichtig wie noch vor ein paar Tagen, aber das war auch nicht nötig. Was er mit mir machte, fühlte sich großartig an, um nicht zu sagen, einzigartig. Er dehnte meine zarte Haut bis zum Anspannen und meine inneren Wände schmiegten sich perfekt um seinen gewaltigen Penis. Die Muskeln meiner Vagina schienen nach seinem riesigen Glied zu greifen, zogen ihn tiefer in meinen Körper und legten sich fest um seinen Schaft.

»Du bist immer noch so göttlich eng«, keuchte er, bevor er sich ein Stück aus mir zurückzog und erneut in mich stieß.

»Ja«, war alles, was ich von mir geben konnte. »Ja.« Tausend Gefühle peitschten mich, bewiesen mir, dass ich lebte. Er drang so fest in mich ein, nahm mich so besitzergreifend, dass ich mich seinen wilden Stößen stöhnend ergab. Ich zog die Knie an, um ihn noch tiefer in mir zu spüren, während er immer schneller in mich stieß, mir kaum die Gelegenheit zum Luftholen ließ. Jede Zelle in mir schrie nach Erlösung, als mein Orgasmus mit Wucht heranrauschte und mich in den Kosmos katapultierte. Sterne um mich tanzten und ich irgendwo über mir schwebte. Der Sex mit ihm war noch grandioser als unser erstes Mal. Reine Lust schüttelte mich. Kayne hatte noch nicht genug und ich ergötzte mich daran, wie er mich mit jedem harten Stoß in die Matratze rammte, er mich wild und ungezügelt nahm und dabei mit einer Hand meine linke Brust knetete, obwohl es etwas wehtat. Schließlich kam auch er mit einem lauten Stöhnen, während sein Glied in mir pulsierte. Ich lag kraftlos in seinen Armen, als er auf mir zusammenbrach und seine Stirn neben mir ins Kissen drückte. Er schnappte hektisch nach Luft. Nur schwerlich fand ich ebenfalls in eine ruhigere Atmung und genoss meinen rasenden Herzschlag.

Wow. Was wir eben getan hatten, ging nicht mehr zu toppen. Auf keinen Fall. In meinem Magen summten Honigbienenschwärme, ich fühlte mich so glücklich und leicht, einfach rundum befriedigt und kostete Kaynes Nähe in vollen Zügen aus. Huldigte im Stillen seinem athletischen Körper, der schwer auf mir lag und mich in die Matratze presste. Federleicht streichelte ich über seinen Rücken, erspürte mit den Fingerspitzen, wie die Muskeln bei jeder Bewegung unter seiner Haut arbeiteten. Ein leichter Schweißfilm lag zwischen uns, sodass sein Brustkorb über meinen Busen rutschte. Kayne steckte immer noch in mir, und ich erlag der irrwitzigen Hoffnung, er möge diese Verbindung niemals kappen.

Schon im nächsten Moment hob Kayne den Oberkörper und zog sich so rasant aus mir zurück, als hätte ich mich Schlag Mitternacht in einen Werwolf verwandelt. Eine warme Flüssigkeit rann über die Innenseite meiner Schenkel.

»Jetzt machst du hoffentlich keinen Lärm mehr und ich kann noch ein paar Stunden schlafen.« Noch während er redete, schob er seine Boxershorts zurück über die Hüften, stand vom Bett auf und schlug beim Rausgehen die Tür hinter sich zu.

KAPITEL 8

KAYNE

Scheiße! Scheiße! Scheiße! Was war bloß mit mir los? War ich komplett übergeschnappt? Erst brachte ich sie mit hierher. In mein Haus. Meine frauenfreie Zone.

Und dann schlich ich mich hinüber in ihr Bett und vögelte sie erneut? Zur Krönung sozusagen! Ich hatte mir ganz klare Grenzen gesteckt und diese waren in meinem Leben von enormer Bedeutung. Eine davon, wenn nicht sogar die wichtigste, lautete: keine Ficks in meinem Bett. Gut, diesen Punkt hatte ich glücklicherweise umschifft, dennoch betrieb ich lediglich Haarspalterei. Ich wollte keine Frau in meinem Haus haben, denn hier spielte sich mein Privatleben ab. Etwas, das nur mich anging und mir heilig war. HEILIG! Und diese vier Wände bedeuteten mir sogar mehr als das, verdammt nochmal.

Zum Glück hatte sich der Fick dieses Mal wenigstens nicht mehr als so exorbitant grandios herausgestellt, wie damals, als ich Lainey geknackt hatte. Nicht mal mehr halb so überragend, sondern eher gewöhnlich. Ein Fick halt. Der Kick hatte sich schlichtweg verflüchtigt und ich dankte dem Himmel für diese Wende. Immerhin etwas Positives. Als nächstes musste ich diesen Eindringling aus meinem Haus entfernen. Sollte sie meinetwegen der Teufel holen. Verdammt. Ich hatte mich selbst, und dazu auch noch im vollen Bewusstsein, in diese Scheiße reingeritten und verfluchte meinen Beschützerinstinkt, der darauf bestanden hatte, dass ich diesen Vagabund vom Wegrand aufklaubte und in meinen Wagen verfrachtete. Was sollte ich jetzt mit dieser Frau anfangen? Sie wieder auf die Straße setzen, damit der erstbeste dahergelaufene Penner ihr nachts an die Wäsche konnte? Falls die Süße nach der schnellen Nummer auf eine emotionale Steigerung hoffte, musste ich sie leider enttäuschen. Da konnte sie noch so laut stöhnen und meinen Namen seufzen. Sagen wir mal so, müsste ich mich mit einem Wort beschreiben, dann würde es wohl bindungsgestört lauten. Nicht, dass ich das nicht wüsste, es war mir nur scheißegal. Ich fühlte mich wohl in meiner Haut und mochte mein Leben, hatte immer alles im Griff. Aber diese Situation, die bekam ich so überhaupt nicht zu fassen und das machte mich wütend, sogar stinksauer. Und ich war so ziemlich niemals sauer. Normalerweise brauchte es einen üblen Grund, um mich in Rage zu versetzen. Bei Lainey hingegen reichte ein Augenaufschlag und ich hatte mich nicht mehr unter Kontrolle.

Ich riss die Tür meines Kleiderschranks auf, zerrte eine Jeans heraus und stieg hinein, bevor ich mir ein einfaches schwarzes T-Shirt über den Kopf streifte. Dabei überlegte ich, wie ich Lainey schnellstmöglich loswerden konnte, ohne mich hinterher wie das mieseste Schwein Nevadas fühlen zu müssen. Immer mehr überkam mich das Gefühl, als besetzte sie mein komplettes Heim – vom Keller bis hoch zum Dachfirst. Ich musste hier raus, mich wieder einkriegen. Wie ich mich verhielt, war nicht gesund.

Nachdem ich mir Socken und ein paar Sneakers übergestreift hatte, verließ ich das Haus und ging zu meinem roten Ferrari, der noch immer in der Auffahrt geparkt stand. Ein auffälligeres Auto gab es in diesem Kaff nicht mehr. Ich stieg ein und gab Gas, schoss viel zu schnell hinaus auf die Straße, bevor ich abbremste und langsamer machte. Wie jeden Tag fuhr ich dieselbe Strecke entlang. An diesem kitschigen rosafarbenen Haus vorbei, auf dessen Veranda manchmal eine strickende ältere Frau saß, weiter über die einzige große Verkehrskreuzung in diesem Städtchen, bis ich schließlich wie gewohnt neben dieser riesigen Palme parkte. Mein Blutdruck hatte sich ein Stückweit normalisiert, das war auch dringend nötig. Der Abstand zu Lainey machte mich wieder klar im Kopf. Sobald sie aus meinem Sichtfeld verschwand, war ich schlagartig wieder ganz der Alte.

Ich schnallte mich ab und stieg aus dem Wagen, bevor ich die Tür zufallen ließ. Sie gab ein ganz besonderes Geräusch von sich, eine Art melodiöses Plopp, nicht dieses ordinäre übliche Peng, wenn Metall über Metall schrammte. Nein, dieses Baby hatte seinen ganz eigenen Sound. Ich liebte mein Auto über alles, weitaus mehr, als ich jemals für eine Frau erübrigen könnte.

Es war erst sieben Uhr morgens, aber schon brütend heiß. Wie jeden Vormittag stieg ich die steinernen Treppen nach oben, ich kannte jede einzelne. Ich konnte im Schlaf beschreiben, wo sich welche Fuge befand, oder an welchen Stellen die Füße der Besucher abgenutzte helle Stellen hinterlassen hatten. Jeder einzelne Stein war mir vertraut. Mit gesenktem Blick marschierte ich weiter und öffnete schließlich die massive Holztür, durch die ich in den Innenraum gelangte. Wohltuende Kühle hüllte mich ein, während die sich leise schließende Tür hinter mir die Hitze Nevadas aussperrte. Mit großen Schritten durchquerte ich die Kirche und setzte mich wie üblich auf die Bank in der ersten Reihe. Über dem Altar hing der aus Holz geschnitzte Jesus an seinem Kreuz, der mich leidend ansah. Ob er bei seiner Kreuzigung nur halb so viel gelitten hatte, wie ich damals?

»Hi, Kayne.« Jenny McDoney, das schönste Mädchen der fünften Klasse, grinste mich an und warf ihr glattes blondes Haar zurück. Ihre Zahnspange glänzte silbern in der Sonne. Beinahe hätte ich mich an meinem Kaugummi verschluckt und hustete ihn in letzter Sekunde wieder hoch.

»Alles klar?« Sie musterte mich besorgt.

»Äh, hi Jenny.« Verlegen kratzte ich mich am Kopf, denn ich spürte, wie mein Gesicht heiß wurde. Wahrscheinlich glühte ich wie ein Stück Holzkohle. »Ich bin nur etwas erkältet.« Gekünstelt hustete ich in meine Faust. Was wollte sie ausgerechnet von mir?

»Möchtest du meine Schultasche tragen?« Ihr Lächeln segelte geradewegs in mein Herz. Wusste sie, dass ich sie heimlich verehrte?

Bestimmt durchschaute sie mich. Jeder Junge an der Schule fand sie toll. In unregelmäßigen Abständen schenkte sie irgendeinem Jungen ihre Aufmerksamkeit, indem sie ihn ihre Tasche nach Hause tragen ließ. Ihn somit zu ihrem Liebling auf absehbare Zeit beförderte, der dann den Neid sämtlicher männlicher Mitschüler aushalten musste. Nur zu gern würde ich all dies erdulden. Und wie es aussah, war diese Woche tatsächlich ich an der Reihe. Meine Nasenflügel bebten vor Stolz, als ich mir ihre weiße Schultasche über die Schulter warf.

Meine Mom wollte mich vor der Schule abholen, um mit mir in der Mall einkaufen zu gehen, aber die konnte warten. Wichtigere Vorhaben standen an. Ich hatte eine Schultasche zu tragen und zwar die von Jenny. Mit viel Glück würde sie mir zum Lohn sogar einen Kuss auf die Wange schenken. Wie bei Dash, der letzte Woche ihr Auserwählter gewesen war. Das behauptete er zumindest.

»Wo wohnst du?«, fragte ich schüchtern, während wir uns in Bewegung setzten, worauf sie mir erneut ein strahlendes Lächeln widmete. Noch nie in meinem Leben hatte ich ein hübscheres Mädchen getroffen.

»Die Straße runter und dann links. Ist nicht weit.«

»Okay.« Mein schlechtes Gewissen nagte in mir. Mom würde sauer sein, falls ich nicht am vereinbarten Platz auf sie wartete. »Meine Mom holt mich demnächst vor der Schule ab.«

»Ist dir deine Mutter denn wichtiger als ich?« Sie verzog ihre hübschen Lippen zu einer abfälligen Grimasse, als könnte sie nicht fassen, was für ein Baby ich noch war. »Hätte ich gewusst, dass du so an deiner Mom hängst, hätte ich meine Schultasche Irvine gegeben.«

Irvine? Dem rothaarigen Lulatsch aus der sechsten Klasse mit dem pickeligen Gesicht? Allen Ernstes?

»Ach was«, ich winkte ab. »Soll sie warten.«

Sie gab sich mit meiner Antwort zufrieden. Gott sei Dank.

»Möchtest du mich zu einem Eis einladen?« Jenny deutete auf das Dairy Queen unten an der Ecke.

In Gedanken zählte ich mein Kleingeld. Ich hatte noch fünf Dollar von meinem Taschengeld übrig, das sollte reichen, falls sie sich nicht für die größte Portion entschied. »Ja, klar.«

»Schön.« Sie hakte sich bei mir ein und wir schlenderten die Straße entlang. Ich fühlte mich so großartig wie noch nie zuvor in meinem Leben. Erwachsen. Wie ein richtiger Mann.

»Bist du jetzt meine Freundin oder sowas?«, hakte ich sicherheitshalber nach. Ihr Duft strömte mir in die Nase und ich bildete mir ein, so etwas wie Maiglöckchen zu riechen.

»Für die nächste Zeit, ja.« Das kam mehr als selbstsicher über ihre Lippen, aber ich mochte diesen selbstbewussten Tonfall an Jenny. Sehr sogar. Ich mochte den Gedanken, zum allerersten Mal in meinem Leben eine feste Freundin zu haben, obwohl ich keine Ahnung hatte, was man mit denen anstellte. Dash hatte erzählt, man würde gar nichts mit den Mädchen machen, nur mit ihnen rumhängen, das war's. Und es wäre stinklangweilig. Für mich allerdings hörte sich allein die Vorstellung extrem verlockend an. Ich wollte gern mit Jenny abhängen.

»Küssen wir uns dann auch mal?«, fragte ich weiter, um nichts falsch zu machen. Ich hatte keinen blassen Schimmer, was sie von mir erwartete.

»Bestimmt irgendwann, aber noch nicht heute.« Sie klang einschüchternd energisch, sodass ich die Aussicht auf einen Belohnungskuss, mit dem ich vor meinen Kumpels angeben konnte, auf der Stelle begrub.

»Okay.« Ich deutete auf die Glastür des Dairy Queen. »Gehen wir rein.«

»Kayne Andrew Crest«, ertönte eine wütende Frauenstimme hinter mir und ich hätte mich am liebsten in Luft aufgelöst. »Wo glaubst du, gehst du hin, junger Mann? Komm sofort her.«

»Scheiße, meine Mom.« Auf der anderen Straßenseite stand meine Mutter. Gab es irgendetwas Peinlicheres als diesen Moment?

Jenny stieß mir ihren Ellenbogen in die Rippen. »Los, renn weg.«

»Was?«

»Deine Mutter ist sowieso schon sauer. Renn die Straße runter, dann treffen wir uns nachher auf dem Spielplatz im Park. Wenn du es machst, bekommst du einen Kuss von mir«, lockte sie mich gurrend und ich musste kein zweites Mal überlegen. Meine Strafpredigt konnte ich mir auch später noch abholen.

»Dann bis gleich«, ich rannte los, so schnell ich konnte.

»Kayne«, hörte ich die aufgebrachte Stimme meiner Mutter im Rücken, dann nochmal »Kayne«, bevor Reifen quietschten. Erschrocken drehte ich mich um, an der Stelle, an der sich bis eben noch meine Mom befunden hatte, stand jetzt ein Lastwagen und sie war weg.

Was war ich jahrelang wütend auf Gott gewesen. Ich hatte wissen wollen, weshalb er das zugelassen hatte. Aus welchem Grund er einem kleinen Jungen die Mutter weggenommen hatte. Ich hatte mit ihm gerungen und ihn unter Tränen angefleht, ihren Tod rückgängig zu machen. Gab letztendlich mir selbst die Schuld an dem Unfall, bevor ich als nächstes dann Jenny verfluchte, die mich erst dazu gebracht hatte, einfach wegzurennen. Vielleicht wäre ich sonst brav über die Straße gegangen, hätte mir von meiner Mutter einen Rüffel eingefangen, bevor wir zusammen zur Mall gefahren wären. Der Rest meiner Kindheit wäre nicht zu einem Desaster verkommen und ich müsste mich nicht bis ans Ende meines Lebens schuldig fühlen. Dieser Moment ließ mich nicht zur Ruhe kommen, er quälte und malträtierte mich ununterbrochen. Diese eine einzige falsche Entscheidung, die ich getroffen hatte. Ich hatte diese verfluchte Straße nicht überquert, und zwar nur aus einem Grund: ich wollte unbedingt eine Freundin haben.

Seit vielen Jahren schon besuchte ich diese Kirche, weil ich einen Ort brauchte, an dem ich meiner Mutter nahe sein konnte. Sie sollte nicht glauben, ich hätte sie vergessen, nur weil ich mich fast nie an ihrem Grab blicken ließ. Als Kind war ich beinahe täglich zusammen mit meinem Grandpa hierhergekommen. Er hatte den Vorschlag gemacht, dies wäre doch ein guter Ort, um meine Mutter zu besuchen. Ihr Körper war ja so weit weg. Das war kurz nachdem mein Vater mich zu ihm auf die Farm geschickt hatte, weil er sich nicht um mich kümmern konnte. Als der Unfall passierte, hatte Dad sich gerade mit einem Filmstudio für Dokumentarfilme in Hollywood selbstständig gemacht und war jede Minute damit beschäftigt, etwas ganz Großes auf die Beine zu stellen. Ein Kind konnte er dabei nicht gebrauchen. So kam es, dass ich aus meinem gewohnten Umfeld in Los Angeles gerissen wurde, alle meine Freunde, meine Schule und meine Mom zurücklassen musste, um künftig auf der Farm meines Grandpas mitten in der Wüste zu leben.

»Bis morgen, Mom. Ich liebe dich«, flüsterte ich, bevor ich aufstand und zügig durch den Mittelgang in Richtung Ausgang lief. Wie jeden Tag zündete ich vor dem Verlassen der Kirche noch eine weiße Kerze für sie an, die ich in die dafür vorgesehene Metallhalterung steckte, bevor ich zehn Dollar in das dort angebrachte Kästchen warf.

Ich stieg wieder in den Wagen und schaltete mein Handy ein. Keine zwei Sekunden später läutete es. Aidan rief an. Manchmal war mir der Kerl unheimlich, als ob er in einer telepathischen Verbindung zu mir stünde.

Seufzend ging ich ran. »Was gibt's?«

»Hey, habe ich dich geweckt?« Er klang bestens gelaunt.

»Nein, ich bin unterwegs.« Ich startete den Ferrari und gab Gas. »Was gibt's?«

»Wann kommst du heute ins Büro? Ich würde gern mit dir die Details für den neuen Club auf Freemans Gelände besprechen, bevor ich die Ausschreibung an die Baufirmen rausgebe.«

»Wow, dir ist es tatsächlich ernst mit diesem Paradies für Ladys.« Gemächlich fuhr ich um eine Kurve. »Reicht es dir nicht mehr, eine einzige Frau zu beglücken?«

Aidan lachte belustigt auf. »Oh, Vivien hält mich noch ordentlich auf Trab. Danke der Nachfrage. Aber ja, ich dränge danach, einen Haufen Frauen glücklich zu machen und mit dieser großherzigen Tat eine Menge Kohle zu verdienen. Also, schaffst du es bis drei Uhr ins Büro?«

»Ja, kann ich einrichten.« Aidan hatte sich in dieses bescheuerte Projekt richtiggehend verbissen.

»Ach, ja, bevor ich es vergesse«, sagte Aidan. »Ich habe vorhin kurz mit Joanne im Büro telefoniert. Sie sagt, dein Vater hat zweimal angerufen, weil er dich unbedingt sprechen muss, dich aber auf dem Handy nicht erreichen kann.«

»Da hat mein alter Herr halt Pech gehabt.« Mich interessierte nicht im geringsten, was mein Erzeuger von mir wollte. Wahrscheinlich rief er mal wieder an, um mich in eine ausufernde Diskussion über meinen schlechten Lebenswandel zu verwickeln. Ihm passte es überhaupt nicht in den Kram, dass ich Teilhaber einer Bordellkette war, selbstverständlich nur, weil er sich um seinen guten Ruf als Filmproduzent sorgte. Oder er wollte mir mal wieder eine seiner zwanzig Jahre jüngeren Lebensabschnittsgefährtinnen vorstellen. Jedes Mal natürlich die Frau seines Lebens. Beides interessierte mich Null. Er sollte einfach Abstand zu mir halten und sich um seinen Kram kümmern, ich redete ihm in sein Leben schließlich auch nicht rein.

»Alles okay mit dir?«, hörte ich Aidan fragen, als ich neben einer winzigen Bäckerei anhielt. »Du wirkst schlecht gelaunt. So kenne ich dich gar nicht.«

Der Kerl hatte einfach eine Antenne für meine Stimmungen, einen siebten Sinn. Wir kannten uns zu lang. »Nein, alles bestens. Ich bin nur müde.«

»Okay.« Er glaubte mir nicht, das hörte ich am Tonfall. Ich würde einen Teufel tun, ihm den wahren Grund meiner üblen Laune mitzuteilen, vor allem, weil dann zwangsläufig ein ganz bestimmter Name fallen würde, den ich bereits den ganzen Morgen aus meinem Gehirn radierte.

»Ich muss weiter«, würgte ich Aidan ab und stieg aus. »Habe noch was zu erledigen.« Und zwar einen Eindringling entfernen. Vielleicht hatte ich Glück, und sie war bei meiner Rückkehr bereits verschwunden. Andererseits würde die Kleine dann wahrscheinlich kopflos in der Gegend herumirren und das wollte ich ebenfalls nicht. Verzwickt.

»Ich muss auch los«, erwiderte Aidan. »Habe Grace versprochen, dass ich sie für eine Kontrolluntersuchung zum Arzt bringe. Ihre Schulter schmerzt wieder, wahrscheinlich, weil sie keine Ruhe in der Bar geben kann und immer irgendwas arbeiten muss. Dabei habe ich ihr extra eine Aushilfe besorgt.«

»Ach ja«, unterbrach ich ihn, wenn er das Thema schon mal anschnitt. »Ich habe gestern Lainey gefeuert.«

»Du hast was?« Er klang entsetzt. »Heute Abend steigt die Schaumparty. Der Laden wird gerammelt voll sein. Wer soll jetzt auf die Schnelle Graces Job übernehmen? Warum zum Teufel hast du Lainey entlassen?«

»Ich bin mir sicher, sie wollte irgendwas mitgehen lassen. Wir finden schon eine Lösung. Bis später dann.« Ich brach das Gespräch ab, bevor er sich noch weiter aufregen konnte.

Irgendwer würde sich als Ersatz schon finden lassen. Aber Mist. An die Party hatte ich überhaupt nicht mehr gedacht.

Als ich die Bäckerei wieder verließ, klingelte mein Smartphone erneut und ich konnte mir schon halbwegs denken, wer mich belästigte. Kurz überlegte ich, den Störenfried zu ignorieren, entschied mich dann jedoch dagegen.

»Hallo«, sagte ich barsch ins Telefon, um jegliche Vertraulichkeit seinerseits bereits im Keim zu ersticken.

»Kayne, ich bin es, dein Vater.«

»Ich hab's schon auf dem Display gesehen.« Gemächlich stieg ich wieder in den Wagen und schnallte mich an.

Ich hörte ihn tief durchatmen. »Wie geht es dir?«

»Ausgesprochen gut.« Wie immer redete ich recht einsilbig mit ihm, auf diese Art verging meinem Vater recht schnell die Lust auf ein ausführliches Gespräch. Ich startete den Wagen und fuhr los.

»Das freut mich für dich.« Er klang unterschwellig sauer, als würde er sich nur mühsam unter Kontrolle halten. »Mir geht es leider nicht so großartig und das liegt vor allem an dir.«

»Woran auch sonst, Dad.« Ich prustete durch die Nase. Dieser alte Mann hatte noch immer nicht kapiert, dass uns nichts mehr verband. Seit er mich in der schlimmsten Phase meines Lebens knallhart abgeschoben hatte, anstatt seiner verdammten Vaterpflicht nachzukommen.

»Stimmt es, was mir zu Ohren gekommen ist?«

Ich konnte mir schon denken, worauf er anspielte. In Wahrheit überraschte mich eher, dass diese Neuigkeiten so lange bis zu ihm gebraucht hatten. Selbstverständlich hatte er als Produzent die Branche fest im Blick.

»Ich habe ehrlich gesagt, keine Ahnung, wovon du redest.«

»Du produzierst Pornos? Ist das dein Ernst?« Nun konnte er nicht mehr an sich halten, seine Stimme schwoll an und er fraß mich durch das Telefon regelrecht auf. »Wie kannst du in dieses widerwärtige Geschäft einsteigen?«

»Es wirft eine Menge Kohle ab«, erwiderte ich lapidar und bog an einer grünen Ampel rechts ab. Mein Leben ging ihn einen Scheißdreck an.

»So nicht«, seine Stimme klang hart. »Ich habe nicht dein

Studium finanziert, damit du hinterher meinen guten Ruf in der Branche mit üblen Schmuddelfilmen ruinierst. Weißt du, was in Hollywood über dich getratscht wird? Der Sohn von William Crest produziert Sexfilme.«

»Tue ich ja auch.« Ich gab Gas. Was für ein beschissener Morgen. »Und ganz ehrlich Dad. Meine Produktionsfirma wirft in einem Monat wahrscheinlich mehr Kohle ab, als dein Dokuzeugs im ganzen Jahr.«

»Ich schäme mich zutiefst für dich, Kayne. Zuerst baust du einen Puff auf dem Farmgelände deines Grandpas und jetzt vertreibst du auch noch Pornos? Zu dieser Art Mensch habe ich dich nicht erzogen.«

»Stimmt, du hast mich überhaupt nicht erzogen, du hast mich abgeschoben, also halte dich auch jetzt aus meinem Leben raus.« Verfluchter Scheißkerl. Eine Riesenwut auf ihn brodelte in mir hoch.

»Kayne«, seine Stimme klang wie das Knurren eines Wolfs. »Was du in der Wüste Nevadas treibst, ist mir scheißegal, solange es hier in L.A. nicht die Runde macht. Aber du wirst mit diesem Mist nicht meinen guten Ruf zerstören. Hörst du? Ich verlange von dir, dass du sofort mit diesem Porno-Quatsch aufhörst, sonst …«

»Was, sonst?«, unterbrach ich ihn. Er drohte mir? Das war nicht zu fassen.

»Sonst werde ich einen Weg finden, diesen Dreck dichtzumachen.«

»Kümmere dich um dein eigenes verkorkstes Leben, Dad. Bye.« Ich legte auf und schaltete das Smartphone aus. Mein Blutdruck blieb dankenswerterweise einigermaßen unten, mein Vater schaffte es nicht halbwegs, mein Blut so zum Kochen zu bringen, wie Lainey das gelang. Mir war klar gewesen, dass Pussycat Productions in der Branche die Runde machen würde. Meine Filmfirma war bei den Zuschauern nicht einfach nur positiv angekommen, das Format hatte eingeschlagen wie ein Hurrikan in New Orleans. Somit hatte sich im Stillen gewiss schon ein Haufen Leute mit mir und den Aufnahmen befasst. Selbstverständlich waren sie mit ihren Neuigkeiten sofort zu meinem Vater gerannt, der jetzt Angst um sein erbärmlich winziges Studio hatte. Einfach nur lachhaft. Wie kam er auf diese schwachsinnige Idee, ich würde Pussycat Productions schließen, weil dieser doppelmoralische Spießer ein Problem mit den Filmen hatte, die dort gedreht wurden. Der Scheißkerl wechselte seine Frauen mehrmals jährlich und das ganz bestimmt nicht jedes Mal aus Liebe.

KAPITEL 9

LAINEY

Kayne war gegangen und hatte mich allein in seinem Haus zurückgelassen. In diesem wunderschönen, gemütlichen Haus. Sofort, nachdem ich die Tür zufallen hörte, war ich aufgesprungen und hatte mich angezogen, um diesen Ort für immer zu verlassen. Aber dann hatte ich es nicht fertiggebracht, klammheimlich zu verschwinden. Ob ich masochistisch veranlagt war und mir noch einmal eine grobe Abfuhr einhandeln wollte? Oder ging es mir darum, ihm für das Obdach zu danken? Ich hatte keine Ahnung. Vielleicht waren beides Ausflüchte, am Ende wollte ich nur nicht allein sein.

Ich stellte meine gepackte Reisetasche neben der Tür ab, damit er gleich Bescheid wusste, dass ich nicht vorhatte, mich bei ihm einzunisten. Kayne mochte mich nicht. Davon war ich mittlerweile felsenfest überzeugt. Ich schämte mich zutiefst für den Sex mit ihm, obwohl ich jede Sekunde so unglaublich genossen hatte. Seine bloße Anwesenheit stellte etwas in mir an, machte mich binnen Sekunden zu einer anderen Frau. Einer Frau, die sich nichts sehnlicher wünschte, als von ihm begehrt zu werden, was mich in meinen Augen schon zu einer Sünderin abstempelte. Ich gab mir allein die Schuld für alles, was letzte Nacht passiert war.

Warum hatte ich ihn nicht aus dem Zimmer geschickt? Stattdessen hatte ich meine Beine gespreizt, bis er die Flucht ergriffen hatte. Dennoch konnte ich den heißen Sex mit ihm nicht aus meinem Gedächtnis streichen, weil er besonders gewesen war. Dieser überdurchschnittlich attraktive Mann hatte meinen Körper zum Beben gebracht, mit seinen Fingern und seinem göttlichen Penis. Er hatte mir einen Gefühlstsunami der ganz besonderen Art beschert und mich auf wundersame Weise ein verboten einzigartiges Abenteuer erleben lassen. All die Erfahrungen, die ich mir jahrelang strikt verboten hatte, wandelten sich schlagartig zur Wirklichkeit. Es gab immer nur ihn und ich konnte Kayne einfach nicht aus meinem Kopf vertreiben. War völlig chancenlos.

Seufzend ging ich ins Wohnzimmer und bemerkte das Bücherregal an der Seitenwand. Gestern war es mir gar nicht aufgefallen. Ich studierte die Buchrücken, entdeckte große Klassiker wie Dostojewski, Hemingway oder Boyle, aber auch eine ganze Reihe mir unbekannter Autoren, deren Romane sich sehr interessant anhörten. Am liebsten würde ich sie auf der Stelle allesamt lesen. Im untersten Regalfach entdeckte ich ein mir bestens bekanntes Buch und zog es heraus. Mein Herz machte einen Sprung vor Freude, während ich zärtlich über das Cover strich. Sämtliche Gedichte von Emily Dickinson und ich kannte jedes einzelne davon auswendig. Ich setzte mich aufs Sofa und schlug den Gedichtband wahllos in der Mitte auf.

Ich wollte nur ein Weilchen hier sitzen, ganz für mich allein mit dieser wundervollen Poesie. Meine Hände begannen zu zittern. Zufällig hatte ich einen Vers aufgeschlagen, den ich jahrelang wieder und wieder gelesen hatte, weil ich ihn anfangs nicht verstand. Der mich aber dennoch nicht losließ. Mit leiser Stimme las ich mir Emily Dickinsons Gedichtzeilen selbst vor: *Wenn Andenken Vergessen wär …* Ich las und las, sog jede schaurig schöne Zeile in mich auf wie ein Schwamm.

Eine tiefe Stimme fiel mir ins Wort, die den Vers für mich beendete und holte mich schlagartig zurück in die Gegenwart. Ruckartig hob ich den Kopf und sah Kayne vor mir.

Und wenn Entbehren fröhlich machte, fuhr er fort und rezitierte die restlichen Zeilen ohne zu stocken, als habe er sie hundertmal gelesen.

Oh, Gott. Er kannte dieses Gedicht ebenfalls auswendig. Mein

Lieblingsgedicht. Diese Worte, die mich seit Jahren begleiteten und mir doch keinen Trost spendeten. Schon im nächsten Moment klappte ich das Buch zu und sprang vom Sofa auf.

»Es tut mir leid, dass ich deine Sachen angefasst habe.« Schuldbewusst hielt ich ihm den Gedichtband entgegen.

Kayne winkte ab. »Schon gut. Mach dir keinen Kopf.« Einen Augenblick lang stand er einfach da und musterte mich. Irgendwas in seiner Mimik hatte sich gewandelt, ich konnte gar nicht genau sagen was. Oder vielleicht doch. Seine Augen blitzten mich nicht mehr so zornig an, stattdessen hatte sich ein Anflug von Wehmut hineingeschlichen, als hinge er einer schmerzhaften Erinnerung nach.

Schließlich atmete er einmal tief durch. »Ich habe uns Frühstück mitgebracht, komm mit rüber in die Küche.«

Ich legte das Buch auf den Couchtisch. »Schon okay. Ich bin auf dem Sprung und wollte mich nur bei dir für die Nacht bedanken, bevor ich verschwinde.«

Als sich seine Augenbrauen hoben, legte ich hektisch nach. »Ich meine, dass ich hier übernachten durfte, sonst nichts.« Meine Wangen pulsierten. Oh, nein. Was er jetzt wohl von mir dachte?

»Sonst nichts?«, wiederholte er amüsiert und ich bemerkte sehr wohl, dass er sich ein Grinsen verkniff.

»Also …« Ich stockte und zuckte hilflos mit den Achseln. »Ich denke, du weißt, wie ich das gemeint habe.«

»Tue ich«, beschwichtigte er, »obwohl du nicht die erste Frau wärst, die sich hinterher für eine heiße Nacht mit mir bedankt. Normalerweise tun sie das sogar sehr oft – und zwar auf Knien.« Er musterte mich durchdringend, als erwarte er mit Spannung meine Reaktion, aber ich hatte keinen blassen Schimmer, wovon er redete.

»Du erwartest jetzt aber nicht von mir …« Ich deutete mit dem Zeigefinger nach unten, »dass ich jetzt …«

»Nein«, er schüttelte den Kopf. »Dafür ist es bereits zu spät.« Kayne klang spöttisch.

Hastig kramte ich die Dollarnoten aus meiner Jeanstasche, die er mir gestern gegeben hatte. »Bevor ich es vergesse. Wie viel bin ich dir für die Übernachtung schuldig?«

»Schätzchen«, er prustete. »Du glaubst doch nicht allen Ernstes, dass ich dir deine letzten Kröten abknöpfe.«

»Ich werde dir ganz bestimmt nichts schuldig bleiben«, erwiderte ich trotzig, seine arrogante Art wurde langsam unerträglich.

»Bist du ganz sicher nicht«, erwiderte er belustigt und ich wusste sofort, worauf er anspielte. Scheiße, war das peinlich. Er ging mit der Situation um einiges souveräner um als ich.

»Das gestern hätte nicht passieren dürfen, du hast mich überrumpelt.« Ich verschränkte die Arme vor der Brust.

Er lehnte sich mit einer Hand an den Türrahmen. »Cherie, dir hat es doch gefallen, oder nicht?«

Ich schluckte. Ja, klar. Aber was hatten meine körperlichen Reaktionen mit der peinlichen Situation zu tun, in der wir nun beide steckten? Okay, in der anscheinend nur ich steckte, wenn ich mir Kayne so betrachtete. Um einen letzten Rest Würde vor mir selbst zu bewahren: ich hatte nicht um seine magischen Hände gebeten. Zumindest nicht bewusst. Ja, ich gab es zu, auch nichts gegen den grandiosen Sex gehabt zu haben, ganz und gar nicht. Der Sex war, puh, hot gewesen. Allein bei der Erinnerung daran geriet ich ins Schwitzen. Aber Kayne war so … so direkt. »Es war ganz okay, hat jedoch nichts damit zu tun, dass du …«

»Nachdem wir das geklärt haben, lass uns frühstücken«, unterbrach er mich und klang gelangweilt. Er drehte sich um und schlenderte davon.

»Aber … aber«, ich eilte ihm nach. »Sollten wir nicht wenigstens darüber reden?«

»Nein, sollten wir nicht.« Er setzte sich an den Küchentisch und öffnete eine Pappschachtel, die dort lag. Bagels mit Cream Cheese und glasierte Donuts kamen zum Vorschein. Daneben standen zwei Pappbecher Kaffee.

Mir lief bei dem Anblick das Wasser im Mund zusammen. Seit gestern Mittag hatte ich nichts mehr gegessen, außer ein paar übriggebliebenen Pommes von Anna. Kayne deutete auf den Stuhl ihm gegenüber. »Setz dich endlich und iss was.« Er schob einen Pappbecher über den Tisch, bevor er an seinem Kaffee nippte.

Nur zögerlich ließ ich mich nieder, griff aber hungrig nach einem Bagel.

»Wo willst du jetzt hin?«, fing er plötzlich an. Warum interessierte ihn mein verhunztes Leben plötzlich so brennend? Meine beschissene Situation hatte ich einzig ihm zu verdanken und das wusste er ganz genau.

»Ich fahre mit dem nächsten Bus nach Vegas und suche mir dort einen neuen Job«, erwiderte ich kauend und zu allem bereit. Irgendwie würde ich mein Leben schon auf die Reihe bekommen. Oh, wow. Dieser Bagel schmeckte wirklich gut.

»Und wo wirst du übernachten?«

Ich schluckte. »Bei Freunden.« Kayne brauchte nicht zu wissen, dass ich niemanden in Vegas kannte. In Wahrheit hatte ich keine Ahnung, wohin ich gehen sollte.

»Natürlich.« Sein Blick durchleuchtete mich, bis mich das unangenehme Gefühl überkam, er könnte alle meine Geheimnisse in meinen Gedanken lesen.

Um weiteren unangenehmen Fragen auszuweichen, stand ich auf. »Dann geh ich mal. Danke für das Frühstück.«

»Du hast noch nicht aufgegessen.« Er deutete auf meinen angebissenen Bagel, den ich auf einer Serviette aus der Schachtel abgelegt hatte.

»Ich sollte wirklich …«

»Setz dich und iss wenigstens auf.« Sein Tonfall klang so befehlsgewaltig, dass ich mich langsam auf dem Stuhl niederließ.

»Warum willst nicht zurück nach Hause?«, fing er dieses bescheuerte Thema wieder an. Wieso konnte er nicht endlich Ruhe geben?

»Hast du irgendwas angestellt?«

Ich rieb mir über Stirn und Augen, fühlte mich innerlich wund. Ob ich was verbrochen hatte, wollte er wissen. Das hatte ich – allerdings vor Jahren. Er hingegen hielt mich nach gestern Nacht für eine Diebin oder etwas ähnlich Harmlosem. Wenn es nur das wäre. Er hatte keine Ahnung.

»Nein, ich habe nichts Ungesetzliches getan. Glaub es oder nicht.« Bedächtig ließ ich die Hand sinken. »Außerdem geht dich mein Privatleben nichts an. Du bist nicht mal mehr mein Boss.«

»Da hast du allerdings recht.« Er trank einen großen Schluck aus seinem Becher. »Dennoch würde ich es mir nicht verzeihen, falls dir da draußen etwas passieren sollte, nachdem ich dich weggeschickt habe.«

»Das wäre dann nicht deine Schuld. … Und es wäre auch nicht schlimm«, fügte ich leise hinzu, bereute meine voreilige Äußerung jedoch im selben Augenblick, denn Kayne wurde hellhörig.

»Was wäre nicht schlimm? Wenn dich irgendein Kerl da draußen überfällt oder dir sonst irgendwas passiert?«

»Wird es schon nicht.« Ich biss von meinem Bagel ab, obwohl mir der Appetit gründlich vergangen war. Kayne wühlte viel zu tief in meinen Angelegenheiten herum.

Er lehnte sich zurück und ließ ganz klar erkennen, dass er mich für verrückt oder wenigstens naiv hielt. »Da wäre ich mir nicht so sicher, vor allem nachts in Las Vegas. Was sind das für Freunde, zu denen du gehen willst? Wo wohnen die und was machen sie?«

»Das sind Freunde eben.« Es war unfassbar. Ich konnte nicht einmal behaupten, er hörte sich an wie mein Dad, weil mein Vater mich solche Details niemals fragen würde. Ich wäre meinem Dad schlichtweg egal. »Sie wohnen halt in der Stadt und arbeiten dort.«

»Wo genau wohnen sie?«

Ich wich mit dem Kopf zurück. »Was meinst du?«

Er nahm sich einen Donut. »Straße, Hausnummer.«

»Was geht dich das an?«

»Du kennst die Adresse deiner Freunde nicht?« Kayne prustete. Ich wusste, er glaubte mir kein Wort.

»Doch«, hilflos hob ich die Hände an. »Aber ich verrate sie dir nicht.«

»Eine bessere Ausrede fällt dir nicht ein?« Kayne massierte sich mit Daumen und Zeigefinger die Nasenwurzel. »Du kennst kein Schwein in Las Vegas. Mädchen, du lügst, sobald du nur den Mund aufmachst.«

»Was willst du von mir?« Meine Stimme schwoll an, langsam machte er mich richtig sauer. »Du hast mir das Ganze doch eingebrockt. Du hast mich entlassen.«

»Was hattest du im Lagerraum zu suchen?« Sein Blick war

starr in meine Augen gerichtet.

»Ich wollte dort schlafen«, erklärte ich schließlich leise und schlug die Lider nieder. Ich fühlte mich erschöpft. Im Prinzip war es egal, was Kayne von mir dachte oder ob er mir glaubte. In den nächsten Minuten würde ich mich auf den Weg nach irgendwohin machen. Ober besser: nach Nirgendwohin. »Die Nächte davor habe ich draußen auf dem Gelände verbracht, oder auf der Bank bei der Bushaltestelle. Aber die ist ziemlich unbequem, lass dir das gesagt sein, falls du jemals im Freien übernachten möchtest.« Ich wartete seine Reaktion ab, in der Hoffnung mein flacher Scherz würde die angespannte Atmosphäre lockern. »Ich wollte nur eine Nacht in Ruhe durchschlafen, das war alles.«

Nach Momenten des Schweigens, die sich zur Ewigkeit dehnten, lehnte er sich zurück. »Also gut. Ich gebe dir eine letzte Chance. Du bekommst deinen Job zurück, sofern du versprichst, dich zukünftig nach der Schließzeit nicht mehr unerlaubt im Club aufzuhalten.«

Mein Mund klappte auf. Meinte er sein Angebot tatsächlich ernst? Ein unbeschreibliches Gefühl von Erleichterung durchflutete mein Inneres. Schonfrist. Das bedeutete noch ein paar Wochen Schonfrist, oder zumindest bis Grace wieder einsatzfähig war. In dieser Zeit könnte ich mich in Ruhe nach einem anderen Job umschauen, Geld verdienen und vielleicht sogar eine günstige Bleibe auftreiben.

Beinahe andächtig spreizte ich drei Finger in der Luft. »Ich schwöre es hoch und heilig.« Mein Herz hüpfte vor Freude. »Ich danke dir. Danke. Und so hart ist die Bank bei der Haltestelle gar nicht. Überhaupt nicht. Halb so wild.«

Kayne seufzte schwer. »Du kannst solange in meinem Gästezimmer schlafen, bis wir eine Unterkunft für dich gefunden haben.«

»Das ist nicht nötig«, wehrte ich ab, ich wollte seine Großzügigkeit nicht überstrapazieren.

»Sei jetzt besser still, sonst könnte ich mir mein Angebot schnell wieder anders überlegen.« Er deutete auf mein einfaches weißes Top, auf dem ein Ketchupfleck von Annas Pommes prangte. »Hattest du dieselben versifften Klamotten nicht gestern schon an?«

Beschämt sah ich an mir entlang. »Ich habe nichts Sauberes mehr zum Anziehen, meine anderen Kleidungsstücke sehen noch schlimmer aus. Ich bin einfach noch nicht zum Waschen gekommen. Ich spüle die Sachen nachher im Waschbecken durch.« Wie wild rubbelte ich mit dem Daumennagel an dem trockenen Fleck herum und machte alles nur noch schlimmer.

Er deutete auf eine Tür hinter mir. »Da drin kannst du deine Wäsche waschen. Ich besitze eine Waschmaschine.« Er klang spöttisch.

»Kayne«, sagte ich gedämpft und ließ von dem Fleck ab. »Warum tust du das für mich?«

Der Anflug eines Lächelns zeigte sich auf seinem Gesicht. »Weil ich vielleicht doch ein ganz netter Mensch bin.«

»Der Emily Dickinson auswendig kennt«, entschlüpfte es mir, was ihn sichtlich erheiterte.

»Meine heimliche romantische Ader, erzähl das bloß keinem im Club.« Er zwinkerte mir so niedlich zu, dass mein Herz schmolz.

»Das bleibt unser Geheimnis.« Ich lachte auf, obwohl mir klar war, dass er mich veralberte. Sein Scherz hatte die angespannte Stimmung zwischen uns ein wenig gelockert. Kayne war alles, aber ganz sicher kein Romantiker.

Er stand auf. »Ich gehe duschen und danach habe ich noch ein paar Sachen zu erledigen. Du kannst in Ruhe dein Zeugs machen, Spencer holt dich gegen Abend ab.« Er wandte sich ab, hielt jedoch mitten in der Bewegung inne und grinste mich an. »Ach ja, zieh nachher für den Club ein weißes Oberteil an.«

»Okay«, erwiderte ich verwirrt.

KAPITEL 10

LAINEY

Als ich neben Spencer den Club betrat, hielt ich erstaunt inne. Was war denn hier passiert? Die sonst eher klassisch gehaltene Gentleman's Bar hatte sich über Nacht in eine karibische Insellandschaft verwandelt. Überall standen künstliche Palmen herum, die mit bunten oder leuchtenden Girlanden geschmückt waren. Papageien aus Pappmaché saßen auf den Blättern, und um den Tresen rankten sich exotische Plastikblumen. Wow! Der Club sah umwerfend aus.

»Warum sind wir in der Karibik?«, fragte ich Spencer, den Chef der Security Crew. Ein riesiger muskelbepackter Glatzkopf, der anfangs extrem einschüchternd auf mich gewirkt hatte. Auf der Fahrt hierher hatte ich allerdings gemerkt, dass ein richtig netter Kerl in ihm schlummerte.

»Heute steigt eine Mottoparty«, klärte er mich auf und sah sich ebenfalls um. »Eine Schaumparty.«

»Ihr feiert Partys in einem Bordell?«

Spencers Grinsen wurde breiter. »Das sind sogar unsere Highlights. Warte ab, der Laden ist heute Abend gerammelt voll.«

Ich konnte mir unter einer Schaumparty nicht viel vorstellen, und beschloss, die Sache einfach auf mich zukommen zu lassen. Egal, was hier gefeiert wurde, ich war nur froh meinen Job wiederzuhaben.

»Du solltest schon mal alles vorbereiten.« Spencer deutete zur geschmückten Bar. »Obst und Limetten schneiden, heute wollen viele Gäste exotische Cocktails trinken.«

»Oh, gut zu wissen. Dann mach ich mich mal an die Arbeit.« Ich eilte hinter die Bar und kramte im Kühlschrank nach Früchten.

»Hi, Lainey«, hörte ich eine dunkle Stimme hinter mir. Ich drehte mich um und entdeckte Judson, einen der Securitys, der beide Unterarme auf dem Tresen abgestützt hatte.

»Hey, Judson, wie geht's?« Ich legte ein Netz mit Limetten neben das Schneidebrett.

»Wenn ich dich sehe, immer gut.« Er lächelte mich schüchtern an und ich wusste nicht, wie ich reagieren sollte. Mit Männern flirten war mir fremd und Judson sah noch dazu attraktiv aus. Ein großer Kerl, durchtrainiert, mit diesem typisch kurzgeschorenen Army Style, was ihm allerdings außerordentlich gut stand. Das musste man ihm lassen.

»Was sagst du zu der Bar?«, lenkte ich rasch ab. »Sieht sie heute nicht umwerfend aus?«

Er zuckte mit den Achseln. »Wird nachher ne schöne Schweinerei geben.« Nebenher tippte er mit den Fingern auf dem Tresen herum. Er machte das andauernd.

»Warum?«

»Die füllen den halben Club mit Schaum, alle werden sich einsauen.« Er deutete mit dem Kinn auf mein weißes T-Shirt, das ich auf Kaynes Geheiß hin angezogen hatte. Dazu trug ich den Jeans Minirock vom Dreh, den ich hatte behalten dürfen. »Deine Klamottenwahl war nicht die klügste Entscheidung.« Er winkte ab, bevor ich nachfragen konnte. Ich sah an mir herunter. Was war an meiner Kleidung falsch? »Du stehst ja sowieso hinter dem Tresen, da wirst du nicht viel von dem Zeug abbekommen.«

»Ähm, ich denke nicht.« Eifrig schnitt ich die grüne Frucht in Scheiben. »Was gibt es neues an der Mäusefront?« An meinem ersten Arbeitstag hatte Judson mich vor den vielen Nagern gewarnt, die sich draußen vor dem Club tummelten und die Garagen bevölkerten. Ab und zu verlief sich auch mal eine Maus in den Club, die dann stundenlang mühsam gejagt werden musste.

Er lachte. »Spencer hat eine Katze aus dem Tierheim besorgt und Grace hat sie gleich adoptiert.«

»Echt?« Ich sah grinsend hoch. »Wie ich Grace kenne, wird das Tierchen dermaßen von ihr verwöhnt, dass es keine Lust mehr zum Mäusefangen hat.«

»Genauso sieht es aus«, stimmte er mir zu und lehnte sich in meine Richtung. »Grace füttert sie mit gebratenem Hühnchen, das faule Tier hat sich noch nicht ein einziges Mal in den Garagen blicken lassen. Die Katze liegt dauernd in der Gegend herum und pennt. Ich bilde mir ein, ich höre die Mäuse über sie lachen.«

»Eine klassische Fehlinvestition«, scherzte ich und konnte mir bildhaft vorstellen, wie Grace diese Katze mit all ihrer Liebe bemutterte.

Als mein Blick zur Seite schweifte, bemerkte ich Kayne in einiger Entfernung zusammen mit Anna neben der Bühne stehen. Sie redete auf ihn ein und fuchtelte mit den Händen in der Luft herum. Er jedoch beachtete sie nicht großartig, stattdessen beobachtete er mich und Judson mit ausdruckslosem Gesicht. Verdammt. Sicher dachte er jetzt, ich würde während der Arbeitszeit ein faules Schwätzchen halten, noch dazu heute, wo so viel zu tun war. Obendrein seine Securitys auch noch von deren Pflichten abhalten.

Hastig schob ich die Limettenscheiben vom Schneidebrett in eine Plastikschüssel. »Ich muss weitermachen, es wartet noch ein Haufen Arbeit auf mich, bis die Party losgeht.«

»Oh«, Judson wirkte enttäuscht. »Dann stör ich nicht weiter. Aber ich finde es jedes Mal so nett, mich mit dir zu unterhalten. Du bist eine tolle Frau.«

»Danke.« Ich schnitt eine Kiwi klein und fühlte mich unangenehm berührt. Flirtete Judson etwa mit mir? Nein. Er verhielt sich nur freundlich. »Ich finde dich auch nett. Aber ich muss jetzt weitermachen.« Ich deutete auf den Obstberg.

Just im selben Moment ging Kayne hinter Judson vorbei.

»Alles klar«, Judson hob im Weggehen die Hand. »Bis später.«

Wie Spencer prophezeit hatte, füllte sich der Club mit Gästen. Heute erschienen nicht wie sonst nur Männer, um sich mit den Prostituierten des Hauses zu vergnügen, auch ganz normale Frauen amüsierten sich auf der Party, tranken süße Cocktails oder tanzten zu den neuesten Beats. Ich kam mit Getränkemixen kaum hinterher, sodass Grace trotz Aidans Arbeitsverbot den Tresen geentert hatte und Drinks ausschenkte. Plötzlich schoben sich weißschillernde Schaumberge über die Bühne bis nach unten zum Tanzbereich. Immer mehr kam nach, sodass die feiernde Menge bald bis zu den Knien in der luftigen Masse versank. Die ersten schaufelten mit den Händen Schaum durch die Luft oder bewarfen lachend andere Gäste.

Ein paar Frauen kreischten belustigt auf. Die Stimmung wurde immer besser, die Leute hatten so viel Spaß, dass ich sie fast schon beneidete. Heute machte ich die erste Party meines Lebens mit - und machte nicht mal mit. Noch mehr Schaum wurde über ein Gebläse an der Decke über die ausgelassene Meute gepustet. Johlend streckten die Feiernden die Arme nach oben und waren bald über und über von dem luftigen Gebilde bedeckt, das ihre Kleidung durchtränkte. So manch helles Damenoberteil wurde durchsichtig und verbarg nichts mehr. Vor allem die im Club angestellten Frauen trugen nichts weiter unter ihren Tops, sodass sich deren Brüste nackt und aufreizend durch den nassen Stoff drückten. Ein älterer Kerl mit Schnurrbart grapschte nach Shawnas Busen, was sie mit einem heftigen Klaps auf seine Finger unterband.

Die Leute tobten auf der Tanzfläche, ein paar verloren auf dem mittlerweile rutschigen Untergrund den Halt und fielen in den Schaum, zogen Frauen mit sich und tauchten mit ihnen in dem wolkigen Zeugs unter. Diese Party sah nach Spaß aus. Nur mit Mühe riss ich mich von dem unterhaltsamen Schauspiel los und goss zwei Gläser Champagner ein, die eine Frau lauthals durch den Lärm bei mir bestellte.

Ich hastete zum Kühlschrank, öffnete Bierflaschen, servierte Whisky oder mixte Margaritas und allerhand Cocktails. Seit gefühlten Stunden war ich nicht mal zum Verschnaufen gekommen und wischte mir mit dem Handrücken Schweiß von der Stirn. Die Nacht schien kein Ende zu nehmen, immer wieder schob sich Schaum nach.

»Lainey«, hörte ich eine mir vertraute dunkle Stimme und wandte den Kopf. Kayne und Spencer standen auf der anderen Seite der Bar. Wahrscheinlich wollten sie was zu Trinken bestellen. Rasch wischte ich den Anflug von Müdigkeit beiseite und lächelte die beiden freundlich an. »Was darf es sein?«

Kayne deutete mit dem Daumen auf seine Begleitung. »Spencer findet, du siehst aus, als könntest du eine Pause vertragen.«

Was? Erschrocken hielt ich inne. Stand ich unter Beobachtung? Ja, klar. Selbstverständlich. Ich jobbte auf Bewährung. Fand Spencer mich zu langsam oder unkonzentriert? Die ganze Zeit über dachte ich, den Ausschank unter Kontrolle zu haben, es hatte keine übermäßigen Wartezeiten für die Gäste gegeben und ebenfalls keine Beschwerden.

»Nein, mir geht es gut«, bekräftigte ich rasch und streckte beide Arme in die Luft. »Hochmotiviert.«

»Nein, du siehst erschöpft aus«, widersprach Kayne, der mich einer eingehenden Musterung unterzog.

»Sie braucht dringend eine Pause«, mischte sich Spencer ein, bevor er ein schwarzes Metallrohr auf mich richtete. Er drückte einen Knopf und eine Ladung Schaum flog mir ins Gesicht, bevor mich eine wahre Schaumwelle erfasste. Instinktiv drehte ich mich zur Seite, was allerdings nicht viel half. Noch mehr von den seifigen Blasen sprühten sich gleichmäßig über meinen Körper, sodass ich von oben bis unten mit der feuchten Masse bedeckt war. Erst dann hatte Spencer Erbarmen und ließ die Schaumkanone sinken. Sämtliche Gäste am Tresen lachten, während ich wie ein nasser Hund die Schaumberge von mir abschüttelte. Als ich an mir nach unten blickte, erstarrte ich. Mein weißes T-Shirt war praktisch durchsichtig und der ebenfalls durchtränkte gleichfarbige BH verbarg nicht mehr viel. Hastig bedeckte ich meine Oberweite mit einem Arm.

»Du Mistkerl«, warf ich dem feixenden Kayne an den Kopf.

»Es ist eine Schaumparty, Schätzchen, da muss man mit sowas rechnen.« Sein Gelächter wurde lauter.

»Wenn das so ist.« Ich schnappte mir die Champagnerflasche, die neben mir stand, schüttelte sie und sprühte ihm eine kräftige Ladung direkt ins Gesicht, bevor sich der Rest der schäumenden Flüssigkeit gleichmäßig über seinem edlen Maßanzug verteilte. Kaynes Lachen erstarb, er schnappte nach Luft und sah mich mit großen Augen an. Champagner tropfte aus seinen Haaren.

»Bei solchen Partys muss man mit allem rechnen, Schätzchen«, ahmte ich ihn gurrend nach.

Ein gerissener Ausdruck legte sich auf Kaynes Gesicht, der nichts Gutes verhieß. Umgehend warf ich die grüne Flasche in den Mülleimer, als müsste ich mich schnellstmöglich eines Beweisstückes entledigen.

»Du hast angefangen«, erinnerte ich ihn, während er sich mit dem Ärmel das Gesicht abtrocknete.

»Spencer«, sagte er ruhig, viel zu ruhig. »Bring sie mir.«

»Wird erledigt, Boss.« Mit großen Schritten machte sich Spencer auf in meine Richtung.

Instinktiv wich ich einen Schritt zurück, was selbstverständlich nicht viel half, denn ich hatte das Flaschenregal im Kreuz. »Das trocknet wieder«, beschwichtigte ich ihn, wurde jedoch schon im nächsten Moment am Rücken und unter den Kniekehlen gepackt und fand mich in Spencers massigen Armen wieder.

»Lass mich runter«, drohte ich dem Koloss, »das ist Freiheitsberaubung.«

Er hörte überhaupt nicht auf meine Drohung, stattdessen hievte er mich über den Tresen direkt in die Arme seines Chefs.

»Du willst dich also mit mir anlegen?«, fragte Kayne ernst, konnte sich jedoch nur mit Mühe ein Grinsen verkneifen.

»Ich habe mich lediglich gegen zwei große starke Männer verteidigt.« Ich mochte es, von ihm getragen zu werden, als würde ich nichts wiegen. Als er sich in Bewegung setzte, zog sich mein Magen zusammen. Immerhin hatte ich meinen Boss abgeschossen.

»Lass mich runter, ich muss zurück hinter den Tresen. Wer soll die Gäste bedienen?«

Kayne wandte sich mit mir im Arm um. »Spencer springt für

dich ein.« In der Tat mixte dieser Hüne irgendwas in einem Edelstahl-Shaker.

Schließlich hatte Kayne Erbarmen und stellte mich auf den Boden, hielt mich allerdings an den Schultern fest. Er kam mit dem Gesicht näher und mein Herz pochte unwillkürlich ein paar Takte schneller. »Du hast meinen zwölftausend Dollar Anzug ruiniert, den ich dir nicht einmal in Rechnung stellen kann, weil du mit deinem Gehalt Jahre brauchen würdest, um ihn abzubezahlen.«

Ich wich einen Schritt zurück. »Dann erhöh doch einfach mein Gehalt.«

Ein amüsiertes Lachen schlüpfte aus seiner Kehle. »Das wäre eine Möglichkeit, da stimme ich dir zu.«

Unwillkürlich ging ich einen weiteren Schritt zurück, rutschte dabei aber auf dem seifigen Boden aus und geriet ins Straucheln. Reflexartig klammerte ich mich an Kayne, der mich zwar noch zu fassen kriegte, auf dem glitschigen Untergrund allerdings ebenfalls ins Rutschen kam, sodass wir gemeinsam auf dem Boden landeten. Ich war seitlich sitzend aufgekommen, während Kayne vor mir kniete. Er zog mich an den Oberarmen in dieselbe Position. Wir knieten so dicht voreinander, dass nicht einmal Emily Dickinsons Gedichtband zwischen uns gepasst hätte und mein ganzer Körper summte. Am liebsten hätte ich ihn spontan geküsst. Diese eine widerspenstige Strähne hing ihm klebrig in die Stirn, aber ich widerstand tapfer der Versuchung, sie ihm zurückzustreichen.

»Nur für das Protokoll«, sagte ich atemlos, mein Herzschlag beschleunigte unkontrolliert in seiner Nähe. »Du hast mein zehn Dollar T-Shirt ruiniert.«

Er sah nach unten und betrachtete meinen Busen in dem durchsichtigen Stoff. Seine Hände legten sich auf meine Schultern.

»Nein«, seine Finger wanderten weiter, hakten sich in den Saum meines T-Shirts ein. Mit einem festen Ruck zerriss er es vollständig bis nach unten. »Jetzt habe ich es ruiniert.«

Perplex hielt ich die Luft. Wie ein nasser Lappen hing mein Oberteil an mir herunter, sodass sich ihm meine Brüste in dem durchtränkten BH regelrecht aufdrängten.

»Ich kann nicht glauben, dass du das eben getan hast«, japste ich, als ich meine Sprache wiederfand, während er mir die Fetzen von den Schultern schob, und ich nun halbnackt mitten im Club kniete.

»So siehst du tausendmal besser aus.« Sein Blick wich zur Seite. Nur ganz kurz, aber zielsicher in eine ganz bestimmte Richtung. Als ich ebenfalls den Kopf wandte, entdeckte ich Judson neben der Tanzfläche, der uns beobachtete.

Kayne nahm mein Gesicht in beide Hände und beugte sich vor, hielt aber kurz vor meinem Mund noch einmal inne, als würde er überlegen oder mein Gesicht studieren. Sein warmer Atem traf auf meine Haut und schickte tausend prickelnde Perlen meinen Nacken hinunter. Mein Puls klopfte heftig im Hals, ich wollte diesen Mann so unglaublich, dass es beinahe wehtat. Als seine Lippen sich endlich auf meine senkten, verglühte ich innerlich.

Ich legte beide Hände auf seine Hüften, während seine Finger zärtlich über meinen Hals nach unten wanderten, bis er meine Brüste mit beiden Händen umfasste. Sein Kuss wurde gieriger, unsere Zungen verfingen sich in einem wilden Spiel, umkreisten einander und ich merkte, wie mein Höschen feucht wurde. Kayne schmeckte nach Champagner, vermischt mit Seife, was wohl meinen Lippen zuzuschreiben war. Das Kribbeln in meiner empfindlichsten Stelle steigerte sich zu einem kaum mehr auszuhaltenden Ziehen. Kayne hatte mich voll im Griff. Jedes Mal aufs Neue hatte er eine derart überwältigende Wirkung auf mich, dass ich mich ihm nur zu gern mit allen Sinnen ergab. Ich blendete aus, wo ich mich befand, sondern genoss, wie er gefühlvoll meine Brüste knetete. In solchen Momenten konnte er alles von mir haben und sich auch alles nehmen. Seine rechte Hand wanderte über die seifig-klebrige Haut meines Bauchs und verschwand unter meinem Rock. Ich keuchte auf, als er mich durch den Slip streichelte und realisierte benebelt, wo ich mich befand. Inmitten einer mit Menschen gefüllten Bar.

»Kayne, nein«, murmelte ich an seinen Lippen und schob seine Hand weg. »Nicht hier.«

Er löste sich schwer atmend von mir, seine andere Hand lag

noch immer auf meiner Brust. »Den Leuten in diesem Club ist es egal, was wir machen.«

»Ich kann das nicht.« Noch immer knieten wir auf dem Boden, niemand beachtete uns.

Kayne ließ von mir ab und stand auf, ehe er mir die Hand hinhielt, um mir auf die Füße zu helfen.

»Es tut mir leid«, mein Blick schweifte zur Seite. Direkt neben mir stand die schwarzhaarige Judy, die ebenfalls im Gentleman's Paradise arbeitete. Sie beugte sich über einen Kerl, der mit offener Hose auf einem Barhocker lümmelte und saugte seinen steifen Penis tief in den Mund, bevor sie den Kopf auf und ab bewegte. Oh, Gott. In aller Öffentlichkeit. Ich starb beinahe vor Scham allein beim Zusehen, obwohl die paar Tage Barkeepen in diesem Etablissement mich in dieser Hinsicht schon einigermaßen abgehärtet hatten. Unterdessen stellte sich mein bescheuertes Gehirn vor, wie ich dasselbe bei Kayne machte, wie sich meine Lippen um sein riesiges Glied schlossen und ich seinen Schaft auf meiner Zunge spürte. Dabei hatte ich keine Ahnung, ob ich diese Disziplin überhaupt beherrschte. Ich hatte mir die vergangenen Jahre so viel entgehen lassen: jede Erfahrung, jeglichen Kontakt zu Jungs, sogar Partys, die nicht halb so zügellos abgelaufen waren, wie diese. Und das alles nur, um mich zu bestrafen, mich selbst zu geißeln, nur damit meine Eltern endlich zufrieden waren.

Ich sah mich ganz bewusst im Club um, mittlerweile ging es richtig hemmungslos zu. Viele Frauen hatten ihre schmierigen Oberteile ausgezogen, liefen lediglich im BH herum, oder gleich mit nacktem Oberkörper. Die rothaarige Shawna saß in einer Ecke splitternackt auf einem Typen und ritt ihn.

Ich befand mich in einem Sexclub, rief ich mir in Erinnerung. Diese Leute feierten keine stinknormale Party. Tabus besaßen innerhalb dieser Wände keinen großen Stellenwert.

»Woran denkst du?« Kayne legte beide Hände auf meine Taille. »Falls du dich unwohl fühlst, kannst du für heute Feierabend machen. Es wird kein Nachspiel für dich haben, das garantiere ich dir.«

»Ich fühle mich nicht unbehaglich. Es ist nur alles so … so

hemmungslos. Ich meine, vergangene Woche war ich noch Jungfrau.«

Kayne griff mir in den Nacken und zog mich an seine Brust. »Du musst dich für nichts rechtfertigen. Es ist vollkommen okay, nein zu sagen.«

Ich schmiegte mich an seinen kräftigen Brustkorb, spürte sogar durch das Hemd jeden einzelnen harten Muskel und seine Nähe fühlte sich geborgen an. Als könnte mir in Kaynes Armen niemals etwas geschehen. Er kraulte meinen Nacken und auf einmal bereute ich es zutiefst, unser heißes Liebesspiel gestoppt zu haben. Kayne war so rätselhaft und unergründlich. Ich wusste praktisch nichts von ihm. Dabei würde ich so gern mehr über diesen geheimnisvollen Mann erfahren, mit ihm über Bücher reden oder einfach nur seine Einstellung zum Leben kennenlernen. Die lineare sexuelle Komponente verlassen, auf der wir uns ausschließlich bewegten. Und trotz allem wollte ich noch einmal mit ihm schlafen, seinen Körper mit Fingern und Zunge gründlich erforschen und ihn ebenso zum Erbeben bringen, wie er das bei mir vollbrachte.

Ich wollte diesen Mann ganz für mich allein. Schon gestern waren mir die vielen Frauen aufgefallen, die ihm sehnsüchtige Blicke zuwarfen, so wie auch heute wieder. Ein Fingerschnips von Kayne genügte und die nächste würde vor ihm auf die Knie sinken. Entweder entging ihm diese geballte Ladung weiblicher Aufmerksamkeit völlig oder es war ihm schlichtweg egal. Ich vermutete letzteres. Kayne erschien mir eher wie ein Mann, der sich nahm, was er wollte. Mit Eroberung hielt er sich nicht auf. Nur widerwillig löste ich mich von Kayne, der mich schon längst losgelassen hatte. Seine karamellfarbenen Augen leuchteten im Kunstlicht dunkler, geheimnisvoll und verliehen seinem kantigen Gesicht noch mehr Ausdruck. Ich bewunderte sein dunkelblondes Haar, das ihm leicht wuschelig in die Stirn fiel und geradezu einlud, ihm die Fransen aus dem Gesicht zu streichen. Alles an ihm zwang mich, ihn zu berühren. Er hatte so viel Macht über mich.

»Ich sollte den armen Spencer ablösen.« Mir gelang ein gezwungenes Lächeln.

»So wie du aussiehst?« Er deutete mit dem Kinn auf meine

Brüste und ließ eine meiner klebrigen Haarsträhnen durch die Finger gleiten.

»Da du deiner Zerstörungswut freien Lauf gelassen hast, wird mir wohl nichts anderes übrig bleiben.« Ich verbiss mir ein breites Grinsen. Herrje, ich stellte mich prüder an als nötig. Immerhin trug ich noch einen BH.

»Du solltest kurz unter die Dusche springen. Feiern in diesem Zustand ist in Ordnung, aber Getränke solltest du so besser nicht ausschenken.« Er klang, als verberge er eine größere Wahrheit vor mir, was mich aufhorchen ließ.

»Okay«, stimmte ich langsam zu. »Aber wo soll ich denn duschen?«

»Komm mit.« Kayne nahm meine Hand und lotste mich durch die feiernde Menge.

»Guten Abend, Kayne«, grüßte ihn eine attraktive Frau im Vorbeigehen. Sie trug einen dunkelblonden nackenlangen Pagenschnitt, welcher ihre ebenmäßigen Gesichtszüge wirkungsvoll betonte. Neben ihr verblasste ich in Sekundenschnelle zu dem unscheinbaren Farmmädchen, das ich auch war.

Kayne zuckte zusammen, bevor er stehenblieb und ihr ein Nicken vergönnte. »Faye. Seit wann besuchst du solche Partys?«

Ihr Blick schweifte an mir entlang, als könnte sie nicht glauben, wen sie vor sich sah. »Seit wann küsst du?«, fragte sie ihn statt einer Antwort.

Okay. Die beiden kannten sich intimer. Ein kurzer Stich durchzuckte mein Herz. Was meinte sie damit? Was war denn das für eine Frage?

»Wenn es sich ergibt«, erwiderte er gelassen. »Ich wünsche dir noch viel Spaß, lass dir ein Glas Champagner aufs Haus eingießen.«

Fayes Mimik blieb ausdruckslos, fast schon hart, aber in ihren Augen erkannte ich lodernden Schmerz, vielleicht auch verletzten Stolz.

Sie ging gar nicht auf seine Einladung zum Drink ein. »Wegen ihr?« Faye lachte bitter auf. »Dieses unbedarfte Ding wird dir im Bett niemals geben können, was du brauchst. Das sehe ich auf den ersten Blick. Du weißt es und ich weiß es ebenso. Früher oder später wirst du zu mir zurückkommen, weil keine normale Frau sich auf deine abartigen Spielchen einlässt, zumindest nicht in der Art und Weise, wie ich das getan habe.«

»Lass es, Faye«, warnte Kayne sie scharf. Seine Augen wurden schmal. Plötzlich strömte etwas Gefährliches von ihm aus und ich konnte mitansehen, wie seine unterschwellige Wut sie erregte. Ihre Unterlippe zitterte beim Ausatmen, sie ließ ihn nicht aus den Augen und ihr sehnsüchtiger Blick sagte alles. Diese mir fremde Frau hatte ein Rädchen an ihm gedreht, eine Stellschraube gelockert, sodass ein anderer Kayne für den Bruchteil einer Sekunde hervorgeblitzt war. Er zeigte mir unbewusst einen Mann mit einem dunklen Geheimnis, oder besser gesagt: irgendeiner düsteren Neigung, von der ich nicht wusste, ob ich sie kennenlernen wollte. Seine Hand verkrampfte sich fast schon schmerzhaft um meine Finger, er wandte alles an Körperbeherrschung auf.

Faye schüttelte lachend den Kopf. »Sie weiß es noch gar nicht? Mimst du allen Ernstes den gefühlvollen Lover? Ich gebe dir keine zwei Wochen, dann hast du die Kleine satt.«

»Viel Vergnügen auf der Party.« Kayne setzte sich in Bewegung und zog mich an der Hand hinter sich her.

»Früher oder später kommst zu mir zurück«, rief sie uns nach. »Spätestens wenn du nicht mehr auf deine Kosten kommst. Und das wird bald sein.«

KAPITEL 11

LAINEY

Wir verließen die Gentleman's Bar. Kayne führte mich durch einen Seiteneingang in den Bürotrakt des Gebäudes, den ich bei meiner Einstellung schon mal betreten hatte. Schweigend gingen wir die Treppen nach oben. Zwischen Kaynes Augenbrauen hatte sich eine steile Falte gebildet.

»Wer war diese Frau?«, wagte ich eine leise Frage. »Und wovon hat sie gesprochen?«

Kayne seufzte tief und gequält, als wäre ihm klar, dass er um dieses Thema nicht herumkam, er diese Unterhaltung dennoch gerne wenigstens ein bisschen hinausschieben wollte. »Eine Bekannte. Wir standen uns einmal nahe.« Er blieb stehen. »Es fällt ihr schwer zu akzeptieren, dass unsere Episode beendet ist.«

Puh. Ich musste seine Aussage erstmal sacken lassen. Eine Episode? Für meine unbedarften Verhältnisse klang diese Formulierung nach Sex pur ohne jegliche Emotionen. Zum ersten Mal wurde mir bewusst, dass Kayne die Sache mit uns vielleicht ähnlich wertete. War ich seine nächste Episode? Der Gedanke schmerzte.

»Sie wirkte verletzt«, erwiderte ich gedämpft.

»Faye wusste von Anfang an, worauf sie sich bei mir einließ.« Er klang eiskalt.

»Worauf hat sie sich denn eingelassen?« Mein Puls pochte im Hals.

Kayne rieb sich den Nacken. »Das ist nichts, was ich für dich in Betracht ziehen würde. Zerbrich dir also nicht den Kopf.«

Bevor ich zu einer Antwort fähig war, hatte Kayne sich bereits in Bewegung gesetzt, sodass ich ihm wohl oder übel folgen musste. Was zog er nicht für mich in Betracht?

Im oberen Stockwerk angekommen, spazierte Kayne an den geschlossenen Bürotüren vorbei und öffnete die letzte ganz hinten, die er mir galant aufhielt. Tapfer ging ich hindurch, während Kayne das Licht anknipste. Ein Schlafzimmer. Ich befand mich in einem stinknormalen Schlafzimmer.

»Sowohl Aidan als auch ich haben ein Zimmer für private Zwecke in dieser Etage«, erläuterte er knapp und durchschritt den Raum, schnurstracks auf eine weitere Tür zu. »Hier im Bad kannst du duschen.«

Ich folgte ihm in ein stylish grau und weiß gekacheltes Badezimmer und warf einen Blick in den Spiegel über dem Waschbecken. »Oh mein Gott«, entfuhr es mir. Schockiert betrachtete ich mein Spiegelbild. Meine Locken klebten in schmierigen Strähnen an meinem Kopf und zum Teil auch im Gesicht. Ich sah aus, als hätte ich mich in Schneckenschleim gewälzt. Von meinen knallroten Wangen wollte ich gar nicht erst sprechen. Ich sah fix und fertig aus, als wäre ich bei brütender Sommerhitze einen Marathon gelaufen. Kein Wunder, dass Faye mich als Konkurrentin nicht ernst genommen hatte.

Kayne stand dicht hinter mir.

»Ich sehe furchtbar aus«, heulte ich auf und wandte mir selbst den Rücken zu.

Kayne lachte leise, schon wieder kam er mir viel zu nahe und brachte mein Inneres aus dem Gleichgewicht. »Du brauchst nur eine Dusche, um die klebrige Seifenlauge aus den Haaren zu spülen.«

Er schob mir die schmierigen Locken über die Schultern. »Ich könnte dir beim Einseifen helfen.« Seine Stimme klang dunkel, verführerisch und vibrierte bis in mein Höschen. Für einen Moment schloss ich die Augen und lauschte meinem dröhnenden Herzschlag. Mit beiden Händen glitt er meinen Rücken entlang und öffnete die Häkchen meines BHs, dessen Träger sofort von meinen Armen rutschten.

»Deine Brüste sind wunderschön«, flüsterte er und nahm sie in beide Hände, als wollte er sie wiegen, während er meine Brustwarzen zwischen Daumen und Zeigefinger zwirbelte. Zuerst sanft, dann fester. Ich legte den Kopf in den Nacken und genoss das prickelnde Gefühl. Himmel. Wie machte er das immer, dass er mich binnen Nanosekunden in diesen flammenden Zustand versetzte? Mein Inneres sich zu einem wirren Durcheinander überschlug, bis meine Sehnsucht in mir hochkroch wie eine ausgehungerte Kobra.

Als seine fiebrigen Lippen auf meinen Hals trafen, war es um mich geschehen. Seine bloße Anwesenheit, die schiere Hitze, die sein muskulöser Körper verströmte, brachte mich um den Verstand, ließ meine Haut bis hinunter zu meinen Schamlippen kribbeln. Meine empfindlichste Stelle hatte sich längst von meinem Geist abgekoppelt und lechzte nach Kayne. Episode hin oder her.

Wie von selbst fanden meine Finger zum Revers seines Jacketts, das ich ihm hastig über die Schultern streifte, bevor ich mich an den Knöpfen seines Hemdes zu schaffen machte. Ich hatte es um einiges eiliger als er. Heute trug er keine Krawatte, was die Enthüllung seines atemberaubenden Brustkorbs um einiges erleichterte. Beinahe gewaltsam riss ich ihm den störenden Stoff vom Körper, während Kayne meinen Hals und mein Dekolleté mit seinen flammenden Küssen schier versengte.

Mit einem Arm zog er mich dicht an sich heran, eine besitzergreifende Geste, die mir deutlich machte, dass er mich für sich beanspruchte. Ich spürte, wie er heißer wurde, seine Sinne sich schärften. Seine Erektion drückte sich hart und riesig gegen meinen Bauch, er rieb sich stöhnend an mir und erweckte jeden einzelnen Nerv in meinem Inneren zum Leben. Mein ganzes System richtete sich auf diesen sexy Mann aus, sodass ich meine Fingerspitzen über dem steinharten Auf und Ab seiner Bauchmuskeln nach unten gleiten ließ, bis ich seinen steifen Penis gefühlvoll durch den Stoff massierte. Ich entlockte ihm ein lautes Stöhnen, das mich anspornte. Heute wollte ich ihm unbedingt etwas zurückgeben, ihn verführen und seine Lust steigern, bis er sich in meinen Händen wand.

In einer nahezu feierlichen Geste sank ich langsam vor ihm

auf die Knie, leckte dabei genüsslich über seinen gestählten Oberkörper und hinterließ eine feuchte Spur. Kayne blieb reglos vor mir stehen, beobachtete mich unter halb geschlossenen Augen. Ein winziges Gefühl von Unsicherheit keimte in mir auf, als ich beinahe demütig die Lider hob, um jede seiner Reaktionen zu beobachten. Mir war klar, dass er etwas richtig Gutes von mir erwartete, also würde ich mich anstrengen müssen.

Mit zittrigen Händen zerrte ich seinen Gürtel aus der Schließe und öffnete den Knopf seiner Hose. In einer fließenden Bewegung zog Kayne den Gürtel aus den Schlaufen, worauf ich einen Moment innehielt, bevor ich bedächtig den Reißverschluss aufmachte und ihm die Anzughose über die Hüften schob. Kayne faltete den Gürtel einmal in der Mitte zusammen, bevor er ihn mit beiden Händen straff zog. Ein dunkler Glanz hatte sich in seine Pupillen gelegt und sein Kiefer spannte sich an.

Pure Gefahr strömte von ihm aus. Hastig wandte ich den Blick ab. Er hatte mich mit dem Riemen vollkommen aus dem Konzept gebracht, dennoch turnte dieser veränderte Kayne mich unglaublich an. Als wäre es Zeit für meine längst fällige Bestrafung. Sein bloßes Erscheinungsbild erregte mich, und zwar auf eine ganz neue Art. Heute war er nicht auf süßen Sex aus, auf zärtliches Lovemaking.

Er öffnete mir eine Tür zu einer neuen Dimension, die ich unbedingt kennenlernen wollte. Allein der Streifen Leder in seiner Hand schürte eine ungeahnte Neugierde in mir und ließ mein Herz vor Aufregung wie verrückt klopfen. Wie viel mehr hatte Kayne einer Frau noch zu bieten? Wie viele unterschiedliche Facetten schlummerten in diesem undurchschaubaren Mann? Und wichtiger noch. Wollte ich sie alle kennenlernen? War es am Ende genau das, was Faye vorhin angedeutet hatte? Mir wurde heiß und kalt, ich schmeckte das Risiko auf den Lippen und roch unverfälschte männliche Begierde.

Kayne legte die Gürtelschnalle unter mein Kinn und hob mein Gesicht an. Mein Herz raste, ein Gefühl, als würde mein Brustkorb zerfetzt, erfasste mich. Dieser Mann war gefährlich und Teufel ja, genau diese Mischung liebte ich an ihm.

»Lutsch mir den Schwanz«, wies er mich bestimmend an.

Widerspruch war zwecklos und nur allzu gern fügte ich mich in mein Los. Seine Dominanz wirkte unglaublich anturnend. Seine Befehlskraft war genau das, was ich brauchte, um mich ihm mit allen Sinnen hingeben zu können. Ich gehorchte lediglich, der auslösende Funke kam von ihm und gab mir gleichzeitig die Bewilligung ebenfalls etwas dabei empfinden zu dürfen. Bereitwillig hakte ich die Finger in den Saum seiner dunkelgrauen Boxershorts und zog sie langsam nach unten. Zum ersten Mal fühlte ich mich leicht und frei, wie beim Dreh folgte ich lediglich seiner Anordnung. Sein Glied federte mir steif und mächtig entgegen und ragte dicht vor meinem Gesicht steil nach oben. Es roch sauber und frisch gewaschen, mit einer feinen Moschusnote. Wie ein Aphrodisiakum inhalierte ich seinen aufregenden Duft, ließ Kayne in jede Faser meines Körpers strömen und konnte es fast nicht mehr abwarten, endlich zu erfahren, ob er genauso köstlich schmeckte. Dennoch zögerte ich, denn ich wusste nicht, wie er diesen Blow Job ausgeführt haben wollte und hatte nicht den Mut, zu fragen.

Als er den Gürtel leicht auf meine Schulter klatschen ließ, zuckte ich erschrocken zusammen.

»Nimm ihn in den Mund.« Er packte mich im Nacken und presste mein Gesicht gegen seine Erektion. »Und zwar tief und ohne Zähne.« Genauso schnell wie er mich geschnappt hatte, ließ er mich auch wieder los. Meine Unsicherheit machte ihn an, ich sah es ganz deutlich in seinem Gesicht. Schon im nächsten Moment sauste der Gürtel erneut auf meine Schulter, dieses Mal fester.

»Autsch.« Getroffen duckte ich mich zur Seite, bevor ich folgsam eine Hand um seinen Schaft legte. Meine Lippen schlossen sich um die zarte Haut seiner Eichel. Eine dicke Vene pulsierte im raschen Takt seines Herzschlags.

»Tiefer.« Er klang befehlsgewaltig und ich folgte umgehend seiner Aufforderung. Kayne keuchte auf, als ich sein Glied bis zu dem Punkt in mich aufnahm, an dem ich ihn wieder zurückdrängen musste. Gleichzeitig drückte ich meine Zunge fest auf seinen Schaft, während ich ihn langsam Stück für Stück aus meinem Mund hinausgleiten ließ.

»Schneller«, forderte Kayne kurzatmig, bevor er eine Hand in meinem Haar versenkte und sie zur Faust schloss. Er gab mir einen Rhythmus vor und kam mir mit den Hüften entgegen, stieß so tief in meinen Mund, dass ich kaum mehr Luft bekam. Sein Glied schwoll weiter an, legte sich schwer auf meine Zunge und ich genoss jede Sekunde seiner anwachsenden Begierde. Ich schmeckte ein paar salzige Tropfen und lutschte ihn noch eifriger.

»Genau so.« Er klang zufrieden und allein der Ton seiner Stimme spornte mich zur Höchstleistung an. Ich machte alles richtig, dieser göttliche Kerl zerfloss zwischen meinen Lippen. Als ich eine Hand auf seinen Bauch legte, fühlte ich seine Nervenenden flattern, die steinharten Muskeln bebten und alles in ihm zog sich zusammen.

»Fuck ja«, japste er und stieß heftig in meinen Mund, gleich darauf zuckte sein Schwanz und eine warme Flüssigkeit spritzte mir den Rachen hinunter. Erst als ich alles geschluckt hatte, gab Kayne meinen Kopf frei und zog sich aus mir zurück. Sein Glied hing halbschlaff herunter und ein letzter Tropfen glänzte auf seiner Eichel, den ich mit der Zungenspitze stibitzte. Er zuckte zusammen, bevor er mir über den Kopf streichelte. »Gut gemacht.«

Bei allem was mir heilig war, Kayne sah einfach nur zum Niederknien aus. Noch immer atmete er hektisch und das dank mir.

»Dein erster Blow Job war ausgezeichnet.« Sein Adamsapfel bewegte sich beim Schlucken und ich freute mich über sein Lob. Warum musste ausgerechnet Kayne diese prekäre Wirkung auf mich haben? Warum war alles an diesem Mann so gottgegeben perfekt? Warum konnte ich mich meinem Verlangen nicht entziehen und warum war ich drauf und dran, mich in ihn zu verlieben?

KAPITEL 12

KAYNE

Ich nahm Laineys Gesicht in beide Hände, bevor ich sie tief und leidenschaftlich küsste. Meine Zunge spielte mit ihrer, sie umkreisten sich so gierig, als gäbe es kein Morgen.

In Nullkommanichts hatte ich wieder einen Ständer. Warum ich ausgerechnet Lainey so gern küsste, wusste ich nicht. Normalerweise turnte mich allein der Gedanke an einen Kuss dermaßen ab, dass mir die Lust am Spielen verging. Ich ertrug diese Art der intimen Nähe kaum. Wenn ich ab und zu mal küsste, dann lediglich um der Frau, die ich ficken wollte, ein gutes Gefühl zu geben.

Sie sollte sich begehrt vorkommen und einzigartig. Wie bei einem einarmigen Banditen zog ich alle nötigen Hebel, um an den Jackpot zu gelangen, sprich: ihre Pussy. Bei Lainey hingegen verhielt sich die Sachlage vollkommen anders, sie besaß diese ganz besondere Süße, schmeckte wie frische Walderdbeeren und war auf ihre ganz spezielle Art noch immer jungfräulich und rein. Die Unschuld in Person. Während meine rabenschwarzen Triebe nur darauf lauerten, sie vollkommen in Besitz zu nehmen. Ja, ich küsste sie gern, wahrscheinlich hatte sie mich damals im Studio mit diesem Faible infiziert. Ich hatte sie entjungfert - nicht nur ihre Pussy, sondern auch ihren Mund.

Jetzt gehörte sie komplett mir und ich war nicht bereit, die süße Lainey so schnell wieder herzugeben. Wie schnell sich die Sachlage ändern konnte …

Meine Zunge eroberte stürmisch ihren Mund, während sie an meinen Lippen keuchte und hilflos nach Luft japste. Ich öffnete Knopf und Reißverschluss ihres Minirocks, bevor ich ihr das Kleidungsstück samt Slip von den schmalen Schenkeln streifte. Ihr Körper bebte vor unterdrückter Lust. Prüfend glitt meine Hand zwischen ihre Beine und ein zufriedenes Knurren stieg in meiner Kehle auf. Erwartungsgemäß war sie bereits wundervoll nass für mich. Mit der anderen knetete ich abwechselnd ihre üppigen Brüste. So fest und straff, wie sie sich nur bei Frauen Anfang zwanzig anfühlten. Als ich mich von ihren Lippen löste, kam sie mir nach, stahl sich noch eine samtweiche Berührung von meinem Mund, bevor sie mit geschlossenen Augen vor mir stehenblieb. Holla, das war irgendwie heiß gewesen.

Ihr Brustkorb hob und senkte sich mit raschen Atemzügen. Sie war so bereit für mich, so ergeben willig. Mit dem Fingerknöchel strich ich über ihre Klitoris, bis sie sich an meine Oberarme klammern musste, um den Halt nicht zu verlieren. Sie kam mir entgegen, rieb sich schamlos an meinen Fingern. Nässe verteilte sich auf ihrer Vagina, ließ meine Finger mühelos durch ihr erregtes Fleisch glitschen. Lainey war weggetreten, mit geschlossenen Lidern sorgte sie völlig schamlos für ihr eigenes Wohlergehen. Was mich wiederum unglaublich scharf machte. Ihr lustvoller Anblick war schlichtweg atemberaubend, wie sie mich benutzte, um an sich selbst zu spielen, unnachahmlich. Nackt. Heiß. Wunderschön. *Ja, Baby, mach es dir selbst, ich helfe dir nur zu gern dabei.*

Mein Schwanz ragte steil zwischen uns auf, er war so bereit für Laineys willige Pussy, wollte sich bis zum Anschlag in ihr versenken. Ungestüm drückte ich mich ihr entgegen und rieb meinen Schaft an ihrem Bauch, während ich mit zwei Fingern tief in sie stieß. Halleluja, sie war noch immer so unglaublich eng, ihre inneren Muskeln umschlossen mich fest und unnachgiebig. Meine andere Hand streichelte ihre Rundungen entlang, ihr Körper war so weich, so zart und zog mich vollkommen in seinen Bann. Noch immer hielt ich den Gürtel in den Händen, als der Drang in mich krachte, ihr den Lederriemen um den Hals zu legen und immer enger zu ziehen, während ich sie heftig fickte. Ihr leises Stöhnen brachte mich wieder zur Besinnung, die hohen Töne, die ihren nicht mehr jungfräulichen Mund verließen, machten mir deutlich, dass diese Frau für solche Spielchen nicht gemacht war. Wütend schleuderte ich den Gürtel in die Ecke und zwang sie im Genick auf die Knie, während meine Finger sie immer grober fickten. Ohne mein Zutun rutschte meine Hand aus ihrem Nacken, um ihren schlanken Hals.

Ein erschrockener Laut entfuhr ihr, obwohl ich nicht zudrückte. Ihre Augen wurden groß, und im selben Moment wusste ich, dass sie etwas von meiner dunklen Neigung ahnte. Mein Magen verklumpte. Ich wollte ihr keine Angst einjagen, sie sollte den Sex mit mir genießen. Jedes Mal und immer. Ich sank ebenfalls vor ihr auf die Knie und presste meine Lippen auf ihren erhitzten Hals, fühlte ihren rasenden Puls. Jetzt machte ich langsamer, glücklicherweise hatte ich mich wieder soweit im Griff, dass ich zärtlich zu ihr sein konnte.

Ich streichelte ihre Brüste und reizte mit der Fingerkuppe diese sensible Stelle tief in ihrem Inneren, was sie mit einem süßen Wimmern quittierte. Lainey fühlte sich so weich und warm an, sie zerfloss in meinen Händen wie Kerzenwachs. Gefühlvoll zwirbelte ich abwechselnd ihre Brustwarzen zwischen Daumen und Zeigefinger, bis sie hart wie Kieselsteinchen wurden. Meine Spitze drückte sich gegen ihren Bauch, austretende Lusttropften sorgten dafür, dass ich an ihr entlangrutschte. Plötzlich griff Lainey zwischen uns und schloss die Hand um meinen steinharten Schwanz, der unter ihrer zärtlichen Berührung weiter anschwoll.

Ich keuchte laut, als sie an mir auf und ab glitt, meine Vorhaut straffte und die empfindliche Eichel freilegte, bevor sie gefühlvoll wieder nach oben glitt. Gut, viel zu gut. Mit wachsender Begeisterung beobachtete ich ihr Tun, während meine Finger in ihr verharrten. Ihr weicher Bauch bebte und ihre Brüste wölbten sich mir auf faszinierende Weise entgegen. Sie war so unverschämt sexy, so unschuldig verrucht, genau diese Mischung betörte mich, wie selten etwas. Normalerweise hatte ich mich besser im Griff, aber Laineys gekonnter Handjob war exorbitant. Als ich ihr nicht gerade sanft in den Hals biss, bäumte sie sich überrascht auf, bevor sie sich zurück auf meine Finger fallen ließ und den Kopf in den Nacken legte. Sie hörte nicht auf, meinen Schwanz zu massieren, und steigerte dieses herrliche Ziehen in mir, bis ich glaubte, er würde in ihren Händen explodieren. Lainey war ein absolutes Naturtalent. Ich zog meine Finger aus ihr und streichelte über ihre nassen Schamlippen. Ihr Aroma strömte in meine Nase, so rein und pur, dass ich ihren blumigen Duft gierig inhalierte.

Ich ließ mich auf den Fersen nieder und zog sie auf meinen Schoß. Sie schenkte mir ein unvergleichliches erregtes Lächeln und legte einen Arm um meinen Nacken, während ich sie mit beiden Händen an den Hüften über meinem Schwanz platzierte. Ihre nasse Öffnung berührte meine pulsierende Spitze, als ich den Daumen auf ihre Perle legte und sie zusätzlich stimulierte. Ihr lustvolles Wimmern belohnte mich, und als ahnte sie, was ich im Gegenzug von ihr erwartete, spießte sie sich langsam und genüsslich an meinem bretharten Schwanz auf. Mein Stöhnen hallte in den gekachelten Wänden wider, meine Eichel überwand den kleinen Widerstand und ich rutschte Stück für Stück in sie, diese nasse Enge empfing mich hingebungsvoll und zog mich tiefer in sie hinein.

Mein mächtiges Glied dehnte ihr empfindliches Fleisch, als ich mich bis zum Anschlag in sie drängte und sie vollkommen ausfüllte. Neugierig streichelte ich mit dem Zeigefinger über die gespannte Haut ihres Eingangs. Sie war bis auf den letzten Millimeter gedehnt. Ich gab ihr kurz Zeit, sich an meine Größe zu gewöhnen und diesen Moment zu genießen. Sie passte sich so wunderbar an mich an, ihre inneren Muskeln schlossen sich eng und fest um meinen Schaft, massierten ihn in Wellen. Stück für Stück zog ich mich aus ihr zurück und stieß von unten wieder in sie. Lainey erhob sich etwas von mir, bevor sie sich auf mich sinken ließ. Wie gebannt starrten wir beide zwischen uns, auf die Stelle, an der sich unsere Körper vereinten. Fasziniert beobachtete ich, wie mein Glied aus ihr hinausglitt und in ihrem Unterleib verschwand.

Wieder und wieder. Mein Schaft glänzte von ihrer Nässe, ihre inneren Schamlippen waren dunkelrot und vor Lust geschwollen. Ich hielt sie an den Hüften fest, zwang sie, regungslos über mir zu verharren, während ich sie immer schneller und heftiger von unten fickte. Sie ergab sich meiner Führung, schnappte immer wieder hektisch nach Luft, bis ein erstes Zittern in ihren Tiefen Laineys nahenden Orgasmus andeutete. Sie warf den Kopf in den Nacken und verdrehte die Augen. Ihr lautes Stöhnen, steigerte sich zu spitzen Schreien, bis ich sie schließlich vollends über die Klippe stieß. Die Muskelkontraktionen ihrer Vagina ließen auch meinen letzten Widerstand verebben. Hitze floss meinen Rücken hinunter und ich ergoss mich in Schüben in sie. Ihr hübsches Gesicht war leicht verzerrt vor Wonne und Lust, und als sie sich an mich presste, spürte ich ihren rasenden Herzschlag. Dennoch verfehlte ihr glückseliger Augenaufschlag seine Wirkung auf mich vollkommen. Verdammt, so geil das hier auch gewesen war. Mir fehlte etwas. Dabei steckte ich noch tief in ihr. Ich bemerkte Laineys beseelten Ausdruck im Gesicht, nahm dieses Leuchten wahr, das sie umrahmte und wusste genau, was das bedeutete. Die Kleine baute Gefühle zu mir auf. Shit.

»Das war atemberaubend«, hauchte sie mit glänzenden Augen und einem bewundernden Lächeln auf den Lippen, als hätte ich soeben eine Heldentat vollbracht.

Statt einer Antwort zog ich meinen halbschlaffen Schwanz aus ihr, bevor ich sie von mir herunterschob, obwohl ich wusste, dass sie ein paar zärtliche Streicheleinheiten von mir erwartete. Ein bisschen Gefühl, das den harmlosen Vanilla-Sex auf eine romantische Art für eine Frau ausklingen ließ. Aber ich würde ihr garantiert keine Kreise mit den Fingerspitzen auf die nackte Haut malen oder ihr zuckrige Komplimente ins Ohr säuseln, sie auch nicht in meinen Armen halten, bis sie einschlief. Ich wollte diesen gottverdammten Gürtel aus der Ecke holen und ihr damit einheizen. Das wollte ich!

»Habe ich etwas falsch gemacht?« Ihr Blick huschte suchend über mein Gesicht und die großen wasserblauen Augen musterten mich sorgenvoll, sodass ich fast schon ein schlechtes Gewissen bekam. Sie hatte nichts falsch gemacht. Oder doch, sie hatte alles falsch gemacht. Ich wollte sie bezwingen, nicht lieben.

»Alles okay«, beschwichtigte ich sie und streichelte ihr übers Haar. In meinem Inneren war ich zutiefst beunruhigt, denn

Lainey sprach die allerdunkelsten Seiten in mir an. Als sie in dieser demütigen Pose vor mir gekniet war, mir obendrein noch diesen gekonnt unschuldigen Augenaufschlag geschenkt hatte, befreiten sich mit einem Schlag meine schmutzigsten Fantasien, die ich auf der Stelle allesamt mit ihr ausleben wollte.

In meinem Geist hatte ich ihr mit Handschellen die Hände auf dem Rücken zusammengebunden, oder sie mit Stricken kunstvoll verschnürt. Meine Hand hatte sich um ihren schlanken Hals gelegt, während ich mit ihrem Körper spielte oder wild in sie eindrang. Mir rücksichtslos von ihr nahm, was immer ich begehrte und sie damit zum Kommen brachte – wieder und wieder - bis sie um Erlösung bettelte. Verflucht, ich wusste nur zu gut, dass Faye mit ihrer Behauptung richtig lag und sah sie in meinem Kopf bereits triumphieren. Immerhin hatte ich diese Frau aus genau denselben Gründen verlassen. Weil sie mir nicht mehr das geben konnte, was ich brauchte. Wir hatten alles durchgespielt, jede noch so heftige Fantasie in die Tat umgesetzt.

Leider hatten sich bei Faye mehr und mehr Gefühle für mich herauskristallisiert. Was ganz klar gegen die Abmachung verstoßen hatte. Uns beide gemeinsam hatte es nur auf sexueller Ebene gegeben. Anfangs hatte ich Fayes devote Ader geliebt, genauso wie ihre versauten Vorlieben. In dieser Hinsicht hatten wir uns perfekt ergänzt, denn sie betörten unsere Spiele ebenso wie mich. Trotzdem fehlte mir immer etwas bei Faye, nennen wir es weibliche Wärme oder besser noch ein interessantes Wesen, das mich auch außerhalb unserer Sessions gefesselt hätte. Warum sie mich nicht rundum befriedigen konnte, war schwierig zu benennen. Bei Lainey hingegen überkam mich das dumpfe Gefühl, unser Verhältnis könnte ins genaue Gegenteil driften. Ich fand sie interessant und mochte ihren Humor, fühlte mich sogar auf einer intellektuellen Ebene zu ihr hingezogen.

Auf einer sexuellen Plattform hingegen, würde sie mir wohl nie das geben können, was ich brauchte. Aber genau dieser Punkt präferierte in meiner Welt. Es lag außerhalb meiner Vorstellungskraft, in Lainey eine willige Spielpartnerin zu sehen, die sich mir in einer zwielichtigen Session anvertraute. Sie war ein Vanilla-Sex Mädchen. Eine Romantikerin. Ich hingegen träumte davon, sie mit Gewalt zu nehmen, während ich ihr

Drohungen ins Ohr flüsterte, wollte sie wild ficken, während sie Panik vortäuschte, sich in Wahrheit jedoch an dieser – zugegeben – leicht kranken Darbietung ergötzte. Ich wollte keiner Frau Angst einjagen, ich wollte spielen. Alles reine Show. Aber die Kleine war so unbedarft, so unschuldig, dass ich von Sessions dieser Art nicht einmal zu träumen wagte. Ich stand auf und reichte ihr die Hand, um ihr ebenfalls auf die Beine zu helfen. Wie Fremde standen wir uns plötzlich gegenüber, während sie sich nervös die schmierigen Locken aus dem Gesicht strich. Am liebsten würde ich sie wegschicken. Zurück an ihren Arbeitsplatz. Allein die harmlose Situation vorhin im Club, mit meinem Finger an ihrer Pussy, hatte Lainey bereits überfordert. Andererseits stand ich sowieso nicht auf diesen Scheiß in der Öffentlichkeit. Sex vor Publikum war Aidans Faible, nicht meins. Meine Vorlieben spielten sich privater ab, um nicht zu sagen, extrem ungestört und vollkommen allein. Bevorzugt nachts. Was sollte ich da mit einer Lainey?

Ich wollte eine Frau, die von denselben Schändlichkeiten fantasierte wie ich. Eine Frau, die meine Neigungen genauso scharf fand.

Trotzdem hatte ich Lainey unter der Dusche noch einmal gefickt. Ja, ja, ich weiß … Ich war auch nur ein Mann. Welcher Kerl konnte sich schon zurückhalten, wenn er eine splitternackte Frau einseifte? Und sie war so heftig gekommen, während ich sie gegen die gekachelte Wand gebückt von hinten genommen hatte.

Lainey schlüpfte in eines meiner weißen T-Shirts, das ich ihr gegeben hatte. Es reichte ihr fast bis zu den Knien und sie sah bezaubernd darin aus. Am liebsten würde ich sie in eines meiner Business Hemden stecken und sie mit meiner Krawatte ans Bett fesseln, bevor ich einen Flogger über ihren schlanken Körper tanzen ließ. Ihr ein hübsches Muster auf die Haut zeichnen. Ich seufzte in mich hinein, denn ich sollte schleunigst diese Fantasien in den Griff kriegen. Mein Frustrationspegel stieg von Minute zu Minute und das war gar nicht gut. Am Ende würde sie wieder meine schlechte Laune zu spüren bekommen.

Sie kam auf mich zu, ein Lächeln lag auf ihren vollen Lippen, das ihr Gesicht weich und bezaubernd aussehen ließ. Glänzende Locken umrahmten ihren Kopf und machten sie auf natürliche Weise unglaublich sexy.

Ich stand tatsächlich auf den niedlichen Typ Frau. Beinahe war mir das peinlich vor mir selbst. Unwillkürlich verglich ich sie mit Faye, deren Kühle und Grazie prinzipiell perfekt mit meinen Vorlieben übereinstimmten. Sie war mein weibliches Pendant gewesen. Lainey und mich trennten Welten und genau dieser himmelweite Unterschied machte sie so reizvoll. Außerdem verbarg sie ein Geheimnis vor mir, ihre ausweichenden Antworten auf alles was mit ihrem Zuhause zu tun hatte, machte sie in meinen Augen höchst verdächtig. Irgendwas stimmte nicht mit der Kleinen und diesen Punkt sollte ich in meiner Geilheit nicht ignorieren.

Schüchtern schlang sie die Arme um meine Hüften und lehnte sich an mich. Eine so herzerwärmende Geste, dass sie selbst mich nicht kaltließ. Mir rieselte es heiß den Rücken hinunter. Ich legte einen Arm um ihre Schultern und drückte sie an mich, ehe ich sie flüchtig aufs Haar küsste. Einen Herzschlag lang verweilten wir dicht beisammen. Ob ich es wollte oder nicht, Laineys Nähe tat mir gut, sie berührte etwas Undefinierbares in mir, von dem ich nicht einmal gewusst hatte, dass es existierte und ich musste mir eingestehen, vor dieser Regung hatte ich eine Heidenangst. Ich war nicht immun gegen ihren immer noch jungfräulichen Charme. Das musste es sein. Und sie war so weich und kurvig, ihre Haut zart wie nach einem Bad in Milch. Bevor ich noch völlig ins Schwelgen geriet, ließ ich von ihr ab und deutete auf die Tür.

»Es ist spät, gehen wir nach Hause.« Ich zuckte getroffen zusammen. Noch nie hatte ich diese Worte zu einer Frau gesagt. Obwohl der Kontext in einem ganz anderen Zusammenhang stand, fühlte es sich wie Verrat gegen mich selbst an.

Sie schlüpfte noch rasch in ihren Slip, der die Schaumprozedur relativ unbeschadet überstanden hatte und hob ihren klebrigen Rock und den BH vom Boden auf. »Ich bin so weit.« Lainey klang, als wäre es das normalste von der Welt, gemeinsam mit mir zu verschwinden und alles in mir sträubte sich. Bevor ich am Ende noch meine Meinung änderte und sie einfach stehenließ, öffnete ich die Tür zum Bad und ließ ihr den Vortritt. Nebeneinander liefen wir durch den Flur und stiegen die Treppen nach unten. Auf halbem Weg kamen uns ausgerechnet Aidan und Vivien entgegen. Seine Freundin sah atemberaubend aus wie immer. Ihr langes blondes Haar schimmerte seidig im künstlichen Licht der Treppenbeleuchtung, und das eng anliegende schwarze Kleid betonte ihre sexy Kurven.

»Hi, Kayne. Wie geht es dir?« Sie lächelte mich an, bevor sie Lainey einer neugierigen Musterung unterzog, die zugegeben, in ihrem provisorischen Outfit ein Stückweit neben Vivien verblasste. Aidans Blick wechselte zwischen mir und Lainey und er schob die Augenbrauen zusammen.

»Ernsthaft?«, fragte Aidan, bevor ich seiner Freundin antworten konnte. Er nickte in meine Richtung und ich wusste selbstverständlich sofort, worauf er anspielte. »Hey, Vivien.« Erst begrüßte ich noch in aller Ruhe seine Liebste mit Küsschen links und rechts auf die Wange, bevor ich mich an meinen Geschäftspartner und besten Freund wandte.

Ich zuckte mit den Achseln. »Lainey ist oben kurz unter die Dusche gesprungen. Spencer hat sie mit der Schaumkanone erwischt.«

»Ich wollte wissen, warum sie sich überhaupt im Club aufhält.« Aidan musterte sie durch zusammengekniffene Augen. Mist. Er musste erst vor kurzem das Gentleman's Paradise betreten haben. Den ganzen Abend über hatte ich ihn nicht zu Gesicht bekommen. Ich hätte ihm nicht so voreilig von meinem Diebstahls-Verdacht berichten sollen.

»Hattest du sie nicht entlassen?«

»Entlassen?« Vivien klang verwirrt. »Sie arbeitet für euch?«

»Nicht als das, was du denkst.« Aidan legte einen Arm um ihre Taille und ich konnte mir ein Grinsen nicht verkneifen. Genau genommen hatte Aidan seine Beziehung dem Umstand zu verdanken, dass sich Vivien einst als Prostituierte bei uns beworben hatte.

»Lainey hilft solange hinter der Bar aus, bis Graces Schulter verheilt ist«, löste ich das Rätsel auf.

»Du hast sie also wieder eingestellt?« Aidan klang misstrauisch. Er taxierte Lainey von oben bis unten wie einen gestellten Straßenräuber, worauf sie verschämt den Kopf senkte. Mir passte es nicht, dass er ihr ein schlechtes Gefühl gab und ja, ich hätte Aidan von ihrer Wiedereinstellung erzählen sollen, aber es hatte sich einfach nicht ergeben.

Vivien hielt ihr die Hand hin. »Hi, ich bin Vivien.«

»Lainey. Nett dich kennenzulernen.« Lainey sah so scheu auf, dass Vivien mir einen fragenden Blick zuwarf. Sie war eine der wenigen, die von meinen sexuellen Vorlieben wusste und auch ein paar Frauen kennengelernt hatte, die in mein Beuteschema passten. Die süße Lainey kam für diese Kategorie eindeutig nicht in Betracht. Ich zuckte nur mit den Achseln. Mein Privatleben ging sie alle einen Scheißdreck an. Wieso erhellten sich plötzlich Viviens Augen? Ich beäugte sie misstrauisch. Ihr erfreutes Strahlen war unübersehbar.

»Was?«, raunte ich nahe an ihrer Wange.

»Nichts«, sie zuckte grinsend mit den Schultern. »Ich freue mich nur für dich«, flüsterte sie mir ins Ohr.

»Da gibt es nichts zu freuen.« Ich hatte keine Ahnung, wovon sie redete, aber mich ärgerte die doppeldeutige Art, in der sie es gesagt hatte. Allerdings wollte ich diese heikle Diskussion nicht vor Lainey führen und beschloss, Vivien demnächst anzurufen. Hier bestand eindeutig Klärungsbedarf.

Lainey zog nervös den Saum des T-Shirts nach unten. »Ich werde euch keine Scherereien machen«, sagte sie an Aidan gewandt, der lediglich abfällig grunzte, was ihm einen Stoß von Viviens Ellenbogen einbrachte. Geschah ihm recht.

Ich führte Lainey am Oberarm weiter. »Lasst euch nicht aufhalten.« Im Weggehen warf ich Aidan einen warnenden Blick zu, der ihm deutlich vermittelte, er sollte sich besser aus meinen Angelegenheiten raushalten. Dass Lainey nur eine kurze Liaison war, sollte ihm klar sein. Niemand kannte mich besser als er.

Unten passierten wir Judson, als Lainey dicht vor mir durch den Hauptausgang ins Freie trat. Er stand neben der Tür und kontrollierte Neuankömmlinge. Unsere Partys waren nur für geladene Gäste.

Mir blieb sein bewundernder Blick nicht verborgen, den er Lainey zuwarf. Der Kerl stand total auf mein Vanilla-Mädchen und das passte mir überhaupt nicht. Sie schenkte ihm ein Lächeln, das er hoffnungsvoll erwiderte.

»Gute Nacht.« Er nickte in meine Richtung, und ich wusste augenblicklich, was in seinem Kopf vor sich ging. Judson überlegte, ob er es mit mir aufnehmen konnte. Ob er die süße Lainey nicht doch noch für sich gewinnen konnte. Ich gab ihm stumm zu verstehen, dass ich eine Nummer zu groß für ihn war. Er drauf und dran war, einen äußerst dummen Fehler zu begehen. Sich mit seinem Boss anzulegen, sollte er sich besser tausendmal überlegen. Noch war Lainey mein Mädchen.

KAPITEL 13

LAINEY

Früh am Morgen hatte ich Kayne schon wieder aus dem Haus gehen hören. Wider Erwarten hatte ich die Nacht erneut allein in seinem Gästezimmer verbracht. Wohin er wohl gefahren war? Etwa zu dieser schönen Frau von gestern? Mein Hals schnürte sich schmerzhaft zu. Als mein Magen knurrte, stand ich seufzend auf, ging nach unten und machte Kaffee.

Würziger Kaffeeduft zog durch die Küche, während ich den Frühstückstisch deckte und danach den zu meinem Erstaunen üppig gefüllten Inhalt seines Kühlschranks begutachtete. Wann fand Kayne Zeit zum Einkaufen? Gestern hatte er mir noch gesagt, ich solle mich einfach bedienen, wenn ich hungrig wäre. Ich nahm eine Schachtel mit Eiern und eine Packung Frühstücksspeck heraus, bevor ich mich in den Schränken auf die Suche nach einer Pfanne begab.

»Was suchst du denn?«, fragte eine tiefe Stimme.

Erschrocken wandte ich mich um. Kayne lehnte im Türrahmen.

»Eine Pfanne«, erwiderte ich auf die Eier deutend. »Ich wollte uns was zum Frühstück braten.«

Er kam her und öffnete die Tür eines Hängeschranks. Kayne stand so dicht neben mir, dass mein Herz in einen unruhigen Takt verfiel. Am liebsten hätte ich ihm über die Wange gestreichelt, ich müsste nur meine Hand ausstrecken. Er roch nach einem feinherben Duschgel und ich mochte ihn in seiner legeren Jeans und dem roten T-Shirt fast noch mehr, als im Business Anzug. Als mir bewusst wurde, wie auffällig ich ihn anstarrte, nahm ich hastig die Pfanne, die er mir hinhielt.

»Das Frühstück ist gleich fertig«, sagte ich betont lässig, während ich den Herd anstellte.

»Du hast Glück.« Er setzte sich auf einen Küchenstuhl. »Janet hat vorgestern eingekauft.«

Ich horchte auf. »Janet?« Verdammt. Ich klang viel zu neugierig. Gab es also doch eine Frau in seinem Leben?

»Meine Haushälterin«, stellte er klar, »sie kommt zweimal die Woche, putzt das Haus, wäscht und bügelt meine Wäsche und füllt die Vorräte auf.«

Ich spürte tatsächlich Erleichterung durch mich hindurchwogen, während ich Speckstreifen nebeneinander in der Pfanne drapierte und anschließend Eier aufschlug.

»Das ist praktisch.« Glücklicherweise hörte ich mich völlig normal an. Kayne stand auf und goss Kaffee in zwei Tassen, bevor er Toastbrotscheiben aus einer Packung neben dem Kühlschrank knisterte und diese im Toaster versenkte.

»Sie nimmt mir die ganze Arbeit im Haus ab.« Er schlenderte mit den beiden vollen Kaffeetassen zurück zum Tisch, während ich unser Frühstück auf zwei Teller verteilte und ihm nachkam. Ich stellte einen davon vor Kayne, bevor ich mich ihm gegenüber niederließ.

»Wo warst du?«, fragte ich und nahm meine Gabel zur Hand.

Er setzte die Tasse ab, von der er gerade trinken wollte. »Um eins klarzustellen«, seine Stimme klang kalt und hart. »Wo ich hingehe und was ich tue, geht dich einen Scheiß an. Nur weil wir ab und zu miteinander vögeln, hast du keine Ansprüche zu stellen.« Er hatte seine Worte so verächtlich ausgesprochen, dass ich schluckte.

Das war eine klare Ansage gewesen. »Mir ist es ehrlich gesagt, auch scheißegal was du tust.« Ich zuckte mit den Achseln. Für wen hielt der Kerl sich? Irgendein gottgleiches Wesen? »Mit deinem Schwanz verbindet mich sowieso mehr, als mit dir. Vielleicht sollte ich mich zukünftig lieber mit ihm unterhalten. Er behandelt mich auch netter als du.«

Kayne verschluckte sich an seinem Kaffee und hustete, bevor er mich ungläubig anstarrte. Ein amüsiertes Grinsen zeigte sich auf seinen Lippen. »Du bist immer wieder für eine Überraschung gut.« Er lehnte sich entspannt zurück. »Und falls es dich freut. Mein Schwanz mag dich auch.«

Er war so ein gottverdammtes Arschloch. Ich rammte meine Gabel in ein Stückchen Speck und stellte mir dabei vor, es wäre sein Glied. Er log. Kayne wusste es und ich wusste es ebenfalls. Weder sein Schwanz noch er freuten sich über die unerfahrene Lainey, beide hofften auf etwas anderes. Auf irgendwas, das mir nicht geheuer war.

»Du hast mir immer noch nicht gesagt, was diese Faye damit gemeint hat, ich würde dir auf Dauer nicht genügen.« Irgendwas musste sich doch aus ihm herauskitzeln lassen.

Wie erwartet, rollte Kayne mit den Augen. »Du erfährst es als erste, sobald ich genug von dir habe. Versprochen.«

»Fick dich.« Ich verschränkte die Arme vor der Brust. »Vielleicht habe ich vorher genug von dir.«

Er prustete, als wäre es die unvorstellbarste Sache der Welt, dass eine Frau jemals den gottgleichen Kayne Crest satthaben könnte. »Cherie, das wird ganz sicher nie passieren.« Sein Blick schweifte langsam von meinen Augen nach unten und verharrte einen Herzschlag lang auf meinen Lippen, bevor er bei meinen Brüsten Halt machte. Ich trug noch mein überdimensionales Schlafshirt mit nichts darunter. Unwillkürlich zogen sich meine Brustwarzen zusammen und drückten sich sichtbar gegen den Stoff. Manchmal hasste ich meinen verräterischen Körper, der nichts anderes zu tun hatte, als sich in den unmöglichsten Momenten auf seine Seite zu schlagen. Ich ahnte, dass er versuchte, mir eine Reaktion zu entlocken und griff nervös nach meiner Kaffeetasse. Verdammt, ich war viel zu durchschaubar. »Wie kannst du dir da so sicher sein?«, wagte ich dennoch nachzufragen und trank einen Schluck, um meine Nervosität zu überspielen.

»Weil diese Entscheidung nicht du triffst.« Die Art, wie er das sagte, klang endgültig, als hätte ich dabei kein Wort mitzureden.

»Wow«, ich schluckte, »das ist echt unglaublich. Du bist total von dir überzeugt.«

»Ich glaube, es ist an der Zeit eines klarzustellen.« Er stützte die Unterarme auf der Tischplatte ab und beugte sich leicht über den Tisch. »Was auch immer zwischen uns läuft, ist nicht exklusiv.«

»Und das bedeutet was?« Noch während mir das rausrutschte, ging mir ein Licht auf.

»Dass du nicht die einzige bist, die ich vögle.« Sein Kiefer verspannte sich.

Mir war klar, dass ich keinerlei Besitzansprüche an ihm vermelden konnte, doch seine schonungslose Ehrlichkeit schmerzte. Trotz allem mochte ich ihn, mein dummes Herz hängte sich ein Stückweit an diesen gefühlskalten Mann, egal was er tat oder sagte. Ich war ziemlich masochistisch veranlagt, musste ich mir eingestehen. Nachdem ich einmal tief durchgeatmet hatte, zwang ich meine Mimik zur Gleichgültigkeit, verfluchte gleichzeitig meine brennenden Augen, die ihm deutlich zeigten, dass er voll ins Schwarze getroffen hatte. Ich war noch längst nicht mit ihm durch, egal, was ich ihm vorgaukelte und er wusste das haargenau. Er war eine Nummer zu groß für mich, für das unbedarfte Farmmädchen.

»Lainey«, hörte ich ihn leise sagen und sah langsam auf.

»Was?«

»Du darfst dich nicht in mich verlieben, hörst du?« Er klang beschwörend und meinte jedes Wort ernst. Ein einfaches Farmmädchen wie ich konnte einen so schönen Mann niemals für sich gewinnen, dennoch hatte ich es mir gewünscht.

»Woran denkst du?«, fragte er mein Gesicht studierend. Als unsere Blicke sich trafen, erschütterte mich das wie ein Erdbeben der Stärke zehn.

»Dass du ein gefühlskaltes Arschloch bist«, erwiderte ich wahrheitsgemäß und sah, wie er zusammenzuckte.

»Liebe, tiefe Emotionen und der ganze Weiberkram spielen in meinen Leben keine Rolle, Lainey«, erwiderte er. »Tu dir selbst einen Gefallen und investiere keine Gefühle in diese Sache. Es wird dich nirgendwohin führen.«

»Was hast du für ein Problem?« Mein Herz schlug bis hoch zum Hals. Wenigstens verstehen wollte ich, was in ihm vorging.

Kayne hob fragend die Hände an. »Was meinst du?«

»Ich darf also mit dir schlafen, aber mehr auch nicht.« Ich schluckte. »Und was kann ich dir nicht geben? Wovon hat diese Faye gesprochen? Sag es mir endlich.«

Sein Kiefer spannte sich an, als hätte ich einen wunden Punkt getroffen.

»Es würde dir nicht gefallen«, erwiderte er knapp und stand auf. Gemächlich schlenderte er in Richtung Tür. Kayne ließ mich einfach sitzen. Für ihn war die Unterhaltung an diesem Punkt beendet. Ich eilte ihm nach, erwischte ihn im Flur und hielt ihn am Arm zurück. »Woher willst du wissen, dass es mir nicht gefallen würde?«

Wie in Zeitlupe wandte er sich um.

»Woher willst du das wissen?«, wiederholte ich energischer, während mir das Blut in den Ohren rauschte. Plötzlich kam ich mir vor, als hätte mich ein gefährliches Raubtier in eine Ecke gedrängt, das ich Idiotin aus dem Schlaf gerissen hatte. Seine Augen wurden schmal, der Blick lüstern und Furcht einflößend. Er spielte schon wieder irgendwas Dunkles in Gedanken durch, ich sah es genau und schluckte hörbar.

Kayne kam mit dem Gesicht so nah, dass sein heißer Atem über meine Haut wehte. »Du hast es doch schon längst in meinen Augen gelesen«, flüsterte er in mein Ohr, als verrate er mir ein streng gehütetes Geheimnis. »Tu dir selbst einen Gefallen und hör auf zu fragen. Ich werde dich auch weiterhin ficken, sofern du das willst. Mit dem bisschen Rumgefummel habe ich kein Problem.«

»Du bist manchmal so ein widerwärtiger Mistkerl.«

Statt einer heftigen Reaktion, strich er mir mit den Fingerknöcheln über die Wange. »Ich beschütze dich lediglich, süße unschuldige Lainey.«

»Ich will nicht von dir beschützt werden.« Unwillkürlich legte ich eine Hand an seinen Hals und er ließ es sogar zu, dass ich ihn berührte. »Nicht so«, fügte ich hinzu und hätte ihn am liebsten geküsst.

Vollkommen unvorbereitet krachten seine Lippen so heftig auf meine, dass es wehtat. Er küsste mich hart und wütend, als hätte er soeben seinen eigenen inneren Krieg verloren und gäbe mir allein die ganze Schuld. Die Intensität dieses Kusses setzte meine Haut unter Strom und brachte mich zum Zittern. Unsere Zungen umkreisten einander wild, noch nie hatte Kayne mich so grob und gleichzeitig derart leidenschaftlich geküsst. Oh, Gott, ich verfiel ihm. Genauso plötzlich löste er sich wieder von meinem Mund. Sein hektischer Atem gab Preis, dass der Kuss irgendwas in ihm bewirkt hatte. Instinktiv legte ich eine Hand auf mein rasendes Herz. Das gierige Funkeln in seinen Augen verriet viel, es flüsterte mir zu, wie nahe dran er gewesen war, seine Meinung zu ändern und mein Blick flackerte zur Seite. Wollte ich tatsächlich wissen, was er vor mir geheim hielt? Jetzt, da ich so kurz davor stand die Wahrheit herauszubekommen, verließ mich der Mut. Er griff nach meiner anderen Hand, die noch immer an seinem Hals lag und nahm sie weg.

»Gib mir Bedenkzeit«, raunte er mit tiefer Stimme, die mir wie Stromstöße durch sämtliche Nervenenden jagte.

»Okay.« Ich räusperte mich, und war insgeheim heilfroh über seine angekündigte Schonfrist. Ich hatte mich ein bisschen zu weit aus dem Fenster gelehnt. Er legte seine Hand auf meinen Brustkorb, erspürte sekundenlang mein rasantes Herzklopfen. »Egal, wie ich mich entscheide, du sollst jetzt schon eines wissen.« Sein durchdringender Blick durchleuchtete mich wie Röntgenstrahlen, sodass ich kaum zu atmen wagte. »Es wird niemals etwas gegen deinen Willen passieren. Hast du das verstanden?«

Ich nickte. »Ja, habe ich.« Meine Stimme klang gehetzt. Ich hatte nicht den blassesten Schimmer wovon er redete und falls er die Hoffnung hegte, seine Ankündigung könnte mich beruhigen, so hatte er sich geirrt. Langsam steigerte ich mich in helle Panik hinein. Ich hätte ihn nicht reizen dürfen.

Ein feines Grinsen umspielte seine Lippen, zeigte, wie unsagbar er meinen aufgelösten Zustand genoss. Derart befriedigt kannte ich seinen Gesichtsausdruck sonst nur von den Sekunden nach seinem Orgasmus, wenn er sich kurzzeitig nicht im Griff hatte.

»Vivien holt dich gleich ab, also mach dich fertig«, sagte er völlig unzusammenhängend und ich wich mit dem Kopf zurück.

Sekundenschnell kühlte ich um ein paar Grade ab. »Vivien? Wieso?«

»Sie braucht Gesellschaft beim Einkaufen und hat gefragt, ob du sie begleiten willst. Ich habe zugesagt.« Er wandte sich um, für ihn war diese Unterhaltung definitiv beendet.

Diese Vivien von gestern wollte mit mir shoppen gehen? Ich war noch nie mit einer Freundin bummeln gewesen, was vor allem daran lag, dass ich keine Freunde hatte. Meine Eltern hätten mir ausgedehnte Einkaufstouren niemals erlaubt. Die paar Klamotten die ich besaß, hatte ich günstig bei Walmart erstanden. Ausflüge in die Stadt hatte es für mich nie gegeben.

Auf einmal freute ich mich auf den Einkaufsbummel mit Vivien. Zum ersten Mal im Leben würde ich wie eine normale Frau durch irgendwelche Modegeschäfte flanieren und der hübschen Freundin meines Bosses Gesellschaft leisten. Sie hatte toll ausgesehen gestern, in diesem sündhaft teuren Kleid. Ich sah an mir herunter und wusste sofort, dass ich selbst in meinem besten Outfit neben ihr wie eine Vogelscheuche wirken musste.

KAPITEL 14

KAYNE

Ich fuhr rasant den geschotterten Weg zum Gentleman's Paradise entlang und bremste vor der Eingangstür scharf ab. Eine Staubwolke wirbelte empor und hüllte mich mitsamt dem Fahrzeug ein. Scheiße. Mein Verdeck stand offen, das war keine gute Idee gewesen. Hastig schloss ich das Dach und stieg aus. Zielstrebig ging ich in Richtung Gebäude und warf Spencer am Eingang den Autoschlüssel zu, damit er mein Baby in einer der Garagen in den umgebauten Ställen parken konnte. Er fing sie mit seiner hochgestreckten Pranke in der Luft.

»Hey, alles klar?« Ich nickte ihm zu.

»Wie üblich, Boss.« Spencers silberner Eckzahn blitzte in der Sonne auf, als er mich breit angrinste. Er war einer unserer loyalsten Mitarbeiter und schon seit Jahren bei uns. Ein leises Maunzen von drinnen ließ mich aufhorchen.

»Princess ist wach.« Wie selbstverständlich öffnete Spencer die Tür des Clubs und eine rotgetigerte Katze stolzierte mit hoch erhobenem Schwanz an ihm vorbei, als gehöre das gesamte Anwesen ihr. Selbst ich wusste mittlerweile, dass Grace die Katze sofort adoptiert hatte und sie verhätschelte wie ein Kleinkind.

»Hat sie überhaupt schon mal eine Maus gefangen?« Als Princess schnurrend um meine Beine strich, kraulte ich sie hinter den Ohren. Sie musterte mich mit ihren grasgrünen Augen.

Spencer zuckte mit den Achseln. »Ab und zu, wenn sie Lust

hat. Aber die meiste Zeit schläft sie oder lässt sich streicheln. Sofern sie nicht gerade mit Shrimps oder Hühnchenbrust gefüttert wird.«

Ich ging weiter. »Grace soll aufhören, sie mit Leckereien vollzustopfen.« Die Katze hatte einen Job zu erledigen, wir hatten sie nicht zu unserem Vergnügen angeschafft. Die Gegend wimmelte von Mäusen. Spencer lachte nur, er kannte Grace genauso gut wie ich.

In meinem Büro setzte ich mich an den Schreibtisch und fuhr den Computer hoch. Nachher wollten die Architekten ihre Vorschläge für den neuen Club enthüllen. Aidan hatte irgendwelche Spezialwünsche diesbezüglich geäußert und ich war gespannt, was er sich alles hatte einfallen lassen. Mittlerweile war er regelrecht besessen von diesem Frauenpuff. Es klopfte an der Tür.

»Herein.« Ich überflog ein paar eingegangene Mails, bevor ich aufsah. Joanne, meine und Aidans Assistentin, kam herein und sah gar nicht so frisch aus wie üblich. Aufgequollene Augen verschandelten ihr sonst hübsches Gesicht. Sie war bleich. Auffallend ungelenk stakste sie näher und vermied Blickkontakt. Was an sich nicht viel zu bedeuten hatte. Joanne blieb immer ein wenig auf Distanz zu mir, ich glaube, ich war der Süßen nicht ganz geheuer. Was ich äußerst schade fand. Ihr ausnehmend attraktives Äußeres hatte mich schon immer positiv angesprochen. Obendrein kleidete sie sich für die Arbeit in sexy Business-Outfits, auf die ich beim Sex total abfuhr. Leider war sie verlobt, zudem schwer verliebt in ihren Zukünftigen, sodass ich es noch nie darauf angelegt hatte, nachzusehen, ob sie Unterwäsche trug. Sie besaß einen hammermäßigen Körper und die längsten Beine weit und breit. Unglücklicherweise warnte Aidan mich regelmäßig davor, mit der hübschen Joanne ein wenig zu spielen und sie am Ende noch zu vergraulen. Eine fähigere Assistentin als Joanne hatten wir noch nie gehabt.

»Guten Morgen, Kayne.« Sie zwang sich zu einem gepressten Lächeln.

»Alles in Ordnung mit dir?« Ich musterte sie eingehend. Ihr sonst perfekt gestyltes Haar saß in einem wirren Knoten am Hinterkopf und die verlaufene Wimperntusche verlieh ihr einen

Hauch von Geisterbahnanstrich. In einem derart desolaten Zustand kannte ich sie sonst nicht.

»Ja, selbstverständlich.« Sie nickte einen Tick zu hastig.

Ich lehnte mich zurück. »Den Eindruck machst du aber nicht.«

Ihre Unterlippe zitterte, sie riss sich schwer zusammen. »Ich habe gestern meine Verlobung gelöst.«

»Mit Wilson?« Das kam überraschend. Noch nie in meinem Leben hatte ich zwei verliebtere Menschen erlebt, als die beiden. Als wäre der Begriff Turteltauben extra für dieses Paar erfunden worden, flirteten die beiden auch nach Jahren noch andauernd miteinander.

Sie nickte. »Ja, es ist aus.«

»Das kann ich mir nicht vorstellen. Nicht bei euch. Ihr wolltet doch in zwei Monaten heiraten.« Oh, nein. Erste Tränen perlten über ihre rot-fleckigen Wangen, die ein wenig strapaziert vom vielen Heulen wirkten und ein leises Schluchzen rang sich aus ihrer Kehle. Ich konnte nur ganz schwer mit weinenden Frauen umgehen. Hastig wischte sie mit dem Handrücken über ihr Gesicht. »Er meinte, er wäre noch nicht bereit für eine Ehe.«

»Fällt ihm aber früh ein.« Oh oh, das klang, als hätte jemand kalte Füße bekommen. »Warum verschiebt ihr die Hochzeit nicht einfach?« Ich griff nach der Whiskykaraffe, die auf meinem Schreibtisch stand und goss uns ein paar Schlucke in zwei Gläser, bevor ich ihr eins davon reichte. So vertrieben eben Männer ihre Sorgen. Vielleicht wirkte ein hochprozentiger Aufmunterer ja auch bei Joanne.

»Danke.« Sie nippte lediglich an dem dreißig Jahre alten Bourbon der edelsten Sorte. »Er ist sich nicht einmal sicher, ob er mich überhaupt liebt«, öffnete sie ihr Herz.

Ich verkniff mir einen schweren Seufzer. Natürlich tat Joanne mir leid, nur ein absoluter Holzklotz konnte bei einer verzweifelten Frau nicht mitfühlen. Aber für derlei emotionale Themen war ich nicht der geeignete Gesprächspartner. Sowieso war mir schleierhaft, weshalb Menschen sich auf ewig aneinander binden mussten. In meinen Augen gab es keinen einzigen vernünftigen Grund für diesen Schritt. »Wenn du möchtest, kannst du früher Schluss machen und nach Hause gehen.« Ich fühlte mich zunehmend unwohl in ihrer Gegenwart, sie war so aufgelöst und traurig. Hoffentlich tauchte Aidan bald auf, er verhielt sich in dieser Hinsicht feinfühliger als ich. Lainey kam mir in den Sinn, auch sie sprühte nur so über vor Millionen von Emotionen, die sich zu Feuerwerken bündelten und mir fast die Luft zum Atmen abschnürten. Warum mussten Frauen sofort einen Haufen Gefühle investieren, sobald man ihnen einen hervorragenden Orgasmus geschenkt hatte? Wieso konnten sie nicht einfach genießen, sich an den Reaktionen ihres Körpers erfreuen und danach mit ihrem Leben weitermachen?

»Nein, die Arbeit lenkt mich ab«, hörte ich Joanne sagen und schrak aus meinen Gedanken. »Dein Vater hat vorhin angerufen.«

Ich ächzte innerlich auf. Nicht schon wieder. Heute Morgen hatte ich seinen Anruf ignoriert, sollte ihm das nicht zu denken geben? Nein, nicht ihm. »Was will er? Hat er was gesagt?« Ich hasste seine Unart, mein Büro zu terrorisieren, sobald er mich nicht augenblicklich an die Strippe kriegte.

»Er ist nächste Woche in Las Vegas und möchte sich mit dir im Sinatra zum Abendessen treffen. Soll ich einen Tisch reservieren?«

Ich nickte gottergeben. »Von mir aus.« Vielleicht war ein Gespräch von Angesicht zu Angesicht, in dem ich ihm klarmachte, dass er sich für alle Zeiten zum Teufel scheren konnte am taktisch klügsten.

Die Tür sprang auf und Aidan rauschte herein. Unter seinem Arm klemmte ein zusammengerolltes Stück Papier. Ich nickte Joanne zu, als dezentes Zeichen, sich zurückzuziehen und sie verstand wie immer sofort. Ungewohnt steif stakste sie an Aidan vorbei, der ihr einen verwirrten Blick hinterherwarf.

»Was ist mit Joanne los?«, fragte er, nachdem sie die Tür von außen geschlossen hatte und deutete mit dem Daumen über die Schulter. »Hast du irgendwas damit zu tun?«

Ich lehnte mich zurück. »Nein, ausnahmsweise mal nicht. Die Kleine hat Liebeskummer, Wilson hat sich aus dem Staub gemacht.« Ich trank auch noch Joannes Glas leer, das sie auf meinem Schreibtisch abgestellt hatte. Wäre schade um den guten Tropfen.

Aidan rollte das Papier vor mir auf dem Tisch auseinander. Ein Plan vom Inneren eines Gebäudes.

»Was soll das darstellen?« Ich deutete auf die vielen Linien.

»Unser brandneues Lady's Paradise.« Seine Augen leuchteten wie Diamanten im Sonnenlicht, als wäre Aidan erneut frisch verliebt. »Der Architekt hat mir den ersten Entwurf vorbeigebracht. Siehst du?« Er tippte auf ein längliches Viereck. »Das hier wird der Spa …«

»Ein Spa?« Ich prustete. Verdammt, ich hatte von Anfang an gewusst, dass dieses Vorhaben eine Schnapsidee war.

Ein feines Grinsen umspielte Aidans Mundwinkel, als sähe er in Gedanken die Räumlichkeiten bereits vor sich und seine innere Vorfreude schürte dann doch meine Neugierde. Aidan war ein von Natur aus versauter Kerl, ich traute ihm einen schnöden Wellnesstempel schlichtweg nicht zu.

»Selbstverständlich müssen wir den Damen ein wenig Luxus und Entspannung bieten. Frauen erwarten beileibe mehr, als lediglich die Beseitigung ihres Triebstaus. Sofern sich überhaupt etwas bei den Ladys staut.« Er lachte, bevor er auf mich deutete. »Du hingegen solltest nicht immer von dir auf andere schließen.«

Hatte Vivien ihm diesen Schwachsinn eingetrichtert? Ich zuckte mit den Schultern. Was war schlecht daran, beim Sex schnell zur Sache zu kommen? Zu viel drumherum erschöpfte mich meistens. Ging es lediglich um einen stinknormalen Fick, kam ich gern recht schnell auf den Punkt. Bei einer Session hingegen ging ich es lieber langsamer an, in meinem ganz eigenen Tempo …

»Mit einem Jacuzzi in dem die Damen sich gemeinsam mit ihrem Masseur bei einem Gläschen Champagner entspannen können«, fuhr er in geschäftsmäßigem Tonfall fort und ich verkniff mir nur mühsam ein Prusten. »Auch für Massagen der besonderen Art ist gesorgt. Im Tantra Style oder Full Body Massagen, vielleicht auch mal mit zwei Herren gleichzeitig. Nennen wir es eine *Happy End Massage*.« Er setzte sich lachend auf den Besuchersessel, der vor meinem Schreibtisch stand. »Man muss nur die richtigen Schlagwörter benutzen. Reines Marketing. Wie bei uns im Club bieten wir den Damen ein monatlich wechselndes Programm an. Inclusive eines erlesenen

Ambientes versteht sich, in dem sich auch eine Durchschnittsfrau wohlfühlt. Es wird diverse Playrooms geben, dazu ganz besondere Shows. Wir überraschen die Grazien ständig mit irgendwelchen versauten Neuheiten. Du wirst sehen, dieser Club mausert sich zu unserem absoluten Highlight.«

Ich wollte ihn nicht in seiner Euphorie bremsen, aber ich wusste aus Erfahrung, wie viel Geld wir vorab in Bau und Ausstattung eines Clubs investieren mussten und in diesem besonderen Fall sprachen wir über eine Menge Schotter, weitaus mehr als üblich, bei seinen euphorischen Plänen. Dieser Verrückte hatte an nichts gespart. Sollte der Club floppen, standen wir erstmal ganz dumm da.

»Du weißt, dass wir ein fettes Problem haben, sollte der Laden nicht gut starten. Selbst eine Änderung des Konzeptes bedeutet noch immer ein riesiges Stück Arbeit, um einen Totalflopp wieder ins Laufen zu kriegen.«

Aidan setzte sich. »Das wird nicht passieren. Ich habe alles bis ins kleinste Detail geplant und durchdacht.«

»Für den ganzen Kram müssen die Frauen einen weitaus größeren Batzen Geld hinlegen, als für eine schnelle Nummer und ein bisschen Showfeeling bei uns. Du wirst dieses zahlungskräftige Publikum nicht an jeder Straßenecke aufgabeln.« Ich schüttelte den Kopf und bemerkte umgehend, wie sich Aidans Miene verhärtete. Er liebte diesen Club jetzt schon.

»Jedes Jahr pilgern Millionen Touristen nach Vegas, und nicht wenige davon wegen schnellem Sex. Warum sollten sich keine Frauen darunter befinden? Du unterschätzt die Ladys. Aus welchem Grund sollte eine moderne Frau ein Problem mit dem Besuch eines Sexclubs haben?«

»Weil Frauen etwas vollkommen anderes unter diesem Begriff verstehen.« Ich schenkte mir nochmal Whisky ein, obwohl es erst Mittag war. Aber jetzt brauchte ich einen Schluck. »Ich erinnere mich noch bestens daran, wie nervös und ängstlich Vivien bei ihrem ersten Besuch im Gentleman's Paradise auftrat. Hätte sie nicht in einer ziemlich beschissenen Situation gesteckt, hätte sie freiwillig niemals dieses Haus betreten.«

Aidan ächzte auf. »Das war eine vollkommen andere

Nummer und das weißt du auch. Vivien wollte für uns arbeiten, die Frauen kommen jedoch, um sich zu amüsieren. Sie sind in dem Fall unsere Königinnen.«

Ich nahm einen kleinen Schluck, der plötzlich unangenehm auf meiner Zunge brannte. »Vivien hatte damals vor allen Dingen Schiss vor uns. Vor dem, was dieses Haus bedeutet. Wofür es steht. Was es repräsentiert. Nämlich käuflichen, emotionslosen Sex mit irgendwelchen Wildfremden.«

»Dann müssen wir das Projekt halt anders kommunizieren.« Aidan stand auf und rollte den Plan zusammen. »Sonst bist du doch auch nicht so unkreativ.«

»Wie willst du den Weibern ein Bordell schmackhaft machen?« Herrgott, der sture Kerl ließ einfach nicht locker. »Dreh es wie du willst, dein Projekt ist und bleibt trotzdem immer noch ein Sexclub. Ein Puff. Such dir eine Bezeichnung aus.«

»Eine erotische Women World in einem gehobenen Ambiente. Nicht so ein Fuck wie hier.« Aidan wedelte in der Luft herum, als würde er Mückenschwärme verjagen. Er hörte sich wie ein trotziges Kleinkind an. Mist. Dabei hatte ich gehofft, ihm diesen aberwitzigen Plan doch noch ausreden zu können. Wozu einen Haufen Geld in den Sand setzen, wenn wir mit unserem altbewährten Konzept auf der sicheren Seite ständen?

»Wer wird sich überhaupt um den Club kümmern?« Ich lehnte mich vor und verschränkte die Unterarme auf der Tischplatte, schob gleichzeitig den Plan ein Stück vom Tisch. Wie stellte er sich das Management vor? Wer sollte seine Women World am Laufen halten? Er etwa? Da kannte er seine Vivien aber immer noch nicht. Die würde ihn an den Ohren aus einem Weiberpuff zerren. »Wir sind hier beide unabkömmlich und ich habe zudem keine Lust, einen Haufen hysterischer Hühner bei Laune zu halten.«

Aidan winkte ab. »Da findet sich schon jemand. Wir haben noch ein paar Monate Zeit, bis der Laden steht.«

Ich seufzte. Das viele schöne Geld, das wir verlieren würden, tat mir jetzt schon weh. »Na, dann bin ich ja mal gespannt.«

Aidan rollte den Plan wieder zusammen und wandte sich zum Gehen, drehte sich dann aber doch noch einmal zu mir um. »Was läuft zwischen dir und Lainey? Vivien hat mir erzählt, die

Kleine wohnt bei dir. Ist das wahr?« Seine Stimme klang skeptisch.

»Vorübergehend.« Ich verschränkte die Finger auf dem Schreibtisch. »Sie hat gerade keine Bleibe, also habe ich ihr angeboten, in meinem Gästezimmer zu übernachten, bis sie eine Wohnung gefunden hat.«

»Der Samariter steht dir nicht.« Er kniff die Augen zusammen. »Gib's zu, du fickst sie.«

»Natürlich ficke ich sie«, erwiderte ich genervt. Was dachte er denn? Ja und?

Er lachte ungläubig auf und ich wusste schlagartig wieso. Noch nie hatte ich eine Frau dermaßen nahe an mich herangelassen. Dieses Spielchen war gefährlich. Und zwar für uns beide. Für mich und Lainey. Aidan wusste das.

»Was hast du mit ihr vor?«, fragte er leise, als sorge er sich tatsächlich um die süße Lainey, die er nicht einmal großartig kannte.

»Ich weiß noch nicht«, gab ich ehrlich Auskunft. Näherer Erläuterung bedurfte es nicht, er wusste genau, was ich damit meinte. Noch gab ich sie nicht her. Mein Spielzeug. Im Gegenteil, ich überlegte sogar ernsthaft, sie auf das nächste Level zu führen. Das wiederum verriet ich meinem Geschäftspartner besser nicht. Er hatte noch nie viel für mein Faible übrig gehabt.

Aidan seufzte. »Du wirst die Kleine todunglücklich machen.«

»Nein«, ich schüttelte den Kopf. »Ich werde sie zwar an ihre Grenzen bringen, aber nicht weiter.« Lainey wusste halbwegs über mich Bescheid, ich hatte ihr bisher nichts vorgespielt und würde das auch weiterhin nicht tun. Was uns verband und wir in näherer Zukunft vielleicht sogar gemeinsam erlebten, war und blieb rein sexueller Natur. Sollte Lainey trotz aller Vorwarnung Gefühle zu mir aufbauen, juckte mich das nicht groß. Ihr Problem.

»Du verhältst dich unfair.« Zum ersten Mal, seit ich ihn kannte, klang Aidan richtig sauer. Weshalb? Lainey war nicht meine erste Spielgefährtin und bisher hatte ihn meine Flatterhaftigkeit diesbezüglich noch nie gestört. Ich erinnerte mich an Zeiten, da war es auch ihm unmöglich gewesen, eine emotionale Bindung zu einer Frau aufzubauen. Im Gegenteil. Er war genauso bindungsgestört gewesen wie ich.

»Du nutzt ihre Unerfahrenheit aus, obwohl du weißt, dass du nicht irgendwer für die Kleine bist.« Er deutete anklagend mit dem Zeigefinger auf mich. Was sollte das jetzt? Ich sah die Sache mit ihr vollkommen anders. Es ging nicht darum, sie auszunutzen, ich öffnete ihr lediglich das Tor zu einer anderen Welt. Zu meiner Welt, die sie unbedingt kennenlernen wollte.

»Ich mache ihr nichts vor, falls dich dieser Punkt beunruhigt. Die Initiative geht nicht einmal von mir aus. Sondern von Lainey. Sie will mehr. Meine andere Seite kennenlernen und wer weiß: Vielleicht ist sie in dieser Hinsicht talentierter als gedacht.«

»Sie will dich«, erwiderte er mit Nachdruck, als wäre ich schwer von Begriff.

»Sie bekommt mich.«

»Du weißt, wie ich das meine. Lainey hat sich in dich verliebt, hast du keine Augen im Kopf?« Er fuchtelte mit dem bescheuerten Plan in der Luft herum.

»Sie wird über mich hinwegkommen. Waren wir nicht alle mal verliebt?« Okay, ich noch nie. Tatsächlich hatte sich ganz kurz ein unangenehmes Gefühl in meinem Hals ausgedehnt. Dabei wollte ich Lainey nicht wehtun, zumindest nicht bewusst. Leider hatte sie sich den falschen Mann für ihre Schwärmereien ausgesucht. Dafür konnte ich nun wirklich nichts. Immerhin hatte ich sie gewarnt. Mehrmals sogar.

Ich lehnte mich zurück und musterte Aidan, wie er mit leicht ausgestellten Beinen vor mir stand, das braune Haar akkurat kurzgeschnitten. Wie immer trug er kein Jackett, sondern nur Hemd und Anzugweste zu seiner passenden anthrazitfarbenen Hose. Seit unserer gemeinsamen Collegezeit hatte er sich rein äußerlich kein bisschen verändert. Aber ihn selbst erkannte ich kaum wieder. Bisher hatten ihn die Gefühle irgendwelcher Frauen nie großartig tangiert. Vor Vivien hatte er reihenweise Herzen gebrochen, einfach nur indem er seine Gespielinnen mit seinem riesigen Schwanz beglückte. Was hatte Vivien mit ihm angestellt, um eine derartige Veränderung in diesem Kerl zu provozieren? Dass er sein dummes Herz einer einzigen Frau schenkte und ihr schon seit Monaten treu blieb.

»Wieso wird es dir mit Vivien nicht langweilig?« Ich nippte an meinem Whisky, während sich Aidan zurück auf den Besuchersessel setzte. »Ich meine, vor ihr hast du es keine fünf Stunden mit derselben Frau ausgehalten. Dein Motto lautete: Bleib nie länger, als bis zum dritten Orgasmus, danach werden sie anhänglich. Also, was hat sich verändert?«

Aidan runzelte die Stirn. »Gute Frage. Vivien berührt meine ernsthafte Seite, ich glaube, das ist der Hauptpunkt. Mit ihr zusammen sein, fühlt sich an wie heimkommen. All die Jahre davor war ich immer auf der Flucht.« Er goss sich ebenfalls von meinem guten alten Whisky ein. »Ich liebe einfach alles an ihr. Nicht nur ihren Körper, der schlichtweg atemberaubend ist. Einfach ihre ganze Persönlichkeit. Obwohl ich Vivien mittlerweile schon tausendmal nackt gesehen habe, ist es dennoch jedes Mal aufs Neue eine Offenbarung für mich, sobald sie ihre Kleider ablegt. Ich vergöttere diesen Moment, wenn ihr Rock wie in Zeitlupe von den Hüften rutscht oder sie ihre Bluse für mich aufknöpft. Langsam – Knopf für Knopf. Ich weiß, ich werde es mein ganzes Leben lang nicht satthaben, sie anzuschauen und anzufassen.«

Er lachte leise in sich hinein, als könnte er selbst nicht glauben, was er daherredete. »Sie ist die einzige Frau auf der Welt, mit der ich Sex haben möchte. Es gibt kein schöneres Wesen für mich. Mit Vivien zu schlafen, wird mir nie langweilig werden, solange ich lebe. Im Gegenteil, unsere Performance steigert sich von Mal zu Mal. Ich verehre einfach alles an ihr: ihre warmherzige Art, ihre Klugheit, ihren einzigartigen Humor, sogar ihren unverwechselbaren Geruch. Ich liebe auch dieses ganz spezielle Lächeln auf ihren Lippen, wenn sie mich ansieht, mich vergöttert. In diesen Momenten weiß ich, es gibt für diese Frau keinen größeren Helden auf der Welt als mich. Und das ist ein ergreifendes Gefühl. Ja, es stimmt.« Er nickte. »Ich bin angekommen und mag das. Vivien ist einzigartig, atemberaubend und schlichtweg perfekt.«

»Okay, ich hab's kapiert.« Ich kratzte mich am Hals. Einen Gefühlsausbruch dieser Größenordnung hatte ich nicht von ihm erwartet. Himmel, der Kerl eignete sich mittlerweile bestens als Trostspender für Joanne.

Aidan beugte sich vor. »Warum hat Lainey kein Zuhause? Wieso kümmert sich ihre Familie nicht um sie? Wer lässt seine Tochter obdachlos auf der Straße sitzen? Die Kleine ist wie alt? Einundzwanzig?«

»Zweiundzwanzig«, verbesserte ich ihn und ja, diese Fragen stellte ich mir ebenfalls, aber was sollte ich tun? Die Wahrheit aus ihr herausprügeln? Sie hatte bestimmt ihre Gründe, weshalb sie mir nichts erzählte. So wie ich ebenfalls. Und ich respektierte ihre Zurückhaltung. »Keine Ahnung, was mit ihr los ist.« Ich zuckte mit den Achseln. »Ihr Privatleben geht uns auch nichts an.«

»Sie lebt bei dir«, stellte Aidan nachdrücklich klar.

Ich seufzte tief und gequält. »Vielleicht will ich ihre Probleme gar nicht so genau kennen.«

»Das ist naiv.« Aidan erhob sich und warf einen Blick auf seine Armbanduhr. »Ich habe gleich einen Termin mit dem Architekten. Willst du dabei sein?«

Naiv? Ihr Leben juckte mich schlichtweg nicht, so kalt sich das auch anhörte. Gelangweilt winkte ich ab. »Nein, du machst das schon.«

Zu meinem Erstaunen wirkte Aidan erleichtert. Mein Rat war in dieser Sache wohl nicht gefragt. Auch gut. Das Ding nannte sich sein Projekt. Sollte er es mal schön allein in den Sand setzen.

»Bis später.« Er drehte sich um und marschierte zur Tür, während ich in meinem Bürostuhl nach unten sank und an die Decke starrte. Was sollte ich bloß mit Lainey machen?

KAPITEL 15

LAINEY

Neben Vivien betrat ich durch eine Glastür die klimatisierte Mall und wir fanden uns auf der Stelle in einem Gewirr aus Menschen, Stimmen und dekorierten Schaufenstern wieder. »Wow, hier sieht es aus wie in einem Palast.«

Vivien schmunzelte. »Wenn man dich so hört, könnte man meinen, du hast noch nie ein Einkaufszentrum von innen gesehen.« Auch heute sah sie einfach nur umwerfend aus in ihrem schlichten weißen Sommerkleid, das ihren schlanken Körper perfekt in Szene setzte.

Ehrfürchtig blickte ich mich um. »Noch nie ein so schönes.«

»Wir werden dich heute ein wenig verwandeln.« Sie hielt mir eine Kreditkarte vor die Nase. »Und zwar auf Kaynes Kosten.«

Was? Beinahe wäre ich über meine eigenen Füße gestolpert. Ich war davon ausgegangen, ihr beim Shopping Gesellschaft zu leisten. Wovon sprach sie da?

»Kommt gar nicht infrage«, wehrte ich ab. »Wie kommst du überhaupt an seine Karte?« Das fehlte mir gerade noch, dass ich mich bei dem Kerl bis ans Ende meiner Tage verschuldete. Außerdem würde er bestimmt ausrasten, sollte er erfahren, dass wir heimlich sein Konto geplündert hatten.

»Er hat sie mir gegeben, mit dem Auftrag, ein paar nette Klamotten für dich auszusuchen.« Ihr Blick schweifte an meinem armseligen Outfit entlang. »Ganz ehrlich. Du hast ein komplettes Makeover bitter nötig, nicht nur ein paar neue Kleider.«

»Das kann ich nicht von ihm annehmen.« Ich schnappte nach Luft, als wäre ich zehn Meilen gerannt.

»Natürlich kannst du.« Sie zwinkerte mir zu. »Kayne hat mir erzählt, er hätte irgendwelche Sachen von dir kaputtgemacht.«

»Ja«, ich prustete. »Ein zehn Dollar T-Shirt.«

Meinen Einwänden zum Trotz, zog sie mich an der Hand in eine Boutique mit legeren aber topmodischen Klamotten, das bemerkte sogar mein ländliches Auge auf den ersten Blick. Sofort stöberte Vivien durch die Ware, als gäbe es irgendwas umsonst, während ich völlig überfordert neben ihr stehenblieb. Sie schaufelte Klamottenberge über ihren Arm, bevor sie schließlich eine sexy schwarzglänzende, ultrakurze Shorts sowie ein rotes Top mit tiefem Ausschnitt in die Höhe hielt. »Was sagst du dazu?«

»Sehr hübsch.« Ich flippte das Preisschild mit dem Zeigefinger um. »150 Dollar für ein simples Top?«, fragte ich entgeistert, mir blieb die Puste weg. Für diesen winzigen Fetzen Stoff musste ich drei Tage hinter dem Tresen stehen.

»Probier es einfach mal an.« Meine Gegenwehr ignorierend schob sie mich in Richtung Umkleidekabine und ich ergab mich schließlich ihrer überschäumend guten Laune. Anziehen kostete ja nichts. Rasch schlüpfte ich in die beiden Teile, die wie angegossen passten und fühlte mich – das musste ich zugeben - supergut. Ich begutachtete meine Kehrseite vor dem Spiegel. Mein Körper machte eine echt gute Figur in dem Fummel. Nur mein Gesicht und meine wirren Locken, die nach allen Seiten abstanden – heieiei - die waren zum Verzweifeln. Als hätte ich mir die Haare gerauft. Vivien hatte ein exzellentes Auge für Mode, das musste ich ihr lassen. Barfuß und schüchtern tapste ich zurück in den Ladenbereich und drehte mich einmal im Kreis. »Was sagst du?«

»Sexy.« Vivien nickte anerkennend. »Kayne wird dieses Outfit mit Sicherheit gefallen.« Sie zwinkerte mir zu.

Ich bemerkte den Berg Klamotten, der zwischenzeitlich über ihrem Arm beängstigend angewachsen war. »Das ist aber nicht alles für mich?«

»Doch.« Ihr Grinsen wurde breiter.

Die nächsten drei Stunden verbrachten wir mit ausgiebigem Anprobieren. Jegliche Art von Protest erstickte Vivien im Keim, indem sie mir jedes Mal sagte: *Auftrag von Kayne.* Nicht nur Shorts und T-Shirts fielen Viviens Kaufrausch zum Opfer, sondern auch ein atemberaubendes bodenlanges schwarzes Abendkleid, das eng am Körper anlag und siebenhundert Dollar kostete. Ich war einer Ohnmacht nahe gewesen, als ich das Preisschild entdeckt hatte. Dazu packte sie noch ein paar Sommerkleider, und am Ende noch jede Menge Spitzenunterwäsche. Alles nur für mich, was ich schon richtig peinlich fand. Vivien war derart in ihrem Element, dass ich nicht gegen ihr stürmisches Temperament ankam. Nichts konnte sie bremsen. Sie selbst hatte sich bis jetzt kein einziges Teil gegönnt. Nicht mal einen Slip. Nach Kaynes Erklärung war ich davon ausgegangen, ihr beim Shopping Gesellschaft zu leisten und nicht umgekehrt.

Stunden später saßen wir vollbepackt und erschöpft mit unseren Tüten in einem kleinen Café im Erdgeschoss der Mall und stärkten uns mit Apfelkuchen und Cappuccino.

»Kayne wird Augen machen, wenn er dich in den neuen Klamotten sieht«, freute sich Vivien und leckte eine kleine Milchschaumwolke von ihrem Löffel.

»Ich glaube eher, er wird Augen machen, sobald er seine Kreditkartenabrechnung sieht.« Ich wagte nicht einmal grob zu überschlagen, was unsere Kauforgie wohl gekostet haben mochte. Hundertprozentig war es keine gute Idee von Kayne gewesen, Vivien blind dieses Plastikkärtchen in die Hand zu drücken.

»Ach, was«, sie winkte ab. »Er meinte, wir sollen dir eine Komplettausstattung besorgen und das haben wir gemacht.«

»Wir haben bestimmt zehn Komplettausstattungen gekauft, Vivien. Ich werde Kayne das viele Geld nie zurückzahlen können«, warf ich ein und zwang mich zu einem Stückchen Apfelkuchen, mir war der Appetit vor lauter schlechtem Gewissen vergangen.

Vivien legte eine Hand auf meine. »Das erwartet er auch nicht. Keine Sorge. Sieh die Klamotten als Businessoutfits. Das

Gentleman's Paradise ist nicht irgendein Haus, sondern einer der gehobeneren Clubs in der Gegend.«

»In dieses Ambiente passt mein Jeansrock wohl nicht so richtig hinein«, erwiderte ich auf meinen Schoß deutend. Bei genauer Betrachtung hatte ich selbst diesen einfachen Fummel Kayne zu verdanken. Ob Vivien wusste, wie wir uns kennengelernt hatten? Ich hoffte von ganzem Herzen, dass sie keine Ahnung hatte.

»Was ist eigentlich mit deiner Familie?«, fing sie beiläufig an. »Hast du noch Geschwister?«

Sofort wurde ich hellhörig. Vivien hatte extrem offensichtlich das Thema gewechselt. »Ja«, fing ich bedächtig an, Schweiß brach mir aus allen Poren. »Einen fünf Jahre älteren Bruder und eine jüngere Schwester.« Ich zerknüllte meine Serviette in der Faust. »Mein Bruder dient bei der Army. Zurzeit ist er in Afghanistan stationiert und ich habe große Angst um Holden. Wir hören nur selten von ihm, bei seinen Auslandseinsätzen ist es extrem schwierig, Kontakt zu halten.«

Viviens Blick wurde mitfühlend. »Das tut mir leid.«

Seit ich von zu Hause weggegangen war, hatte ich nichts mehr von Holden gehört. Er wusste nicht einmal, dass ich ausgezogen war und würde mir die Hölle heiß machen, sobald er davon erfuhr. Ihm traute ich es zu, dass er mich höchstpersönlich aus dem Gentleman's Paradise holen und zurück auf die Farm schleifen würde. Holden schrieb immer nur sporadisch zwischen seinen Manövern. Bisher hatte ich mein Handy noch nicht mal aufgeladen, weil mich sowieso niemand anrief und eine Gelegenheit meine E-Mails zu checken, hatte ich bisher noch nicht gefunden. Ich wusste nicht, ob es ihm gutging und diese dauernde Unsicherheit zermürbte mich. Als Kinder hatten wir uns ununterbrochen in den Haaren gehabt, aber sobald es darauf ankam, hielten wir zusammen.

Langsam glitt ich aus der Tiefe meines Schlafes nach oben. Irgendwas störte mich, aber ich konnte nicht ausmachen was. Ich wusste nur eins, ich wollte nicht aufwachen. Mein Bett fühlte sich so kuschelig weich und angenehm warm an, aber dieses nervige Gefühl verschwand einfach nicht, im Gegenteil es wurde intensiver und trieb mich fast in den Wahnsinn. Missmutig grunzte ich im Halbschlaf. Etwas Undefinierbares kitzelte mich über der linken Augenbraue. Als würde eine Fliege auf mir spazieren gehen. Ich holte aus und klatschte mit der rechten Hand gegen meine Stirn, in der Hoffnung, dem unangenehmen Störenfried ein für alle Mal den Gar ausgemacht zu haben. Eine schleimige Flüssigkeit verteilte sich auf meinem Gesicht, klebte auf meiner Stirn, den Wangen und brannte in den Augen, als ich diese hektisch aufriss und meinen Oberkörper ruckartig in die Vertikale begab. Hilfe! Entgeistert betrachtete ich meine Hand, bis mich das schadenfrohe Lachen meines großen Bruders aufblicken ließ. Er stand mit einer Feder zwischen den Fingern an der Tür, vorsichtshalber hatte er für Sicherheitsabstand zu mir gesorgt und das war auch besser für seine Unversehrtheit. Meine Hand war voller Rasierschaum, aber das meiste davon klebte in meinem Gesicht. Er musste mir das Zeug auf die Handfläche gesprüht und mich dann mit der Feder an der Stirn gekitzelt haben, sodass ich dumme Nuss mich selbst eingeseift hatte. Diese Gemeinheit würde er mir büßen, egal, ob er fünf Jahre älter war.

»Du solltest dein dummes Gesicht sehen«, feixte er und krümmte sich vor Lachen. »Du siehst so bescheuert aus, obwohl das fast nicht mehr geht.«

»Das kriegst du zurück, du Idiot!« Mit einem großen Satz sprang ich aus dem Bett und nahm die Verfolgung auf. Leider war er mit seinen dreizehn Jahren um einiges schneller als ich, sodass ich ihn nicht sofort erwischte. Er stürmte die Treppe nach unten und ich hinter ihm her. »Ich lass dich von Daddys neuem Zuchtbullen zertreten«, rief ich ihm hinterher, aber er kicherte nur, während er nach links ins Wohnzimmer abbog. Mittlerweile war ich ihm dicht auf den Fersen.

»Was habe ich damit zu tun?«, fragte er allen Ernstes über die Schulter hinweg. »Wie kann man nur so blöd sein, und sich selbst die Hand ins Gesicht schlagen?«

Zu spät entdeckte ich Kayla neben meiner Mutter stehen und rammte frontal in sie hinein, worauf wir beide in einem wirren Knäuel aus Armen und Beinen zu Boden segelten. Ich schlug hart mit der Schulter auf den massiven Holzdielen auf und ächzte.

»Lainey«, rief meine Mutter entsetzt, »um Himmels Willen. Was hast du jetzt schon wieder angestellt?«

Kayla lag halb unter mir begraben und rappelte sich hoch, während ich von meiner Mutter unsanft am Oberarm gepackt und auf die Füße gezogen wurde. Ihr Gesicht glühte vor Zorn.

»Bist du von allen guten Geistern verlassen?« Dann ging sie neben Kayla in die Hocke und suchte sie mit Blicken ab. »Alles in Ordnung, Schätzchen? Tut es irgendwo weh? Hoffentlich hast du keine blauen Flecke abbekommen, so kurz vor der Show. Sonst müssen wir die Bescherung mit Camouflage Makeup abdecken, aber das wird später auf den Fotos bestimmt auffallen.«

»Alles okay, Mom«, winkte Kayla ab und verbiss sich ein Grinsen. »Mir geht's gut.«

Vorsichtig rieb Mom an Kaylas grünem Paillettenkleid herum. »Was ist denn das für weißes Zeug, das überall an dir klebt? Das darf doch wohl nicht wahr sein.«

»Rasierschaum«, flüsterte ich und wischte meine schmierige Hand an meiner Schlafanzughose ab. Oh nein, so sauer hatte ich Mom noch nie erlebt. Hinter ihr stand Holden, der entschuldigend mit den Achseln zuckte. Arsch! Nur wegen ihm hatte ich mir diesen ganzen Ärger eingebrockt und zudem noch Kaylas Show-Outfit ruiniert.

Meine Mutter schnalzte verärgert mit der Zunge, bevor sie sich zu mir umwandte. »Verdammt, Lainey. Was sollte das? Deine Schwester muss heute Nachmittag bei der Show tadellos aussehen. Dieser Tag ist so wichtig. Das weißt du doch.«

»Mom, es war nicht ihre Schuld«, sprang Holden mir bei, aber sie unterbrach ihn mit einer harschen Handbewegung.

»Es reicht, kein Wort mehr. Von euch beiden. Ich muss jetzt erstmal sehen, wie wir Kayla wieder einigermaßen für die Show hinkriegen. Besten Dank auch.« Sie streichelte meiner Schwester sachte übers Haar. »Deine Frisur ist auch ganz zerzaust, die letzten zwei Stunden waren komplett umsonst.«

Schuldbewusst senkte ich den Kopf. »Es tut mir leid, Mom.«

Sie stand auf und rüttelte mich an der Schulter, ließ meine Entschuldigung nicht gelten. »Du bist so nichtsnutzig. Womit habe ich dich bloß verdient? Warum bleibst du nicht in deinem Zimmer, bis wir weg sind, so wie es abgemacht war, anstatt uns bei den Vorbereitungen zu stören und deiner Schwester das Outfit zu verderben? Ich sag dir eins, Fräulein. Sollte Kayla heute nicht gewinnen, dann ist es ganz allein deine Schuld. Dann kannst du was erleben und jetzt geh mir aus den Augen.« Sie gab mir einen so heftigen Stoß, dass ich ein paar

Schritte nach vorne taumelte, bevor ich mich abfangen konnte und zu ihr umdrehte. Moms Gesicht glühte vor Zorn, sodass ich mich ganz klein und wertlos fühlte. Oh nein, was hatte ich bloß getan? Vielleicht hatte ich sogar Kaylas Modellkarriere auf dem Gewissen. Wenn das passierte, hatten wir kein Geld mehr. Erst gestern hatte ich gehört, wie Dad zu meiner Mutter gesagt hatte, dass ihre Ersparnisse vielleicht noch für zwei Monate ausreichten. Falls kein Wunder geschah, wurde die Farm zwangsversteigert und jetzt hatte ausgerechnet ich alles zerstört. Heiße Tränen brannten mir in den Augen, weil meine Mutter mich so hasserfüllt ansah. Oh, Gott, sie hatte mich nicht mehr lieb. Was sollte ich jetzt bloß machen? »Bitte entschuldige Mom.« Tränen sprudelten über mein Gesicht, »verzeih mir. Ich wollte das nicht.«

Derweil hatte sich meine Mutter wieder meiner kleinen Schwester zugewandt und tupfte vorsichtig die Pailletten mit einem weichen Tuch ab.

»Verschwinde endlich, ich habe jetzt wichtigeres zu tun, als mich um dein Geheule zu kümmern.«

»Ist gut«, schluchzte ich und schlich mit hängendem Kopf nach draußen auf die Veranda. Tränen tropften den Boden voll und legten eine Spur. Hoffentlich bemerkte meine Mutter sie nicht, sonst gab es deswegen bestimmt auch noch Ärger. Ich schniefte und wischte mir mit dem Handrücken über die Wangen. Holden kam mir nach und legte mir eine Hand auf die Schulter. Ich schüttelte sie ab. Nur wegen dem Blödmann hatte ich diesen ganzen Ärger am Hals und vielleicht sogar unsere Farm auf dem Gewissen.

»Tut mir leid«, sagte er leise und schuldbewusst.

»Geh weg.«

»War doch nur Spaß.«

Ich schniefte unfein. »Wie witzig und Mom hasst mich jetzt.«

»Quatsch. Sie ist doch immer vor Kaylas Shows so nervös.« Sachte stieß er mich mit dem Ellenbogen an. »Mom beruhigt sich schon wieder.«

Der hatte leicht reden. Er war die meiste Zeit über mit Dad draußen bei der Herde oder in den Ställen unterwegs und musste sich nicht den halben Tag in seinem Zimmer verschanzen wie ich, um meiner Mutter nur ja nicht auf die Nerven zu fallen.

»Lass mich in Ruhe, Blödmann. Warum haust du nicht endlich ab?«

Holdens Augen verengten sich zu schmalen Schlitzen. »Du bist so dumm, Lainey Barkley. Wärst du nicht meine Schwester, würde ich nicht mal mit dir reden.«

Ich stemmte die Hände in die Hüften. »Du bist noch viel dümmer. Ich hoffe, du trittst bald in die Army ein und lässt dich dort erschießen.« Mein Bruder wollte sich nach dem Schulabschluss in fünf Jahren bei den US Army Rangers bewerben, um sich auf diese Weise das College zu finanzieren.

Als sich Holden dicht vor mich stellte, musste ich den Kopf in den Nacken legen, um ihm in die Augen sehen zu können. Für sein Alter war er groß gewachsen und ziemlich schlaksig.

»Als erstes werde ich dann dich erschießen, du blöde Kuh.«

»Ach, ja? Du triffst doch nicht mal die Zielscheibe auf zehn Yards Entfernung. Sollte die Army dich tatsächlich aufnehmen, schmeißen sie dich nach zwei Wochen sowieso wieder raus, oder versetzen dich zum Küchendienst.« Kürzlich erst hatte ich ihn draußen auf der Wiese mit meinem Dad bei Schießübungen beobachtet und mich schlappgelacht. Er hatte alles getroffen, außer der großen runden Scheibe, die mein Vater aufgestellt hatte.

Holden schnaubte wie unser Bulle, sobald man im Stall zu nah an ihm vorbeiging, seine Hände ballten sich zu Fäusten. »Lächerlich. Jetzt verstehe ich auch, warum Mom dich nicht ausstehen kann, du …«

»Was ist denn das für ein Geschrei hier draußen?«, unterbrach Mom unser Gebrüll und ich war ihr beinahe dankbar für ihr Erscheinen. Ein Kloß hatte sich bei seinen letzten Worten in meinem Hals gebildet.

»Und rede keinen Unsinn, Holden«, wies Mom meinen Bruder zurecht. »Ich habe euch alle drei gleich lieb.« Das wiederum konnte ich mir nur schwer vorstellen. Wenigstens klang sie wieder vollkommen normal, eine Spur von Hektik lag vielleicht noch in ihrer Stimme, aber ihre Wut war glücklicherweise verraucht.

Holden musterte mich finster.

»Kayla und ich müssen gleich los nach Sacramento. Drückt uns die Daumen, dass eure Schwester gewinnt.« Dann wandte sie sich an mich. »Ach ja, Lainey, während wir weg sind, kannst du schon mal damit anfangen, deine Sachen aus deinem Zimmer in das von Holden zu schaffen. Dad stellt später dein Bett dort auf.«

»Was?«, fragten mein Bruder und ich gleichzeitig. Mein Mund

stand offen. Wieso sollte ich zu dieser Nervensäge ziehen? Wollte sie mich auf diese Weise bestrafen? Dann gelang ihr das voll und ganz. Mit diesem Blödmann ein Zimmer teilen zu müssen, galt als die größte Strafe, die ich mir vorstellen konnte. Ihre Ansage war doch hoffentlich nur ein Witz.

Mom seufzte. Ich sah ihr an, dass sie sich gerade nicht mit uns befassen wollte, aber diese Sache musste augenblicklich geklärt werden. Sie konnte nicht abreisen, ohne vorher klargestellt zu haben, dass sie uns nur veräppelte.

»Grandpa zieht am Wochenende bei uns ein. Er wird immer gebrechlicher und kann nicht mehr allein wohnen. Deswegen haben Dad und ich beschlossen ihn aufzunehmen und da kein Schlafzimmer mehr frei ist, müssen wir eben zusammenrücken.«

Simultan verschränkten Holden und ich die Arme vor der Brust. »Mom«, sagte er entsetzt. »Warum kann sie dann nicht bei Kayla wohnen?«

»Ja«, stimmte ich ihm zu. »Dann lass mich wenigstens bei Kayla schlafen.« Diese Lösung hörte sich immer noch besser an, als mit Holden zusammenzuleben. Wir würden uns sonst bestimmt schon in der ersten Nacht an die Gurgel gehen.

Mom schüttelte energisch den Kopf. »Es ist alles bereits beschlossen. Kayla hat so viel Stress im Moment, sie braucht auch mal Zeit für sich. Außerdem quasselt ihr zwei sonst nur die halbe Nacht miteinander und sie kann sich nicht richtig ausruhen. Du weißt, wie schnell sie Augenränder bekommt, wenn sie nicht ausgeschlafen ist. Nein – es bleibt dabei. Ihr beide teilt euch ein Zimmer und bis wir zurückkommen, hast du deine Sachen zu Holden geschafft. Ende der Diskussion.« Abrupt drehte sie sich um, und ging zurück ins Haus, während ich sprachlos dastand und die Welt nicht mehr verstand.

»Fasst du irgendwas von meinen Sachen an, bist du fällig«, zischte mir Holden ins Ohr, er war ähnlich aufgebracht wie ich.

Ein dunkler Wunsch raste durch meinen Kopf, der mich bis in mein Inneres schockierte, sodass ich kurz den Atem anhielt. Hastig verscheuchte ich diesen Geistesblitz, weil er schrecklicher nicht sein konnte. Hoffentlich stirbt Grandpa bald, dann bekomme ich mein Zimmer zurück. Ich schrak zusammen. Wie konnte ich so etwas Abscheuliches überhaupt denken?

Vivien musterte mich lang und anhaltend. Erst jetzt wurde mir klar, dass ich wohl längere Zeit geistig abwesend gewesen war.

»Huhu«, sie winkte vor meinem Gesicht herum, »Erde an Lainey.«

»Tut mir leid. Ich habe gerade an meinen Bruder gedacht.«

Vivien streichelte meinen Unterarm. »Er fehlt dir, nicht wahr?«

Ich nickte. »Ja, ich vermisse ihn so unglaublich.« Der Blödmann fehlte mir tatsächlich. Ich hatte ihn schon so viele Monate nicht mehr gesehen und mit jedem Telefonat das wir führten, wirkte er erschöpfter und deprimierter. Eine Heidenangst um ihn fraß mich innerlich auf.

»Weißt du, was am besten gegen traurige Gefühle hilft?« Energisch stand Vivien auf. Nur zögerlich erhob ich mich ebenfalls. Ihre quirlige Euphorie überforderte mich schlichtweg. »Was denn?«

»Ablenkung.« Achtlos warf sie ein paar grüne Scheine auf den Tisch. »Komm mit.« Vivien sammelte einen Teil der Tüten ein, die rings um uns herum verstreut auf dem Boden lagen und winkte mir, ihr zu folgen. Seufzend hob ich die restlichen Beutel auf und ging ihr nach.

»Wo willst du hin?«

»Zu Steven.« Sie deutete die Rolltreppe nach oben.

»Wer ist Steven?«

Vivien warf einen Blick auf ihre zierliche silberne Armbanduhr. »Wir haben gleich einen Termin bei ihm.« Sie grinste mich breit an. »Das heißt: du.«

Okay. Ich wusste zwar nicht, was Vivien jetzt schon wieder vorhatte, aber sie war schlichtweg nicht zu bremsen. Wir fuhren die Rolltreppe nach oben und landeten in einem stylishen Friseursalon.

KAPITEL 16

KAYNE

Wie hypnotisiert starrte ich auf die Zahlen und Tabellen die über meinen Laptop schwirrten. Obwohl ich mich mit aller Kraft auf die Monatskalkulation konzentrierte, kam ich keinen Schritt voran. Ob es eine gute Idee gewesen war, Vivien meine Kreditkarte mit den Worten: *Mach was aus der Kleinen,* in die Hand zu drücken? Im Prinzip war es mir nicht einmal darum gegangen, Lainey ein neues Outfit oder Umstyling zu verpassen. Ich wollte einfach nur nett zu ihr sein. Ihr was Gutes tun.

Ihr Natural Look gefiel mir großartig, die Kleine war schlichtweg perfekt und obendrein ein hervorragendes Kontrastprogramm zu meinem üblichen Beuteschema. Lainey vertrieb mir die Langeweile, welche mich schon seit geraumer Zeit umtrieb, die mich unruhig machte und flatterhaft. Sämtliche bisherigen Frauen, die mir in der Vergangenheit die Zeit vertrieben hatten, ähnelten sich auf unglaubliche Weise. Sogar rein optisch. Auch wenn Haarfarbe oder Körbchengröße selbstverständlich des Öfteren wechselten. Im Punkto Optik verhielt ich mich sowieso grundsätzlich großzügig, solange sie attraktiv aussahen, spielte der Rest keine große Rolle für mich. Worin sie sich jedoch allesamt glichen, passierte auf einer völlig anderen Ebene. In gewisser Weise verhielten sie sich ähnlich abgebrüht wie ich, sobald es um das Ausleben ihrer sexuellen Vorlieben ging. Meine ausgewählten Ladys spielten alles mit: die

Erschrockene, die Verängstigte, die Devote oder auch mal die Kokette. Wonach auch immer mein Herz begehrte, meine Spielpartnerinnen erfüllten mir in dieser Hinsicht jeden Wunsch, als hätte ich sie für einen Porno gecastet. Die Frauen meiner Vergangenheit waren Vollprofis und genau dieser Punkt ödete mich an. Ich hatte sowas von die Schnauze voll von ihnen, dass ich nicht mal ein geeignetes Wort fand, um zu beschreiben, wie es in mir aussah. Selbstverständlich mussten Sessions – vor allem die von mir bevorzugten – im unbedingten einvernehmlichen Rahmen ablaufen.

Klar wollte ich meine Gespielinnen ein Stückweit zu Fall bringen, sie jedoch nicht in Panik versetzen. Es ging mehr darum, sie mitzunehmen in meine düstere Fantasie, einer Mischung aus Verlangen und Leidenschaft, die durchaus auch auf einem gewissen Grad von Angst basierte. Lustvoller Angst, dieser kleine Unterschied musste sein. Mit Genuss tat ich ihnen all die pikanten Dinge an, von denen sie insgeheim träumten. Ich stellte ihre Realität auf den Kopf, und kitzelte die dunkelsten Sehnsüchte aus ihnen heraus, bevor ich genau diese allesamt wahr werden ließ.

Für sexuelle Beziehungen dieser Art war unbedingtes Vertrauen Voraussetzung. Vertrauen in den dominanten Part, sprich mich. Dazu absolute Hingabe der Devoten.

Wehmütig lehnte ich mich zurück und klickte auf meinem Kugelschreiber herum. Welche Sehnsüchte schlummerten wohl in der hübschen Lainey? Ich seufzte laut auf. Für derlei Spielchen war die süße und noch immer halbwegs unschuldige Kleine leider nicht gemacht. Und genau dieser Fakt kotzte mich tierisch an. Frustriert warf ich den Kugelschreiber auf die Schreibtischplatte und machte mich auf, für einen Abstecher in die Gentleman's Bar. Nichts vertrieb mir die schweren Gedanken besser, als der Anblick heißer leicht bekleideter Ladys, die mit ihren Reizen kokettierten.

Ich stiefelte die Treppe nach unten und öffnete die massive Holztür. Um diese Zeit, spätnachmittags, war im Club noch nicht viel los. Lediglich ein paar vereinzelte Gäste lümmelten an der Bar herum, wo sie sich von unseren Mädchen bespaßen ließen. Die Hintergrundmusik düdelte leise, nicht aufdringlich, glich fast einem rauchigen Flüstern mit einer lasziv untermalten Melodie. Grace hatte die Schicht hinter der Bar übernommen. Solange es gemäßigt zuging, konnte sie auch mit Armschiene locker Getränke ausschenken. Spontan beschloss ich, mir einen Bourbon on the rocks zu genehmigen und setzte mich auf einen der hohen Barhocker.

Neben mir war Anna mit einem untersetzten Kerl um die dreißig zugange, dessen braunes Stirnhaar sich bereits deutlich lichtete. Armes Mädchen. Aber bestimmt bezahlte er großzügig, denn sie ließ ihn widerspruchslos und schlüpfrig lächelnd eine Hand unter ihr enges rotes Top schieben. Durch den dünnen Stoff sah ich, wie er ihre pralle Brust knetete und dabei den Nippel zwirbelte. Sein genussvolles Stöhnen klang wie der Ruf eines Stieres nach einer willigen Kuh. Anna warf mir einen grimmigen Blick zu, bevor sie die Augen schloss und theatralisch den Kopf in den Nacken legte, als würde sie gleich kommen.

Wie es aussah, war sie immer noch nicht darüber hinweg, dass ich unsere kurze Liaison vor ein paar Monaten – zugegeben ein wenig zu abrupt – beendet hatte. Obwohl sie im Bett großes Talent besaß und stets eifrig zur Sache schritt. Leider hatte die Süße den großen Fehler begangen und Gefühle zu mir aufgebaut, die sie mir nach einem mittelmäßigen Fick dann auch noch gestand. Obwohl die Regeln wie immer von vornherein klar abgesteckt gewesen waren.

Sex ja!

Liebe no!

No no no, never ever!

Warum konnten sich Frauen nicht an die einfachsten Abmachungen halten?

Grace stellte mein Getränk vor mich auf den Tresen, die Eiswürfel klirrten leise gegen das Glas. Sie sah mich abwartend an. Ihre vollen, rot geschminkten Schlauchbootlippen verzogen sich zu einem warmen Lächeln und unwillkürlich kam mir ihr hervorragender Blowjob in den Sinn. Grace war in dieser Disziplin schlichtweg einzigartig, um nicht zu sagen unschlagbar. Obwohl. Ihre Performance wurde von einer einzigen Frau sogar noch übertroffen. Von Lainey. Noch nie in meinem Leben hatte mir jemand so gefühlvoll den Schwanz gelutscht, wie sie das getan hatte. Als hätte die Kleine ihre Seele in dieses kurzes Intermezzo hineingelegt. Dabei könnte ich schwören, dass sie es zum ersten Mal oral bei einem Mann gemacht hatte. Ich war ein riesengroßer Glückspilz.

»Was ist los mit dir, Kayne?« Grace musterte mich durchdringend. »Du wirkst abwesend und bedrückt, so habe ich dich noch nie erlebt. Als hättest du Liebeskummer.«

Ich prustete und nippte an meinem Bourbon, dessen mild würziges Aroma auf meiner Zunge zerrann. »Mach dich nicht lächerlich.« Wie kam sie auf diesen Schwachsinn?

»Stimmt es, dass Lainey bei dir wohnt?« hakte sie nach. Neugierde troff aus ihrer Stimme, wie Wasser aus einem nassen Schwamm.

»Falls du wissen willst, ob ich sie ficke, lautet die Antwort: ja.«

Grace lachte kopfschüttelnd, während ich im Augenwinkel bemerkte, wie Anna die Augen aufriss und mich erneut mit wütenden Blicken bombardierte. Demonstrativ wandte ich mich ihr zu und gab ihr mittels eines kurzen Winks mit dem Kinn zu verstehen, sich gefälligst wieder auf ihre Arbeit zu konzentrieren. Der Kerl schob seine schwielige Hand zwischen ihre Schenkel. Höchste Zeit für die beiden, auf ihrem Zimmer zu verschwinden.

»Du bist unmöglich, weißt du das?«, hörte ich Grace sagen und wandte mich ihr wieder zu. »Die arme Kleine. Sie ist noch so unschuldig.«

Was sollte dieser Kommentar bedeuten? War ich eine Art Monster oder was? Grace und ich kannten uns schon eine Ewigkeit. Bereits während meiner Collegezeit hatte ich meine mageren Ersparnisse bei ihr auf dem Straßenstrich gelassen. Als wir das Gentleman's Paradise eröffneten, hatten Aidan und ich sie kurzerhand mitgenommen. Mittlerweile waren wir enge Freunde.

»Es ist nur Vanilla-Sex, falls dich das beruhigt.« Mit einem großen Schluck leerte ich mein Glas. Diese diffuse Unzufriedenheit packte mich schon wieder, die ich nicht klar definieren konnte. Was war nur mit mir los?

»Sie ist so süß, Kayne. Verdirb sie mir nicht.« Grace schenkte mir ungefragt nach. »Ein Mädchen wie Lainey habe ich mir immer für dich gewünscht. Und jetzt, da Aidan seine Vivien hat, könntest du doch …«

»Hör auf damit«, fuhr ich sie schärfer an, als gewollt. »Du klingst wie meine Mutter.« Mein Hals zog sich unerwartet zusammen. Ich hatte keinen blassen Schimmer, wie meine Mutter in dieser Situation geklungen hätte und würde es auch nie erfahren.

Leider zeigte sich Grace wenig beeindruckt von meinem barschen Tonfall. »Du weißt, dass ich bisher noch keine einzige Frau ausstehen konnte, mit der du rumgemacht hast.« Theatralisch rollte sie mit den Augen.

Na ja. So schlimm waren sie auch wieder nicht, wie Grace tat.

»Diese eiskalten Klötze«, fuhr sie fort. »Diese Frauen ohne Herz und Gefühl, als wären sie Zombies. Was findest du nur an denen?«

»Oh, im Bett sind diese Frauen alles andere als Eisklötze, das kannst du mir glauben. Und nur fürs Protokoll: Wir beide ficken auch ab und zu.«

»Das ist was anderes.« Grace tätschelte mir die Wange. »Unsere Treffen sind kleine Freundschaftsdienste, nichts weiter.« Sie winkte ab.

Wie schmeichelhaft.

»Aber du brauchst doch auch mal eine Frau fürs Herz«, ließ sie nicht locker. »Jemanden an deiner Seite, mit dem du durchs Leben gehen kannst. Eine Frau, mit der du Kinder aufziehst und eine Familie gründest.«

Mich überkam das Gefühl, die Katze bekam ihr nicht. Seit sie Princess begluckte, waren hunderttausend Muttergefühle in dieser Frau erwacht.

»Du bist total verrückt geworden. Was für Zeug verschreibt dein Doktor dir? Ich gebe dir einen guten Rat. Setz deine Pillen ab, sie tun dir nicht gut. Du bekommst schon Halluzinationen.« Wie kam Grace bloß auf diesen ausgemachten Schwachsinn? Ich würde niemals im Leben eine Familie gründen, ich zog nicht mal eine Beziehung mit einer Frau ernsthaft in Erwägung. Lainey war meine Untermieterin sozusagen, ein netter kleiner Zeitvertreib, den ich hoffentlich bald loswurde.

»Verdammtes Mistvieh!« rief jemand hinter mir und ich warf

einen Blick über die Schulter. Judson stand neben der Bühne und hielt Princess am Nackenfell in die Höhe. Die Katze maunzte, während sie sich nach allen Seiten wandte und dabei versuchte, ihn mit den Krallen zu erwischen. Was machte der Kerl da?

»Princess«, hauchte Grace mit dünner Stimme und weit aufgerissenen Augen.

Ich stand auf und durchquerte mit großen Schritten die Bar, denn dieses Arschloch schüttelte das verängstigte Tier wie verrückt.

»Lass sofort die Katze los«, knurrte ich, als ich ihn erreicht hatte.

»Das Mistvieh hat eine tote Maus auf der Bühne abgelegt.« Er deutete auf einen Miniaturkadaver.

»Mäusefangen ist ihr Job, du Idiot. Dann schaff die Maus halt raus.«

»Sie hat den Nager von draußen reingebracht. Die Katze bringt dauernd Mäuse INS HAUS«, unterstrich er jedes einzelne Wort und versprühte vor lauter Rage Spucketropfen in der Luft. »Ein paar davon leben noch, treiben sich dann in der Bar herum und verenden in irgendeiner Ecke. Die Katze muss weg.«

Grace eilte zu uns. »Nein. Princess bleibt hier.«

Ich schnappte Judson am Kragen und zog ihn dicht an mich heran. »Ich sage es dir jetzt noch ein einziges Mal: lass das Tier los.«

Princess drehte sich fauchend in der Luft und verpasste Judson zwei Kratzer quer über die Wange. Der schrie schmerzerfüllt auf, bevor er das fauchende Fellbündel von sich schleuderte. Princess kam auf allen vier Pfoten gleichzeitig auf und suchte rasch das Weite. Noch immer hielt ich Judson am Hemdkragen fest. Meine Reaktion war vollkommen überzogen, und mir war trotz meiner Rage klar, dass ich nicht allein wegen der Katze derart heftig reagierte. »Fasst du die Katze noch einmal an, kannst du deine Sachen packen und abhauen, haben wir uns verstanden?

»Was?« Er wich mit dem Kopf zurück. »Du schmeißt mich wegen dem Mistvieh raus?

»Die Katze ist Eigentum des Hauses und du vergreifst dich nicht daran. An gar nichts, das mir gehört, so einfach ist das«, schob ich noch scharf hinterher, damit er auch ja verstand, worum es mir zwischen den Zeilen in Wahrheit ging und er kapierte sofort. Für den Bruchteil eines Wimpernschlages hoben sich seine Lider, während meine Warnung in sein Gehirn sickerte.

»Geht es dir tatsächlich nur um die Katze?«, fragte er und riss sich los.

»Hier geht es um Respekt vor meinem Eigentum.«

»Und was oder wer fällt alles in deinen Besitz?« Er klang abfällig. »Auch Lainey?«

»Du spielst nicht in meiner Liga, Judson.« Fuck. Diese Diskussion lief völlig schief.

»Bist du dir da so sicher?« Er taxierte mich mit einem abfälligen Blick und allein diese hauchdünne Provokation war dermaßen absurd, dass ich auflachte.

»Selbst wenn du mich wegen ihr rauswirfst, kannst du nicht verhindern, dass sie eines Tages erkennt, wo sie besser aufgehoben ist.«

»Und das ist bei dir?« Wut kochte in mir hoch. Wie redete der Scheißkerl mit mir?

»Was ist denn hier los?«, vernahm ich plötzlich Aidans Stimme und ächzte innerlich auf. Was wollte der ausgerechnet jetzt hier?

»Ich überlege gerade, ob ich Judson vor die Tür setzen soll«, gab ich Auskunft, ohne den Blick von meinem Widersacher zu wenden. Ein unangenehmes Gefühl stach mir in die Rippen, das ich noch nie zuvor verspürt hatte. Etwas wie Eifersucht züngelte durch meine Venen und kam so überraschend, dass ich kurz den Atem anhielt. War ich von allen guten Geistern verlassen?

»Eigentlich geht es um Lainey«, sagte Judson.

»Um Lainey?«, wiederholte Aidan und sah mich fragend an. Mist. »Ihr streitet euch um Lainey?« Nur mühsam verkniff sich Aidan ein breites Grinsen und ich wusste genau warum. Noch niemals zuvor war ich wegen einer Frau ausgetickt. Frauen waren für mich so auswechselbar wie meine Unterhosen. Wie war ich bloß in diese bescheuerte Diskussion geschlittert?

»Geh zurück an deine Arbeit, Judson«, beendete ich das Frage- und Antwortspiel. Solange ich noch nicht mit Lainey fertig war, würde Judson sowieso nicht zum Zug kommen. Ein

Blick in ihre Augen genügte, um zu erkennen, wie offensichtlich sie mich anhimmelte. Ich wollte ihre Zutraulichkeit nicht ausnutzen, das war nicht mein Stil - ganz und gar nicht. Doch dieser Kerl zwang mich zu einem Statement. Ich würde ihm klar und deutlich vor Augen führen, dass er sich bei der Kleinen ganz weit hinten anstellen konnte. Auch wenn ich mich mit dieser Aktion wie das mieseste Arschloch Nevadas, wahrscheinlich sogar der gesamten Vereinigten Staaten, aufführte.

»Mach schon.« Als Aidan ihm einen Wink gab, trollte sich Judson davon.

»Vorher schaffst du noch die tote Maus raus«, rief ich ihm hinterher, nur um ihn zu demütigen, bevor ich mich mit langsamen Bewegungen an Aidan wandte. Mein Geschäftspartner und bester Freund musterte mich verwundert.

»So aufgebracht kenne ich dich gar nicht. Und das wegen einer Frau?«

Ich rollte mit den Augen. »Nicht du auch noch. Wenigstens du solltest mich soweit kennen, um zu wissen, dass zwischen mir und diesem Mädchen nichts Ernsthaftes läuft.«

»Warum verhältst du dich dann wie ein Pascha?« Aidan hatte sichtlich Mühe Ernst zu bleiben. Er fand die Situation zum Totlachen, das wusste ich genau.

»Weil ich von Judson ein gewisses Maß an Respekt verlange. Ich bin sein Boss. Sollte Lainey irgendwann den Drang verspüren, mit ihm in der Kiste zu landen, werde ich sie garantiert nicht aufhalten. Sofern es jemals soweit kommt«, schob ich noch nach, denn allein die Vorstellung in Judson einen Widersacher zu sehen, klang dermaßen lächerlich, dass ich mich mit diesem absurden Gedanken gar nicht weiter befasste. »Lainey ist derzeit noch ganz unterhaltsam«, sagte ich. »Ihre natürliche Art ist erfrischend und ich mag sie als Mensch, muss ich zugeben. Aber auf lange Sicht hat sie mir nichts mehr zu bieten. Bald ist sogar der Punkt erreicht, an dem mich ihre Unerfahrenheit nicht mehr anmacht. Der Reiz verfliegt und ich kann nichts dagegen unternehmen. Du siehst, alles ist wie immer.«

»Du könntest ihr eine Chance geben«, verpasste er mir den völlig unnötigen, weil dermaßen bescheuerten Ratschlag.

»Eine Chance worauf?«

»Eine Chance darauf, dein Herz zu erreichen.«

Einen Moment lang sah ich Grace vor mir. Wie sie Princess bemutterte und dem Vieh Shrimps vor die Nase hielt, bevor sie das Fellknäuel an ihre Brust drückte. Dieser ausgemachte Blödsinn hätte locker aus ihrem Mund hervorquellen können. Ich musterte ihn durchdringend. »Wer bist du? Und was hast du mit meinem Kumpel Aidan gemacht?«

»Ich bin erwachsen geworden, Kayne, das ist alles.« Er schüttelte mitleidig den Kopf. »Seit ich Vivien liebe, haben sich meine Prioritäten geändert. Ich weiß mittlerweile, was wichtig im Leben ist und das sind garantiert keine kurzen Bettgeschichten …«

»Sagt der Besitzer eines Bordells«, beendete ich den Satz für ihn. »Vielleicht solltest du das Business wechseln und eine Datingplattform für Beziehungsgeschädigte eröffnen, inclusive psychologischer Betreuung.«

»Dann wärst du mein erster Kunde.«

Ich erkannte ihn nicht wieder. Wir standen uns gegenüber wie Fremde. Vor noch nicht allzu langer Zeit waren wir wie zwei Indianer gemeinsam durch die Frauenwelt gestreift, hatten alles erlegt, was uns vor den Bogen gelaufen war und jetzt machte er allen Ernstes einen auf Frauenversteher?

»Lainey ist nur ein netter Fick.« Mehr gab es nicht mehr zu erläutern. Eine ausufernde Erklärung war überflüssig und somit konnte dieses Thema von meiner Seite aus endgültig vom Tisch. Diese Frau hatte sich zu einer unterhaltsamen Episode gemausert, nichts weiter. Darüber hinaus empfand ich nichts, aber auch rein gar nichts für diese Unschuld. Das war eine Tatsache. Ein Fakt! Schluss aus.

Zu meinem großen Glück klingelte Aidans Handy und er kramte es aus seiner Hosentasche. Nach einem kurzen Blick auf das Display ging er ran.

»Was gibt's, Darling?«

Vivien hatte mich aus dieser unangenehmen Unterhaltung gerettet. Ich dankte ihr im Stillen. Aidan hörte ihr ernst und aufmerksam zu, dabei schweifte sein Blick immer wieder zu mir. Ein mulmiges Gefühl stieg in mir hoch.

»Alles in Ordnung?«, fragte ich halblaut, worauf er eine Hand zwischen sich und sein Smartphone hielt.

»Vivien sagt, sie versucht seit einer Ewigkeit dich zu erreichen, aber du gehst nicht ans Telefon.«

Ich tastete sämtliche Taschen ab. »Ich hab's im Büro liegen lassen. Was will sie denn?« Im Prinzip wollte ich so schnell wie möglich zurück an die Bar und mir einen Frustbourbon genehmigen. Vielleicht auch zwei oder drei - bevor Grace ihre vollen Lippen um meinen Schwanz legte, um mir zu beweisen, dass sie den Titel Blowjob-Queen tatsächlich unangefochten verdiente. Wäre doch gelacht, sollte ich Lainey nicht aus meinem System entfernt kriegen. Für diese Kleinigkeit benötigte ich lediglich einen erfrischenden Fick. Vielleicht sollte ich meine alten Kontakte durchforsten und eine meiner ehemaligen Gespielinnen für eine Session nach unten ins Verlies locken.

»Lainey hatte einen Unfall«, sagte Aidan.

Mein Herz blieb beinahe stehen, während mich blanke nackte Angst wie eine schwarze Wolke überwältigte. »Was ist passiert?«

Er telefonierte weiter und bedeckte dann wieder sein Smartphone mit der Hand.

»Irgendwas mit einem Auto. Vivien spricht so hektisch und abgehackt, ich verstehe sie kaum. Sie sind bei uns zu Hause«, warf er bündig in meine Richtung, ehe er wieder in den Hörer redete. »Darling, beruhige dich. Wie schlimm ist es? Wart ihr beim Arzt?«

»Ich fahre hin. Sag Vivien, ich bin in spätestens einer Stunde da.« Unter Auslassung sämtlicher Geschwindigkeitsbegrenzungen schaffte ich die Strecke sicherlich in der halben Zeit. Ich hielt inne, wartete auf weitere Informationen von Aidan, aber der Kerl kam nicht zum Ende.

»Ja, ich weiß, dass du mich schon seit Ewigkeiten zu erreichen versuchst«, hörte ich ihn sagen. »Ich hatte einen wichtigen Anruf, und konnte nicht rangehen. … Es tut mir leid, Honey.«

Vivien war vollkommen aufgelöst. Kein gutes Zeichen. Diese Scheißangst setzte sich tief in meinem Herzen fest und bearbeitete meinen Nacken mit feinen Nadelstichen, sodass ich kurzerhand durch die Bar nach draußen stürmte – zu Lainey.

KAPITEL 17

KAYNE

In etwas mehr als einer halben Stunde hatte ich mit meinem Ferrari den Weg aus der Wüste bis nach Las Vegas zurückgelegt. Mein absoluter Rekord. Überhastet war ich ohne mein Handy losgestochen und verfluchte mich für meine Dämlichkeit. Ansonsten hätte ich Vivien von unterwegs anrufen können. Zum ersten Mal wurde mir bewusst, dass ich Laineys Telefonnummer nicht kannte. Ich wusste nicht einmal, ob sie überhaupt ein Handy besaß, denn ich hatte sie bisher noch nie eins in der Hand halten sehen. Krass. Ich wusste tatsächlich rein gar nichts über diese Frau. Mir gefiel das zwar nicht, doch meine Angst um Lainey überschattete mein mulmiges Gefühl.

Mit ihrem Leben würde ich mich ein anderes Mal befassen. Vorerst zählte nur, dass es ihr gut ging, oder zumindest hoffentlich nicht schlimm um sie stand. Meine beschissenen Hände zitterten. Aidan hatte irgendwas von einem Verkehrsunfall geschwafelt. Weshalb zum Teufel befand sich Lainey dann nicht in der Notaufnahme? Was ging eigentlich in Viviens Kopf vor sich? Warum hatte sie eine verletzte Frau zu sich nach Hause geschleppt? Ich ergatterte einen Parkplatz direkt vor dem Haus, in dem Aidan und Vivien wohnten, sprang aus dem Wagen und hastete zur Eingangstür. Dort klingelte ich Sturm. Verdammt! Warum öffnete niemand? Schon wieder überkam mich eine höllische Angst um diese Frau.

Mein Herzschlag dröhnte dumpf bis hoch in meine Schläfen und pochte beinahe schmerzhaft in meinem Hals. Vielleicht waren sie doch noch ins Krankenhaus aufgebrochen. Allerlei Schreckensszenarien formten sich in meinem Kopf, die meine Beine schwer in den Boden drückten. Meine Mutter blitzte in meinen Gedanken auf, ganz unter dem Lastwagen verborgen. Lediglich ihre Füße lugten hervor und machten das Schreckliche sichtbar. Sie war auf der Stelle tot gewesen. Ich sah mich als kleinen Jungen über die Straße rennen, hörte mich schluchzen, schreien und weinen.

Selbst mit meinen elf Jahren hatte ich im Sekundenbruchteil erfasst, dass sie nicht mehr bei mir war. Dass dieses tonnenschwere Gefährt meine Mom zerquetscht hatte. Nur wegen mir. Nur wegen mir! Ich schluckte den Kloß im Hals weg, als mich eine Übelkeitswelle erfasste. Der herannahende Schock erfasste mich mit Wucht und zwang mich beinahe in die Knie. Oh, Gott. Diese Katastrophe durfte sich nicht wiederholen. Ich durfte nicht noch einmal eine Frau verlieren, die mir am Herzen lag. Ein zweites Mal würde ich einen solchen Verlust nicht verkraften. Ich betete stumm zu Gott um Gnade, während die Erinnerungen an diesen tragischen Moment vor so vielen Jahren mich umspülten, ehe sie mich in einem schweren Sog nach unten zwangen. Zurück in meine ganz persönliche Hölle aus Schuld und Sühne, aus der ich mich nur in guten Momenten befreien konnte. Noch einmal klingelte ich Sturm. Verdammt. Was sollte ich jetzt machen? Hier warten? Ein Telefon auftreiben und Aidan anrufen?

»Ja?«, nuschelte eine dünne Stimme durch die Sprechanlage und sämtliche zentnerschweren Gewichte fielen gleichzeitig von meinen Schultern ab.

»Vivien, ich bin es. Kayne.«

»Kayne?« Sie klang erstaunt. Was zum Teufel?

»Wie geht es Lainey. Lässt du mich rein?«

»Ähm, klar.« Als der Buzzer erklang, stieß ich die Tür auf und betrat das Treppenhaus in Richtung Fahrstuhl. Mein rasender Herzschlag beruhigte sich ein wenig. Vivien war zu Hause und sie benahm sich nicht hysterisch. Ich wertete ihre Reaktion als gutes Zeichen. Meine schweißnassen Hände indessen verrieten mir, wie aufgewühlt ich mich immer noch innerlich fühlte. Ich wollte Lainey in meine Arme schließen, um sie vor allem Schmerz und allem Bösen der Welt zu beschützen. Und zwar lebendig!

Oben angekommen stieg ich aus dem Fahrstuhl und stiefelte auf die offen stehende Wohnungstür zu.

»Vivien?« Ich ging durch den weitläufigen Flur. Die beiden bewohnten ein riesiges, topmodernes Penthouse, das sich über zwei Etagen zog.

»Wir sind im Wohnzimmer«, ertönte es aus einem der Räume. Als ich um die Ecke bog, fand ich Vivien und Lainey Sekt trinkend auf dem Sofa vor und benötigte einen Moment, um diesen unerwarteten Anblick einzusortieren. Um sie herum türmten sich Plastiktüten. Die beiden unterhielten sich miteinander, wie zwei Freundinnen beim Kaffeeklatsch, zwischendurch schlürften sie genießerisch die perlende Flüssigkeit aus ihren langstieligen Gläsern.

»Was zum Teufel hat das zu bedeuten?« Mit zwei großen Schritten war ich bei ihnen und deutete auf die offene Sektflasche, die mitten im Gewirr auf dem Tisch stand. »Ich dachte, Lainey hatte einen Autounfall und läge im Krankenhaus oder sowas in der Art und stattdessen hockt ihr auf der Couch und betrinkt euch?« Meine Stimme schwoll mit jedem Wort an. Am liebsten hätte ich Vivien auf die Füße gerissen und ordentlich durchgeschüttelt. Tickte die noch ganz richtig?

Vivien sah mich mit ihren großen grünen Unschuldsaugen an. »Wie kommst du darauf, dass Lainey im Krankenhaus liegt?«

»Aidan hat …«

»Aidan hat dir das erzählt?«, unterbrach sie mich ungläubig.

»Nun ja.« Ich stockte. Dieses Detail mit dem Krankenhaus hatte er in der Tat nicht erwähnt. Allein das Wort Autounfall hatte bereits ausgereicht, um mich derart zu triggern, dass genauere Nachfragen unterblieben. »Er sagte, Lainey wäre in einen Autounfall verwickelt.«

»Ja, die Ärmste.« Vivien streichelte Laineys Knie. Die Kleine wirkte total geknickt, Tränen glitzerten in ihren Augen.

»Vivien«, knurrte ich gereizt, so langsam platzte mir der

Kragen. Was zur Hölle ging vor sich? Ich nickte in Laineys Richtung. »Du siehst gesund und wohlbehalten aus.«

Sie lächelte matt. »Mir ist zum Glück nichts passiert.«

Ein noch nie dagewesenes Gefühl von Erleichterung mischte sich besänftigend in meine Aufgebrachtheit. Lainey ging es gut. Sie war nicht tot, offensichtlich nicht einmal verletzt. Meine stummen Gebete waren erhört worden. Dennoch wollte ich auf der Stelle wissen, weshalb ich mich in der letzten Stunde zum absoluten Trottel gemacht hatte.

»Aidan hat euch nicht erzählt, dass ich mich auf den Weg nach Las Vegas gemacht habe?«

Vivien schüttelte den Kopf. »Nein.«

Dieses Arschloch! Mein bester Freund hatte mich absichtlich auflaufen lassen, damit ich jetzt wie ein Vollidiot vor den beiden stand.

»Ich habe Lainey eine Runde in meinem Cabrio fahren lassen«, fing Vivien an und schüttete den Rest ihres Glases in sich hinein. Erst jetzt fiel mir auf, wie bleich sie aussah. »Anfangs hat das mit der Fahrstunde auch wunderbar geklappt, aber dann stand da plötzlich dieser Pfeiler im Weg.« Sie atmete tief durch. »Wie aus dem Nichts«, behauptete sie allen Ernstes und nur gehaucht.

»Wie aus dem Nichts? Ihr seid mitten in eine apokalyptische Pfeiler-Zombie-Invasion geraten, willst du mir verklickern?« Ich setzte mich ihnen gegenüber in einen Sessel, schnappte mir die Sektflasche und nahm erstmal einen tiefen Zug, obwohl ich sonst für das perlige Zeug nicht viel übrig hatte. Aber jetzt brauchte ich Alkohol in irgendeiner Form.

»Zumindest hat es sich so angefühlt. Er war plötzlich da.« Sie nickte, als wollte sie damit ihre abstruse Geschichte untermauern. »Und gegen den ist Lainey dann gestoßen.«

»Wie kann man am helllichten Tag in einen Pfeiler krachen? Wie viel hattet ihr da schon intus?«

»Nichts.« Vivien wehrte mit einer Hand ab, während Lainey weiterhin still blieb, als stünde sie unter Schock. »Lainey hat noch nicht viel Fahrpraxis gesammelt, deswegen …«

»Sag bloß, du hast keinen Führerschein«, grätschte ich dazwischen und sah Lainey scharf an. Statt einer Antwort schüttelte sie zaghaft den Kopf. Ihr Blick verweilte auf der Sektflasche, die ich noch immer festhielt, während sie ihr leeres Glas in beiden Händen drehte. Oh nein, Lady. Bevor die beiden mir nicht alles gebeichtet hatten, gab es keinen weiteren Schluck!

»Du hast Lainey ohne Führerschein und wie es aussieht ohne jegliche Fahrpraxis in der Stadt cruisen lassen? Bist du von allen guten Geistern verlassen, Vivien?«, schnauzte ich sie an. »Wie kann man so blöd sein?«

»Ja, ich weiß, das war nicht richtig«, ging Vivien fauchend in Verteidigungsposition über und verschränkte die Arme vor der Brust. »Wir waren einfach so super drauf und hatten einen Haufen Spaß.« Wie zur Entschuldigung deutete sie auf die vielen Tüten um mich herum, geschätzte hunderttausend. Himmel, Vivien hatte tatsächlich Ernst gemacht und die halbe Mall leergekauft. Hoffentlich befanden sich wenigstens ein paar ansehnliche Fummel darunter.

»Dann hat Lainey mir erzählt, dass sie noch nie in ihrem Leben hinter dem Steuer eines Autos gesessen ist, kannst du dir das vorstellen?«

Nein, konnte ich nicht. Ich nickte in Laineys Richtung. »Wo hast du bisher gelebt? Auf dem Mond? Oder haben sie dich nicht fahren lassen, weil alle wussten, dass du in einem Auto eine Gefahr für die Allgemeinheit darstellst?«

»Sei nicht so gemein, Kayne«, maßregelte Vivien mich. »Deswegen habe ich sie ans Lenkrad gelassen. Nur ganz kurz. Sie sollte nur einmal die Straße hinunterfahren, das war alles.«

Das durfte alles nicht wahr sein. »Warum mitten in der Stadt, Vivien? Wieso hast du die Fahrstunde nicht wenigstens in der Wüste abgehalten?«

Sie kniff die Lippen zusammen. »Warum. Warum. Jetzt ist es eben passiert.« Die Diva spielte auch noch die Beleidigte. Ich fasste es nicht.

»Was sagen die Cops?« Ich lehnte mich zurück.

»Wir haben schnell Sitzplätze getauscht«, ergriff Lainey leise das Wort und klang schuldbewusst. Wenigstens eine mit einem schlechten Gewissen. »Dann hat Vivien Aidan angerufen, weil wir nicht wussten, was wir tun sollten, aber sie hat ihn nicht erreicht. Danach haben wir es bei dir probiert, aber du bist auch nicht ans Telefon gegangen.«

»Deswegen also der Anruf.« Jetzt wurde mir einiges klar. Wäre ich nicht wie ein Besessener davongerannt, hätte Aidan mich über den genauen Unfallhergang aufklären können. Ich Vollidiot.

»Ein Fußgänger war so nett und hat einen Abschleppdienst gerufen, der uns dann nach Hause und mein verbeultes Auto in eine Werkstatt gebracht hat.«

»Und euch ist wirklich nichts passiert?«, hakte ich noch einmal nach.

»Uns geht es gut«, versicherte Vivien.

»Wenigstens etwas.« Ich betrachtete Lainey genauer. Erst jetzt fiel mir auf, dass sie verändert aussah. Ihr Haar stand nicht mehr wild und ungezähmt nach allen Seiten ab, sondern fiel in seidig schimmernden Locken über ihre Schultern. Ein Hauch von Makeup unterstrich die hübschen Konturen ihres Gesichts. Dazu trug sie schwarze Shorts, gepaart mit einem sexy roten Tanktop. Wow. Lainey sah heiß aus. Die Shoppingtour mit Vivien hatte sich eindeutig gelohnt. Wie erwartet hatte Aidans Freundin verdammt gute Arbeit geleistet.

Ich stand auf und sah Lainey auffordernd an. »Lass uns nach Hause fahren.« Scheiße, klang das vertraut.

»Okay.« Als wäre meine Aufforderung das Selbstverständlichste auf der Welt, erhob sie sich und begann mit dem Einsammeln der vielen Tüten, bevor sie zögerte. »Ähm, ich glaube, wir sind einem kleinen Kaufrausch verfallen. Es ist zu viel geworden. Ich kann einen Teil davon bestimmt wieder im Laden zurückgeben.«

Ich winkte ab. »Nein, schon okay. Mach dir keine Gedanken. Jetzt hast du hoffentlich ein paar anständige Klamotten für die Bar.« Ich ließ es so anklingen, als ginge es mir lediglich um ihre Clubgarderobe, denn ich wollte das merkwürdige Band der Vertrautheit durchschneiden, das sich zwischen uns entwickelte. In ihrer Gegenwart fühlte ich mich beinahe sentimental.

Ich schnappte mir die restlichen Tüten und half ihr, den ganzen Kram im Kofferraum meines Ferraris unterzubringen, bevor ich ihr die Beifahrertür aufhielt.

KAPITEL 18

KAYNE

Um einiges gemächlicher steuerte ich den Wagen über die staubige Wüstenstraße. Bislang war die Fahrt recht schweigsam verlaufen, denn die ganze Zeit über hielt Lainey die Hände auf dem Schoß gefaltet und betrachtete ihre zittrigen Finger. Fast schon machte ich mir Sorgen.

»Geht es dir wirklich gut? Oder willst du dich vorsichtshalber von einem Arzt durchchecken lassen?«

Abrupt hob sie den Kopf. »Nein, mir ist nichts passiert.«

»Was hast du dir nur dabei gedacht, ohne Führerschein mitten in der Stadt hinters Lenkrad zu steigen?«

Hilflos zuckte sie mit den Achseln, dabei verbiss sie sich tatsächlich ein kleines Schmunzeln. »Es hat Spaß gemacht. Wir hatten so super Laune. Vivien ist total nett und lustig. Ich habe diesen Ausflug mit ihr sehr genossen. Ich glaube, ich hatte noch nie in meinem Leben so viel Spaß wie heute. Wir haben so viel gelacht.« Sie blühte förmlich auf und stupste mich mit dem Ellenbogen an. »Wusstest du vorher schon, dass sie kaufsüchtig ist?«

Ich nickte gottergeben. Dank Aidan kannte ich Viviens ausgeprägten Hang zu Markenklamotten. Mein Geschäftspartner erfüllte seiner großen Liebe diesbezüglich nur zu gern jeden Wunsch und ich konnte ihn vollkommen verstehen. Vivien sah heiß in ihren Fummeln aus und dank ihres guten Geschmacks, hingen nun bestimmt auch bei Lainey ein paar sexy Klamotten im Schrank. Meine Hauptmotivation, musste ich zugeben. Ich mochte schick gekleidete Frauen um mich herum und beschenkte sie auch gern.

»Wahrscheinlich muss ich eine Hypothek auf das Gentleman's Paradise aufnehmen«, sagte ich gespielt geknickt, worauf sie kicherte.

»Ich habe Vivien gebremst soweit es mir möglich war, ansonsten hätten wir wohl einen Lastzug für unsere Einkäufe mieten müssen. Trotzdem habe ich ein schlechtes Gewissen. Wir hätten dich vorher fragen sollen, wie viel wir ausgeben dürfen. Ich kann dir diese enorme Summe niemals zurückzahlen.«

»Mach dir darüber keine Sorgen. Mir war klar, was passieren würde, sobald ich Vivien meine Kreditkarte in die Hand drücke. Aber was mich mehr verwundert: Wieso bist du noch nie in deinem Leben Auto gefahren?«

Lainey schluckte. »Auf der Farm bin ich öfter mit unserem Traktor durch die Gegend gekurvt, also ganz ohne Fahrpraxis bin ich nicht. Ansonsten hätte ich mich nie hinter das Steuer von Viviens Flitzer gewagt.«

»Du kannst mir nicht erzählen, dass deine Eltern kein Auto haben. Ich kenne nicht einen Farmer in Nevada, der keins besitzt, selbst der ärmste Schlucker fährt eins.«

Sie zuckte mit den Schultern. »Es hat sich nie ergeben. In die Schule bin ich mit dem Bus gefahren, und zu Hause brauchte ich keins.«

»Wie hast du dich dann mit deinen Freundinnen getroffen? Wenn ihr ein Eis essen wolltet, oder mal ins Kino gehen. Du musstest doch mobil sein.«

»Ich habe keine Freundinnen«, erwiderte sie schüchtern und zögerlich.

»Wurdest du in der Schule gemobbt?«

»Nein, es war alles in Ordnung.« Ihre Stimme schwoll an und zitterte, als hätte sie etwas zu verbergen. Ich glaubte ihr kein Wort. Irgendwas war faul an der Kleinen.

»Was war dann los?«

»Nichts.« Ihre Lider flatterten. »Ich bin nur gern für mich

allein, außerdem gab es so viel Arbeit auf der Farm, bei der ich mit anpacken musste. Viel Freizeit hatte ich nie.«

»Ich dachte, du hast Freunde in Las Vegas.« Wollte sie mich für dumm verkaufen? Ich hasste es, belogen und verarscht zu werden, nachdem ich selbst so gut wie immer mit offenen Karten spielte.

»Das sind Freunde meines Bruders.« Ihr Brustkorb bebte.

»Hör auf, mich anzulügen. Was stimmt nicht mit dir?« Vielleicht sollte ich doch ein paar Nachforschungen über Lainey anstellen, Yasha hatte damals ihre Daten notiert und ihre ID überprüft. Aber hinter anderen Menschen herzuschnüffeln war nicht mein Stil. Die große Lebensbeichte sollte aus ihrem Mund kommen. Früher oder später würde ich sie schon noch an diesen Punkt manövrieren, an dem sie mir alles freiwillig erzählte. Trotzdem wuchs meine Neugierde. Lainey hatte sich in ihrer Schulzeit nie mit Freunden getroffen, besaß keinen Führerschein, ging nie aufs College, war mit zweiundzwanzig noch Jungfrau gewesen. Sie hatte als Teenager nichts Normales unternommen, was Leute in ihrem Alter so taten. Wie konnte sowas möglich sein? Wo und wie hatte sie ihre jungen Jahre verbracht?

Immer wieder blieb mein Blick an ihrem Gesicht hängen. Ich mochte ihr natürliches Aussehen schon von Anfang an, mittlerweile allerdings hatte sich eine sexy Note dazu gemischt, die mich unglaublich antörnte. Leider mehr auf die dunkle Art und Weise. In meiner Fantasie sah ich sie mit ihren weit aufgerissenen Unschuldsaugen vor mir liegen, in denen sich Angst und Lust duellierten, während sie in demütiger Erwartung meinen Kommandos Folge leistete. Verdammt, ich wollte sie so gern vollständig in Besitz nehmen, und zwar auf eine derart verruchte Art und Weise, die ein Erdbeben in ihr auslösen würde.

Sie wäre schlichtweg perfekt für meine Zwecke, dennoch glaubte ich kein bisschen daran, dass sich Lainey jemals freiwillig auf meine Spielchen einlassen würde. Sie meinte zu ahnen, was in mir schlummerte, das wahre Ausmaß jedoch begriff die kleine Unschuld nicht. Ich beschloss unsere unschöne Debatte mit einem Kompliment zu beenden. Im Prinzip war mir Laineys Leben scheißegal, so traurig sich das auch anhörte. »Du siehst ausgesprochen hübsch aus. Was auch immer Vivien in den paar Stunden mit dir angestellt hat, es hat sich definitiv gelohnt.«

»Dankeschön.« Sie schenkte mir ein strahlendes Lächeln. Es war so niedlich, dass ich tatsächlich ein Stückchen für sie schmolz. Herrje, warum musste sie so unglaublich süß aussehen? Ich fuhr so total auf sie ab, dass mir himmelangst wurde. Bis – tja, bis ich den schwachen Hoffnungsschimmer in ihrer Iris wahrnahm, diesen ganz besonderen Ausdruck, der immer dann im Gesicht einer Frau aufleuchtete, sobald ihre Emotionen derart überquollen, dass sie diese nicht mehr unterdrücken konnte. Gar nicht gut. Im Normalfall waren wir nun an genau jenem Punkt angelangt, an dem ich die Reißleine zog und diese Frau aus meinem Leben entfernte, wie eine vollgesaugte Zecke. Leider war meine ansonsten zwar recht simple, aber äußerst effektive Vorgehensweise bei Lainey nicht möglich, denn sie wohnte in meinem Haus.

»Es tut mir leid, dass wir dir einen Schrecken eingejagt haben«, kam es zaghaft aus ihrer Richtung und instinktiv spannten sich meine Schultern an.

»Wärst du nach Grace auch noch ausgefallen, hätten wir ein Riesenproblem für den Bardienst gehabt. Außerdem habe ich heute wegen dir einen Haufen wichtige Zeit verplempert.«

»Oh«, ich hörte, wie sie schluckte, hart und die Tränen zurückhaltend. »Das hatte ich nicht bedacht, tut mir leid.«

Natürlich war mir klar, wie sehr meine Antwort sie verletzte und ich wusste selbst nicht, weshalb ich mich dermaßen fies aufführte. Am liebsten hätte ich alles mit einem gefühlvollen Fick wieder gutgemacht. Diese Form der Problembewältigung lag mir besser als ausufernde Debatten. Und zwar genau in der Art und Weise, wie mein Vanilla-Mädchen es mochte. Ein Mitleidsfick. So weit war es schon mit mir gekommen.

Ein schwerer Seufzer rang sich aus meiner Kehle, wie so oft in letzter Zeit. »Ich mag dich, das weißt du. Du bist nicht nur optisch mein Typ, ich unterhalte mich auch gern mit dir. Mir gefällt deine schüchtern-witzige Art und ganz besonders dein Lächeln.« Ich ließ einen Moment verstreichen und genoss ihren Anblick. Laineys Mundwinkel hatten sich gehoben und jetzt sah sie wieder so zuckersüß aus, dass mich das Verlangen nach einem Kuss durchströmte. Und zwar nicht irgendeinem, ich wollte ihr einen dieser tiefen, ehrlichen Küsse schenken, während ich ihr Gesicht in beide Hände nahm. Wow, an mir war wohl doch ein hoffnungsloser Romantiker verlorengegangen. Was für ein Mann ich wohl geworden wäre, wenn meine Mutter noch am Leben wäre? Hätte es tatsächlich für einen fürsorglichen Ehemann und Vater gereicht? Meine Gedanken verliefen sich in Gefilde, die ich noch nie zuvor betreten hatte und ließen mich fast in Panik ausbrechen. Hastig konzentrierte ich mich wieder auf die Straße und umschiffte eine überfahrene Klapperschlange.

»Warum hältst du mich dann immer auf Abstand?«, fragte sie.

»Ich kann es dir noch hundertmal erklären und du wirst es doch nicht verstehen«, erwiderte ich grob und krallte alle zehn Finger um das Lenkrad. »Was uns beide verbindet, reicht mir auf Dauer nicht.«

»Du gibst mir ja nicht mal eine Chance.«

»Du willst diese Chance nicht, glaub mir.«

Sie prustete. »Du bist manchmal so ein arrogantes Arschloch. Woher willst du wissen, was mir gefällt?«

Als ich beide Augenbrauen hob, rollte sie mit den Augen. »Vielleicht reicht mir das, was du mir bis jetzt zu bieten hattest, auf Dauer auch nicht. Schon mal darüber nachgedacht?«

Ihre vor Naivität überstrotzende Aussage schlug in meinem Kopf ein wie eine Bombe. Woher wollte ich wissen, ob meine Vorlieben ihr nicht doch gefielen? Es gab eine Zeit, da hatte ich selbst nichts davon geahnt.

»Ich wusste gar nicht, dass du so weit außerhalb wohnst.« Lisa Carrigan, die neben mir in Englisch saß und neu an meiner Schule war, sah sich interessiert auf der Farm meines Grandpas um. Ich folgte ihrem Blick und schämte mich ein bisschen für den windschiefen Zaun, der unsere Rinderherde nur halbwegs in Schach hielt. In regelmäßigen Abständen büxten die Viecher aus und flohen in die Wüste. Es kostete uns jedes Mal Stunden, sämtliche Kühe wieder einzufangen. Obwohl mein Grandpa immer dafür sorgte, dass genügend Essen auf dem Tisch

stand und mir in dieser Hinsicht nichts fehlte, war unser Verhältnis von Anfang an kühl gewesen.

Der alte Mann hatte kurz nach seiner Ehefrau auch noch seine einzige Tochter verloren und war vollkommen überfordert mit dem aufsässigen und verbitterten Jungen gewesen, den mein Dad ihm vor die Nase gesetzt hatte. Keiner fragte jemals, wie es mir dabei ging. Mir. Dem einsamsten Kind der Welt. Monatelang hatte ich nachts mein Kissen vollgeheult. Ich wollte meine Mom zurück, und zwar so sehr, dass es mich innerlich in Stücke riss. Der Schmerz in meiner Brust wütete und ließ sich nicht besänftigen. Ich hatte solche Sehnsucht nach meiner Mutter, wollte noch einmal in ihr lächelndes Gesicht sehen, nachdem ich aus der Schule kam.

Sie sollte mich mit nervigen Fragen über meinen Tag löchern und mich in den Arm nehmen, wenn ich traurig war. Sobald ich die Augen schloss, hatte ich ihren unvergleichlichen Duft nach Rosen und Keksen in der Nase. Sie hatte mir immer Kekse gebacken.

Diese unglaublich leckeren Chocolate Chip Cookies nach ihrem Geheimrezept. Mittlerweile konnte ich keine mehr sehen, allein der Anblick ekelte mich an. Seit dem Tag des Unfalls hatte ich nicht einen einzigen mehr gegessen. Allein beim Gedanken daran, drehte sich mir der Magen um.

Ich vermisste Mom so unglaublich, dass die Wunde in meiner Brust nicht heilte und immer wieder von neuem aufriss! Wie gern würde ich mich bei ihr für meine Ungezogenheit entschuldigen, dafür, dass ich nicht wie vereinbart vor dem Schulgebäude auf sie gewartet hatte. Sehnlichst wollte ich ihr erzählen, wie leid mir mein schlechtes Verhalten tat und dass ich alles wieder gutmachen würde. Von heute an wollte ich ein braver Junge sein, solange sie nur endlich wiederkam. Aber nichts ließ sich gutmachen, denn sie lag tief unter der Erde, war für immer verschwunden und hatte ihren kleinen Sohn als Halbwaise zurückgelassen. Die vergangenen fünf Jahre hatte ich mit einer Schuld verbracht, die mich bei lebendigem Leib auffraß und überlebte nur, weil ich den warmen Teil meines Herzens rigoros einfror. Bei genauer Betrachtung war ich mit elf Jahren ebenfalls gestorben.

Ich verscheuchte die trüben Gedanken, die mich immer wieder hinterrücks anfielen wie ein tollwütiger Hund und widmete meine Aufmerksamkeit der hübschen Lisa. »Die Farm gehört meinem Grandpa. Ursprünglich komme ich aus Los Angeles, mein Dad arbeitet als Filmproduzent in Hollywood«, spielte ich die Karte, auf die bisher jedes Mädchen sofort angesprungen war. Für irgendwas musste mein Arschloch von Vater ja brauchbar sein, wenn er mich schon vor fünf Jahren in diese Einöde abgeschoben hatte. Auch Lisa reagierte wie erwartet.

Der warme Wind umschmeichelte ihr hellblondes Haar und blies ihr einzelne Strähnen ins Gesicht. Sie erinnerte mich erschreckend an Jenny McDoney, der ich kurz vor dem Unfall meiner Mutter die Schultasche getragen hatte, sodass ich mich schwer zusammenreißen musste, sie nicht beim falschen Namen zu nennen. Ursprünglich hatte ich mich überhaupt nicht mit ihr verabreden wollen. Bei ihrem ersten Auftauchen in meinem Englischunterricht, versetzte ihr Anblick mir einen unglaublichen Schock. Eine Art Déjà-vus Erlebnis der allerschlimmsten Sorte, weshalb ich noch während der Schulstunde aus dem Klassenzimmer gestürmt war und mich in der Toilette übergeben musste. Als wäre sie eine Hiobsbotschafterin, gekommen, um mich für alle Ewigkeit an meine schreckliche Tat zu erinnern. Trotz allem jedoch zog mich irgendwas an diesem Mädchen magisch an. Sie war bildschön, mit ihrem schmalen Gesicht und den vollen geschwungenen Lippen. Anders als bei der kleinen Jenny von damals deutete sich unter Lisas engen Klamotten ein wunderhübscher fester Busen ab, der bei jeder Bewegung aufreizend wippte. Allein ihr Aussehen hielt mich nicht gefangen, es war mehr dieses Leuchten in ihren blauen Augen, welches mich nicht losließ. Ein Funken Verruchtheit lag darin, und viel zu viel Selbstbewusstsein. Ich wollte diese Seite an ihr unbedingt näher erforschen.

»Wow, dein Vater produziert echt Filme?« Ehrfurcht schwang in ihrer Stimme mit, gleichzeitig demonstrierte sie mir damit genau die Art von Interesse, bei dem ein Mädchen für alles bereit war. Trotz meiner sechzehn Jahre hatte ich in dieser Hinsicht bereits außerordentlich positive Erfahrungen sammeln dürfen. Selbstverständlich verkniff ich mir die Ergänzung, dass mein alter Herr lediglich stinklangweile Dokus drehte.

»Ja«, ich nickte ihr augenzwinkernd zu, in dem Bewusstsein, die hübsche Lisa schon in der Tasche zu haben.

Mit schwingenden Hüften kam sie auf mich zu, die Lider halb geschlossen und mit leicht geöffneten Lippen. Hingerissen beobachtete ich ihre sekundenschnelle Wandlung in einen lasziven Vamp. Hatte mich meine Ahnung doch nicht getäuscht. Unter Lisas Schulmädchenfassade lauerte ein verdorbenes Luder. Ich war nur allzu gern bereit, mich von ihr verschlingen zu lassen.

»Sucht dein Dad noch Schauspielerinnen?« Sie legte einen Finger auf meine Wange und strich sachte bis zum Hals. Meine Eier pulsierten heftig und nur mit Mühe hielt ich mich davon ab, auf der Stelle in meine Unterhose zu kommen. Ich keuchte verhalten auf.

»Ab und zu sucht er welche«, meine Stimme klang gepresst, ich hatte alle Mühe meinen Schwanz unter Kontrolle zu halten, ein schier aussichtsloses Unterfangen. Er drückte sich prall und schmerzhaft gegen meinen Reißverschluss. Hoffentlich bemerkte sie meinen Steifen nicht.

»Ich wollte schon immer mal in einem Film mitspielen«, hauchte sie nahe an meinem Ohr und ihr blumiger Maiglöckchen Duft stieg mir in die Nase. Wer von euch Bitches wollte das nicht. »Glaubst du, ich könnte bei deinem Dad mal vorsprechen?« Ihre Finger bahnten sich den Weg nach unten, sie spielte kurz mit meiner linken Brustwarze, ehe ihre Hand weiter in Richtung Bauch strich. Ich verglühte innerlich, entzündete mich selbst wie weißer Phosphor. Obwohl ich bereits mit Mädchen geschlafen hatte – die Daddy-Produzentenmasche zog hervorragend – kam ich mir bei Lisa wie eine blutige Jungfrau vor. Instinktiv spürte ich, dass noch weitaus mehr in diesem Mädchen schlummerte. Ein ganz anderes Kaliber wartete auf mich. Aus diesem Grund wagte ich einen ersten Vorstoß.

»Vielleicht frag ich ihn, falls du ganz lieb zu mir bist.« Meine Stimme klang quiekender, als mir lieb war. Ich stand Millisekunden vor einer wahren Orgasmus Explosion, obwohl sie noch nicht mal ihre Finger um meinen steifen Freund gelegt hatte.

Als ihre Hand meinen Gürtel erreichte, hielt ich ihre Finger fest. »Nicht mitten auf dem Hof. Mein Grandpa könnte jedem Moment aus dem Haus kommen.«

»Wo wären wir denn ungestört?«, flüsterte sie mir ins Ohr, in einem Tonfall, der mir klarmachte, dass sie zu allem bereit war.

Statt einer Antwort zog ich sie hinter mir her in Richtung Scheune. Ich öffnete die schwere Holztür und ließ sie zuerst hinein, ehe ich ihr folgte. Mit einem dumpfen Schlag fiel die Tür hinter uns ins Schloss und sperrte die grelle Sonne Nevadas aus. Wir brauchten eine Weile, um unsere Augen an die düstere Umgebung zu gewöhnen, aber dann deutete ich auf eine Leiter. »Da hinauf. Oben auf dem Heuboden sucht uns keiner.« Wie von selbst schweifte mein Blick über ihren ultrakurzen schwarzen Minirock und ihre langen schlanken Beine, bevor ich ihr wieder ins Gesicht sah. Ich würde sie als erste die Leiter hinaufklettern lassen … Allein die Vorstellung ließ meinen gebeutelten Schwanz wild zucken.

Lisas geschwungene Lippen verzogen sich zu einem frivolen Lächeln. Sie wusste genau, worauf ich aus war. Bedächtig kam sie näher und hauchte mir einen Kuss auf den Mund. »Nur wenn du dicht hinter mir bleibst, und aufpasst, dass ich nicht hinunterfalle.«

»Versprochen.« Als ich ihr einen festen Kuss auf die Lippen drücken wollte, entwand sie sich kichernd und erklomm die erste Strebe. »Du bekommst erst oben deine Belohnung.« Sie zwinkerte mir zu, bevor sie sich gewandt wie eine Trapezkünstlerin in die Höhe hangelte. Einen Moment des Zögerns später folgte ich. Während ich ebenfalls Strebe um Strebe erklomm, sah ich direkt zwischen Lisas schmale gebräunte Schenkel. Ihr Hintern war mehr als knackig, die Muskeln in ihren Arschbacken tanzten bei jeder Bewegung unter der Haut. Lediglich ihr weißes Höschen verdeckte die Aussicht auf ihre rosigen Schamlippen. Ich wollte unbedingt ihre Vagina erforschen, ihre Schenkel spreizen, damit ich mir ihre zarten Falten aus der Nähe betrachten konnte. Leider waren die Mädchen, mit denen ich es bisher getan hatte, trotz allem recht prüde gewesen. Ein bisschen Fummeln, mal die Hand ins Höschen tauchen, ihre Titten kneten. Mit viel Glück sprang manchmal danach noch ein kurzer Fick heraus. Lediglich Eliana Mendez hatte vorbildlich und ohne Ansage die Beine gespreizt, um sich auf einem Strohballen die Pussy lecken zu lassen und mir hinterher einen geblasen. Alles für die große Filmkarriere. Freizügiger waren meine Eskapaden allerdings nie geworden. Wie Lisa sich wohl anstellte?

Schwungvoll hievte sich Lisa von der Leiter hoch auf den Heuboden und entzog mir den freien Ausblick auf ihre privaten Stellen. Gleich darauf stand ich ebenfalls oben und ging sofort auf volle Konfrontation. Ich schnappte sie um die Hüften und zog sie so dicht an mich heran, dass ihr flacher Bauch über meinen bretharten Schwanz rieb. Ah, das war taktisch unklug gewesen. Als ich mich leicht krümmte, lachte das kleine Luder auf.

»Hast du ein Problemchen?«, fragte sie belustigt und formte einen sexy Schmollmund.

»Keines, das du nicht beheben könntest.« Ich presste meine Lippen auf ihren Hals und spürte ihren rasenden Puls. Sie war erregter, als sie vorgab zu sein. Von Vorteil zu wissen. »Du bist so heiß«, raunte ich und hinterließ mit meiner Zungenspitze eine feuchte Spur auf ihrer Haut, schmeckte einen Hauch von Salz, während ich eine Hand auf ihren Arsch legte und alle fünf Finger in ihre Haut drückte.

»Und du bist so ein hübscher Junge, Kayne. Aber du gehst ganz schön ran«, hörte ich sie dicht an meinem Ohr, gefühlvoll blies sie ihren Atem hinein, was mir bis in die Eichel vibrierte. Fuck, ich war schon wieder drauf und dran zu kommen, dabei wollte ich das in ihr tun.

»Ich kann mich bei dir nicht zurückhalten.« Ich verzierte die Ansätze ihrer Brüste mit Küssen.

»Was hältst du von einem kleinen Spiel?« Zärtlich streichelte sie meinen Nacken, bevor sie beide Hände in meinem Haar versenkte und meinen Kopf von ihrem Dekolleté löste. Wir sahen uns in die Augen, während meine Hand tiefer unter ihrem Rock verschwand. Sie ließ mich machen, und grinste frivol. Für den Bruchteil einer Sekunde erinnerte mich ihr Gesichtsausdruck an Jenny und mein Magen verknotete. Hastig verscheuchte ich das Trugbild und gab ihr flüchtig einen Kuss, während ich weiterhin ihren Hintern und die heiße Stelle zwischen ihren Schenkeln erforschte. Sie fühlte sich fantastisch an. Feucht. Warm. Begehrenswert.

»Was für ein Spiel schwebt dir vor?«

Ihr Blick schweifte an mir vorbei, ehe sie die Lider so langsam hob, dass ich hörbar schluckte. »Nimm mich. Mit Gewalt.«

Ich wich mit dem Kopf zurück. Hatte ich eben richtig gehört? »Was meinst du damit?«

»Vergewaltige mich. – Nur gespielt.«

»Ich soll dich vergewaltigen?« Ich benötigte einen Moment, um ihre Aussage sacken zu lassen - und einen weiteren. Ihre Bitte stellte etwas in mir an, als hätte sie ein Tor zur Hölle aufgestoßen, stoben Feuerlawinen und Funkenbögen aus mir heraus und über mir zusammen. Ich wollte dieses Mädchen dominieren, sie vor mir auf die Knie zwingen und mit ihr machen, worauf immer ich Lust verspürte. Den Sex mit ihr wie die längst fällige Bestrafung an Jenny McDoney zelebrieren. Ich würde nicht nachfragen, was genau Lisa mit ihrer Bitte bezweckte. Ein Blick in ihre funkelnden Augen genügte, um zu erkennen, dass ein paar ganz besondere Kinks in ihr schlummerten. Ihre

wachsende Erregung wirkte ansteckend und flog auf mich über wie ein Virusinfekt. Im Zeitlupentempo packte ich in ihr Haar und schloss meine Hand zur Faust, bevor ich ihr den Kopf in den Nacken zog und sie dicht vor mich zwang. Ein wahrhaft ergreifendes Gefühl. Ich ging nicht schmerzhaft vor, sondern fixierte sie lediglich vor meinem Körper. Ein Schatten von Angst vergrößerte ihre Pupillen und genau dieser Ausdruck brachte mir den größten Kick ever - und ihr allem Anschein nach ebenso. Denn sie hatte nicht die geringste Ahnung, was ihr bevorstand. Die nichtsahnende Lisa hatte sich mir mit ihrer Bitte vollkommen ausgeliefert. Und genau diese unsichtbare Grenze machte den Reiz aus. »Zieh deinen Rock und den Slip aus. Sofort.«

Ein winziges Lächeln hob ihre Mundwinkel. »Bitte nicht«, hauchte sie mit vor Erregung zittriger Stimme. »Du hast gesagt, wir würden nur reden.«

Sie spielte die Verängstigte verdammt echt, das gefiel mir.

»Mir ist nicht nach Reden, ich werde dich jetzt ficken und zwar auf die Art und Weise, auf die ich Lust habe. Solltest du dich wehren, kann ich ausgesprochen böse werden.« Scheiße, an meinen bedrohlichen Ansagen musste ich noch arbeiten. Als ich ihr in die Schamlippen kniff, stöhnte sie leise. Der Slip war mit ihrem Saft durchtränkt. »Du willst mich nicht wütend erleben, glaub mir.«

»Was hast du mit mir vor?«, fragte sie heiser.

»Ich schnappe mir gleich eines der Seile, die dort hängen, lege dich übers Knie und verpasse deinem Arsch ein rotes Muster.«

»Bitte nicht, ich mache auch alles, was du willst. Aber bitte tu mir nicht weh.«

Ich ließ von ihren Haaren ab. »Zieh dich aus«, befahl ich kalt und liebte diesen Befehlston an mir.

Lisa leckte sich lasziv die Lippen, bevor sie ihr rosafarbenes Top über den Kopf streifte und es zu Boden fallen ließ. Jetzt wusste ich auch, weshalb ihre hübschen Äpfelchen bei jeder Bewegung hüpften. Sie trug keinen BH und benötigte auch keinen. Zwar waren ihre Titten nicht sonderlich groß, aber sie standen fest nach vorne, gekrönt von rosa Nippeln, hart wie Kieselsteinchen.

»Den Rock auch.« Ich nickte in ihre Richtung. »Oder soll ich den Strick über deine Haut tanzen lassen?« Ich zerrte das Seil von der Querstrebe, faltete es einmal in der Mitte und zog es mit beiden Händen stramm.

»Nein, bitte nicht.« Hastig streifte sie den winzigen Rock über ihre Hüften, ihr Slip folgte und hing um ihre Knöchel. Lisas Rundungen waren atemberaubend und schlichtweg perfekt, ein hübsch getrimmter hellbrauner Streifen zierte ihre ansonsten glattrasierte Pussy.

»Was hast du vor? Was willst du mir antun?« Sie klang so unglaublich heiß, dieses verfluchte Spiel brachte mich auf Hochtouren wie noch nie etwas zuvor.

»Knie dich hin und zwar mit geöffneten Beinen, damit ich mir deine Pussy besser betrachten kann und dann spreizt du deine Schamlippen für mich.«

Sie sog scharf die Luft ein. »Sowas kannst du nicht von mir verlangen. Das ist abartig.«

Statt einer Antwort holte ich aus und ließ das Seil auf ihre Schulter knallen. Nicht fest, ausreichend jedoch für eine blassrosa Strieme. Sie zuckte zusammen.

»Du willst es nicht anders. Tu was ich dir sage, falls du deiner Mutter heute Abend nicht erklären möchtest, warum du nicht mehr sitzen kannst.«

Wie in Zeitlupe sank sie auf die Knie.

»Setz dich auf deine Fersen, spreiz die Beine und zeig mir alles.«

Lisa sank zurück und schob gehorsam die Knie auseinander. Ihre Schamlippen öffneten sich einen Spalt und ich bemerkte sofort die Feuchtigkeit auf den Innenseiten ihrer Schenkel glänzen. »Ich kann mich nicht selbst zwischen den Beinen berühren.« Sie klang flehentlich, beinahe wie Musik in meinen Ohren. Als hätte ein Virtuose eine wundervolle Ouvertüre anklingen lassen.

»Du tust auf der Stelle, was ich dir sage.« Erneut ließ ich das Seil durch die Luft sausen und traf dieses Mal ihren Oberschenkel. Ein zischendes Geräusch verließ ihren Mund. »Wie weit wirst du gehen?«, fragte sie mit einem Anflug von Panik in der Stimme. Langsam dämmerte der Guten, dass sie sich mir vollkommen ausgeliefert hatte.

»Das wirst du schon noch sehen, Cherie.« Mein Grinsen war teuflisch, ich spürte es genau. Ihre Situation brachte mir eine ungeahnte Genugtuung, obwohl ich nicht vorhatte, sie in irgendeiner Art zu verletzen oder sie tatsächlich zu vergewaltigen. Ein Stopp oder Nein aus ihrem Mund und die Sache war auf der Stelle beendet. Game Over.

Ihre Hände zitterten, als sie ihre Schamlippen auseinanderzog und mir ihr gedehntes feuchtes Loch präsentierte. Wenn sie wüsste, wie sexy sie gerade aussah. »Das kannst du besser. Ich will alles sehen.«

Mein Schwanz meldete sich wild pochend zu Wort, erklärte mir vehement, dass er diese herzallerliebste Pussy auf der Stelle kapern wollte. Aber noch war ich nicht soweit, noch hatte ich - Jenny – nicht ausreichend bestraft. Ich machte die interessante Entdeckung, dass es für deren Bestrafung keine Rolle spielte, welche Frau vor mir stand.

Lisas empfindliche Haut spannte extrem, so fest zog sie an ihren Schamlippen. Der süße Kitzler war angeschwollen und dunkelrot. Lisa gefiel ihre schamlose Pose genauso spitze wie mir, da brauchte sie mir nichts vormachen.

»Du hast eine sehr hübsche Pussy. Zu schade, dass du keine Jungfrau mehr bist.«

Sie warf den Kopf in den Nacken und ließ ihr helles Haar über den Rücken gleiten. »Bitte, tu mir nicht nochmal weh.«

Ich trat dicht an sie heran und streichelte mit dem Seilende über ihre Schulter. »Das kommt ganz darauf an, wie brav du dich verhältst.« Mit der anderen Hand strich ich zärtlich über ihren Busen, der sich stramm in meine Handfläche schmiegte. Als ich mit Daumen und Zeigefinger fest ihre Brustwarze zwirbelte, entlockte ich ihr ein langgezogenes Stöhnen. »Du magst es gar nicht sanft, stimmt's?« flüsterte ich ihr ins Ohr.

»Du lässt mir keine andere Wahl«, spielte sie mit. »Ich muss tun, was immer du von mir verlangst.«

»Ganz richtig.« Ich nickte und ließ von ihr ab. »Mach meine Hose auf und hol meinen Schwanz raus.«

Ihre Augen weiteten sich, dennoch öffnete sie brav Gürtel, Knopf und Reißverschluss und entließ mein malträtiertes Glied in die lang ersehnte Freiheit. Prall und steil reckte es sich ihr entgegen. Ein Lusttropfen glänzte auf meiner Spitze.

»Leck meinen Schwanz sauber«, befahl ich barsch, worauf sie gehorsam die Lippen öffnete und von meiner Eichel kostete wie von einer reifen Erdbeere. Scheiße, fühlte sich das geil an! Meine Hoden zogen sich zusammen und ein absolut krasses Ziehen wand sich durch meinen Unterleib bis hoch in den Bauch. Keuchend zog ich mich zurück, sonst wäre ich sofort in ihr Gesicht gekommen.

»So ist es brav. Und jetzt gehst du auf alle Viere, legst deine Wange

am Boden ab und streckst den Arsch schön in die Höhe. Die Knie schulterbreit gespreizt.«

»Das ist nicht dein Ernst!« Sie klang bestürzt. Noch immer hielt sie ihre Schamlippen weit gespreizt. Prüfend strich ich mit den Fingerspitzen durch ihre Vagina, worauf sie hochzuckte. Sie war so unglaublich nass, das gestraffte Fleisch fühlte sich zum Verlieben an. Lisa war mir als Mädchen zwar scheißegal, aber ihre Vagina verzauberte mich. Ich kniff sie fest in die linke Schamlippe, ehe ich erneut ihren Kopf an den Haaren nach hinten zog und ihren Hals überstreckte. Von oben herab sah ich ihr direkt in die Augen. Langsam machte sie mich mit ihrer Verweigerungshaltung extrem sauer und das fühlte sich endlos geil an. Wie von selbst schlang sich meine andere Hand um ihre Kehle ohne Druck auszuüben. »Du tust auf der Stelle, was ich dir sage. Langsam verliere ich meine Geduld mit dir.«

Lisa biss sich auf die Unterlippe, ehe sie schließlich nickte, worauf ich wieder von ihr abließ. Das Luder ließ sich Zeit, wackelte aufreizend mit den Hüften, bevor sie es sich schließlich auf allen Vieren bequem machte. Gekonnt demütig senkte sie den Kopf und reckte brav das Hinterteil in die Höhe. Auf der Suche nach einer angenehmeren Position, rutschte sie auf dem verstreuten Heu hin und her. Beinahe ehrfürchtig sank ich nach unten, während Lisa mir ihre nasse Pussy von hinten präsentierte und sog ihren erregten Duft tief in meine Lungen. Welch köstliches Aroma sie verströmte. Ich holte aus und klatschte ihr mit der flachen Hand auf den Arsch.

»Autsch«, schrie sie auf. Sie wusste, sie hatte keine Chance. Ob sie wollte oder nicht, sie musste mir alles zeigen, sich schonungslos offen vor mir präsentieren. Schon wieder flackerte Jennys Bild vor meinen Augen. In allen Einzelheiten stellte ich mir vor, wie ich sie packte und für alles bestrafte, was sie mir angetan hatte.

»Bewegst du dich auch nur einen Inch, versohl ich dir den Hintern. Du hältst hübsch still, damit ich dich in aller Ruhe inspizieren kann, kapiert!«

»Ja«, hauchte sie, ihre Schenkel zitterten. Eine fast schon demütigende Pose, in die ich sie gezwungen hatte, dennoch schlichtweg wunderschön. Ohne Vorwarnung setzte ich meinen gepeinigten Schwanz an ihrem Eingang an, bevor ich grob und tief in sie stieß. Sie ächzte zwar auf, streckte mir jedoch begierig ihr Hinterteil entgegen. »Fester, Kayne«, keuchte sie.

Immer wieder drang ich schnell und kräftig in sie ein, während meine Hand wie von selbst wieder zu ihrer Kehle fand. Ich packte grober zu als vorhin und überstreckte ihren Hals, während ich sie wild und ungezügelt fickte, bis Lisa mir einen mehr als aufregenden Orgasmus schenkte.

»Kayne«, holte Laineys leise Stimme mich zurück in den Wagen und ich war heilfroh über diese Unterbrechung. Jahre schon hatte ich nicht mehr an mein kurzes Techtelmechtel mit Lisa gedacht und Jenny ebenfalls erfolgreich aus meinem Bewusstsein verdrängt.

»Ja?« Mein Blick schweifte zu Lainey, ehe ich mich wieder auf die Straße konzentrierte.

»Du schuldest mir noch eine Antwort.«

Herrje, sie sah so niedlich aus. Wie Lainey nervös ihre Hände knetete, als wäre sie per Anhalter in das Fahrzeug eines Fremden gestiegen, vor dem ihr nun himmelangst war. Ich mochte diese Vorstellung. Ein kreatives Setting für eine kleine Session, die ich vielleicht irgendwann einmal mit einer gleichgesinnten Gespielin ausleben durfte.

»Ich schulde dir überhaupt nichts«, erwiderte ich barsch und hätte meine Worte am liebsten zurückgenommen. Sie wirkte geknickt, dabei hatte es sie Hundertprozent einen Haufen Überwindung gekostet, sich überhaupt soweit vorzuwagen. Ich sollte ihre Tapferkeit honorieren.

»Cherie.« Ich betätigte den Scheibenwischer, denn ein paar schwere Tropfen platschten auf meine Windschutzscheibe, einer der seltenen Regenschauer der Wüste Nevadas entlud sich soeben über uns. »Ich mag es, einer Frau beim Sex wehzutun.«

Lainey riss die Augen auf. Exakt diese Reaktion hatte ich zwar erwartet, aber nicht bereits beim ersten Satz. Ich hatte mit meinen Erläuterungen noch nicht mal richtig begonnen und bezweifelte umgehend, dass meine schonungslose Ehrlichkeit von ihr honoriert wurde.

»Es gibt einen Unterschied zwischen Schmerz und Lustschmerz«, erklärte ich weiter, da die Ärmste sich nicht rührte. »Es ist nur eine härtere Spielart, um es genauer zu beschreiben. Ich mag es, einen Flogger oder eine Gerte über den gefesselten Körper einer Frau tanzen zu lassen. Nicht um sie zu verletzen, sondern damit meine Gespielin ihren Körper mit allen Sinnen wahrnimmt.« *Und der Sadist in mir sich ausleben kann.* Diese Kleinigkeit behielt ich selbstverständlich für mich. Ich musterte die beängstigend stille Lainey einen Wimpernschlag lang. »Selbst du unschuldiges Vanilla-Mädchen würdest Seiten an dir entdecken, von denen du bisher nicht gewusst hast, dass sie überhaupt in dir schlummern.« Den letzten Satz schuldete ich mehr meiner eigenen Sehnsucht, als meiner Fähigkeit des Gedankenlesens.

»Und wenn sie den Schmerz nicht aushält?« Schüchtern und leise schlüpfte jedes einzelne Wort aus ihrem Mund. Sie musste sich sichtlich überwinden, mir eine Frage zu stellen. Lainey hatte Null Vertrauen in mich, stellte ich fest. Jammerschade.

»Sie kann die Session jederzeit beenden, indem sie ihr Safeword ausspricht.« Ich lächelte ihr aufmunternd zu. Immerhin betraten wir Neuland für die Süße. »Aber bis jetzt war das noch nie nötig. Die Frauen, mit denen ich mich treffe, lieben meine Spielchen genauso wie ich. Sie wissen, worauf sie sich bei mir einlassen und wollen genau das, was ich ihnen gebe.« Und exakt jener Punkt sorgte schnell für endlose Langeweile. Wohlweislich verschwieg ich Lainey diese Einsicht ebenfalls.

»Ein Safeword?«

Himmel, sie war noch unbedarfter, als ich befürchtet hatte und gleichzeitig törnte mich ihre ungespielte Naivität so verflucht an.

»Wir vereinbaren vorher ein Wort, welches die Frau jederzeit während einer Session aussprechen kann. Sagt sie es, ist das Spiel sofort vorbei. Ich würde niemals irgendetwas gegen den Willen einer Frau tun, egal wie hart unsere Spielchen auch werden.«

»Ich verstehe.« Sie nickte. »Alles geschieht im gegenseitigen Einvernehmen.«

»So ist es.« Eine Adrenalinwelle flutete sachte meinen Körper bei der Vorstellung von bösen heißen Sessions mit der ans Bett gefesselten Lainey. Blöderweise kannte sie bisher lediglich die halbe Wahrheit. Klar mochte ich die üblichen kleinen sadistischen Sperenzchen, die sich auch bei unseren Kunden im

Gentleman's Paradise äußerster Beliebtheit erfreuten. Ich trieb eine Frau gern an ihr Limit. Extra für solche Zwecke hatten wir diverse Motto-Playrooms in den Kellerräumen des Clubs eingerichtet. Aber worauf ich ganz besonders abfuhr, war etwas vollkommen anderes. Ob ich mich tatsächlich offenbaren sollte?

»Ich glaube, ich hätte Lust, eine Session mit dir auszuprobieren«, hörte ich Lainey sagen und war nicht einmal überrascht. Viele Frauen waren bis zu einem gewissen Grad experimentierfreudig im Bett, die eine mehr, die andere weniger und in ihren Fantasien übernahmen sie sowieso immer die Zügel. Egal, ob eine Frau von einer Vergewaltigung träumte, oder sich einem dominanten Mann vollkommen unterwarf, das Drehbuch dazu entwarf immer sie. Sie suchte in ihren Gedanken den Hauptdarsteller aus und sie allein entschied in ihrem Kopf, in welcher Art und Weise sie genommen werden wollte. Meine Aufgabe bestand lediglich darin, ihr jede einzelne geheime Sehnsucht so drehbuchgetreu wie möglich zu erfüllen. So lief das Spiel. Unterwerfung, Lustschmerz und kribbelnde Furcht bis zu einem gewissen Punkt ja. Auf jeden Fall! Todesangst und Panik nein. Zu keiner Zeit. Niemals!

»Ich nehme Frauen gerne mit Gewalt«, ließ ich die Bombe vollends platzen. Meine Schultern spannten sich an.

»Was?« Sie klang zutiefst geschockt und drückte sich mit dem Rücken gegen die Wagentür.

»Ich stehe auf Vergewaltigungs-Rollenspiele«, schwächte ich meine Aussage ab. Hoffte ich zumindest.

»Gespielt also?« Ihre Atmung setzte wieder ein. Gut für ihren Organismus.

»Selbstverständlich nur gespielt«, erwiderte ich leicht gereizt. Wofür hielt sie mich? Einen gestörten Triebtäter? »Trotzdem müssen diese Treffen möglichst echt ablaufen. Dabei geht es hart zur Sache, denn ich dulde keine Widerspenstigkeit.«

»Außer sie sagt das Safeword.« Es klang, als würde sie sich vergewissern.

»Spricht sie das Wort aus, gleicht das einem Cut und ich höre sofort auf.« Ich schenkte ihr ein warmes Lächeln. »Süße, diese Spielchen können für eine Frau sehr prickelnd ablaufen, sofern der Kerl die Sache richtig anpackt. Es gibt tausend verschiedene

Spielarten im Bett, das ist nur eine davon. Genau genommen finden die meisten meiner Sessions nicht einmal in einem Bett statt.« Ich streichelte ihr mit den Fingerknöcheln über die Wange. »So, meine süße unschuldige Lainey, jetzt weißt du, warum du ein Vanilla-Sex Mädchen bist und das ist auch vollkommen in Ordnung. Deine Vorzüge sind nur leider auf Dauer nicht befriedigend für mich.«

»Spiel mit mir.« Ihr Brustkorb hob und senkte sich in schnellen Abständen. Ein Hauch von Röte schimmerte auf ihren Wangen. »Ich möchte ein paar Rollenspiele mit dir ausprobieren.«

Was? Ich bremste sachte und bog an einer Kreuzung links ab. Noch immer prasselte der Regen vom Himmel. »Cherie«, sagte ich schließlich, als ich mich gefasst hatte. Mit allem hatte ich gerechnet, aber nicht mit einer derart positiven Reaktion auf meine kranke Beichte. »Ich denke nicht, dass es dir tatsächlich ernst ist. Und falls es dich beruhigt, ich werde auch in Zukunft nichts an irgendwelche Bedingungen knüpfen. Wie abgemacht, kannst du in nächster Zeit bei mir wohnen, bis wir eine Lösung gefunden haben, und zwar ohne Gegenleistung. Du musst dafür nichts tun. Solange du deinen Job in der Bar gewissenhaft erledigst und keinen Ärger verursachst. Wir können auch weiterhin stinknormalen Sex miteinander haben. Ich habe kein Problem mit einem sanften Fick hin und wieder. Somit besteht für dich kein Grund zur Sorge.«

»Ich will es wirklich, Kayne.« Ihre Augen sprühten über, so lebendig und leuchtend hatte ich sie noch nie zuvor erlebt. Sie glühte richtig von innen. »Ich möchte meine Grenzen überschreiten, bitte.« Als sie ihre warme Hand auf meinen Oberschenkel legte, hielt ich einen Moment den Atem an, mit einem Gefühl, als hätte sie mir einen elektrischen Schlag verpasst.

»Ich möchte neue Erfahrungen sammeln – und zwar mit dir. Falls du glaubst, ich würde dir diesen Vorschlag nur machen, um dich herumzukriegen, liegst du falsch. Gerade jetzt denke ich nur an mich.« Ihre Haltung veränderte sich. Von dem kleinen eingeschüchterten Häschen, das sich eben noch neben mir auf dem Beifahrersitz zusammengekauert hatte, hin zu einer abenteuerlustigen Frau, der aus jeder Faser ihres Körpers die Neugierde strömte. Sie wollte tatsächlich spielen. Was jetzt? Mit dieser Reaktion hatte ich im Traum nicht gerechnet.

Ich bog in meine Einfahrt ab und ließ den Ferrari ausrollen, bevor ich vor dem Haus bremste und den Motor ausmachte. Das kräftige Brummen verstummte augenblicklich, während ich den prasselnden Regen auf meiner Windschutzscheibe betrachtete. »Ich überlege es mir, okay?« Ich wollte sie wenigstens eine Nacht über ihren überstürzten Entschluss schlafen lassen. Wider Erwarten hatte sie dermaßen schnell zugestimmt, dass ich eine Art Kurzschlusshandlung hinter ihrer voreiligen Reaktion vermutete. Am Ende hatte sie sich beim Unfall doch den Kopf gestoßen.

»Okay.« Sie klang enttäuscht.

Nachdem ich mich abgeschnallt hatte, stieg ich aus dem Auto, umrundete die Motorhaube und öffnete für Lainey die Beifahrertür. Galant hielt ich ihr die Hand hin und half ihr aus dem Wagen, während lauwarme Regentropfen mein weißes Hemd durchnässten und über mein Gesicht rannen. Sofort wurde auch sie nass, was unglaublich sexy aussah. Wasserperlen glänzten auf ihren nackten Armen und tropften von ihrem Kinn. Wir sahen uns in die Augen, unsere Blicke verhakten sich, wurden intensiver, tiefer, sodass ich mich nicht von ihrem Anblick lösen konnte. Sie hielt mich regelrecht gefangen. Ich sog jede Kleinigkeit ihres hübschen Gesichts in mich auf, ihre Züge waren so weich, ihre Augen funkelten derart verlangend, dass ich eine Hand um ihre Hüfte legte und sie an mich zog, während ich mit der anderen die Tür zustieß. Schwere Tropfen verfingen sich in ihren gezähmten Locken, rannen über ihre Wangen und ließen mein Herz schneller schlagen. Scheiße, sie war einfach perfekt. So natürlich. So jung. So frisch.

»Du bist so sexy«, raunte ich, bevor meine Lippen auf ihre krachten und meine Zunge ihren Mund eroberte. Sie sich mit ihrer in einem wilden Spiel verfing, während ich Lainey an den Schenkeln hochhob und auf den Kotflügel setzte. Ihre Hände umschlossen meinen Nacken, strichen gewohnt zärtlich über meine Schultern, ehe sie an meinen Hemdknöpfen zerrte. Lauwarmes Regenwasser floss uns in den Mund, noch immer knutschten wir wild und was wir taten, war so romantisch, dass ich davonlaufen könnte. Aber ich flüchtete nicht. Im Gegenteil. Begierig drängte ich meine Hüften zwischen ihre geöffneten Beine und rieb meinen steifen Schwanz an ihrer Mitte, entlockte ihr ein heiseres Stöhnen. Überraschenderweise gab der Sadist in mir Ruhe. Dass ich meine Meinung ändern und doch noch eine Session mit Lainey zelebrieren würde, hielt ich nach neuer Sachlage sogar für wahrscheinlich. Aber nicht heute. Heute wollte ich sie sanft und zärtlich verführen.

Meine Hände glitten ihre Schenkel entlang. Ich öffnete ihre Shorts, worauf sie sich ein Stückchen in die Höhe stemmte und mir half, ihr die Hose und das winzige Stückchen Stoff darunter gleichzeitig abzustreifen, während ich ihren Mundwinkel mit sanften Küssen verzierte. Mit der Zunge legte ich eine feuchte Spur zu ihrem Hals und schmeckte einen Hauch von Salz. Ein leichter Lustschauer schüttelte mein Vanilla-Mädchen, ehe sie den Kopf zur Seite neigte, um mir den nötigen Raum für meine Liebkosungen zu geben. Sie zerfloss unter meinen Fingern, wurde butterweich und ich spürte mein Herz in einem schnellen Takt für sie schlagen, durchflutet von einer ungeahnten Wärme. Das erste Mal in meinem Leben bereitete diese Regung mir keine Angst. Im Gegenteil: sie steckte meine Neugierde an, ließ Vorfreude meine Wirbelsäule entlangrieseln. In Lainey schlummerten tausend unterschiedliche Facetten, die ich allesamt freilegen wollte. »Ich steh total auf dich«, raunte ich vernebelt an ihrem Ohrläppchen knabbernd. Derweil machte sie sich an meiner Hose zu schaffen und entließ meinen steinharten Schwanz in die Freiheit.

»Ich auch auf dich«, flüsterte sie kaum hörbar. Dann drang ich langsam und gefühlvoll in sie ein, während der Regen uns völlig durchnässte.

KAPITEL 19

LAINEY

Wie immer war nachmittags in der Gentleman's Bar noch nicht viel los. Anna übte auf der Bühne einen neuen Poledance ein, was sexy und grazil aussah. Ein Bein hatte sie um die Stange geschlungen und mit einer Hand hielt sie sich fest, während sie im Kreis wirbelte und sich dabei ihres BHs entledigte. Shawna hatte gleich mit zwei Typen auf einem der Sofas in der Lounge ihren Spaß.

Während sie den einen Kerl mit einem Blow Job erquickte, legte der andere ihren Unterleib frei und versenkte schamlos zwei Finger in ihr. Obwohl ich nicht hinsehen wollte, schielte ich immer wieder zu den dreien hinüber. An Shawnas Stelle wäre ich augenblicklich vor Scham gestorben, aber ihr Kichern und Quietschen hallte bis zu mir. Mit einem feuchten Lappen wischte ich den Bartresen sauber, während meine Gedanken die ganze Zeit über bei Kayne verweilten. Langsam entdeckte ich eine völlig neue Seite an meinem sonst so reservierten Chef – und Lover. Damit meinte ich nicht nur seine sexuellen Präferenzen, obwohl mich diese wahnsinnig neugierig machten.

Ich musste zugeben, im ersten Moment hatten mich seine nüchternen Erläuterungen sogar schockiert. Nachdem ich mich jedoch mühsam wieder gefasst hatte, verstand ich, dass seine Neigungen lediglich eine düstere Spielart darstellten. In dieser Hinsicht machte er keinen Ernst. Was mich allerdings von innen wärmte, war seine Fürsorge gewesen. Er hatte gestern alles stehen und liegen gelassen, weil er gedacht hatte, mir wäre etwas passiert. Schon lange hatte sich niemand mehr um mich gesorgt und ich hätte diese rührende Seite an Kayne niemals vermutet.

Danach hatten wir diesen Wahnsinns-Sex auf seinem heiligen Auto gehabt, so gefühlvoll und besonders, dass ich jetzt noch mehr für diesen Mann brannte – und zwar lichterloh. Hinterher hatte er mir in der Küche einen Tee gekocht und wir waren bis Mitternacht auf seinem Sofa gesessen und hatten uns über alles Mögliche unterhalten. Er konnte so witzig sein, war so klug, wusste über alle möglichen Bereiche Bescheid und ihn interessierte meine Meinung zu jedem Thema. Als wären wir ein ganz normales Pärchen. Trotzdem hatten wir die Nacht wie immer in getrennten Betten verbracht. In aller Herrgottsfrühe hatte er dann wie üblich das Haus verlassen. Ich würde alles darum geben, zu erfahren, wohin er jeden Morgen verschwand und vermutete eine Frau dahinter. Eine, mit der er seine Neigungen ausleben konnte … vielleicht sogar diese Faye. Ein Anflug von Eifersucht stach mit spitzen Nadeln in meinen Brustkorb.

»Hey Lainey, du siehst toll aus.« Judson riss mich aus meinen Gedanken. Mit beiden Unterarmen lehnte er am Tresen, sein Blick schweifte anerkennend über mein weißes kurzes Sommerkleid mit dem tiefen Ausschnitt.

»Dankeschön.« Ich schenkte ihm ein geschmeicheltes Lächeln. In meinen neuen Klamotten fühlte ich mich wundervoll, Vivien hatte mich vortrefflich beraten. »Wie läuft dein Studium?« Kürzlich hatte Judson mir erzählt, dass er per Fernstudium einen Abschluss als Ingenieur anstrebte. Er hatte große Pläne für seine Zukunft und hielt sich mit dem Türsteherjob lediglich so lange über Wasser.

Er kratzte sich am Hinterkopf. »Die Lernerei ist anstrengend, muss ich zugeben. Nach einer zehn Stunden Schicht im Club noch über meinen Büchern sitzen zu müssen, schlaucht ganz schön. Aber nur noch zwei Jahre und ich habe meinen Bachelor in der Tasche. Dann bin ich endgültig weg. Leider bin ich bis dahin noch finanziell auf diesen beschissenen Job angewiesen.«

Sein Blick schweifte durch den Club und seine Verachtung konnte er nicht verbergen.

»Warum suchst du dir nicht was anderes, wenn es dir hier nicht gefällt?«, fragte ich. Judson hob so schwerfällig die Schultern an, als lasteten schwere Gewichte darauf.

Er seufzte – tief und gequält. »Ich habe mich schon nach anderen Anstellungen umgeschaut«, erzählte er mir mit gesenkter Stimme und im Vertrauen. »Aber mein jetziger Arbeitsplatz wird einfach am besten bezahlt. Ich müsste zwei Jobs annehmen, um dasselbe zu verdienen, also mindestens vierzehn Stunden täglich für das gleiche Geld schuften, da bliebe keine Zeit mehr zum Studieren. Obendrein stellen die Chefs jedem Security Guard kostenlos ein Ein-Zimmer-Apartment ganz in der Nähe zur Verfügung, sodass ich keine Miete bezahlen muss. Bis jetzt habe ich noch nichts Vergleichbares gefunden. In Las Vegas würde allein die Miete den Großteil meines Gehalts verschlingen.« Er ließ den Kopf hängen. »Auch wenn ich es nur ungern zugebe: In finanzieller Hinsicht hätte ich es im Gentleman's Paradise nicht besser treffen können. Ich habe einfach keine Ahnung, was ich sonst machen soll.«

Zuvorkommend goss ich ihm ein Glas Wasser ein, und versenkte eine Zitronenscheibe sowie ein paar Eiswürfel darin. Alkohol war für das Security Personal während der Arbeitszeit strikt tabu. »Zwei Jahre gehen schnell vorbei«, versuchte ich ihn aufzumuntern. »Danach verdienst du dann einen Haufen Geld und kannst dir selbst eine Wohnung leisten.«

Er nickte nur.

»Danke. Wie liebevoll du für mich sorgst.« Judson zwinkerte mir zu und trank das Glas halbleer. »An so viel Aufmerksamkeit könnte ich mich gewöhnen.«

»Quatschkopf.« Ich schüttelte lachend den Kopf und griff nach einem Geschirrtuch, um Gläser zu polieren.

Judson räusperte sich, sein Kehlkopf bewegte sich beim Schlucken. Schon wieder tippte er nervös mit den Fingerspitzen auf dem Tresen herum. »Ich habe mich gefragt, ob du vielleicht mal mit mir ausgehen würdest.«

Ich hielt in meiner Arbeit inne. »Du meinst auf ein Date?« Im ersten Moment wusste ich nicht, wie ich reagieren sollte.

Instinktiv spürte ich, dass Kayne nicht erfreut sein würde, sollte ich Judsons Einladung annehmen.

»Ja, auf ein Date«, er nickte, ein Hauch von Röte zog sich über seine Wangen und machte seine Nervosität deutlich. »Wir könnten zusammen essen gehen, tanzen oder im Kino einen Film anschauen. Auf was auch immer du Lust hast.«

»Ähm, ich weiß nicht.« Überfordert zuckte ich mit den Schultern, worauf er das Gesicht verzog.

»Lainey«, fing er an, »darf ich dich etwas privates fragen?«

»Kommt darauf an.« Um mich zu beschäftigen, nahm ich ein Glas zur Hand und polierte es. Ehrlich gesagt, hatte ich keinen blassen Schimmer, wie ich auf Judsons Einladung reagieren sollte. Ich mochte ihn, er war ein netter Kerl und sah passabel aus. Aber mehr als freundschaftliche Gefühle hegte ich nicht für ihn. Außerdem wollte ich ihn nicht verletzen.

»Bist du mit Kayne zusammen? Ich meine, so richtig?« Beschwichtigend hob er die Hände. »Nicht, dass mich dein Privatleben etwas anginge, aber ich muss gestehen, ich mag dich, und würde dich gern näher kennenlernen. Andererseits weiß ich nicht, was zwischen euch beiden läuft und fürchte, ich mache mich mit meiner Einladung lächerlich.«

Er war süß und nett. Umso mehr tat es mir leid, dass ich seine Gefühle nicht erwiderte. »Judson«, fing ich bedächtig an, weil ich nicht wusste, wie ich ihm meine Abfuhr möglichst schonend beibringen sollte. Das hier war eine unschöne Premiere für mich. »Kayne und ich sind nicht zusammen, aber zwischen mir und ihm entwickelt sich gerade mehr, und ich möchte Kayne gern eine Chance geben.«

Er wirkte nicht überrascht und stellte sich aufrecht hin. »Schade, dass du deine Zeit an einen Kerl verschwendest, der es nicht ernst mit dir meint. In dieser Hinsicht verstehe ich euch Frauen nicht.«

Ich kapierte ja selbst nicht, weshalb sich mein dummes Herz mit aller Kraft an diesen bindungsgestörten Mann hing, aber mein Verstand hatte diesbezüglich leider kein Wort mitzureden. Mein Herz wollte Kayne Crest. »Es tut mir leid, Judson. Ich kann dir meine Gefühle für Kayne nicht erklären. Sie sind einfach da und ich kann nichts dagegen tun.« Meine Erläuterung klang wie eine Entschuldigung.

»Wer weiß.« Judson schenkte mir ein gepresstes Lächeln. »Vielleicht änderst du ja einmal deine Meinung. Ich finde dich faszinierend und interessant.« Er streckte seine Hand aus, als wollte er meine Wange berühren, ließ sie aber mitten in der Bewegung wieder sinken, worüber ich heilfroh war. Zwischen uns wurde es mir viel zu intim.

»Spencer sucht dich überall, Judson«, hörte ich Kaynes barsche Stimme plötzlich neben uns und schrak zusammen. Ich hatte sein Herannahen überhaupt nicht bemerkt. Er funkelte seinen Angestellten an. »Du setzt dich besser sofort in Bewegung, sonst ziehe ich dir die Zeit, die du am Tresen verquatschst,

von deiner Pause ab. Obendrein hast du auch noch Lainey von ihrer Arbeit abgehalten. Solltest du anfangen, nachlässig zu werden, fliegst du raus.«

Judson prustete auf, setzte sich aber dennoch anstandslos in Bewegung, während ich Kayne einen ungläubigen Blick zuwarf. Unter den Angestellten des Clubs ging es leger zu, es war durchaus üblich, dass man zwischendurch mal ein bisschen redete, wenn nicht viel los war. Noch nie hatten sich Kayne oder Aidan über diese kleinen Pausen aufgeregt. Jeder hier machte seine Arbeit und gab sein bestes. Das wussten die beiden auch. Ich beschloss, Kayne lieber nicht auf sein merkwürdiges Verhalten anzusprechen, denn er war noch immer damit beschäftigt, den Rücken seines Widersachers mit wütenden Blicken zu bombardieren. Als Judson die schwere Tür öffnete, die nach draußen führte, flitzte ein rotes Fellbündel an ihm vorbei in Richtung Showbühne.

»Princess«, kreischte jemand durch die Bar, gleich darauf quetschte sich Grace an dem über ein Meter neunzig großen Security Guard vorbei und eilte der Katze hinterher. »Nicht, kommst du sofort her!«

Mit einem galanten Satz erklomm der wendige Vierbeiner die Bühne, wo Anna noch immer an ihrer Stange hing und diverse Posen übte. Beinahe demütig senkte Princess vor ihr den Kopf und entließ eine Maus in die Freiheit. Anna schrie auf, bevor sie mit einem unsanften Plumps auf dem Boden landete, direkt neben dem in Panik herumwuselnden Nager. Einen Herzschlag später war sie wieder auf den Beinen und hechtete unter wildem Gekreische von der Bühne. Unterdessen hatte Grace die Katze erreicht und brachte das Tier in Sicherheit, bevor Judson sie erwischte. Der sprang, von derben Flüchen begleitet, auf die Bühne, wo die Maus noch immer um ihr Leben rannte.

Grinsend und leise lachend beobachtete Kayne das wilde Schauspiel, ehe er sich kopfschüttelnd wieder dem Tresen zuwandte. »Irgendwas muss mit der Katze geschehen«, murmelte er vor sich hin.

»Das wird Grace aber gar nicht gefallen«, gab ich zu bedenken.

»Die Katze kapiert das Prinzip nicht, dass sie Mäuse aus dem Räumlichkeiten fernhalten und nicht hereinbringen soll.«

»Princess macht euch Geschenke, um ihre Dankbarkeit zu zeigen«, nahm ich das arme Tierchen in Schutz, das nur seinen Instinkten folgte.

Er lachte leise auf. »Dann sind wir in ihren Augen wahrscheinlich die Undankbaren, weil wir deswegen auch noch Theater machen.«

»So sieht es wohl aus«, gab ich ihm kichernd recht und schon wieder hafteten unsere Blicke aneinander, als wären wir mit Sekundenkleber verbunden. Ich hatte keine Chance, mich von seinem Anblick zu lösen und konnte mich auch nicht an ihm sattsehen. Am liebsten würde ich für den Rest meines Lebens immer nur sein schönes Gesicht mit dem markanten Kiefer und den geschwungenen Lippen bewundern. Er sah aus, wie in Marmor gemeißelt, jeder einzelne seiner Züge war perfekt geformt. Dazu funkelten seine bernsteinfarbenen Augen so voll Leben, er wirkte bestens gelaunt und auf eine ganz spezielle Art auch begierig.

»Was möchtest du trinken?«, fragte ich schüchtern.

»Eine Cola«, bestellte er völlig untypisch und ich beeilte mich, ihm das Gewünschte zu bringen. Mittlerweile hatte er sich auf einem der hohen Barhocker niedergelassen. Ganz businessman-like trug er einen anthrazitfarbenen Anzug mit weißem Hemd und passender dunkelroter Krawatte. Ich musste gestehen, ich war ein bisschen in seinen edlen Style verschossen. Kayne sah seriös und verrucht zugleich aus, eine betörende Mischung. Sein stilvolles Auftreten lenkte nur minimal von der lasterhaften Aura ab, die ihn umgab. Er fiel auf, wo er sich bewegte. Betrat Kayne einen Raum, stand die Zeit einen Moment lang still, dann hielt jede Frau, die ihm zum ersten Mal begegnete, sichtbar den Atem an. Unzählige Male hatte ich dieses Phänomen in der kurzen Zeit, in der ich hinter dem Tresen arbeitete, schon beobachtet.

Er trank einen kleinen Schluck, bevor er das Glas zurückstellte, sein Smartphone aus der Tasche seines Jacketts kramte und darauf herumdrückte. Schließlich hob er den Kopf, sein linker Mundwinkel verzog sich zu diesem halb frechen Grinsen, das ich so an ihm liebte, und das ihn wie einen verwegenen jungen Kerl aussehen ließ, der zu allem bereit war. Himmel, dieser Mann war wirklich der sexiest man alive.

»Heartbeat«, sagte er schließlich.

Verwirrt wich ich mit dem Kopf zurück. »Heartbeat?«, wiederholte ich jede einzelne Silbe betonend und konnte nichts mit seiner Ankündigung anfangen.

»Dein Safeword. Sagst du es, wenn wir beide intim miteinander sind – oder miteinander spielen, höre ich sofort auf. Du kannst es immer benutzen und dir sicher sein, dass ich dieses Wort jederzeit akzeptiere und respektiere, sobald du es aussprichst.«

Mein Herz machte einen Satz. Kayne wollte tatsächlich den nächsten Schritt mit mir wagen. Gleichzeitig kribbelten helle Panik und euphorische Vorfreude durch meine Venen. Was würde mich bei ihm erwarten? Ich musste zugeben, das Safeword wirkte wie ein Rettungsanker auf meinen Verstand. Zwar würde ich wahrscheinlich in der nächsten Zeit die eine oder andere grenzüberschreitende Erfahrung mit diesem attraktiven Mann durchleben, aber trotz allem ließ mir Kayne die Zügel in der Hand. Was auch immer er mit mir vorhatte, ich war in der Lage, dieses Spiel jederzeit zu stoppen. Eine beruhigende Vorstellung.

Spencer schlug unsere Richtung ein. Sein kahler Schädel glänzte im Kunstlicht wie poliert. Statt Judson bei der Jagd nach der noch immer fliehenden Maus zu unterstützen, stiefelte er zielstrebig auf Kayne zu. »Was gibt's, Boss?«

»Kannst du Laineys Schicht für ein paar Stunden übernehmen?«

Spencer nickte ohne zu zögern. »Geht klar. Kein Problem.« Er deutete in meine Richtung. »War sie nicht brav?«, fragte er spöttisch.

Kayne grinste breit. »Sie hat eben ihr allererstes Safeword erhalten und ich finde, das sollten wir gebührlich feiern.«

Spencer kratzte sich am kahlen Hinterkopf. »Ob die Kleine hinterher dann noch arbeiten kann?«

»Sie muss zum Barkeepen ja nicht sitzen.«

Die beiden lachten. Kayne trank seine Cola aus und mir wurde himmelangst allein vom Zuhören. Ich stand da wie festgefroren, nicht mehr in der Lage mich zu bewegen. Machte Kayne tatsächlich auf der Stelle ernst?

»Kayne«, ich räusperte mich, meine Stimme brach an der falschen Stelle. »Was hast du mit mir vor?« Würde er mich nach unten in einen der Folterräume führen? Meine Kehle zog sich allein bei der Vorstellung zu, wie Kayne mich fesselte und genüsslich auspeitschte.

»Hey, Lainey«, sagte Spencer beschwichtigend und ich riss mich aus meiner Starre. Ruckartig wandte ich mich ihm zu. »Wir machen nur Blödsinn. Nimm unser Gequatsche nicht ernst.«

In den vergangenen Tagen hatte Spencer mich regelmäßig nachmittags von zu Hause abgeholt, denn Kayne verließ meist schon am Vormittag das Haus. Wir verstanden uns super und ich kannte mittlerweile auch seinen schrägen Humor. Zudem wusste ich, dass die beiden eng befreundet waren und Spencer zu Kaynes absoluten Vertrauenspersonen zählte.

Kayne schien jeden einzelnen meiner Gedanken zu lesen, und der helle Aufruhr in mir törnte ihn sichtlich an. »Keine Angst, Cherie. Der Kerker steht heute noch nicht auf dem Programm. Wir machen einen kleinen Ausflug.«

KAPITEL 20

LAINEY

Wir ritten auf unseren Pferden nebeneinander durch den Red Rock Canyon und waren umgeben von den wildesten roten Steinformationen, die ich jemals erblicken durfte. Die Aussicht auf die riesigen roten und weißen Felsen mitten in der Wüste verschlug mir schlichtweg den Atem. Kayne hatte mich auf die nahe gelegene Ranch seines Kumpels Keith entführt, der uns mit gesattelten Pferden erwartet hatte. Was für eine wundervolle Überraschung. Obwohl mein Dad ebenfalls eine Handvoll Pferde besaß, war ich seit einer Ewigkeit nicht mehr ausgeritten. Seit vielen Jahren schon hatte ich überhaupt nichts mehr getan, was Spaß machte. Erst seit ich Kayne kannte, blühte ich ein wenig auf und musste mir eingestehen, dass ich langsam anfing, mein Leben zu genießen.

»Reiten kannst du besser als Autofahren.« Kayne zwinkerte mir zu. Auf dem Weg hierher hatten wir uns bei einem kurzen Zwischenstopp rasch zu Hause umgezogen. Jetzt saß Kayne in Jeans und einem rotkarierten Hemd im Sattel, was ihn wie einen waschechten Cowboy aussehen ließ. Ich hatte mich in eine hautenge Jeans gezwängt und ein dünnes Langarmshirt übergestreift.

»Geritten bin ich auch schon öfter. Mein Dad besitzt ein paar Pferde.« Ich tätschelte meinem braven Braunen den Hals.

»Ich bin viel zu selten draußen in der Natur.« Kayne wirkte so entspannt, wie ich ihn noch nie zuvor erlebt hatte. Er sog die umwerfend schöne Umgebung richtiggehend in sich auf. Wir passierten hüfthohen Aloe Vera, trockenes Gestrüpp und Riesenkakteen, während die Abendsonne trotz der vorangeschrittenen Stunden noch immer heiß auf uns herunterbrannte. Ruhig und gemächlich fanden die Pferde von allein ihren Weg.

»Früher habe ich mir oft ein Pferd geschnappt und bin durch die Wüste geritten. Nicht weit von unserer Farm entfernt stand ein mächtiger Felsen. Dort habe ich mich dann in den Schatten gesetzt und Emily Dickinson gelesen, manchmal den ganzen Tag lang.« Ich verschwieg Kayne, dass meine Ausflüge mehr einer Flucht von zu Hause geschuldet waren, um meinen Eltern so wenig wie möglich unter die Augen treten zu müssen. Sie ertrugen meinen Anblick kaum. Jahrelang hatte ich wie wild alles versucht, um sie zufriedenzustellen. Damit sie mir endlich verziehen, aber nichts hatte geholfen. Sie vergaben mir nie.

Kaynes Blick verweilte auf mir. Erst fiel mir das nicht auf, weil ich so tief in meinen Gedanken verstrickt gewesen war, aber als ich den Kopf hob, bemerkte ich, dass seine Aufmerksamkeit auf mir lag und lächelte gepresst. Ich sollte mir den schönen Ausflug nicht mit trüben Erinnerungen verhunzen.

»Warum warst du früher immer allein?«

Seine Frage traf mich unvorbereitet und sofort ging mein System in Alarmbereitschaft über. Kayne hatte ein heikles Thema angeschnitten und ich durfte mich bloß nicht verplappern. Ansonsten würde er mir wohl nie mehr einen dieser verlangenden Blicke schenken. Meine Eltern hatten damals dafür gesorgt, dass ich mit niemandem aus der Schule außerhalb der Unterrichtszeiten Kontakt hielt. Mehr und mehr wurde mir bewusst, wie sehr die beiden mich hassen mussten. Schon als kleines Mädchen hatte ich ihre Abscheu gespürt, aber immer verdrängt. Liebte einen die eigene Mutter nicht mehr, dann hörte man schlichtweg auf zu existieren. Ich vertrocknete innerlich wie eine nicht gegossene Primel im Blumentopf. Mittlerweile war ich erwachsen und endlich in der Lage, mein Leben selbst in die Hand zu nehmen.

»Ich war schon immer eine Einzelgängerin.« Lapidar zuckte

ich mit den Schultern und deutete zu einem Felsen, um ihn von dem heiklen Thema abzulenken. »Sieh nur, da liegt ein Leguan in der Sonne.«

»Wurdest du in der Schule gemobbt?«, ließ er leider nicht locker und ich seufzte hörbar auf.

»Nein, mobben wäre zu viel gesagt. Ich habe mich in der Schule einfach nur im Hintergrund gehalten. Mit anderen Menschen konnte ich noch nie viel anfangen. Ich bin nicht so der gesellige Typ.«

»In der Gentleman's Bar verhältst du dich aber überhaupt nicht wie ein Eremit. Du redest mit allen, die Leute mögen dich. Manche sogar zu sehr.« Er zwinkerte mir zu und ich wusste sofort, auf wen er anspielte. »Du hast eine nette angenehme Art, bist lustig und unterhaltsam. Ich kann mir nicht vorstellen, dass du früher anders warst.«

Wow. Ich benötigte einen Moment, um seine Aussage sacken zu lassen. Was sah dieser Mann in mir, das ich nicht bemerkte? Durfte ich Kaynes Worte zumindest als zwergenhaftes Kompliment werten? In all den Jahren hatten meine Eltern gründliche Arbeit darin geleistet, mein Selbstwertgefühl zu zerstören. Es war nichts mehr davon übrig, zerbröselt und zu feinem Staub gemahlen, sodass sich nichts mehr kitten ließ. Als hätte der Wind alle Freude in mir in die Wüste verweht. Die einzigen Momente in meinem Leben, in denen ich mich lebendig fühlte, bescherte mir Kayne, sobald er seine Hände auf meinen Körper legte.

»Wie warst du früher?«, wendete ich das Blatt. Genug über mich und meine lausige Vergangenheit geredet. Von mir würde er keine Details erfahren. Ich wollte verdrängen und vergessen, war Gottseidank nicht masochistisch genug veranlagt, um hingebungsvoll in alten Wunden zu stochern.

»Nicht viel anders als heute.« Er lenkte sein Pferd gemächlich um einen roten Felsen.

Na, prima. Wie es aussah, verhielt er sich zu diesem Thema nicht viel gesprächiger.

»Ich glaube, du warst der Herzensbrecher deiner Schule«, zog ich ihn auf und brachte ihn damit zum Lachen. »Bestimmt warst du einer der Jungs, die immer einen coolen Spruch auf den

Lippen hatten und die Mädchen mit ihrem Charme einwickelten. Du musstest nur im Schulflur erscheinen, mit deiner abgewetzten Jeans und in irgendeinem coolen Shirt und alle haben sich nach dir umgedreht. Du hast deine Haare morgens immer ewig lang im Bad gestylt, aber nie so, dass es auffällig war, wieviel Zeit du damit verbracht hast. Dafür hast du sogar dein Frühstück sausen und dich in der Schule dann von irgendwelchen Groupies mit Essen versorgen lassen. Du hast eine heimliche Strichliste über deine Eroberungen geführt und bist nie zweimal mit derselben ausgegangen.« Ich hielt kurz inne und überlegte. »Ach ja, und obwohl die Mädchen wussten, was sie bei dir erwartet, hast du sie allesamt mit deinem Charme eingewickelt. Nie konnte dir eine länger böse sein, nachdem du sie abserviert hast, denn du hast ihnen immer Hoffnungen auf einen Neustart gemacht. Du warst durchtrieben und hast dich für den Größten gehalten.« Ich kicherte, denn ich sah den jungen Kayne bildlich vor mir. Nicht ganz so muskulös, nicht halb so maskulin, eher ein wenig schlaksig, aber zum Dahinschmelzen hübsch, mit Grübchen in beiden Wangen und vor Tatendrang blitzenden Augen in denen jedes Mädchen versank. Ich kannte mal einen Jungen wie ihn, was desaströs für mich geendet hatte.

»Ich war der Größte«, fiel er mir schmunzelnd ins Wort. »Zumindest eine Zeitlang körperlich, bis zur siebten Klasse ungefähr. Dann haben die anderen Jungs aufgeholt. Aber woher weißt du so gut über mich Bescheid, waren wir am Ende auf derselben Schule?«

Lachend schüttelte ich den Kopf. »Nein, im Prinzip habe ich meinen großen Bruder beschrieben, der damals in der Highschool sämtliche Mädchenherzen gebrochen hat. Und du erinnerst mich ein bisschen an ihn.«

»Bis auf das Frühstück stimmt alles. Ich habe schon immer gern gefrühstückt. Außerdem verbringe ich nicht viel Zeit im Bad.«

»Du hattest tatsächlich eine heimliche Strichliste?«, fragte ich empört.

Er nickte. »Ich habe die Mädchen sogar nach ihren körperlichen Vorzügen bewertet, also wie sie sich im Bett anstellten, ihr Aussehen und so weiter.«

»Das hast du nicht wirklich getan.« Mein Mund blieb offen stehen. »So was ist richtig mies.«

Er grinste breit. »Jungs machen in dem Alter einen Haufen Blödsinn, vor allem, wenn sie sich über ihr eigenes Ego noch nicht im Klaren sind und sich selbst beweisen müssen, wie toll sie sind.«

»Wie hätte ich denn abgeschnitten?« Ich hielt den Atem an.

Sein Blick glitt schmeichelnd an mir entlang. »Du?« Er machte eine kurze Pause und überlegte. »Falls ich dich jemals an deinem Felsen in der Wüste aufgespürt hätte. Schwierig zu sagen, wahrscheinlich hättest du mich niemals nahe genug an dich herangelassen, um es jemals in mein Notizbuch zu schaffen. Irgendwann habe ich das Buch übrigens mal in der Schule verloren und Kerry Bianchi hat es gefunden. Sie schnitt in meiner Bewertung nicht sonderlich prickelnd ab und war stinksauer deswegen. Also ist sie herumgerannt und hat meine Einträge allen Mädchen gezeigt, und ich zog die geballte Wut der halben Schule auf mich. Den Rest des Semesters war ich dann damit beschäftigt, die erhitzten Gemüter zu besänftigen, was mir leider nie ganz gelungen ist. Frauen können unglaublich nachtragend sein.« Er klang spöttisch. »Sagen wir mal, mein letztes Highschooljahr verlief dann nicht halb so amüsant und abwechslungsreich, wie die Jahre zuvor.«

»Ein klarer Fall von Karma strikes back, würde ich sagen.« Ich konnte nicht anders, als den jugendlichen Kayne ein wenig zu bemitleiden, der sicherlich allerhand Flausen im Kopf gehabt hatte.

Er zuckte mit den Achseln. »Ich habe alles auf dem College nachgeholt, dann aber auf Notizen verzichtet.«

»Hattest du nie eine feste Freundin?«, stellte ich die Frage, die mich brennend interessierte.

»Nein«, er klang kalt, verwandelte sich binnen eines Wimpernschlages wieder in den unnahbaren Kayne, den er sonst repräsentierte. »Und es wird auch in Zukunft keine Beziehung für mich geben, falls du darauf mit deiner Frage abzielst.«

Sein verbaler Rundumschlag traf mich mit voller Wucht. Ich hatte alle Mühe, seine schonungslose Ansage zu verarbeiten, obwohl es nicht neu für mich war, dass er mich auf Abstand hielt.

Er musste merken, wie sehr er mich verletzt hatte.

»Ich bin einfach kein Beziehungsmensch.«

»Schon gut.« Ich winkte ab und bemühte mich um einen fröhlichen Tonfall, wollte die lockere Atmosphäre nicht gänzlich zerstören, die zwischen uns so spärlich aufgeblüht war. »Es ist ja nicht so, als ob ich solche Sprüche von dir zum ersten Mal höre.«

»Ich habe dir noch nicht erzählt, was in meinen Notizen über dich gestanden hätte«, fing er nach Minuten unangenehmen Schweigens an.

Ich horchte auf.

»Ein süßes Mädchen, das mich leider nicht ranlässt«, fing er an und wider Willen musste ich kichern. »Obwohl sie versucht, sich unsichtbar zu machen, fällt sie dennoch auf. Dann allerdings schmettert sie jeden Annäherungsversuch ab. Sie trägt eine riesengroße Leere in sich, die sie hegt und pflegt, weil sie aus irgendeinem Grund denkt, sie hätte es nicht anders verdient. Irgendwas ist mit diesem Mädchen passiert, als es ein Kind war. Ein Vorfall, den sie bis heute nicht verkraftet hat. Manche Menschen gehen nach solchen Erlebnissen in die Offensive, sie überspielen traumatische Ereignisse, werden laut, rücksichtslos und betäuben den Schmerz in ihrer Brust, indem sie sich selbst dauernd etwas beweisen müssen. Sie jedoch verhält sich anders. Dieses Mädchen ist zart und sensibel, es leidet und wünscht sich geliebt zu werden. Es hat ein großes Herz, wird aber nicht gehört. Und sie hat das tragische Pech, sich diese Liebe ausgerechnet von den falschen Menschen zu wünschen.«

Mein Inneres versteinerte, während er redete. Jedes einzelne Wort traf mich wie geworfene Kieselsteine. Er sprach über sich und mich, das wusste ich auf Anhieb. Offenbarte mir einen minimalistischen Einblick in die dunkle Tragödie, die ihn ebenso als Kind ereilt hatte. Was auch immer ihm passiert war, es hatte diesen Mann für alle Zeiten fertiggemacht. Genau dasselbe war mir geschehen und ich verstand, dass ich ebenfalls auf ewig eine Gefangene meiner selbst sein würde. Unser Leiden würde niemals enden. Wir konnten uns nicht gegenseitig heilen, dafür waren wir beide viel zu kaputt und ich verstand das endlich.

Kapierte, was er mir seit vielen Tagen auf seine schonungslose Weise beibringen wollte. Für uns gab es kein Happy End, wir steckten auf alle Ewigkeiten in unserer selbst erschaffenen Hölle fest.

»Du bist ein guter Beobachter«, entschlüpfte es mir schließlich leise, weil es keinen Grund für Verleugnung mehr gab.

»In meinem Notizbuch wäre in Wahrheit gestanden: Lainey sieht klasse aus, ein bisschen zu schüchtern für meinen Geschmack, dafür hat sie Wahnsinns-Titten und der Sex ist schlichtweg atemberaubend.«

»Mehr als Sex wird es niemals geben, ich habe das verstanden.« Ich schüttelte die plötzliche Trauer ab, die mich wie ein Kidnapper überfiel und konzentrierte mich stattdessen darauf, mein Herz so gut es ging für diesen Mann zu verschließen.

»Dafür wirst du ganz besondere Erfahrungen machen, das verspreche ich dir. Ich spiele immer mit offenen Karten und habe einer Frau diesbezüglich noch nie etwas vorgemacht. Manche von ihnen dachten, mit der Zeit würden sich meine Gefühle vielleicht ändern, aber das tun sie nicht. Das haben sie noch nie. Mein ganzes Leben lang nicht. Es ist keine bewusste Entscheidung, die ich treffe, sondern mehr ein Fakt. So bin ich. Du kannst den Lover in mir jederzeit haben, aber es werden niemals tiefe Emotionen mit ins Spiel kommen, schlichtweg aus dem Grund, weil ich dazu nicht in der Lage bin. Alles was ich tun kann, ist dich zu respektieren.«

»Vielleicht ist es besser so.« Ich hatte so fest die Zähne zusammengebissen, dass mein Kiefer schmerzte. »Welche Frau will schon ihr Leben an der Seite eines bindungsgestörten Eisklotzes verbringen«, sagte ich, nur um ihm wehzutun.

»Das würde ich keiner Frau zumuten«, erwiderte er vollkommen unbeeindruckt und ich begrub mit seiner Antwort auch noch den letzten schwelenden Hoffnungsschimmer, der langsam in mir verglomm. Trotz allem suchte ich noch immer seine Nähe. Ich war ein absolut hoffnungsloser Fall. Bei genauer Betrachtung, war ich auf Dauer ebenso bindungsunfähig wie er. Mit dieser miesen Konstellation würden wir uns gegenseitig nur todunglücklich machen.

Ich schwang vor und zurück, schaukelte höher und höher, der warme Wind pustete mir die Locken ins Gesicht, sodass ich alles um mich herum wie durch einen Schleier wahrnahm. Meine Schwester Kayla stand daneben und beobachtete mich.

»Das schaffst du nicht«, rief sie und deutete auf den weißen Kreidestrich auf der Erde. »Ich habe den neuen Rekord aufgestellt. Du springst niemals so weit wie ich.«

Wäre doch gelacht, wenn ich mich von einer Sechsjährigen beim Schaukelspringen schlagen lassen würde. Immerhin war ich zwei Jahre älter und einen halben Kopf größer. Ich schaukelte noch höher und machte mich bereit zum Absprung. Noch einmal ganz weit nach hinten. Als die Schaukel wieder nach vorne ausschlug, ließ ich los und segelte in hohem Bogen durch die Luft. Wie eine Katze kam ich auf allen Vieren auf und sah mich um.

Mist! Es hatte nicht gereicht, ein paar Inches fehlten, um Kayla zu schlagen, was meine Niederlage noch bitterer machte. Triumphierend klatschte sie in die Hände. »Ich sagte doch, du schaffst es nicht. Ich gewinne immer«, spielte sie auf ihren Sieg vor zwei Wochen beim Schönheitswettbewerb in Sacramento an. Obendrauf war sie nächste Woche zu Probeaufnahmen für eine Serie eingeladen worden, die im Disney Channel ausgestrahlt wurde. Ihr Casting dafür hatte sie selbstverständlich mit Bravour gemeistert. Alle waren hellauf begeistert von meiner kleinen Schwester und sämtliche Filmprofis sahen sie schon als nächsten Kinderstar am Himmel glänzen. Bald würde sie ein Vermögen verdienen.

Seit zwei Wochen liefen meine Eltern den ganzen Tag mit einem Strahlen im Gesicht herum. Dad träumte davon, die Rinderzucht aufzugeben und mit uns in ein geräumiges Haus in Los Angeles zu ziehen, damit Kayla für ihre Termine nicht immer durch die Gegend fliegen musste. Mom wollte einen Pool im Garten und wünschte sich eine schönheitschirurgische Behandlung an ihrem Gesicht. Was für ein Blödsinn. Meine Mom war wunderhübsch, genauso wie sie aussah. Ich hingegen wollte unsere Farm nicht verlassen. Mein Zuhause. In diesem Haus war ich aufgewachsen und kannte jeden Stein in der Umgebung. Zudem stellte ich es mir schrecklich vor, meine Freundinnen in der

Schule nicht mehr wiedersehen zu können. Mom hatte mir erklärt, ich würde bald neue Freunde finden, aber das war nicht dasselbe.

Ich stand auf und klopfte mir den Staub von den Händen. »Ich mach nicht mehr mit. Das ist ein blödes Spiel.« Wie ich es hasste, gegen Kayla zu verlieren, die immer bekam, was sie wollte. Nie eine Niederlage einstecken musste. Jetzt befand sich sogar ein läppischer Rekord im Schaukelspringen auf ihrer glorreichen Liste.

»Spielverderberin«, sie streckte mir die Zunge raus, bevor sie sich umsah. »Schon ein komisches Gefühl, dass wir bald nicht mehr hier wohnen werden, nicht wahr?«

Ich nickte. »Vielleicht überlegen Mom und Dad es sich nochmal anders.« Noch immer glomm ein schwacher Hoffnungsschimmer in mir. »Ich will nicht weg von hier.«

»Mom hat schon ein Haus gefunden, sie sagt, es liegt nicht weit vom Ozean entfernt. Wir werden im Meer schwimmen können und am Strand spielen. Klingt das nicht toll? Wir waren doch noch nie am Meer, und jetzt wohnen wir bald ganz in der Nähe von einem.«

Buster kam angerannt und wollte mit uns spielen, lachend wehrte ich den jungen hellbraunen Labrador-Collie Mix ab, der an mir hochsprang und dabei aufgeregt bellte. »Nicht Buster, lass das.« Ich drehte mich zur Seite, um der feuchten Zunge zu entgehen, die mein Gesicht ableckte. Er war erst vier Monate alt und ein absolutes Temperamentbündel. Mein Dad hatte ihn angeschafft, damit er ihm beim Hüten der Rinder half. Sobald er einigermaßen erzogen war. »Ich glaube nicht, dass Buster sich in Los Angeles wohlfühlen wird.« Ich hob ein Stöckchen vom Boden auf und warf es. Sofort stürmte der Hund davon. »Er gehört auf eine Farm und nicht in ein Haus.«

»Ich habe gehört, wie Mom zu Dad gesagt hat, dass wir Buster nicht mitnehmen werden.«

»Was?« Mein Herz blieb beinahe stehen, als sie das sagte. Ich liebte Buster über alles. Er war der coolste Hund der ganzen Welt. »Geht er nicht mit, bleibe ich auch da.« Ich überkreuzte die Arme vor der Brust.

»Du spinnst.« Sie tippte mit dem Zeigefinger gegen die Stirn.

»Ich werde mit Mom darüber reden und zwar sofort! Wenn ich schon umziehen muss, in dieses blöde Los Angeles, nur damit du Schauspielerin werden kannst, dann will ich wenigstens Buster behalten.« Eine unbändige Wut auf meine Schwester, die uns das alles

eingebrockt hatte, überfiel mich. Immer drehte sich alles nur um Kayla. Langsam hatte ich es so satt.

»Sie sagt, der Hund macht zu viel Arbeit, er hat ein so ungestümes Temperament. Außerdem muss dann jemand mit ihm Gassi gehen und wer soll das machen?«

»Ich natürlich«, erwiderte ich im Inbrunst Ton der Überzeugung. Ich allein würde mich um Buster kümmern.

»Du bist den ganzen Tag in der Schule.« Kayla lief hinter mir her, da ich bereits mit großen Schritten auf unser Farmhaus zustürmte.

»Irgendwie krieg ich das schon hin.« Mein Brustkorb zog sich vor lauter Angst zu. Ich hatte Buster so lieb, wir konnten ihn doch nicht einfach abschieben. Wer wusste schon, bei welchen Leuten er dann landete. Am Ende vielleicht sogar im Tierheim, wo sie ihn dann irgendwann einschläferten. Nein, auf keinen Fall!

Energisch trampelte ich die drei Stufen zur Veranda hinauf, als im selben Moment meine Mutter zur Tür hinaus kam. Sie führte meinen zittrigen Opa am Arm, der sich beim Gehen auf einem Stock abstützte. Seit zwei Wochen lebte er nun schon bei uns.

»Mom, ich muss mit dir reden, es geht um Buster. Kayla hat mir erzählt, dass …«

»Nicht jetzt, Liebling«, unterbrach sie mich und wirkte wie immer gestresst. »Grandpa hat gleich einen Arzttermin. Wir sind schon spät dran.«

»Aber es ist wichtig.«

Sie streichelte mir im Vorbeigehen über das Haar. »Ich bin mir sicher, es hat Zeit bis heute Abend, vor allem, wenn es um den Hund geht. In zwei Stunden sind wir wieder da.« Sie betrachtete mich mit einer Spur von Tadel im Blick. »Kämm dein Haar, Schatz. Du bist ganz zerzaust. Passt du nicht auf, baut noch ein Vogel sein Nest auf deinem Kopf.« Mom gab mir einen Kuss auf die Wange und stützte Grandpa bei den Stufen. Dann fiel ihr Blick auf Kayla und sie runzelte die Stirn. »Sag bloß, du treibst dich hier draußen herum, ohne Sonnencreme aufgetragen zu haben. Dein Gesicht ist ganz rot.«

Meine Schwester senkte den Kopf. »Ich hab's vergessen.«

»Kayla«, sagte Mom scharf. »Nächste Woche beginnen die ersten Probeaufnahmen, außerdem steht ein Shooting für einen Modekatalog an. Diese Termine sind unglaublich wichtig. Wie kannst du nur so nachlässig sein?« Verärgert schüttelte sie den Kopf, sodass Kayla mir

richtig leid tat. Sie war gerade mal sechs Jahre alt und musste bereits das Geld für ihre Familie verdienen. Zum ersten Mal war ich froh, nicht in der Haut meiner kleinen Schwester stecken zu müssen. Meine Mutter juckte es nicht, ob ich mich schmutzig machte, oder ohne Sonnenschutz das Haus verließ. Ich musste auch beim Spielen nicht dauernd aufpassen, dass ich mir keine blauen Flecke holte. Hätte Mom Kayla vorhin auf der Schaukel erwischt, sie wäre ausgeflippt.

»Geh rein ins Haus und creme dein Gesicht ein. Für heute bleibst du drinnen, verstanden Fräulein?« Sie drohte Kayla mit dem Zeigefinger.

»Ja, Mom. Es tut mir leid.« Sie schlurfte an mir vorbei ins Haus, während Mom meinen Grandpa zum Auto begleitete. Erst als sie eingestiegen und weggefahren waren, ging ich Kayla nach und fand sie oben im Bad, wo sie großzügig eine milchige Flüssigkeit auf ihrem nun glänzenden Gesicht verteilte.

»Alles klar?«, fragte ich und sie nickte.

»Mom ist tierisch sauer auf mich«, sie klang so geknickt, dass ich sie in den Arm nahm.

»Mom kann manchmal richtig blöd sein. Wenigstens ist sie für die nächsten Stunden weg.« Holden und Dad trieben sich draußen bei der Rinderherde herum, sodass Kayla und ich allein im Haus waren. »Sollen wir was spielen, solange keiner da ist?« Wir hatten so selten Zeit für uns und ich fand die sturmfreie Bude sollten wir ausnutzen.

Kayla grinste mich an. »Soll ich dir was zeigen?«

»Klar.« Ich nickte und war auf der Stelle neugierig. »Was denn?«

»Es ist in Grandpas Zimmer.«

»Aber da dürfen wir ohne Erlaubnis nicht rein.« Ich war noch immer sauer, dass ich Grandpa mein schönes Zimmer überlassen und zu allem Übel bei meinem schnarchenden Bruder schlafen musste.

»Es ist ja niemand da. Komm mit.« Sie zog mich an der Hand zu meinem früheren Reich und öffnete so vorsichtig die Tür, als hätte sie Angst, meinen Grandpa zu wecken. Kichernd schlüpften wir hinein und ich sah mich wehmütig um. Außer der hellgrünen Tapete erinnerte nichts mehr an mein ehemals wunderhübsches Zimmer. Uralte Möbel standen an den Wänden, dazu ein Metallbett, das man hoch- und runterlassen konnte. Angewidert entdeckte ich den Nachttopf darunter und atmete flach. Ein eklig süßlich-schimmliger Geruch lag in der Luft, von dem mir ganz schlecht wurde. Unterdessen

kramte Kayla in Grandpas Schrank nach irgendwas und drehte sich um. In der Hand hielt sie einen Revolver. Vor Schreck machte mein Herz einen Satz.

»Kayla, leg das Ding weg, das ist gefährlich.«

Sie winkte ab. »Der Revolver ist nicht geladen.« Wie zum Beweis drückte sie ab. Reflexartig hielt ich mir die Ohren zu, aber es folgte in der Tat nichts weiter als ein leises Klick.

»Hättest du geglaubt, dass unser alter Grandpa eine Pistole im Schrank versteckt?«

Ich begutachtete den schweren Revolver eingehend. Zwar war ich keine große Waffenkennerin, mein Dad besaß nur ein paar Gewehre, die er immer sorgfältig verschloss, aber ich schätzte, dass es sich um ein großes Kaliber handelte.

»Darf ich sie mal halten?« Behutsam nahm ich die Waffe an mich, wog das schwere Metall in der Hand und fühlte mich richtig erwachsen. Dad ließ uns Mädchen nie schießen, nur Holden bekam unter seinen strengen Blicken manchmal Schießunterricht.

»Mit dem Ding kann man bestimmt einen Bären erlegen«, sagte Kayla und beobachtete, wie ich mit der Waffe hantierte. Wie ein Cowboy ließ ich sie um meinen Zeigefinger kreisen und hätte sie beinahe fallenlassen.

»Pass auf«, mahnte Kayla. »Mach sie bloß nicht kaputt.«

»Mach ich schon nicht.« Unter einiger Kraftanstrengung spannte ich den Hahn, wie ich das in Westernfilmen gesehen hatte und fand mich richtig cool. Im Spaß zielte ich auf Kayla. »Hände hoch, du Strolch. Du bist verhaftet.«

Kichernd folgte sie meiner Anweisung. »Sheriff, ich habe überhaupt nichts getan, Sie müssen mich verwechseln.«

»So, du hast also nicht heimlich das Zimmer deines Grandpas durchsucht?«, fragte ich barsch und mit tiefer Stimme. Mein Finger zuckte prüfend am Abzug.

»Ich habe nur nach Essen für meine Familie gesucht«, sie klang gespielt weinerlich. »Bitte, Sheriff, stecken Sie mich nicht ins Gefängnis. Ich habe eine Frau und fünf Kinder zu Hause.«

»Das hättest du dir vorher überlegen sollen, du Schuft. Los, jetzt.« Ich stieß sie an der Schulter voran und stolperte über Grandpas Schuhe. Beim Versuch mich abzufangen, blieb ich an der Waffe hängen und ein ohrenbetäubender Schuss krachte durch den Raum. Ich stieß einen

erschrockenen Schrei aus. Der Nachhall klingelte schmerzhaft in meinen Ohren.

»Kayla«, keuchte ich. »Die Waffe war doch geladen.«

Meine Schwester sah mich versteinert an. Sie rührte sich nicht, stand einfach nur da.

»Kayla, alles in Ordnung?« Dann sah ich den riesigen roten Fleck auf ihrem Brustkorb, ihr gelbes T-Shirt war an der Stelle zerfetzt. Im nächsten Moment sackte Kayla in sich zusammen und fiel fast lautlos zu Boden. Ganz ruhig lag sie mit geschlossenen Augen da.

»Kayla«, kreischte ich, und warf mich neben sie. »Das wollte ich nicht, bitte entschuldige. Es tut mir so leid. Bitte mach die Augen auf.« In völliger Verzweiflung rüttelte ich sie an der Schulter. »Wach auf, wach auf!« Tränen tropften von meinen Wangen auf meine Schwester, ich sah alles nur noch wie durch einen Schleier. Aber Kayla regte sich nicht, so sehr ich sie auch darum bat und schließlich sogar bettelte, ihre Augen blieben zu. »Ich wollte dir nicht wehtun.« Ich hyperventilierte, bekam kaum noch Luft. Von einem heftigen Weinkrampf gepackt, sank ich neben ihr zusammen und legte einen Arm um ihren Bauch. »Das wollte ich nicht«, flüsterte ich immer wieder.

Die jähe Erinnerung an diesen furchtbaren Tag, die mich so hinterrücks überfallen hatte, wischte die lockere Stimmung des Ausflugs mit Kayne von dannen. Sie verflog wie Kreidestaub von einer Tafel. Kayla war tot, durch meine Schuld. Ich hatte meine kleine Schwester umgebracht. Dieses süße lebensfrohe Mädchen mit den vielen Plänen. Ich persönlich hatte ihr die Chance auf eine wundervolle Zukunft geraubt. Statt ihr Leben in vollen Zügen zu genießen, lag Kayla schon seit vierzehn Jahren in einem düsteren Grab, in das ein Kind nicht hineingehörte.

Plötzlich hielt Kayne sein Pferd an, er musterte mich durchdringend, schien meine geistige Abwesenheit bemerkt zu haben. Um ihn nicht misstrauisch zu machen, zwang ich mich zu einem gepressten Lächeln und ließ meinen Blick über die zwischen ein paar Felsen versteckte Wasserstelle mitten in der Wüste gleiten. Die Oberfläche schillerte türkis in der Abendsonne und gab dem Fleckchen Erde einen romantischen Anstrich.

»Machen wir eine kleine Pause.« Kayne klopfte auf seine Satteltasche. »Keith hat uns Proviant eingepackt, damit wir nicht verhungern.«

»Das klingt wundervoll.« Ich stieg von meinem Pferd und streckte meinen verspannten Rücken durch. »An dieser Stelle die Sonne untergehen zu sehen, ist bestimmt traumhaft.«

Er zwinkerte mir zu, während er ebenfalls aus dem Sattel stieg. »Kleine Romantikerin. Wofür habe ich dir ein Safeword gegeben?«

Ein Ruck ging durch mich hindurch. Gefangen in den wunderschönen Eindrücken, die die Natur uns als herrliches Spektakel bot, hatte ich meinen Deal mit Kayne komplett verdrängt. Hatte er mich deswegen an diesen einsamen Ort gelotst? Selbst wenn ich in dieser Einöde mein Safeword aussprach, gab es keinerlei Gewissheit, dass er sich an die Regeln hielt. Niemand würde mir mitten in der Wildnis zu Hilfe kommen.

»Was hast du vor?« Meine Unterlippe bebte, während Kayne die Riemen der Satteltasche löste, und eine Flasche Sekt sowie eine Dose mit Sandwiches hervorzauberte. Er kramte noch zwei Plastikbecher heraus.

Einen Herzschlag lang hielt er inne, bevor er mit der Flasche in der Hand auf einen flachen Felsen direkt am Ufer deutete. »Setzen wir uns hin.«

Kayne ging voraus, legte die Sandwiches auf dem Stein ab und ließ den Korken knallen, der hoch in die Luft sauste. Schäumende Flüssigkeit perlte über seine Hand. Rasch füllte er die Plastikbecher voll.

»Komm her zu mir.« Er hielt mir einen Becher hin. Ich musste zugeben, dass mich mehr und mehr die Courage verließ. Je länger ich dastand, desto heftiger trommelte mein Herz in der Brust, umso lauter rauschte mein Blut in den Ohren. Mir entging das typische Aufblitzen in seinen Augen nicht, das immer dann erschien, sobald er irgendwas Undurchsichtiges in seinen Gedanken durchspielte. Einerseits wollte ich nur zu gern erfahren, was in ihm vorging, andererseits war mir die Gefahr zu eklatant hoch, diese Fantasie könnte mit mir zu tun haben. Um ein Haar hätte ich mich lächerlich gemacht und das Safeword einfach so ins Nirgendwo gerufen.

Kayne stellte die Becher auf dem Felsen ab, ehe er bedächtig auf mich zuschritt. Je näher er mir kam, desto verrückter schoss mein System Adrenalin durch meine Venen. Kurzzeitig kam ich mir vor, als würde ich an einem einsamen Ort unvorbereitet einem vollkommen Fremden gegenüberstehen. Ein mir bisher völlig unbekanntes Gefühl von Sehnsucht und gleichzeitiger Höllenangst überrollte mich. Einerseits wünschte ich mir nichts sehnlicher, als in Kaynes muskulösen Armen zu liegen.

Die Art wie er den Kopf hielt, wie er aufrecht und selbstbewusst vor mir stand, hatte etwas Beschützendes an sich und ließ mich trotz der lauernden Ungewissheit ein Stückweit für ihn schmelzen. Kayne war ein gefährlicher Player, ein leidenschaftlicher Lover, ein unterhaltsamer Gesprächspartner, ein verständnisvoller Freund, alles in einer Person. Er vereinte so viele unterschiedliche Facetten in sich, dass es für zehn Normalsterbliche ausgereicht hätte. Ich liebte es, wie ihm diese widerspenstige Stirnfranze ins Gesicht hing, die winzige Strähne ihm trotzte, wann immer er sie zurückstrich. Trug er wie jetzt dieses halbe Lächeln im Gesicht, zeichnete sich ein niedliches Grübchen auf seiner rechten Wange ab, das ein wenig das Lasterhafte in seinen Augen kaschierte. Gott, er war so attraktiv, die Aura, die ihn umgab, diese Präsenz, die sein bloßes Erscheinungsbild verkörperte, machte mich vom Fleck weg willenlos. Am liebsten würde ich vor ihm auf die Knie sinken und ihn bitten, für immer die Seine werden zu dürfen. Keinen Tag, keine Nacht würde ich in Zukunft ohne diesen Mann mehr überstehen. Ich hatte mich selbst in eine aussichtslose Lage katapultiert, denn Kayne trieb nur seine Spielchen mit mir und das sogar noch mit offenen Karten.

Mein Puls pochte fast schon schmerzhaft im Hals, als er dicht vor mir stand. Sein atemberaubender Duft nach Amber, Zimt und Testosteron hatte eine betörende Wirkung auf mich. Ich konnte nicht anders und atmete seinen unnachahmlichen Duft tief ein, sog diese aufregende Mischung in jede Körperzelle. Alles an diesem Mann machte mich schwach. Ich verstand mich selbst nicht mehr. Meine Hand zitterte, als ich mir eine wirre Locke aus dem Gesicht strich. Natürlich bemerkte er meinen inneren Aufruhr sofort.

Wie in Zeitlupe legte er beide Hände auf meine Taille und mir entfuhr ein erschrockener Laut. Was würde er jetzt mit mir anstellen? Würde er mich schlagen? Eine brutale Vergewaltigungsszene mit mir nachstellen? Mich fesseln? Meine Lider flatterten, als ich sie langsam hob. Kayne beobachtete jede meiner minimalistischen Regungen, zu mehr war ich nicht fähig. Obwohl mein Verstand mir eindringlich ans Herz legte, sofort die Füße in Bewegung zu setzen und in wilder Flucht das Weite zu suchen, konnte ich mich nicht bewegen. Ein paar Mal schon hatte ich mir vorgestellt, wie es sich wohl anfühlte, mich Kayne in allerhand dunklen Episoden hinzugeben. Letztendlich hatte ich mich in Gedanken während dieser Sessions jedoch immer an Orten gesehen, die für andere im Notfall zugänglich waren. Einen der Playrooms beispielsweise, von mir aus auch sein Schlafzimmer inmitten der Kleinstadt, in der er lebte. Diese Abgeschiedenheit als Showbühne für den allerersten Akt unserer Vereinbarung zu wählen, war mir eine Nummer zu heiß.

»Kayne«, krächzte ich und räusperte mich. Mein Herz klopfte so heftig in meiner Brust, dass ich glaubte, es würde gleich zerspringen.

Er beugte sich dicht an mein Ohr, sodass sein warmer Atem über meine Wange wehte und mich ein wohliger Schauer schüttelte. Himmel, dieser Mann hatte eine so unglaubliche Wirkung auf mich, dass es schon nicht mehr normal war. Ich spürte, dass Kayne mein Verderben sein könnte.

»Angst und Erregung gleichzeitig können eine betörende Mischung sein, nicht wahr?« Sachte knabberte er an meinem Ohrläppchen und schickte ein Bataillon Lustblitze direkt in mein Höschen.

»Was hast du mit mir vor?« Meine Stimme bebte vor Schiss, obwohl alle empfindlichen Stellen in mir surrten.

»Mit dir den Sonnenuntergang betrachten und dazu ein Glas Sekt trinken«, raunte er, sein Bartschatten kitzelte mich am Hals, den er mit sanften Küssen verwöhnte. Bei allen Heiligen, dieser Mann konnte so unglaublich zärtlich sein, wenn er wollte.

»Keine Session?«, hakte ich gepresst nach und wartete

angespannt auf seine Antwort. Halb war ich geneigt, vor lauter Aufregung meine Finger in sein Hemd zu krallen, zügelte mich jedoch im letzten Augenblick. Ich war so eine gottverdammte Memme.

»Du machst mir nicht den Eindruck, als ob du scharf auf ein bisschen harten Sex wärst.« Sein leises Lachen floss durch mich hindurch wie Kokosblütensirup.

»Aber die Abmachung?« Ich stöhnte wohlig auf, als seine Zungenspitze auf die empfindliche Stelle traf, unter der meine Halsschlagader wild pochte. Ganz sicher fühlte er meinen wallenden Blutdruck.

»Cherie, glaub mir. Sobald es zwischen uns beiden richtig zur Sache geht, wirst du jede einzelne Sekunde davon genießen. Dein kleiner heutiger Vorgeschmack ist nichts im Vergleich zu der Gefühlsexplosion, die du dann erleben wirst. Genieße die Vorfreude, denn deine erste Lektion kommt ohne Vorwarnung.«

Er ließ mir keine Zeit, seine Ansage zu verdauen, sondern nahm stattdessen meine Hand. Flüchtig führte er sie an seine Lippen und küsste meinen Handrücken, bevor er mich zu dem Felsen führte, wo der Sekt auf uns wartete.

Wir setzten uns nebeneinander auf den warmen Stein, Kayne legte einen Arm um mich und prostete mir zu. Dabei trug er dieses charmante Lächeln im Gesicht, dem ich noch niemals hatte widerstehen können. Verwischt war die zügellose Gier in seinen Augen, stattdessen strahlte er den vollendeten Gentleman aus. Wir nippten an unseren Bechern und betrachteten schweigend, wie die Sonne rotglühend am Horizont versank.

KAPITEL 21

KAYNE

Ungewöhnlich nachdenklich saß ich an meinem Schreibtisch und konnte mich nur halbwegs auf meine Arbeit konzentrieren, was mir nur selten passierte.

Ich war ein absoluter Workaholic. Ein Haufen Planungen für Pussycat Productions standen an. Ich hatte beschlossen, die Filmfirma zu vergrößern und vielleicht sogar ein Studio in Hollywood zu eröffnen. Dort hätte ich die Möglichkeit, mit einem richtig professionellen Team zusammenzuarbeiten, was den Filmen erst die besondere Note verleihen würde. Zwar war ich im Großen und Ganzen mit Yashas Arbeit zufrieden, allerdings störte mich die Eintönigkeit der Streifen, die sich oftmals lediglich durch die wechselnden Darstellerinnen unterschieden. In dieser Hinsicht war der Russe so unglaublich fantasielos. Auf Dauer wollte ich den Zuschauern mehr bieten, sie mit jedem Clip aufs Neue überraschen und der erfolgreichste Produzent in der Pornobranche werden.

Seufzend lehnte ich mich zurück. Der Hauptgrund, weshalb ich heute nicht richtig bei der Sache war, lag an der süßen und bezaubernden Lainey. Wie hatte ich ihre latente Angst vor mir genossen und gleichzeitig gespürt, dass auch sie dieses Gefühl immer stärker antörnte. Am Ende unterschätzte ich die Kleine und mein Vanilla-Mädchen war doch besser für meine Zwecke geeignet, als ich mir in meiner Vorstellung ausgemalt hatte.

Unterschwellig hatte ich ihre Bereitschaft für Erfahrungen der ganz besonderen Art schon länger realisiert und meine Neugierde auf diese verruchte Seite in ihr wuchs stetig.

Die Tür zu meinem Büro schwang auf und Aidan platzte ohne Anzuklopfen ins Zimmer. Ich zuckte erschrocken zusammen und sah hoch.

Er grinste mich breit an. »Wie ich gehört habe, hast du vorgestern den neuen Geschwindigkeitsrekord nach Las Vegas aufgestellt.«

»Du Arschloch.« Ich spürte, wie meine Augenbrauen sich zusammenzogen.

»Du bist so schnell abgehauen«, verteidigte er sich achselzuckend, »als wäre eine deiner Verflossenen hinter dir her. Ich hatte gar keine Gelegenheit, dir zu erzählen, dass es den beiden prima geht.«

Ich wusste, dass der Blödmann die Sache unglaublich witzig fand. Noch nie in meinem Leben hatte ich mich wegen einer Frau dermaßen zum Affen gemacht. Unwillkürlich pochte mein Herz, als ich an die Ängste dachte, die ich vorgestern wegen Lainey ausgestanden hatte. Mit genügend Abstand wusste ich nicht einmal mehr warum. Sie war nur eine unter vielen.

Aidan musterte mich langanhaltend und gründlich, weshalb ich rasch eine professionelle Miene wahrte. Der Kerl durchschaute mich mit links und ich wusste, er las gerade irgendwas Bescheuertes in meinem Gesicht.

»Was gibt's?«, wechselte ich das Thema und verschränkte die Finger auf dem Schreibtisch ineinander, um meinem besten Freund allein mit meiner physischen Präsenz zu verdeutlichen, was ganz oben auf meiner Prioritätenliste stand. Das Geschäft.

»Heute flatterten sämtliche Genehmigungen für den neuen Club in Lyon County ins Haus. Die Pläne dafür stehen mittlerweile auch. Wir können also demnächst mit der Errichtung des Lady's Paradise loslegen. Unserem Sündentempel für alle einsamen und untervögelten Frauen.« Er lachte laut, seine gute Laune war fast schon beispielhaft. Wie viel Elan der Kerl in diesen Weiberpuff steckte, mehr als bewundernswert. Aidan trieb sein neues Bauvorhaben dermaßen schnell voran, dass sich die Ladys mit ziemlicher Sicherheit bereits in einem halben Jahr so richtig schön flachlegen lassen konnten. Sofern sie sich überhaupt ins Gebäude wagten, was ich anzweifelte.

»Wer wird den Club denn jetzt leiten?« Ich lehnte mich zurück.

Aidan setzte sich mir gegenüber auf den Besuchersessel. »Darüber zerbreche ich mir in den nächsten Monaten den Kopf. Mir will einfach niemand geeignetes einfallen, dem ich die Leitung übertragen könnte. Es müsste jemand sein, der zwar Ahnung vom Business hat, aber auch feinfühlig und zuvorkommend ist. Ein seriöser Geschäftsmann, dem die Ladys auf den ersten Blick vertrauen und der ihnen jeden Wunsch vom Gesicht abliest.«

Ich konnte mir ein Schmunzeln nicht verkneifen. »Mit anderen Worten, ich scheide für den Job schon mal aus.«

»Definitiv«, stimmte mir Aidan nickend zu. Das war nicht nett. »Ausflüge in irgendwelche Folterkeller sind keine gute Werbung für den neuen Club. Außerdem wirst du hier gebraucht.«

»Allerdings«, gab ich ihm einzig zum letzten Satz recht, dabei schwirrte seltsamerweise Laineys süßes Gesicht durch meinen Kopf. »Ich werde hier gebraucht.« Und wie ich das wurde. Meine gegenwärtige Spielgefährtin war zehntausendmal interessanter, als die Mauerblümchen, die Aidan in seinen dämlichen Club locken wollte.

»Ich fasse es nicht.« Er schüttelte missbilligend den Kopf, »was hast du mit dieser unbedarften Frau vor?«

»Das weiß ich noch nicht. Bisher hat sie lediglich ein Safeword von mir erhalten.«

»Du Mistkerl«, brummte Aidan, eine steile Falte zeigte sich zwischen seinen Augenbrauen. »Nachdem du mit ihr fertig bist, ist die Kleine auf alle Zeiten geschädigt. Warum suchst du dir zum Spielen nicht wenigstens eine in deinem Kaliber?«

Ich beugte mich ein Stückweit vor, langsam machten mich seine andauernden ungerechtfertigten Vorhaltungen richtig sauer. »Du weißt überhaupt nicht, was zwischen mir und Lainey abläuft. Vielleicht will sie ebenfalls ihre Grenzen ausloten. Schon mal darüber nachgedacht? Seit wann bist du so kleinkariert?«

»Wenn ich sie ansehe, bemerke ich nur eine einzige Sache,

welche die Kleine aus tiefstem Herzen will. Und das bist du! Den Mann Kayne.«

Warum musste er den Sachverhalt unbedingt von seiner Schattenseite aus betrachten? Überhaupt, seit wann stand der Kerl nicht mehr auf meiner Seite? Ich hatte so schön Laineys emotionale Komponente verdrängt, die viel zu offensichtlich einen großen Teil zu ihrer Zustimmung auf das große Abenteuer beitrug, welches sie mit mir erwartete. Andererseits musste ich zugeben, dass mich ihre verliebten Gefühle nicht einmal störten, zumindest nicht in dem Maße, wie es mich bei ihren Vorgängerinnen genervt hatte.

»Warum tust du ihr das an, Kayne?«, ließ er nicht locker und zum ersten Mal ertappte ich mich bei etwas, das sich wie Verlustangst anfühlte. Als wollte Aidan sie mir wegnehmen.

»Ich tue ihr überhaupt nichts an.« Mein Tonfall klang todernst. »Sie will es genauso.«

»Warum gibst du ihr nicht die Chance auf eine normale Beziehung?«

»Was?«, fragte ich entsetzt.

»Nicht mit dir«, beschwichtigte er beide Hände vor seinen Brustkorb haltend, »ich weiß, dass du dazu nicht in der Lage bist. Aber ihr würde ein Mann, der sie wirklich liebt, und der für sie da ist, bestimmt guttun. Warum entlässt du sie nicht aus deinen Fängen, damit Judson zum Zug kommen kann. Er ist ein guter Kerl und hat, wie es aussieht, ehrliche Gefühle für sie. Möchtest du Lainey nicht glücklich sehen?«

»Ich werde sie ganz bestimmt nicht diesem Wichser überlassen.« Mein Kiefer schmerzte, so heftig biss ich die Zähne bei der Vorstellung zusammen, wie Judson sich mit meinem Mädchen in den Kissen tummelte. Auf gar keinen Fall! Niemals!

»Was du tust, ist verantwortungslos«, seine Stimme schwoll an. »Du weißt nichts über diese Frau. Wo kommt sie her? Wer sind ihre Eltern? Was hat sie in der Vergangenheit gemacht?« Er beugte sich in meine Richtung. »Irgendwas stimmt nicht mit ihr, Kayne und ich befürchte, du bist im Begriff, eine große Dummheit zu begehen. Du gehst doch sonst auch nicht so unbedarft vor. Jede unsere Angestellten wird gründlich durchleuchtet, bevor sie hier anfängt und was ist mit Lainey?«

»Du hast sie eingestellt, nicht ich«, erwiderte ich scharf und deutete mit dem Zeigefinger auf ihn.

»Als Aushilfe für ein paar Wochen, ja. Mittlerweile wohnt Lainey jedoch bei dir, was den Sachverhalt dann doch beträchtlich ändert. Wer weiß, in welche Schwierigkeiten sie dich noch bringt. Lass die Kleine ziehen, Kayne. Soll sie ihr Glück bei Judson finden.«

In Aidans Argumentation lag zu viel Stichhaltiges für meinen Geschmack, dennoch war ich nicht in der Lage, mein Vanilla-Mädchen jetzt schon freizugeben. Das Spiel hatte ja noch nicht mal begonnen. Und mit tausendprozentiger Sicherheit würde ich nicht zuschauen, wie Judson seine Drecksfinger an diesen makellosen Körper legte. Somit war Aidans gutgemeinter Ratschlag binnen eines Wimpernschlags vom Tisch.

»Ich denke darüber nach«, lenkte ich um des lieben Frieden Willens ein, obwohl ich fand, dass es ihn einen Scheißdreck anging, mit wem ich vögelte. Genauso wie Vivien übrigens, die mich die ganze Zeit über mit schwärmerischen Nachrichten über ihre neue Freundin Lainey bombardierte, und mein Smartphone zumüllte.

»Tu das.« Er stand auf, wirkte allerdings nicht überzeugt von meinem Zugeständnis, als es im selben Augenblick an der Tür klopfte und Joanne eintrat. Sie sah immer noch nicht besser aus, die Trennung machte der Ärmsten richtig zu schaffen. Zwar war sie nicht mehr verheult und zerzaust, hatte aber mindestens fünf Kilogramm abgenommen und die Schatten unter ihren Augen leuchteten beängstigend groß und dunkel. Obwohl wir ihr eine Woche Urlaub angeboten hatten, erschien sie trotzdem jeden Tag pünktlich im Büro. Die Arbeit lenkte sie am besten ab, meinte sie. Und genau ihr gequälter Anblick war der Hauptgrund, weshalb ich so unsagbar froh war, dass mir Herzschmerz dieser Art erspart blieb.

»Aidan, Kayne, gut, dass ich euch zusammen antreffe.« Sie brachte uns ein Blatt Papier. Ihre Hand zitterte. »Das solltet ihr euch sofort ansehen.«

Sie reichte den Zettel Aidan. Der fing an zu lesen, mit jeder Sekunde, die verging, legte sich seine Stirn in noch tiefere Falten.

»Was zum Teufel«, fluchte er und sah Joanne fragend an,

während er den Wisch an mich weiterreichte und ich bereits mit einem einzigen Blick das gesamte Ausmaß erfasste.

Ein Erpresserbrief!

»Woher stammt der Schund?« fragte Aidan.

»Der Brief kam ganz normal mit der Post. Laut Poststempel wurde er in Las Vegas aufgegeben«, gab Joanne Auskunft, die sich erschrocken anhörte. »Ich habe ihn eben erst geöffnet und bin damit gleich zu euch gekommen.«

Währenddessen studierte ich das Schreiben, das per Computer getippt worden war. Irgendwer verlangte eine Million Dollar, darüber hinaus, dass ich mich umgehend als Teilhaber aus dem Geschäft zurückzog und gleich auch noch Nevada verließ. Lächerlich! Ansonsten würde diese Person dafür sorgen, dass wir das Gentleman's Paradise für immer schließen mussten. Wenn uns das Wohl unserer Gäste am Herzen lag, sollten wir besser tun, was der Verrückte verlangte, ansonsten würde es für einige Leute ein schlechtes Ende nehmen. Außerdem wollte sich der Verfasser demnächst wieder wegen des Lösegeldes melden, bis dahin sollte ich alles für meinen Rücktritt in die Wege geleitet haben.

»Was zum Teufel.« Mehr brachte ich nicht über die Lippen, der Schock saß mir zu tief in den Knochen. Auch Aidan schüttelte nur fassungslos den Kopf.

»Wir werden erpresst«, sagte er schließlich mit belegter Stimme, bevor er von einem wütenden Schrei begleitet, gegen meinen massiven Schreibtisch trat.

»Dieses verdammte Arschloch. Wer auch immer diesen Dreck verzapft hat, ich werde es herauskriegen und mir den Scheißkerl vorknöpfen. Und glaub mir, nachdem ich mit dem Schweinehund fertig bin, wird er sehr lange nicht mehr in der Lage sein, Erpresserbriefe zu verfassen.«

»Woher willst du wissen, dass ein Mann dahintersteckt?« Ich lehnte mich zurück und überlegte. Auf Anhieb fielen mir eine ganze Reihe Leute ein, die ein Motiv hätten. Und dabei handelte es sich nur um diejenigen, die ich persönlich kannte und irgendwann in meinem Leben einmal mit irgendwas angepisst hatte. Zu meinem größten Leidwesen befanden sich nicht nur Männer in der Liste meiner Verdächtigen. Faye kam mir in den

Sinn, die einfach keine Ruhe gab und mir dauernd eifersüchtige Nachrichten schickte, in denen sie mir entweder sämtliche Schimpfwörter an den Kopf warf, oder mich verbal auf Knien anflehte, zu ihr zurückzukehren. Oder Judson, der Drecksack. Sogar mein Vater hätte ein Motiv, obwohl das abwegig klang. Ich war sein Sohn, sein Fleisch und Blut. Anna käme genauso infrage. Vor Faye hatte ich auch noch unerfreuliche Trennungen mit zwei Frauen durchgemacht, die sich hinterher als komplette Psychopathinnen herausgestellt hatten. Dieser Personenkreis zählte lediglich zu einer winzigen Auswahl an Verdächtigen aus meinem persönlichen Umfeld, die mir spontan einfielen. Im Prinzip könnte jeder Mistkerl im gesamten Bundesstaat dahinterstecken, der dringend Geld benötigte. Mit der Drohung, einem unserer Gäste etwas anzutun, hatte der Schweinehund uns obendrein noch in der Mangel. Wir konnten somit nicht zu den Cops gehen, sicherlich würden die Behörden den Club aus reiner Vorsichtsmaßname heraus, sofort dichtmachen. Sowieso suchten die Wichser schon seit einer Ewigkeit nach Gründen, den in ihren Augen lasterhaften Laden zu schließen.

»In der Tat könnte auch eine Frau dahinterstecken«, riss Aidans Stimme mich aus meinen Grübeleien. »Vielleicht sogar Lainey. Braucht die Kleine nicht dringend Geld?«

Ich ruckte hoch. »Du spinnst.«

»Was weißt du über sie, Kayne?«

»Ich kenne sie mittlerweile gut genug, um zu wissen, dass sie keine Verbrecherin ist.« Von allen Menschen um mich herum, traute ich Lainey eine Erpressung am allerwenigsten zu.

»Bei mir steht sie auch nicht ganz oben auf der Liste der Verdächtigen, dennoch Kayne«, er deutete auf mich, »werde ich sie überprüfen lassen.«

»Okay.« Sollte er das tun. »Holen wir Spencer dazu, damit wir die verschärften Sicherheitsvorkehrungen für den Club mit ihm besprechen können.«

»Falls jemand von unseren Angestellten der Täter ist, was dann?« Aidan setzte sich wieder, während Joanne das Zimmer verließ. »Ich halte diese Möglichkeit sogar für sehr wahrscheinlich.«

»Daran habe ich auch schon gedacht.« Ich goss uns zwei

Gläser Whisky ein, jetzt hatte ich einen Schluck bitter nötig. »Wir müssen dringend und sofort einen verschärften Sicherheitsplan ausarbeiten, in den die Mitarbeiter nur zum Teil eingeweiht sind. Zudem werden wir ihnen erzählen, dass wir mit unseren Nachforschungen nach dem Täter schon ein großes Stück vorankamen. Jeder Angestellte erhält eine abweichende Information, vielleicht haben wir Glück und unser Erpresser verrät sich dadurch.«

Aidan nahm einen großen Schluck aus seinem Glas und hielt die Flüssigkeit kurz im Mund, bevor er hörbar schluckte. »Das klingt nach einem cleveren Plan. Die Cops können wir nicht einschalten, sonst ist der Laden sofort dicht. Wir müssen zudem ein gutes Auge auf die Gäste und die Mädchen haben und zwar jede Nacht. Vielleicht bemerken wir in nächster Zeit schon etwas Verdächtiges. Spencer hat den besten Draht zu unseren Angestellten und kann die Gerüchte am wirkungsvollsten streuen.«

Ich tippte Spencers Kurzwahlnummer ins Handy und bestellte ihn ins Büro.

KAPITEL 22

LAINEY

In der Gentleman's Bar war die Hölle los, denn auf der Bühne wurde heute eine spektakuläre Show geboten. Spencer hatte mir auf der Fahrt zum Club erzählt, dass die Stammgäste regelmäßig im Newsletter des Gentleman's Paradise über die verschiedenen Events unterrichtet wurden und sehnsüchtig auf jedes einzelne warteten.

Soeben wurde Anna von zwei Securitys über die hinteren Treppen auf die Bühne geführt, wo bereits ein riesiges Kreuz in Form eines X stand. Ihr silberner und mehr als knapper Strap-Body glitzerte bei jeder Bewegung. Das sonst rückenlange schwarze Haar trug sie zu einem strengen Knoten am Hinterkopf gebunden. Die Musik wechselte zu einem lasziven, halb gestöhnten Lovesong. Gleichzeitig wurde das Licht gedimmt, lediglich ein greller Strahler setzte Anna wirkungsvoll in Szene. Sie sah aus, als wäre sie nicht von dieser Welt, als wäre sie ein außerirdisches Wesen, das zu uns auf die Erde gesandt wurde, um den vielen Menschen im Club eine noch nie dagewesene Offenbarung zu schenken. Ich hatte keine Ahnung, was uns bei dieser Show erwartete, musste jedoch zugeben, dass eine voyeuristische Neugierde in mir hochkroch.

Als mir jemand eine Getränkebestellung zurief, riss ich mich schweren Herzens von dem interessanten Schauspiel los und widmete mich wieder meinem Job. Im Augenwinkel nahm ich noch wahr, dass ein Mann die Bühne betrat, der nur mit einer schwarzen Hose bekleidet war. Die Hälfte seines Gesichtes bedeckte eine schwarze Maske aus Stoff, was dem Unbekannten einen gefährlichen Anstrich verlieh und ich hielt unwillkürlich den Atem an. Sein Oberkörper war muskulös und durchtrainiert, auf den ersten Blick bemerkte ich jeden einzelnen steinharten Bauchmuskel, der sich wie ein Wellenspiel aneinanderreihte. Sogar mein unbedarftes Ich erkannte, dass diese Show sicherlich nicht auf eine harmlose Stripsession hinauslaufen würde.

Mit dem Unterarm wischte ich mir Schweißperlen von der Stirn, bevor ich weiter die bestellten Getränke der Gäste eingoss, die sich an der Theke drängten. Schon wieder half Grace hinter dem Tresen aus, obwohl der Arzt ihrem geschundenen Arm strikte Ruhe verordnet hatte. Ihre verletzte Schulter heilte nur langsam, weil sie dauernd im Club herumwirbelte und nicht stillhalten konnte. Nicht einmal Aidans strenge Ansage diesbezüglich zeigte Wirkung, weshalb sogar er schließlich genervt aufgegeben hatte und sie machen ließ. Ich konnte ihr nicht einmal sagen, dass sie mit dem Bardienst aufhören und ihren geschienten Arm schonen sollte, denn ich bekam den Ansturm allein mit Sicherheit nicht unter Kontrolle.

»Wie geht es deiner Schulter?«, fragte ich dennoch besorgt nach, mich plagte ein schlechtes Gewissen.

Grace schenkte mir ein breites Lächeln. Sie wirkte munter und bestens gelaunt. »Halb so wild. Ich habe jetzt eine Technik raus, mit der ich meine rechte Schulter völlig stillhalten kann, während ich arbeite. Siehst du.« Wie zum Beweis goss sie schwungvoll Champagner in zwei hohe Gläser und stellte eines nach dem anderen vor Judy und deren männliche Begleitung. Einem grauhaarigen Mann, bestimmt dreimal so alt wie die Ärmste. Schon ging es mir wieder besser, und ich war vollauf damit zufrieden, einfach hinter der Bar stehen und den Gästen ihre Drinks servieren zu dürfen.

Immer wieder schielte ich in Richtung Bühne, obwohl ich gar nicht hinsehen wollte, linste dann aber doch wie unter Zwang hin. Soeben kettete der Maskierte Anna mit bedächtigen Bewegungen an Armen und Beinen an das X. Er zelebrierte ihre Fesselung wie eine Zeremonie. Ihr Kopf fiel in den Nacken, eine demütige Geste, als wollte sie ihrem Gebieter mitteilen, dass sie alles, was gleich folgte, willig und bereit entgegennahm. Plötzlich wollte ich wissen, wie es sich anfühlte, angebunden und wehrlos einem Mann vollkommen ausgeliefert zu sein. Kribbelnde Erregung blitzte bei diesem Gedanken in mein Höschen, ehe sich Hitze im gesamten Unterleib verteilte. Was würde er mit ihr anstellen? Ich erschrak, als der Kerl sich eine Art Peitsche, an der unzählige Schnüre hingen, reichen ließ, die er mit der anderen Hand umfasste und straffte. Mit großen Schritten ging er vor Anna auf und ab und musterte sie eindringlich. Sie zerrte an den Manschetten, weshalb ich mich fragte, inwieweit der weitere Ablauf des Geschehens mit ihr abgesprochen worden war. Oder war alles reine Show? Ich hatte keine Ahnung.

Als mir die nächste Bestellung ins Ohr gebrüllt wurde, wandte ich mich rasch ab und goss zwei Gläser mit Weißwein voll.

»Anna hat keine Ahnung, wer der Kerl ist und was er mit ihr vorhat«, raunte mir Grace ins Ohr und ich erstarrte.

»Nicht? Ich dachte, das wäre Teil der Show.«

Sie lächelte. »Ein besonderer Kick für Anna, sie hat sich diese Session gewünscht und ich bin mir sicher, unser Mädchen wird großen Spaß daran haben. Wie ich gehört habe, ist der Maskierte einer der bekanntesten Doms von Las Vegas. Somit weiß er genau, was er tut und wird Anna eine ganz besondere Behandlung angedeihen lassen, da bin ich mir sicher.«

»Ich würde sterben, wenn ich dort oben stehen müsste«, gab ich zu und scannte die Clubkarte des Gastes, um die Getränke aufzubuchen.

»Anna hat vorab ein Safeword von ihm erhalten, sie kann somit die Session jederzeit beenden«, erklärte Grace.

»Auch auf der Bühne?«

Sie nickte. »Selbstverständlich. Niemand muss Grenzen überschreiten, die er nicht will. Selbst bei einer Show nicht. Aber mich würde schwer wundern, sollte sie es rufen.«

Ich schluckte. »Warum?«

»Schätzchen«, sie tätschelte mir die Wange. »Weil er genau weiß, wie weit er gehen darf, damit Anna immer noch Lust bei dem empfindet, was er gleich mit ihr anstellt. Allein darum geht es. Er wird Anna eine ganz besondere Erfahrung schenken.«

»Ein Kick.« Ich verstand.

»Ganz genau, und gleichzeitig ein krönendes Schauspiel für unsere zahlungskräftigen Gäste, die sich bei solchen Shows ein paar Anregungen holen können, um diese nachher mit den gebuchten Mädchen in den Playrooms nachzuspielen.«

»Steht Kayne auch auf solche Sachen?«, wagte ich die Frage zu stellen, die mir am meisten auf dem Herzen brannte.

»Kayne«, zog sie den Namen in die Länge, als würde sie überlegen. »Kayne ist ein Liebhaber der Extraklasse, würde ich mal behaupten.« Ihr Schmunzeln verriet mehr als tausend Worte.

Ein blonder Kerl tippte mir an den Oberarm. »Hey, gibt's jetzt endlich mal ein Bier, oder soll ich erst meine Peitsche schwingen?« Er hatte es scherzend gesagt, mit einem frechen Grinsen auf den Lippen, sodass ich nur schmunzelnd den Kopf schüttelte. »Kommt sofort.« Ich nahm die Flasche aus dem Kühlschrank und schraubte den Kronkorken ab, bevor ich sie ihm hinstellte und über seine linke Schulter hinweg auf die Bühne schielte. Ich konnte einfach nicht anders.

Im selben Moment griff der Maskierte an Annas Dekolleté und riss ihr den Body mit einer fließenden Handbewegung vom Körper. Ihre riesigen gemachten Brüste drängten sich prall in die Freiheit. Die Zuschauer jubelten und pfiffen vor Begeisterung.

Mein Mund klappte auf, kurz fehlte mir tatsächlich die Luft zum Atmen, denn der Dom strich genüsslich mit einer Hand über Annas prallen Busen, bevor seine Finger langsam nach unten wanderten. Das schamlose Treiben auf der Bühne entsetzte und faszinierte mich gleichermaßen, musste ich mir eingestehen. Alles im Gentleman's Paradise war neu und aufregend für mich. Jeder Abend hielt eine weitere Überraschung parat.

Unterdessen befestigte der Maskierte irgendwelche Klemmen, an denen kleine Gewichte hingen, an Annas Brustwarzen. Einen Moment lang verzerrte sich ihr Gesicht vor Schmerz, ehe sie ein lautes Stöhnen von sich gab. Die Männer im Zuschauerbereich spendeten Applaus. Erneut gelang es mir nur unter äußerster Selbstdisziplin, mich von Annas sexy Foltershow loszureißen, um meiner Arbeit nachzugehen. Rasch goss ich zwei Gästen ihre

Whisky on the rocks ein und schaufelte Eis für einen Mojito in ein Longdrink Glas. Währenddessen bekam ich im Augenwinkel mit, wie der Dom ausholte und die vielen langen Lederriemen über Annas Brüste tanzen ließ. Sie wand sich in ihren Fesseln, was ihrem Peiniger ein breites Grinsen entlockte. Er genoss sichtlich die Prozedur und holte erneut aus. Diesmal über die andere Seite, sodass ein symmetrisches Striemenmuster auf ihrer Haut erblühte, als wäre ihr Körper ein Kunstwerk. Autsch.

Während Anna hektisch atmete, beugte sich der Maskierte vor und nahm ihre linke Brustwarze in den Mund. Hingebungsvoll saugte er daran, sodass Anna genüsslich die Augen schloss. Als er sie über dem silbernen String zwischen den Beinen stimulierte, stöhnte sie so laut, dass es bis zu mir hinüberhallte.

»Gefällt dir die Show?«, riss mich eine Stimme aus meiner erstarrten Abwesenheit und sofort verfiel ich in hektischen Eifer. Ich schnappte mir ein leeres Glas vom Tresen und stellte es in die Spüle, ehe ich mich Kayne zuwandte. In meinen Wangen pochte es heiß.

»Es ist … mal was anderes«, erwiderte ich, nachdem ich mich wieder gefangen hatte. Vor lauter Gaffen hatte ich sein Herannahen nicht bemerkt.

Sein Blick schweifte zur Bühne, wo der Dom Anna soeben den Slip vom Körper riss und mit einem Finger tief in sie eindrang, was sie mit geschlossenen Augen sichtlich genoss. Wow, Anna hatte definitiv Spaß.

»Könntest du dir vorstellen, dich von mir an ein Andreas-Kreuz fesseln zu lassen?« Kaynes Blick scannte mich, als wäre er in der Lage, sämtliche meiner panisch-erregten Gedanken zu lesen. Und höchstwahrscheinlich entschlüsselte er sie auch problemlos. Gegenwärtig war ich nicht in der Lage, das heillose Durcheinander in mir auch nur halbwegs zu verbergen.

»Kayne … ich«, fing ich gepresst an und räusperte mich. Es war eine Sache, eine Session mit zwei Profis aus der Ferne zu beobachten. Schon dabei überkam mich - schubweise zumindest - ein Heidenschiss. Aber selbst angebunden werden? Ich rieb meine feuchten Handflächen aneinander.

Kaynes Lächeln war warm, wenngleich auch amüsiert.

»Cherie, am allermeisten turnt mich immer noch deine Angst an.« Ruckartig wandte er sich von mir ab, als wäre sein Interesse an mir schlagartig erloschen wie eine abgebrannte Kerze. Stattdessen widmete er seine volle Aufmerksamkeit der Show. Immer wieder glitt sein Blick über die Menschenmenge. Trotz der lockeren Art, mit der Kayne unsere Unterhaltung führte, wirkte er angespannt und ein wenig nervös. Spencer nickte ihm im Vorübergehen zu, worauf Kayne sich zurücklehnte. Gelassen und unnahbar. Eine ganze Reihe Frauen passierten ihn, schlenderten auffällig und mit schwingenden Hüften vor ihm auf und ab. Versuchten, seine Aufmerksamkeit zu erheischen. Kayne jedoch ignorierte sie allesamt und ich musste zugeben, mich freute sein öffentlich zur Schau gestelltes Desinteresse am anderen Geschlecht. Außerordentlich sogar. Mein Herz kribbelte, allein bei dem Gedanken, was Kayne wohl mit mir vorhatte – und vor allem *wann* er zur Tat schreiten würde. Ja, ich gab es zu, genau diese Unsicherheit wirkte auf eine kranke Art und Weise wie ein Aphrodisiakum auf mich. Ich kannte mich selbst nicht wieder. Um ehrlich zu sein, machten mich diese ganzen sich duellierenden Gefühle in meinem Inneren fix und fertig.

Eine hübsche brünette Frau steuerte ihn an. Ich kannte sie nicht einmal vom Sehen, sie war keine seiner Angestellten. Zu meinem Leidwesen war sie – wie konnte es auch anders sein - extrem aufreizend gekleidet. Sie trug einen knappen schwarzen Minirock zu einer eng anliegenden weinroten Bluse, die sie bis zum Bauchnabel aufgeknöpft hatte, sodass die Hälfte ihre Brüste vorwitzig hervorlugten. Mit ihrem selbstbewussten Auftreten und diesem Outfit könnte sie ohne weiteres die Belegschaft verstärken. Ein Tropfen Eifersucht schwelte in meinem Magen und brannte mir die Speiseröhre hoch.

»Kayne«, hauchte sie, als sie ihn erreicht hatte und blies ihm einen Kuss auf die linke Wange. Reflexartig wich er mit dem Kopf zurück, seine Miene wurde hart.

»Lilly, was machst du zu den öffentlichen Betriebszeiten im Club? Diese Unverschämtheit wird Will überhaupt nicht gefallen.« Er musterte sie zwischen zusammengekniffenen Augen. Erregung flackerte in Lillys Blick auf. Auf dieselbe Weise, wie Faye sie ihm damals offenbart hatte, als er so dominant und unterschwellig wütend auftrat. Seine eiskalte Art machte sie tierisch an, das erkannte ich sogar auf diese Distanz. Unter Garantie war zwischen den beiden schon mal etwas gelaufen – vielleicht vergnügten sie sich immer noch miteinander.

»Zwischen Will und mir ist es aus.« Zerknirscht schlug sie die Lider nieder. »Seine Spielchen sind mir zu langweilig geworden und seit damals muss ich pausenlos an dich denken. Du hast so viel mehr zu bieten, Kayne.« Ihre Lippen streiften seine Wange, während sie schamlos und in normaler Lautstärke mit ihm redete, sodass jeder um sie herum das Gespräch mitverfolgen konnte. »Ich will von dir benutzt werden, Kayne. Lass uns nach unten gehen und spielen.« Sie rieb tatsächlich ihre Brüste an seinem Brustkorb und ihm entglitt allen Ernstes ein Keuchen. Eine Sekunde später wandte er den Kopf und unsere Blicke trafen sich. Das Blut schoss mir heiß ins Gesicht. Kayne hatte mich auf frischer Tat beim Spionieren ertappt. Hastig schnappte ich mir ein paar leere Gläser vom Tresen und wischte mit einem feuchten Lappen über die Granitplatte, hielt aber weiterhin die Ohren gespitzt. Dieses Mal hoffentlich unauffälliger. Ich konnte meine Lauschattacke einfach nicht abstellen. Irgendwas sagte mir: jetzt wurde diese Unterhaltung erst interessant. Als ich es endlich wagte, den Kopf zu heben, blickte ich direkt in die rehbraunen Augen von Lilly, die mich ebenfalls aufmerksam taxierte. Allerdings nicht halb so abfällig, wie diese Faye das damals getan hatte. Nein, aus Lillys Blick sprach eindeutiges Interesse. Der Schreck fuhr mir durch alle Glieder. Etwa an mir?

»Vergiss es, Lilly«, hörte ich Kayne sagen, bevor er kopfschüttelnd lachte. Irgendwas schien ihn unglaublich zu erheitern. Was nur? Was, um Himmels Willen, fand er plötzlich so lustig?

»Ach, komm schon«, bettelte Lilly gurrend, dabei legte sie lasziv einen Arm um Kaynes Nacken und warf den Kopf zurück, als wäre sie eine Hollywood Diva. »Du bist doch sonst auch kein Spielverderber und für jeden Spaß zu haben.« Bedächtig fuhr sie mit dem Zeigefinger seinen Hals entlang. Er packte ihre Hand und hielt sie fest.

»Sie kennt diese Art von Spielchen nicht.« Auch er redete frei und laut, als hätte er nichts zu verbergen. Ihm war sowieso nichts peinlich, darauf könnte ich wetten. Noch immer hatte ich keine Ahnung, wovon die beiden quasselten. Ein Spieleabend? Scheiße. Das klang nicht nach Trivial Pursuit. Meine Füße bewegten sich keinen Inch.

Lilly kicherte. »Angst vor der eigenen Courage, mein Lieber? Sag bloß, du kannst mit zwei Frauen gleichzeitig nicht umgehen. Doch eine Nummer zu groß für den Master?« Sie grinste breit und reizte ihn mit ihrer frivolen Aufforderung sichtlich bis aufs Blut.

Ohne Vorwarnung packte Kayne sie im Genick und holte ihren Kopf dicht vor sein Gesicht. »Du solltest besser deine lockere Zunge im Zaum halten, falls du nicht riskieren möchtest, dass ich dir vor allen Leuten deinen knappen Rock hochschiebe und dir den Arsch versohle. Ich warne immer nur ein einziges Mal, das weißt du.«

Lilly verharrte stocksteif in der Pose, in die Kayne sie gezwungen hatte. Ihr Atem zitterte, während er aufrecht und einschüchternd vor ihr stand, sie um mehr als einen Kopf überragte. Lediglich sein dunkler hungriger Blick verriet, wie sehr er insgeheim Lillys Ungehorsam genoss.

»Das wirst du nicht wagen.« Nur mühsam verbiss sich Lilly ein Schmunzeln. Herausforderung schwang in jedem einzelnen Wort mit. »Ohne Erlaubnis, würdest du nie Hand an Wills Eigentum legen.«

»Ich dachte, ihr beide habt euch getrennt?« Kayne klang amüsiert. »Und glaub mir, ich brauche keine Einwilligung von Will, um dir Manieren beizubringen.«

Sie riss sich los und trat einen Schritt zurück. »Du hast doch nur Schiss. Wahrscheinlich kriegst du bloß keinen mehr hoch, Kayne«, sagte Lilly spöttisch, bevor sie sich umdrehte und Anstalten machte, zu verschwinden.

Sie war noch keinen Schritt weit gekommen, da schleuderte Kayne sie am Handgelenk zu sich herum. »Will hat dir in letzter Zeit eindeutig zu viele Frechheiten durchgehen lassen.« Erneut schnappte er sie im Genick, dieses Mal fester, bevor er sie bäuchlings über den Barhocker neben sich presste. Mit der anderen Hand schob er ihren Rock nach oben und meine Augen wurden groß. Sie trug nichts darunter. Mein Herz pochte dumpf in der Brust, während ich zu keiner Regung mehr fähig war. Selbst die Dom-Show auf der Bühne verblasste gegen das Schauspiel direkt vor meinen Augen, obwohl der Maskierte Anna soeben einen blitzenden Oversize-Dildo in die Vagina einführte.

Binnen eines Wimpernschlages wurde aus Kayne ein anderer Mann. Seine Bewegungen verlangsamten und sein Kiefer spannte sich an. Offenkundig genoss er jede einzelne Sekunde, während er ausgiebig Lillys wohlgeformte Kehrseite betrachtete. Ein paar Striemen hoben sich blassrosa von ihrer Haut ab, was mir durch und durch ging. Wie es aussah, war diese Frau öfter und gern ein böses Mädchen. Obwohl ich es nicht wollte, züngelte der Anblick der beiden bis in mein Höschen. Es war nicht wirklich Eifersucht, die in mir simmerte, dafür gingen die beiden zu emotionslos zur Sache. Zu meiner eigenen Beschämung herrschte der Drang in mir vor, mit von der Partie sein zu dürfen. Oh, Gott. Mich hatten alle guten Geister verlassen.

Zärtlich strich Kayne mit der flachen Hand über Lillys Kehrseite. Noch immer fixierte er sie im Nacken über dem hohen Barhocker und jeder Muskel in dieser Frau spannte sich an. Eine ganze Reihe Männer, die am Tresen saßen, beobachteten die beiden interessiert.

Dann klatschte Kaynes Hand mit Wucht auf Lillys nackten Arsch. Alle fünf Finger deuteten sich auf ihrer Haut ab. Lilly schrie auf und hielt sich am Tresen fest.

Zwei weitere Schläge folgten in schneller Folge, mindestens ebenso heftig ausgeführt, wenn nicht noch einen Tick härter. Ich hielt den Atem an. Ein genussvoller Zug hatte sich um Kaynes Mund gelegt, als wäre er ein Bildhauer, bei der Erschaffung eines besonderen Kunstwerks und bei genauerem Hinsehen war er das auch. Die Striemen seiner Finger waren symmetrisch angeordnet, die roten Streifen der hinterlassenen Fingerabdrücke formten ein Gitter.

Noch einmal holte Kayne weit aus, während Lilly ächzend den Kopf in den Nacken legte. Bestimmt bereute sie ihr loses Mundwerk bereits und ich beschloss auf der Stelle, Kayne nie mehr wieder irgendwelche widerborstigen Antworten zu geben.

»Es tut mir leid, Master Kayne«, rief sie.

»Deine Reue kommt ein wenig spät, Cherie.« Seine Hand klatschte auf ihre linke Pobacke und machte das Muster zunichte. »Du solltest noch vom letzten Mal wissen, dass ich dir keine Frechheiten durchgehen lasse. Und schon wieder legst du es darauf an.« Zärtlich streichelte er über die roten Male, als wolle er so das Brennen auf Lillys Haut löschen. Völlig unvorbereitet hob Kayne den Kopf und sah mir direkt in die Augen. Er gab mir einen Einblick in sein Inneres, in seine rabenschwarze Seele und die überbordende Lust, die in ihm glühte.

Kayne zelebrierte Lillys Bestrafung wie eine feierliche Zeremonie, er ließ sich Zeit, und hielt sie weiterhin fixiert, obwohl Lilly sich nicht großartig rührte. Gnadenlos bestrafte er jede Regung mit einem weiteren Hieb. Inzwischen glühte Lillys Arsch und Tränen schwammen in ihren Augen. Autsch!

Er legte seine Hand auf ihrem Hintern. Seine Finger verschwanden zwischen ihren Schenkeln und seine Fingerspitzen ruhten bewegungslos auf ihren Schamlippen.

»Bitte, Master Kayne.« Nur noch ein schwaches Hauchen verließ ihre Lippen, von Lillys vorherigem Selbstbewusstsein war nicht mehr viel übrig. Das hatte Kayne ihr gehörig ausgetrieben. Er zog ihren Kopf am Haar in den Nacken und sah ihr von oben in die Augen. »Du weißt, was du zu tun hast, sobald ich deine Bestrafung beende?«

Nach einem schwachen Nicken von Lilly ließ er von der Gepeinigten ab und richtete sich auf. Umgehend sank sie vor ihm auf die Knie. Demütig senkte sie den Kopf.

»Ich danke dir für diese Bestrafung, Master Kayne.«

»Du bleibst in genau der Position sitzen, bis ich dir gestatte, aufzustehen«, sagte er scharf und keinen Widerspruch duldend. Der kam auch nicht.

»Gutes Mädchen.« Er streichelte ihr wohlwollend übers Haar, bevor er sich auf den Hocker setzte, über den er zuvor die arme Lilly gebeugt hatte. Als wäre nichts gewesen, bestellte er einen Bourbon bei mir. Kayne wirkte vergnügt und voller Energie. Lillys Bestrafung hatte etwas in ihm angestellt, ihn mit frischem Leben erfüllt. Meine Hände zitterten, als ich das gewünschte Getränk vor ihm abstellte und nicht wagte, Kayne in die Augen zu sehen. Diese extreme Seite hatte ich an ihm noch nie zuvor live erlebt, seine Strenge, diese Härte und die Unnachgiebigkeit. Mist: genau diese Mischung wirkte Höschen schmelzend auf mich, obgleich die Angst mich innerlich schlottern ließ. Auf gar keinen Fall würde ich mir jemals von Kayne den Hintern versohlen lassen. Obwohl ich ahnte: Was Kayne da eben abgezogen hatte, galt in seiner Welt als netter Zeitvertreib, er war nicht im Entferntesten richtig zur Sache gekommen. Unvorbereitet schnappte er mein Handgelenk und ich stieß einen erschrockenen Schrei aus. Sein Glas kippte, die bernsteinfarbene Flüssigkeit verteilte sich über dem Tresen wie ein spiegelnder See. Mit klopfendem Herzen betrachtete ich das Dilemma, während Kayne mich weiterhin festhielt.

»Tut dir Lilly leid?«, fragte er völlig zusammenhanglos. Ich warf einen Blick auf die neben ihm kniende Frau, die den Kopf demütig gesenkt hielt.

»Ein bisschen«, gab ich zu und er ließ mich los. Ich wusste nicht, ob ich eine Behandlung dieser Art in aller Öffentlichkeit so einfach wegstecken würde. Ob ich mich zu voreilig auf den dark Kayne eingelassen hatte?

Hastig nahm ich ein feuchtes Tuch aus der Spüle und wischte den verschütteten Bourbon auf. »Tut mir leid wegen dem Drink. Ich mache dir sofort einen neuen.«

»Nicht nötig.«

Ich hielt inne. »Nicht?«

Er ließ mich nicht aus den Augen. »Möchtest du mir helfen, Lilly wieder ein bisschen aufzumuntern?«

Ich musste einige Momente verstreichen lassen, ehe ich zu einer Antwort fähig war. Mein Puls im Hals pochte. »Und wie?«

»Komm her zu mir.« Er klopfte auf den leeren Barhocker neben sich.

»Aber ich habe Bardienst.« Ich schluckte, mittlerweile pochte mein Puls bis hoch in die Schläfen. Was hatte dieser Mann mit uns beiden vor? Ich konnte mir nicht vorstellen, dass ich Lilly mit einem Gläschen Sekt und einem lässigen Witz vom Nachhall ihrer Züchtigung abzulenken vermochte.

Mit einem Finger winkte er mich zu sich. »Cherie, falls du

nicht ebenfalls mit rotem Arsch neben Lilly knien möchtest, setzt du dich besser umgehend in Bewegung.«

Ich wechselte einen raschen Blick mit Grace, die alles mitbekommen hatte und Kayne mahnend anfunkelte. Er ignorierte sie. Als sie schließlich nickte, stakste ich los. Im Gehen machte ich schneller, denn auf keinen Fall wollte ich mit roten Striemen auf dem Hintern in derselben Pose wie Lilly enden. Eine gefühlte Ewigkeit später kam ich bei ihm an und hielt meinen bebenden Körper nur schwerlich unter Kontrolle. Es war verrückt, wie Kayne es regelmäßig schaffte, mich binnen Sekunden in ein zitterndes Nervenbündel zu verwandeln. Meine Unterlippe vibrierte, genauso wie meine Hände, als ich mir fahrig die störrischen Locken aus dem Gesicht strich. »Hier bin ich.« Ich überspielte meine Nervosität mit einem fröhlich aufgesetzten Lächeln. Er inhalierte meinen Anblick, das verräterische Beben meines Körpers, in jede seiner Zellen.

Wortlos legte Kayne einen Arm um meine Taille und zog mich eng an sich, bevor er mir einen zärtlichen Kuss auf die Lippen schenkte. Nach einem Moment des Zögerns erwiderte ich sein unvorbereitetes sanftes Lippenspiel, das im krassen Kontrast zu seinem vorherigen Auftreten und dem düsteren Leuchten in seinen Augen stand. Wow. Er küsste mich dermaßen spielerisch und süß, dass ich mich allzu gern ergab. Mein leidenschaftlicher Lover. Oh, wie ich diesen Kayne liebte. Diese Art von Zuwendung fand ich um einiges erregender, als den Peiniger in ihm. Himmel, dieser Mann konnte so zärtlich sein, wenn er wollte, nur um mich Sekunden später das Fürchten zu lehren.

Minuten vergingen, bevor er von mir abließ und ich schnappte kurzatmig nach Luft. Unsere Blicke verhakten sich, hielten einander fest und ich erkannte eine Art von Emotion in seinen Augen, die er mir noch nie zuvor demonstriert hatte. Als wäre sein Herz eine unachtsame Sekunde lang mit ins Spiel gekommen. Aber ich konnte mich auch täuschen. Kayne durchschauen zu wollen, glich einer Nebelwanderung.

»Lust auf ein Spielchen?«, raunte er mir ins Ohr.

»Was willst du denn spielen?« Scheiße, ich klang viel zu atemlos – und neugierig. Kayne hatte sich binnen Sekunden und nur anhand eines heißen Kusses, erneut mein Vertrauen erschlichen. In solchen Momenten konnte er so gut wie alles von mir haben.

»Das kann ich dir nur zeigen.«

Und prompt kühlte ich wieder ein paar Grade ab. »Ich werde mir nicht von dir den Hintern versohlen lassen. Schon gar nicht vor allen Leuten. Vergiss es.«

Er grinste breit. »Du würdest, glaub mir. Aber du hast Glück. Mir schwebt eine andere Sache mit euch beiden vor. Etwas ganz Besonderes.«

»Mit uns beiden?« Ich schluckte den Kloß im Hals weg, der mich plötzlich am Sprechen hinderte. Meine Stimmbänder fühlten sich ganz dick an. »Und was?«

»Deine erste Session.«

Langsam aber sicher ging mir ein Licht auf und mein Kiefer klappte nach unten. »Du meinst einen Dreier?« Fuck, ich klang entgeistert, aber nicht mal halb so überrascht, wie ich mich fühlte. Es gab keinen Ausdruck, kein Geräusch, welches auch nur im Ansatz den Schock auszudrücken vermochte, der wild pochend gegen meine Schädeldecke hämmerte. Dieser groteske Vorschlag konnte nicht sein Ernst sein. Er verarschte mich doch. Alles hätte ich erwartet, aber nicht das. In Gedanken hatte ich mich demnächst schon in gefährliche Vergewaltigungsspielchen involviert gesehen, sogar halbwegs akzeptiert, dass er mich dabei ganz sicher härter anfassen, vielleicht sogar würgen würde. Aber dieser Vorschlag ging zu weit! Im Augenwinkel nahm ich Lillys erfreuten Blick wahr und wäre am liebsten umgedreht und zurück hinter den Tresen marschiert. Sollten die beiden von mir aus allein ihre abartigen Spielchen treiben. Nicht mit mir. Ich suchte in Kaynes Gesicht nach Anzeichen von Spott, fand aber zu meinem Entsetzen nichts dergleichen. Der Kerl meinte seine Ansage tatsächlich ernst!

»Niemals.« Ich unterstrich meine Antwort mit wildem Kopfschütteln und blendete die kniende Lilly aus. Nicht in zehn Leben würde ich mich auf einen flotten Dreier einlassen! So viel gab es für mich auch wieder nicht zu büßen. Diesen Scheiß konnte Kayne aber sowas von vergessen.

»Okay.« Ruckartig wandte er sich von mir ab und widmete seine geschätzte Aufmerksamkeit Anna auf der Bühne, die mittlerweile verkehrt herum an diesem Kreuz hing und eine brennende Kerze in ihrer Vagina stecken hatte. Mir fielen fast die Augen aus. Huch. Wann war das denn passiert?

»Und das da«, ich gestikulierte wild in Richtung Bühne, während Adrenalin meinen Körper flutete, »mache ich ebenfalls nicht mit, nur um die Sache von vorneherein klarzustellen. Ich will keine brennenden Gegenstände in der Nähe meiner … meiner.« Krampfhaft suchte ich nach einem vernünftigen Wort, was der Thematik ein wenig das Groteske zu nehmen vermochte.

Kayne wandte schmunzelnd den Kopf. »Deiner was?« Er hob eine Augenbraue, während er auf eine Antwort von mir wartete. Der Kerl verarschte mich. Es war so frustrierend. Meine Bemühung um Klärung dieses wichtigen Sachverhaltes interessierte ihn nicht im Mindesten.

»Meiner … meiner.« Ich presste die Lippen zusammen, auf der Suche nach einer einigermaßen coolen Antwort, einer die sich nicht anhörte, als käme sie von einer vor-kurzem-noch-Jungfrau. »In meine Weiblichkeit«, ratterte ich schließlich herunter und spürte einen heißen Punkt auf meinem Wangenknochen pochen. Kayne brach in schallendes Gelächter aus. »In deine Weiblichkeit? Ernsthaft? Du schaffst es noch nicht einmal das Wort Vagina in den Mund zu nehmen, obwohl du eine hast?«

»Natürlich schaffe ich das.« Ich verschränkte die Arme vor der Brust. »Aber ich will nicht.« Nicht eben bravourös überspielte ich den Fakt, dass es mir sogar mehr als peinlich war, dieses Wort in der Öffentlichkeit auszusprechen. Warum konnte er die Sache nicht einfach auf sich beruhen lassen?

Er stand auf. »Sprich es aus.«

»Ich habe keine Lust.«

»Du bist ein kleiner Feigling.«

»Und du hast schlechte Manieren.«

Er prustete. »Vagina. Los, sag es.«

Ich schüttelte den Kopf.

»Komm schon.« Er zog mich an den dünnen Trägern meines Sommerkleides dicht vor sich. »Ich verlange ja nicht einmal, dass du Pussy oder etwas in der Art sagst. Aber Vagina?«

»Ich will es eben nicht sagen.« In dieser Hinsicht verhielt ich mich prüde. Über dieses Tabu war in meiner Familie nie geredet worden. Meine Eltern hatten mich nicht aufgeklärt und waren auch nie nackt vor uns Kindern herumgelaufen. Sexualität existierte auf der Farm meiner Eltern nicht und jetzt sollte ich den Namen von Geschlechtsteilen in der Gegend herausposaunen? Nie im Leben. Und wozu?

Kayne winkte Grace heran. »Jetzt brauch ich doch einen Drink. Grace, mach mir einen Bourbon on the rocks.«

Ich hasste es, dass er mich so blöd vor allen Leuten dastehen ließ. Bloß weil er gern versaute Wörter herumschrie, hatte das nicht zu bedeuten, dass es andere Menschen ebenso erfreute.

»Ich liebe dich«, rutschte es mir heraus und er erstarrte mitten in der Bewegung. Fast sah es schon witzig aus.

»Was?«, fragte er entgeistert.

»Los, sag es.«

Sein kurzes Lachen klang verwirrt. »Warum sollte ich?«

»Es sind nur drei Wörter, nichts weiter.« In einer übertriebenen Geste hob ich die Hände. »Ich will damit ganz bestimmt keinen Liebesschwur herausprovozieren, du kannst die Schnappatmung einstellen. Du sollst den Satz einfach nur sagen. Komm schon. Drei harmlose kleine Worte. Das kann doch nicht so schwer sein.«

Er nippte an seinem Bourbon, den Grace ihm hingestellt hatte. Nur um Zeit zu schinden, da war ich mir tausendprozentig sicher. Was war denn plötzlich mit Mr Obercool los?

»Was für ein Blödsinn.« Kayne hätte nicht verächtlicher klingen können, was mir unwillkürlich mitten ins Herz ruckte. Dann fiel mir das verräterisch leichte Zittern seiner Hand auf, mit der er das Glas hielt und ich wusste im selben Moment: Meine Aufforderung ging ihm an die Nieren.

»Wieso Blödsinn? Es sind nur drei Worte«, machte ich unnachgiebig weiter. Jetzt, da ich ihn durch Zufall an einem wunden Punkt erwischt hatte, wollte ich ihn genauso in die Ecke drängen, wie er mich zuvor. »Es ist nur die offizielle Bezeichnung für ein Gefühl, nichts weiter. Nicht mal was ausgefallen Kitschiges, oder so. Los, sag es.« Ich wurde mutiger, stellte meine linke Hüfte aus und stemmte die linke Hand in die Taille.

Provozierend sah ich ihn an. »Sprichst du es aus, sag ich das andere.«

Wir duellierten uns mit Blicken, sein Kehlkopf bewegte sich beim Schlucken. Irgendwas ging in ihm vor, eine Erinnerung, die ihn von Grund auf aufwühlte und ich ahnte sogar grob, was in ihm arbeitete. Genau aus diesem Grund sollte er diesen Satz aussprechen. Einmal nur sollte auch Kayne über seinen Schatten springen, wenn er das schon andauernd von anderen verlangte. Um ehrlich zu sein, wollte ich klammheimlich auch ein wenig dahinschmelzen, sobald er die drei besonderen Worte aussprach. Mir vorstellen, er würde jedes einzelne davon ehrlich meinen. Von meiner hinterlistigen Motivation würde er allerdings nie ein Sterbenswörtchen erfahren, die würde ich ganz für mich auskosten.

»Ich werde diese drei Worte ganz sicher niemals aussprechen.« Er klang, als müsste er sich jeden Moment übergeben. Seine Stimme wurde hart, grob und eiskalt. »Niemals, verstanden!«

»Dann werde ich das Wort für Weiblichkeit nicht aussprechen«, erwiderte ich eine Prise zu schüchtern für unser knallhartes Wortgefecht und brachte mich mit diesem Moment der Schwäche leider in die Defensive. Er lachte - schon wieder. Scheiße! Aber immerhin lockerten sich die angespannten Sehnen an seinem Hals. »Du forderst mich tatsächlich, Lainey.« Eine Spur Hochachtung schwang in seiner Ansage mit, als hätte er noch nie zuvor in seinem Leben Widerworte von einer Frau empfangen. Er zwinkerte mir zu. »Los, sag Vagina. Nur einmal. Tu's für mich.«

»Weiblichkeit.«

»VAGINA.«

»WEIBLICHKEIT«, betonte ich das Wort in derselben überzogenen Weise wie er.

Kayne schüttelte den Kopf und fuhr sich mit einer Hand durchs Gesicht. »Nur du schaffst es, meinen Blutdruck ohne Orgasmus in Wallung zu bringen.«

Ob ich diese Aussage als Kompliment werten konnte?

Kayne kramte sein Smartphone aus dem Jackett und tippte eine Zeitlang darauf herum, bevor er sich mir wieder zuwandte und zur Seite nickte. »Was ist jetzt mit der armen Lilly. Willst du sie da unten versauern lassen?«

»Von mir aus kann Lilly jederzeit aufstehen.« Ich schluckte, denn Kayne trug schon wieder seinen frivol-spöttischen Gesichtsausdruck zur Schau.

»Du erinnerst dich noch an das Safeword, das ich dir gegeben habe und an meine Erklärung dazu?«

»Ja«, ich räusperte mich. »Es lautet Heartbeat und sobald ich es während einer Session ausspreche, ist sie vorbei.«

»Ganz genau.« Mit einer Hand umfasste er meine Taille und zog mich so eng an sich heran, dass ich seinen rasanten Herzschlag an meiner Schulter spürte. Seine Hand strich federleicht den unteren Rücken hinab und blieb auf meinem Hintern liegen. Wie in Zeitlupe kam er mit dem Gesicht näher, seine geschwungenen Lippen öffneten sich einen Spalt und zogen meinen Blick wie magisch an. Ich knutschte so gern mit ihm herum, in diesen Momenten war er so herrlich romantisch und zärtlich. Als sein warmer Atem auf meine Wange traf, flatterten meine Lider, ich war unfähig mich zu bewegen und erwartete sehnsüchtig seinen Kuss. Kurz bevor sich unsere Lippen trafen, wich er langsam zur Seite und flüsterte in mein Ohr: »Du lässt dir ein Highlight entgehen, glaub mir.« Er knabberte an meinem Ohrläppchen, blies sachte hinein und schickte heiße Wellen durch mich hindurch. Ich genoss jede einzelne süße Woge, die meine Wirbelsäule flutete und wünschte mir nichts sehnlicher, als seine Hände überall auf meinem Körper zu spüren.

»Ich trau mich nicht«, gab ich leise zu, worauf Kayne seine rechte Hand auf meine linke Halsseite legte und mich sanft streichelte.

»Keine Angst, mein Vanilla-Mädchen.« Seine Stimme klang rau und lockend. Seine andere Hand glitt über meinen Po bis zwischen meine Schenkel und bescherte mir ein heftiges Pochen in meiner empfindlichsten Stelle. Wie zufällig berührten seine Fingerspitzen meine Schamlippen und mir entglitt ein leises Stöhnen. Gleichzeitig packte er Lilly am Oberarm und zog sie auf die Füße. »Lilly, darf ich dir Lainey vorstellen.«

Lilly schenkte mir ein quirliges Lächeln, ihre Reaktion auf

mich war vollkommen anders, als das sonst bei den Frauen der Fall war, die um Kaynes Aufmerksamkeit buhlten.

»Du bist ausgesprochen hübsch, Lainey«, sagte sie und klang ein bisschen überdreht.

»Ähm, danke.« Immer wieder huschte mein Blick zu Kayne, der uns aufmerksam beobachtete. »Du bist ebenfalls sehr attraktiv.«

»Freut mich, dass ich dir gefalle.« In einer schüchternen Geste, die nicht im mindestens zu dieser frivolen Frau passte, biss sie sich auf die Unterlippe. Ihr Blick schweifte interessiert an meinem Körper entlang. Mir wurde heiß und kalt zugleich.

»Es freut mich, dass ihr beiden euch auf Anhieb sympathisch findet«, kam es wohlwollend von Kayne, der nebenher schon wieder irgendwas in sein Smartphone tippte.

Lilly strahlte. »Oh ja. Lainey ist zauberhaft. Ich möchte sie so gerne nackt sehen.«

Was???

»Leider hat Lainey keine Lust, mit dir zu spielen.«

»Stimmt das?« Lilly schob die Unterlippe vor. »Warum? Magst du mich nicht? Bin ich dir nicht hübsch genug?«

Mein Pulsschlag schwoll an. »Ähm, doch. Ich finde dich nett und du bist hübsch. Beneidenswert hübsch sogar«, stammelte ich dümmlich und schoss Kayne Blitze mit Blicken entgegen. »Das meine ich ernst«, beruhigte ich sie weiter, denn an Lillys Unterlidern schimmerten tatsächlich Tränen. Entweder ging ihr meine Abfuhr tatsächlich nahe, oder sie war eine glänzende Schauspielerin. »An dir gibt es nichts auszusetzen, leider bin ich nun mal nicht lesbisch«, ließ ich endlich die Katze aus dem Sack und fühlte mich befreit. An meiner Argumentation gab es nichts zu rütteln. War man nicht homosexuell, dann war man es eben nicht. Obwohl ich mit gleichgeschlechtlicher Liebe an sich kein Problem hatte. Ich mochte sie einfach nicht selbst ausprobieren. Im Stillen dankte ich mir selbst für meine Ehrlichkeit, die mich hoffentlich aus dieser brisanten Situation manövriert hatte. Ich wollte endlich zurück hinter den sicheren Tresen. Was sich hier vorne abspielte, gehörte nicht zu meinem Business, ich fungierte lediglich als stille Zuschauerin, die Getränke ausschenkte.

»Ich bin auch nicht lesbisch.« Lilly klang erstaunt. »Ja und?«

»Was meinst du mit *ja und*?«, fragte ich.

Kayne beobachtete uns weiterhin aufmerksam.

»Wir spielen nur, das ist alles.« Wie zufällig glitt ihre Hand an Kaynes Oberschenkel entlang, bis er sie schnappte und stoppte.

»Die Regeln bestimme immer noch ich«, wies er sie scharf zurecht. Er schob ihre Finger von seinem Bein, ehe er sich an mich wandte. »Cherie, du kennst dein Safeword, du magst Lilly und du findest mich scharf. Wo liegt dein Problem?«

»Ich weiß nicht, was ihr mit mir vorhabt«, erwiderte ich unbedacht und nahm Kaynes feines Schmunzeln wahr. Scheiße. Absolut falsche Antwort.

»Genau das macht den Reiz dabei aus«, erwiderte er gelassen und ließ eine von Lillys langen braunen Haarsträhnen durch seine Finger gleiten. »Lilly ist - sagen wir mal – aufgeschlossen. Du könntest einiges von ihr lernen.«

In einer lasziven Geste beugte sich Lilly zu mir. Sie wollte mich unbedingt, ihre süße Gier nach mir sprang ihr aus allen Poren und verängstigte mich zutiefst. Passte ich nicht auf, würde diese Frau mich mit Haut und Haaren verschlingen. Wie war ich bloß in diese brisante Situation geschlittert? Als ihre Lippen sachte auf meine trafen, blitzte ein Stromstoß durch meine Nervenenden, als hätte ich an einen elektrischen Zaun gefasst. Ich war unfähig, mich zu bewegen und ließ ihren Annährungsversuch erstarrt über mich ergehen. Lillys Küsse wurden intensiver, schmeckten jedoch längst nicht so fordernd und besitzergreifend, wie die von Kayne. Eine sachte Regung in meinem Magen schürte meine Nervosität. Verdammt, es fühlte sich nicht halb so unangenehm an, sie zu küssen, wie ich vermutet hatte. Im Gegenteil: Lillys Lippenspiel war aufregend in seiner Zärtlichkeit. Als unsere Zungen ins Spiel kamen, hatte Lilly mich verzaubert. Ich bemerkte nicht die Art von hochkochenden Emotionen, wie sie mich bei Kayne regelmäßig überfielen, sobald er meinen Mund eroberte. Nein, Lillys Zärtlichkeit war von einer spielerischen Leichtigkeit, machte Spaß und brachte eine kribbelnde Aufregung in mein Leben. Die beiden wollten mir eine anregende Erfahrung schenken und zum Teufel, warum sollte ich Memme nicht mal etwas Verrücktes ausprobieren?

Schließlich war ich diejenige, die kurzatmig unseren sexy Zungentango unterbrach und mit dem Kopf zurückwich. In Lillys Augen glitzerte Vorfreude, mit ziemlicher Sicherheit hatte sie den sanften Kuss ebenso genossen wie ich. Ihr prickelndes Wesen steckte mich an, ich sah diese Frau plötzlich in einem völlig anderen Licht und erkannte, dass sie mit jeder Faser ihres Körpers vor Energie sprühte und jeden ihr geschenkten Augenblick genoss. Plötzlich wollte ich so sein wie sie. Den Moment genießen und tun, worauf auch immer ich Lust verspürte. Nur ein Wink und ich könnte mich auf ein Wagnis der Extraklasse einlassen, mein Spektrum erweitern. Die beiden warteten nur auf ein Zeichen von mir – auf mein Einverständnis. Im Prinzip vertraute ich Kayne und mit Lilly verkäme meine erste Session sogar gleichzeitig zu einem verruchten Mädchenspiel.

»Okay.« Ich nickte tapfer. »Lasst uns spielen.« Ich strahlte die beiden an. Meine Lust hatte die absolute Oberhand gewonnen und meine züngelnde Neugierde gleich mit ins Schlepptau genommen. Ein verwerfliches Team, aber Scheiß drauf.

Kayne rutschte von seinem Barhocker und reichte mir galant die Hand. »Darf ich bitten, Cherie.« Als sein Smartphone vibrierte, warf er einen kurzen Blick darauf, bevor er es in der Tasche seines Jacketts verschwinden ließ.

Nach einem Moment des Zögerns - okay nach zwei – ergriff ich sie und ließ mich von ihm durch die vor Menschen überquellende Gentleman's Bar führen. Lilly folgte dicht hinter uns. Kayne verschränkte die Finger mit meinen, wir spazierten wie ein frischverliebtes Pärchen durch die Menge und ich mochte es. Es gefiel mir, diesen attraktiven Mann an meiner Seite zu haben, einen Beschützer, bei dem mir nichts passieren konnte. Und niemand um uns herum ahnte, zu welch verruchter Mission wir aufgebrochen waren. Mein Herz klopfte in meiner Brust, wie von einem Motor angetrieben, immer schneller und ließ meinen Körper sachte beben. Immer näher kamen wir dieser Tür, von der ich zwar wusste, was sich dahinter verbarg, durch die ich bislang jedoch noch niemals durchgeschritten war. Sie führte hinunter in den Keller mit seinen extravaganten Playrooms, wie Grace mir einmal in einer ruhigen Minute erklärt hatte. Unwillkürlich drückte ich Kaynes Hand. Ein Reflex. Ich hatte einen Heidenschiss.

»Heartbeat«, flüsterte ich gerade laut genug, um von Kayne vernommen zu werden. Sein Blick durchleuchtete mich, aber trotz meiner Befürchtungen schien er nicht verärgert zu sein, sondern eher besorgt.

»Bist du sicher?« Mit dem Daumen streichelte er meinen Handrücken.

»Ich weiß nicht«, gab ich zu und senkte die Lider. »Um ehrlich zu sein, traue ich mich nicht allein mit euch beiden nach unten.« Ich fühlte mich überfordert und heillos durcheinander.

»Du vertraust mir nicht.« Es klang wie eine Feststellung.

»Ich habe einfach Schiss.« Hilflos zuckte ich mit den Achseln. In mir wütete ein Sturm aus tausenden verschiedenen Emotionen, die mein Inneres im Kreis wirbelten. Ich hatte keine Ahnung, was mich erwartete.

Kayne musterte den Türknauf, schien zu überlegen, während Lilly still hinter uns verharrte.

Ein zischendes Geräusch jagte durch die Luft und riss mich aus meiner Starre. Ich zuckte mit jeder Faser meines Körpers zusammen. Oben auf der Bühne schwang der maskierte Dom eine lange Bullenpeitsche und ließ sie auf Annas Oberschenkel klatschen. Mittlerweile stand sie wieder – ohne Kerze zwischen ihren Beinen. Ihr spitzer Schrei verwandelte sich umgehend in ein atemloses Stöhnen. Sie warf den Kopf hin und her, zerrte an ihren Fesseln.

Kayne führte meine Hand an seine Lippen und drückte einen Kuss darauf. »Cherie, du verpasst etwas.«

Ich schluckte »Ich weiß nicht … vielleicht.«

Er öffnete die Kellertür und deutete eine schmale Wendeltreppe hinab. »Deine Entscheidung.«

Verdammt, ich war so ein Feigling. Ich atmete tief durch und stieg mutig die erste Stufe nach unten. »Dann mal los.«

»Und was ist mit mir?«, fragte Lilly oben im Türrahmen. Oje, die hatte ich vollkommen ausgeblendet.

Kayne drehte sich um. Wie es aussah, hatte er sie ebenfalls vergessen. Grinsend deutete er auf ihren Brustkorb. »Für dich habe ich eine Überraschung.«

Lilly strahlte über das ganze Gesicht.

»Ach ja? Und die wäre?«

Wie aus dem Nichts ragte Spencer hinter Lilly auf. »Boss?«

»Du kannst Lilly jetzt nach draußen begleiten.«

Gewandter, als ich es diesem Bär von einem Kerl zugetraut hätte, packte er die überrascht dreinschauende Lilly und schmiss sie sich bäuchlings über die linke Schulter.

»Was soll das?«, protestierte sie wild strampelnd, was ihr jedoch nicht viel nutzte, denn Spencer hielt sie eisern im Griff.

»Draußen wartet Will auf dich«, erläuterte Kayne. »Wie ich bereits vermutet habe, bist du ihm ausgebüxt. Ich bin mir sicher, er hat seinen Gürtel schon für dich bereitgelegt. Deinem Arsch steht ein anstrengender Abend bevor.«

»Du hinterhältiger Schweinehund«, kreischte sie, während Spencer sie in Richtung Ausgang hievte. »Das wirst du mir noch büßen.«

KAPITEL 23

LAINEY

Mein Herz klopfte zum Zerspringen, als Kayne vor mir diesen verruchten Raum betrat. Ich hatte mich auf eine Art Folterkeller eingestellt, aber dem war nicht so. Ein geschmiedetes Metallbett stand an der Wand und ein beleuchteter Vorhang diente als Betthimmel.

Die Laken waren mit schimmernd weißer Satinbettwäsche bezogen. Alles wirkte rein und pur. Lederne Handfesseln baumelten diskret an massiven Ketten am Bettgestell und verrieten als einziges die sündige Natur dieses Zimmers. Die Kulisse war eingerahmt von zwei dunkelbraunen Nachttischen, auf denen hübsche Lampen ein warmes Licht spendeten. Daneben befand sich ein silberfarbener Metallschrank. Ein Zimmerbrunnen plätscherte in der Ecke vor sich hin. Alles passte wunderbar zusammen, hob sich geschmackvoll von den rot und weiß gestrichenen Wänden ab. Ich kam mir vor, wie in einer Flitterwochen-Suite.

Kayne betrachtete mich, als ich mich ihm zuwandte. In meinem Herz summte es süß, das ganze Ambiente war traumhaft schön, romantisch und stilvoll. Mit allem hatte ich gerechnet, aber nicht damit.

»Unsere Überraschungs-Suite«, erklärte er leise und kratzig. »Ein Playroom für Verführungsspiele.«

»Du willst mich verführen?«, fragte ich atemlos.

Sein leises Lachen perlte mir den Rücken hinunter. »Mittlerweile solltest du mich besser kennen.« Er hob mich am Rücken und unter den Kniekehlen auf seine Arme und ließ mich sachte auf das kühle Bettzeug gleiten, das sich glatt und rutschig unter mir anfühlte. Leise Musik erfüllte plötzlich den Raum, keine Ahnung wie Kayne das gemacht hatte, aber ich erkannte Chasing Cars von Snow Patrol. Ich blieb reglos liegen, mein Herz wummerte aufgeregt, während die sanften Takte mein Inneres berührten und in mir kribbelten. Unsere Blicke hafteten aneinander, ich versank in seinen karamellfarbenen Augen, und hatte Kayne noch nie so gelassen und gleichzeitig dermaßen angespannt erlebt. Als söge er jeden Moment tief in seine Zellen.

Dieser Augenblick war magisch. Sein Kehlkopf bewegte sich beim Schlucken. Schließlich wagte ich ein schwaches Lächeln, worauf er sich wie in Zeitlupe zu mir beugte. Sein heißer Atem streifte meine Wange, machte mich schwach und willenlos. Obwohl ich ahnte, dass jemand anderes auf mich wartete, als der zärtliche Romantic-Lover. Seine Lippen trafen sanft und verführerisch auf meine und verzauberten mich. Er war einfach der beste Liebhaber der Welt. Unwillkürlich legte ich die Arme um seinen Nacken und zog ihn an mich. Alles in mir lechzte nach Kayne.

Er keuchte in meinen Mund, während ich die weiche Haut in seinem Nacken streichelte, und Gott anflehte, er möge mir dabei helfen, dass dieser Mann sich doch noch in mich verliebte. Meine Finger griffen in sein Haar, strichen über seine Kopfhaut und ich vergaß alles um mich herum. Blendete aus, dass ich im Keller eines Bordells lag und drauf und dran war, Sex mit einem Mann zu haben, der mir zur Sicherheit ein Safeword mit auf den Weg gegeben hatte. Sachte löste er schließlich meine Hände und schob sie über meinem Kopf zusammen, bevor er sich ein Stückweit von mir erhob, obwohl sein Gesicht noch immer dicht vor meinem verharrte. Seine Augen wurden dunkel, hungrig und schürten eine kribbelnde Unruhe in mir. Ich spürte, wie ich feucht wurde.

»Vertraust du mir?«, raunte er heiser und strich mit den Fingerspitzen über die empfindlichen Innenseiten meiner Arme. Ein Gefühl, so intensiv, so göttlich, so Höschen schmelzend.

Meine Perle pochte vehement und forderte seine Aufmerksamkeit ein. Am liebsten hätte ich meine Beine fest zusammengepresst, um die Spannung abzumildern, die sich in mir aufbaute. Leider ging das nicht, denn Kayne hatte sich zwischen meine Schenkel geschoben und spreizte sie weit mit seinen Hüften. Wie zufällig rieb er über meine Mitte, ich spürte sein steinhartes Glied und wollte ihn nur zu gern auf der Stelle in mir haben. Heißen und schmutzigen Sex nach allen Regeln der Kunst mit ihm zelebrieren.

»Ich vertraue dir«, erwiderte ich leise und keuchend. Dieser Moment war so besonders, die Bindung zwischen uns einzigartig vertraut, wie noch nie zuvor. Ich merkte, dass ich schon wieder viel zu viele Gefühle für ihn aufbaute, seine Nähe auskostete, und mir wünschte die Zeit möge nie vergehen. Ich könnte ewig hier mit ihm liegen. Mein Herz schmerzte richtig, weil ich nicht wusste, wo ich all diese aufbrechenden Gefühle für diesen Mann in mir unterbringen sollte, damit er nur ja nichts merkte.

Kayne küsste meine Kinnlinie entlang, als wollte er mich tatsächlich verführen, obwohl ich wusste, dass er lediglich spielte, während er meine Arme über dem Kopf fixierte. Im nächsten Moment bemerkte ich etwas Weiches, das sich um mein linkes Handgelenk schlang, gleich darauf, geschah dasselbe bei meiner rechten Hand und ich konnte meine Arme nicht mehr bewegen. Kayne hatte mich mit den Manschetten an das massive Bettgestell gebunden.

»Was«, keuchte ich, und zerrte an den Fesseln. »Was soll das?« Adrenalin schoss heiß durch meine Venen.

Er legte einen Finger auf meine Lippen. »Shht. Entspann dich.«

Ehe ich protestieren konnte, war Kayne vom Bett aufgestanden und ging zu dem Metallschrank. Er öffnete die beiden Türen und begutachtete interessiert den Inhalt. Leider war es mir von meiner Position aus nicht möglich, ebenfalls einen Blick hineinzuwerfen. Panik brach in mir hoch.

»Was befindet sich in diesem Schrank?« Meine Stimme klang schrill und quiekte.

»Oh«, sein Lachen geriet eine Spur zu hinterhältig für meinen Geschmack. »Ein paar äußerst anregende Dinge.« Kayne sah viel zu begeistert aus. Scheiße, ich hatte mich ihm vollkommen ausgeliefert.

Einen Moment später kam er zurück. Als eine Schere in seiner Hand aufblitzte, schrie ich erschrocken auf.

»Was hast du damit vor?« Ich zerrte an meinen Fesseln, wollte nichts wie weg. Mein Puls schnellte steil in die Höhe und rauschte bis in meine Ohren.

Währenddessen setzte sich Kayne rittlings auf meinen Bauch, verlagerte sein Gewicht jedoch auf die Knie. »Du hast viel zu viel an.« Mit einem Schnipp fiel der erste Träger meines Kleides. Oh, nein. Der zweite musste eine Sekunde später daran glauben. Dann setzte er die Klinge am Saum an. Mit wenigen Schnitten durchtrennte er den leichten Sommerstoff, die kühle Klinge rutschte an meiner Haut entlang, ohne mich zu verletzen. Danach durchschnitt er meinen BH, sodass ich nur noch in meinem knappen weißen Slip vor ihm lag, den er mir über die Schenkel zog.

»Du bist vollkommen übergeschnappt.« Ich schüttelte ungläubig den Kopf, ehe ich die Augen schließen musste, denn Kayne strich genießerisch mit einer Hand über meine Brüste, die immer empfindlicher auf ihn reagierten.

»Du hast die absolut schönsten Titten, die ich jemals gesehen habe.« Er zwirbelte abwechselnd meine Brustwarzen, schickte Blitze bis in meine Vagina und ich konnte ein Stöhnen nicht mehr unterdrücken. Immer wieder zerrte ich an meinen Fesseln, der weiche Innenstoff verhinderte, dass meine Handgelenke aufscheuerten. Verdammt, ich hasste es, dass er mich in diese wehrlose Position gezwungen hatte, gleichzeitig konnte ich vor Aufregung kaum noch atmen. Was hatte er mit mir vor?

Er zauberte eine weiche rote Stoffmaske aus seiner Jackettasche und streifte sie mir über die Augen. Dunkelheit hüllte mich ein, während Angst über mich hinwegkrachte.

»Kayne«, keuchte ich, »was soll das?« Ruckartig riss ich den Kopf nach allen Seiten, auf der Suche nach einer Lücke, durch die ich etwas erkennen konnte, aber alles blieb schwarz. Mein Brustkorb bebte, verrückter Weise auch vor Lust. Diese ganz besondere Mischung aus Furcht und Erregung schärfte alle meine Sinne, kribbelte bis in meine Fingerspitzen und machte mich hellwach.

»Du sprichst nur, wenn ich dich frage.« Er schnappte mit einer Hand mein Kinn und fixierte meinen Kopf. Ich hörte ihn schlucken und hörbar schneller atmen. Verdammt! Was hatte er mit mir vor?

»Kayne«, quietschte ich und fühlte zu meiner eigenen Überraschung, dass ich immer feuchter zwischen den Beinen wurde. Scheiße, seine unnachgiebige, befehlsgewaltige Art machte mich voll an.

»Was habe ich eben gesagt?«, fragte er scharf.

»Ich darf nur reden, wenn du mich etwas fragst«, presste ich hervor.

»Spreiz deine Beine für mich, Cherie.« Plötzlich hörte sich Kayne höflich, fast schon amüsiert an. Er stieg von mir herunter. Als ich nicht sofort reagierte, schob er eine Hand zwischen meine Schenkel. »Ich sagte, du sollst deine Beine spreizen, und zwar so weit du kannst. Ich möchte dich in Ruhe betrachten. Und ich befehle das kein drittes Mal, Cherie.«

Mein Herz schlug immer heftiger in meiner Brust, ich war absolut blind, hatte keine Ahnung, was Kayne mit meinem Körper anstellen würde, sobald ich seiner Aufforderung Folge leistete. Ich konnte nichts erkennen, hörte nur, wie er sich bewegte und atmete.

»Cherie.« Er sprach das Wort wie einen Befehl aus und das zeigte Wirkung.

Wie unter Zwang öffnete ich meine verkrampften Schenkel ein Stückchen für ihn, zuckte jedoch bei jedem Geräusch zusammen und schloss sie reflexartig wieder. Mein rasender Herzschlag dröhnte in den Ohren.

Ein leichter Schlag mit der Handfläche auf die Innenseite meines linken Oberschenkels ließ mich erschrocken hochzucken.

»Autsch.« Diese Ahnungslosigkeit schürte eine unglaubliche Spannung in mir. Wo würde er den nächsten Schlag ansetzen? Oder folgten ein paar Streicheleinheiten? Wo genau war der Kerl überhaupt? Über mir? Neben mir? Ich hielt den Atem an, lauschte, machte das leise Rascheln von Kleidung aus. Er war irgendwo. Was kam als nächstes, sobald ich mich vollkommen für ihn öffnete? Mein Puls pochte beinahe schmerzhaft im Hals.

Der Mistkerl streichelte die getroffene Haut entlang als täte ihm leid, was er getan hatte und ich zuckte zusammen. »Öffne sie weiter.«

Es kostete mich einiges an Überwindung, meine verkrampften Beine zu spreizen, ihm meine nackte Scham in voller Pracht anzubieten, nicht wissend, was er als nächstes mit mir anstellen würde. Dennoch gehorchte ich, meine Knie bebten, als ich sie anhob. Ich fühlte mich ihm vollkommen ausgeliefert.

»So ist es gut. Braves Mädchen.«

Eine Zeitlang passierte nichts, aber ich spürte ihn dicht bei mir. Betrachtete er mich? Was zum Teufel kam als nächstes?

Als seine Zunge unvorbereitet auf meine empfindlichste Stelle traf, glich das einem Stromschlag. Er saugte an meiner mittlerweile hypersensiblen Perle, knabberte vorsichtig daran, bevor er sie wieder freigab und mit festen Zungenschlägen bearbeitete. Um Himmels Willen, machte er so weiter, kam ich schon in der nächsten Minute. Die Dunkelheit verstärkte den Reiz, ich konzentrierte mich nur noch auf die wohligen Schauer, die meinen Körper schüttelten. Mein Rücken bog sich durch, ein unglaubliches Gefühl baute sich so heftig in mir auf, dass ich die Zehen, um das Leintuch krümmte.

Mittendrin hörte Kayne mit dem Lecken auf. Oh, no!

»Du kommst erst dann, wenn ich es dir gestatte, verstanden?«

Was? Seine Ankündigung holte mich ein Stückweit auf den Boden zurück. Wie in aller Welt sollte ich das anstellen? Der Kerl hatte Nerven.

»Kayne«, keuchte ich, denn der Fiesling drang mit zwei Fingern tief in mich ein, und massierte diesen kleinen Lustpunkt so geschickt, dass ich unwillkürlich die Knie noch weiter spreizte. Gut. Viel zu gut!

»Wag es nicht zu kommen.« Kayne leckte mich so göttlich, dass ich keinerlei Chance mehr hatte und nur noch halb hinhörte. Was wollte der von mir? Er durfte jetzt nicht aufhören, das war das Wichtigste. Ich war so nah dran, über die Klippe zu springen, allein dieser Moment zählte. Mein Höhepunkt baute sich bereits in Schüben und immer heftiger auf. Nichts von dem, was in meinem Körper ablief, vermochte ich zu steuern. Schon im nächsten Moment zogen sich meine inneren Wände um seine Finger zusammen. Ich hörte mich selbst laut stöhnen, während mein Körper sich vor Lust schüttelte. Wieder und wieder. Meine Erregung peitschte über mir zusammen, bündelte sich zu einem Funkenflug, der in einer wahrhaften Explosion endete. Ich kam kaum zum Atmen, denn Kayne verschaffte mir einen exorbitanten Höhepunkt. Oh, Himmel, war das geil gewesen. Wie wild schnappte ich nach Luft, darauf wartend, dass dieser Mega-Orgasmus endlich abflaute, der meinen Körper träge und schwer machte. Kayne war schlichtweg ein Meister in dieser Liga. Ich lächelte schwach, zu mehr war ich nicht in der Lage und dankte Kayne im Stillen für seine genialen Fähigkeiten.

Völlig unvorbereitet packte er mich unter dem Kinn und überstreckte meinen Hals. Um einiges grober als vorhin. Erschrocken hielt ich die Luft an, als sein heißer Atem in mein Ohr wehte. »Habe ich dir erlaubt zu kommen?« Er sprach streng und eiskalt.

»Nein.« Ich versuchte den Kopf zu schütteln, aber es gelang mir nicht, denn er hielt mich unnachgiebig fest und quetschte meine Wangen zusammen. Sein Daumen strich meine gespannte Halssehne entlang.

»Das war sehr ungezogen von dir.«

»Ich … ich konnte meinen Orgasmus nicht steuern«, gab ich leise zu.

»Dann üben wir das jetzt.« Als er sich von mir erhob, presste ich unwillkürlich meine zittrigen Schenkel zusammen.

»Was hast du vor?« Ich wandte mich nach allen Seiten, versuchte, mir mit der Schulter die Maske vom Kopf zu streifen, aber es gelang mir nicht.

Leder klatschte schmerzhaft auf meinen Venushügel und ich biss die Zähne zusammen.

»Habe ich dir nicht befohlen, deine Beine zu spreizen?«

Immer heftiger zerrte ich an den Fesseln.

Ein weiterer Schlag traf meine Vagina, eine Nuance härter ausgeführt und ich sog scharf die Luft zwischen den Zähnen ein. Der Nachhall brannte auf meiner Haut.

»Du antwortest auf Fragen von mir, Cherie.«

»Ja, hast du«, keuchte ich, während mein Puls im Hals klopfte.

»Dann tu es.«

Bedächtig öffnete ich meine Schenkel, rutschte mit den Fußsohlen über den glatten Stoff und bebte innerlich. Ich fühlte mich ihm vollkommen ausgeliefert.

Der nächste Schlag traf meine noch immer überreizte Perle. »Autsch«, ich zuckte hoch. Interessanterweise verwandelte sich der kurze Schmerz umgehend in ein lustvolles Prickeln und schürte meine Erregung. Himmel, was war das eben gewesen?

»Entspann dich«, hörte ich Kayne leise sagen, während ich noch immer mit meiner summenden Klitoris kämpfte, die er mit einem kurzen Handstreich wieder zum Leben erweckt hatte. Sie lechzte nach seinen geschickten Fingern. Eine kurze Stimulation und ich würde erneut in der Stärke eines Vulkanausbruchs kommen. Und der Mistkerl wusste das ganz genau. Wie versehentlich streifte er mit irgendwas meine Perle und entlockte mir ein Stöhnen.

»Komm lieber nicht, du wirst es bereuen.«

»Das sagst du so einfach, du hinterhältiger Mistkerl«, ächzte ich, während ich mit Müh und Not meine pochende Klitoris unter Kontrolle hielt.

Sein Lachen klang amüsiert.

Weiche Flocken strichen die Innenseite meiner Schenkel entlang, als würde mich eine Feder berühren. Ein überraschend sanfter Kontrast zu den vorherigen Schlägen. Mein gebeuteltes Inneres wusste überhaupt nicht, wie es mit all den unterschiedlichen Reizen umgehen sollte. Meine Haut kribbelte, meine Brustwarzen wurden steinhart, als er mit dem daunenähnlichen Zeugs über meine Haut pustete. Meine Vagina flirrte wie von Schmetterlingsflügeln gestreichelt.

Ein leiser Summton ließ mich aufhorchen. Schon wieder klatschte Kaynes Hand auf meinen Schenkel, als ich instinktiv die Beine zusammenpressen wollte. »Lass sie offen.«

»Was hast du …«

Ein weiterer Schlag ließ mich verstummen. »Habe ich dir erlaubt zu reden?«

Stumm schüttelte ich den Kopf und spürte schon im nächsten

Moment etwas Vibrierendes an meinem Eingang. Hilflos keuchte ich auf und widerstand nur unter voller Körperbeherrschung dem Drang, erneut die Beine zusammenzukneifen.

Kayne massierte mit dem sirrenden Ding meine Schamlippen, gnädigerweise ließ er meine gepeinigte Perle aus, ansonsten wäre die Sache schlecht für mich ausgegangen. Ich entspannte mich halbwegs, meine Muskeln lockerten sich, während ich diese göttliche Intimmassage genoss. Halleluja, fühlte sich das genial an. Immer wieder strich er um meine Öffnung, während Nässe meine Schamlippen benetzte und sich ein warmes Kribbeln in meinem Bauch ausbreitete.

»Das magst du, nicht wahr?«

Ich nickte. »Ich liebe es«, hauchte ich. »Du bist so gut.«

Als er den vibrierenden Stab tief in mich schob, war es mit meiner Selbstbeherrschung endgültig vorbei. Er ließ den Vibrator in mir rein- und rausgleiten, baute eine schier unerträgliche Spannung auf.

»Zur Erinnerung. Kommst du ohne meine Erlaubnis, hat das eine Bestrafung für dich zur Folge.«

»Kayne, ich … ich komme gleich«, stöhnte ich entsetzt, denn ich hatte keine Kontrolle über meinen Körper mehr. Mein ganzes System richtete sich auf ihn aus. Schon überfiel mich die erste Kontraktion und ich bäumte mich auf, kämpfte dagegen an. Scheiße.

Scheiße. Scheiße. Scheiße.

Ich hatte null Chance. Kayne hatte den Dildo so platziert, dass er sanft gegen diesen empfindlichen Punkt in mir pochte.

»Ich hasse dich«, krächzte ich und erntete wieder ein spöttisches Lachen.

»Das tust du nicht.« Seine Lippen legten sich auf meine, er gab mir einen gefühlvollen Zungenkuss, an dem ich fast erstickte, denn ich hielt mit aller Kraft die anrollende Lawine zurück.

»Bitte, lass … mich … kommen«, bettelte ich abgehakt und verlor gnadenlos in der nächsten Sekunde. Alle Wetter brachen über mir zusammen und Schweiß strömte mir aus jeder Pore. Ich schrie meinen Orgasmus in die schwarze Leere, die mich umhüllte, kostete jedes Beben, jedes Schütteln, das meinen

Körper erfasste, aus. Mein Unterleib zog sich rhythmisch um den verdammten Vibrator zusammen, ließ meine Nerven schlottern und verschaffte mir ein solch grandioses Gefühl, dass ich alles um mich herum vergaß. Ich stöhnte Kaynes Namen, bis die ersten Nachwehen meines Höhepunktes mich wieder zurück in die Realität hievten.

»Wow«, brachte ich nur kurzatmig heraus, und holte tief Luft. Mir war schwindlig und ich fühlte mich aufgekratzt und lebendig. Was war denn das eben gewesen? Netterweise stellte Kayne den Vibrator aus, gönnte meiner jauchzenden Vagina eine Erholungspause. Ich merkte, wie ein breites Lächeln auf meinen Lippen wuchs. Ein Ausflug in den Folterkeller war in Wahrheit nicht halb so schlimm, wie ich mir ausgemalt hatte.

Unzählige Riemen bissen sich vollkommen unvorbereitet in die Haut meines Bauchs und über meine Brüste.

»Autsch.« Ich stöhnte schmerzhaft auf und ging ins Hohlkreuz. Verdammt, tat das weh. »Was soll das?« Meine Haut prickelte, als hätte Kayne mich mit einer Brennnessel gestreift.

»Du bist schon wieder gekommen, obwohl ich es dir verboten habe. Lainey, du bist sogar mehr als ungezogen.«

»Du weißt genau, dass ich gar nicht anders konnte. Du Mistkerl hast es darauf angelegt. Ich hatte überhaupt keine Chance.«

»Tja, dein Pech, Cherie.« Der nächste Streich erfasste meine Oberschenkel. Meine Haut flammte auf. »Ahhh!« Ich hechelte das Brennen weg, konzentrierte mich auf das Abebben des lodernden Gefühls auf meinem Körper, als mich erneut ein Schlag mit den Riemen quer über die Hüfte traf, so kunstvoll ausgeführt, dass ich auf der Stelle wusste: Kayne zeichnete mir ein Muster auf die Haut. Er schlug nicht so heftig zu, dass er mich verletzen könnte, aber stark genug, um mir den Atem zu rauben.

Ja, bestrafe mich.

Drei weitere Peitschenstriche folgten und plötzlich geschah etwas Krasses. Meine entflammte Haut begann zu prickeln, summte in kleinen Stromstößen bis in meine Perle und ließ mich aufstöhnen vor Lust. Ich fuhr hoch, als die Striemen über meine empfindlichen Brustwarzen zischten und biss die Zähne zusammen. Meine Nippel pochten wild und unbändig, ich war nicht mehr in der Lage, die vielen unterschiedlichen Reize zu bündeln und hechelte den süßen Schmerz beiseite. Kaynes Zungenspitze leckte abwechselnd über meine malträtierten Brustwarzen, bis das Brennen nachließ und sich schon wieder dieses verflixte Ziehen in mir aufbaute. Meine Haut glühte, schickte extreme Reize in meine Klitoris, ließ sie wild pochen. Alles in mir lechzte nach Kayne und ich genoss diese anregende Erfahrung einfach so sehr. Ich war ganz bei mir, konzentrierte mich nur noch auf mich und meinen Körper, nahm jedes sehnsüchtige Ziehen in meinem Inneren eine Million Mal intensiver wahr, als ich es ohne verbundene Augen jemals vermocht hätte. Was Kayne mit mir veranstaltete, war so neu, so aufregend und lustvoll, dass ich vor Lebensfreude übersprühte. Womit hatte ich diesen göttlichen Mann nur verdient? Vereinzelte Tränen lösten sich von meinen Unterlidern und kullerten über meine Wange, die meisten wurden vom Stoff der Maske aufgesogen, dennoch entflohen ein paar in die Freiheit und rannen mir über das Gesicht. Ich konnte nichts dagegen tun, bekam den inneren Aufruhr nicht in den Griff. Nur zu gern wollte ich Kayne spüren, ihn in mir haben, diesen besonderen Moment mit ihm teilen und das alles bis ans Ende meines Lebens nur noch mit ihm erleben. Herrlich aufregenden und verruchten Sex ausprobieren, noch tausend weitere Erfahrungen mit ihm sammeln und die Seine sein.

Kayne schob mir die Maske über die Stirn. Er lag auf mir und musterte mich mit Betroffenheit im Blick. »Ist alles okay mit dir?«, fragte er und klang besorgt.

Ich nickte lächelnd. »Ja, alles ist wundervoll.«

»Warum weinst du?«

»Weil du mich so glücklich machst.«

Nach einem Moment des Zögerns senkte Kayne den Kopf, unsere Zungen verfingen sich in einem leidenschaftlichen Spiel, Lippen trafen auf Lippen, Zähne schlugen gegen Zähne. Wir konnten nicht voneinander ablassen, unser Kuss nahm an Tiefe zu. Kayne nahm meinen Mund vollkommen in Besitz, während er mit einer Hand zwischen uns griff und seine Hose öffnete, bevor er langsam und gefühlvoll in mich eindrang. Mich bis zum

Anschlag dehnte und sich endlich mit mir vereinte. Er fing an sich in mir zu bewegen, glitt meine nassen Innenwände entlang, die sich schon so nach im gesehnt hatten und sich eng um ihn schmiegten. Dann nahm er mich tiefer, härter, drang kraftvoll in mich ein, während ich ihm mit den Hüften entgegenkam und das ausgefüllte Gefühl genoss, das er mir bescherte. Mich daran ergötzte, wie er mich mit jedem Stoß in die Matratze rammte, bis ich um ihn krampfte, und meine Lust herausschrie. »Ja, Kayne. Ja.«

Schließlich kam auch er, die Sehnen an seinem Hals spannten sich an, sein Gesicht verzerrte sich leicht, während er stöhnend seinen warmen Samen in mich spritzte.

KAPITEL 24

KAYNE

Joanne legte eine Mappe mit ein paar Dokumenten zur Unterschrift vor mich auf den Schreibtisch. Ich überflog ein Papier nach dem anderen, ehe ich unterzeichnete und den Deckel zuklappte. Gelangweilt reichte ich ihr die Akte zurück.

»Kayne, vergiss bitte nicht, dass du heute Abend einen Termin mit deinem Vater im Sinatra hast. Ich habe für acht Uhr einen Tisch für euch reserviert.«

Ich schaffte es nicht, ein genervtes Augenrollen zu unterdrücken. »Dieses Meeting hatte ich so schön verdrängt.«

Joanne lächelte milde, wenigstens sah sie nicht mehr so fertig aus, wie die Tage zuvor. Obwohl ihre Augen jeden Glanz verloren hatten. Würde sie sich mir gegenüber nicht immer so reserviert verhalten, wüsste ich die eine oder andere Möglichkeit, um sie aufzuheitern. Ich hatte ungern deprimierte Frauen um mich, vor allem so hübsche wie Joanne. Wieso trauerte sie diesem Idioten so lange hinterher? Einem Kerl, der sie quasi vor dem Traualtar hatte stehen lassen. Versteh einer die Weiber.

»Er wird dich weiterhin mit Anrufen bombardieren, wenn ihr eure Angelegenheiten nicht endlich mal in einem klärenden Gespräch regelt«, maßregelte sie mich mit strenger Stimme. Ihr Tonfall missfiel mir, obwohl sie recht hatte. Wollte ich mir den Alten für die nächste Zeit vom Hals halten, kam ich um dieses Essen nicht herum. William Crest diskutierte nicht, dieser Mann bellte Anweisungen, in der Erwartung, dass jeder seine Schikanen umgehend erfüllte. Ich hasste es, Zeit mit ihm zu verbringen, seine bloße Anwesenheit machte mich aggressiv. Er hatte sich so unglaublich schnell über den Tod meiner Mutter hinweggetröstet, dass es beinahe schon einem Verrat glich. Kein halbes Jahr nach ihrem Ableben hatte er eine deutlich jüngere Frau mit nach Hause gebracht und sie mir als neue Mommy vorgestellt. Ich hatte mich vor ihre Füße übergeben. Eine ungute Erinnerung stieg in mir hoch.

»Kayne, ich möchte, dass du deinem Vater diesen Brief gibst.« Mr Fulton, mein Mathelehrer, lächelte mich an. Ich hasste diesen wehmütigen Ausdruck in seinen Augen. Sein verfluchtes Mitleid und die Spur Trauer, die in seinem Blick mitschwang. Als hätte er meine Mom persönlich gekannt und könnte meinen Verlust nachempfinden. Einen Scheißdreck konnte er.

Zögerlich nahm ich den Umschlag. Das roch nach Ärger. »Was steht da drin?«, fragte ich einer dumpfen Vorahnung folgend. Seit sechs Monaten machte ich keine Hausaufgaben mehr, lernte nicht mehr für Klassenarbeiten und prügelte mich andauernd grundlos mit meinen Mitschülern, nur um Dampf abzulassen. Meine Lehrer hatten mein unmögliches Benehmen bisher toleriert, manche hatten anfangs sogar Verständnis geheuchelt. Aber das war einmal.

»Das ist ein Bericht über dein gestriges Verhalten Jenny gegenüber«, erwiderte er mit sanfter Stimme, während er mich eindringlich beobachtete. Hatte der Kerl tatsächlich Schiss vor dem Tobsuchtsanfall eines Elfjährigen? Meine Verachtung für ihn wuchs, wie für alle um mich herum. Ich hasste jeden einzelnen Menschen, es gab nicht einen einzigen, den ich in meiner Nähe auch nur halbwegs ertrug.

Ich konnte mit der tobenden Wut in mir nicht umgehen, die ohne Vorwarnung in meinem Brustkorb aufbrach und mich binnen Sekunden zu einem wilden Schläger mutieren ließ. Ein befreiendes Gefühl übrigens. Seit dem Unfall verhielt ich mich in der Schule eiskalt, war knallhart und streitsüchtig geworden. Jegliche Gefühle in mir waren abgestorben oder unter einer dicken Eisschicht vergraben.

Gestern hatte ich Jenny diese verfluchte weiße Schultasche vom

Rücken gezerrt, den blöden Ranzen in den Dreck geworfen und war brüllend darauf herumgetrampelt. Cody Fields, ihr neuer Freund aus der sechsten Klasse, hatte sich bibbernd davongemacht und die verstörte Jenny einfach stehenlassen. Hahaha. War das komisch gewesen, wie sie dem Feigling verdattert hinterhergeschaut hatte. Ich hatte den Zufall genutzt, und die blöde Kuh angebrüllt, ihr die alleinige Schuld am Tod meiner Mutter gegeben, der Bitch sogar gedroht, sie demnächst ebenfalls vor einen Laster zu werfen. Als ob das irgendetwas ändern würde. Aber am Ende hatte ich mich mächtig gefühlt. Ihre Schulsachen lagen zerbrochen und zerknickt im Staub, während Jenny einem theatralischen Heulkrampf wegen ein paar beschissener Schulbücher erlag.

»Du hast Jenny gestern gedroht, du würdest sie umbringen, stimmt das?«

»Nein«, log ich ohne rot zu werden. Für wie bescheuert hielt der Kerl mich? Als ob ich mir mit einem Schuldeingeständnis bewusst einen Haufen Ärger einhandeln würde. Niemand hatte meine Drohungen mitbekommen, somit stand Aussage gegen Aussage.

»Wieso sollte Jenny sich das ausdenken?« Mr Fulton lehnte sich zurück.

»Warum glauben Sie, dass ich lüge?«, schoss ich zurück und verschränkte die Arme vor der Brust. Mein Puls in den Schläfen pochte.

»Kayne«, er machte eine Pause und räusperte sich. »Glaubst du nicht, es wäre gut, wenn du dich mal mit jemandem triffst? Einer Person, mit der du über alles, was passiert ist, reden kannst?«

»Nein.« Ich ahnte, worauf er hinauswollte. Mr Fulton wollte mich zum Psychiater schicken. Ich war doch nicht verrückt im Kopf.

»Du hast dich verändert, seit deine Mom gestorben ist. Und ehrlich gesagt, mache ich mir große Sorgen um dich. Genau das steht übrigens in dem Brief. Ich will dir helfen, Kayne. Deswegen möchte ich einen Gesprächstermin mit deinem Dad vereinbaren.«

»Mir geht es gut.« Ich biss so stark die Zähne zusammen, dass mein Kiefer schmerzte. Der Kerl sollte sich aus meinen Angelegenheiten raushalten. Er hatte null Ahnung von meinen Problemen. Mein Vater traf sich schon längst mit einer anderen Frau, er hatte meine Mom knallhart ersetzt und scherte sich einen Scheiß darum, wie es mir ging. Was wollten die alle von mir? Keiner dieser Penner konnte meine

Mutter wieder lebendig machen, somit konnte mir auch niemand helfen. Achtlos knüllte ich den Brief in meine Schultasche.

»Sonst noch was?«, fragte ich in meinem neuen rotzfrechen Tonfall, der mir außerordentlich gut gefiel. Er machte mich unnahbar und gab mir etwas Furcht einflößendes, wie ich fand.

»Das ist alles.« Mr Fulton atmete tief durch. Was? Schon am Limit? Diese Flasche. »Ach, ja. In dem Umschlag steckt ein Abschnitt mit Terminvorschlägen. Dein Vater soll sich einen aussuchen und du bringst mir den Zettel morgen unterzeichnet zurück. Falls nicht«, er machte schon wieder eine theatralische Pause, »schalte ich die Jugendfürsorge ein. So kann es nicht mit dir weitergehen.«

Eine ungeheure Wut explodierte in mir. Am liebsten wäre ich dem Arschloch an die Gurgel gegangen und hätte ihn verprügelt.

»Ihr könnt mich alle mal!« Ich zerrte den Umschlag aus meiner Tasche, zerriss ihn in tausend Stücke und warf die Fetzen hoch in die Luft. Wie Konfetti rieselten sie auf Mr Fultons Kopf, der mich verdattert ansah. Im nächsten Moment drehte ich mich um und floh aus dem Schulgebäude. Ich rannte die Straße entlang, wischte mir mit dem Handrücken immer wieder die verfluchten Tränen aus dem Gesicht, bis ich endlich an dem schmiedeeisernen Tor ankam. Kurz hielt ich an, um mich zu sammeln und wieder Atem zu schöpfen. Seitenstechen malträtierte mich. Die ganze Welt konnte mich mal. Warum konnten diese Plagen mich nicht endlich allesamt in Ruhe lassen? Es gab nur einen einzigen Ort auf dieser Welt, an dem ich mich aufhalten wollte und der war hier. Ich schlüpfte durch den Spalt der halboffenen Tür und schlich den geschotterten Weg entlang. Bog kurz darauf wie immer nach links ab und stand schließlich vor dem aufgeschütteten Erdhaufen, der mit welken Blumen und Kränzen bedeckt war.

»Hi, Mom«, meine Stimme brach, Tränen drückten gegen meinen Kehlkopf und schmerzten im Hals. »Ich bin wieder da.« Ich sank auf die Knie und legte mich neben meine Mutter, schob einen Arm über den niedrigen Erdwall. Das Wasser schoss mir aus den Augen und rann unaufhörlich meine Wangen entlang. Wie oft ich in den vergangenen Monaten heimlich schon geheult hatte, konnte ich nicht mehr zählen. Aber an diesem Ort konnte ich ihr wenigstens einigermaßen nahe sein. »Ich komme gerade aus der Schule«, fing ich leise an. »Es läuft alles prima, so wie du es immer wolltest. Ich bin brav und schreibe gute

Noten. Du wärst stolz auf mich, Mom. So stolz.« Ich schluchzte, schmiegte meine Wange an ein paar weiße Lilienblüten und schloss die Augen. Blieb solange liegen, bis eine erlösende Schwärze mich umfing.

»Kayne«, jemand rüttelte mich an der Schulter. »Kayne, wach auf.«

Mühsam hob ich die Lider und blickte schlaftrunken in das entsetzte Gesicht meines Dads. »Was machst du hier, Junge? Dein Lehrer hat mich kontaktiert und als du nicht zu Hause warst, habe ich die ganze Gegend nach dir abgesucht. Ich war schon drauf und dran, die Polizei zu rufen.«

Ruckartig setzte ich mich auf. »Nicht die Polizei.«

»Kayne«, er strich mir über den Kopf und wirkte so qualvoll hilflos, dass ich fürchterliche Angst bekam. »So kann es nicht mit dir weitergehen.«

»Was … was meinst du?«

»Ich habe mit Grandpa gesprochen. Am Wochenende ziehst du zu ihm nach Nevada. Er hat mehr Zeit, sich um dich zu kümmern, als ich.«

Ich fasste es nicht. Mein Dad wollte mich loswerden.

Ich schüttelte die unangenehmen Erinnerungen an meinen Vater ab. Seit dem Todestag meiner Mutter, hatte es nicht eine einzige Situation gegeben, in der er für mich da gewesen wäre. Als hätte ich aufgehört für ihn zu existieren, oder sein Desinteresse war mir durch die kompensierte Liebe meiner Mutter nie so richtig bewusst gewesen. Ich hatte keine Ahnung.

Joanne verließ wortlos das Zimmer, was ich klammheimlich begrüßte. Ich war selten dermaßen abwesend und verstand auch nicht, weshalb mich diese ganzen Flashbacks in letzter Zeit groß und übermächtig einholten, wenn nicht sogar überrollten. Jahre schon hatte ich nicht mehr an diese Situationen gedacht. Zumindest nicht in dem Ausmaß.

Seufzend stand ich von meinem Schreibtisch auf. Genug getan für heute. Vielleicht sollte ich Lainey eine wohlverdiente Pause vom Bardienst gönnen und mit ihr verschwinden. Ich mochte sie in meiner Nähe, musste ich mir eingestehen. Sobald sie nicht um mich herumschwirrte, fehlte mir etwas. Es war vollkommen verrückt. Unsere gestrige Vanilla-Session kam mir wieder in den Sinn. Ich hatte sie für meine Verhältnisse dermaßen sanft angepackt, dass mir die Worte dafür fehlten. Dennoch hatte ich unser kleines harmloses Intermezzo aus tiefstem Herzen genossen. In letzter Sekunde hatte ich mich anders entschieden. Statt im Kerker, wie ursprünglich geplant, waren wir in unserem Softie-Raum gelandet. Aidan würde sich kringeln vor Lachen, sollte er jemals davon erfahren. Was war nur mit mir los? Lainey war schlichtweg so süß, so unschuldig und unverdorben, dass ich sie nicht hart anfassen konnte. Und das Schlimmste. Bei ihr machte es mir nicht mal was aus.

Die Tür schwang auf und Aidan wehte herein. »Gut, dass ich dich antreffe.« Er blieb vor mir stehen, strömte eine Unruhe aus, die mich sofort ansteckte.

»Gibt es Neuigkeiten wegen des Erpresserbriefes?« Ein leichtes Beben erfasste mich. Hatten wir den Schweinehund gefasst?

»Nein«, er schüttelte den Kopf.

Shit.

»Es geht um etwas anderes. Oder besser gesagt – um jemand anderen.«

»Lass mich raten.« Ich setzte mich auf meinen Schreibtisch. »Es geht mal wieder um Lainey.«

»Bingo.« Aidan nickte. »Ich habe dir gesagt, dass ich Nachforschungen über sie anstellen werde.« Er rieb sich das Genick. »Eigentlich war das nicht nötig.«

»Warum spuckst du nicht einfach aus, was du mir verklickern willst?« Wollte ich allen Ernstes wissen, was er über Lainey in Erfahrung gebracht hatte? Jetzt, da es so perfekt zwischen uns lief? Nein, es war töricht, Laineys Vergangenheit zu ignorieren. Sollten schwerwiegende Vorfälle passiert sein, wusste ich besser Bescheid. Ich durfte mich vor lauter Verknalltheit nicht wie ein Trottel verhalten. Moment mal! Hatte ich das eben tatsächlich gedacht? Mein Herz pochte einen Schlag zu dumpf. Fuck.

»Hast du einen Privatdetektiv auf sie angesetzt?«, fragte ich eine Spur zu aggressiv. »In irgendwelcher Dreckwäsche wühlen lassen?«

Aidan musterte mich fassungslos. Wir stritten sonst nie, schon gar nicht wegen einer Frau. Das war den Ärger schlichtweg nicht wert.

»Ich habe keine Ahnung, was in letzter Zeit mit dir los ist«, erwiderte er kopfschüttelnd. »Selbstverständlich habe ich ohne dein Einverständnis niemanden auf sie angesetzt. Ich habe Lainey lediglich gegoogelt. Eine Sache, die du ohne weiteres auch hättest tun können, wenn du dich nicht die ganze Zeit über wie ein liebesblinder Gockel aufführen würdest.«

»Hast du einen sitzen?« Mein Lachen geriet eine Spur zu laut. Verdammt, konnte man denn gar nichts vor dem Kerl geheim halten? »Und was hast du herausgefunden?«

»Lainey hat ihre Schwester getötet.«

»Was?«, japste ich, mein Puls schnellte in die Höhe. »Lainey ist keine Mörderin. Nie im Leben.«

»Es war ein Unfall«, warf er mir einen weiteren Brocken hin. Konnte Aidan plötzlich nicht mehr in ganzen Sätzen reden? Ich trieb ihn mit dem Kinn an. Mein Sprechorgan funktionierte noch nicht richtig. Alles hätte ich vermutet, aber nicht das.

»Sie war acht Jahre alt. Die beiden Mädchen haben mit der Pistole ihres Großvaters gespielt, dabei löste sich ein Schuss, der Laineys jüngere Schwester getroffen hat. Sie starb auf der Stelle. Die Kleine war ein Kindermodell, sogar ein angehender Kinderstar. Es stand damals groß in allen Zeitungen.«

Ich erinnerte mich nicht. Der Vorfall lag über zehn Jahre zurück. Außerdem hatte ich mich noch nie für reißerische Zeitungsmeldungen interessiert.

»Das klingt in der Tat nach einem tragischen Unfall.« Der jedoch erklärte, weshalb Lainey auf ihre Art so verkorkst war. Wie sollte ein Kind den verschuldeten Tod der eigenen Schwester verkraften? Ich konnte mich viel zu gut in sie hineinversetzen, wusste haargenau, wie sie sich all die Jahre gefühlt haben musste. Getrieben von Trauer und Schuld. Ich schluckte. Laineys Lebensgeschichte ging mir mehr an die Nieren, als ich wahrhaben wollte.

»Zumindest konnte kein Vorsatz nachgewiesen werden. Sie war ein Kind.« Aidan zuckte hilflos mit den Achseln. »Ihre Eltern hätten besser aufpassen müssen.«

Ich nickte.

»Kayne«, sagte Aidan leise und eindringlich. »In was verstrickst du dich gerade?«

»Wovon sprichst du?«

»Hast du dich in Lainey verliebt?«

»Du spinnst.« Ich rutschte vom Schreibtisch. Was Aidan mir unterstellte, war an Lächerlichkeit nicht mehr zu überbieten. Nun gut, ich gab es zu, ich war vielleicht ein bisschen in sie verschossen, dennoch sprach ich noch lange nicht von Liebe. Dieses gewaltige Wort kam mir nicht mal in die Nähe meiner Lippen. Ich konnte beides wunderbar trennen. Wir fickten und verstanden uns gut.

Aidans Augenbrauen hoben sich, wenigstens verzichtete er auf eine Erwiderung.

»Wie läuft es mit dem neuen Club?«, wechselte ich demonstrativ das Thema. Aidan sollte sich aus meinen Angelegenheiten raushalten.

Er seufzte tief und gequält, bevor er dann doch antwortete. »Wir liegen optimal in der Zeit. Das Fundament steht schon.«

»Klingt prima.« Ich sah ihm direkt in die Augen. »Sonst noch was?«

Eine ganze Zeitlang duellierten wir uns mit Blicken. Ich wusste, dass Aidan noch längst nicht mit dem Thema Lainey abgeschlossen hatte und genauso war mir klar, dass er es nur gut mit mir meinte. Dennoch kotzte mich seine Einmischung in mein Privatleben tierisch an. Lainey war mein Mädchen. Ich spielte so lange mit ihr, wie ich es für richtig hielt.

»Du weißt schon, was du tust«, lenkte er schließlich ein und ich nickte.

Mein Smartphone klingelte. Ich kramte es aus meiner Jackett-Tasche und warf einen Blick darauf. Spencers grinsende Visage leuchtete mir als Profilbild auf dem Display entgegen.

»Was gibt's?«, nahm ich das Gespräch an.

»Boss. Ein Gast ist in der Bar zusammengebrochen.«

Aidan und ich stürmten durch das Gebäude hinunter zur Gentleman's Bar. Das durfte doch nicht wahr sein. Wir hatten die Sicherheitsvorkehrungen extrem verschärft, die Security wusste

Bescheid und scannte jeden Gast. Neukunden wurden vor Betreten des Clubs sogar durchsucht.

Ich zog die schwere Eingangstür auf und durchschritt neben Aidan die Bar. Auf den ersten Blick bemerkte ich den bewusstlosen Mann auf dem Boden liegen. Jean, einer unserer Securitys, presste rhythmisch mit beiden Händen auf dessen Brustkorb und blies Luft in die Lungen des Ohnmächtigen. Zwei Gäste assistierten ihm. Scheiße. Das sah beängstigend ernst aus.

»Brauchst du Hilfe, Jean?« Ich wollte helfen, wusste aber nicht wie.

»Ich hab's im Griff«, kam es knapp zurück, während Jean weiter pumpte und leise zählte.

»Was ist passiert?«, fragte ich Spencer, der daneben stand.

»Keine Ahnung.« Er schüttelte den Kopf. »Plötzlich ist er vom Stuhl gekippt. Ich habe sofort den Notarzt verständigt, der Krankenwagen müsste jede Minute eintreffen.«

»Was hat er getrunken? Wer hat ihn bedient?«, fragte Aidan und ich wusste sofort, worauf er anspielte. Er tippte auf eine Vergiftung.

Spencer zuckte mit den Achseln. »Keine Ahnung, was er getrunken hat. Aber Lainey muss ihn bedient haben, sie steht heute allein hinter dem Tresen.«

Aidans Kopf ruckte herum, er suchte die Bar mit dem Blick ab. Ganz am Rand entdeckte ich Lainey. Sie stand neben Judson und sah erschrocken aus. Der Kerl hatte einen Arm um ihre Schultern gelegt und redete auf sie ein.

Draußen erklang Sirenengeheul, das mit jeder Sekunde lauter dröhnte. Gleich würden sich Ärzte um den Mann kümmern. Ich hoffte aus tiefstem Herzen, dass er überlebte, nicht nur des Clubs wegen, sondern auch, weil er mir leidtat.

Die Paramedics stürmten herein und übernahmen den Bewusstlosen, versorgten ihn ruhig und routiniert. Bestimmt dauerte es nicht mehr lange, bis auch die Cops den Weg zu uns fanden. Scheiße.

Als Aidan Laineys Richtung einschlug, ging ich ihm einer schlechten Vorahnung folgend nach. Aidan hatte sie dermaßen auf dem Kieker, dass mir nichts Gutes schwante. Er blieb vor ihr stehen. Ihre Hände zitterten, als sie sich eine wirre Locke aus der Stirn strich.

»Hast du den Gast bedient?«, fragte er und sie nickte.

»Ja, er hat einen Gin-Tonic bei mir bestellt.«

»Und den hast du ihm an den Tisch gebracht?«

»Ja.« Ihre Stimme zitterte.

»Was hast du gemischt?« Aidan klang angespannt, wie bei einem Verhör. Mir passte der unterschwellige Generalverdacht nicht, unter den er sie sofort gestellt hatte.

»Nur Tonic Water mit Gin.« Sie konnte sichtlich nichts mit seinen Fragen anfangen und ich fand sein Getue genauso bescheuert. Als ob sie eine Giftmischerin wäre, dabei war noch nicht mal klar, was dem Mann fehlte.

»Sonst nichts?« Für einen Außenstehenden klang sein Tonfall normal, als wollte er sich lediglich vergewissern. Aber ich kannte ihn gut genug, um die unterschwellige Schärfe darin herauszuhören.

»Aidan«, sagte ich leise und nickte in Richtung Tür. Wie erwartet betraten soeben zwei Cops den Raum. Die hatten uns gerade noch gefehlt. Wir sollten keine voreiligen Verdächtigungen im Beisein der Polizei aussprechen.

»Verdammte Scheiße«, fluchte Aidan leise, bevor er sich in Bewegung setzte. Währenddessen wurde der Bewusstlose auf einer Trage aus dem Club gerollt.

»Hast du nichts zu tun?«, schnauzte ich Judson an, der noch immer Lainey im Arm hielt. Der Kerl sollte seine verdammten Finger von ihr lassen.

Judson schnaubte abfällig, bevor er sich davonmachte. Ein schlechtes Gefühl überkam mich, während ich ihm nachsah.

»Er ist einfach vom Stuhl gerutscht«, hörte ich Lainey mit gepresster Stimme sagen, sie war den Tränen nahe. Ich nahm sie in die Arme und drückte sie an mich. Fühlte das tiefe Verlangen, sie vor aller Welt zu beschützen. Sachte blies ich ihr einen Kuss aufs Haar und streichelte ihren Rücken. Als ich den Kopf hob, bemerkte ich, dass Aidan uns beobachtete. Er war völlig verblüfft und ich konnte seine Reaktion sogar nachvollziehen. Normalerweise eignete ich mich nicht als Trostspender für verstörte Frauen. Aber bei ihr. Bei Lainey wurde ich zu einem anderen Mann. Ihr ganzer Körper zitterte, entspannte sich jedoch mit der Zeit, sie wurde ruhiger und schmiegte sich an meine Brust. Ihre festen Titten rieben durch den dünnen Stoff ihres schwarzen Tops über meinen Brustkorb und ich atmete tief durch. Sie war schlichtweg so sexy.

»Geht's wieder?«, fragte ich schließlich leise, weil ich mir dann doch nicht die Blöße geben wollte, vor der ganzen Crew als Frauentröster dazustehen.

»Ja.« Sie löste sich von mir, was ich nur widerwillig geschehen ließ. Am liebsten würde ich sie bei der Hand nehmen, sie aus dem Club lotsen, um mit ihr in der Wildnis zu knutschen. Sie dabei gegen den Stamm einer Palme lehnen und im Stehen in sie eindringen. Tief und hart.

»Ich habe mich nur erschrocken und der arme Mann tut mir so leid.« Als ihre Hand an meiner Hüfte entlangstrich, erfasste mich ein Stromschlag, der mir bis in die Eier vibrierte. Eine derart heftige Reaktion auf die harmlose Berührung einer Frau hatte ich noch niemals erlebt.

»War jemand bei ihm?«

Aidan quatschte noch immer mit den Cops, und ich beschloss, mich fernzuhalten. Bei den Behörden ging er diplomatischer vor als ich.

»Anna saß ein paar Minuten bei ihm, aber ich glaube, er hat sie weggeschickt.«

Anna? Wo trieb die sich herum? Ich sah mich um und entdeckte sie neben Judy und Shawna stehen, die alle ebenfalls total verstört wirkten. Mittlerweile hatte Spencer die Musik wieder angedreht und die Türen der Bar geöffnet, die Gäste widmeten sich ihren Drinks oder den halbnackten Frauen in ihrem Arm, als wäre nichts gewesen.

Ich würde Aidan nachher auf Anna ansetzen. Sollte der sie aushorchen. Anna war dermaßen schlecht auf mich zu sprechen, dass sie ein Verhör mit mir in der Detective-Rolle bestimmt persönlich nehmen würde.

»Geh wieder hinter den Tresen«, sagte ich schließlich auf die verwaiste Bar deutend, an der sich bereits ein Haufen Menschen drängten.

Sie setzte sich in Bewegung. »Bin schon bei der Arbeit.«

Im Gehen hielt ich sie am Handgelenk fest. »Du hast ab sechs Uhr frei.«

Lainey wandte sich um. »Wieso? Mir geht es gut.«

»Ich bin um acht zum Dinner mit meinem Vater verabredet und möchte, dass du mich begleitest.«

KAPITEL 25

LAINEY

Galant wie immer hielt Kayne mir die Autotür auf, nachdem er seinen Ferrari auf einem Parkplatz beim Sinatra abgestellt hatte. Ich ließ mir von ihm aus dem Wagen helfen und strich mir nervös mein knöchellanges Kleid glatt, dessen hoher Schlitz vorne mein linkes Bein bei jedem Schritt zeigte. Heute hatte ich endlich einmal die Gelegenheit gefunden, das traumhafte schwarze Abendkleid auszuführen, das ich mir beim Einkaufsbummel mit Vivien zugelegt hatte. Kayne betrachtete mich mit einem genüsslichen Zug um den Mund.

»Du siehst atemberaubend aus.«

»Danke.« Geschmeichelt schlug ich die Lider nieder und strich ihm einen Fussel vom Revers seines schwarzen Anzugs.

»Du gefällst mir auch sehr gut.«

Seine Lippen senkten sich für einen raschen Kuss auf meine, bevor er mich an der Hand nahm und wir losspazierten.

Wir betraten das Sinatra, es war pompös eingerichtet mit mahagonivertäfelten Wänden und zudem raffiniert ausgeleuchtet. Ein Hauch der Fiftys hing in der Luft. Frank Sinatra grinste mir von einem überdimensionalen Bild entgegen.

Eine hübsche dunkelhäutige Frau Mitte Zwanzig stand am Empfang und strahlte Kayne an. »Guten Abend, Mr Crest.« Sie nickte mir zu. »Ma'am. Ihr Tisch ist schon bereit. Bitte folgen Sie mir.«

»Hi, Shirly.« Er gewährte ihr ein freundliches Lächeln. Ich warf einen raschen Blick durch das Hauptrestaurant, als wir es betraten. Der Raum versprühte einen edlen Charme, mit den warmen Holztönen und den an der linken Wand ausgestellten teuren Weinflaschen. Der Duft von Kräutern und italienischem Essen lag in der Luft. Auf den mit weißen Damasttüchern gedeckten Tischen, glänzten Gläser und Besteck. Auf seine altertümliche Weise wirkte das ganze Ambiente unglaublich originell. Noch nie in meinem Leben hatte ich ein so luxuriöses Restaurant betreten. Hoffentlich blamierte ich mich nachher beim Essen nicht bis auf die Knochen.

Mein Puls pochte ein paar Takte schneller, während wir Shirly zu einem Tisch folgten, an dem bereits ein Mann in den Fünfzigern saß. Auf der Stelle erkannte ich die Ähnlichkeit zwischen Vater und Sohn, dasselbe markante Kinn, dieselben karamellfarbenen Augen und die gleiche Haarfarbe. Obwohl das Haar seines Vaters bereits von zahlreichen grauen Strähnen durchzogen war.

Er stand auf, als wir ihn erreichten und warf mir einen erstaunten Blick zu. Fasste sich aber recht schnell wieder und schenkte mir ein höfliches Lächeln.

»Ich wusste nicht, dass mein Sohn in Begleitung erscheint, und dann auch noch in so hübscher.«

»Darf ich vorstellen, Dad. Lainey Barkley.«

Er reichte mir die Hand, ignorierte seinen Sohn vollkommen. »Nennen Sie mich William. Nett, Sie kennenzulernen, Miss.«

»Es freut mich ebenfalls.« Ich lächelte ihn scheu an, er hatte eine einschüchternde Präsenz. »Dann nennen Sie mich bitte Lainey.«

Kayne schob meinen Stuhl zurück, sodass ich mich hinsetzen konnte, bevor er sich neben mir niederließ, ohne seinen noch immer stehenden Vater zu begrüßen.

»Nachdem wir die üblichen Begrüßungsfloskeln hinter uns gebracht haben, kann ich mir endlich einen Drink bestellen. Den habe ich jetzt bitter nötig.« Kayne winkte dem Kellner, der sofort zu uns eilte.

William Crest zog die Stirn in tiefe Falten, ehe er sich

ebenfalls setzte. »Du brauchst jetzt schon einen Drink? Wir haben noch kein Wort miteinander gewechselt.«

»Ich bin mir sicher, es wird nicht bei einem Whisky bleiben«, erwiderte Kayne und lehnte sich zurück. »Einen Bourbon ohne Eis«, orderte er und wandte sich an mich. »Was möchtest du?«

»Oh«, ich rutschte meinen Stuhl näher an den Tisch. »Ein Wasser für den Anfang.«

Nachdem der Kellner verschwunden war, wandte sich Kayne an seinen Vater, der einen Schluck Rotwein aus einem langstieligen Glas trank. »Um die Sache abzukürzen. Was treibt dich in den Wüstenstaat? Sehnsucht nach deinem Sohn?« Sein Lachen könnte nicht abfälliger klingen. Auf der Stelle wurde mir klar, dass zwischen den beiden nicht die beste Stimmung herrschte und ich fragte mich, ob Kayne mich als eine Art Puffer mitgenommen hatte. Kurzzeitig hatte ich doch glatt gehofft, er könnte in eine diffuse Phase zwei übergetreten sein. Immerhin stellte er mich seiner Familie vor. Aber dem war wohl nicht so. Ich hätte es besser wissen müssen.

»Unhöflich und ohne Manieren wie immer«, erwiderte William grimmig. »Aber was erwarte ich von einem Puffbesitzer und Pornoproduzenten.«

Pornoproduzent? Ich horchte auf. Das konnte doch nicht wahr sein. Pussycat Productions gehörte Kayne? Ich warf ihm einen fragenden Blick zu, den er leider ignorierte.

»Wussten Sie nichts davon?«, fragte mich sein Dad süffisant.

»Sie arbeitet im Gentleman's Paradise«, erwiderte Kayne emotionslos und ließ den Satz einfach im Raum stehen. Seine knappe Erläuterung konnte alles bedeuten.

»Ich bin hinter der Bar tätig«, erklärte ich rasch, weil Kayne keinerlei Anstalten machte, meine Position im Club aufzuklären. »Ich schenke Getränke aus, das ist alles.« Ich wurde sauer auf Kayne, weil er mich absichtlich in diese peinliche Lage gebracht hatte. Ihm war scheißegal, was sein Vater über mich dachte und das verletzte mich.

»Bitte entschuldigen Sie die Unhöflichkeit meines Sohnes.« William verstummte, denn der Kellner kam mit den Getränken zurück und stellte sie vor uns. Kayne leerte sein halbes Glas in einem Zug.

»Haben Sie schon ausgewählt?«, fragte der Kellner.

»Wir nehmen beide das New York Strip Steak. Blutig«, orderte Kayne auf mich deutend. Ich starrte ihn mit offenem Mund an. Dermaßen unhöflich und ignorant hatte ich Kayne schon lange nicht mehr erlebt. Was war zwischen den beiden los?

»Darf Lainey ihr Essen nicht selbst aussuchen?« William schüttelte missbilligend den Kopf und wurde mir immer sympathischer.

»Ich mag kein blutiges Steak.« Nur mit Mühe hielt ich mich davon ab, aufzustehen und den Tisch zu verlassen.

»Was möchtest du dann?«, fragte Kayne emotionslos.

Rasch klappte ich die Speisekarte auf und überflog die Gerichte. Die Preise schockierten mich regelrecht. Himmel, für ein Abendessen müsste ich zwei Tage schuften. Mir war der Hunger vergangen. »Ich nehme die Käse-Ravioli.«

Nachdem William ebenfalls seine Bestellung aufgegeben hatte, verschwand der Kellner wieder und ließ uns dank Kayne mit einer bedrückten Stimmung am Tisch zurück.

William ignorierte seinen Sohn, seine rechte Hand lag zur Faust geballt auf dem Tischtuch. »Lainey, Sie tragen ein hübsches Kleid, wenn ich das anmerken darf.«

»Lass deine schleimigen Floskeln«, ging Kayne dazwischen, der seinen Vater wütend anblitzte. »Sie ist nicht hier, um Eindruck auf dich zu schinden.«

»Warum hast du sie dann mitgebracht, wenn du sie mir nicht vorstellen wolltest?« Er lehnte sich in Kaynes Richtung. »Du weißt, dass ich wichtige Themen mit dir besprechen möchte. Hätten wir das nicht besser unter vier Augen getan?«

»Oh, ich kann gern draußen warten«, grätschte ich dazwischen und erhob mich ruckartig. Ich fühlte mich so überflüssig und verstand nicht, warum Kayne absichtlich diese unangenehme Szenerie heraufbeschworen hatte. Wie hatte ich mich auf dieses Abendessen gefreut.

»Setz dich hin«, zischte Kayne und ich sank zurück auf meinen Stuhl. Ich trank einen Schluck Wasser, ließ das kalte Getränk langsam meine Kehle hinunterrinnen, und zerbiss einen kleinen Eiswürfel.

Die Sehnen in Kaynes Hals waren angespannt und traten

hervor. Dann wandte er sich an seinen Vater. »Lass raus, was du zu sagen hast, damit wir dieses Ding hier«, er deutete lax über den Tisch, »endlich beenden können.«

Sein Verhalten verletzte mich zutiefst.

Das Gesicht seines Vaters nahm eine unnatürliche Röte an. »Was habe ich nur für einen Sohn in die Welt gesetzt?«, ätzte er.

»In die Welt gesetzt«, wiederholte Kayne bitter. »Das trifft es auf den Punkt. Mehr hast du sowieso nicht getan, als deinen Samen in eine Frau zu spritzen.«

William schlug so heftig mit der Faust auf den Tisch, dass sein Rotweinglas kippte. Der Inhalt verteilte sich dunkelrot auf dem weißen Damast-Tischtuch. Ich zuckte erschrocken zusammen, aber Kayne verzog keine Miene.

»Worum geht es?«, fragte er stattdessen ungerührt. »Rede endlich.«

Erst nachdem William einmal tief durchgeatmet hatte, wandte er sich seinem Sohn zu. »Ich möchte dir ein Geschäft vorschlagen. Steig in meiner Filmfirma ein, gemeinsam könnten wir etwas ganz Großes auf die Beine stellen und in Hollywood richtig durchstarten. Du könntest dir einen Namen als ehrbarer Filmproduzent machen und hättest es nicht mehr nötig, ekelhafte Pornos zu drehen. Komm zurück nach Los Angeles.«

Kayne brach in Gelächter aus. Er schüttelte ungläubig den Kopf. »Das ist nicht dein Ernst. Du kannst nicht allen Ernstes glauben, dass ich mit dir irgendwelche Geschäfte mache. Nie im Leben. Selbst wenn ich Pleite gehe, bist du der Letzte, an den ich mich wenden würde.« Er kippte den Rest seines Bourbons in sich hinein, ich sah ihm an, wie aufgewühlt und wütend er war. Unverhältnismäßig wütend für meine Begriffe.

»Was hast du außerdem gegen Pussycat-Productions?«, machte er nach einer kurzen Pause weiter. »Die Filme verkaufen sich bombastisch. Nur ein Idiot würde den Laden abstoßen und stattdessen in stinklangweilige Dokumentarfilme investieren, die kein Schwein interessieren.« Er deutete auf mich. »Frag sie, wie professionell wir drehen.«

Mein Herz blieb beinahe stehen, als er das sagte. Ich konnte nicht fassen, dass er mich vor seinem Vater zu einer billigen Pornodarstellerin degradiert hatte. Obwohl ich das im Prinzip ja war. Wie viele Millionen Menschen auf der Welt meine Vagina mittlerweile in allen Einzelheiten begutachtet hatten, wollte ich gar nicht erst wissen. So wie es sich anhörte, hatte Kayne ein halbes Vermögen mit dem Video verdient. Mir wurde schlecht. Kayne hatte mich lediglich mitgenommen, um mich zu demütigen und seinen Vater gleich mit. Ich war ihm scheißegal, nur ein Mittel zum Zweck. Diese Erkenntnis schmerzte in meinem Brustkorb. Was für ein hinterhältiger Mistkerl Kayne sein konnte. Und ich hatte ihm vertraut, mich sogar in diesen Egoisten verliebt. Ich saß einfach nur starr am Tisch und hielt mit Ach und Krach die Tränen zurück. Diesen Triumpf wollte ich ihm nicht auch noch gönnen. Immer wieder blinzelte ich gegen das Brennen in meinen Augen an und wich den Blicken der beiden Männer aus.

»Lainey«, hörte ich Kayne leise sagen und stand auf. Keine Sekunde länger hielt ich es mehr in seiner Gegenwart aus.

»Bitte entschuldigen Sie mich, William.« Ich schaffte es nicht mehr, meine Tränen zu unterdrücken, die erste perlte schon über mein linkes Unterlid. Hastig wandte ich mich um, und floh durchs Lokal in Richtung Ausgang.

Ich stieß die Tür auf und trat aus dem klimatisierten Gebäude hinaus ins Freie. Lief in die drückende Hitze wie durch eine Wand und wischte mit dem Handrücken Tränen aus dem Gesicht. Was war ich für eine gottverdammte Idiotin. Nie wieder im Leben wollte ich mehr irgendwas mit Kayne Crest zu tun haben. Der Kerl war für mich gestorben.

»Lainey«, hörte ich ihn hinter mir rufen und lief schneller.

»Warte.« Als er mich am Oberarm festhielt, riss ich mich von ihm los und drehte mich um.

»Hau ab.« Es klatschte laut, als meine Hand auf seine Wange traf. Sein Kopf flog zur Seite und er rieb sich über die getroffene Stelle. »Ich schätze, die habe ich verdient.«

»Aber sowas von«, fauchte ich, »und jetzt verschwinde aus meinem Leben, du Arschloch.«

»Es tut mir leid.« Er schnappte meine Hand und hielt mich fest, hinderte mich daran abzuhauen.

»Nein, tut es nicht.« Ich schüttelte den Kopf. »Sei wenigstens ehrlich. Du hattest diese beschissene Show von Anfang an geplant.«

»Jetzt tut es mir leid.« Sein Kehlkopf bewegte sich beim Schlucken. »Ja, ich wollte ihn treffen. Ihm ein für alle Mal verdeutlichen, dass er sich aus meinem Leben fernhalten soll. Und ich wusste, dass er vor dir nicht so reden konnte, wie er es gern wollte. Dabei hatte ich nicht bedacht, wie sehr ich dich damit verletze.«

»Ich bin keine Prostituierte«, erwiderte ich jedes einzelne Wort betonend. »Und ich bin auch keine Pornodarstellerin und lasse mich von dir auch nicht wie eine behandeln. Okay, ich habe mich vor laufender Kamera entjungfern lassen und du hast sicher einen Haufen Geld mit dem Film verdient, dennoch hattest du kein Recht mich so mies zu behandeln, egal aus welchen Motiven.«

»Hatte ich auch nicht«, stimmte er mir überraschenderweise zu. »Ich war wütend und habe vorhin Dinge gesagt, die ich gern zurücknehmen würde.« Sein Blick schweifte gequält gen Himmel, als täte ihm wirklich leid, was er da vorhin getan hatte. »Der Film wurde nie veröffentlicht«, machte er schließlich leise weiter.

»Was meinst du damit?«

»Das Video befindet sich in meinen Privatbesitz, ich habe den Streifen damals nur für mich drehen lassen.«

Erleichterung wogte mein Rückgrat hinunter. Er hatte den Porno nicht veröffentlicht.

»Warum hast du mir nie erzählt, dass dir Pussycat Productions gehört? Ich dachte, du bist dort Schauspieler.«

Sein Lächeln sah so reuig verschmitzt aus, dass ich widerwillig ein Stückweit für ihn schmolz. Verdammt, warum hatte der Kerl immer diese prekäre Wirkung auf mich?

»Es war auch für mich der erste Pornodreh«, gab er schließlich zu und zuckte mit den Achseln.

Ich musste gestehen, dass mich sein Geständnis ein wenig zurück ins Gleichgewicht brachte. Er hatte den Pornofilm nicht in die halbe Welt verscherbelt, wahrscheinlich eher, weil er ebenfalls eine tragende Hauptrolle darin spielte. Aber egal. Hauptsache, mich sahen keine wildfremden Menschen nackt. Das war beruhigend zu wissen.

»Der Streit mit meinem Dad hatte nichts mit dir zu tun und ich hatte dein Outing vor meinem alten Herrn auch nicht geplant. Ich hatte mich einfach nicht mehr unter Kontrolle und ja, es war scheiße von mir«, hörte ich ihn sagen.

»Ich war also ein Kollateralschaden.« Ich prustete abfällig.

»Es hat, wie gesagt, nichts mit dir zu tun. Um ehrlich zu sein, war es eine Riesendummheit dich mitzunehmen. Was zwischen mir und meinem Vater falsch läuft, hätte ich nicht auf deinem Rücken austragen dürfen.«

»Ich finde ihn gar nicht so schlimm.«

Kayne ließ meine Hand los, ein gequälter Ausdruck legte sich in sein Gesicht, den ich noch nie zuvor bei ihm wahrgenommen hatte. »Er hat mich nach dem Tod meiner Mutter, auf die Ranch meines Grandpas nach Nevada abgeschoben. Da war ich elf Jahre alt. Jahrelang habe ich nur zum Geburtstag oder zu Weihnachten von ihm gehört. Ihm war scheißegal, wie es mir ging.«

»Oh«, mit allem hatte ich gerechnet, aber nicht damit. »Das tut mir leid. Vielleicht war er überfordert?« Meine brodelnde Wut verrauchte bei seiner überraschenden Beichte ein wenig. Er hatte als kleiner Junge seine Mom verloren?

»Nein«, er schüttelte den Kopf. »Ich glaube, er ertrug mich nicht mehr in seiner Nähe. … Ich bin schuld am Tod meiner Mutter.« Den letzten Satz brachte er nur leise über die Lippen und mich überkam ein Gefühl, als ob mir jemand einen Knüppel über den Schädel geschlagen hätte.

»Was ist passiert?«, fragte ich entsetzter, als ich mich anhören wollte.

»Ich bin auf der Straße vor ihr davongerannt. Als sie mich einholen wollte, wurde sie von einem Laster überfahren.«

»Aber … aber das klingt mehr nach einem Unfall.« Ich konnte meine absolute Fassungslosigkeit nicht verbergen. Seine Beichte kam so unerwartet, alles hätte ich vermutet, aber nicht das.

Sein kurzes Auflachen klang bitter. »Genauso wie der Schuss, der sich aus dem Revolver deines Großvaters gelöst hat.«

Eine imaginäre Faust traf mich im Magen und ich erstarrte mit jeder Faser meines Körpers. »Woher weißt du davon?«

»Aidan hat dich gegoogelt.« Vorsichtig tastete er nach meiner Hand und ich ließ es bewegungslos vor Schock geschehen. Die beiden hatten mich demaskiert, wussten, was vor vielen Jahren geschehen war. Dass eine Mörderin vor ihm stand.

»Es fühlt sich tatsächlich an, als hätte man einen Mord begangen, nicht wahr?«, fragte er und zum ersten Mal wurde mir bewusst, dass Kayne haargenau nachfühlen konnte, wie es in mir aussah, weil es ihm ähnlich ging. Zärtlich strich er mit den Fingerknöcheln über meine Wange und instinktiv schmiegte ich mein Gesicht an seine Finger.

Ich nickte und schluckte, lehnte meine Wange an seine Hand, als könnte er mich auf diese Weise vor dem dunklen Abgrund in meinem Inneren auffangen, in den ich soeben stürzte. »Es gibt kein schlimmeres Gefühl, als einen geliebten Menschen durch die eigene Hand zu verlieren.« Meine Beichte kam mir nur stockend über die Lippen. Noch nie hatte ich mit jemandem über den Tod meiner Schwester gesprochen. Dieser unglaubliche Schmerz brach in mir auf und wühlte sich nach oben. Ich hatte nicht den Hauch einer Chance, dagegen anzukommen. Als ich in Kaynes Augen sah, spiegelte sich dieselbe Trauer wider, dasselbe Leid und diese quälende Schuld, die einfach nicht verging.

Kayne führte mich zu einer Bank in der Nähe und wir setzten uns. Meine Wut auf ihn löste sich in Luft auf, wurde klein und unwichtig, gegen das, was er mir anvertraut hatte. Er legte einen Arm um mich, fasste in mein Haar und lehnte meinen Kopf an seine Schulter. Wir beobachteten die langsam untergehende Sonne. Es war kein unangenehmes Schweigen zwischen uns, im Gegenteil unsere Vergangenheit schweißte uns zusammen und die Geborgenheit, die plötzlich von ihm ausströmte, tat mir gut.

»Als mein Dad mich nach Nevada abgeschoben hat, wollte ich am liebsten ebenfalls sterben«, fing er plötzlich an und klang grotesker Weise vollkommen normal. »Ich war ein Elfjähriger mit Selbstmordfantasien und er hat nichts davon gemerkt. Hat einfach weitergemacht wie vorher, sich in seiner Filmfirma vergraben und eine Frau nach der anderen abgeschleppt. Wie es mir ging, war ihm scheißegal. Was mich vor allem fertig gemacht hatte, war der Umstand, dass ich meine Mom nach meinem

Umzug nicht mal mehr besuchen konnte. Plötzlich war sie noch weiter weg, als nur unter der Erde.«

Vorsichtig nahm ich seine Hand und verschränkte meine Finger mit seinen. »Ich weiß nicht, wie oft ich in all den Jahren heimlich zum Grab meiner Schwester geschlichen bin, und sie um Verzeihung gebeten habe.« Ich verstand ihn so gut, viel zu gut. »Meine Eltern haben mir nicht erlaubt, auf den Friedhof zu gehen. Ich durfte auch nicht mit anderen Kindern spielen. Meine Mom war der Meinung, dass ich kein Recht auf eine glückliche Kindheit hatte, nachdem ich sie meiner Schwester gestohlen habe. Und das stimmt wahrscheinlich auch. Ich habe mich an ihre Anweisung gehalten. Soweit es sich vermeiden ließ, nicht mehr gespielt, mit meinen Freundinnen nicht mehr gesprochen. Manchmal jedoch habe ich mich vergessen und über einen Witz gelacht. Danach hatte ich so schreckliche Gewissensbisse, dass ich nächtelang geheult habe.« Meine Stimme brach. Zum ersten Mal beichtete ich jemandem meine Lebensgeschichte nach dem tragischen Tod meiner Schwester.

Kayne streichelte meinen Handrücken mit dem Daumen. »Deine Eltern hatten kein Recht, dich so zu behandeln. Ein Kind ist noch nicht in der Lage, Gefahren zu erkennen. Sie hätten die Waffe wegschließen müssen, damit sie gar nicht erst in eure Hände gelangt.«

Ich wusste, dass er mit jedem Wort die Wahrheit sprach. Dennoch wehrte sich mein Inneres mit aller Macht, zumindest einen Teil der Schuld von mir zu streifen. Kayla war tot, die Schuldfrage änderte nichts an dieser Tatsache.

»Du warst ebenfalls ein Kind«, fing ich leise an. »Bist weggerannt, wie kleine Jungs das halt so machen. Wie hättest du ahnen sollen, dass ein Laster deine Mutter überrollt?«

Lange Zeit starrte er vor sich hin. »Vielleicht sollten wir die Geschehnisse mehr aus dem Blickwinkel des anderen betrachten.«

Ich drückte seine Hand und bemerkte mein Herz schnell und unruhig für ihn schlagen. »Ich weiß wie du dich fühlst, kenne diesen Schmerz in der Brust nur zu gut, der einen nicht zur Ruhe kommen lässt. Seit ich von zu Hause weg bin, war ich nicht mehr am Grab meiner Schwester. Der Friedhof liegt so weit weg und ich vermisse sie immer noch jeden Tag.«

Wir sahen uns an, ein ganz besonderer Glanz hatte sich in seine Augen gelegt, als sei während dieses Gespräches irgendwas mit Kayne passiert, das ihn grundlegend verändert hatte. Die sonstige Härte war ein Stückweit aus seiner Mimik gewichen, und machte einer noch nie dagewesenen Zärtlichkeit Platz, die mich völlig überrumpelte. Seine sinnlichen Lippen öffneten sich einen Spalt, als er mein Gesicht betrachtete, sein Blick langsam von meinen Augen hinunter zu meinem Mund wanderte, wo er verweilte. Mein Magen flatterte vor Freude und Aufregung, als er näher kam und immer näher. Ich legte den Kopf in den Nacken und schloss die Augen, erwartete ungeduldig seinen Kuss. Ein leiser Seufzer entwich meinen Lippen.

»Kayne«, riss uns eine wütende Stimme auseinander. Gleichzeitig sahen wir beide hoch.

William stand neben uns. »In den nächsten zwei Wochen erwarte ich deinen Anruf. Und eine positive Antwort auf meinen Vorschlag. Sei kein Dummkopf.«

Ohne eine Erwiderung abzuwarten, drehte er sich um und stampfte davon.

»Dieser verdammte Scheißkerl.« Kayne sprang auf die Beine und trat gegen die Bank. »Warum zum Teufel kann er meine Entscheidung nicht akzeptieren?« Er sprühte über vor Hass und Zorn, hatte beide Hände neben den Hüften zu Fäusten geballt, während er seinem Dad hinterherstarrte. Hastig stand ich ebenfalls auf und nahm sein Gesicht in beide Hände, er war so aufgebracht, dass ich schon befürchtete, er könnte eine spontane Dummheit begehen.

»Lass ihn gehen«, redete ich eindringlich auf ihn ein. »Kümmere dich gar nicht um ihn.«

Sein Atem ging hektisch, in seinen Augen blitzte es auf, seine Pupillen funkelten mir düstere Fantasien entgegen.

»Woran denkst du gerade?«, fragte ich atemlos.

»An nichts«, er schüttelte den Kopf. »Ich versuche nur, mich wieder in den Griff zu kriegen.«

»Nein, du spielst gerade irgendwas in deinem Kopf durch, das sehe ich dir an.«

Er lachte überrascht auf. »Du kennst mich langsam zu gut.«

»Was ist es?«

»Eine Sache, die zu hart für dich wäre.«

»Was?«, fragte ich mit Nachdruck.

»Lainey, ich …«

»Was ist es, Kayne?«, wiederholte ich jedes Wort betonend.

Er riss sich aus meiner Umklammerung. »Ich möchte dich mit Gewalt nehmen, zufrieden?«, schleuderte er mir entgegen. »Aber keine Angst, ich werde es nicht tun.«

»Mach es«, keuchte ich atemlos. »Wie willst du es tun?«

»Du bist verrückt.« Er klang baff.

»Nicht verrückter als du.« Ich grinste ihn spöttisch an. Eine harte Session war im Augenblick genau das, was ich nach dem ganzen Schmerz, der in mir hochgequollen war, brauchte. Ich wollte jetzt nicht sanft von ihm angefasst werden. Im Bruchteil einer Sekunde erlag ich Kaynes wilder Bad Boy Ausstrahlung. Ich wollte etwas Tobendes mit ihm anstellen, mit jeder Faser meines Körpers spüren, dass ich lebte. Jung war. In eine andere Rolle schlüpfen, für kurze Zeit nicht mehr ich selbst sein und mich von ihm erlegen lassen.

»Du meinst es wirklich ernst.«

»Und wie ich das meine.« Ich schnappte ihn am Hemd und zog ihn dicht vor mein Gesicht. »Also, wie würde das ablaufen, was dir vorschwebt?«

Seine Augen verdunkelten sich noch eine Nuance, wurden lauernd und hungrig. »Ich würde eine Art Rollenspiel mit dir veranstalten«, fing er einen Herzschlag später an und schob meine Hand beiseite. »Du täuschst eine Fahrzeugpanne vor und ich biete dir an, dich nach Hause zu fahren. Auf dem Weg dahin würde ich auf eine einsame Straße abbiegen und dich ficken, ob du willst oder nicht.«

Ich stellte sicher, dass mein Atem seine Wange streifte, bevor ich in sein Ohr flüsterte: »Ich hätte keine Chance und müsste tun, was immer du von mir verlangst. In der Einsamkeit wäre ich dir völlig ausgeliefert.«

»Genauso ist es«, erwiderte er kratzig und legte eine Hand

auf meinen Rücken. »Ich könnte mit dir tun und lassen, was ich will. Wie wäre das für dich?« Sachte strichen seine Finger meinen nackten Rücken hinunter, das Kleid war hinten tief ausgeschnitten. Gänsehaut prickelte an den Stellen, an denen er mich berührte.

»Ich würde vor Angst zittern«, spielte ich mit, »würde jeden Befehl von dir ausführen, nur damit du mir nichts tust.«

»Du könntest jederzeit dein Safeword aussprechen.« Hingebungsvoll streichelte er meinen Hintern. Ein süßes Ziehen baute sich zwischen meinen Schenkeln auf und machte mich ganz schwach, bei der Vorstellung von heißem, gefährlichem Sex mit Kayne.

»Ja, ich könnte es jederzeit sagen«, stimmte ich ihm zu, strich mit den Fingerspitzen über seinen Bauch und brachte ihn zum Keuchen.

»Du wagst dich auf gefährliches Terrain«, japste er.

»Ich bin eine mutige Frau.«

»Gibt es irgendein No-Go für dich?«, raunte er in mein Ohr. »Irgendwas, das ich dabei nie tun dürfte?«

Ich überlegte kurz. Ja, da gab es eine Sache. Noch dazu eine ausgesprochen wichtige, welche mich umgehend in Panik ausbrechen lassen würde. »Du darfst keine Waffe auf mich richten. Schon gar keinen Revolver.«

»Okay«, er nickte. »Keine Waffen, geht klar. Bist du sicher, dass du eine Session dieser Art überhaupt möchtest?«

»Ja.« Sachte blies ich ihm einen Kuss auf die Lippen. Ich war erfüllt von kribbelnder Neugierde. »Es ist nur ein Rollenspiel, nicht echt. Ein kleiner Kick.«

»Du hast das Prinzip verstanden«, stimmte er mir schmunzelnd zu. »Dann geh jetzt hinüber zum Parkplatz. Ich folge dir in ein paar Minuten.«

KAPITEL 26

LAINEY

Unschlüssig stand ich im trüben Schein der Straßenlaterne zwischen einer Reihe geparkter Autos herum. Mein Herz wummerte unruhig in meiner Brust, instinktiv warf ich immer wieder einen Blick über die Schulter, spähte in die hereinbrechende Finsternis, während ich darauf wartete, dass Kayne erschien und das Rollenspiel startete. Ich hatte keine Ahnung, was mich erwartete und genau diese Unsicherheit ließ meine Nerven flattern. *Das Safeword,* sagte ich mir immer wieder in Gedanken. Heartbeat. *Du hast ein Safeword von ihm bekommen und kannst es jederzeit aussprechen, um die Session abzubrechen.*

Wie aus dem Nichts stand plötzlich jemand neben mir und ich zuckte erschrocken zusammen.

»Guten Abend, brauchen Sie Hilfe?«

Ich legte eine Hand auf mein Herz und zwang mich zu einem gepressten Lächeln. »Ähm, mein Wagen hat einen Platten und ich Idiotin habe kein Ersatzrad dabei.«

»Sie könnten einen Pannendienst bestellen«, erwiderte Kayne, der mich aufmerksam beobachtete. Seine Miene verriet nicht, was in ihm vorging.

Ich räusperte mich, denn ich hatte Mühe, in diese für mich ungewöhnliche Rolle zu finden. »Leider habe ich es sehr eilig. Ich bin auf dem Weg zur Hochzeit meiner Cousine und wenn ich erst einen Pannendienst rufen muss, komme ich zu spät.« Es fühlte sich merkwürdig an, so zu tun, als würden wir uns nicht kennen, aber auch prickelnd und aufregend.

Er schien zu überlegen. »Verstehe.« Sein Blick schweifte über den dunklen, menschenleeren Parkplatz und mein Herz rumpelte in der Brust.

»Wo heiratet denn Ihre Cousine?«

»In Henderson.«

Ein charmantes Schmunzeln erblühte auf seinen Lippen, das ihn freundlich und fürsorglich aussehen ließ. Ein Gentleman durch und durch. Meine instinktive Zurückhaltung wich einem winzigen Funken von Vertrauen. Verrückt wie er das machte.

»Zufällig fahre ich in dieselbe Richtung. Ich kann Sie mitnehmen und Sie rufen morgen den Abschleppdienst.« Er deutete auf seinen Ferrari. »Sie kämen sicher nicht zu spät. Ich bin übrigens Paul.«

»Mein Name ist … ähm … Ava. Aber ich kann Ihr Angebot nicht annehmen.« Ganz so einfach wollte ich es ihm dann auch nicht machen. Mein Bauch kribbelte.

Er zuckte mit den Schultern. »Wenn Sie sich von mir nicht helfen lassen wollen, bleibt Ihnen wohl nur übrig, auf den Pannendienst zu warten.« Mit der Fernbedienung entriegelte er seinen Ferrari, sämtliche Lichter blinkten auf. Er öffnete die Fahrertür. »Passen Sie auf sich auf, Ma'am. Das ist nicht die sicherste Gegend für eine Frau in der Dunkelheit.«

Er stieg ein und zog die Tür zu. Startete den Wagen und ein tiefer Brummton erklang.

Mist. Was jetzt? Ich klopfte gegen die Scheibe, und er ließ sie ein Stück herunter.

»Vielleicht nehme ich Ihr Angebot doch besser an, Sir. Ich bin Ehrenjungfer, meine Cousine ist aufgeschmissen ohne mich.« Ich hatte *Jungfer* auf eine frivole Art und Weise betont, was seine Wirkung auf Kayne nicht verfehlte. Einen Herzschlag lang fiel seine Maske, sprühte das gefährliche Feuer aus seinen Augen, ehe er sich wieder unter Kontrolle hatte und ein unverbindliches Lächeln aufsetzte. »Sie werden nicht zu spät kommen, Ava.«

Ich umrundete das Auto und setzte mich auf den Beifahrersitz, fühlte mich beinahe so, als wäre ich bei einem Fremden eingestiegen. Meine Handflächen wurden feucht und klebrig. Währenddessen fuhr Kayne so abrupt an, dass es mich in den Sitz drückte, bevor er gemächlicher aus dem Parkplatz auf die Straße abbog.

Wir ließen Las Vegas hinter uns, und fuhren die sandige Landstraße durch die Wüste entlang. Außer uns war kein anderes Auto unterwegs. Schwärze hüllte uns leicht durchbrochen von fahlem Mondlicht ein, lediglich die beiden Frontstrahler erhellten die Gegend.

Immer wieder scannte Kayne – oder besser gesagt Paul - mich mit Blicken. Er sah so heiß aus in seinem schwarzen Maßanzug, meine Vagina pochte dezent.

»Sie sind eine attraktive Frau, Ava«, sagte er plötzlich und das Begehren in seinen Augen nicht mehr kaschierend. Sofort wusste ich, ich saß in der Falle!

»Danke«, erwiderte ich, um einen reservierten Tonfall bemüht, so einfach würde ich es ihm nicht machen. »Mein Ehemann findet mich auch hübsch.«

»Sie sind verheiratet?« Er klang erstaunt.

»Seit fünf Jahren.«

»Und wo ist Ihr Mann jetzt?«

Kurz musste ich überlegen. »Er … er ist schon auf der Hochzeit.«

Paul brauste am Straßenschild vorbei, an dem er nach Henderson hätte abbiegen müssen. »Dann hat er wohl Pech gehabt. Wir haben gerade die Ausfahrt verpasst.«

»Was soll das?« Ob ich wollte oder nicht, mein Blutdruck raste steil in die Höhe.

Seine Hand legte sich auf meinen Schenkel. »Möchtest du dich nicht ein bisschen für die Gratisfahrt revanchieren?«

Ich schlug seinen Arm von mir. »Fassen Sie mich nicht an«, zischte ich empört. »Was erlauben Sie sich?«

Grob packte er mich am Kinn und drehte mein Gesicht in seine Richtung. »So sprichst du nicht mit mir, du kleine Nutte.«

»Lassen Sie mich los.« Meine Atmung ging heftiger, wurde abgehackt und zittrig.

Er ließ tatsächlich von mir ab, nur um scharf abzubremsen,

bevor er in einen schmalen Seitenweg abbog und über den holprigen Sandboden in die Wildnis bretterte. Während ich starr dasaß und versuchte, meinen rasenden Puls unter Kontrolle zu bekommen. Die Situation fühlte sich gefährlich real an, Kayne kam mir wie ein anderer Mensch vor. Ich erkannte ihn nicht wieder. *Heartbeat,* hämmerte es meinem Schädel. Dennoch sprach ich das Safeword noch nicht aus.

Minuten später blieb er schließlich stehen. Ich nutzte meinen Vorteil, stieß die Tür auf und sprang aus dem Auto. Hetzte sofort drauf los und floh in die Wüste. Der Mond spendete gerade so viel Licht, um mich halbwegs zu orientieren. Mein Herz trommelte in der Brust und ein Anfall von realer Panik schleuderte in mir hoch.

»Bleib stehen, du Miststück«, hörte ich seine tiefe Stimme dicht hinter mir und erhöhte mein Tempo. Ganz bestimmt würde ich mich ihm nicht kampflos ergeben. Seine Schritte kamen näher, scheiße, ich konnte mich hier nirgends verstecken, nur Sand wohin das Auge reichte. Schon im nächsten Moment packte er mich am Arm und stoppte meinen Spurt jäh. Schreiend schlug ich um mich, wurde jedoch grob zu Boden gerissen und fand mich gleich darauf auf dem Rücken im warmen Sand wieder. Er überwältigte mich mit einer Kraft, die mich erzittern ließ. Kayne lag auf mir, hatte mich unter sich gefangen und drückte mit den Hüften meine Beine auseinander, quetschte sich grob zwischen meine Schenkel und fixierte meine Arme weit über meinem Kopf. Mein Kleid öffnete sich bedingt durch den beinhohen Schlitz vollkommen, sodass ich den rauen Stoff seiner Hose durch den Slip fühlen konnte – und seine Erektion.

»Wehrst du dich weiterhin, tut es nur weh.« Er lachte spöttisch, während ich mich unter ihm wand wie verrückt.

»Du Scheißkerl«, warf ich ihm an den Kopf. »Lässt dich sonst keine ran, oder warum musst du dich an einer wehrlosen Frau vergreifen?«

Eine steile Falte bildete sich zwischen seinen Augenbrauen und ich hielt erschrocken die Luft an. War ich zu weit gegangen? Er schob meine Arme zusammen, sodass er meine Handgelenke mit einer Hand zu fassen bekam und schnappte mich an der Kehle, drückte jedoch nicht zu. »Pass auf, was du sagst. Mach mich besser nicht wütend«, flüsterte er mir mit rauer Stimme ins Ohr. Sein heißer Atem wehte über meine Wange.

Als ich schluckte, rieb mein Kehlkopf über seine Handfläche. »Lass mich sofort gehen. Mein Mann wird dich finden. Er ist ein Cop und wird nicht lockerlassen, bis er dich dafür in den Knast gebracht hat.«

Kayne rutschte über meine Mitte, als er sich bewegte und ich verbiss mir nur mühsam ein wohliges Stöhnen. Dieses verflixte Ziehen erfasste meine Schamlippen und unwillkürlich öffnete ich meine Beine noch ein wenig, um ihm besseren Zugang zu gewähren. Natürlich blieb ihm meine Reaktion nicht verborgen. Er grinste.

»Sei still.« Sein Zeigefinger legte sich auf meine Lippen, ehe er weiter über meinen Hals nach unten strich. Meine Haut glühte, wo er mich berührte. Grob knetete er abwechselnd meine Brüste und ich keuchte auf, wurde noch schärfer und fügsam. Höchste Zeit, das zu ändern! »Dein Mann wird dich aber nicht finden. Niemand wird dich hier finden. Deshalb bist du jetzt besser ein bisschen nett zu mir, wenn du deinen Geliebten noch einmal in die Arme schließen willst.« Langsam glitt er mit der Hand über meinen Bauch und zwischen meine Beine.

»Nein«, kreischte ich und strampelte wie wild, versuchte ihn zu treten, leider erfolglos. Dennoch kämpfte ich weiter. Als er meinen Slip beiseite zerrte und zwei Finger in mich schob, hielt ich still und schloss für einen Moment die Augen. Oh Shit, er war so tief in mir, füllte mich so wohltuend aus. Unwillkürlich bog ich mich ins Hohlkreuz, während er langsam und genüsslich in mich stieß. Alles in mir pulsierte vor Verlangen und feuerte meine Lust an.

»Das magst du, nicht wahr?«, fragte er in einem dermaßen arroganten Tonfall, dass ich wieder zu mir kam. »So nass und bereit für einen geilen Fick.«

»Ich hasse es, von dir gefickt zu werden«, spuckte ich ihm entgegen und stöhnte laut auf, denn sein Daumen kreiste um meine Perle – geschickt und mit dem nötigen Druck, um in Ekstase zu geraten. Verdammter Mistkerl. Ich wurde immer feuchter, meine eigene Nässe klebte zwischen meinen Oberschenkeln. Meine Begierde stieg unaufhaltsam in mir hoch, obwohl ich meine Lust mit aller Macht unterdrückte. Aber ich hatte keine Chance.

»Dein Körper erzählt aber etwas anderes. Ich werde dich ficken, ob du willst oder nicht, Cherie.« Ein genüsslicher Zug legte sich um seinen Mund. Kayne triumphierte über meine wehrlose Lage. »Du hast lediglich die Wahl, ob ich dir dabei wehtue oder nicht. Bist du schön brav, fahre ich dich danach auch wieder zurück zu deinem Wagen. Falls nicht, lasse ich dich hier in der Wüste sitzen. Was ist dir lieber?«

Seine Finger glitten weiter in mir rein und raus und schürten eine kaum erträgliche Anspannung in meinem bebenden Unterleib. Den Rhythmus bestimmte allein er, unerbittlich und quälend langsam. Die unterschwellige Furcht in meinem Bauch spannte jeden Muskel in mir an, machte mich gierig und ließ meine Nerven flattern. Unwillkürlich stöhnte ich auf, biss mir jedoch sofort auf die Lippen und sah ihn spöttisch grinsen.

»Du kannst mich nicht allein in der Wildnis zurücklassen, bitte tu das nicht.« Meine Stimme schlotterte bei der Vorstellung, er könnte das wirklich tun.

»Deine Entscheidung, du musst einfach nur ein bisschen lieb zu mir sein.«

»Aber …«, ich schluckte. »Ich will dich nicht dabei ansehen müssen.«

Seine Augen weiteten sich, bevor er mit den Achseln zuckte. »Es ist mir ehrlich gesagt scheißegal, in welcher Stellung ich dich ficke.«

»Dann nimm mich wenigstens von hinten, damit ich deine hässliche Visage nicht mehr sehen muss.«

Wir duellierten uns mit Blicken, ich spürte den unterschwelligen Zorn in ihm brodeln – und seine glühende Erregung, gepaart mit dem Geschmack von Gefahr. Gleichzeitig strich sein Daumen rau und gekonnt über meine Klitoris und brachte alles in mir zum Summen.

Schließlich ließ er meine Hände los und erhob sich von mir, damit ich mich umdrehen konnte. Wendig wie eine Katze stemmte ich mich auf Hände und Knie und stieß mich für einen weiteren Fluchtversuch mit den Zehen ab. Ich kam halb zum Stehen, als Kayne sich auch schon wieder auf mich warf und mich bäuchlings zu Boden drückte, während ich wild um mich schlug. Sein heißer Atem wehte in meinen Nacken, während er mir mit seinem Körpergewicht beinahe schon schmerzhaft die Luft aus den Lungen presste. Erst als er in mein Haar griff und meinen Hals überstreckte, hielt ich mit meiner Gegenwehr inne. Meine Kopfhaut brannte. Gegen seine Kraft hatte ich schlichtweg nicht den Hauch einer Chance. Ich atmete schnell und abgehakt, genoss gleichzeitig seine Dominanz, die betörend auf mich wirkte. Obwohl er mich unter sich gefangen hielt, fühlte ich mich befreit wie noch nie, durchströmt von Lust und Vorfreude.

»Was soll das Theater, du kleine Wildkatze.« Er triumphierte. »Als ob dir das irgendwas nützen würde.« Mit der anderen Hand griff er mir um den Bauch und zwang mich auf die Knie. Bibbernd und zitternd hielt ich still. Das Adrenalin, welches mein Körper im Kampf ausgestoßen hatte, arbeitete in meinen Venen und spannte meine Muskeln an, machte mich hellwach und empfindlich für jede Berührung. Meine Vagina lechzte nach seinem Penis, während ich stur in meiner Rolle blieb, die mir einen unglaublichen Kick gab. Nichts anderes war mehr wichtig.

»Dann bring es endlich hinter dich«, schnauzte ich ihn an. »Fick mich, du Perversling.« *Oh, fick mich endlich!*

»In deiner Lage, würde ich meine Klappe besser nicht so weit aufreißen, du kleine Schlampe. Wer ist schon so blöd und steigt zu einem Fremden ins Auto? Du willst doch gefickt werden, erzähl mir nichts.«

Mit der anderen Hand schob er den langen Rock meines Kleides beiseite und zerrte mir den Slip über die Hüften, während ich ihm gierig meinen Hintern entgegenreckte. Ja, es stimmte, ich wollte von ihm gefickt werden. Hart und schonungslos. Dieses Spiel war so böse, so aufregend heiß, dass alles in mir nach seinem riesigen Penis lechzte.

»Zuerst will ich dich genauer anschauen.« Ich spürte seine Finger an meinen Schamlippen und zuckte zusammen, als er sie weit auseinanderzog und die empfindliche Haut um meinen Eingang dehnte, während er mich weiterhin an den Haaren festhielt. »Sehr hübsch.«

Ich holte zittrig Luft, während ich brav stillhielt, damit er meine Vagina in aller Ruhe betrachten konnte.

Mit dem Knie stieß er mir grob die Beine weiter auseinander und ich ächzte auf. »Mach sie anständig breit.« Er schob gleich drei Finger in mich. »Tja, Schätzchen. Taxifahrten gibt es eben nicht umsonst. Das hättest du dir früher überlegen müssen.«

»Dreckschwein«, ätzte ich, obwohl sich mein Körper vor Lust und Verlangen schüttelte. *Ja, bestrafe mich. Nimm mich knallhart.*

Ohne Vorwarnung, versenkte er grob und mit einem einzigen Stoß, sein Glied tief in mir, während ich gehorsam auf allen Vieren sitzen blieb und das ausgedehnte Gefühl genoss. Ich krallte meine Finger in den warmen Sand. Fast schon zu viel. Er ließ meine Haare los und packte mich bei den Hüften, um seine Stöße zu verstärken. Schnell und hart drang er in mich ein, er nahm mich schonungslos. Ich vergaß alles um mich herum, konzentrierte mich nur noch auf mich und diese tausend überwältigenden Gefühle, die sich in mir aufbauten und meine inneren Wände kitzelten.

»Ja, Kayne«, stöhnte ich, »genau so.« Ich kam ihm mit dem Hintern entgegen, wir stimmten unseren Rhythmus aufeinander ab, während ich mich von Kayne nach allen Regeln der Kunst vögeln ließ. Seine Spitze erwischte diesen winzigen Lustpunkt in mir, rutschte bei jeder Bewegung daran entlang, bis weiße Blitze vor meinen geschlossenen Augen tanzten. Mein Orgasmus baute sich wie eine gewaltige Welle auf, höher und höher, ehe die gigantische Woge über mir zusammenbrach. Meine Innenwände zogen sich um ihn zusammen, massierten seinen Schaft, sodass er laut aufstöhnte.

»Fuck Lainey, du bist immer noch so wundervoll eng.«

»Ich liebe dich«, keuchte ich atemlos und jede Sekunde von diesem Mega-Orgasmus genießend.

»Ich liebe dich auch«, raunte Kayne, ehe er von einem lauten Stöhnen begleitet, über mir zusammenbrach und mich flach auf den Sandboden drückte. Hatte ich da eben richtig gehört, oder befand ich mich in einer Art Delirium?

KAPITEL 27

KAYNE

Nur langsam fand ich wieder zu mir, beruhigte sich mein Herzschlag und baute mein Körper das Adrenalin in meinem Blut ab, das meine Venen zum Kribbeln brachte, obwohl wir bereits seit zwanzig Minuten über die einsame Landstraße bretterten. Das war mit Abstand die krasseste Session dieser Art gewesen, die ich jemals erlebt hatte. Und ich hatte schon zahlreiche mitgemacht.

Mit abgestumpfteren Frauen, die nur kamen, wenn man sie grob, fast schon brutal anfasste. Frauen wie Faye. Die mit gewissen Erwartungshaltungen in unsere Spielchen gingen, was solche Sessions schon fast zur Routine degradierte und ihnen den Kick raubte. Mit Lainey war das anders gewesen, sie hatte nichts von mir erwartet. Im Gegenteil: die Ungewissheit hatte der Situation den besonderen Touch verliehen. Ich hatte ihre unterschwellige Angst gerochen – gemischt mit dem verlockenden Duft ihrer aufblühenden Erregung. Eine derart betörende Mischung, dass mir unser kinky Rollenspiel fast schon real vorgekommen war.

»Wie geht es dir?«, wollte ich dann doch wissen, weil Lainey sich überhaupt nicht rührte. Sie saß einfach da und begutachtete die zerfetzten Reste ihres Abendkleides.

»Wow.« Sie wandte den Kopf, das helle Blau ihrer Augen

strahlte. Ein wunderschönes Glühen umrahmte ihr Gesicht, das sie weich und zuckersüß aussehen ließ. Verdammt, wie ich diesen Look an ihr vergötterte. Ich kannte mich fast nicht wieder. Ich hatte mich tatsächlich in diese kleine Unschuld verliebt und ihr das auch noch in einem schwachen Moment gebeichtet. Hoffentlich hatte sie meine Verrücktheit in ihrer Ekstase nicht mitbekommen.

»Es war unglaublich«, sagte Lainey und riss mich aus meinen Gedanken. »Ich hätte nie gedacht, dass … dass mich dieses Rollenspiel so antörnen könnte.«

Wow. So viel Lob hatte ich dann doch nicht erwartet und ich musste gestehen, ich fühlte mich geschmeichelt. »Du hast unschlagbar performed, ich hatte mich nur nicht auf so viel Gegenwehr eingestellt.«

»War es zu heftig?«, fragte sie ganz erschrocken. »Ich dachte, du wolltest alles so echt wie möglich haben.« Sie lehnte ihre Wange an die Kopfstütze und betrachtete mich.

»Hey, ich beschwere mich nicht, deine Show war grandios. Du hast gekämpft wie verrückt. Es ist nur so, dass ich kein Naturtalent in dieser Richtung erwartet hatte.«

»Es hat Spaß gemacht.« Sie wirkte aufgekratzt, fast schon high. »Du warst so böse und furchterregend. Und was wir getan haben, war einfach nur krank. Aber scheiß drauf. Ich fühle mich grandios und weiß nicht mal warum.«

»Du hast deine Komfortzone verlassen, das hat dir einen Adrenalinkick verpasst. Genau um dieses Gefühl geht es dabei.« Ich legte eine Hand auf ihr nacktes Knie und streichelte ihren Schenkel, strich mit den Fingerspitzen die empfindliche Innenseite entlang und brachte sie zum Aufatmen. Ich konnte einfach meine Finger nicht bei mir behalten. Die Stimmung im Wagen war aufgeheizt von diesem ganz besonderen Feuer, das uns umgab. Die süße Lainey machte mich abenteuerlustig und ich schwor mir, dass ich noch viel Spielzeit mit ihr verbringen würde.

Sie schloss die Augen. »Es gibt keinen besseren Lover als dich«, flüsterte sie fast schon feierlich und öffnete ihre Beine für mich. Unter normalen Umständen hätte ich mich jetzt selbst wie einen Helden gefeiert. Leider wusste ich, dass Lainey bisher keinerlei Vergleiche gezogen hatte, auch wenn ich keinem Kerl da draußen zutraute, er könnte mich in dieser Hinsicht übertrumpfen. Hey ja, ich kannte meine Stärken. Wäre Aidan nicht zu einem dermaßen liebeskranken Langeweiler mutiert, würde ich ihn vielleicht auf einen Dreier einladen, nur um Lainey die Augen darüber zu öffnen, was sie bislang alles verpasst hatte. Bedauerlicherweise hatte Vivien meinen Kumpel zu gut im Griff, sodass ich den Einfall wieder verwarf. Aidan würde niemals mitmachen. Schade.

»Ich will noch mehr erleben.« Lainey sprühte über vor Lebenslust, so lebendig hatte ich sie noch nie zuvor erlebt und dieser positive Wandel gehörte anständig belohnt.

»Was könnten wir noch spielen?«, fragte sie euphorisch. »Gibt es noch andere Rollenspiele, die dich scharf machen?« Sie keuchte, als sich mein Mittelfinger unter das seitliche Bündchen ihres Slips schob und ich ihre feuchten Schamlippen entlangstrich.

»Mich macht alles Mögliche an«, erwiderte ich und drang bis zum zweiten Fingerknöchel in sie ein. Himmlisch. Das beste Gefühl der Welt. »Es gibt noch tausende Spielarten, die du nicht kennst. Aber ich glaube, ich habe dich unterschätzt.« Verflucht, sie war so nass, dass sich meine Eier vor Verlangen schmerzhaft zusammenzogen. Mein Schwanz reckte sich in die Höhe, rebellierte und winselte um Erlösung. Meine Hose wurde im Schritt viel zu eng.

Sie atmete schneller, unterdrückte die aufglimmende Erregung in ihren Augen nicht wie sonst, sondern ließ mich erkennen, wie sehr sie meine Zuwendung genoss. Als wäre sie binnen Stunden zu einer erfahrenen Frau gereift. Ich mochte diese Mischung an ihr, aber um ehrlich zu sein, mochte ich sowieso alles an meinem hübschen Vanilla-Mädchen.

»Also erzähl mir, worauf du sonst noch stehst«, japste sie und verdrehte die Augen vor Wonne, als auch mein Zeigefinger sich den Weg in ihren Körper bahnte.

Nein, Baby, so einfach mache ich es dir nicht. »Überrasch mich.« Ich warf ihr einen flüchtigen Blick zu, um ihre Reaktion zu testen. Wenn ich eins mochte, dann waren es kreative Frauen im Bett, obwohl ich ungern die Zügel aus der Hand gab.

Schwerfällig hob sie die Lider. Lainey konnte sich nicht so richtig auf unser Gespräch konzentrieren, das wusste ich, denn ich strich absichtlich mit der Fingerkuppe über die winzige Erhebung tief in ihrem Inneren. Sie biss in ihren Handrücken, um einen Glückslaut zu unterdrücken und sah einfach nur schwindelerregend sexy dabei aus. Ein Funkeln stahl sich in ihre Augen.

»Du stehst auf Überraschungen?«

»Kommt darauf an, was du zu bieten hast.« Ich grinste gerissen, obwohl ich diesbezüglich nicht viel von meinem scheuen Vanilla-Mädchen erwartete. Sie war lediglich aufgekratzt und stand noch im Taumel der vielen neuen Eindrücke, die sie längst nicht verarbeitet hatte.

Wie in Zeitlupe schob sie meine Hand von sich, bevor ich die Möglichkeit gehabt hatte, sie über die Klippe springen zu lassen, als Belohnung für ihre heutige spontane Experimentierfreude. »Gefällt es dir nicht?«, fragte ich und legte brav beide Hände an das Steuerrad. Wenn sie nicht mehr mochte, akzeptierte ich das.

»Doch«, sie grinste übermütig. »Aber mir kam spontan eine Idee.«

Ehe ich antworten konnte, lehnte sie sich zu mir, öffnete meine Gürtelschnalle, auch den Hosenknopf und schob den Schieber des Reißverschlusses nach unten. Was zum Teufel hatte sie vor? Mit einer Hand tauchte sie in meine Hose und umschloss meinen Schwanz dermaßen sanft, dass ich mich selig krümmte. Ein wahrer Blitzschlag traf mich und vibrierte bis in meine Eingeweide. Fuck, sie machte das so geil. Sie entließ meinen Schwanz in die Freiheit, der sich mächtig und kerzengerade vor mir in die Höhe reckte. Meine Spitze pulsierte und lechzte nach Laineys nasser Pussy. Heiß. Was Lainey da tat, war so heiß.

»Was wird das?«, japste ich und konzentrierte mich auf die Straße, um nicht im Graben zu landen.

Statt einer Antwort beugte sie sich über meinen Schoß, ihre Lippen umfassten meine Eichel und ihre Zungenspitze reizte die kleine Vertiefung auf meiner Spitze. Scheiße, fühlte sich das grandios an. Ich verglühte innerlich, als sie mein steinhartes

Glied tiefer in den Mund saugte und mit ihrer Zunge am Schaft entlangrieb. Wow. Tausende Male hatte mir eine Frau schon den Schwanz gelutscht, aber noch nie während ich am Steuer saß und einen 180.000 Dollar teuren Ferrari lenkte. *Lainey ist wahrhaftig immer für eine Überraschung gut,* war mein letzter Gedanke, bevor ich mich vollkommen ihren talentierten Lippen hingab.

KAPITEL 28

KAYNE

Am nächsten Morgen weckten mich die ersten Sonnenstrahlen früher als sonst. Das helle Licht drang durch meine geschlossenen Lider, als ich mich umdrehte und die andere Bettseite abtastete. Sie war leer. Hastig öffnete ich die Augen und setzte mich auf. Lainey war nicht mehr da. Ich wusste nicht, wie ich das finden sollte. Obwohl ich mit Sicherheit kein Typ für morgendliche Kuscheleinheiten war, störte es mich, dass Lainey nicht mehr neben mir lag.

Zum allerersten Mal in meinem Leben hatte ich eine Frau in mein Allerheiligstes gelassen, die Nacht gemeinsam mit ihr in meinem Bett verbracht und sie so sanft darin gevögelt, wie das sonst nur absolute Softies fertigbrachten. Und sie hatte sich klammheimlich verzogen? Ich legte mich zurück ins Kissen und schirmte meine Augen mit dem Unterarm vor dem viel zu grellen Licht ab, konnte mir ein breites Grinsen dennoch nicht verkneifen.

Ich fühlte mich ungewöhnlich leicht und schwerelos, diese drückende Last, die sonst permanent meinen Brustkorb beschwerte, fehlte heute Morgen gänzlich. Stattdessen hatte ich gute Laune. Als wir uns gestern spätnachts wie immer vor unseren Zimmertüren für die Nacht verabschiedet hatten, war ein merkwürdiger Drang in mir hochgestiegen, den ich sonst nicht von mir kannte. Ich wollte wissen, wie es sich anfühlte, mit einer Frau im Arm einzuschlafen. Nein, das war nicht vollkommen richtig. Ich wollte wissen, wie es sich anfühlte, mit Lainey im Arm einzuschlafen. Ihren weichen Körper in Händen zu halten, dabei zärtlich ihren üppig gewölbten Busen zu streicheln und ihren regelmäßigen Atemzügen zu lauschen. Ihren himmlisch duftenden nackten Körper neben mir spüren, an dem noch das Aroma von Sex klebte. Haut an Haut – so nahe, so erregend und mit nichts auf der Welt vergleichbar. Scheiße, ich verhielt mich total irrational und konnte mich nicht dagegen wehren, dass diese Frau mich glücklich machte.

Ich schlug die Augen wieder auf und schwang die Beine von der Matratze. Höchste Zeit nachzusehen, was sie so trieb. Auf meinem Weg zur Tür hob ich die Boxershorts von gestern auf, die die wilde Lainey mir von den Hüften gerissen hatte und schlüpfte hinein. Schon als ich die Schlafzimmertür öffnete, hörte ich es unten klappern. Lainey war mit irgendwas beschäftigt. Ein süßlicher Duft wehte mir in die Nase und rammte mir eine imaginäre Faust in den Magen, nur mit Mühe hielt ich den Würgereiz in meiner Kehle unter Kontrolle. Was zum Teufel machte sie da unten?

Ich stieg immer zwei Stufen auf einmal nehmend ins Erdgeschoss und bog in die Küche ab. Lainey bückte sich im selben Moment in den Backofen und streckte mir ihre formvollendete Kehrseite entgegen, bevor sie mit zwei behandschuhten Händen ein Backblech auf dem Herd abstellte.

»Was machst du da?« Ich ging näher und sah, wie sie zusammenzuckte, bevor sie sich umdrehte. Ein weiches, verliebtes Lächeln erhellte Laineys Gesicht und ihr für meine Begriffe schon überbordender Gefühlsausbruch störte mich ganz und gar nicht. Nicht im geringsten.

Hastig streifte sie die gefütterten Küchenhandschuhe ab. Ihr Blick flackerte an meinem fast nackten Körper entlang, während sie sich die Lippen leckte. Was sie sah, schien ihr immer noch zu gefallen und törnte mich sofort von Null auf Hundert an.

»Ich mache Frühstück für uns.« Sie deutete auf den liebevoll gedeckten Tisch, auf dem sogar Veilchen aus dem Garten in einer winzigen Vase steckten. Kleine Romantikerin. Sie hatte sich viel Mühe gegeben.

»Ich habe dich im Bett vermisst.«

»Ich wollte dich gleich wecken kommen.« Barfuß tapste sie einen Schritt näher, trug lediglich eines meiner einfachen weißen T-Shirts, das ihr bis zu den Oberschenkeln reichte. Ihre unnachahmlichen Brüste zeichneten sich straff und fest darunter ab. Grrr, ich liebte es, wenn sie meine Klamotten trug, sich mir auf diese verführerische Weise präsentierte, mich reizte, sodass ich sie sofort im Stehen ficken wollte. Sie war so verflucht sexy, dass ich unbedingt wissen musste, ob sie ein Höschen darunter trug. Lasziv, wie noch nie zuvor, legte sie einen Arm um meinen Nacken und streichelte meine Haut. Unwillkürlich atmete ich tief durch.

»Mit frischem Kaffee und Sex«, hauchte sie, während ihre Wangen sich ein wenig röteten.

Sie war so süß als unbeholfener Vamp. Selbstverständlich durchschaute ich ihre Maskerade auf der Stelle und fand insgeheim großes Lob für ihre Bemühungen. Ich legte beide Hände auf ihre Oberschenkel, schickte meine Finger auf Wanderschaft in Richtung ihres knackigen Hinterns, während ich ihr einen heißen Kuss schenkte. Fast schon mit Gewalt ihre Lippen teilte und meine Zunge in ihren Mund schob, wo sie warm und willig von ihrer empfangen wurde. Bedächtig glitten meine Finger zwischen ihre strammen Schenkel und ich griff direkt in ihren heißen, nassen Spalt. Halleluja, sie war nackt darunter und so willig. Wahre Feuerbälle rasten wie glühende Lava durch meine Adern und traktierten meine Eier mit pulsierender Energie. Mein Schwanz winselte nach ihrer Pussy und stellte sich auf, ragte steil in die Höhe und dehnte den dünnen Stoff meiner Boxershorts.

»Du Luder trägst nichts darunter«, knurrte ich genießerisch, während ich sie in Richtung Arbeitsfläche drängte. Für diese Frechheit würde sie büßen – und zwar auf dem Küchentresen. Umgehend.

Sie quietschte auf, als ich probehalber einen Finger in ihrer Öffnung versenkte, was mir durch ihre Feuchtigkeit spielendleicht gelang.

»Ich habe mein Höschen nicht gefunden«, raunte sie atemlos und knabberte an meinem Ohrläppchen.

»Lügnerin.« Ein klein wenig unsanft biss ich ihr in die Stelle, an der ihr Hals in die Schulter überging und hinterließ einen ebenmäßigen Abdruck meiner Zähne.

»Autsch«, sie erzitterte in meinen Armen, und ich spürte, wie der Lustschmerz ihre Wirbelsäule nach unten rieselte, bevor sie sich stöhnend an meinen Fingern rieb. Zärtlich leckte ich über meine Bissmale, bevor ich sie an den Hüften packte und auf die Arbeitsplatte hob.

Dieser widerwärtig süßliche Geruch stieg mir penetrant in die Nase, den ich die ganze Zeit über halbwegs verdrängt hatte. Eine Übelkeitswelle erfasste mich, ich hatte das Gefühl, mich übergeben zu müssen, und ruckte mit dem Kopf zurück. Salziges Wasser lief mir im Mund zusammen. Suchend sah ich mich um, dann fiel mein Blick auf das Blech, das Lainey kurz zuvor aus dem Backofen geholt hatte und ich erstarrte. Instinktiv spannte sich jeder Muskel in mir an. Düstere Schattenbilder warfen sich über mich, würgten mich und schleuderten die schlimmsten Erinnerungen meines Lebens wie eine Explosion in mir hoch.

Quietschende Reifen, Schreie, meine tote Mom, ihr hellbrauner Sarg, der in dic Erde hinuntergelassen wurde, Moms liebliche Stimme, dieser Duft, dieser verfluchte süßliche Geruch von frisch gebackenen Keksen, dieselbe Sorte, die meine Mom immer für mich gebacken hatte. Kreuz und quer schleuderten mich diese Bilder, bis ich einen Schritt zurücktaumelte und blind vor Schwindel stehenblieb. Ich presste mir beide Hände an die Schläfen, in dem kläglichen Versuch, diese quälenden Flashbacks aus meinem Hirn zu quetschen, schaffte es jedoch nicht. Groß und übermächtig holten mich die Erinnerungen ein und warfen mich um Jahre zurück, machten mich zu dem hilflosen gequälten elfjähren Jungen von damals.

»Was ist mit dir?«, hörte ich Lainey fragen, bevor sie ihre Arme um meine Taille schlang.

»Schaff das Zeug raus«, keuchte ich.

»Was meinst du?«

»Schaff die verfluchten Kekse aus dem Haus«, schrie ich sie an. »Jetzt! Sofort! Ich will diesen Mist nicht im Haus haben, kapiert?« Eine Welle von Wut und Zorn erfasste mich.

»Aber …«

Ich ließ sie nicht zu Ende reden, stattdessen riss ich mich von ihr los und schleuderte das verdammte Blech mit den Keksen quer durch den Raum, bevor es scheppernd an die Wand knallte. Die Chocolate Chip Cookies verstreuten sich überall in der Küche, ein Chaos an Krümeln und klebrigen Nachwehen meiner beschissenen Kindheit. Ich wusste nicht, wie lange ich noch meinen Mageninhalt bei mir behalten konnte. »Schaff das Zeug raus«, keuchte ich, bevor ich mich umdrehte und aus der Küche verschwand. Im Wohnzimmer öffnete ich sämtliche Fenster, um diesen widerwärtigen Gestank und damit hoffentlich auch die letzten Reste der Horrorszenarien endgültig aus meinem Schädel und damit auch aus meinem Haus zu vertreiben. Erst jetzt registrierte ich, dass ich mir an dem heißen Blech die Hand verbrannt hatte und ignorierte das unangenehme Pochen in meinen Fingerspitzen. Natürlich wusste ich, dass ich vollkommen überreagierte, mich wie ein absoluter Psycho aufführte, dennoch wollte ich in diesem Moment nur noch eins. Das Grab meiner Mutter besuchen und sie zum fünfhundert Millionsten Mal um Verzeihung bitten, obwohl mir klar war, dass nichts die Geschehnisse von damals änderte. Nichts ließ sich rückgängig machen.

Erschöpft warf ich mich aufs Sofa, stützte meinen Ellbogen an der Lehne auf und legte meine Stirn in die Hand. Ich war so gefangen in meiner Vergangenheit, dermaßen verkorkst, dass ich mir nichts vorzumachen brauchte, ich würde meine Dämonen niemals loswerden. Sie hatten mich in ihren Fängen, ruhten nur zwischendurch ein wenig, sammelten Kräfte, bevor sie mir wieder machtvoll demonstrierten, wer hier das Sagen hatte. Tonnenschweres Geröll legte sich auf meinen Brustkorb und drohte, mich zu ersticken. Ich war ein gestandener Mann von achtundzwanzig Jahren. Was tat ich hier eigentlich? Ich machte mich komplett lächerlich, indem ich wegen ein paar bescheuerten Keksen ausflippte. *Kayne, du bist alles, aber nicht normal.*

»Kayne, es tut mir so leid«, riss mich Laineys reumütige Stimme aus meinem Selbstmitleid, in dem ich mich bis eben noch wie ein Schwein gesuhlt hatte. »Hätte ich gewusst …« sie brach ab, war den Tränen nah und ich sah hoch. Mein Vanilla-Mädchen stand in sicherer Entfernung neben dem Bücherregal; schuldbewusst und geknickt. Ich winkte sie zu mir und klopfte neben mich auf das Sofa. »Setz dich.« Mein Tonfall hörte sich glücklicherweise wieder einigermaßen normal an, langsam bekam ich mich in den Griff. Meine gewohnte Selbstkontrolle übernahm das Ruder, löschte den hellen Wahnsinn, der in mir getobt hatte, mit einem Handstreich aus. Der Flächenbrand aus Rage und Panik verpuffte zu einem Aschehaufen, als *SIE* auf mich zukam. Ich beobachtete jeden ihrer zaghaften Schritte, sah durch ihre Pupillen direkt in ihre verletzte Seele und erkannte mich selbst darin. Wir waren uns so ähnlich, jede andere Frau hätte nach einem Ausraster dieser Größenordnung wahrscheinlich empört und beleidigt das Haus verlassen – aber nicht Lainey. Sie war geblieben, verzehrte sich vor Reue und Schuldbewusstsein, obwohl sie nichts dafür konnte, dass ich grundlos ausgetickt war.

Das Polster gab ein wenig nach, als sie sich neben mir niederließ. Ohne nachzudenken legte ich einen Arm um ihre Schultern und zog sie an mich, war einfach nur froh, dass sie lebte und atmete – und bei mir saß.

»Meine Mutter hat diese Kekse früher immer für mich gebacken«, fing ich schließlich leise an, weil ich fand, dass sie zumindest eine Erklärung verdient hatte.

Sie schnappte hörbar nach Luft. »Hätte ich das gewusst, dann …«

»Schon gut«, unterbrach ich sie, langsam kam ich mir immer lächerlicher vor. »Ich hätte nicht wegen ein paar lächerlichen Keksen ausflippen dürfen.«

»Ich habe furchtbare Panik vor Pistolen«, sagte Lainey nach ein paar Herzschlägen des Schweigens. »Wenn ich auch nur eine von weitem sehe, flippe ich schon vor Angst total aus. Sobald in einem Film ein Revolver auftaucht, schalte ich auf der Stelle um. Meine Eingeweide ziehen sich zusammen und ich bekomme keine Luft. Es dauert ewig, bis ich mich dann wieder einigermaßen beruhige.«

Ich streichelte ihre Schulter, während sie ihren Kopf an mich lehnte.

»Ich will damit sagen, ich weiß, wie es in dir aussieht. Kayla fehlt mir heute noch jeden Tag. Eine Zeitlang nach ihrem Tod habe ich mich zum Schlafen immer an ihren lilafarbenen Stoffhasen gekuschelt. Er hieß Teddy. Sie war drei, als sie ihn bekommen hat, und trotz der langen Ohren behauptete sie steif und fest, es wäre ein Bär. Sie hat Teddy abgöttisch geliebt. Ein paar Wochen nach der Beerdigung hat meine Mom Teddy in meinem Bett entdeckt und ist ausgerastet. Sie hat auf mich eingeprügelt, bis ich wimmernd am Boden lag und gekreischt, ich solle es nie wieder wagen, irgendwas anzurühren, das Kayla gehört.« Ihre Stimme klang belegt, gefüllt mit Schmerz, sodass es mir regelrecht den Brustkorb zusammenzog. Was war das für eine Mutter? Die ihre kleine Tochter für einen Unfall bestrafte, an dem sie selbst genügend Mitschuld trug. Immerhin war sie ihrer Aufsichtspflicht nicht nachgekommen.

»Komm mit«, ich zog Lainey vom Sofa hoch und registrierte sofort den erschrockenen Ausdruck in ihren Augen.

»Wohin?«

»Das wirst du dann sehen.«

Ich stieß die schwere Holztür auf und führte Lainey an der Hand den Gang entlang. An harten Bankreihen vorbei, bis ganz nach vorn. Wie immer setzte ich mich auf denselben Platz, Jesus am Kreuz gegenüber und starrte ihn an. Wie er es wohl fand, dass ich heute in Begleitung erschien? Nach all den Jahren waren wir beide fast schon so was wie Kumpels. Unschlüssig blieb Lainey neben mir stehen.

»Was machen wir in einer Kirche?«

»Ich komme jeden Morgen hierher«, erklärte ich und ihre Augen weiteten sich für den Bruchteil eine Sekunde, als füge sie Puzzleteilchen in ihrem Inneren zusammen. »Du hast vermutet, ich würde jeden Morgen irgendwelche Frauen mit abartigen Peitschenspielchen beglücken, gib es zu.«

Sie sank neben mich auf die Bank. »So in der Art.«

Ich konnte mir ein amüsiertes Auflachen nicht verkneifen. Allein Laineys Nähe hatte eine heilende Wirkung auf mich. Ich schüttelte die Schwere ab und straffte die Schultern. »Als ich mit elf Jahren zu meinem Grandpa nach Nevada zog, war ich nichts weiter als ein zerstörter Haufen Gewebe, der atmete. Ich funktionierte nur noch, da steckte kein Funken Leben mehr in mir. Als Grandpa mich dabei erwischte, wie ich mir heimlich ein Busticket nach Los Angeles kaufen wollte, um das Grab meiner Mutter zu besuchen, fuhr er mit mir hierher. Er meinte, diese Kirche wäre ein guter Ort, um Mom nahe zu sein, dafür müsste ich nicht auf einen Friedhof gehen. Ich könnte auch hier an sie denken und mit ihr reden. Und das half mir tatsächlich. Ich habe das Gefühl, dass sie bei mir ist, sobald ich dieses Gebäude betrete, die Stille mich umfängt und ich meine Gedanken für ein Weilchen auf mich fokussiere. Ich komme morgens her, und erzähle ihr wie mein gestriger Tag gelaufen ist, was ich so gemacht habe und wie es mir geht.«

Sie rempelte mir in dieser feierlichen Minute tatsächlich ihren Ellbogen in die Rippen. »Ich hoffe schwer, du erzählst ihr nicht wirklich *ALLES*«, betonte sie frivol und brachte mich zum Schmunzeln.

»Nur die jugendfreien Begebenheiten. Den Rest müssen Mütter nicht wissen.«

Ihr leises Kichern löste den letzten Rest Anspannung aus meinen Gliedern, es war einfach nur schön, dass sie neben mir saß. Jetzt kannte sie als einziger Mensch meinen geheimen Rückzugsort, der sich grotesk von dem Bordellbesitzer und Pornoproduzenten unterschied, den ich die meiste Zeit auslebte.

Sie atmete tief durch. »Kayla«, sagte sie schließlich mit fester Stimme. »Ich möchte dir Kayne vorstellen. Ich mag ihn sehr gern und er ist mir wichtig.«

Ich nahm ihre Hand und drückte sie in dem Wissen, dass Lainey von heute an ebenfalls einen Ort hatte, an dem sie ihrer Schwester nahe sein konnte. Nicht der Hauch von Panik entflammte sich bei ihren Worten in mir. Im Gegenteil, sie wärmten mein Herz und gaben mir ein Gefühl nach fast zwei Jahrzehnten wieder bei einem Menschen angekommen zu sein.

»Hey, Kayla«, sagte ich und schluckte. »Nett dich kennenzulernen.«

Eine Weile saßen wir einfach nur da, schweigsam und ganz in unseren Gedanken versunken, bis wir schließlich aufstanden und die Kirche wieder verließen.

KAPITEL 29

KAYNE

Gegen zwölf Uhr Mittag betrat ich mein Büro und hatte mich noch nicht einmal an meinen Schreibtisch gesetzt, da stürmte Aidan bereits herein.

»Unten in der Bar ist mir eben Lainey über den Weg gelaufen«, eröffnete er mir ohne jegliche Begrüßungsfloskel. »Sie sieht sehr durchgevögelt aus.« Er musterte mich eindringlich, während ich mich auf meinem bequemen Ledersessel niederließ und den Computer einschaltete. Typisch Aidan, solche Kleinigkeiten bemerkte er auf den ersten Blick.

»Wir hatten gestern Spaß, ja«, erwiderte ich und rief meine E-Mails auf.

»Ich trau ihr immer noch nicht.« Er schüttelte den Kopf und wirkte wie ein bockiger, rechthaberischer Junge.

»Du kennst sie überhaupt nicht.« Ich seufzte. »Müssen wir jedes Mal diese Unterhaltung führen? Gibt es sonst nichts Wichtiges? Deswegen bist du hier? Weil ich Lainey immer noch vögle, obwohl du ein Problem damit hast?«

»Nein, das ist nicht der Grund. Aber ich mache mir eben Sorgen um meinen besten Freund.« Er ließ sich auf dem Besuchersessel mir gegenüber nieder. »Der Gast ist noch auf dem Weg ins Krankenhaus verstorben.«

Ich sog zischend die Luft zwischen den Zähnen ein. »Weiß man schon woran?« Mein Puls pochte in den Schläfen. Sollte es sich tatsächlich um ein Attentat gehandelt haben, bei dem ein Unschuldiger ums Leben gekommen war, dann würden die Behörden den Laden bestimmt heute noch dichtmachen.

Aidan nickte lediglich und lehnte sich zurück, verschränkte die Hände hinter dem Kopf und streckte sich von einem wohligen Laut begleitet. Am liebsten hätte ich dem Kerl in den Arsch getreten. Er machte das nur, um mich zu reizen.

»Spuck's schon aus«, schnauzte ich ihn an.

»Seine Ehefrau hat mich vorhin angerufen«, warf er mir einen weiteren Happen zu und überkreuzte die Fußknöchel.

»Wieso ausgerechnet dich?«

Er grinste. »Die Ärmste hat im Krankenhaus erfahren, an welchem verruchten Ort ihr Göttergatte seine letzten Atemzüge ausgehaucht hat. Sie war sehr aufgebracht, als sie mich anrief und wollte unbedingt wissen, ob ihn der Schlag beim Vögeln getroffen hat. – Okay, so deutlich hat sie es nicht ausgedrückt, aber sie hat wohl einigen Erklärungsbedarf in der Verwandtschaft, weshalb ihr Mann ausgerechnet in einem Puff das Zeitliche gesegnet hat.«

Ich lehnte mich zurück. »Falls es sie tröstet, unser Gentleman's Paradise ist nicht irgendein Puff, sondern die erste Adresse weit und breit. Ihr Mann hat Geschmack bewiesen, das sollte man nicht unerwähnt lassen. Sie sollte froh sein, dass er nicht auf dem Straßenstrich umgefallen ist, obwohl mir das ehrlich gesagt, lieber gewesen wäre.«

Aidan lachte leise. »Auf jeden Fall hat sie mir erzählt, dass ihr Mann schon seit Jahren unter Herzproblemen leidet und bereits zwei Herzinfarkte hinter sich hatte. Das gestern war sein dritter und finaler. Niemand hat ihn vergiftet oder ähnliches. Er starb an seiner Vorerkrankung.«

»Die erste gute Nachricht heute«, erwiderte ich zwar taktlos, aber extrem erleichtert. Klar bedauerte ich den Mann, aber ich hatte ihn nie persönlich kennengelernt und was gestern mit ihm passiert war, hätte überall geschehen können. Darauf hatten wir Null Einfluss gehabt.

Ein einzelner Klingelton meines Smartphones kündigte eine Nachricht an. Ich kramte es aus der Tasche meiner Anzugjacke und warf einen Blick darauf. Will hatte mir eine Nachricht geschickt. Nachdem ich ihm mitgeteilt hatte, dass mir seine Lilly zugelaufen war, hatte er sich sofort in seine Limousine gesetzt und von seinem Fahrer ins Gentleman's Paradise chauffieren lassen. Will war ein steinreicher Immobilienmogul mit ausgeprägtem Hang zum Exhibitionismus. Ein kleiner, harmloser Perversling eben. Um seinem guten Ruf in der Geschäftswelt nicht zu schaden, lebte er seine Fantasien hauptsächlich zu Hause oder auf unseren einschlägigen Partys aus. Diskretion wurde bei uns groß geschrieben. Dass Lilly jedoch halbnackt und während der öffentlichen Geschäftszeiten im Club aufgetaucht war, um sich mir an den Hals zu werfen, könnte ihm ein unangenehmes Coming Out mit einem Riesenskandal bescheren. Denn die beiden lebten auch offiziell seit Jahren als Paar zusammen.

Ein feines Schmunzeln umspielte meine Lippen, als ich das Foto betrachtete, welches Will mir kommentarlos geschickt hatte. Ja, es stimmte. Ein Bild sagte mehr als tausend Worte. Es zeigte Lilly auf allen vieren kniend von hinten, selbst auf dem kleinformatigen Foto glänzte ihre rasierte rosa Spalte vor Nässe. Ihren Hintern und die Oberschenkel zierte ein engmaschiges rotes Striemenmuster, welches nur von einem Rohrstock stammen konnte. Sie hatte mir das Gesicht zugewandt, und grinste mich frech aber selig an. Wie es aussah, stimmte der Haussegen bei den beiden wieder. Endlich mal was erfreuliches.

»Was ist so lustig?«

Ich zeigte Aidan den Anlass meiner Erheiterung und auch er schüttelte lachend den Kopf.

»Ich habe noch nie ein Pärchen erlebt, das sich mit seinen Neigungen besser ergänzt, als die beiden.« Er stand auf.

»Ich glaube eher, sie treibt ihn mit ihren Allüren manchmal in den Wahnsinn«, erwiderte ich und legte mein Handy auf den Tisch.

»Man muss ihm zugutehalten, dass er Lilly halbwegs im Griff hat. Die Kleine ist nicht einfach.« Aidans Handy läutete und er kramte es aus seiner Tasche. Seine Stirn legte sich in Falten. »Vivien sitzt unten in der Bar«, erläuterte er schließlich den Grund seiner verdrießlichen Miene. Obwohl das Gentleman's Paradise Aidans Baby war, mochte er es nicht, wenn seine Vivien sich an diesem verruchten Ort aufhielt, das wusste ich. Er stand sogar auf dem Standpunkt, dass sein Engel nichts innerhalb dieser verlotterten vier Wände zu suchen hatte. Die beiden hatten vor ein paar Monaten einiges hier im Club miteinander mitgemacht. Das reichte ihm bestimmt bis ans Ende seines Lebens.

»Wir sind zum Lunch verabredet und Vivien sollte mich wie abgesprochen in meinem Büro abholen.« Eine weitere Nachricht unterbrach seinen Redefluss und er warf einen Blick auf das Display. »Sie lässt fragen, ob du zum Essen mitkommen möchtest.« Er klang erstaunt und nicht gerade erfreut. Wie nett.

Aidan riss die Augen auf, ihm schien irgendeine Erleuchtung gekommen zu sein. Schnell schaltete er auf jeden Fall nicht. Mir war schon nach dem Wort *Bar* klargewesen, weswegen sich Vivien im Club herumtrieb.

»Sie sitzt dort unten wegen deiner Kleinen.« In der Art, wie Aidan das aussprach, klang es wie eine Anklage. Als hätten wir uns allesamt gegen ihn verschworen.

»Eine illegale Spritztour mit dem Auto schweißt wohl zusammen«, erwiderte ich achselzuckend, als mir schon wieder jemand eine Nachricht schickte. Hoffentlich keine weiteren Fotos von der nackten Lilly, so sehr interessierte mich ihr verdroschener Arsch auch wieder nicht. Dank Will kannte ich bereits seit längerem jede Stelle ihres Körpers.

Als ich mein Smartphone zur Hand nahm, wünschte ich mir, es wäre ein weiteres Aktfoto gewesen, denn die neue Nachricht kam von Faye. Unschlüssig starrte ich auf ihr Profilbild, von dem sie mich kühl und unnahbar anlächelte. Ganz am Anfang war ich bei diesem Blick regelrecht ausgeflippt, genau diese ausströmende Kälte hatte mich so unsagbar gereizt. Heute jedoch empfand ich nichts bei ihrem Anblick und wusste, dass es eine gute Entscheidung gewesen war, mich von ihr als Fickkumpanin zu trennen. Rein aus Gewohnheit klickte ich die Nachricht an und las.

Es tut mir alles so leid. Ich bitte dich nur um ein einziges Treffen.

Wonach immer dir zumute ist, ich werde es erfüllen. Nur ich kann dir geben, was du brauchst und das weißt du auch.

»Also, kommst du mit zum Mittagessen?« Aidan sah mich abwartend an. Rasch ließ ich mein Handy in der Anzugtasche verschwinden und stand auf.

»Warum nicht.«

Faye, wenn du wüsstest, wie falsch du liegst, dachte ich. *Du hast mir überhaupt nichts mehr zu bieten.*

Wir betraten ein hübsches Restaurant, das nicht weit vom Gentleman's Paradise entfernt lag und setzten uns an einen freien Tisch am Fenster. Ich mochte den gemütlichen Charakter dieses Lokals. Ideal, um eine Frau auszuführen, obwohl wir nur als Freunde zu Mittag aßen. Aber heute war sie dabei. Drei kurzstielige rosa Rosen steckten in einer niedrigen Vase. Ein Blickfang auf der grünen Tischdecke, der sogar mir auffiel. Ich rückte Laineys Stuhl nach hinten, damit sie sich setzen konnte, bevor ich mich neben ihr niederließ. Vivien hatte darauf bestanden, dass mein Vanilla-Mädchen uns begleitete, was ich sehr nett von ihr fand. Lainey hingegen wirkte nervös und fahrig. Wahrscheinlich lag es daran, dass Aidan sie nicht aus den misstrauischen Augen ließ. Wenigstens strahlte Vivien uns beide herzlich an. Quirlig und überschäumend vor Lebenslust, wie ich sie kannte. Mein Kumpel sollte sich mal ein Beispiel an seiner reizenden Freundin nehmen. Der Kerl sah aus, als säße er beim Leichenschmaus unseres verstorbenen Gastes. Er nahm die Speisekarte und studierte das Menü. Ihm stank Laineys Anwesenheit und mich kotzte es an, dass er seine grundlose Abneigung so offensichtlich demonstrierte. Hatte ich mich jemals Vivien gegenüber dermaßen unhöflich aufgeführt? Immerhin war das gemeinsame Lunch ihre Idee gewesen.

»Ich freue mich so, dass wir uns endlich mal wieder sehen.« Vivien lächelte Lainey an und ich mochte sie für ihre herzliche Art gleich noch ein bisschen mehr. Ich nahm Laineys Hand unter dem Tisch und drückte sie, worauf sie mir ein verkniffenes Grinsen schenkte, bevor sie sich an Vivien wandte.

»Ich mich auch. Wir hatten so einen verrückten Tag miteinander, den werde ich mein Leben lang nicht vergessen.«

»Das müssen wir bald mal wiederholen«, erwiderte Vivien euphorisch.

Oh, bitte nicht. Zumindest nicht so chaotisch.

Die beiden verstrickten sich in eine lebhafte Unterhaltung und frischten ihre gemeinsamen Erlebnisse auf, während Aidan und ich zuhörten. Ich mochte den Gedanken, dass Lainey eine Freundin gefunden hatte und sich ganz normal mit anderen Menschen unterhielt.

Aidans Augen weiteten sich, selbstverständlich bekam er sofort mit, dass ich sie in aller Öffentlichkeit berührte. Normalerweise fasste ich eine Frau nicht an, wenn wir keinen Sex miteinander hatten. Was gerade passierte, war eine absolute Premiere und genauso fasste Aidan es auch auf.

Eine junge Kellnerin mit kurzen schwarzen Haaren kam an den Tisch und tippte unsere Bestellung in ein mobiles Ordergerät. Aidan und ich nahmen jeder ein Steak und Kartoffelecken, während sich Vivien lediglich einen Cesars Salad bestellte und Lainey Lachs mit Grillgemüse orderte. Wegen der brütenden Mittagshitze tranken wir lediglich Wasser.

Plötzlich wandte sich Vivien an mich. »Bist du auch so erleichtert, dass der Vorfall gestern keine Tat des Erpressers war?«

»Sei still, Vivien«, zischelte Aidan, dessen Halsschlagader bedrohlich anschwoll. Ich hingegen fand die Geschwätzigkeit seiner Freundin extrem amüsant. Langsam glaubte ich, Aidan litt unter Verfolgungswahn.

»Erpresser?«, fragte Lainey und sah mich entsetzt an. Sie wirkte so überrascht, dass ihre Reaktion unmöglich gespielt sein konnte. Selbst Aidan müsste das auffallen, weshalb er seinen blödsinnigen Verdacht endgültig in die Tonne kippen konnte. Er hatte sich in die Falsche verbissen.

Ich nickte und ließ ihre Hand los. »Irgendein verrückter Spinner. Wenn du mich fragst, hat der Kerl schon längst kalte Füße bekommen. Die Sicherheitsvorkehrungen im Club sind extrem hoch, niemand betritt ohne Kontrolle das Gentleman's Paradise, keine Sorge.«

»Erzähl ihr doch gleich alles«, schnauzte Aidan und verschränkte die Arme vor der Brust. »Oder warum machst du nicht gleich einen Aushang in der Bar? Sodass auch der letzte Verdächtige weiß, dass wir auf der Hut sind.«

»Aidan«, ging Vivien dazwischen und klang sauer. »Was ist denn mit dir los?«

»Ihr verdächtigt mich?«, japste Lainey, die Aidans Worte richtig zu deuten wusste.

»Jeder ist verdächtig«, schnauzte er.

»Niemand sonst verdächtigt dich«, erwiderte ich beruhigend, denn Laineys Brustkorb bebte bei jedem Atemzug. »Ignorier den Spinner einfach.«

Über diese Unverschämtheit würde ich nachher mit Aidan in einem vier Augen Gespräch Klartext reden. Langsam hatte ich die Faxen mit ihm dicke.

Wir verstummten, als die Bedienung an den Tisch kam und unsere Getränke brachte. »Bitteschön.« Dann drehte sie sich um und verschwand wieder.

»Ich habe mich so auf das Essen mit unseren Freunden gefreut.« Vivien blitzte Aidan an. »Musste das sein?«

»Darling, du darfst solche Sachen nicht in der Öffentlichkeit ausplaudern«, sagte er an Vivien gewandt.

»Aber wir sind doch hier unter uns.« Sie klang verständnislos.

»Nein, sind wir nicht«, erwiderte er scharf, während sein Blick demonstrativ Lainey traf.

Abrupt stand ich auf. »Lass uns gehen«, sagte ich zu Lainey und nickte zur Seite. Sofort erhob sie sich. Dann wandte ich mich an Aidan. Noch nie in all den Jahren hatte es Streit zwischen uns gegeben, was vor allem daran lag, dass wir die Entscheidungen des anderen immer respektierten. Heute jedoch hatte Aidan eindeutig eine rote Linie überschritten. Ich deutete mit dem Finger auf ihn. »Du sprichst nie wieder in diesem Ton mit ihr, verstanden? Solltest du mein Mädchen noch einmal grundlos verdächtigen, haben wir beide ein riesiges Problem miteinander.«

»Dein Mädchen?«, keuchte er ungläubig. »Was bitteschön, soll das bedeuten?«

Ein erfreuter Quietscher stahl sich über Viviens Lippen, bevor sie sich beide Hände auf den Mund schlug, um ein breites Grinsen zu verstecken.

Demonstrativ nahm ich Lainey in den Arm und drückte ihr einen Kuss auf die Schläfe. Wow. Ich hatte mich tatsächlich geoutet und fühlte mich großartig. Ich mochte den Gedanken, dass Lainey mein Mädchen war und von mir aus konnte alle Welt wissen, dass wir zusammen gehörten. Als mir Laineys entgeisterter Gesichtsausdruck ins Auge sprang, fiel mir auf, dass sie von ihrem Glück noch gar nichts wusste. Oha, da hatte ich in meiner Euphorie wohl eine Kleinigkeit vergessen, was meinen Auftritt am Ende noch ein paar coole Punkte kosten könnte. Hoffentlich wollte sie überhaupt mit mir zusammen sein.

Ich wandte mich ihr zu. »Das heißt: sofern du mein Mädchen sein möchtest.«

Aidan klatschte sich an die Stirn und schüttelte den Kopf. »Hättest du dieses winzige Detail nicht vorab mal mit ihr klären können?«, fragte er spöttisch, während Vivien begeistert applaudierte.

»Ich freu mich so für euch beide«, sagte sie.

Lainey sah mich sprachlos an, ihr Mund stand offen, sodass mir langsam mulmig zumute wurde.

»Ja klar bin ich dein Mädchen«, sagte sie schließlich und warf sich mir so überschwänglich an den Hals, dass ich ins Taumeln geriet, um mein Gleichgewicht abzufangen. Ihr hübsches Gesicht glühte vor Freude und Verliebtheit. Als hätte ich einen magischen Code ausgesprochen, sprühten mir bestimmt eine Million überquellende Emotionen gleichzeitig entgegen. Wo hatte sie die denn alle versteckt gehalten? Ich hatte sie mit meiner Entscheidung tatsächlich happy gemacht und mich noch viel mehr.

»Ich wusste bisher noch gar nichts von deiner romantischen Ader, Kayne«, seufzte Vivien.

»Übertreib es nicht, Vivien«, knurrte ich in ihre Richtung, bevor ich Lainey einen raschen Kuss auf die Lippen schenkte.

Vor allen Menschen – und mitten in einem Restaurant, das ich häufig besuchte. Ich erkannte mich echt nicht wieder.

Aidan stand auf und klopfte mir über den Tisch hinweg auf die Schulter. »Ich möchte mich für mein Benehmen entschuldigen. Ganz ehrlich, ich hätte nie geglaubt, dass ich diesen Moment einmal erleben würde. Kayne Crest ist in festen Händen.« Nur mühsam verbiss er sich ein Grinsen, aber ich wusste was in ihm vorging. Er war schlichtweg fassungslos, aber auf eine positive Art und Weise. Sämtliche Vorbehalte schienen wie weggewischt und ich erkannte meinen besten Freund plötzlich wieder. Den Mann, der immer auf meiner Seite stand und der sich nur das Beste für mich wünschte, wie ich mir für ihn. Außerdem verstand ich selbst nicht richtig, wie ich plötzlich in eine Beziehung geschlittert war.

»Warte erst ab, bis Grace davon erfährt«, hörte ich Aidan spöttisch sagen und stöhnte innerlich auf. »Sie wartet schon so lange darauf, dass es dich endlich erwischt. Und dank Princess ist sie gerade in einem derartigen Gluckenmodus, sie wird euch garantiert ebenfalls mit Putenhäppchen füttern, nur damit es euch beiden an nichts fehlt.«

Oh Himmel, das konnte ja heiter werden.

Später im Auto bereute ich meine Voreiligkeit fast schon wieder ein wenig. Binnen Millisekunden bekam ich Schiss vor der eigenen Courage, diesen großen Gefühlen, die bei uns plötzlich ins Spiel gekommen waren und die mich hinterrücks überrannten. Mit denen ich nur schwer umgehen konnte, sobald sie sich nicht im Bett abspielten. Andererseits schlug mein Herz so heftig für Lainey, dass es sowieso keine Chance auf ein Entkommen mehr gab und ich wollte auch nicht flüchten.

»Wie fühlst du dich?«, fragte ich und nahm ihre Hand, während ich mit der anderen den Wagen steuerte.

»Überrumpelt und wundervoll.« Sie strich mir mit den Fingerknöcheln über die Wange. Eine zärtliche Geste, die so viel ausdrückte. »Bist du dir sicher, oder hast du das nur getan, um Aidan eins auszuwischen?«

Ich schmunzelte in mich hinein. »So weit gehen meine

Rachegelüste dann doch nicht.« Mit dem Daumen streichelte ich über ihren Handrücken. »Ich mag dich sehr, Lainey.«

»Du magst mich«, wiederholte sie und ich wusste, dass sie ein paar bedeutendere Worte hören wollte.

»Ja.« Ich zwinkerte ihr zu.

Sie grinste mich breit an. »Vagina«, sagte sie genüsslich und jede einzelne Silbe betonend. »Jetzt bist du dran.«

Himmel. Ich verdrehte kopfschüttelnd die Augen. Diese Frau schaffte mich. Dennoch konnte ich mir ein Auflachen nicht verkneifen, bevor ich ernst wurde. »Ich liebe dich, Lainey.«

Sie streckte sich zu mir und hauchte mir einen zarten Kuss auf den Mundwinkel, einen dieser süßen Mädchenküsse, die sie so perfekt beherrschte und die mich zum Schmelzen brachten. »Ich liebe dich auch. Und du weißt gar nicht, wie glücklich du mich machst.«

»Ich glaube eher, du weißt nicht, auf was du dich bei mir eingelassen hast.«

»Das werde ich schon noch herausfinden. Dank dir bin ich abenteuerlustig geworden.«

Ich erwiderte nichts, und sie erwartete wohl auch keine Antwort, denn Lainey lehnte sich entspannt zurück.

Plötzlich kramte sie ein Smartphone aus der Tasche und entriegelte es mit ihrem Fingerabdruck. Ich warf einen erstaunten Blick darauf. Es war das erste Mal, dass sie ein Mobiltelefon in der Hand hielt. Bisher hatte ich nicht einmal gewusst, dass sie eins besaß.

»Ist das deins?« Ich konzentrierte mich wieder auf die Straße.

Sie nickte. »Ja. Ich habe es gestern zum ersten Mal seit Wochen aufgeladen, um zu sehen, ob ich eine Nachricht von meinem Bruder bekommen habe. Er ist … besser gesagt, war in Afghanistan stationiert.«

Ich horchte auf. »Geht es ihm gut?«

Ihre Augen schimmerten feucht. »Er hat mir sage und schreibe siebzig Nachrichten hinterlassen. Holden macht sich riesige Sorgen um mich, weil ich bei Nacht und Nebel von zu Hause weggegangen bin, ohne ihm mitzuteilen, wo ich mich jetzt aufhalte. Er ist daheim bei meinen Eltern und erholt sich von den Folgen einiger Granatsplitter, die ihn getroffen haben. Ich habe ihm vorhin nur kurz geantwortet, dass es mir gut geht. Aber ich vermisse ihn so.«

»Warum rufst du ihn nicht an?«

»Das hat Holden schon versucht, aber ich bin nicht rangegangen.« Sie ächzte gequält auf. »Dann müsste ich ihm sagen, wo ich mich aufhalte und wie ich mein Geld verdiene«, fügte sie leise hinzu und meine Schultern versteiften sich.

»Verstehe. Du willst ihm nicht erzählen, dass du mit mir zusammen bist, einem Bordellbesitzer und Pornoproduzenten und dass du für diesen Kerl auch noch arbeitest.«

»Er würde es nicht verstehen«, gab sie ehrlich zu und ich honorierte das sogar. Als sie jedoch meinem Blick auswich, kam ich mir wie ein absoluter Volltrottel vor. Nicht eine Sekunde hatte ich jemals daran gedacht, dass sich Lainey für mich schämen könnte.

»Was würde er nicht verstehen? Dass du hinter dem Tresen stehst und Getränke ausschenkst?«

»In einem Bordell«, erwiderte sie jedes einzelne Wort betonend, als gäbe es keinen schlimmeren Ort auf der Welt, als das Gentelman's Paradise. »Du kennst meine Familie nicht, meine Eltern sind einfache Menschen, sie sind streng gläubig, gehen jeden Sonntag in die Kirche und haben keine Ahnung davon, was sich in einem Sexclub abspielt.«

»Wie aufrechte Christen kommen sie mir bislang nicht vor.« Ich biss die Zähne zusammen. Im Prinzip sollte es mir scheißegal sein, was ihre Familie von mir dachte. Als ob mich jemals interessiert hätte, was andere Menschen von mir hielten.

»Es geht auch nicht in erster Linie um meine Eltern«, fing sie nach einer gefühlten Ewigkeit wieder an, »die beiden interessiert es nicht, was ich treibe. Es geht mir nur um Holden.« Sie schluchzte auf. »Ich will nicht, dass er schlecht von mir denkt. Er ist der einzige Mensch, dem etwas an mir liegt … außer dir«, fügte sie dann doch noch hinzu.

»Dann erzähl ihm eben nichts davon«, ich zuckte mit den Achseln.

»Holden hat eine ganz spezielle Antenne für mich. Er wird sofort merken, dass ich Geheimnisse vor ihm habe.«

»Du gibst ihm ja nicht einmal eine Chance, die Sache mit mir und deinem Job zu verstehen. Und du gibst mir keine Chance.«

»Wie meinst du das?« Ihre bebende Unterlippe verriet, wie aufgewühlt sie innerlich sein musste, dennoch hatten ihre Worte mir einen Stich in den Brustkorb versetzt. In ihren Augen war ich nicht gut genug für ihre Familie. Für diese beiden beschissenen Menschen, die ihr Leben zur Hölle gemacht hatten.

»Ich meine damit, dass du überhaupt nicht weißt, wie dein Bruder auf mich reagieren würde. Du spinnst dir schon vorab irgendwas zusammen.«

»Es ist nur … ich habe noch nie einen Mann mit nach Hause gebracht.« Sie wischte über das Display und las, was dort stand. »Er möchte, dass ich am Sonntag zum Abendessen komme.«

»Fahr hin.« Ich bog in die Einfahrt zum Gentleman's Paradise ab. »Besuch ihn und rede mit ihm.«

Ich hörte sie schlucken. »Nur, wenn du mitkommst«, sagte sie schließlich. »Ich brauche dich und ich möchte, dass du meinen Bruder kennenlernst.«

KAPITEL 30

LAINEY

Ich räumte saubere Gläser aus der Spülmaschine in das Spiegelregal über mir und wich dabei Graces mütterlichem Blick aus, der mir überallhin folgte. Drei ganze Tage verfolgte sie mich schon mit diesem breiten Grinsen im Gesicht, als hätte ich höchstpersönlich die Welt vor einem Superschurken gerettet und wäre nicht einfach nur eine Beziehung mit Kayne Crest eingegangen.

»Wie läuft es bei euch?«, fragte sie betont beiläufig und wischte den Tresen sauber. Ihr pinkfarbenes Kleid war so tief ausgeschnitten, dass ihre Nippel vorwitzig hervorlugten und spannte über ihren prallen Ballonbrüsten bei jedem Vorbeugen. Mittlerweile trug sie keine Schiene mehr, denn ihrer Schulter ging es schon wesentlich besser. Dennoch wollte Aidan, dass sie sich weiterhin schonte, aber da biss er auf Granit. Sie wirbelte hinter dem Tresen umher und könnte mit ihrer Energie problemlos den Laden allein schmeißen.

Ich hielt in meiner Arbeit inne. »Immer noch gleich wie gestern, als du gefragt hast. Und vorgestern und den Tag davor.« Ich zwinkerte ihr zu, insgeheim fand ich es rührend, wie sie sich um unser Wohlergehen sorgte, obwohl ich vermutete, dass es ihr dabei mehr um Kayne ging.

»Ich will nur sichergehen, dass er dich anständig behandelt.

Nicht, dass der Tölpel irgendwas Dummes anstellt und damit die Frau seines Lebens vergrault. Kayne traue ich alles zu.«

»Nennst du deinen Chef noch einmal Tölpel, bist du gefeuert, Grace«, ertönte eine Stimme seitlich von uns und wir wandten gleichzeitig ruckartig den Kopf. Kayne saß am Tresen und rollte mit den Augen. Wie schaffte der Kerl es immer, sich tatsächlich jedes Mal so lautlos heranzupirschen?

»Ach, Schätzchen«, Grace winkte ab, bevor sie crushed Eis in zwei Gläser schaufelte. »Wer sollte dir dann den Kopf waschen, wenn du es verdienst und deinen eingebildeten Hintern zurück auf den Boden der Tatsachen befördern?« Sie lachte.

»Du nimmst den Mund ganz schön voll«, erwiderte er schmunzelnd und deutete auf die Flasche mit dem teuren Bourbon. »Schenk mir ein Glas ein.«

»Den Mund kann ab jetzt Lainey voll nehmen, mein Lieber«, erwiderte Grace anzüglich und dank dieses Gespräches wusste ich jetzt, dass Grace wohl schon so manchen Blowjob an Kayne vergeben hatte.

Grace musste meine erstarrte Körperhaltung aufgefallen sein. Sie tätschelte mir die Wange. »Ach Kindchen, das waren kleine Freundschaftsdienste, nichts weiter. Um den Kerl bei Laune zu halten.« Als ein Gast nach ihr rief, eilte sie auf ihren hohen Stöckeln davon.

Kayne nahm ein paar gesalzene Erdnüsse aus der Glasschale, die vor ihm stand, und warf sie in den Mund. »Alles klar?«, fragte er kauend. Selbstverständlich hatte er jedes Wort von Grace mitbekommen.

»Ja«, fahrig strich ich mir ein paar störrische Locken aus der Stirn. »Alles Bestens. Mir war nur nicht klar, dass du den halben Laden intimer kennst.« Hastig goss ich den Bourbon in ein Glas, versenkte einen Eiswürfel darin und stellte das Getränk vor ihn. Kayne nahm einen großen Schluck, während er mich nicht aus den Augen ließ. Ich begann zu schwitzen.

»Mach die Sache mit uns nicht kompliziert«, sagte er schließlich.

Was? Eine gezielte Äußerung machte für ihn schon alles kompliziert? »Reine Neugierde«, hielt ich dagegen, weil ich das Thema einfach nicht auf sich beruhen lassen konnte. »Gibt es irgendeine Frau hier im Club, mit der du noch nicht geschlafen hast?«

»Nein«, er schüttelte den Kopf, auf eine derart gleichgültige Art und Weise, dass ich sofort verstand: das war schlichtweg sein Lebensstil.

Seine schonungslose Ehrlichkeit fühlte sich an, als wäre ich mit dem Kopf gegen eine Betonwand gerannt.

Ich schluckte, mein Mund wurde trocken. Obwohl seine Beichte nicht überraschend kam, war es dennoch kein gutes Gefühl, dass jede Frau in diesem Raum, die ich mittlerweile allesamt kannte, über seine Bettqualitäten Bescheid wusste. Mein Blick schweifte nach links, wo sich Shawna und Judy mit zwei übergewichtigen Kerlen in der Lounge vergnügten und sich von deren Pratzen betatschen ließen. Michelle und Ruby spielten Billard mit einem Rudel Kerle. Soeben entledigte sich Michelle aufreizend und mit den Hüften wackelnd, ihres winzigen Slips, während ein junger Typ vor ihr auf die Knie sank und sein Gesicht gegen ihre Scham presste. Gleichzeitig nahm Anna oben auf der Bühne für eine Untersuchungs-Show auf einem gynäkologischen Stuhl Platz, während ihr *Arzt* die Schalen mit ihren Beinen darin weit spreizte, um dem Publikum einen guten Blick auf ihre geöffnete Vagina zu präsentieren. Und für Kayne waren all diese Ausschweifungen vollkommen normal. Innerhalb dieser vier Wände spielte sich seine Welt ab. Er hatte sie alle gehabt: auf Frauenarztstühlen, in Verliesen, vor sich auf Knien, gefesselt oder in sonst einer demütigen Pose. In jeder nur denkbaren Stellung - und vor allem willig. Unzählige davon. Dieser Ort war so verdorben, lasterhaft und schamlos, und unterschied sich auf groteske Weise von allem, was ich verkörperte. Ich war ein Landei, nichts weiter als ein verklemmtes Farmmädchen, das naiv und verzweifelt in diese Lasterhöhle gestolpert war, auf der Suche nach einem Job. Nichtsahnend, was sie erwartete. Mit diesem Ort hatte ich nichts gemeinsam – und der Ehrlichkeit halber, mit Kayne auch nicht.

»Was geht gerade in deinem hübschen Kopf vor sich?«, hörte ich ihn fragen und schrak zusammen.

»Es ist nichts.« Ich wollte nach seinem leeren Glas greifen, aber er hielt mich am Handgelenk fest.

»Die Vergangenheit spielt für mich keine Rolle mehr.« Es klang wie eine doppeldeutige Botschaft. Mit der anderen Hand ergriff er mich am Nacken, bevor er mich über den Tresen zu sich zog. Seine Lippen krachten auf meine, Zähne schlugen schmerzhaft gegen Zähne, wild und zügellos. Ich schmeckte Blut, konnte aber nicht sagen wessen es war. Seine Zunge eroberte meinen Mund, genauso temperamentvoll und besitzergreifend, wie ich es von ihm kannte. Wie ich es bei ihm liebte. Er besaß mich, alles was mich ausmachte, gehörte ihm. Ich hatte ihm nichts entgegenzusetzen und wollte es auch nicht mehr. In seinem Kuss lag so viel Gefühl, tiefe Emotionen und ein ganz besonderes Band umschlang uns plötzlich. Es schweißte uns zusammen, schloss den Lärm und die vielen Menschen um uns herum aus. In diesem Moment gab es nur noch uns beide, wir wurden eins und gehörten zusammen. Unsere Seelen verbanden sich, denn sie sprachen dieselbe Sprache, eine ganz spezielle Art von Vertrautheit, die Kayne nur mit mir teilte. So besonders, so einzigartig, dass mir schlagartig bewusst wurde: Kayne liebte mich auf seine ganz spezielle Weise, nicht nur körperlich, wir waren Seelenverwandte, die sich nach einer langen Wanderung durch die Dunkelheit endlich gefunden hatten. Was wir beide teilten, konnte ihm keine andere Frau bieten. Wir waren füreinander geschaffen. Mein Herz blubberte über vor Freude, als ich endlich begriff, was für einen wundervollen Mann ich an meiner Seite hatte.

»Nur noch das *Jetzt* ist wichtig«, raunte er an meinem Mund, ehe er mit seiner Nase spielerisch meine streifte. Er ließ mich los, genauso plötzlich, wie er mich gepackt hatte und setzte sich zurück, während ich noch wie betäubt dastand und ihn belämmert anlächelte.

»Ich habe großes Glück, dass ich dich gefunden habe«, sprudelte es aus mir heraus, wie ein Gebirgsbach aus einer Gletscherspalte. Meine überschäumenden Gefühle mussten sich Luft machen und verscheuchten die düsteren Gedanken, die noch an einem Zipfel meines Gehirns festhielten. »Die Zukunft zählt, scheiß auf die Vergangenheit.« Ich wusste, dass auch er den zweideutigen Inhalt meiner Worte verstand. Wir bezogen uns dabei nicht nur auf uns, die vielen Frauen und diesen Club.

Nein, ebenso war es endlich an der Zeit, unsere Kindheit ruhen zu lassen, wollten wir glücklich miteinander werden. Wir hatten beide so viel gelitten, dass es für zehn Leben ausreichte. Die Tage des Leidens waren endgültig vorbei.

Kayne rutschte vom Stuhl. »Ich habe mein Smartphone oben im Büro vergessen. Wenn Aidan auftaucht, sag ihm, ich treffe ihn draußen. Er will mit mir rüber nach Lyon County fahren, damit ich mir die Baustelle für den neuen Frauenpuff anschaue.« Er verzog die Lippen. »Es wird spät werden. Warte nicht auf mich.« Ein umwerfendes Schmunzeln wuchs auf seinem Gesicht, welches das sexy Grübchen auf seiner Wange betonte. »Aber warte in meinem Bett.«

Ich biss mir auf die Unterlippe, in dem Versuch ein breites Grinsen zu unterdrücken, was mir nicht so ganz gelang. Mein Herz stolperte dahin, vor Liebe und Verlangen nach diesem umwerfenden Mann. Ich vermisste ihn jetzt schon und zählte im Geiste die Stunden, bis er endlich wieder bei mir war und neben mir lag. »Ich wärme dir das Bett vor.«

»Tu das.« Er zwinkerte mir zu und wollte sich schon abwenden, kam dann aber doch nochmal nahe an mein Gesicht. Unsere Blicke verhakten sich ineinander, ich wollte nicht, dass er ging. »Nur noch du«, versprach er leise aber bestimmt, bevor er sich endgültig umdrehte und verschwand.

Kurz darauf stand Aidan am Tresen und sah sich suchend nach allen Seiten um. Ganz in der Nähe hing Spencer herum, der die Gäste unauffällig im Blick behielt. Erst seit ich von der Erpressung wusste, fiel mir auf, dass Spencer unaufhörlich ein wachsames Auge auf den gesamten Club hatte.

»Hast du Kayne gesehen?«, fragte mich Aidan, allerdings um einiges freundlicher, als das sonst der Fall war.

»Er lässt dir ausrichten, dass er draußen auf dich wartet.« Ich lächelte ihn verhalten an und zu meinem großen Erstaunen erwiderte er meine scheue Geste. Statt sich den Weg nach draußen zu bahnen, setzte er sich zu mir an die Bar.

»Gib mir noch schnell ein Glas Wasser.«

»Selbstverständlich.« Hastig schüttete ich Eiswürfel in ein großes Glas und füllte es mit Wasser auf. »Bitteschön.«

»Danke.« Aidan nahm einen großen Schluck, bevor er das Glas auf dem Tresen abstellte, er schien keine Eile zu haben.

»Ich glaube, ich habe mich in dir getäuscht«, fing er plötzlich an und ich horchte auf. »Und ich gebe einen Fehler zu, wenn ich ihn gemacht habe.«

»Schon gut«, ich winkte ab und merkte, wie mein Puls langsam anschwoll.

»Nein, ist es nicht.« Er schüttelte den Kopf. »Ich möchte dir gern erklären, warum ich so unverhältnismäßig wütend auf dich war.«

»Okay.« Mein Herz pochte schneller.

»Obwohl das nicht ganz stimmt.« Aidan machte eine Pause, als ringe er nach Worten. »Zuerst war ich nur sauer auf Kayne, weil ich wusste, dass er seine Spielchen mit dir trieb. Wir haben beide auf den ersten Blick erkannt, dass du nicht in diesen Club passt. Sowohl er, als auch ich. Du bist so blutjung und entzückend natürlich – mit deinem Jungfrauencharme«, fügte er noch schmunzelnd hinzu. »Du bist eine Frau, in der Lawinen von Emotionen schlummern, die sich ohne Vorwarnung lösen und dann auf einen Mann niedergehen, einen darunter begraben, wenn man nicht aufpasst. Ich wusste sofort, dass du Kaynes Verderben sein könntest.«

Er nahm einen Schluck von seinem Eiswasser, bevor er weiterredete. »Kayne ist mein bester Freund, meine Familie, mein Bruder. Käme es hart auf hart, würde ich für ihn sterben. Aber ich weiß auch, wie eiskalt und gefühllos er zu Frauen sein kann. Ich weiß das deshalb so gut, weil ich einmal genauso getickt habe. Bei dir allerdings lief die Sache anders ab. Du hast irgendwas in ihm bewirkt, was er lange Zeit nicht wahrhaben wollte. Du hast eine Flamme in seinem Inneren entfacht, die er unbedingt ausblasen wollte, aber sie ließ sich nicht mehr löschen. Mit jedem Tag brannte sie höher um ihn herum, und dieser Mann schließlich so lichterloh, dass er seine Emotionen nicht mehr verbergen konnte, obwohl er das glaubte. Kayne hat sich binnen kürzester Zeit fundamental verändert und das hat mir Sorgen bereitet. Ich gab dir die Schuld und wollte nicht, dass du einen anderen Menschen aus ihm machst.« Entschuldigend zuckte er mit den Schultern. »Bis ich begriffen habe, dass diese Veränderung großartig ist. Für ihn. Dass du diesen Eisberg nicht nur mit deinem glühenden Blick und deinen heißen Schenkeln, sondern auch mit deiner inneren Wärme zum Schmelzen gebracht hast. Dass du ihn zu einem besseren Mann machst und vor allem habe ich Kayne noch nie in meinem Leben glücklich gesehen. Und wir kennen uns schon seit zehn Jahren. Bis jetzt. Du berührst einen Punkt in ihm, ihr ergänzt euch auf eine ganz merkwürdige Weise. Wenn man euch zusammen erlebt, verschmelzt ihr miteinander, und etwas Gutes strahlt von euch aus. Als hättet ihr euch euer ganzes Leben lang gesucht, und endlich gefunden.« Aidan stützte sich mit dem Unterarm am Tresen ab. »Was ihr da miteinander am Laufen habt, ist besonders, das darf man nicht zerstören. Deswegen möchte ich mich bei dir für mein schlechtes Verhalten entschuldigen und dir sagen, dass ich mich für euch beide freue. Du liebst Kayne von ganzem Herzen, das sieht man dir an und genau das braucht er.«

Ich nickte. »Ich liebe ihn so sehr, dass ich meine Gefühle für ihn nicht in Worte fassen kann. Wir wollten uns nicht ineinander verlieben, es ist einfach passiert und Kayne macht mich so glücklich.« Es stimmte. Was Kayne und ich miteinander teilten, war überwältigend und kostbar.

Ein breites Grinsen umrahmte Aidans Gesicht. »Was mich am meisten freut, ist der Fakt, dass Kayne zu demselben verliebten Langeweiler mutiert, für den er mich die ganze Zeit hält.« Er legte den Kopf in den Nacken und lachte. »Ich hätte zwar meinen Arsch darauf verwettet, dass das niemals passieren würde. Aber selbst ein Kayne Crest wird mal erwachsen.« Sein Lachen wehte noch zu mir herüber, als er bereits den Club durchschritt.

Ich nahm ein Messer zur Hand und schnitt Limetten für Mixed-Drinks in Scheiben. In Gedanken spielte ich die Unterhaltung mit Aidan noch einmal still für mich durch. Ich machte Kayne also glücklich. Dieser Gedanke wärmte mein Herz. Und er tat dasselbe bei mir.

KAPITEL 31

LAINEY

Es war ein merkwürdiges Gefühl, allein in Kaynes gemütlichem Bett zu liegen. Ich drehte mich im Dunklen auf die Seite und atmete sein unvergleichliches Aroma ein, das mir schwach aus dem Kissen in die Nase strömte. Verrückt, wie sehr mir Kayne fehlte, obwohl wir uns erst vor ein paar Stunden getrennt hatten.

Sobald er nicht bei mir war, litt ich wie ein getretener Hund. Außerdem hatte ich mich schon so daran gewöhnt, neben ihm einzuschlafen, seinen tiefen Atemzügen zu lauschen und ich genoss die Geborgenheit, die dieser große muskulöse Mann ausströmte, wenn er mich im Arm hielt. Neben ihm fühlte ich mich winzig. Ich würde nie wieder in meinem Leben einen Mann mehr lieben können als ihn, das wusste ich. Ein einziges Mal vor Jahren hatte ich mich als Sechzehnjährige in einen Jungen verknallt, was damals schlecht geendet hatte.

»Hey, Mom.« Mit zittrigen Knien ging ich auf meine Mutter zu, die hinter dem Haus Wäsche aufhängte. Die bunten Kleidungsstücke flatterten an der Leine im warmen Wind. Mom würdigte mich keines Blickes, stattdessen bückte sie sich hinunter zu dem Korb und schüttelte die feuchte Arbeitsjeans meines Bruders aus, ehe sie zwei

Wäscheklammern aus dem Beutel kramte, der an ihrem Hosenbund schlenkerte.

Unschlüssig stand ich neben ihr, sie hasste es, von mir angesprochen zu werden. Die meiste Zeit über vermied ich direkten Kontakt zu ihr, soweit einem das als Familienmitglied, das im selben Haus wohnte, möglich war. Sie duldete mich nur noch, stand auf dem Standpunkt, dass wenigstens meine Arbeitskraft ein Stückweit für meine Tat entschädigen sollte. Alles andere war ihr egal. Ich könnte neben ihr tot umfallen und sie würde einfach über mich drübersteigen.

»Was gibt's?«, fragte sie schließlich und ihr Blick verklärte sich. Sie hielt in ihrer Arbeit inne und starrte in die Wüste. Ich erkannte den tiefen Schmerz in ihrem Gesicht, der noch so frisch loderte, als wäre Kayla erst gestern von uns gegangen. Selbst nach diesen vielen Jahren war meine Schwester allgegenwärtig. Kayla noch immer so präsent in unserem Leben, dass ich insgeheim erwartete, sie würde jeden Moment zur Tür hereintänzeln und mir mit einer anmutigen Drehung ihr neues Showkleid präsentieren. Aber das würde sie nicht mehr. Nie mehr!

»Ich soll dir einen Brief von Mr Yeckley geben.« Ich hielt ihr das weiße Kuvert entgegen, aber sie ignorierte mich weiterhin. Mein Brustkorb zog sich vor Aufregung zusammen. Nach der letzten Unterrichtsstunde hatte mein Englischlehrer mich zu sich gerufen und ein kurzes Gespräch mit mir geführt. Er wollte, dass ich ab nächstes Semester in die Kurse wechselte, die mich fürs College qualifizierten und nicht wie bisher nur die Stunden mit den absoluten Minimalanforderungen besuchte. Meine Eltern standen auf dem Standpunkt, dass ich keine umfassende Schuldbildung benötigte, und meine Zeit nicht mit Lernen verschwenden sollte. Stattdessen sollte ich auf der Farm mit anpacken.

»Was will er?« Sie klang dermaßen desinteressiert, dass ich sofort all meine Hoffnungen begrub. Insgeheim hatte der Wunsch in mir gekeimt, dass ein Machtwort von Mr Yeckley meine Eltern vielleicht umstimmen könnte. Nichts wünschte ich mir sehnlicher, als Literatur zu studieren. Trotz der verheerenden Umstände, die mein Leben seit Jahren beherrschten, kam ich hervorragend in der Schule mit. Ich lernte gern und schrieb ausgezeichnete Noten.

»Er möchte, dass ich mich aufs College vorbereite.«

Moms Mundwinkel bogen sich weit nach unten, als sie sich mir zuwandte, ihr Blick sprühte vor Hass und Zorn, sodass ich instinktiv einen Schritt zurückwich und die Hand mit dem Brief sinken ließ.

»Niemals«, schleuderte sie mir entgegen. »Hörst du?« Feine Spucketröpfchen trafen mich im Gesicht. »Du wirst nicht zur Universität gehen und dein Leben in vollen Zügen genießen, während deine Schwester tot in ihrem Grab liegt. Du allein bist schuld daran, dass sie nicht mehr lebt.« Sie rüttelte mich am Arm. »Du hast sie umgebracht, weil du neidisch auf sie warst. Weil sie so hübsch und perfekt war. Nicht so gewöhnlich wie du.«

»Das stimmt nicht«, keuchte ich und schüttelte den Kopf. Jedes Wort traf mich wie ein Pfeil in die Brust, obwohl sie mir diese Vorhaltungen in regelmäßigen Abständen machte. Ich hörte heute nichts Neues von ihr.

»Du wolltest nicht von hier wegziehen, wegen diesem blöden Hund, und da hast du gedacht, wenn Kayla nicht mehr lebt, kannst du ihn behalten.« Moms Augen glühten, sodass ich richtig Angst vor ihr bekam. Mühsam schluckte ich die Tränen weg. Ja, ich trug die alleinige Schuld an Kaylas Tod, aber ich hatte sie nicht absichtlich umgebracht. Ich liebte meine Schwester von ganzem Herzen – noch immer.

Als sie mich losließ, wich ich einen weiteren Schritt zurück. »Es war eine dumme Idee von Mr Yeckley, bitte entschuldige. Ich werde ihm morgen sagen, dass ich keine Collegekurse benötige, weil ich nicht zur Universität gehe.«

Mom schnaufte hektisch, ich wollte nur noch weg. Warum nur hatte ich dieses verfluchte Thema angesprochen? Wir redeten seit Jahren nur das nötigste miteinander. Für diese Frau existierte ich nicht mehr.

»Geh mir aus den Augen«, keuchte sie schließlich und bückte sich nach dem nächsten Wäschestück.

Ich machte auf dem Absatz kehrt und floh zu den Ställen, verkroch mich in der Box von meinem Lieblingspferd Ricky. Dort sank ich auf das frische Stroh, zog die Knie an und versteckte mein Gesicht in den Armen. Hier hörte mich niemand schluchzen. Ich ließ meinen Tränen freien Lauf, während der Schmerz in meiner Brust mir die Luft zum Atmen abschnürte.

Ricky stupste mich an.

»Lass das, Ricky.« Blind tastete ich nach der weichen Nase des Pferdes, um seinen Kopf zur Seite zu schieben, aber stattdessen fühlte ich einen muskulösen Arm und hob erschrocken den Kopf. Holdens

bester Freund Matt, der auf der Nachbarfarm ein paar Meilen entfernt wohnte, saß neben mir in der Hocke und sah mich fragend an.

»Was ist los?« Seine hellblonden Haare standen wuschelig nach allen Seiten ab, die grünblauen Augen musterten mich besorgt. Oh, nein. Ausgerechnet er musste mich in diesem desolaten Zustand aufstöbern. Matt war der hübscheste Junge weit und breit. Ich schwärmte schon lange heimlich für ihn, würde dieses Geheimnis jedoch mit ins Grab nehmen. Bestimmt sah ich furchterregend aus mit meinen verheulten Augen und der triefenden Nase. Mit den Handrücken wischte ich mir rasch die Tränen von den Wangen und schniefte unfein.

Ich winkte ab, und senkte rasch den Blick, um mein verheultes Gesicht wenigstens halbwegs zu verbergen. »Es ist nichts. Nur mal wieder Stress mit meiner Mutter.«

»Deine Mom ist eine Hexe.« Er klang so abfällig, dass ich aufhorchte. Matt setzte sich neben mich und legte einen Arm um meine Schultern. Eine brüderliche Geste, wir kannten uns schon von klein auf und waren als Kinder so manches Mal prügelnd ineinander verknäult im Staub gelegen, wenn er sein freches Mundwerk zu weit aufriss. Aber heute hatte seine aufmunternd gemeinte Berührung eine prekäre Wirkung auf mich und versetzte mein sowieso schon gebeuteltes Inneres in helle Aufruhr. Mein Herz pochte so laut, dass ich schon Sorge hatte, er könnte es hören. Vielleicht fühlte ich mich auch nur deshalb so durcheinander, weil Matt in den vergangenen Monaten muskulöser und männlicher geworden war, mit seinen kantigen Gesichtszügen. Die heiße Sonne Nevadas hatte ihn tief gebräunt und stand in einem auffälligen Kontrast zu seinen hellen Haaren. Matt war zum Sterben hübsch.

Tröstend streichelte er meine Schulter und schickte ein Bataillon Blitze durch meinen Körper, alles in mir prickelte und kribbelte, als wuselten Ameisen durch meine Venen. Es war aufregend, ihm so nahe zu sein, obwohl er sich seiner prekären Wirkung auf mich nicht im Mindesten bewusst war.

»So ist Mom halt.« Ich zuckte mit den Achseln und spürte den bescheuerten Drang in mir, diese Frau in Schutz zu nehmen. Trotz der verheerenden Umstände war sie immer noch meine Mutter, hatte mich geboren und verdiente dafür Respekt. Außerdem war es meine Schuld, dass sie seit Jahren lebendig in der Hölle schmorte.

»Du bist auch ihr Kind«, sagte er leise und lehnte seinen Kopf an *meinen. »Nicht nur Kayla und Holden. Es ist nicht in Ordnung, dass sie dich wie Luft behandelt.«*

Ich wollte nicht mit Matt über Mom oder Kayla reden, sondern einfach nur dasitzen und mich von ihm halten lassen. Genießen, wie seine Körperwärme auf mich überging und die starken Muskeln in seinen Armen bei jeder Bewegung fühlen. Es war beinahe heilsam, einmal nicht allein traurig sein zu müssen.

»Was tust du hier?«, wechselte ich das Thema und ließ mich gegen ihn sinken, ließ es zu, dass er meinen Arm streichelte und erschauerte wohlig.

»Holden ist draußen auf der Weide. Der Bulle ist mal wieder ausgerissen. Ich wollte mir ein Pferd satteln, um ihm beim Einfangen zu helfen.«

»Ach so.« Mein Bruder hatte den Tod meiner Schwester besser verarbeitet als ich, obwohl auch er lange Zeit traurig gewesen war. Aber meine Eltern hatten ihn nicht wie einen Aussätzigen behandelt. Den ganzen Rest ihrer Liebe, der noch in diesen beiden gebrochenen Menschen steckte, schenkten sie fortan meinem Bruder.

»Komm mit raus und hilf uns«, schlug er vor, aber ich schüttelte den Kopf. Dad würde nicht dulden, dass ich mich auf der Weide herumtrieb.

»Ich habe im Haus noch einen Haufen Arbeit. Mom wird stinksauer, falls ich bis zum Abendessen nicht alles erledigt habe.«

»Sie behandeln dich wie eine Sklavin.« Sein Körper spannte sich an, demonstrierte die tiefe Verachtung, die er für meine Eltern empfand.

»Mom und Dad brauchen jede helfende Hand auf der Farm.« Ich zuckte mit den Achseln.

Plötzlich ergriff er mein Kinn mit Daumen und Zeigefinger und drehte meinen Kopf in seine Richtung. Seine wunderschönen türkisfarbenen Augen durchleuchteten mich. »Sie machen dich kaputt.« Zorn glühte in seiner Iris auf. »Du bist so hübsch, so begabt und klug. Die ganze Welt steht dir offen. Ich kenne kein bezaubernderes Mädchen als dich. Du hast so ein großes Herz und tust alles für die Menschen, die du liebst. Deine Eltern haben dich überhaupt nicht verdient.«

Er hielt mein Gesicht so fest, als hätte er Angst, ich könnte mich losreißen. Meine Unterlippe zitterte, während ich seine Worte mühsam verdaute. Bis heute hatte ich nicht gewusst, wie Matt über mich dachte und sein spontaner Gefühlsausbruch ließ eine Armee Schmetterlinge in meinem Magen hochflattern.

»Matt, ich ….«, krächzte ich nur, nicht mehr in der Lage, meinen angefangenen Satz zu beenden. Süße Emotionen aller Art fluteten mein Herz, tropften wie Nektar hindurch.

Seine Hand sackte von meinem Kinn zu meinem Bauch, ich spürte jeden einzelnen Finger durch mein dünnes Top hindurch und schloss für einen Moment die Augen. Überwältigt von dem unbekannten Sturm, der in mir tobte. Er strich bis zur Taille, sein warmer Atem traf auf meine Wange.

»Ich mag dich sehr«, flüsterte er, »du bist das hübscheste Mädchen weit und breit. Bitte gib mir eine Chance.«

Als ich die Augen wieder öffnete, war sein Gesicht dicht vor meinem, unsere Lippen berührten sich beinahe und unser Atem vermischte sich. Zum Glück stand ich nicht, ich wäre glatt in Ohnmacht gefallen. Er musterte mich eindringlich, als warte er auf ein Zeichen, irgendeine Erlaubnis, und ich lächelte schwach.

»Was zum Teufel treibt ihr hier?«, keifte die zornige Stimme meiner Mutter durch den Stall, sodass Ricky sich wiehernd aufbäumte. Rasch sprangen wir auf die Beine, um nicht unter die Hufe des erschrockenen Pferdes zu geraten und pressten uns an die Bretterwand.

Mit großen Augen starrte ich meine Mutter an, unfähig mich zu bewegen, während Matt das aufgebrachte Pferd beruhigte. Mom stand draußen im Gang und hatte die Hände in die Hüften gestemmt.

»Raus aus dem Stall, du Schlampe«, rief sie und rüttelte an der Verriegelung der Box, bis die niedrige Brettertür aufsprang.

»Ms Barkley«, hörte ich Matt sagen, während er Ricky festband, der mit dem Vorderhuf stampfte. »Es ist nicht so, wie es vielleicht ausgesehen hat.«

»Das ist mir egal, Matt«, rief sie. »Ich sage es dir nur einmal, halte dich von Lainey fern. Und du«, sie deutete auf mich. »Marsch, zurück ins Haus, sonst setzt es was.«

Wortlos stob ich an Mom vorbei und hetzte über den Hof. Ich wollte nichts wie weg von meiner Mutter, die mir nichts gönnte, nicht einmal einen harmlosen Kuss von einem Jungen. Matt war so nahe dran gewesen mich zu küssen. Matt! Es war Matt gewesen, verdammt. Der hübscheste Junge der ganzen Gegend und er mochte mich. Mein ganzer Körper schmerzte, ich bestand nur noch aus Schmerz.

Ich trat durch die Haustür in den klimatisierten Flur und merkte erst jetzt, dass Mom mir dicht auf den Fersen geblieben war. Oh, nein! Ich wollte nichts wie weg, mich in meinem Zimmer verschanzen, das seit dem Tod meines Grandpas vor ein paar Jahren nun wieder mir gehörte.

»Warte Lainey«, rief sie und ich blieb stehen. Hatte sie am Ende ein schlechtes Gewissen? Bedauerte sie, was eben passiert war? Ein schwacher Hoffnungsschimmer schwelte in mir. Vielleicht mochte sie mich doch noch ein bisschen?

»Ja?« Ich drehte mich um und hob nur zögerlich den Kopf. Sie hatte eine so unglaublich einschüchternde Wirkung auf mich. Ihre Miene blieb vollkommen ausdruckslos, ich konnte nichts darin lesen.

»Du gehst ab heute nicht mehr zur Schule«, sagte Mom, bevor sie in die Küche abbog und mich fassungslos im Flur stehenließ.

»Lainey«, flüsterte es in mein Ohr. Ich wimmerte und rollte mich wie eine Raupe zusammen, mein Brustkorb tat weh, so weh. Wie konnte mir Mom so etwas Schreckliches antun? Sie hatte mir das einzige genommen, was mir überhaupt noch einen Funken Freude bereitet hatte.

»Bitte lass mich zur Schule«, bettelte ich schluchzend. »Ich schwöre dir, dass ich nie wieder ein Wort mit Matt wechsle. Ich mache alles, was du sagst, aber lass mich wieder in die Schule gehen.«

»Lainey, wach auf.« Jemand rüttelte mich sanft an der Schulter, weiche Lippen küssten meine Wangen trocken, »Du träumst nur.«

Schwerfällig stieg ich aus der tiefen Schwärze nach oben, die mich noch gefangen hielt und immer wieder nach unten zog.

»Du bist bei mir«, hörte ich Kaynes Stimme deutlicher und schlug die Augen auf. Fahles Mondlicht erhellte schwach sein traumhaft schönes Gesicht und ich atmete erleichtert durch. Ich hatte lediglich geträumt, ich lebte nicht mehr auf der Farm meiner Eltern, sondern bei ihm.

»Ich passe auf dich auf.« Seine Lippen senkten sich zärtlich und schmeichelnd auf meine und lösten die Anspannung aus meinen Gliedern.

»Du bist zurück.« Erleichtert legte ich die Arme um seinen Nacken und erwiderte seinen Kuss mit Hingabe.

Erst nach einiger Zeit lösten wir uns wieder voneinander. Kayne musterte mich mit Sorge im Blick. »Du hast im Schlaf geweint und geredet. Was hast du damit gemeint, dass du wieder zur Schule möchtest?«

Meine Arme sanken schwer auf die Matratze, während die unheilvollen Erinnerungen mich einholten. »Dass ich keinen Schulabschluss habe«, beichtete ich schließlich, während mir Moms Entscheidung heute noch genauso schlimm zusetzte wie vor Jahren. Wie hatte ich die Highschool geliebt.

»Deine Eltern haben dich nicht zur Schule gehen lassen?« Kayne klang fassungslos.

»Nein«, ich schüttelte den Kopf. »Meine Mutter wusste, dass sie mich mit diesem Verbot am allermeisten treffen konnte. Ich bin gern in die Schule gegangen, hatte super Noten und war eine der Besten meines Jahrgangs. Meine Lehrer wollten unbedingt, dass ich aufs College gehe und das war auch mein sehnlichster Wunsch. Ich wollte Literatur studieren. Tja«, ich zuckte mit den Achseln. »Leider hat Mom mich eines Tages Arm in Arm mit einem Jungen erwischt, und wollte wohl sichergehen, dass sich so etwas nicht wiederholt.«

»Deine Mutter gehört dringend in psychologische Behandlung«, er klang wütend.

Ich lachte bitter auf. »Nenn mir einen Farmer, der sein Herz einem Seelenklempner ausschütten würde.«

»Stattdessen hat sie ihre Verbitterung an einem kleinen Mädchen ausgelassen.« Er legte sich neben mich und zog mich eng an sich heran, während ich mich auf die Seite drehte und meinen Rücken an seinen muskulösen Brustkorb schmiegte.

»Du kannst deinen Schulabschluss nachholen.« Kayne schob meine Locken beiseite und küsste meinen Nacken, »und dann kannst du Literatur studieren. Ich werde dich dabei unterstützen.«

Ein warmes Prickeln rieselte meine Wirbelsäule hinab und ich fragte mich zum wiederholten Mal, wie ich diesen wundervollen Mann verdient hatte. Ich wollte ihn spüren, ihm ganz nahe sein, eins mit ihm werden.

»Schlaf mit mir«, hauchte ich und streichelte seinen nackten Oberschenkel entlang, bevor ich zwischen uns langte und seinen Penis umfasste. Genüsslich rieb ich an seinem Schaft auf und ab, spannte die empfindliche Vorhaut und bedeckte seine Eichel wieder, solange bis sich sein Glied mächtig und hart aufrichtete. Er keuchte seinen heißen Atem in mein Ohr.

Auffordernd legte ich ein Bein auf seinem Oberschenkel ab und verschaffte ihm den nötigen Raum, um von hinten in mich eindringen zu können. Meine Klitoris pochte vor Verlangen und meine Schamlippen kribbelten, als ich mit seiner weichen Spitze meinen feuchten Spalt entlangstrich. Mich selbst mit ihm streichelte. So sanft, so weich, eine Berührung federleicht und unvergleichlich. Kayne ließ mich machen, keuchte hin und wieder gedämpft. »Ja, Baby«, er stöhnte auf. »Benutz mich.«

Himmel, es gab nichts Zarteres als die empfindliche Haut seiner Eichel. Schließlich dirigierte ich sein steinhartes Glied zu meinem Eingang. Langsam und genüsslich schob ich ihn in mich, tiefer und tiefer und dehnte mein williges Fleisch bis zum Anschlag so köstlich, dass ich ebenfalls leise stöhnte. Er glitt an meinen nassen Innenwänden entlang und ich schloss die Augen. Mein Inneres bebte, als ich mit der Hand über meinen Bauch bis zwischen meine Beine rutschte. Ich streichelte meine Klitoris, während Kayne abwechselnd beide Brustwarzen zwirbelte, die sich vor Lust und Verlangen zusammengezogen hatten. Mit bedächtigen Bewegungen kreiste ich um meine empfindlichste Stelle, erlebte, wie meine Klitoris anschwoll und hart wurde. Meine eigene Nässe klebte an meinen Fingern und an der Innenseite meiner Schenkel. Immer mehr verstärkte ich den Druck und steigerte das wohlige Ziehen in meinem Unterleib, bis ich die Anspannung fast nicht mehr aushielt. Ich stöhnte ins Kopfkissen, bevor ich hilflos nach Atem japste.

»Ja, streichle dich selbst«, raunte Kayne heiser, während er sein Becken in einem gleichbleibend langsamen Rhythmus vor und zurückbewegte, wie eine vor sich hinschwingende Schaukel. Er wusste immer genau, wie ich es gerade brauchte. Am liebsten würde ich seinen Penis für immer in mir behalten. Oh Gott, wie ich dieses ausgefüllte Gefühl genoss. Uns beiden ging es nicht in erster Linie um einen Orgasmus, wir wollten unsere Körper spüren, miteinander vereint sein, während ich mich weiter selbst streichelte.

»Bleib in mir«, japste ich hilflos. »Für immer«, legte ich nach und entlockte ihm ein amüsiertes Lachen.

»Ich fürchte, da spielt mein Freund nicht mit, auch wenn seine Standhaftigkeit bemerkenswert ist.« Er stieß einmal tief in mich und verharrte, bevor er sich kreisend in mir bewegte. Meine Hand wanderte tiefer zwischen meine Beine, bis ich mit den Fingerspitzen Kaynes Penis fühlte, jedes Mal, wenn er ein Stück aus meinem Körper glitschte. Ein langgezogenes Stöhnen verließ seine Lippen. So ging es eine ganze Weile, bis Kayne sich schließlich aus mir zurückzog und mich mit einem schrecklich leeren Gefühl zurückließ. Er küsste meinen Nacken, während sich seine Hand zwischen meine Beine schlich und ich seine Finger auf meinen Schamlippen spürte. Kayne ließ sie dort liegen, während er sich eng an mich schmiegte. Eine Geste voller Vertrauen und Zuneigung. Mit seiner Hand zwischen meinen Beinen schlief ich schließlich ein.

KAPITEL 32

KAYNE

Der Anblick des maroden Gebäudes traf mich nicht unerwartet, als wir auf den Hof vor Laineys Elternhaus fuhren, wo ich schließlich anhielt. Mein knallroter Ferrari wirkte in dieser armseligen Umgebung absolut fehl am Platz. Ein braunschwarzer Hund schoss aus seiner Hundehütte hervor, die unter einem mächtigen Pinienbaum stand, und kläffte wütend in unsere Richtung. Die Kette an seinem Hals stoppte seinen rasanten Spurt abrupt, sodass er sich in seiner Rage beinahe strangulierte.

»Sie haben Buster an die Kette gelegt.« Lainey klang traurig. »Der Hund ist vierzehn Jahre alt und hat bisher immer auf der Veranda geschlafen. Buster ist es nicht gewohnt, angebunden zu sein.«

»Lass uns erstmal reingehen.« Mir schwante nichts Gutes, aber ich wollte Lainey nicht vorab schon total verunsichern. Die Farm der Barkleys sah aus wie tausende andere in der Gegend, sogar ziemlich ähnlich wie die Farm meines Grandpas damals, bevor ich das baufällige Gehöft abgerissen und das Gentleman's Paradise darauf errichtet hatte. Ich spürte Laineys inneres Zittern und nahm ihre eiskalte Hand.

»Auf in den Kampf.« Ich zwinkerte ihr aufmunternd zu, bevor ich meinen Blick im Kreis schweifen ließ. Ein Stückweit vom Wohnhaus entfernt im kargen Land standen Ställe, aus denen es bis zu uns muhte.

Busters wütendes Gekläff veränderte sich zu einem erfreuten Winseln, sobald Lainey aus dem Auto stieg. Er stellte sich auf die Hinterbeine und ruderte mit den Vorderpfoten in der Luft herum, worauf ihre Gesichtszüge weich und liebevoll wurden. Sie eilte auf den Hund zu und sank vor ihm in die Hocke, bevor sie die Arme um den zotteligen Vierbeiner legte und ihn an ihre Wange drückte. »Buster, alter Junge. Ich habe dich so vermisst, mein Bester.«

Der Kläffer knurrte und fletschte mit den Zähnen, als ich näherkam. »Eine freundliche Begrüßung«, sagte ich spöttisch, blieb aber sicherheitshalber außerhalb seiner Reichweite stehen

Lainey sah mit schräg gelegten Kopf zu mir hoch. »Er ist ein Wachhund und macht nur seinen Job.« Sie stand auf und klopfte sich den Staub von ihrem roten Top, den Busters ungepflegtes Fell hinterlassen hatte. Dann bückte sie sich noch einmal zu dem Hund, schob sein Halsband zur Seite und entblößte eine wunde Stelle. »Was haben sie mit dir gemacht?«, fragte sie das Tier entsetzt, ehe sie sich an mich wandte. »Er ist verletzt.« Ihre Augen wurden schmal und ein kämpferischer Geist erwachte in ihr. »Ich werde dafür sorgen, dass du wieder von der Kette kommst, mein Junge.« Sie kraulte ihn hinter den Ohren.

Schließlich nahm ich ihre Hand. »Lass uns reingehen, damit wir die Sache hinter uns bringen.« Ich fand die Art, wie diese Leute den Hund behandelten ebenfalls unter aller Sau, aber leider war Kettenhaltung auf den Farmen völlig normal. In diese Gegend verlief sich normalerweise kein Tierschützer.

Nur widerwillig setzte sich Lainey in Bewegung, ich musste sie fast hinterher ziehen, bis wir schließlich vor der weißen Holztür ankamen. »Alles klar?«

Als sie nickte, klopfte ich dagegen. Kurz darauf wurde die Tür aufgerissen und ein Mann, etwa in meinem Alter, stand im Rahmen. Er trug sein hellbraunes Haar in diesem typischen kurzgeschorenen Army Style. Ein Verband lugte am rechten Ärmel seines dunkelgrünen T-Shirts hervor. Lediglich seine wasserblauen Augen verrieten seine Verwandtschaft zu Lainey, ansonsten sahen sie sich nicht sonderlich ähnlich. Obwohl er ebenfalls gutaussehend war, sogar noch ein Stückchen größer als ich, mit durchtrainiertem Körperbau.

»Holden.« Lainey strahlte ihren Bruder an.

»Hey, Schwesterchen.« Er legte den linken, unverletzten Arm um sie und zog sie an seine Brust, dabei verzog er qualvoll das Gesicht.

»Hast du Schmerzen?«, fragte sie, als sie sich wieder voneinander lösten, aber er winkte ab.

»Nicht der Rede wert, die Wunden verheilen gut, alle Granatsplitter sind draußen. Bald bin ich wieder der Alte.«

Sie nahm meine Hand. »Ich möchte dir Kayne Crest vorstellen … meinen Freund«, fügte sie leise, fast unsicher hinzu, aber ich nahm ihr das nicht übel. Dieses Gehöft strömte eine dermaßen unangenehme Energie aus, dass ich mich eher fragte, wie sie es zweiundzwanzig Jahre an diesem miesen Ort ausgehalten hatte. Ich wäre wohl schon viel früher getürmt.

Holden warf mir einen misstrauischen Blick zu, aber ich ließ mich von seiner Voreingenommenheit nicht abschrecken und streckte ihm die Hand hin. »Nett, dich kennenzulernen.«

Nach kurzem Zögern schüttelte er sie. »Ebenfalls. Lainey wohnt also bei dir? Möchte ich wissen, was du dafür verlangst?« Der Kerl traute mir kein Stückweit über den Weg und machte sich auch keinerlei Mühe, seine Abneigung zu verbergen. Das nannte ich mal einen positiven Start für ein Familientreffen …

»In der Wildnis zu übernachten, war auf Dauer zu gefährlich für sie«, erwiderte ich kühl, ich würde mich von ihm nicht in die miese Ecke drängen lassen, in der er mich haben wollte. »Nachdem sich sonst kein Mensch um ihre Unversehrtheit schert, habe ich ihr eben ein Dach über dem Kopf angeboten.« Diese Leute konnten sich ihre Großkotzigkeit sonstwo hinschieben. Über Wochen hinweg hatte es niemanden interessiert, ob Lainey überhaupt noch am Leben war und auf einmal ließ der Kerl den beschützenden Bruder heraushängen? Warum trat er seinen Eltern dann nicht mal ordentlich in den Arsch?

Er wich beiseite, um uns ins Haus zu lassen. Ein würziger Hackbratenduft strömte uns entgegen, als Lainey mich durch den Flur führte. Im Durchgang zur Küche stand eine korpulente

Frau in den Fünfzigern. Ihr rotblondes Haar trug sie streng zurückgekämmt. Lainey blieb stehen und lächelte scheu.

»Hi, Mom.«

Statt einer Begrüßung warf ihre Mutter Lainey lediglich einen missbilligenden Blick zu. Mich ignorierte sie vollkommen. Dann lieber eine tote Mutter, als so eine.

»Warum ist Buster an der Kette?« fragte Lainey.

»Das Mistvieh steht den ganzen Tag im Weg herum. Dein Dad nimmt ihn morgen mit raus in die Wüste und erschießt ihn. In seinem Alter ist er zu nichts mehr nutze.« Die Kälte, die von dieser Frau ausströmte, hätte gereicht, um ganz Nevada für alle Zeiten einzufrieren. Außerdem glaubte ich, mich verhört zu haben. Vielleicht war der Hund alt, aber er war noch kerngesund, zudem hatte er jahrelang auf ihre undankbaren Ärsche aufgepasst.

Mein Mädchen stieß einen erschrockenen Laut aus. »Das könnt ihr doch nicht tun.«

»Kein Mensch hat Zeit, sich um einen Hund zu kümmern.« Ms Barkleys Mundwinkel bogen sich weit nach unten und verstärkten die Falten um ihre verbittert zugekniffenen Lippen. »Wir müssen ganz allein eine Farm bewirtschaften.« Sie deutete den Flur entlang. »Warum wartet ihr nicht im Wohnzimmer, bis das Essen fertig ist?« Damit drehte sie sich um und ging zurück in die Küche.

»Komm.« Lainey führte mich weiter ins Wohnzimmer. Dort stand ich erstmal baff da und musste den Anblick verdauen. Die Wände waren mit einfach gerahmten Bildern eines hübschen blonden Mädchens tapeziert. Wüsste ich es nicht besser, hätte ich darauf gewettet, dass sie Lainey als Kind darstellten. Aber das taten sie nicht. Nicht eines davon. Es war ihre kleine Schwester, die professionell geschminkt in glitzernden Abendkleidern oder knappen Badeanzügen auf irgendwelchen Wettbewerben posierte, als wäre sie eine erwachsene Frau. Ein anderes zeigte sie mit einer Schärpe über der Schulter auf der *Little Miss Nevada* stand. Auf einem Board an der Wand glänzten silberne und goldene Pokale. Der ganze Raum quoll über mit den schillernden Beweisstücken eines vermarkteten Kindes.

»Das ist Kayla«, flüsterte Lainey mit belegter Stimme.

»Das habe ich mir schon gedacht.« Ich drückte ihre Hand. »Durfte sie auch mal Kind sein?«

»Kayla hat diese Schönheitswettbewerbe geliebt«, kam es von Holden und ich wandte mich um. Glaubte der Typ tatsächlich, was er daherredete? Ein Blick in die ausgebrannten Augen dieses kleinen Mädchens genügte, um den Stress zu erkennen, unter dem dieses Kind permanent gestanden hatte.

»Wie auch immer.« Ich zuckte mit den Achseln und wollte nichts wie raus aus diesen bedrückenden vier Wänden. Wo war eigentlich Laineys Dad? Hielt er es ebenfalls nicht für nötig, seine Tochter zu begrüßen? Was für ein elendes Pack. Meine Verachtung für diese Familie wuchs mit jeder Minute.

»Kommt ins Esszimmer«, sagte Holden mit unbeweglicher Miene und deutete mit dem Kinn zur Seite.

Ich straffte mich und hielt Lainey noch immer an der Hand. Sie musste heute diesen Menschen nicht allein gegenübertreten und das sollte sie mit dieser Geste wissen. Sie war so verflucht schweigsam geworden. Ich war für sie da und würde sie nachher auch wieder mitnehmen.

Im Esszimmer wartete ihr Vater am gedeckten Tisch. Ein grobschlächtiger Mann mit grauen Haaren, bekleidet mit Jeans und einem rotkarierten Hemd.

»Dad«, sagte Holden, »Lainey ist zu Besuch gekommen und hat ihren Freund mitgebracht.«

Wie in Zeitlupe wandte ihr Vater den Kopf und musterte mich ohne äußere Regung. Nur seine buschigen Augenbrauen schoben sich zusammen. Es kostete mich zwar einige Überwindung, aber ich schaffte es, die Höflichkeit zu wahren und streckte ihm die Hand entgegen. »Nett Sie kennenzulernen, Sir. Kayne Crest, mein Name, aber nennen Sie mich einfach Kayne.«

Der Blick ihres Vaters schweifte zu meiner Hand und dann wieder hinauf zu meinem Gesicht. Er machte keinerlei Anstalten mir die Hand zu schütteln. »Nennen Sie mich Mr Barkley«, knurrte er, bevor er seine Tochter musterte, als sähe er irgendwas Krepiertes vor sich. Ich ließ den Arm sinken.

»Hi, Dad«, kam es schüchtern von meiner Kleinen. Sie

verhielt sich wieder wie dasselbe scheue Mäuschen von unserer ersten Begegnung. Der Scheißkerl nickte ihr nur kurz zu.

Beschützend legte ich den Arm um Laineys Taille, worauf ihr Vater die Stirn in tiefe Falten legte.

»Setzt euch.« Mr Barkley deutete auf zwei Stühle und dann sah ich es. Das schwarz gerahmte Foto mit dem Portrait der kleinen Kayla. Es stand vor einem Teller und reservierte somit einen Platz. Ich atmete tief durch. Dieses tote Kind war schlichtweg überall präsent.

Während wir uns setzten, fegte Laineys Mutter mit einer Schüssel voll dampfendem Kartoffelbrei herein, stellte sie auf den Tisch, bevor sie wieder verschwand und mit einer Platte mit aufgeschnittenem Hackbraten sowie einer Kanne Soße zurückkehrte. Sie setzte sich ihrer Tochter gegenüber und verschränkte die Arme vor der Brust.

»Bedient euch«, sagte sie schließlich kühl, während Holden allen Wasser aus einer Karaffe in die Gläser goss. Ich beschloss, vorerst ruhig zu bleiben, sollten diese Idioten sich gefälligst mal an ihre Manieren erinnern.

Höflichkeitshalber nahm ich mir ein kleines Stück Hackbraten und einen Löffel vom Kartoffelbrei. Auf die Soße verzichtete ich. Am liebsten hätte ich mir das ganze Essen gespart.

»Wie geht es dir?«, fragte Ms Barkley plötzlich ihre Tochter. »Hast du einen Job? Wovon lebst du?«

Lainey hielt mitten im Essen inne. »Ja, ich arbeite in einem Bordell.«

Wohoo! Die Gabel in meiner Hand, die ich soeben zum Mund geführt hatte, verharrte vor mir in der Luft. Lainey war immer für eine Überraschung gut. Aber ob diese Beichte klug gewesen war?

»Das ist gut.« Ihre Mom nickte. »Somit liegst du wenigstens niemandem auf der Tasche.« Ihr Blick streifte mich. Zwar nur für den Bruchteil einer Sekunde, dennoch strömte mir ihr ganzer Hass und ihre Abscheu wie eine schwarze Wolke entgegen.

Was? Hatte ich richtig verstanden? Ihre Tochter hatte ihr soeben erzählt, sie würde in einem Puff arbeiten und sie fand ihre Berufswahl prima? Ich fragte mich langsam, wie gestört diese Frau war.

Holden hingegen verschluckte sich an einem Stück Braten und schüttete sein Glas Wasser in sich hinein, ehe er sich hustend an seine Schwester wandte. »Du tust was?« Mit der Gabel deutete er auf mich. »Und was halten Sie davon?«

»Mir gehört der Puff«, erwiderte ich mit einem feinen Grinsen im Gesicht, während ich beobachtete, wie ihr Bruder rot anlief. Die Sehnen in seinem Hals spannten sich bedrohlich an. Höchste Zeit die Lage zu entschärfen.

»Lainey steht hinter dem Tresen und schenkt Getränke aus. Das ist alles.«

»Das ändert nichts an der Tatsache, dass sie ein Zuhälter sind.« Pure Verachtung troff aus jedem einzelnen von Holdens Worten.

»Ein Zuhälter wäre ich, wenn ich Frauen zum Anschaffen auf den Strich zwingen würde. Ich sehe mich als Unternehmer. Falls Sie das beruhigt, ich besitze eine staatliche Lizenz für meinen Club und beschäftige Angestellte, die jederzeit kündigen können.«

»Wie kommt ein Mensch nur auf eine so abartige Idee?«, mischte sich Laineys Dad ein, während seine Frau teilnahmslos am Tisch saß und Kaylas Foto mit dem Zeigefinger streichelte.

»Wie kommt ein Mensch nur auf eine so abartige Idee, die eigene Tochter wie Dreck zu behandeln?«, warf ich dem Kerl an den Kopf. Von diesen Leuten ließ ich mir keine falsche Moral vorheucheln.

»Kayne, nicht«, flüsterte Lainey und schüttelte den Kopf.

»Was erlauben Sie sich?« Mr Barkley schlug mit der Faust auf den Tisch, dass die Gläser wackelten. »Sie reden in meinem Haus nicht in diesem Ton mit mir!«

»Wie sollte ich sonst mit einem Vater reden, der mit 10.000 Dollar, die er von seiner Tochter bekommen hat, seine marode Farm saniert, nur um Lainey dann sich selbst zu überlassen. Haben Sie jemals in Ihrem Leben auch mal Geld verdient oder mussten das immer Ihre Töchter für Sie heranschaffen?«

Laineys Dad schnappte nach Luft, während Holden entgeistert fragte: »Woher hattest du so viel Geld, Lainey?«

»Was interessiert dich das plötzlich?«, schnappte ich. »Deine Eltern wollten auch nie wissen, wo sie es hergenommen hat.«

»Lainey hat eine Schuld zu begleichen«, giftete Ms Barkley mit schmalen Augen.

»Ach ja?« Ich lehnte mich zurück. »Wer hat denn eine geladene Waffe unverschlossen herumliegen lassen? In Reichweite von Kindern.«

»Lainey hat abgedrückt«, erwiderte ihre Mom eisig.

Ich deutete auf Ms Barkley. »Sie haben nicht aufgepasst. Als Mutter hätten Sie Sorge dafür tragen müssen, dass Ihre beiden kleinen Mädchen keinen scharfen Revolver in die Hände bekommen. Es war eure Pflicht als Eltern, Gefahren von euren Kindern fernzuhalten. Stattdessen habt ihr fahrlässig gehandelt und wissen Sie was, Ms Barkley?« Ich machte eine kurze Pause, um die Dramatik meiner Aussage zu unterstreichen. »Ich verwette meinen Arsch darauf, dass Sie insgeheim ganz genau wissen, wen die Hauptschuld am Tod Ihrer kleinen Tochter trifft und dass Sie Lainey genau aus diesem Grund quälen. Weil es so viel einfacher für Sie ist. Dann müssen Sie sich nicht mit Ihrer eigenen Fahrlässigkeit befassen, sondern können Lainey für Ihren Fehler büßen lassen. Frisst Ihr schlechtes Gewissen Sie nicht auf? Können Sie wirklich so perfekt verdrängen? Wo hielten Sie sich auf, als Ihre Töchter mit dem Revolver spielten? Wahrscheinlich waren Sie nicht einmal zu Hause.«

Laineys Mom schluchzte auf und presste eine Faust vor den Mund.

»Es reicht«, brüllte Mr Barkley, während er von seinem Stuhl aufsprang. Er fasste sich an die Brust und ballte die Faust um sein Hemd. Schwer rang er nach Atem.

»Dad.« Lainey stürzte zu ihm und stützte ihn, half ihm zurück auf den Stuhl. »Mein Vater ist schwer herzkrank«, sagte sie zu mir, während ich sie ungläubig beobachtete.

Währenddessen eilte Holden zu einem Sideboard und kam mit einer orangenen Tablettendose zurück. »Schnell, nimm eine, Dad.«

Er schüttete eine Pille in Mr Barkleys schwielige Hand. Der warf sie in den Mund und trank sein Glas leer.

»Geht es wieder?«, fragte Lainey besorgt, als stünde sie neben einem liebevollen Vater. Und mir wurde klar. Sie konnte einfach nicht aus ihrer Haut, sie liebte diese beiden Menschen trotz allem.

»Verschwinde«, keuchte Mr Barkley und schob ihren stützenden Arm grob von seiner Schulter. Kalter Schweiß glänzte auf seiner Stirn. »Hau ab, Lainey und komm nie wieder.«

Sie stand da, als hätte ihr Dad sie geschlagen. Tränen glitzerten in ihren Augen und ich stand auf. »Es hat keinen Sinn, Lainey«, sagte ich leise und nahm ihre Hand. »Egal, was du versuchst, sie werden ihre Meinung nicht ändern. Die beiden werden niemals einsehen, dass dieser Unfall hätte vermieden werden können, wenn sie die Waffe sicher verschlossen hätten.«

Widerstandslos ließ sie sich von mir nach draußen führen. Es war eine dumme Idee gewesen, ihre Eltern zu besuchen, sie hätte Holden irgendwo anders treffen können. Tief in mir drin ahnte ich jedoch, dass sie jedes Mal erneut auf die Chance einer Vergebung hoffte.

»Wartet.« Holden kam uns nach und erwischte uns auf den Treppenstufen. »Lainey.«

Sie wandte sich um.

»Ich mache mir Sorgen um dich«, sagte er und ging eine Stufe nach unten.

»Das musst du nicht«, erwiderte ich an ihrer Stelle. »Ich passe auf Lainey auf.«

Sein Kehlkopf bewegte sich beim Schlucken, als fechte er einen inneren Kampf aus. »In einem Puff geht Lainey vollends unter, auch wenn sie *nur* hinter dem Tresen steht.«

»Du hast keine Ahnung von meinem Club.« Ich küsste meine Süße auf die Schläfe. »Lainey war ganz unten, als ich sie kennengelernt habe.« Ich konnte die Verachtung in meiner Stimme nicht unterdrücken.

Er beachtete mich nicht, sondern nahm seine Schwester bei den Händen. »Sag mir, dass du nicht nur mit ihm zusammen bist, um dich selbst zu bestrafen.« Er klang beschwörend, als würde er in einer Geheimsprache mit ihr kommunizieren und ließ sie nicht aus den Augen. »Sag mir, dass du nicht in diesem Bordell arbeitest, weil du denkst, du könntest damit Buße tun.«

Bedächtig hob sie den Kopf. Ihre Lider flatterten. »Ich arbeite nur in diesem Club, um Geld zu verdienen, das ist alles. Ich schwöre es, Holden.«

»Okay.« Er nickte, schien jedoch nicht vollends überzeugt zu sein. »Lass dein Handy zukünftig an, damit ich dich erreichen kann.« Er nahm ihren Kiefer und drehte ihr Gesicht wieder zu sich, als sie sich abwandte. »Und geh in Zukunft ran, wenn ich dich anrufe.«

Es war Ewigkeiten her, dass ich Lainey so klein und unsicher erlebt hatte. Ein halbstündiger Besuch bei ihren Eltern hatte ausgereicht, um ihr Selbstbewusstsein in tausend Splitter zu zerschlagen und sie in einen bebenden Haufen von Schuld zu verwandeln.

»Ist gut.« Sie nickte schwach.

Dann wandte sich Holden an mich. Er deutete mit dem Zeigefinger auf mich, berührte fast meinen Brustkorb. »Sollte ich erfahren, dass du sie schlecht behandelst, dann breche ich dir alle Knochen.«

Seine Drohung verpuffte wirkungslos vor mir, wie ein harmloser Silvesterkracher. Ich lachte auf. »Hättest du dann nicht schon längst da drinnen damit anfangen sollen?« Ich nickte mit dem Kopf zur Haustür. Holden zuckte getroffen zurück. Wieso spielte dieser Kerl sich als beschützender Bruder auf? Er stand genauso unter der Fuchtel seiner Eltern und hatte all die Jahre nichts getan, um Lainey das Leben zu erleichtern.

»Lass uns gehen.« Ich lief los und nahm mein Mädchen mit.

KAPITEL 33

KAYNE

Schweigend gingen wir zu meinem Ferrari, während ich im Gehen den Wagen mit der Fernbedienung entriegelte. Diesen desaströsen Besuch hätten wir uns sparen sollen. Ich hatte mich zwar auf einen frostigen Empfang eingestellt, aber selbst in meinen wildesten Träumen hatte ich mir ihre Eltern nicht derart beschissen ausgemalt.

Wir stiegen ein und ich startete den Motor. Das tiefe Brummen meines geliebten Autos entfaltete umgehend eine beruhigende Wirkung auf mich, ich fühlte mich innerlich aufgewühlter, als ich zugeben wollte. Als ich den Kopf wandte, um ein Stück rückwärts zu fahren, fiel mir Laineys starrer Blick nach draußen auf. Tränen rannen über ihre Wangen.

»Lass das nicht so nah an dich heran«, raunte ich, aber statt einer Antwort deutete sie nach draußen.

»Buster.« Ihre Stimme zitterte. »Morgen bringen sie ihn um.«

»Er ist schon alt«, versuchte ich sie zu trösten. »Ich bin mir sicher, der Kerl hatte ein gutes Leben.«

Sie nickte. »Er ist sogar so alt, dass Kayla ihn noch gekannt hat.«

Scheiße. Im nächsten Moment legte ich den Vorwärtsgang ein und rollte neben den kläffenden Hund. »Hol ihn.«

Sie wandte den Kopf. »Was?«

»Steig schon aus und bind ihn los. Wir nehmen Buster mit.«

Das ließ sich Lainey nicht zweimal sagen. Sie sprang aus dem Wagen und stürzte zu ihrem Hund. Mit fliegenden Fingern löste sie das scheuernde Halsband und lotste ihn am Nackenfell zum Wagen, während ich den Beifahrersitz vorklappte und wehmütig meinen empfindlichen Rücksitz aus schwarzem Nappa-Leder betrachtete. Mit einem Satz sprang der staubige Köter ins Fahrzeuginnere und ließ sich auf dem Rücksitz nieder. Als auch Lainey wieder saß, brauste ich, eine Staubwolke hinter mir herziehend, davon.

Schweigend fuhren wir die einsame Wüstenstraße entlang. Mir war nicht entgangen, dass Lainey lediglich eine Frage ihres Bruders beantwortet hatte, auf die andere jedoch nicht eingegangen war. Nämlich, ob sie nur mit mir zusammen war, um sich selbst zu bestrafen. War sie das? Hatte sie sich deshalb auf die harten Sessions eingelassen? Auf den peitschenschwingenden Kayne, den Mann, der sie in der Einöde überwältigte und unter sich zwang. Um sich selbst damit wehzutun? Allein die Vorstellung machte mich fertig, diese Motivation war so weit von meiner Neigung entfernt, dass sie meinen Ehrenkodex verletzte. Ich mochte kranke Spielchen, das gab ich offen zu, aber ich übte meine dunklen Fantasien nur mit Frauen aus, die ebenfalls Spaß an selbigen hatten. Lainey hatte mich für ihre beschissene Selbstgeißelung benutzt und diese Erkenntnis machte mich scheißwütend. Holden kannte seine Schwester besser als jeder andere. Es musste einen triftigen Grund geben, weshalb er Lainey ausgerechnet diese Frage gestellt hatte, und genauso hatte sie mit ziemlicher Sicherheit absichtlich nicht geantwortet.

Der verfluchte Köter musste meine innere Anspannung spüren, er fing an zu knurren. Lauter und immer lauter. Fletschte dabei die Zähne.

»Bring das Tier zur Vernunft«, schnauzte ich Lainey an, worauf sie mir einen verwirrten Blick zuwarf.

»Ist irgendwas?«

»Ich mag es nicht, in meinem eigenen Wagen von einem Hund bedroht zu werden.«

»Er spürt irgendwas und will mich beschützen.« Sie langte

hinter sich und kraulte Buster an den Ohren. »Alles in Ordnung, Buster.«

»Ist das der Dank dafür, dass ich ihm seinen räudigen Arsch gerettet habe?«

Sie hielt mit dem Streicheln inne. »Bist du sauer auf mich?«

»Oh ja, das bin ich.« Kleine Blitzmerkerin. »Und zwar sehr.«

»Darf man wissen weshalb?«

»Nicht solange Cujo mir im Nacken sitzt.«

»Das bedeutet wohl, du hast vor, laut zu werden.«

»Manchmal kombinierst du haarscharf.«

»Was ist plötzlich mit dir los?« Sie hob in einer verwirrten Geste die Hände.

Ich hieb mit der Faust aufs Lenkrad. »Ich lasse mich nicht gern von einer Frau verarschen.«

Sie pustete durch die Lippen und setzte sich wieder gerade hin. »Nur nicht von einer Frau oder gilt das generell?«, fragte sie allen Ernstes. Hörte ich da einen Anflug von Spott heraus?

»Vor allem nicht von dir.«

Der verdammte Köter knurrte schon wieder, sein fauliger Atem wehte mir in den Nacken.

»Wie kommst du darauf, dass ich dich verarsche?«, fragte sie schließlich, machte jedoch keinerlei Anstalten, den Hund zu beruhigen.

Ich bremste abrupt am Straßenrand, eine Staubwolke ballte sich vor der Motorhaube bis hoch in die Luft. »Steig aus.«

»Was?«, japste sie.

Nachdem ich den Sicherheitsgurt gelöst hatte, öffnete ich die Fahrertür. »Steig aus, ich will mit dir reden. … Und zwar ohne Cujo.«

Wir trafen uns vor der Motorhaube, standen uns gegenüber, während ich Laineys hübsches Gesicht mit den zarten Gesichtszügen betrachtete. Ihre Eltern hatten sie komplett verkorkst, das wusste ich, dennoch brannte die Enttäuschung stärker in mir, als ich sie mit Mitleid hätte löschen können.

»Wieso hast du deinem Bruder vorhin nicht geantwortet?«

»Habe ich doch getan.« Sie schluckte.

»Nicht auf die Frage, ob du nur mit mir zusammen bist, um dich selbst zu bestrafen.«

Ihr Schweigen dauerte mir einige Herzschläge zu lange. Während ich wartete, pochte es dumpf in meiner Brust. Fuck, ich hatte mich in diese Frau verliebt, und stand jetzt unweigerlich vor einer Beichte, die ich vielleicht nicht hören wollte. Weil ich nicht wusste, wie ich damit umgehen sollte.

»Am Anfang, ja«, flüsterte sie schließlich und schlug die Lider nieder, während ich einen Moment benötigte, um die Antwort zu verdauen, die ich am meisten gefürchtet hatte. Mit beiden Händen wischte ich mir durchs Gesicht.

»Ich habe immer mit offenen Karten gespielt«, schrie ich sie an, weil diese verfluchte Wut in mir hochschoss, die ich nicht in den Griff bekam. »Du wusstest, dass ich diese Sessions nur mit Frauen abhalte, die ebenfalls Spaß daran haben. Nur wenn meine Sexpartnerin solche Spielarten ebenfalls genießt und sich großartig dabei fühlt – großartig, verstehst du? Nicht einfach nur gut. Lediglich dann lasse ich mich auf diese Sessions ein. Du jedoch hast mich benutzt, weil du glaubtest, du könntest dich mit ein paar Peitschenhieben, die ich dir verabreiche, selbst geißeln. Weil du dachtest, ich wäre der ideale Mann, um dich für all deine Sünden büßen zu lassen.«

»So ist das nicht.« Mit beiden Händen umklammerte sie meinen Oberarm, während Buster drinnen im Wagen völlig ausflippte und kläffend und zähnefletschend innen an der Windschutzscheibe hing. Der verfluchte Köter würde noch mein schweineteures Auto demolieren.

Ich riss mich von ihr los. »Wie ist es dann?«

Sie strich ihre störrischen Locken aus dem Gesicht. »Ja, ich gebe es zu«, fing sie schließlich an. »Es gab Momente, während wir Sex hatten, da dachte ich an Bestrafung. Diese Gedanken halfen mir über die Unsicherheit hinweg. Mein ganzes Leben lang wurde mir immer gesagt, ich dürfte nichts genießen, nichts mögen, an nichts Spaß haben. Diese Befehle sitzen so tief in mir drin, dass ich sie nicht loswerde.« Ihre Atmung wurde hektischer, ich konnte buchstäblich mitansehen, wie ihr Puls in die Höhe schnellte. Vorsichtig kam sie einen Schritt näher und nahm mein Gesicht in beide Hände. Dieses Mal ließ ich es zu, dass sie mich berührte. Auf ihre Vanilla-Mädchen Art. »Aber dann kamst du, und alles was du mit mir getan hast, hat sich so großartig angefühlt. Du hast Millionen von Schmetterlingen in meinem Magen aufgescheucht, hast mein Inneres zum Beben gebracht mit deinen magischen Händen. Als mein Lover hast du diese hunderttausend unglaublichen Emotionen in mir geschürt, von denen ich bis dahin nicht mal gewusst hatte, dass sie existierten. Aber sie fühlten sich allesamt so berauschend an, so verboten himmlisch, dass ich mich nicht dagegen wehren konnte, obwohl ich wusste, dass es falsch war, den Sex mit dir zu lieben. Genießen durfte ich ja noch nie. Dann habe ich mir eingeredet, wenn ich lediglich deine Befehle ausführe, dann tue ich nichts Falsches. Sobald du mich bestraft oder Befehle ausgesprochen hast, konnte ich mich dir mit allen Sinnen hingeben, ohne ein schlechtes Gewissen haben zu müssen. Ich tat dann lediglich, was du von mir verlangst.« Ihre Lippen streiften meine für einen hauchzarten Kuss, während ich ihr reglos lauschte. Ich wollte sie unterbrechen, aber sie hielt mich mit einem kurzen Handzeichen davon ab.

»Aber mit der Zeit hat sich meine Denkweise geändert«, redete sie in diesem zuckersüßen Tonfall weiter, der mir bis in den Unterleib vibrierte. Diese Frau hatte so viel Macht über mich und wusste es nicht einmal.

»Ich habe verstanden, dass auch ich das Recht auf ein glückliches Leben habe. Und, oh Gott, Kayne.« Sie warf den Kopf in den Nacken. »Du machst mich so glücklich. Wenn du nicht bei mir bist, fühle ich mich wie ein verdorrter Kaktus. Sobald du deine Hände auf meinen Körper legst, löst du dieses tiefe Beben in mir aus, in einer Art und Weise wie das nur du kannst. Ich liebe den Sex mit dir, und schmelze dahin, sobald du mich berührst. Du hast meinen eisigen Körper aufgetaut und lässt mich nach deinem perfekten Body lechzen, allein mit deiner bloßen Präsenz. Du hast mich zu einer Egoistin gemacht. Wenn du heute mit mir schläfst, will ich auf meine Kosten kommen.« Sie tippte gegen mein Schlüsselbein. »Dann erwarte ich, dass du mich gefälligst befriedigst und kreativ dabei vorgehst. Ja, ich habe mittlerweile Ansprüche. Ich will sämtliche Facetten unseres Sexlebens genießen, heiße und versaute Spielchen mit dir treiben, und dir dabei schmutzige Anzüglichkeiten ins Ohr flüstern. Einfach aus dem Grund, weil ich das alles so sehr liebe. Ich begehre dich, Kayne Crest. Besorgst du es mir nicht mehr, vernichtest du mich.«

Ich benötigte einen Moment, um ihren spontanen Ausbruch einzusortieren. Mit allem hätte ich gerechnet, aber nicht mit dieser überwältigenden erotischen Beichte. Jedes einzelne Wort lief in mir hinunter wie süßer Sirup und erfüllte mich mit Stolz.

Ich schnappte sie um die Taille und zog sie so eng an mich, dass mein Schwanz gegen ihren Bauch stieß. Allein ihre sexy Rede hatte mir einen halben Ständer beschert. »Ich liebe selbstbewusste Frauen«, raunte ich, »und deinen Worten nach zu urteilen, habe ich den Titel Sexgott wohl mehr als verdient.« Meine Wut löste sich in Rauch auf. Wie konnte ich dieser wundervollen Frau nach dieser exorbitanten Liebeserklärung, die zudem noch ganz meinem Geschmack entsprach, länger böse sein?

Sie tätschelte mir die Wange. »Du hast noch Luft nach oben.«

Lainey kreischte auf, als ich sie bei den Hüften packte und auf die Motorhaube setzte. Die Karre war dank Cujo eh schon halb hinüber. »Für diese Unverschämtheit musst du büßen.« Ich verzierte ihren Hals mit feuchten Küssen und ignorierte das gedämpfte wütende Gebell aus dem Wageninneren.

»Heißt das, du willst mich bestrafen?«, kicherte sie und stöhnte wohlig auf.

»Ja, und zwar mit meinem dicken Riesenprügel.«

»Angeber.« Sie wuschelte mir durchs Haar und ich wich mit dem Kopf zurück.

»Ich liebe dich so unglaublich, Lainey. Wahrscheinlich ertrage ich deshalb den Gedanken nicht, dir könnte es im Bett mit mir nicht gefallen.«

»Du bist der Beste, Kayne«, wisperte sie und rieb ihre Mitte an meiner Erektion, sodass ich aufkeuchte, bevor ich ihr Jeans und Slip abstreifte, ihre Knöchel umfasste und ihre Beine hoch in der Luft weit spreizte.

»So schamlos sexy«, knurrte ich heißer und Laineys geöffnete rosa Spalte betrachtend, während meine Eier heftig pulsierten. Dass wir drauf und dran waren, es in der Dämmerung auf einer staubigen Landstraße miteinander zu treiben, ließ mich kalt. Ich entließ meinen steinharten Schwanz in die Freiheit, ehe ich mich in ihrer süßen Hitze versenkte, ihre inneren Muskeln nach meinem Schwanz griffen und mich immer tiefer zogen. Hingebungsvoll beobachtete ich, wie mein Glied in ihrem Körper verschwand und wieder auftauchte. Lainey wand sich keuchend unter mir. Dann nahm ich sie hart und schnell, ihr heißeres Stöhnen spornte mich an, bis sich schließlich alles in mir zusammenzog und ein wahrer Stromstoß meinen Körper zum Erzittern brachte. Alle Dämme brachen in mir und ich ergoss mich in Schüben in meine sexy Schönheit.

KAPITEL 34

LAINEY

Ich polierte den Tresen mit einem weichen Tuch, bis die schwarze Granitoberfläche funkelte. Noch war es früh am Abend und somit nicht viel los, deswegen nutzte ich die Zeit, um meinen Arbeitsbereich sauber zu halten.

Anderthalb Wochen war der Besuch bei meinen Eltern nun her und ich hatte jeden einzelnen Tag benötigt, um mich davon wenigstens halbwegs wieder zu erholen. Nur langsam hatte ich zu mir selbst zurückgefunden und dank Kayne die schlimmen Vorwürfe meiner Eltern schließlich abgestreift wie eine Echsenhaut. Wider Erwarten hatte uns dieser desaströse Ausflug noch enger aneinander geschweißt und ich liebte Kayne noch tausendmal mehr, falls das überhaupt möglich war. Ein breites Grinsen spannte unwillkürlich meine Lippen, als ich an ihn dachte.

»Hey, Lainey«, riss mich eine Stimme aus meinen Gedanken und ich hielt in meiner Arbeit inne.

»Judson.« Ich warf den Lappen in die Spüle. »Ich habe dich gar nicht bemerkt. Möchtest du ein Glas Wasser?«

»Gern.« Wie üblich lehnte er mit beiden Unterarmen auf dem Tresen. »Wo warst du mit deinen Gedanken?« Judson zwinkerte mir zu. »Deinem Gesichtsausdruck nach zu urteilen, waren sie nicht jugendfrei.«

Entgegen meiner Befürchtungen hatte mir Judson die Absage

auf seine Einladung zum Date nicht übel genommen. Er war weiterhin freundlich und wir unterhielten uns miteinander, als hätte das Gespräch damals nie stattgefunden. Lediglich den Flirtmodus hatte er minimal zurückgefahren, was ich insgeheim mit Dankbarkeit quittierte. Ich wusste seine einfühlsame Art zu schätzen. Er achtete darauf, dass ich mich in seiner Nähe nicht unwohl fühlte.

Ich lachte. »Glaub mir, in diesen vier Wänden sind meine Fantasien allesamt mehr als harmlos, egal wie verdorben sie für Außenstehende auch sein mögen.«

Sein Blick schweifte durch die fast leere Bar. Der Großteil der Frauen saß gelangweilt überall verstreut herum und wartete auf Gäste. »Richtig zügellos geht es erst am Samstag zu.«

»Findet am Samstag eine Party statt?« Ich stellte ein Glas Wasser vor ihn, die Eiswürfel klirrten leise gegen den Rand.

»Eine ihrer legendären SM-Partys.« Er verzog so abfällig das Gesicht, dass ich auflachte.

»Lass mich raten. Du siehst dir nicht gern schamlose Frauen im Latexoutfit an.«

»Ob du es glaubst oder nicht. Genauso ist es. Ich schaue lieber dich an.« Sein Blick schweifte über mein grünes Sommerkleid, wurde noch intensiver, als er mir wieder ins Gesicht sah. In seinen Pupillen blitzte eine wehmütige Sehnsucht auf, die mich erkennen ließ, dass er doch noch nicht ganz über mich hinweg war.

»Dann hast du Pech.« Ich grinste ihn breit an. »Samstagabend habe ich frei.« Jetzt wusste ich auch, weshalb Kayne so wild darauf gewesen war, mir einen Ruhetag zu gönnen. Und ich hatte mich schon gefragt, weshalb er so erpicht darauf gewesen war, dass ich Samstag zu Hause blieb. In den vergangenen Wochen hatte ich zig anzügliche Shows miterlebt, darüber hinaus verhielten sich die Ladys dieses Hauses dermaßen freizügig, dass mir ihr bloßer Anblick regelmäßig einen Satz heiße Ohren bescherte.

»Ich arbeite Samstag auch nicht.« Er trank sein Glas leer. »Dich zu fragen, ob wir an dem Abend was Schönes zusammen unternehmen wollen, erübrigt sich wohl.«

»Ach, Judson«, ich seufzte hörbar. »Nimm es bitte nicht

persönlich. Du bist ein netter Kerl, aber Kayne und ich sind jetzt fest zusammen.« Ich fand es an der Zeit, ihm zu verdeutlichen, dass ich mich mittlerweile in einer ernsthaften Beziehung befand. Und zwar mit dem wundervollsten Mann aller Zeiten. Eine innere Wärme strömte aus meinem Brustkorb und hüllte mich wie Sonnenstrahlen ein. Ich fühlte mich leicht und schwerelos und konnte ein seliges Lächeln nicht unterdrücken.

»Vielleicht sollte ich auch mal zu einem Arschloch mutieren. Anscheinend kommt dieser Charakterzug so klasse bei euch Frauen an.« Sein Kiefer verspannte sich.

Ehe ich antworten konnte, gesellte sich Spencer zu uns. »Du bist heute für die Gästekontrolle am Haupteingang zuständig«, richtete er das Wort an seinen Security Mann.

»Geht klar.« Judson nickte.

»Ab jetzt lässt du dir auch die IDs der Gäste zeigen und notierst diskret die Namen.«

»Wozu der Aufwand?«

»Reine Vorsichtsmaßnahme.« Spencer zuckte mit den Achseln. »Kümmere dich nicht darum, mach einfach, was man dir sagt.« Als er mit dem Kinn in Richtung Ausgang deutete, stieß Judson sich vom Tresen ab und machte sich davon.

Spencer grinste mich breit an. »Du hast also tatsächlich den Boss weichgeklopft.«

»Wovon sprichst du?« Ich stellte mich ahnungslos. »Kayne kommt mir nicht wie ein Schnitzel vor.«

Sein Lachen klang dreckig. »Oh, ich finde ihn sehr mürbe. Beängstigend, was eine Frau aus einen Mann machen kann.«

»Falls es dich beruhigt, er kommt immer noch auf seine Kosten.« Ich grinste ihn spöttisch an. Kayne und er gingen so offen miteinander um, da wusste der Muskelberg sowieso, dass wir nicht nur Blümchensex trieben.

Er deutete mit dem Finger auf mich. »In dir schlummert mehr, als man auf den ersten Blick vermutet. Kayne hat ein gutes Auge für die stillen Wasser.«

»Hat er das?«, erklang eine Frauenstimme hinter seinem Rücken und er wandte sich um.

»Was machst du zu den regulären Öffnungszeiten im Club?«, fragte Spencer ungehalten.

Ich sah an Spencers breitem Kreuz vorbei und geriet ins Stocken. Oh, no. Was wollte die denn hier? Mein Magen zog sich zusammen.

»Soweit ich weiß, braucht man keine Einladung, um sich im Gentleman's Paradise aufhalten zu dürfen.«

»Du weißt, dass dieser Club seinen Namen aus einem ganz bestimmten Grund trägt, Faye«, erwiderte Spencer. »Sofern du keinen Arbeitsvertrag abgeschlossen hast, fordere ich dich auf, dieses Etablissement zu verlassen.«

»Willst du damit andeuten, dass ich eine Nutte bin?« Sie stemmte die Hände in die Hüften. Ungelogen, sie passte in ihrem stylishen schwarzen Hosenanzug nicht im Mindesten hier herein.

Spencers Augen wurden schmal. »Wer hat dich durchgelassen?«

»Der große hübsche Kerl mit den dunklen Haaren.« Sie grinste ihn breit an. »Im Gegensatz zu dir, hat er sich ausgesprochen höflich verhalten. Ein Mann mit Manieren, der weiß, wie man eine Lady behandelt.«

»Faye.« Spencers Blick schweifte hoch zur Decke, er klang genervt. »Was willst du andauernd im Club? Kapier endlich, dass die Sache zwischen dir und Kayne gelaufen ist.«

»Das hat ein billiger Türsteher nicht zu entscheiden«, giftete sie ihn an, und reckte das Kinn. »Warum gehst du nicht dahin, wo du hingehörst? Vor die Tür!«, betonte sie jedes einzelne Wort, bevor sie sich an ihm vorbeischlängelte und frech an den Tresen setzte. »Mach mir ein Glas Champagner«, orderte sie bei mir in einem eiskalten Befehlston.

Spencer beugte sich dicht an ihr Ohr. »Ein Glas. Und dann ziehst du Leine. … Ich rede jetzt erstmal ein ernstes Wort mit Judson darüber, dass er dich durchgelassen hat.«

Faye legte eine Hand auf seinen breiten Brustkorb und strich hinunter bis zu seinem Bauch. »Als ob du nicht davon träumen würdest, mich von hinten zu nehmen«, sagte sie mit leiser, belegter Stimme. »Es muss qualvoll für dich sein, dauernd diese willigen halbnackten Frauen vor Augen zu haben und selbst niemals ranzudürfen.« Bedächtig strichen ihre Finger bis zu seinem Hosenbund. »Jedes Mal wenn du mich ansiehst, ziehst du mich mit deinem Blick aus. Denkst du, ich merke das nicht, du

Grizzly. Jede Wette, dass dein Schwanz steinhart ist.« Sie packte ihm fest in den Schritt. Eine Sekunde später riss er ihren Arm am Handgelenk von sich. »Du liegst total falsch, Baby.« Er durchbohrte sie mit demselben knallharten Blick, den er immer dann aufsetzte, um renitente Gäste einzuschüchtern. »Bei deinem Anblick regt sich überhaupt nichts in mir. Du bist nicht im Ansatz mein Typ«, betonte er jedes einzelne Wort. »Ein Glas! Dann bist du draußen, kapiert?«

Faye gab nicht auf, sodass die beiden sich ein weiteres Blickduell lieferten, ehe sich Spencer schließlich umdrehte und davonspazierte. Hastig nahm ich ein Sektglas aus dem Spiegelregal und füllte es mit der schäumenden Flüssigkeit aus der grünen Flasche.

»Bitteschön.« Ich wollte mich abwenden, aber sie hielt mich allein mit ihrer Stimme zurück.

»Warte.«

Widerwillig blieb ich stehen. »Darf es noch etwas sein?«

Grazil überkreuzte sie die Beine. »Nein, ich wollte mir nur die Frau genauer ansehen, wegen der Kayne verrücktspielt.«

»Mir ist nicht aufgefallen, dass er sich in letzter Zeit merkwürdig benehmen würde.«

Sie nippte an ihrem Glas. »Weil du ihn nicht so gut kennst wie ich.«

Ihre kalten braunen Augen durchbohrten mich wie Laserstrahler, drangen bis tief in meine Seele und ließen mich frösteln. Sie schickte mir eine unausgesprochene Warnung und ich wusste sofort: diese Frau war bereit, um Kayne zu kämpfen. Aber das war ich ebenfalls! Bitch!

»Was ich von ihm weiß, reicht mir.« Ich zuckte mit den Achseln.

»Du kannst einen Mann seines Kalibers auf Dauer niemals halten. Dafür fehlt es dir an Raffinesse, das sehe ich auf den ersten Blick, du kleine Unschuld. Kayne spielt ein bisschen mit dir, er nutzt deine Unerfahrenheit aus, bis der Reiz schließlich wieder nachlässt. So ist es jedes Mal.« Faye nahm einen Schluck Champagner. »Sobald er genug von dir hat, kommt er wieder zu mir zurückgekrochen, weil nur ich ihm geben kann, was er braucht.«

Glücklicherweise war ich mir mittlerweile Kaynes Liebe zu Hundertprozent sicher, sodass Fayes Gerede wirkungslos verpuffte. Sie hatte nicht die mindeste Ahnung, was Kayne brauchte. Bestimmt keinen gefühlskalten Zombie, wie Grace sie einmal genannt hatte. In diesem Moment verstand ich, was sie damit meinte. In dieser Frau glühte kein Funken Wärme.

»Wenn ich abends neben ihm in seinem Bett einschlafe, wirkt Kayne immer sehr zufrieden.« Ich nahm eine Zitrone aus dem Obstkorb und schnitt sie in Scheiben, um meine zittrigen Hände zu beschäftigen. Alles war besser, als dieser Frau in die eiskalten Augen sehen zu müssen.

»Kayne lässt niemals eine Frau in sein Bett.« Sie prustete abfällig, als hätte sie mich einer Lüge überführt.

Ich hob den Kopf. »Vielleicht nicht *irgendeine* Frau, aber ich schlafe jede Nacht in seinen Armen ein. Und jetzt entschuldige mich bitte, ich habe noch einen Haufen Arbeit.«

Faye rutschte von dem hohen Hocker. »Ich weiß, dass du Mist erzählst. Das ist nicht Kayne. Er ist alles, aber kein Romantiker.« Ein leichtes Beben hatte sich unter ihre Stimme gemischt. Sie bückte sich, hob etwas vom Boden auf und hielt ein weißes Kuvert in der Hand. Nachdem sie es eingehend studiert hatte, zeigte sie mir den Umschlag. »Der Brief ist an Kayne adressiert. Jemand muss ihn verloren haben.« Sie knallte ihn auf den Tresen. »Gib das Schreiben deinem Lover«, sagte sie, bevor sie sich umdrehte und wie ein eisiger Dämon davonrauschte.

Ich nahm den Umschlag und drehte ihn nach allen Seiten. Er war zugeklebt und lediglich mit Kayne Crest adressiert. Was sollte ich damit machen? Ob Faye mir den Brief untergejubelt hatte? Enthielt er am Ende eine glühende Liebeserklärung seiner Ex, dramatisch überbracht von seiner Neuen? Dieser Frau traute ich alles zu. Andererseits würde sich Kayne ganz bestimmt nicht von ihrem simplen Geschreibsel davon überzeugen lassen, mit wehenden Fahnen zu diesem Zombie zurückzueilen. Ich beschloss, ihr den Gefallen zu tun und Kayne den Brief zu übergeben. Auf diese Weise würde ich am Schnellsten den Inhalt erfahren. Ich gab es zu, meine Motive waren nicht ganz uneigennützig, aber diese Frau kämpfte nicht mit fairen Waffen.

Ich winkte Grace zu mir, die sich ganz in der Nähe mit der

rothaarigen Shawna unterhielt. Grazil stöckelte sie auf ihren meterhohen Absätzen heran. Ich fragte mich, wie man in solchen Schuhen überhaupt laufen konnte. Bestimmt waren diese High-Heels nicht ganz unschuldig an ihrer Schulterverletzung gewesen.

»Was gibt's Schätzchen?« Sie kam um den Tresen zu mir.

»Ich muss kurz zu Kayne, kannst du mich solange vertreten?«

»Aber natürlich. Geh nur.« Sie zwinkerte mir zu. »Aber nur für einen Quickie.«

Ich schüttelte kichernd den Kopf, fand jedoch die Idee gar nicht mal so übel. »Ich beeil mich.«

Rasch schlängelte ich mich an ihr vorbei und durchquerte die Bar, öffnete die Tür zum Vorraum, bevor ich durch eine Seitentür den separaten Bürotrakt betrat. Meine Sehnsucht nach Kayne wuchs mit jedem Schritt. Sofort nachdem er den Brief gelesen hatte, würde ich ihn auf seinem Schreibtisch vernaschen und ihm sämtliche Gedanken an Faye aus dem Kopf vögeln. Wär doch gelacht. Voll innerer Vorfreude stieg ich die Treppe nach oben, nahm immer zwei Stufen auf einmal, bevor ich durch den Gang lief und vor seiner Bürotür stehenblieb. Sie war lediglich angelehnt. Vorsichtig öffnete ich sie einen Spalt und spähte hinein. Ich wollte nicht einfach so reinplatzen, falls er gerade in einem Meeting saß und beschäftigt war. Mein Herz blieb beinahe stehen, als ich erkannte, wer ihn besuchte.

KAPITEL 35

LAINEY

»Ich muss gestehen, es überrascht mich nicht, dass du zu mir gekommen bist«, sagte Kayne und verschränkte die Finger auf dem Schreibtisch. »Mich wundert eher, dass du nicht schon vor ein paar Tagen aufgetaucht bist.«

Ich zog hastig die Tür wieder zu und lauschte der Unterhaltung mit angehaltenem Atem.

»Ich hatte noch ein paar Dinge zu regeln«, erwiderte mein Bruder und Kayne lachte abfällig.

»Soso«, er machte eine seiner dramatischen Pausen, die die Luft vor Anspannung zum Stehen brachten. »Wäre Lainey meine Schwester. Ich hätte sie nicht ohne weiteres mit einem Mann davonfahren lassen, der sie mitten in der Wildnis aufgegabelt hat. Im Gegenteil. Ich hätte mir den Kerl gründlich vorgeknöpft und ihn ausgequetscht. Du hingegen hast mir nicht eine einzige Frage gestellt. Du weißt nicht einmal, wo ich wohne. Unter welchen Umständen Lainey jetzt lebt. Nichts davon hat dich an dem Sonntag interessiert. Genauso wenig wie deine Erzeuger. Wie kann man sein eigenes Kind so hassen und wie schaffst du es, tatenlos zuzusehen, wie Lainey dabei zugrunde geht?«

Ich wusste, dass Kayne absichtlich das Wort Eltern nicht in den Mund nahm und absurderweise schmerzte mich die abfällige Art, wie er über sie redete. Noch immer kämpfte ich um die Liebe meiner Mom und meines Dads, obwohl mir klar war, dass ich diesen Kampf schon vor Jahren verloren hatte. Mein Puls pochte in den Schläfen. Warum war Holden hergekommen?

»Vielleicht habe ich ein paar Tage gebraucht, um bei dir aufzutauchen, das mag sein. Aber jetzt bin ich hier, denn meine Schwester liegt mir am Herzen. Und ich verlange ein paar Antworten von dir.«

Ich linste durch den Türspalt und sah, wie Kayne sich entspannt zurücklehnte. »Frag.«

»Was hast du mit meiner Schwester vor?«

Kayne lachte auf. »Auch wenn du es mir wahrscheinlich nicht glaubst, ich habe nichts mit ihr vor. Allerdings kann ich mir denken, worauf deine Frage abzielt und die Antwort lautet: nein. Lainey wird auch zukünftig nicht als Prostituierte im Club arbeiten.« Er lehnte sich vor. »Sie ist einzig für mein Privatvergnügen zuständig«, fügte er provokant hinzu und ich hielt den Atem an. Hatte er das eben tatsächlich laut ausgesprochen? Meine Wangen glühten. Nicht vor meinem Bruder, dessen Armmuskeln sich sichtlich anspannten. Kayne spielte mit dem Feuer. Mein Bruder war ein Soldat, ein Kämpfer mit jahrelanger militärischer Ausbildung. Er war im Krieg gewesen und ich wusste, dass er in Afghanistan ohne mit der Wimper zu zucken eine ganze Reihe Taliban eliminiert hatte. Seine Hemmschwelle lag nicht hoch, obwohl er ein Mann mit Gewissen war. Er glaubte aus tiefstem Herzen daran, dass er für die richtige Sache und sein Land sein Leben riskierte.

»Glaubst du, ich weiß nicht, dass du mit ihr schläfst?«, erwiderte er meinen Befürchtungen zum Trotz extrem ruhig. »Und ich habe Augen im Kopf. Sie ist total verschossen in dich. Lainey ist eine attraktive Frau, aber sie ist auch sensibel. Du kennst sie nicht so wie ich. Was … was siehst du überhaupt in ihr?« Holden deutete lax auf ihn. »Ich meine, sieh dich an. Selbst ein einfacher Farmer wie ich erkennt auf den ersten Blick, dass euch beide Welten trennen. Genau aus diesem Grund kann ich es mir nicht vorstellen, dass eure Beziehung die sexuelle Komponente übersteigt.«

Oh, nein. Ich hielt beide Hände an meine glühenden Wangen. Die beiden würden jetzt nicht allen Ernstes ausschweifend über mein Sexualleben plaudern.

Kayne nickte in seine Richtung. »Das geht dich einen Scheiß an.«

»Ich werde nicht zulassen, dass du meine Schwester verletzt.«

»Ernsthaft?« Fassungslosigkeit schwang in Kaynes Stimme nach, wie bei einer schlecht gestimmten Geige. »Schlimmer als ihr das tut, kann man sie doch gar nicht mehr behandeln.«

»Meine Eltern haben viel mitgemacht.« Holden atmete tief durch. »Sie sind zwei alte verbitterte Menschen, die ihr kleines Mädchen auf die wohl tragischste Weise verloren haben.«

»Sie haben nicht nur eine Tochter verloren«, ging Kayne scharf dazwischen, »sondern auf einen Schlag gleich alle zwei. Und in beiden Fällen trifft sie die Hauptschuld. Mein Mitleid mit deinen Eltern hält sich in Grenzen. Wo warst du die ganzen Jahre über? Warum warst du nie für Lainey da? Du bist ihr großer Bruder, verdammt.« Kaynes Tonfall nahm an Schärfe zu.

»Ich weiß das selbst.« Holden schlug mit der Faust auf den massiven Schreibtisch. »Ich war selbst noch ein Kind, als der Unfall geschah. Musste machtlos mit ansehen, wie meine Familie binnen einer Sekunde komplett auseinanderbrach, und zwar in so viele winzige Splitter, dass sie sich niemals wieder zusammenfügen lassen. Am Anfang habe ich mich gegen alles gewehrt, gegen den Fakt, dass es meine Familie nicht mehr gibt.« Seine Atmung ging schwer und mich traf jedes Wort wie eine Patronenkugel. Holden und ich hatten noch nie über Kaylas Tod gesprochen. Die Erinnerungen waren zu schmerzhaft und mich hatte die Angst schier verrückt gemacht, ihn am Ende auch noch zu verlieren, sobald ich ihm im Detail Kaylas letzte Minuten schilderte.

Holden ließ den Kopf hängen. »Am Ende bin ich in die Verleugnung gegangen. Ich habe einfach getan, als wäre nichts geschehen, als hätte es Kayla niemals gegeben. Die Wirklichkeit war so grausam, dass ich sie nicht verkraften konnte.« Wie in Zeitlupe hob mein Bruder den Kopf und mein Herz pochte zum Zerspringen. Meine Fingernägel krallten sich schmerzhaft in die Handflächen.

»Ich habe Kayla gefunden.« Seine Stimme brach und er brauchte einen Moment, ehe er weiterreden konnte. »Sie lag still auf dem Boden und sah aus, als würde sie schlafen. Aber da war so viel Blut. Überall. Und Lainey kauerte neben ihr, eng an sie gekuschelt. Über und über mit Kaylas Blut verschmiert. Sie hat ein Wiegenlied gesummt, als würde sie ihre kleine Schwester in den Schlaf schaukeln. Lainey war nicht ansprechbar, stand total unter Schock.« Er wischte sich mit beiden Händen durchs Gesicht. »Kayla ist langsam verblutet. Bis heute glaubt Lainey, dass ihre Schwester auf der Stelle tot war. Aber das stimmt nicht. Die Obduktion hat ergeben, dass Kayla nicht sofort an der Schussverletzung gestorben ist, sondern der hohe Blutverlust schuld an ihrem Ableben war. Lainey hat keinen Krankenwagen gerufen. Sie war noch zu klein, erst acht Jahre alt und du hattest recht mit deiner Vermutung. Mom war zu dem Zeitpunkt nicht zu Hause.«

Ich schlug beide Hände vor den Mund, um einen entsetzten Schrei zu unterdrücken. Zum ersten Mal erfuhr ich, dass Kayla noch eine Zeitlang gelebt hatte. Hätte ich reagiert und den Notruf gewählt, wäre sie vielleicht noch am Leben.

»Meine Eltern haben ihr nie davon erzählt. Also tu es bitte auch nicht. Lainey hat so gelitten, das kannst du dir nicht vorstellen.«

Oh doch, Holden. Das kann er. Sehr gut sogar. Noch weigerte sich mein Gehirn, Holdens Schilderung zu verarbeiten. Ich hatte Kayla langsam verbluten lassen?

»Es ist äußerst unwahrscheinlich, dass ein kleines Kind einen Schuss aus einem großkalibrigen Revolver in den Brustkorb überlebt«, hörte ich Kayne sagen. »Somit kann es auch nicht sehr lange gedauert haben, bis Kayla verblutet ist. Ich bezweifle sogar stark, dass dieses Mädchen überhaupt eine Überlebenschance hatte. Selbst wenn Lainey 911 gewählt hätte, wäre der Krankenwagen mit ziemlicher Sicherheit nicht rechtzeitig in dieser Einöde angekommen.«

Holden zuckte nur mit den Achseln. »Wahrscheinlich nicht. Wir werden es nie wissen.«

»Aber deine Beichte ist doch nicht der wahre Grund, weshalb du hier aufgetaucht bist.« Kayne taxierte ihn aufmerksam, während ich versuchte, nicht zu hyperventilieren. Oh Gott, was hatte ich getan?

»Du bist ein kluger Mann und ein exzellenter Beobachter«,

sagte Holden. »Die Army hat mich offiziell entlassen. Meine Verletzungen verheilen zwar gut, lassen einen weiteren Kampfeinsatz jedoch nicht zu. Die Farm meiner Eltern ist keine Option mehr für mich.« Er atmete tief durch. »Ich bin auf der Suche nach einem Job.«

»Und den suchst du hier?«

»Ich habe unten Security gesehen«, fing er langsam an. »Für diesen Job wäre ich wie geschaffen. Ich habe eine Nahkampfausbildung, bin durchtrainiert, an der Waffe geschult. Gibt es bessere Voraussetzungen?«

»Bisschen Knasterfahrung wäre nicht schlecht«, erwiderte Kayne spöttisch.

»Damit kann ich leider nicht dienen.«

Mit Daumen und Zeigefinger rieb sich Kayne die Nasenwurzel. »Und du hättest Lainey im Blick.«

»Sie ist meine Schwester.«

»Das ist nicht dein Ernst«, platzte ich ins Zimmer, nachdem ich mich mühsam von meinem Schock erholt hatte. Holden konnte unmöglich in Erwägung ziehen, künftig im Gentleman's Paradise seinen Lebensunterhalt zu verdienen. In einem Bordell. War er vollkommen verrückt geworden? Bei mir spielte es keine Rolle, ich war das verkorkste Mädchen ohne Schulabschluss und ohne Dach über dem Kopf. Hatte keinen Cent in der Tasche. Aber Holden hatte die Schule als Jahrgangsbester abgeschlossen und war nur in die Army eingetreten, um mit dem verdienten Geld sein geplantes Marketing-Studium zu finanzieren. Was, in aller Welt, suchte er in diesem verruchten Club?

»Lainey!« Holden sah mich entgeistert an.

Ich ging zu ihm. »Ich will nicht, dass du hier arbeitest, hörst du? Nicht in einem Sexclub. Was soll das?«

»Vielleicht will er ein Auge auf dich haben«, kam es von Kayne, worauf ich meinen Bruder fragend musterte. »Stimmt das? Warum gehst du nicht studieren? Ich komme problemlos allein klar. Glaub mir, ich brauche keinen Beschützer.«

»Wie lange belauschst du uns schon?« Holden ging überhaupt nicht auf meine Argumente ein.

»Lange genug.« Ich kniff die Lippen zusammen.

Holden presste seinen Handrücken auf den Mund, als müsste

er einen wütenden Aufschrei unterdrücken. »Wieso hast du dich nicht bemerkbar gemacht?«

»Warum schleichst du dich hinter meinem Rücken zu meinem Freund und bittest ihn um einen Job?«

»Das geht dich nichts an. Außerdem mache ich mir Sorgen um dich.«

»Du kannst sofort anfangen«, ging Kayne dazwischen und mein Kiefer klappte nach unten.

»Was?«, fragte ich entgeistert.

»Dein Bruder sucht einen Job und ich habe eine Stelle frei. Warum soll ich ihn nicht einstellen?«

»Weil ich es nicht will?« Ich formulierte es wie eine Frage.

»Um eins klarzustellen, Lainey. Du hältst dich aus meinen Geschäften heraus.« Kayne klang kühl.

»Nicht, wenn es sich um meinen Bruder handelt.« Ich stemmte beide Hände in die Hüften. Die Wut in mir sprengte alle Ventile. »Er wird nicht in diesem verkommenen Puff arbeiten, und sich mit diesem Job am Ende noch seine Zukunft verbauen. Holden soll studieren, und das allerletzte, was er in seinem Lebenslauf gebrauchen kann, ist ein Security Job in einem Bordell.«

»Dein Ernst?«, fragte Kayne. »Mein Club ist in deinen Augen nicht gut genug für deinen Bruder?«

Ganz genau. Ich hatte einen Heidenschiss, Holden könnte sich mit dieser Kurzschlusshandlung auch noch seine Zukunft verbauen. Wenigstens er sollte sich seine Träume erfüllen und eine Schar schamlose Prostituierte zu bewachen, nur um seiner Schwester auf die Finger sehen zu können, war die schwachsinnigste Idee, die ihm seit langem im Kopf herumgespukt war. Ich würde es nicht zulassen, dass Holden diesen Blödsinn durchzog, egal wie edel seine Motive auch sein mochten. Wie in Zeitlupe wandte ich mich an Kayne.

»Entweder ich oder er. Deine Entscheidung.«

»Lainey«, sagte Holden beschwörend und griff nach meiner Hand, aber ich entriss mich.

»Nein, Holden. Es ist mein Ernst. Stellt er dich ein, bin ich weg. Du wirst keinen Fuß in dieses … dieses *Ficklokal* setzen.« Irgendwie musste sich mein Bruder von dieser Wahnsinnsidee abbringen lassen. Das Gentleman's Paradise war in Nevada bekannt wie ein bunter Hund – nicht nur bekannt, sondern berüchtigt.

Kaynes Miene war hart geworden. »Du stellst mir ein Ultimatum?«

Statt einer Antwort nickte ich. Mir war es im Leben noch nie so ernst gewesen und Kayne sollte sich besser auf meine Seite stellen. Obwohl ich ahnte, dass ich ihn mit meinen Worten verletzt hatte, aber hier ging es um wesentlich mehr. Um die Zukunft meines Bruders. Nichts wünschte ich mir sehnlicher für ihn, als dass wenigstens er ein ganz normales Leben führen konnte. Wenn ich schon in einem Bordell geendet war. Okay, das hörte sich melodramatischer an, als die Realität hergab, aber trotzdem. Holden hatte das Zeug, um Karriere zu machen. Das Letzte was er auf seinem Weg gebrauchen konnte, war ein Stolperstein in der Größe des Gentleman's Paradises. Sah er den Zusammenhang nicht selbst? Ich wünschte ihm eine wundervolle Frau, mit der eine Familie gründete und einen Haufen Nichten und Neffen für mich. Er war verrückt geworden, das alles aufs Spiel zu setzen, für einen verlotterten Job.

Kayne griff nach seinem Handy und tippte eine Kurzwahlnummer, bevor er es sich ans Ohr hielt.

»Joanne, komm bitte sofort zu mir ins Büro.« Er legte auf.

»Was soll das?« Wieso bestellte er seine Assistentin dazu?

»Joanne wird den Arbeitsvertrag aufsetzen und die Daten deines Bruders aufnehmen. Von mir aus kann er sofort als Security anfangen.«

Ich japste auf. »Wenn du das tust …«

Kayne schlug mit der Hand auf den Schreibtisch. »Was dann?« Er deutete auf mich. »Ich lasse mir von niemandem vorschreiben, wie ich mein Haus zu führen habe oder wen ich einstelle, schon gar nicht von einer einfachen Hilfskraft.«

Ich schluckte. »Gibst du meinem Bruder diesen Job, bin ich weg«, drohte ich erneut, wir duellierten uns mit Blicken. Ich hatte eine Scheißangst um Holden. Ich hatte bereits meiner Schwester die Zukunft zerstört, auf meinen Bruder würde ich besser achtgeben, selbst wenn ich dafür ein riesiges Opfer bringen musste.

»Du wirfst einfach weg, was wir beide miteinander haben?« Kayne klang ungläubig und verletzt. »An welcher Stelle stehe ich bei dir?«

»Warum willst du ihn unbedingt einstellen, obwohl ich dagegen bin?«

»Weil ich mich von dir nicht unter Druck setzen lasse.«

»Du ziehst das also durch?« Mein Herz pochte wie wild.

»Falls Holden den Job immer noch will, kann er ihn haben.«

»Mach's gut, Kayne.« Ich nickte ihm zu, mit einem Gefühl, ein weiteres Stück zu sterben und hielt nur schwerlich die Tränen zurück. Als ich mich umdrehen wollte, erinnerte ich mich an den Brief in meiner Hand und klatschte ihn vor Kayne auf den Tisch. Ich war so unglaublich enttäuscht von diesem Mann. »Eigentlich wollte ich dir nur diesen Brief vorbeibringen. Faye hat ihn vor dem Tresen auf dem Boden gefunden.«

»Faye war im Club?« Seine Stirn legte sich in tiefe Falten.

»Ja.«

Holden stand auf. »Lainey, du übertreibst.«

Ruckartig wandte ich mich ihm zu. »Wie, glaubst du, werden deine zukünftigen Arbeitgeber reagieren, sobald sie erfahren, dass du in einem Bordell gearbeitet hast? Holden, solche schwarzen Flecke sprechen sich herum. Ein simpler Backgroundcheck genügt. Kapierst du nicht, was das für deine Zukunft bedeuten kann?«

Er rieb sich die Stirn. »Lainey ich brauche dringend Geld - und diesen Job.«

»Was ist mit dem Geld, das du beim Militär verdient hast? Damit wolltest du doch dein Studium finanzieren.«

Er senkte die Lider. »Das kann ich dir nicht sagen.«

Eine eisige Klaue packte mich im Nacken. »Steckst du in Schwierigkeiten?«

»Nein«, er schüttelte den Kopf. »Zumindest nicht in der Art, die du dir wahrscheinlich zusammenreimst.«

Ich legte eine Hand auf seinen Arm. Eine furchtbare Angst schüttelte mich. »Was ist mit dem vielen Geld passiert?«

»Ich habe es in Las Vegas verzockt.« Hilflos zuckte er mit den Achseln.

»Du hast was?« Ich schnappte nach Luft. Holden hatte

mühsam über Jahre eine fünfstellige Summe zusammengespart, und das viele Geld dann einfach verpulvert?

»Ich bin spielsüchtig, Lainey«, gab er leise zu, »aber gerade in Therapie.«

»Such dir woanders einen Job«, erwiderte ich kühl. »Heuerst du zusätzlich zu diesem Desaster auch noch in einem Bordell an, verschlimmerst du deine Situation.«

Ein leises Klopfen an der Tür unterbrach mich. Ich verstummte, als Joanne mit schwingenden Hüften durchs Büro flanierte.

»Was kann ich für dich tun, Kayne?«, fragte sie lächelnd. Ihr Blick schweifte durch den Raum und blieb an meinem Bruder hängen. Ihre Augen wurden groß, entgeistert sah sie ihn an, als würde sie einem Geist gegenüberstehen. Oder besser: als würde sie ihn kennen. Mein Bruder hingegen musterte sie zwar interessiert, jedoch teilnahmslos. Er machte nicht den Eindruck, als wäre er ihr schon einmal begegnet. Vielleicht hatte sie ihn im ersten Moment mit jemand anderem verwechselt. Im Prinzip war es mir auch egal. Im Moment beschäftigte mich wichtigeres. Nämlich die Frage, ob sich Kayne tatsächlich gegen mich stellen würde. Ich wagte fast nicht zu atmen.

»Joanne, Holden wird bei uns als Security Guard anfangen. Nimmst du ihn bitte mit, damit du sämtliche Daten für den Arbeitsvertrag aufnehmen kannst?«

»Selbstverständlich«, erwiderte sie gepresst und wandte sich an meinen Bruder. Sie räusperte sich. »Wenn Sie mir bitte folgen wollen, Mr …«

»Barkley. Aber nennen Sie mich einfach Holden.« Er lächelte sie an, ich sah auf den ersten Blick, dass sie haargenau seinem Typ entsprach. Gemeinsam verließen sie das Zimmer.

Aufgebracht wandte ich mich an Kayne. »Dein Ernst?«

»Lainey, lass uns vernünftig …«

»Dein Ernst?«, unterbrach ich ihn und verschränkte die Arme vor der Brust. Wie es aussah, steckte mein Bruder in riesigen Schwierigkeiten, die er im vollen Bewusstsein verschlimmern würde, sollte er in diesem Etablissement anheuern und Kayne juckte das alles nicht.

Kayne griff nach der Whiskykaraffe auf seinem Schreibtisch

und goss sich ein Glas halbvoll. Sofort wusste ich, dass er knallhart bleiben würde. »Es ist seine Entscheidung und nicht deine. Dein Bruder ist ein erwachsener Mann.«

»Mach's gut, Kayne.« Meine Sicht verschwamm, ich floh aus seinem Büro, bevor die ersten Tränen über meine Wangen perlten.

KAPITEL 36

KAYNE

Das erste Mal seit Wochen saß ich abends allein in meinem Haus und starrte aus dem Fenster. Lainey hatte ihre Drohung tatsächlich wahrgemacht und das Weite gesucht. Nach unserem Streit war sie nicht zum Bardienst zurückgekehrt und ich hatte keine Ahnung, wo sie sich aufhielt.

Ich vermisste sie so unglaublich. Unsere interessanten Gespräche auf dem Sofa und ihr Lachen, dass sonst durch diese ruhigen Wände hallte und die Räume mit Leben füllte. Ihre warmherzige Art, die meinen eisigen Panzer zum Schmelzen brachte und den Spaß, den wir miteinander hatten. Auch ihr hübsches Gesicht, das so wunderschön aufleuchtete, wenn sie mich anhimmelte. Eine furchtbare Angst um sie zerrte an meinen Eingeweiden. Viele Übernachtungsmöglichkeiten standen nicht zur Auswahl und ich fürchtete, sie könnte in der Wildnis campen. Meine gefühlt zwei Millionen Anrufe und Nachrichten ignorierte das störrische Ding selbstverständlich vollkommen. Am liebsten würde ich wenigstens ein Quäntchen Vernunft in sie hineinschütteln. Manchmal war Lainey viel zu impulsiv für meinen Geschmack.

Ein leises Winseln schreckte mich aus meinen Gedanken. Als Buster seinen Kopf auf meinen Oberschenkel legte, streichelte ich sein struppiges Fell. Tja, jetzt saß ich da. Allein – mit dem Hund. Buster und ich hatten uns dann doch noch miteinander angefreundet. Er hatte mir unseren schlechten Start mithilfe ein paar Leckerchen rasch verziehen.

Mit großen traurigen Augen blickte er zu mir hoch. Höchstwahrscheinlich sah ich ähnlich desolat aus wie er. »Ja, sie ist wirklich weg, Cujo.« Ich zuckte entschuldigend mit den Achseln.

Scheiße, so dreckig war es mir seit einer Ewigkeit nicht mehr gegangen. Lainey verhielt sich vollkommen irrational. Im Stillen jedoch wertete ich ihr Verschwinden, als das, was es wahrscheinlich auch bedeutete. Einen Erpressungsversuch. Höchstwahrscheinlich wollte sie mich damit unter Druck setzen, damit ich ihrer Forderung schlussendlich doch noch nachgab und das machte mich stinksauer. Ein Erpresser reichte mir vollkommen.

Der Brief, den Lainey mir übergeben hatte, enthielt eine neue Forderung genau dieses Typen. Weiß der Geier, wie der Schweinehund es in den Club geschafft hatte. Am Samstag auf der SM-Party sollte ich um exakt ein Uhr meinen Rücktritt aus dem Gewerbe bekanntgeben, dazu das geforderte Lösegeld in Aidans Auto hinterlegen, das wir zur selben Zeit hinter dem Club parken sollten. Ansonsten müssten wir mit einer unangenehmen Überraschung rechnen, welche die Schließung des Ladens zur Folge hätte. Im Prinzip dieselbe Leier, nur mit einem Ultimatum versehen.

Vorhin hatte ich mich noch mit Aidan und Spencer zusammengesetzt, um die weitere Vorgehensweise zu besprechen, und die Sicherheitsstandards erneut drastisch erhöht. Mehr konnten wir nicht tun. Ob unsere Vorkehrungen ausreichten? Ich fühlte mich schrecklich hilflos. Allein aus diesem Grund konnten wir Holden als Verstärkung bestens gebrauchen. Aufgrund seiner militärischen Ausbildung war er es gewohnt, ein gutes Auge auf seine Umgebung zu haben und genau das würde morgen seine Hauptaufgabe sein.

Wir benötigten jeden Mann. Sobald wir diesen Abend halbwegs überstanden hatten, würde ich noch einmal das Gespräch mit Lainey suchen - sollte ich sie jemals finden. Vielleicht war es nicht schlecht, meinem impulsiven Vanilla-Mädchen ein paar Tage zum Runterkühlen zu gewähren, obwohl ich vor Sorge um sie fast verrückt wurde. Und ich vermisste Lainey so unglaublich, dass ich mich selbst nicht wiedererkannte. Was sie wohl gerade machte? Zum ersten Mal konnte ich doch glatt nachfühlen, was Joanne die letzten Wochen durchgemacht haben musste. Jetzt wusste ich auch wieder, weshalb ich normalerweise keine Beziehungen führte. Weil ich mir diesen beschissenen Herzschmerz nicht antun wollte, der jetzt in meiner Brust wütete und mich innerlich auffraß. Trotz allem wollte ich immer noch mein Vanilla-Mädchen in den Arm nehmen und sie auf die Kissen legen, um großartigen Sex mit ihr zu feiern. Ich wollte ihren einzigartigen blumigen Duft tief in meine Lungen inhalieren, von dem ich immer so paradiesisch einschlief. Mit beiden Händen über ihren weichen kurvigen Körper streicheln und ihre wachsende Erregung miterleben, bis sie schließlich unter mir erzitterte. *Verdammt, Lainey wo bist du?*

Eine unbändige Wut schlug meine Sehnsucht in die Flucht. In ihren Augen war sowohl ich, als auch was ich beruflich machte, nicht gut genug für ihren Bruder. Ein Stückweit empfand ich sie als undankbar, obwohl ich zumindest teilweise ihre Beweggründe nachvollziehen konnte. Ein Job im zwielichtigen Gewerbe kam bei unvoreingenommener Betrachtung wahrhaftig nicht mustergültig als Reputation für künftige Arbeitgeber rüber. Vor allem dann nicht, wenn man vorhatte, große Karriere zu machen. Ihre Argumente beinhalteten durchaus ein paar nicht abstreitbare Punkte. Aber erstens ging es bei dieser Debatte nicht um sie, sondern um ihren Bruder, einen erwachsenen Mann, und zweitens ließ ich mir von ihr nicht in meine Geschäftsentscheidungen hineinreden. Schon aus Prinzip nicht. Dennoch würde ich so bald wie möglich mit ihr reden.

Zuvor mussten wir jedoch noch diesen Blutsauger fassen, der uns das Leben schwer machte. Leider hatten wir nicht den Hauch einer Ahnung, was uns erwartete, sollten wir den Forderungen dieses miesen Erpressers nicht nachkommen. Am Ende käme noch ein Mensch dabei zu Schaden, das könnte ich mir niemals verzeihen. Vorher würde ich alles hinschmeißen. Wir hatten nicht einmal einen Anhaltspunkt auf den Täter, konnten die Liste der Verdächtigen somit auch nicht eingrenzen. Die traurige Wahrheit lautete: Absolut jeder war verdächtig.

Faye geisterte plötzlich durch meinen Kopf, dabei überkam mich schon wieder dieses ungute Gefühl. Ob sie dahintersteckte und am Ende eine Riesenshow abzog, in der Hoffnung, mich mit dieser irren Aktion wieder in ihr Bett zu lotsen? Dieser Frau traute ich alles zu. Ich stand auf, und schritt unruhig auf und ab. Buster blieb mir dicht auf den Fersen, seine Zehennägel klackerten bei jedem Schritt auf dem Holzboden. Nichts machte so richtig Sinn und doch wieder alles. Vielleicht sollte ich ein persönliches Auge auf Faye behalten. Ich wusste haargenau, wie die Verrückte tickte. Es gab einen Ort, an dem ich mit Leichtigkeit alles aus ihr herauskitzeln würde. Im Bett!

Nach einem kurzen Moment des Zögerns nahm ich mein Handy vom Sofatisch und tippte eine Nachricht an sie.

Lust auf eine zügellose Party am Samstag?

Keine Minute später trudelte die Antwort ein.

Ich wusste, dass du zur Vernunft kommst. Wann soll ich da sein?

Ich schluckte. Nur widerstrebend tippte ich auf das Display.

Pünktlich um zehn am Eingang.

Die nächste Nachricht leuchtete nur Sekunden später auf.

Ich werde da sein, ich habe dich so vermisst.

Achtlos warf ich mein Smartphone zurück auf den Tisch. Mir wurde schlecht, allein bei dem Gedanken ans Wochenende.

Schließlich stand ich auf und ging ins Schlafzimmer. Als ich das Licht andrehte, brauchte ich eine Minute, ehe ich mich ins Bett legen konnte. Es kam mir schrecklich leer vor. Ich zog mich bis auf die Unterhose aus, warf mich auf den Rücken und schloss die Augen. Sofort dachte ich wieder nur an sie, während meine Hand unter meine Boxershorts rutschte und meinen Schwanz umfasste. Immer schneller glitt ich am Schaft entlang, bis ich endlich kam und mir selbst den unbefriedigtsten Orgasmus meines Lebens verschaffte.

KAPITEL 37

KAYNE

Ich nickte Spencer zu, der wie immer neben der Eingangstür stand und Gäste kontrollierte. »Irgendetwas Auffälliges?«, raunte ich ihm ins Ohr. Meine Nervosität hielt mich im Klammergriff, und ich verfluchte mich selbst dafür, dass ich mir bereits am frühen Abend die Nerven strapazierte.

»Alles in Ordnung, Boss«, erwiderte Spencer, während er in Juanitas Handtasche wühlte. Eine unserer zügellosesten Gäste, die regelmäßig die berüchtigten Partys im Gentleman's Paradise besuchte. Zu den Motto-Partys öffneten wir die Türen auch für weibliche Besucher. Juanita konnte man guten Gewissens als waschechte Domina bezeichnen. Sie stand in einem schwarzglänzenden Latexbody und knallengen Stiefeln da, die bis über ihre Knie reichten. Ihr verkniffener Mund bescheinigte, dass sie unser gepflegtes Misstrauen nicht erfreute. Ihren Ehemann hielt sie an einer Leine, die an seinem Halsband befestigt war. Der Kerl trug lediglich einen pinken Stringtanga und hielt wacker den Blick zu Boden gesenkt.

»Was soll das, Kayne?«, fragte sie mit ihrem sexy Latino-Akzent und blitzte mich an. »Wo sind eure Manieren geblieben? Ein Gentleman wühlt nicht in der Handtasche einer Lady herum.«

Spencer hielt inne und schob die Stirn in Falten, bevor er die Clutch zuklappte und ihr reichte. Ihre rot geschminkten Lippen verzogen sich zu einem Schmunzeln. »Du musst Larry unbedingt noch durchsuchen, Spencer.« Sie deutete auf die Genitalien ihres Liebsten, die sich unter dem winzigen Slip grotesk ausbeulten. »Er trägt eine gefährliche Waffe mit sich herum.«

Spencer brummte wie ein Grizzly.

»Ich dachte, Larry darf nicht mehr scharf schießen«, erwiderte ich lachend.

Sie zwinkerte mir zu. »Was glaubst du, weshalb ich vor eurer Tür stehe? Um mich zu amüsieren, und meinem Sklaven zu zeigen, was ein echter Mann draufhat. Also, warum dieser Aufstand? Habe ich mich verfahren? Bin ich in Fort Knox gelandet? Oder kommt der Präsident heute noch zu Besuch? Den würde ich nur zu gern mal übers Knie legen und ihm die Flausen mit einem Flogger austreiben. Nachdem ich mit ihm fertig bin, ist er brav wie ein Lamm.«

»Eine Behandlung dieser Art, erfährt der sicherlich nicht zum ersten Mal.« Mich gruselte allein die Vorstellung. »Das ist nichts persönliches, Juanita.« Entschuldigend zuckte ich mit den Schultern. Sie sollte endlich machen, dass sie reinkam, die Schlange hinter ihr wuchs und wuchs. »Neue gesetzliche Sicherheitsstandards, an die wir uns halten müssen«, log ich unverfroren.

»Oh, mi amor.« Das Biest schabte mit ihrem fünf Zentimeter langen und rot lackierten Fingernagel über mein Hemd. »Ich hätte große Lust, dir unten im Keller ein bisschen Benehmen beizubringen. Was sagst du dazu?« Sie kam mit dem Gesicht dicht vor meines, und ruckte an der Leine, sodass ihr armer Ehemann einen Schritt nach vorn stolperte und sie beinahe rammte. »Larry«, zischte sie nach hinten. »Auf die Knie. Sofort!«

Umgehend sank der arme Larry zu Boden. Striemen leuchteten auf seinem nackten Rücken. Ich wollte gar nicht erst wissen, aus welchem Anlass sie ihm die verpasst hatte.

»Cherie.« Milde schüttelte ich den Kopf. »Zwar ein verlockendes Angebot, das ich jedoch nur annehmen würde, um dir den Arsch zu versohlen.«

Wie erwartet prustete sie. »Osito. Das wird nie passieren.«

What the …? Sie nannte mich allen Ernstes Bärchen? »Rein mit euch.« Ich deutete mit dem Daumen in Richtung Tür und sie verschwand glücklicherweise ohne weitere Kosenamen im Club. Ihren Göttergatten hielt sie fest an der Leine.

Faye schlenderte an der Schlange wartender Leute vorbei, direkt auf mich zu. Sie trug ein enganliegendes schwarzes Kleid, das bis zu den Knien reichte und im Dekolleté so tief ausgeschnitten war, dass die Ansätze ihres Busens hervorblitzten. Zwar nicht ganz dem Lack und Leder Dresscode des heutigen Abends entsprechend, aber stilsicher und aufreizend genug, um gerade noch so durchzugehen.

»Hi, Darling.« Sie hauchte mir einen Kuss auf die Lippen und ich hatte alle Mühe ihr standzuhalten. Meine Kussaversion war schlagartig zurückgekehrt. Am liebsten hätte ich den Kopf zur Seite gedreht, zwang mich aber stattdessen zu einem freundlichen Lächeln.

»Du siehst zauberhaft aus, Faye.«

»Danke. Und du großartig.« Mit einer Hand strich sie über meinen Brustkorb. »Ich liebe es, wenn du Smoking trägst, du siehst atemberaubend darin aus.«

»Lass uns reingehen.« Ich öffnete ihr die Tür und sie schritt vor mir hindurch. Obwohl Faye eine ausnehmend attraktive Frau mit einem wohlproportionierten Körper war, fragte ich mich zum wiederholten Mal, was mich jemals an ihr gereizt hatte. Nichts an dieser Frau machte mich mehr an.

Nervös ließ ich meinen Blick durch die feiernde Menge schweifen. Ob sich der Täter bereits unter ihnen befand? Stand die Erpresserin am Ende neben mir? Diese verfluchte Unsicherheit machte mich fertig.

Im Gemenge entdeckte ich Holden im schwarzen Security Outfit, der heute seinen Einstand feierte. Er war tatsächlich zum Dienst erschienen, somit war es seine Entscheidung. Nichts, worüber ich mir noch den Kopf zerbrechen müsste. Befremdlich blickte er sich um, den Drang unterdrückend, einzelnen Damen einen genaueren Blick zu vergönnen, das sah ich ihm sogar auf die Entfernung an. Aber er hielt sich tapfer, wirkte auch nicht unangenehm berührt, im Gegenteil. Mich hätte das auch schwer gewundert. Trotz der offen zelebrierten Schamlosigkeit unserer Gäste, herrschte eine ausgelassene Stimmung. Die Leute amüsierten sich und hielten sich an unsere Hausregeln.

»Möchtest du ein Glas Champagner?«, fragte ich Faye.

Sie nickte. »Sehr gern.«

Gentleman-like legte ich eine Hand an ihren unteren Rücken und leitete sie durchs Gewühl. Mein Herz stockte, als wir den Tresen erreichten. Was zum Teufel? Ich blinzelte, um das Trugbild zu vertreiben, aber es war verdammt real. Wie eine Fata Morgana saß Lainey in einem kurzen schwarzen Kleid neben Judson auf einem der Barhocker, während der Wichser ihr irgendwas ins Ohr flüsterte. Verflucht, sah sie heiß aus. Was in aller Welt machte sie hier? Drei Tage war sie unentschuldigt von ihrer Arbeit ferngeblieben und ausgerechnet heute amüsierte sie sich mit Judson im Gentleman's Paradise?

Ihre Augen erhellten sich und ein Lächeln erblühte auf Laineys Lippen, als sie mich ganz in ihrer Nähe ausmachte. Dann entdeckte sie Faye neben mir und das Lächeln erstarb.

Ich musterte sie ohne äußere Regung, denn ich konnte eins und eins zusammenzählen. Somit wusste ich jetzt auch, dass sie die vergangenen Nächte mit ziemlicher Sicherheit nicht mutterseelenallein in der Wüste verbracht hatte, sondern bei ihm. Ein paar Momente verstrichen, die sich zu einer halben Ewigkeit dehnten, als wären alle um uns herum kurzzeitig eingefroren oder die Welt zum Stillstand gekommen. Ich stand regelrecht unter Schock. Flüchtig nickte ich ihr zu, bevor ich mich an Grace hinter der Theke wandte und meine Bestellung aufgab. Demonstrativ ignorierte ich deren missbilligenden Blick und schickte ihr stattdessen eine stumme Warnung, sich aus den Angelegenheiten ihres Bosses herauszuhalten. Glücklicherweise verstand sie sofort und widmete sich unseren Getränken. Ich reichte Faye das langstielige Sektglas, bevor ich meinen Whisky on the rocks nahm.

Faye sah mir tief in die Augen, als sie sachte ihr Glas gegen meines stieß. »Cheers«, hauchte sie.

»Cheers.« Nur um Lainey zu verletzten, legte ich einen Arm um Fayes Taille und zog sie eng an mich. Als sie ihre Wange an meinen Brustkorb schmiegte, hätte ich am liebsten das Weite gesucht. Racheaktionen waren normalerweise so überhaupt nicht mein Stil. Aber ich fühlte mich tatsächlich von Lainey verarscht und verletzt. Sie hatte unsere Beziehung weggeworfen – wegen nichts. Und sich sofort in Judsons Arme gestürzt, der sie bestimmt gern getröstet hatte. Weshalb hielten sich die beiden ausgerechnet an ihrem freien Abend im Club auf? Judson hasste seinen Job und verbrachte freiwillig keine Minute innerhalb dieser vier Wände. Am Ende hatte er bei Lainey gesiegt. Wollte er mit seiner Anwesenheit triumphieren?

Mit Ach und Krach schaffte ich es, meine gebeutelten Gedanken zur Ruhe zu zwingen, um mich auf Wichtigeres zu konzentrieren. Einen Erpresser zu fangen. Laineys nicht wiedergutzumachenden Verrat sortierte ich auf meiner heutigen Prioritätenliste ganz unten ein. Ansonsten würde ich wohl meine übliche Selbstdisziplin vergessen, und den frühen Abend mit einer Schlägerei ausklingen lassen. Vielleicht steckte am Ende sogar Judson hinter den Briefen.

Fayes Finger wanderten unter mein Jackett und verursachten ein brennendes Gefühl auf meiner Haut, trotz des Hemdes dazwischen. Ich ertrug ihre Nähe kaum.

»Du bist heute so unkonzentriert.« Sie nahm meine Hand und legte sie auf ihre linke Brust. Auf der Stelle bemerkte ich, dass ihre Titten mindestens zwei Körbchengrößen gewachsen waren und sich ungewohnt prall anfühlten. Warum war mir ihr üppiges Dekolleté vorher nicht aufgefallen? Ich hatte bislang nicht einen einzigen tieferen Blick auf ihren Vorbau geworfen.

»Na? Habe ich deine Aufmerksamkeit wieder?« Sie warf theatralisch den Kopf in den Nacken.

»Du hast was an deinen Brüsten machen lassen.« Ich ließ es lediglich wie eine Feststellung anklingen. Unwillkürlich wandte ich den Kopf und fing Laineys verletzten Blick auf. Oh, please. War das ihr Ernst?

»Ja, gefallen sie dir?«

»Für eine genauere Beurteilung müsste ich deine Möpse blank sehen.« Ich grinste frivol, obwohl mir überhaupt nicht danach zumute war.

Als sie Anstalten machte, ihre Träger von den Schultern zu schieben, hielt ich sie davon ab. »Später.« In einem Zug leerte ich mein Glas und stellte es zurück auf den Tresen, bevor ich Fayes Hand nahm und ihr einen Kuss auf den Handrücken drückte.

Die karamellige Note des teuren Whiskys schmolz noch auf meiner Zunge. »Gehen wir woanders hin.«

Ich führte sie durch die Menge, und lief ausgerechnet Aidan in die Arme. Heute war ein absoluter Scheißtag. Seine Augen weiteten sich, als er Faye neben mir erblickte. Ach ja, da war doch was gewesen. Da Aidan die vergangenen Tage auf der Baustelle seines Weiberpuffs verbracht hatte, wusste er noch gar nichts von meinem unrühmlichen ersten Beziehungsende.

»Was zum Teufel machst du da?«, fragte er entgeistert und ohne eine Begrüßung, als wir ihn erreicht hatten.

»Ich amüsiere mich auf meiner eigenen Party?«, half ich ihm auf die Sprünge und machte Juanita Platz. Mittlerweile kroch Larry auf allen vieren hinter seiner Frau her, die die Leine straff gespannt hielt, sodass sie ihn fast strangulierte. »Schön unten bleiben, Sklave«, warf sie ihm eine Order zu, während ein junger blonder Kerl neben ihr herspazierte und sie über dem Latexbody heftig im Schritt fingerte.

»Hey, Aidan«, sie winkte ihm zu und rollte genießerisch mit den Augen.

»Juanita«, erwiderte Aidan grinsend. »Amüsierst du dich?«

»Werde ich, sobald ich Larry zur freien Benutzung irgendwo angebunden habe.« Sie schnappte Blondie am Hemd und zog ihn näher, während der Kerl die Druckknöpfe am Steg ihres Bodys aufschnalzen ließ und ihre rasierte Scham entblößte. »Ich habe mir was zum Spielen gefangen. Wie findest du ihn?«

»Auf jeden Fall weiß er sich zu helfen«, erwiderte Aidan amüsiert, als der Blonde zwei Finger in Juanita versenkte und sie zum Stöhnen brachte. »Juanita, wer erzieht denn hier gerade wen?«, feixte er weiter und brachte die Gute wieder zur Besinnung. Sie schlug die freche Hand von sich.

»Leck deine Finger sauber, bevor du mich anfasst«, ätzte sie, als wäre der Ärmste ihr zu nahe getreten. »Und sobald wir Larry los sind, werde ich dir ein paar Lektionen erteilen.« Gehorsam nahm Blondie seine Finger in den Mund und leckte sie genüsslich sauber, bevor sie weiterzogen und Larry im Schlepptau hinter sich herzerrten.

Aidan wandte sich wieder mir zu. »Was macht sie hier?«,

fragte er, als wäre Faye überhaupt nicht anwesend. Die starrte ihn finster an.

»Wo ist … wieso ist sie nicht …?«, stammelte er herum.

»Kayne hat mich eingeladen«, übernahm Faye die Antwort in ihrem typisch überheblichen Tonfall und sofort schob Aidan die Augenbrauen zusammen. Er sagte zwar nichts weiter, aber die eine Frage schwebte unmissverständlich im Raum.

Ich deutete mit dem Daumen über meine Schulter, in die Richtung, wo Lainey mit meinem Arschloch von Rivalen saß, der sicherlich einen Freudentanz hinter meinem Rücken aufführte.

Aidans Augen wurden groß. »Du hast es vermasselt«, keuchte er und lockerte seinen Krawattenknoten, als würde er gleich ersticken. »Was sag ich jetzt Vivien?«

»Tut mir leid, dass du keine besseren Nachrichten für deine Freundin hast«, erwiderte ich sarkastisch. Das letzte was mich gerade interessierte, war Viviens Enttäuschung über mein verfrühtes Beziehungsende. »Warum denkst du sofort, ich hätte irgendwas vermasselt?«

»Wer sonst?«, erwiderte Aidan im Inbrunst Ton der Überzeugung. »Sie war perfekt für dich.«

Auf einmal?

»Nicht heute«, sagte ich scharf, obwohl ich wusste, dass er es lediglich gut meinte. »Es gibt Wichtigeres.«

Glücklicherweise verstand er sofort und nickte. »Ich hoffe, du weißt, was du tust«, sagte Aidan, bevor er im Gewimmel verschwand.

Oben auf der Bühne verrenkte sich Anna beim Pole Dance an der Stange. Ihre Show wirkte im Gewusel der mehr als offenherzig gekleideten Gäste merkwürdig lahm. Wir mussten uns dringend ein paar heißere Show-Acts einfallen lassen. So konnte das nicht weitergehen.

Die Stunden schlichen dahin, mittlerweile hatten wir schon nach Mitternacht und ich wusste nicht, wie ich den Zeitpunkt noch weiter hinauszögern konnte, an dem Faye mit mir nach unten in den Keller verschwinden wollte. Sie erwartete eine knallharte Session von mir, so viel hatte sie mit ein paar Andeutungen bereits durchblitzen lassen. Normalerweise genau mein Ding, aber heute verließ mich allein beim Gedanken daran die Lust. Immer wieder sah ich mich unauffällig nach Lainey um, es war wie ein Zwang, ich konnte es nicht abstellen. Noch immer saßen die beiden an der Bar zusammen und unterhielten sich. Ab und an berührte der Kerl sie an der Schulter, näher waren die zwei sich bislang noch nicht gekommen. Zumindest nicht in aller Öffentlichkeit … Warum zum Teufel zogen sie ihre Show ausgerechnet hier im Club ab? Nur um mich zu demütigen? Montag früh würde die offizielle Entlassung an die beiden rausflattern. Sollten sie woanders miteinander glücklich werden. Einem impulsiven Gefühl folgend, legte ich einen Arm um Fayes Schultern und zog sie dicht an mich heran, bevor ich ihr einen Kuss auf die Schläfe drückte. Sie sah mich erstaunt an.

»Was hat dieses Mädchen mit dir angestellt? So gefühlvoll habe ich dich noch nie erlebt.«

»Lass uns nach unten gehen.« Ich nickte mit dem Kopf zur Seite. Scheiß auf Lainey. Obwohl das kein edler Charakterzug war, beschloss ich, meinen Frust und meine unterschwellige Wut unten im Kerker an Fayes willigem Körper auszulassen. Ihr dabei gleichzeitig ein wenig auf den Zahn fühlen, um endlich mal einen Schritt in der Erpresserfrage weiterzukommen.

Spencer stand plötzlich dicht neben mir. »Das solltest du dir ansehen«, raunte er und drückte mir einen Zettel in die Hand. Ich faltete den zerknitterten Wisch auseinander und las unauffällig, was darin stand. Scheiße. Ich schluckte. Der Schweinehund befand sich bereits im Club und gab mir noch knapp eine Stunde Zeit, um seine Forderungen zu erfüllen. Er hatte mich immer im Blick. Unwillkürlich sah ich mich möglichst unauffällig um, aber es war ein Ding der Unmöglichkeit, irgendjemanden im wilden Gewusel auszumachen. Punkt ein Uhr sollte ich meinen Rückzug aus dem Geschäft hier mitten auf der Party bekanntgeben. Den Koffer mit der Million in genau vorgegebenen Dollarnoten hatten wir bereits in Aidans Luxusschlitten deponiert und den Wagen hinter dem Club bereitgestellt, sodass der Drecksack bequem mit dem vielen Geld auf Nimmerwiedersehen verschwinden konnte. Zum Schein wollten wir auf alle Forderungen eingehen, während eine Handvoll vertrauenswürdiger Leute Aidans Aston Martin im Blick behielt. Sobald der Erpresser auftauchte, wollten wir zuschlagen.

»Wo hast du das her?«, raunte ich Spencer zu und scannte noch einmal den Club, aber keine Chance. Es feierten um die zweihundert Gäste im Haus, von denen absolut jeder der Täter sein könnte.

»Ich habe den Zettel direkt neben mir auf dem Boden gefunden.« Er zuckte mit den Achseln. »Aber ich habe keine Ahnung, wer den Wisch verloren haben könnte. Um mich herum standen andauernd dutzende Leute. «

Fuck. Eine unglaubliche Wut schoss in mir hoch. Ich wollte diesen miesen Erpresser unbedingt in die Finger bekommen und nachdem ich mit dem Wichser fertig war, würde ihn seine eigene Mutter nicht mehr wiedererkennen. Ein paarmal atmete ich tief durch, um wieder einigermaßen runterzukommen und mich davon abzuhalten, in meiner Rage kopflos eine Dummheit zu begehen.

»Wir gehen zum Schein auf alles ein, was er verlangt«, sagte ich leise in sein Ohr, denn Faye beobachtete uns. Mist. Ich musste mich beeilen, wenn ich auf die Schnelle noch irgendwas aus ihr herausbekommen wollte. Vielleicht steckte nicht nur eine Person dahinter.

Spencer nickte. »Aidan weiß schon Bescheid und ist bereits draußen auf seinem Posten. Genauso wie Randy, Sean und Ian. Das Auto mit dem Koffer steht am Übergabeort. Alles ist bereit. Wir erwischen das Dreckschwein. Mach dir da mal keine Sorgen.« Mein Security-Chef strahlte eine derart selbstsichere Ruhe aus, dass ich mich zusammenriss. Ich selbst sollte im Club bleiben und Präsenz zeigen, außerdem gleich meine beschissene Rede halten.

Im Augenwinkel nahm ich wahr, dass Judson von seinem Hocker rutschte und irgendwas zu Lainey sagte, bevor er durch die Menge schlenderte. Ein Stromschlag ruckte durch meinen Körper.

»Was ist mit dem?«, fragte ich Spencer und deutete dem Kerl unauffällig hinterher.

Seine Augen wurden schmal. »Falls Judson was mit der

Erpressung zu tun hat, erwischen wir ihn, sobald er sich dem Auto nähert.« Spencer legte seine schwere Pranke auf meine Schulter. »Mach dir keine Sorgen, wir haben draußen alles im Griff. Der Kerl entkommt uns nicht.«

Als ich nickte, machte er sich ebenfalls gemächlich davon. Mein Puls im Hals pochte schmerzhaft. Nur unter äußerster Kraftanstrengung wandte ich mich Faye zu. »Lass uns nach unten gehen.«

Sie legte eine Hand an meinen Hals und kam mit dem Gesicht dicht vor meins. Ihr warmer Atem wehte über meine Wange. »Ich will es so hart und brutal wie möglich. Genauso, wie du es magst.«

»Ich werde dich nicht schonen«, versprach ich ihr und bekämpfte die aufsteigende Übelkeit. Am Schulterblatt schob ich sie durchs Gewimmel, um die Sache so schnell wie möglich hinter mich zu bringen. Housebeats wummerten durch die Boxen und heizten den Gästen zusätzlich ein. Ich hingegen hatte keine Ahnung, ob ich überhaupt einen Steifen bekommen würde. Nichts regte sich in meiner Hose.

»Kayne«, hörte ich plötzlich eine mir nur allzu vertraute Stimme und ein wahrer Blitzschlag stob durch meinen Körper. Langsam drehte ich mich um. Lainey stand hinter mir, den Blick flehentlich und zuckersüß in mein Gesicht gerichtet.

»Was willst du?« Sie hatte sich wahrhaftig den denkbar ungünstigsten Augenblick für eine Aussprache ausgesucht.

»Mit dir reden.« Ihr Lächeln geriet verkniffen.

Obwohl ich am liebsten ihr zauberhaftes Gesicht in beide Hände nehmen wollte, griff ich demonstrativ nach Fayes Hand. »Wie du siehst, bin ich beschäftigt«, erwiderte ich kühl. »Wir sind auf dem Weg nach unten in den Keller.«

Ich sah, wie Lainey zusammenzuckte. Ihre Unterlippe zitterte. »Es dauert nur eine Minute.«

»Lass dir am Montag einen Termin von Joanne geben.« Ich wandte mich ab, ansonsten hätte ich sie noch überstürzt in meine Arme gerissen. Diese Frau hatte eine prekäre, fast schon ungesunde Wirkung auf mich.

»Kayne, bitte.« Ihr Blick wechselte zwischen mir und Faye.

Tja, zu spät, Baby. Jede Frau ist ersetzbar, auch du. Faye fasste mich an der Schulter und taxierte Lainey von oben bis unten.

»Was will sie noch von dir?«, fragte sie laut und abfällig. »Lass uns endlich vögeln gehen.«

»Du kommst schon noch auf deine Kosten.« Konnte diese Frau nicht einfach mal ihre Klappe halten? Trotz allem fühlte ich mich wie ein Schwein, wie ein Betrüger, als würde ich absichtlich meine Lainey hintergehen. Es war verrückt, was diese Frau binnen weniger Wochen mit mir angestellt hatte, dass mein Herz mit aller Macht immer noch an ihr hing.

»Warum bist du nicht bei deinem neuen Lover?« Zeitgleich verfluchte ich mich, diese Frage überhaupt gestellt zu haben. Ich klang eifersüchtig. *ICH!!!*

Lainey legte eine Hand an ihren Hals und blinzelte, als hielte sie Tränen zurück. Was für eine grandiose Schauspielerin. »Judson und ich verlassen heute Nacht noch zusammen Nevada«, hörte ich sie sagen und meine Atmung versagte kurzzeitig. Als wäre ich für einen Moment gestorben.

»Du bleibst also bei ihm?« Meine Stimme bebte, ich hatte mich nicht mehr unter Kontrolle, konnte froh sein, dass ich überhaupt noch aufrecht stand. Das Finale, ausgesprochen aus ihrem Mund, zerschmetterte mein Inneres in tausende Fragmente. Mein Vanilla-Mädchen hatte sich für einen anderen Mann entschieden. Mich mit einem Fingerschnips ersetzt. Ich war so ein gottverdammter Idiot gewesen, dass ich mein Herz für diese Frau geöffnet hatte.

»Ja.« Sie nickte. »Ich möchte mich von dir verabschieden, und dir für alles danken, was du für mich getan hast.«

Ich lachte bitter auf. »Gerade kommst du mir sehr undankbar vor.« Demonstrativ legte ich einen Arm um Fayes Schultern, mehr, um mich an ihr abzustützen, denn mein Gehirn weigerte sich standhaft, Laineys Worte zu verarbeiten. Sie verschwand heute noch mit Judson auf Nimmerwiedersehen. »Dann wünsche ich euch beiden alles Gute.«

»Danke.« Lainey wirkte nervös, »Ich muss gehen, Judson will gleich um eins losfahren. Auf Wiedersehen, Kayne.« Ohne eine Reaktion von mir abzuwarten, stürmte sie nach draußen und verschwand aus meinem Leben.

»Lass uns endlich nach unten gehen«, holte Fayes eisige Stimme mich zurück in den Club. Ich zuckte zusammen, bevor ich mein Smartphone aus der Tasche kramte und einen Blick auf die Uhrzeit warf. Zwanzig vor eins. Schon bald würde der Showdown beginnen.

Aber Moment. Was hatte Lainey mir eben erzählt? Eine wahre Adrenalinwelle flutete mich. Hastig suchte ich Aidans Nummer und rief ihn an, aber nur die Mailbox ging ran. Scheiße. Selbstverständlich hatte der Kerl auf seinem Lauerposten sein Handy auf lautlos gestellt, um sich nicht durch einen Anruf zu verraten, wie alle anderen da draußen wahrscheinlich ebenso.

»Faye, warte hier auf mich.« Auf dem Absatz drehte ich mich um und stürmte aus dem Club.

KAPITEL 38

KAYNE

Ich verließ den Club durch den Haupteingang und drückte mich durch ein Gewirr von Menschen hindurch, die in der frischen Nachtluft der Wüste rauchten oder runterkühlten. Suchend sah ich mich nach allen Seiten um, konnte jedoch Lainey nirgends entdecken. Als hätte sie der Erdboden verschluckt. Verdammt, was jetzt?

Ich fischte mein Smartphone aus meinem Jackett und warf einen Blick darauf. Noch zehn Minuten und keine Reaktion von Aidan. Es war zum Verrückt werden. Eine Stimme tief in meinem Inneren raunte mir zu, ich solle die Sache besser meinem Partner und den anderen überlassen, aber dieses schlechte Gefühl nagte noch stärker in mir. Irgendwas stimmte nicht. Obwohl ich keinen blassen Schimmer hatte, weshalb ich dermaßen überzogen reagierte und damit am Ende noch die ganze Operation gefährdete, sah ich mich weiter nach Lainey um. Ich musste mit ihr reden. Steckte sie tatsächlich mit Judson unter einer Decke und hatte mich Idioten wochenlang an der Nase herumgeführt? Ich hätte ohne zu zögern einen Eid auf ihre Unschuld geschworen. Ihre riesigen hellblauen Augen hatten meinen Verstand vernebelt. Hastig schob ich mich durch die lachenden und redenden Leute, wehrte die Hand einer halbnackten Frau ab, die sich um meinen Nacken legte und eilte weiter.

»Hey, Süßer. Wohin so eilig?«, rief sie mir hinterher, aber ich ignorierte die Kleine, scannte stattdessen mit dem Blick die nachtschwarze Gegend. Lediglich der Eingangsbereich und die Parkplätze wurden ausgeleuchtet, der Rest des Geländes verschwand im Dunklen. Immer schneller pumpte mein Herz Blut durch die Venen, mischte sich Adrenalin dazu, das mich hellwach und aggressiv machte. Ich verspürte den unbändigen Drang meine überschäumende Wut an jemandem auszulassen. Vorzugsweise an Judson und ballte die Fäuste.

»Wo steckst du, Lainey«, murmelte ich und lief langsam los. »Und wo steckt dein Arschloch von Lover?« Hatte Lainey nicht gesagt, Judson würde draußen auf sie warten? Somit hielt sie sich versteckt, solange er die Karre besorgte. Ich würde sie finden.

Ein Stückweit entfernt meinte ich einen Schatten an dem alten Stallgebäude entlanghuschen zu sehen, das wir zu Garagen für die Fahrzeuge der Belegschaft umgebaut hatten. Das konnte nur Lainey sein. Die Crew arbeitete oder hockte auf ihrem Lauerposten. Ich würde mir das kleine Miststück schnappen, während mein Partner Judson in die Mangel nahm. Gleich musste es soweit sein, dass sie den Schweinehund zu fassen bekamen. So leise wie möglich spurtete ich den geschotterten Weg zu dem Gebäude hinüber und drückte mich an die Wand. Dicht an das Gemäuer gepresst, schlich ich durch die Dunkelheit, als mir ein schwacher Lichtschein auffiel, der durch die Ritzen einer Garagentür blitzte, die ins Tor eingelassen war. *Hier versteckst du dich also.* Raffiniert. In der Garage stand Spencers restaurierter Mustang. Besorgte sie gerade ein Zweitfahrzeug für die Flucht?

Ich presste eine Faust vor die Lippen, um einen wütenden Schrei zu unterdrücken. Dieses Miststück hatte mich von vorn bis hinten verarscht, mir das arme traumatisierte Opfer vorgespielt, um sich mein Vertrauen zu erschleichen. Dabei war es ihr die ganze Zeit nur ums Geld gegangen. Ich fand gar kein Wort für die Enttäuschung, die meinen Körper flutete. Sie war so riesig, dass es kein Superlativ dafür gab. Nur der Wunsch nach Vergeltung stemmte sich dagegen und spannte meine Muskeln an. Ich würde Lainey zur Rede stellen. So einfach kam sie nicht davon. Ruckartig riss ich die Tür auf und schnellte hindurch, blieb aber eben so abrupt wieder stehen. Mein Kiefer klappte nach unten.

»Du?«, fragte ich, nachdem ich mich mühsam wieder gefasst hatte. »Was machst du hier?« Ich deutete auf den offenen Kofferraum des hellblauen Mustangs.

Wie in Zeitlupe drehte sich Spencer um und starrte mich an. »Kayne«, sagte er überrascht. In der Hand hielt er den Lösegeldkoffer.

»Was machst du mit dem Koffer?« Ich deutete darauf. »Solltest du den nicht in Aidans Auto deponieren?« Noch während ich sprach, ging mir ein Licht auf. Möglichst unauffällig tastete ich nach der Mini-Glock in der Innentasche meines Jacketts. Aber Spencer war schneller. Der mattschwarze Lauf seines Revolvers blitzte mir entgegen. »Das war verdammt schlechtes Timing, Boss.«

»Du bist der Erpresser?«, fragte ich noch immer sprachlos. »Warum?« Ich wischte mir mit einer Hand durchs Gesicht. »Warum tust du das? Nach Aidan warst du der Mensch, dem ich am meisten vertraut habe. Für dich hätte ich meine Hand ins Feuer gelegt. Ich habe dir einen Job gegeben, nachdem du aus dem Knast entlassen warst, dir einen Neustart ermöglicht. Dank mir hast du ein Dach über dem Kopf, ein festes Gehalt. Ich dachte, wir sind Freunde.«

Er zuckte mit den Achseln, bevor er den Lösegeldkoffer in den Kofferraum schwang. »Eine Million Dollar, Boss. Es ist nichts Persönliches. Aber ich brauche das Geld für einen Neustart in Panama.« Ein tiefes Grollen verließ seine Lippen. »Ich habe es so satt, den Rest meines Lebens eure Puff-Tür zu bewachen, während ihr euch die Taschen mit Kohle vollstopft. In den vergangenen Jahren habe ich alles für euch getan, ich war stets loyal und habe dafür gesorgt, dass eure Ärsche sicher sind. Für euch war mein Einsatz immer selbstverständlich, aber ich habe mir die Kohle in diesem Koffer verdient. Mein ganzes Leben habe ich dem Gentleman's Paradise gewidmet, doch damit ist jetzt Schluss. Ein anderes Paradies wartet in Mittelamerika auf mich, mit Weibern, die sich dann mal um mein Wohlergehen kümmern.« Er lachte dreckig.

»Wir haben dich immer anständig bezahlt«, warf ich ihm an

den Kopf. Ohne uns hätte der Mistkerl nach seiner Haftentlassung nicht mal ein Dach über dem Kopf gehabt und jetzt stellte er hohe Ansprüche? »Warum wolltest du, dass ich meinen Posten als Geschäftsführer niederlege? Das ergibt alles keinen Sinn. Was hast du davon?« Ich verstand überhaupt nichts mehr. Was waren Aidan und ich für Riesenidioten gewesen. Wir hatten Spencer über jeden Schritt bezüglich der Erpressung informiert und ihn über alles ins Vertrauen gezogen. Einfacher hätten wir dem Drecksack seine krumme Tour nicht machen können.

»Ein Ablenkungsmanöver, um dich beschäftigt zu halten. Um ein Uhr sollte Aidan hinter dem Haus lauern und du im Club deine Rede halten, damit ich unbemerkt verschwinden kann.«

»Du bist der größte Wichser des Jahrhunderts.« Unwillkürlich schnellte ich einen Schritt nach vorn, bis Spencer den Arm ausstreckte.

»Keinen Schritt weiter, Kayne.«

Ich stoppte mitten in der Bewegung. Ich musste Zeit schinden, nicht mehr lange und Aidan würde seinen Beobachtungsposten verlassen. Schaffte ich es, Spencer solange in ein Gespräch zu verwickeln, bekamen wir ihn am Ende doch noch dran. »Ein ausgeklügelter Plan, das muss ich zugeben. Du lässt Aidan einen leeren Wagen bewachen und machst dich zwischenzeitlich gemütlich aus dem Staub.«

Spencer grinste breit, sein silberner Eckzahn blitzte auf. »Ihr habt es mir so einfach gemacht.« Er tippte sich mit zwei Fingern gegen die Schläfe. »Nichts für ungut, aber ich muss los.«

»Du kommst nicht weit«, ätzte ich. »Die Polizei wird dich finden und wieder dahinstecken, wo du hingehörst. In den Knast.«

»Kayne«, er klang, als spräche er zu einem kleinen Kind. »Du wirst die Cops nicht rufen.« Spencer kam einen Schritt näher. »Ich werde Aidan von unterwegs kontaktieren und ihm sagen, dass wir beide den Erpresser Judson verfolgen, der sich mit der Kohle aus dem Staub gemacht hat, und dass wir ihn bald haben. So schnell ruft der gute Aidan mit seiner Cop-Aversion keine Polizei, nicht solange wir die Sache selbst regeln können. Ich werde ihn eine Zeitlang hinhalten und einen guten Vorsprung herausholen. Bis der Schwachkopf merkt, was tatsächlich los ist, habe ich schon längst die Grenze zu Mexiko passiert.«

»Du glaubst allen Ernstes, dass ich zu dir in den Wagen steige?«

»Nein«, er schüttelte den Kopf. »Lebendig höchstwahrscheinlich nicht.«

Mein Magen zog sich zusammen, und mein Gehirn stellte die Arbeit ein. Schweiß brach mir aus allen Poren. Ich stand als lebende Zielscheibe vor Spencer und fand keinen Ausweg.

»Mach's gut, Kayne.« Spencer zielte direkt auf meinen Brustkorb.

In einem letzten verzweifelten Rettungsversuch wollte ich mich auf ihn stürzen, da durchschnitt eine tiefe Stimme den Raum.

»Waffe weg.«

Reflexartig riss Spencer die Pistole zur Seite, als gleichzeitig ein Schuss an mir vorbeizischte und meinen Security-Chef in den Oberschenkel traf. Er krümmte sich brüllend. Einen Herzschlag später, warf ich mich auf den Koloss und riss ihn zu Boden. Trotz seiner Verletzung kämpfte Spencer wie verrückt und versuchte, den Revolver auf mich zu richten. Ich holte aus und verpasste ihm einen Faustschlag mitten ins Gesicht. Es knackte laut, als seine Nase brach. Der Kerl jaulte auf und fuchtelte mit der Waffe herum, als ein gezielter Tritt ihm die Glock aus der Hand schleuderte. Judson drückte ihm den Lauf seiner Pistole an die Schläfe. »Es ist vorbei, Spencer. Lainey ruft gerade die Cops.«

Rasch hechtete ich zur Seite und schnappte mir Spencers Revolver.

Spencer hielt mitten in der Gegenwehr inne und sah Judson mit großen Augen an. »Was machst du hier?«

»Ich habe dich schon seit ein paar Tagen im Visier. Schon, seit ich gesehen habe, wie du den Erpresserbrief an der Theke drapiert hast. Das war mehr als leichtsinnig von dir. Hättest du ihn bloß mit der Post geschickt, dann hätte ich nie entdeckt, dass du hinter dieser miesen Erpressung steckst.«

Ich setzte mich auf die Knie und atmete tief durch. Meine Gliedmaßen fühlten sich an wie gelähmt. »Warum hast du nie ein Wort gesagt, Judson?«, keuchte ich.

»Hättest du ausgerechnet mir geglaubt?«

Ich schüttelte den Kopf. »Mit ziemlicher Sicherheit nicht«, gab ich zu. »Es gibt nicht viele Menschen, für die ich meine Hand ins Feuer lege, aber einer davon war Spencer.«

Judson zerrte Spencer in eine sitzende Position und lehnte ihn gegen die Stoßstange. Der stöhnte mit schmerzverzerrtem Gesicht und presste eine Hand auf seinen blutenden Oberschenkel. Wie es aussah, hatte Judson keine lebenswichtige Arterie erwischt, denn der Blutverlust war nicht lebensbedrohlich stark.

»Du hättest Spencer wahrscheinlich brühwarm von meinem Verdacht erzählt und am Ende mich gefeuert.«

Ich hätte in der Tat keine Sekunde gezögert, Judson an die Luft zu setzen. Allein aus meiner Antipathie heraus. Herrgott, was war ich für ein Idiot. »Wahrscheinlich wäre es so abgelaufen«, gab ich erneut zu. Meine Menschenkenntnis war erbärmlich.

Die Tür schwang quietschend auf. »Die Polizei ist unterwegs«, rief Lainey, halb hinter dem Türrahmen kauernd, in den Raum.

Judson wandte den Kopf. »Ich sagte doch, du sollst draußen warten.«

Zögerlich kam sie näher. »Ja, ich weiß. Aber als ein Schuss fiel, bekam ich solche Angst um euch.« Ihr Blick verharrte bei dem verletzten Spencer und sie hielt sich eine Hand an die Brust. »Oh, Gott sei Dank. Es hat ihn erwischt.« Hektisch wischte sie über ihr Smartphone. »Ich rufe einen Krankenwagen.« Sie redete ein Weilchen ins Telefon und legte dann auf.

Ich setzte mich auf die Fersen und zwang meinen trommelnden Herzschlag zur Ruhe. »Wolltet ihr nicht gemeinsam abhauen?«

Lainey sank neben mir in die Hocke. »Nein.« Sie schüttelte den Kopf und legte mir fast schüchtern eine Hand auf die Schulter. »Es war alles nur gespielt, um dich aus dem Club zu lotsen.«

»Was?« Ich verstand überhaupt nichts mehr.

»Judson kam heute zu mir, weil er meine Hilfe benötigte«, fing sie zögerlich an. »Er hatte Spencer schon seit längerem im

Verdacht, wusste aber auch, dass du ihm nicht glauben würdest, bevor du seinen Verrat nicht mit eigenen Augen siehst.«

»Ich habe Spencer den ganzen Abend über nicht aus den Augen gelassen und gesehen, wie er den Koffer versteckt hat, bevor er Aidans Wagen hinter dem Haus parkte«, fuhr Judson fort. »Es gab nur eine einzige Möglichkeit, dich in dieser Situation aus dem Club zu bekommen. Und zwar mithilfe von Lainey. Nur für diese Frau würdest du alles stehen und liegen lassen. Lainey sollte dich zu den Garagen lotsen, in der Hoffnung, du würdest ihr folgen. In einer ruhigen Ecke wollten wir dir dann von Spencers Plan berichten und du solltest selbst sehen, wer sich mit eurem Geld auf und davon macht. Leider hast du jedoch vorher das Licht bemerkt und bist stattdessen in Spencers Garage verschwunden.«

»Ihr Arschlöcher«, keuchte Spencer mit schmerzverzerrtem Gesicht, bevor er den Kopf an das Heck des Mustangs lehnte. Schweiß lief ihm in Strömen über sein bleiches Gesicht.

»Ich hatte solche Angst um dich, Kayne.« Tränen schimmerten in Laineys Augen. »Judson ist sofort zur Tür gelaufen, um dir zu helfen.«

»Dann hörte ich euch reden, und du hast begriffen, wer in Wahrheit hinter dieser Schweinerei steckt. Ich wollte, dass Spencer dir noch so viel wie möglich beichtet, bevor ich ihn schließlich zur Strecke bringe.«

»Das war aber haarscharf.« Ich griff mir in den Nacken. Nur wenige Sekunden hatten gefehlt und ich läge nun tot auf dem Boden.

»Timing war noch nie meine Stärke«, entschuldigte sich Judson grinsend. Ich stand auf und streckte ihm die Hand hin. »Es tut mir leid, wie ich dich behandelt habe. Ich hoffe, du nimmst meine Entschuldigung an.«

Judsons Blick schweifte zwischen mir und Lainey hin und her, ehe er schließlich einschlug. »Ich nehme deine Entschuldigung an.« Er reichte Lainey die andere Hand und half ihr hoch. »Obwohl ich immer noch ein bisschen eifersüchtig auf dich, wegen deinem Mädchen bin.«

Mein Blick ruhte auf Laineys Gesicht, ihren großen erschrockenen Augen und der zitternden Unterlippe. Der

Schreck saß ihr noch immer in allen Gliedern. Sie sah aus, als würde sie jeden Moment umfallen.

»Alles in Ordnung mit dir?« Ich nahm ihren bebenden Körper in die Arme und drückte sie an mich.

»Mir ist schlecht«, quetschte sie hervor und schluchzte auf. »Ich kann sein Blut nicht sehen.«

Ich streichelte ihren Rücken und küsste sie aufs Haar. »Es ist vorbei«, flüsterte ich.

»Wenn einem von euch etwas Schlimmes passiert wäre«, schluchzte sie, »ich weiß nicht, ob ich das überlebt hätte.« Der Schock hatte sie mit Wucht eingeholt, sodass ich sie einfach nur hielt.

Sirenengeheul jaulte durch die Nacht und kam langsam näher.

»Spencer, du bekommst Besuch«, feixte Judson.

Mein Blick fiel auf Spencers Gepäck im Kofferraum. »Du gestattest, Spencer.« Mit einer Hand hievte ich den Lösegeldkoffer heraus. »Der gehört mir.« Ich hielt ihn Judson hin. »Öffne ihn, bitte.«

Judson legte ihn auf den Boden und entsperrte die Schließen.

»Anscheinend hast du bislang noch keinen Blick auf dein Vermögen gewagt«, sagte ich, während ich beobachtete, wie Judson bedächtig den Deckel hob. Ein Haufen alter Zeitungen türmte sich darin. »Hast du allen Ernstes geglaubt, wir würden irgendeinen Wichser mit einer Million davonkommen lassen?« Ich lachte auf, als ich Spencers verdatterten Gesichtsausdruck bemerkte. Lainey und Judson stimmten mit ein und sie entspannte sich ein wenig in meinen Armen.

Blaue und rote Lichter wirbelten durch die offene Tür in den Raum, als der erste Polizeiwagen mit viel Getöse vor den Garagen hielt und die Cops in unsere Richtung stürmten.

KAPITEL 39

LAINEY

Wir standen vor dem Gentleman's Paradise und sahen zu, wie Spencer auf einer Trage zu einem Krankenwagen gerollt wurde. Seine Hände waren mit Handschellen gefesselt.

Ein Cop stand bei uns und notierte sich Kaynes und Judsons Aussagen, während ich vor Aufregung noch immer am ganzen Körper schlotterte. Mittlerweile war auch Aidan erschienen und hörte sich alles fassungslos an. »Das glaube ich nicht«, keuchte er immer wieder. »Ausgerechnet Spencer.« Er schien ähnlich schockiert wie wir alle zu sein. Und ich wusste, dass Judson mit jedem Wort recht gehabt hatte. Keiner von beiden hätte uns geglaubt, dass es sich bei dem Erpresser um ihren Security-Chef und besten Freund handelte. Schon bei mir hatte Judson stundenlange Überzeugungsarbeit leisten müssen.

Mich fröstelte am ganzen Körper. Als der Schuss krachte, hatte ich in Gedanken schon Kayne oder Judson tot am Boden liegen gesehen und die Horrorszenarien meiner Kindheit lösten sich wie eine riesige Lawine über meinem Kopf. Ich hatte keine Chance gegen meine Erinnerungen, bis Kayne mich in seine starken Arme geschlossen und mir Halt gegeben hatte. Trotz allem, was zwischen uns vorgefallen war, fühlte ich mich bei ihm noch immer unglaublich sicher und geborgen.

Kayne zog sein Smoking Jackett aus und legte es mir um die Schultern, bevor er sich wieder an den Polizisten wandte. Für einen Moment schloss ich die Augen und schmiegte mich hinein, war umfangen von seinem wundervoll typischen Geruch und seiner Körperwärme, die aus dem Stoff auf mich überging.

»Ma'am«, sagte der Cop zu mir und ich schrak hoch. »Ich möchte Sie bitten, für Ihre Aussage morgen früh um zehn auf dem Revier zu erscheinen. Ruhen Sie sich heute noch aus.« Er lächelte mich mitleidig an, obwohl sein Blick immer wieder irritiert zu der Handvoll Gäste in ihren knappen Outfits schweifte, die sich in einiger Entfernung vor dem Eingang des Gentleman's Paradise versammelt hatten und aufgeregt miteinander tuschelten. Der Großteil der Kunden hingegen hatte jedoch schon beim Klang der Sirenen vorsichtshalber das Weite gesucht. Wahrscheinlich hatten sie eine Razzia vermutet. Ein Stückweit abseits entdeckte ich Faye neben der Tür stehen, bevor sie sich umdrehte und in Richtung der wenigen noch parkenden Autos verschwand. Ob sie und Kayne wieder zusammen waren? Der Gedanke schmerzte.

»Ich bin pünktlich da.« Mein Lächeln geriet eine Spur zu gezwungen, aber ich dankte dem Polizisten im Stillen für den kurzen Aufschub. Ich fühlte mich schwach und erledigt.

»Komm mit.« Kayne nahm mich bei der Hand und führte mich zum Seiteneingang, der in den Bürotrakt führte. Weg von allem Drama, Blut und Verbrechen.

»Wie geht es Buster?«, fragte ich ihm Gehen. Ich hatte ein furchtbar schlechtes Gewissen, den Hund einfach sich selbst überlassen zu haben und hoffte, er hatte Kayne keine Scherereien gemacht und dass es ihm gut ging. »Es tut mir leid, dass ich ihn einfach bei dir gelassen habe.«

»Buster ist okay.« Ein kurzes Lächeln hob seine Mundwinkel. »Er ist zu Hause und macht wahrscheinlich gerade das, war er die meiste Zeit über tut. Schlafen.«

Ein Stein plumpste mir vom Herzen. »Danke, dass du dich um ihn gekümmert hast.«

»Ich lasse meinen Kumpel doch nicht im Stich«, sagte er halb im Scherz, aber ich hörte die doppeldeutige Botschaft durchaus heraus und mein schlechtes Gewissen quälte mich.

Als wir nebeneinander die Treppen nach oben gingen, fühlte ich mich Kayne so nahe, obwohl ich nicht wusste, ob er mir mein kopfloses Verschwinden jemals verzeihen würde. Viel eher hatte er mich längst abgehakt und sich wieder Faye zugewandt. Statt in sein Schlafzimmer leitete er mich in sein Büro und knipste das Licht an. So förmlich? Mir schwante nichts Gutes. Das konnte nur bedeuten, dass er diesen privaten Raum bereits mit einer anderen teilte. Im Gehen deutete er auf den Besuchersessel und setzte sich vor mir halb auf den Schreibtisch, sodass er mich um einiges überragte, als ich auf das breite Sitzmöbel sank. Ich schälte mich aus seinem Jackett und legte es über die Lehne.

»Möchtest du ein Glas Wasser?«, fragte er und ich schüttelte den Kopf. »Nein, danke.«

»Warum …«, ich räusperte mich. »Warum sitzen wir in deinem Büro?«

»Weil ich mein Schlafzimmer nicht als einen geeigneten Ort für unsere Aussprache empfinde.« Er goss sich ein Glas Whisky ein. »Auch einen?«

»Nein.« Ich wehrte mit einer Hand ab. »Es tut mir leid.« Noch während ich das sagte, war ich aufgesprungen und nahm sein Gesicht in beide Hände, sein leichter Bartschatten kitzelte meine Innenflächen. Eine impulsive Reaktion, die ich nicht steuern konnte. Aussprache hin oder her – und Faye existierte kurzzeitig nicht. Ich musste ihn berühren.

Er legte seine Hände zwar auf meine, schob sie aber nicht von sich, wie ich befürchtet hatte. Als würde er einen inneren Zweikampf ausfechten. »Was tut dir leid?«

»Dass ich einfach gegangen bin. Dass ich alles hingeworfen habe.«

Schließlich befreite er sich doch von meiner Berührung. Ein schwerer Seufzer rang sich aus seiner Kehle. »Der Punkt ist nicht der, dass du nach einer hitzigen Debatte davongerannt bist.«

»Sondern?« Es war nur gehaucht.

»Dass du danach tagelang meine Anrufe ignoriert hast. Du hast dich quasi in Luft aufgelöst, mich von heute auf morgen komplett aus deinem Leben gestrichen. Wegen eines Streits. Wo warst du die ganze Zeit, etwa bei Judson?« Seine wunderschönen karamellfarbenen Augen durchleuchteten mich, ich sah die Enttäuschung darin flackern und auch ein bisschen eine gnadenlose Härte. Saßen wir deshalb in seinem Büro? Weil es keine Chance mehr für uns gab? Er schon längst Ersatz gefunden hatte? Der Gedanke quälte mich, schmerzte nicht nur in meinem Herzen, sondern überall. Kayne hatte sich in meinem gesamten System festgesetzt und ich hatte mit einer Überreaktion unsere großartige Beziehung ruiniert. »Nein, ich war nicht bei Judson.« Wenigstens diese Sache musste ich klären. Zwischen mir und Judson war nie etwas gelaufen und es würde sich auch in Zukunft nichts entwickeln. »Judson und ich hatten nichts miteinander. Er hat mich heute erst wegen der Sache mit Spencer angesprochen und mich um Hilfe gebeten. Allein aus diesem Grund war ich vorhin überhaupt in der Bar. Ich wollte euch helfen. Außerdem hat Judson erst kürzlich eine Frau kennengelernt, mit der er sich trifft. Wir sind nur Freunde.«

Kayne schien mir nicht so recht zu glauben, das spürte ich und sank in mich zusammen. Weshalb sollte er auch?

»Woher wusste Judson dann, wo er dich findet? Du bist drei Tage nicht zur Arbeit erschienen und warst wie vom Erdboden verschluckt.«

»Weil er wusste, wo ich mich aufhalte«, gab ich zu.

»Und wo war das?«

»Du musst mir erst versprechen, dass die Person keinen Ärger bekommt, wenn ich es dir erzähle.«

Kayne leerte den Rest seines Glases. »Ich verspreche dir überhaupt nichts«, erwiderte er kühl.

»Dann kann ich es dir nicht sagen.« Entschuldigend zuckte ich mit den Schultern

»Lainey.« Er klang sauer.

»Du musst es erst versprechen.«

Ein tiefer gequälter Seufzer rang sich aus seiner Kehle. »Na, gut, ich verspreche es und jetzt erzähl.«

»Ich habe bei Grace in ihrem Zimmer geschlafen.« Mein Herz pochte bis hoch zu den Schläfen.

Kayne fuhr in die Höhe. »Was? Ich habe Grace bestimmt ein Dutzend Mal nach dir gefragt, und sie hat immer behauptet, sie hätte keine Ahnung, wo du steckst.«

»Denk an dein Versprechen«, erinnerte ich ihn zaghaft. »Sie hat ein richtig schlechtes Gewissen, weil sie dich angelogen hat. Wenn jemanden eine Schuld trifft, dann nur mich. Aber Grace hatte Angst, mir könnte etwas passieren, falls ich draußen in der Wildnis übernachte.«

»Warum hast du nicht mit mir geredet? Du hast meine Anrufe ignoriert, auf keine meiner Nachrichten geantwortet. Hast du so wenig Vertrauen in mich?«

»Ich hatte Angst um meinen Bruder. Okay, in deinen Augen sind meine Bedenken höchstwahrscheinlich irrational und mir ist auch klar, dass ich dich mit dem, was ich damals in deinem Büro zu dir sagte, sehr verletzt habe. Und glaub mir, jedes einzelne Wort tut mir so unendlich leid. Aber Holden ist alles, was mir von meiner Familie noch geblieben ist. Er ist mein letztes Band zu Kayla.« Wie sollte ich ihm erklären, warum ich dermaßen ausgeflippt war? Dass diese hässliche Scheißangst um Holden mich total irrational hatte handeln lassen. Ich benötigte einen Moment, ehe ich weiterreden konnte. »Du weißt, dass ich wahnsinnig sauer auf dich war, weil du dich in dieser Sache gegen mich gestellt hast …«

»Ich habe mich nicht gegen dich gestellt«, unterbrach er mich, »sondern geschäftliches von privatem getrennt. Du hingegen wolltest lediglich aus einem einzigen Grund nicht, dass Holden in meinem Club arbeitet. Sowohl ich, als auch das Gentleman's Paradise sind in deinen Augen nicht gut genug für deinen Bruder. Diesen Vorwurf kann ich durchaus persönlich nehmen, vor allem, wenn er aus dem Mund einer Frau kommt, mit der ich schlafe und die mir etwas bedeutet.«

»Es tut mir leid.« Einen Herzschlag lang schloss ich die Lider, um mich zu sammeln. »Ich habe im ersten Moment vielleicht so gedacht, das will ich nicht abstreiten. Aber in Wahrheit ist es genau andersherum. Wir sind nicht gut genug für dich.« Als er den Mund öffnete, stoppte ich ihn mit einem kurzen Handzeichen. »Nein, lass mich bitte ausreden. Nach unserem Streit bin ich nach draußen gerannt, weil ich frische Luft brauchte, um wieder einigermaßen klar zu werden. Unter einer Palme hat Grace mich dann erwischt und ich war immer noch so wütend auf dich. Also habe ich ihr in einem schwachen Moment alles erzählt. Dass ich dich verletzt habe und mein Bruder komplett pleite ist. Von meiner Angst um seine Zukunft und dass ich dir ein Ultimatum gestellt habe, dass du sofort in der Luft zerschmettert hast.«

»Es war keine gute Idee, mich zu erpressen.«

»Ich wusste mir nicht anders zu helfen. Glaubst du, mir ist nicht klar, wie dumm das von mir war?« Mit beiden Händen strich ich mir die störrischen Locken aus dem Gesicht. »Ich … ich brauchte drei Tage Zeit, um eine bestimmte Sache zu erledigen. Danach wollte ich mit dir reden.«

Seine Augen weiteten sich. »Und worum ging es dabei?«

»Ich bin zu meinen Eltern gefahren, um meine 10.000 Dollar zurückzufordern. Das Geld hätte ausgereicht, um Holden zumindest die Studiengebühren für das erste Jahr an der UCLA zu finanzieren.«

»Ich dachte, sie haben die Kohle in die Farm gesteckt.«

»Haben sie auch.« Ich schluckte. »Sie sollten eine Hypothek auf das Land aufnehmen. Für mich rühren meine Eltern keinen Finger, das weiß ich. Aber Holden ist ihnen wichtig. Ich dachte, wenn ich es schaffe, meinem Bruder das Geld zumindest für den Start des Studiums zu besorgen, würde er es sich noch einmal anders überlegen.« Mein Kopf dröhnte. Erst jetzt wurde mir so richtig bewusst, wie sinnlos meine Anstrengungen gewesen waren. Was ich in meiner Dummheit alles aufs Spiel gesetzt hatte.

»Aber dein Plan hat nicht geklappt, nehme ich mal an«, hörte ich Kayne sagen. »Holden hatte heute seinen ersten Arbeitstag.«

Ich schüttelte den Kopf, Tränen brannten in meinen Augen. »Meine Eltern können keine Hypothek auf die Farm aufnehmen, weil sie bereits hochverschuldet sind. Sie sind komplett pleite. Trotzdem haben wir tagelang sämtliche Banken in der Umgebung bekniet und meine Eltern haben dann auch noch irgendwelche Bekannte angepumpt. Aber ohne Erfolg.«

Seine Hand legte sich auf meine Schulter. »Dein Bruder ist alt genug, um sich selbst aus dem Schlamassel zu ziehen, in den er sich geritten hat.«

»Er weiß nicht einmal, dass ich meine Eltern um Geld für ihn gebeten habe.« Hastig wischte ich eine Träne von meinem Unterlid. »Und es geht nicht einmal darum, dass ich denke, das Gentleman's

Paradise wäre kein geeigneter Ort für ihn. Du und Aidan, ihr habt etwas Großartiges auf die Beine gestellt. Euer Club ist in ganz Nevada berühmt. Ihr behandelt eure Angestellten fair und die Arbeit macht mir Spaß. Ich habe nur Angst, dass andere Leute, die euch nicht so gut kennen, wie ich das tue, später ein Problem mit seinem Job haben könnten. Ich wünsche mir eine leuchtende, perfekte Zukunft für meinen Bruder.« Ein Schluchzer rang sich aus meiner Kehle. »Und jetzt habe ich alles kaputt gemacht. Meine Beziehung, dein Vertrauen in mich, deine Liebe. Du bist wieder mit Faye zusammen. Nur weil ich so eine verdammte Idiotin war und dir diese ungerechtfertigten Vorwürfe gemacht habe. Am liebsten würde ich alles zurücknehmen. Jedes einzelne Wort.«

»Ich habe Faye lediglich auf die Party eingeladen, weil ich herausbekommen wollte, ob sie irgendwas mit der Erpressung zu tun hat«, hörte ich ihn sagen und stockte.

»Aber …«, ich schluckte. »Du wolltest mit ihr nach unten in den Keller verschwinden, um harten Sex mit ihr zu haben.« Hinter meinen Augäpfeln pochte es dumpf. Die Vorstellung von den beiden zusammen im Bett, war kaum auszuhalten und schmirgelte mein Herz wund.

Wie zur Entschuldigung zuckte er mit den Achseln. »Der Kerker wäre der einzige Ort gewesen, an dem ich irgendwelche Infos aus ihr herausgequetscht hätte. Aber ich bin mir nicht mal sicher, ob ich überhaupt einen hochbekommen hätte. Es gibt nur eine einzige Frau auf dieser Welt, mit der ich schlafen möchte.«

»Und kenne ich sie?« Ich hielt den Atem an, mein Herz klopfte zum Zerspringen.

Vollkommen unvorbereitet griff er in mein Haar, riss meinen Kopf nach hinten und überstreckte meinen Hals. Er kam dicht vor mein Gesicht, seine andere Hand legte sich um meine Kehle. »Sag es«, raunte er heißer und mir stockte der Atem.

»Was willst du von mir hören?«, keuchte ich.

»Sag mir, dass du mich immer noch liebst und verrückt nach mir bist.«

»Ich liebe dich so unglaublich, Kayne Crest.« Meine Lider flackerten. »Für mich gibt es immer nur dich, ich bin verrückt nach dir und werde es auch mein ganzes Leben lang bleiben.«

Seine Augen wurden schmal, als wollte er diese tausend

dunklen Fantasien verbergen, die in ihm tobten. »Mein Bett ist so leer ohne dich«, raunte er, während sein heißer Atem über mein Gesicht wehte. »Komm wieder nach Hause, ich brauche dich.«

Nach Hause. Mein Herz schmolz noch ein Stückchen mehr für ihn, obwohl das fast nicht mehr möglich war. Wie in Zeitlupe ließ er mich los.

»Ich habe dich so vermisst«, flüsterte ich.

Genüsslich griff ich in seine Haare und zerzauste sie. »Lass uns nie wieder streiten.« Ich schmiegte mich an ihn.

»Mir würde schon reichen, wenn du nach einem Streit nicht mehr davonläufst«, erwiderte er, seine Lippen streiften meine.

»Tue ich nicht mehr, versprochen.«

Er senkte seine Lippen auf meine, unsere Zungen verfingen sich in einem wilden Spiel, das mein Inneres wie feuchtes Brausepulver zum Prickeln brachte. Ich war so unglaublich verliebt in diesen Mann und hatte seine magischen Hände auf meinem Körper so vermisst. Ein kleiner Schrei entfuhr mir, als Kayne mich bei den Hüften packte und auf seinen Schrcibtisch setzte. »Lust auf ein kleines Rollenspiel?« Er zwinkerte mir zu und schob eine Hand unter meinen Rock.

»Was schwebt dir vor?«, erwiderte ich atemlos und lehnte mich auf den Ellenbogen zurück, mein Brustkorb bebte vor Verlangen.

»Du bist eine Sekretärin auf der Suche nach einem neuen Job, den du aber nur bekommst, wenn du dich von deinem zukünftigen Boss auf seinem Schreibtisch vögeln lässt.«

»Sir«, erwiderte ich empört und wand mich unter ihm, »ich bin eine Lady. Nehmen Sie sofort Ihre Hand weg.« Ich stöhnte genüsslich auf, als seine Fingerspitzen, meine Schamlippen durch den Slip berührten. Himmel, wie ich seine versauten Spielchen liebte. Halbherzig stemmte ich eine Hand gegen seinen Brustkorb, und dankte dem Universum für meinen einfallsreichen Lover und absoluten Traummann, den ich nie wieder hergeben würde.

EPILOG

LAINEY

3 Monate später

Ich verließ das mehrstöckige Gebäude und trat hinaus in die brütende Hitze von Las Vegas. Draußen blieb ich stehen und atmete tief durch. Autos reihten sich in einer endlosen Blechlawine hintereinander und schoben sich durch die Straßen. Ab und zu hupte jemand, der Lärm der Menschen drang wie geballtes Gemurmel in meine Ohren, ein Gemisch der unterschiedlichsten Geräusche, die sich nicht mehr klar definieren ließen. Wie durch einen Schleier nahm ich alles um mich herum wahr. Was ich soeben erfahren hatte, musste ich erst einmal sacken lassen. In meinem Inneren herrschte ein heilloses Durcheinander.

»Lainey!«

Ich wandte mich in die Richtung, aus der mein Name gerufen wurde und entdeckte Vivien in ihrem offenen weißen Cabriolet am Straßenrand. In meiner Not hatte ich sie angerufen und um Hilfe gebeten. Ich hatte nicht gewusst, was ich sonst tun sollte. Sie hatte sofort alles Nötige für mich in die Wege geleitet und mich hergefahren. Sie winkte mich zu sich.

Halb stolperte ich zu ihr hin, öffnete die Tür und ließ mich auf den Beifahrersitz sinken. Ich fühlte mich wie nach einem Marathon.

»Und?« Vivien setzte den Blinker, bevor sie sich in den Straßenverkehr einreihte.

Statt einer Antwort nickte ich nur. Meine Zunge fühlte sich geschwollen und dick an, ich war nicht mal mehr imstande, Laute zu formen. Was jetzt? Wie würde Kayne reagieren, wenn er davon erfuhr? Ich hatte keine Ahnung.

»Du hättest nicht hinter Kaynes Rücken herkommen sollen«, tadelte Vivien mich mit strenger Stimme.

Das wusste ich selbst und mein schlechtes Gewissen fraß mich auf. Schon wieder hatte ich ihn hintergangen, ihm ein Märchen aufgetischt, von wegen, ich träfe mich mit Vivien auf einen Stadtbummel. Mir war echt nicht mehr zu helfen. Ich wollte auch keine Geheimnisse mehr vor ihm haben, aber ich brauchte vorher Gewissheit, denn ich durfte nicht unbedacht falschen Alarm schlagen.

Vivien brauste aus der Stadt hinaus und bog auf die staubige Wüstenstraße ab, die uns sowohl zum Gentleman's Paradise als auch zu dem kleinen Städtchen führte, in dem ich zusammen mit Kayne wohnte. Ich schloss die Augen und ließ mir den lauwarmen Fahrtwind ins Gesicht wehen, der meine Locken nach allen Seiten peitschte. Vielleicht würde die frische Brise meinen Kopf klären. Wie würde Kayne reagieren? Mein Puls im Hals pochte, seit ich vorhin die endgültige Wahrheit erfahren hatte und beruhigte sich seitdem auch nicht mehr. Als würde ich konstant unter Strom stehen.

»Du wirst es ihm doch sagen«, holte Vivien mich zurück in den Wagen. »Lainey, mach keine Dummheiten.«

Ich öffnete die Augen und strich mir die Locken hinter die Ohren. »Sobald sich ein günstiger Augenblick ergibt.«

»Lainey, wovor hast du solche Angst?« Vivien nahm meine Hand und drückte sie.

»Ich will ihn nicht überrumpeln.«

Vivien lachte kurz auf. »Das wird sich nicht vermeiden lassen.«

Die Sonne blendete mich und brannte in meinen übermüdeten Augen. Ich kramte eine Sonnenbrille aus meiner Handtasche und setzte sie auf. »Wir haben noch nie über dieses

Thema geredet, ich habe das Gefühl, Kayne vermeidet es absichtlich.«

»Kayne liebt dich von ganzem Herzen, das sieht man.« Sie hielt eine Hand hoch in den Fahrtwind und kämpfte dagegen an. »Ich bin so gespannt auf sein Gesicht.«

Vivien konnte großspurig reden. Sie steckte auch nicht in meiner Klemme. Seit einem Monat holte ich tagsüber meinen Highschool-Abschluss nach und belegte in einem Institut Kurse für Erwachsene. Nebenbei arbeitete ich am Wochenende im Gentleman's Paradise hinter der Bar, um Kayne nicht völlig auf der Tasche zu liegen und mich nützlich zu machen. Danach wollte ich dann in Las Vegas Literatur studieren. Kayne fand meine Pläne großartig und unterstützte mich. Ohne ihn wäre ich aufgeschmissen. In seiner bloßen Nähe blühte ich auf. Ich genoss es, morgens neben ihm aufzuwachen, zuerst mit den Fingerspitzen über seinen kratzigen Bartschatten zu streicheln, bevor ich dann über ihn herfiel, während er noch im Halbschlaf vor sich hindöste. Ich konnte meine Finger einfach nicht bei mir behalten – und meine Lippen ebenso wenig. Auch nach Monaten gestaltete sich unser Liebesleben noch immer turbulent und aufregend. Wie genoss ich dieses Kribbeln, das sich in mir aufbaute, sobald meine Zungenspitze auf seine Haut traf und ich sein göttliches Aroma schmeckte, während ich eine feuchte Spur über seinen Hals zog. Es war das schönste Gefühl der Welt, seine Brustwarzen sanft mit den Zähnen zu bearbeiten und ich liebte es mehr als alles andere, seinen Penis zu küssen, bis er sich hart und mächtig aufrichtete. In diesen Momenten hatte er keine Chance, er war mir mit Haut und Haaren ausgeliefert. Unser Leben war perfekt, wir lachten und liebten uns, machten Quatsch und führten stundenlange Gespräche auf dem Sofa über Gott und die Welt. Wir waren ein stinknormales Pärchen geworden. Und ich vergötterte Kayne. Aber vielleicht war bald schon alles vorbei.

Leider war in meinem Leben bisher noch nie auch nur eine Kleinigkeit glatt gelaufen, warum also sollte es dieses Mal anders verlaufen?

Ich ließ den Kopf hängen, sah meine Pläne dahinschwinden wie einen Ozeandampfer am Horizont.

Als Vivien in den Schotterweg zum Gentleman's Paradise einbog, klopfte mein Herz unwillkürlich. Vor dem Gebäude standen Aidan und Kayne. Ich schob meine Sonnenbrille hoch in die Haare.

»Hast du es Aidan erzählt?« Meine Stimme bebte.

»Nein.« Vivien schüttelte den Kopf. »Aidan will gleich zur Baustelle des neuen Clubs aufbrechen. Wahrscheinlich haben die zwei noch ein paar Dinge zu besprechen.«

Schwungvoll bremste sie neben den beiden ab, sodass mein Oberkörper nach vorne ruckte, bis ich vom Gurt gestoppt wurde und mein Rücken wieder auf die Lehne traf. Uff.

»Hey, Darling.« Aidan beugte sich zu Vivien und drückte ihr einen Kuss auf die Lippen. »Was macht ihr so früh schon zurück? Ihr könnt in der kurzen Zeit doch unmöglich Las Vegas leergekauft haben.« Sein Blick fiel auf den verwaisten Rücksitz. »Sag bloß, dir hat meine Kreditkarte leidgetan.« Er grinste breit.

Sie schnitt ihm eine Grimasse. »Ich verdiene mein eigenes Geld und nein, wir haben nichts gefunden.«

Zwischenzeitlich kam Kayne um den Wagen herum und öffnete mir die Beifahrertür. »Hi, Baby.« Seine Augen leuchteten auf, als er meinen weißen Minirock bemerkte, der meine zart gebräunten Beine betonte. Galant reichte er mir die Hand und half mir beim Aussteigen. »Du siehst sehr sexy aus«, raunte er in mein Ohr und legte beide Hände auf meine Taille. Ich schmolz bei seiner Berührung sofort dahin.

»Hey, Kayne.« Vivien winkte.

»Vivien.« Er zwinkerte ihr zu. »Ich hoffe, heute gab es keine illegalen Fahrstunden.«

Sie kicherte. »Wir wollten dir diesmal einen schockierten Auftritt in meinem Wohnzimmer ersparen.«

»Ach, ich hätte gern noch einmal diese Staubwolke gesehen, die Kayne auf seiner Überschallfahrt hinter sich hergezogen hat«, feixte Aidan.

»Du Arschloch. Das nehme ich dir immer noch übel«, ätzte Kayne, bevor er sich an mich wandte und mein Gesicht scannte. »Alles in Ordnung?« Sein Körper spannte sich kaum merklich an. Dieser Mann hatte eine viel zu gute Antenne für meine Stimmungen, er erfasste augenblicklich, wenn etwas nicht stimmte.

Ich zwang mich zu einem fröhlichen Lächeln, das er mir garantiert nicht abnahm. Im Augenwinkel entdeckte ich meinen Bruder, der sich an der Eingangstür des Clubs von Judson verabschiedete, bevor er unsere Richtung einschlug. Aidan und Kayne hatten Judson zum neuen Security Chef befördert und ihm Spencers Job gegeben. In einem langen Gespräch hatten Kayne und Judson alle noch schwelenden Differenzen bereinigt und mittlerweile waren sie sogar Freunde geworden. Erst kürzlich hatte er unsere Einladung zu einem Grillabend bei uns zu Hause angenommen und seine neue Freundin mitgebracht, die wir alle sehr mochten. Ich freute mich, dass nun auch Judson so glücklich war.

Einigermaßen hatte ich mich inzwischen mit dem Fakt arrangiert, dass mein Bruder im Gentleman's Paradise arbeitete. Jetzt hoffte ich inständig, er möge seine Spielsucht endlich in den Griff bekommen. Kayne hatte einfach recht. Holden war ein erwachsener Mann, der sich selbst um seinen Kram kümmern musste. Und es gab wahrhaftig Schlimmeres, als ein Job im Gentleman's Paradise.

»Bist du soweit?«, fragte Aidan, als Holden bei uns ankam und mir zur Begrüßung einen Kuss auf die Schläfe drückte. »Hey, Schwesterchen.« In seinem schwarzen Security-Outfit wirkte er respekteinflößend und durchtrainiert. Man sah ihm das jahrelange Kampftraining bei jedem Schritt an, seine Muskeln bewegten sich unter dem Shirt, schienen fast unter der Haut zu tanzen.

»Hi«, sagte ich betont fröhlich.

»Von mir aus können wir los.« Holden nickte Aidan zu.

»Wohin wollt ihr?«, fragte ich neugierig.

»Aidan benötigt neuerdings einen Leibwächter, wusstest du das nicht?« Kayne grinste breit. »Sein Weiberpuff ist ihm nicht geheuer. Zu viele ungevögelte Frauen auf einem Haufen.«

»Pass auf, was du tust«, verwarnte Vivien ihren Liebsten mit schmalen Augen.

Holden klopfte Aidan auf den Rücken. »Ich werde dafür sorgen, dass er seine Hose nur zum Pinkeln öffnet.«

»Hört auf, Vivien auch noch anzustacheln«, knurrte Aidan. »Darling.« In einer hilflosen Geste deutete er auf Kayne und meinen Bruder. »Glaub diesen Schwachköpfen kein Wort. Der Club öffnet erst in zwei Wochen, das weißt du doch.«

»Und wozu brauchst du dann Security?« Vivien sah ihn fragend an.

Aidan seufzte. »Holden wird den neuen Club leiten und ich möchte ihm vor der Eröffnung alles zeigen.«

»Oh.« Vivien strahlte ihn an. »Gratuliere zu dieser großartigen Beförderung, Holden.«

»Du wirst was?« Ich glaubte mich verhört zu haben.

»Ich übernehme die Leitung des Lady's Paradise. Sei doch froh, du wolltest doch nie, dass ich im Gentleman's Paradise arbeite.«

»Aber du tauschst einfach einen Club gegen einen anderen aus.« Meine Stimme schraubte sich in die Höhe, ehe ich innehielt und tief durchatmete. Nicht in alte Muster verfallen. Holden traf seine eigenen Entscheidungen, die mich nichts angingen. »Ich gratuliere dir zum neuen Job«, sagte ich schließlich und umarmte ihn.

»Ich danke dir, Lainey.« Er musterte mich einen Takt zu durchdringend, sein Blick verweilte auf meinem Gesicht und ich wusste auf der Stelle, er hatte mein Geheimnis dechiffriert. »Was ist mit dir los?«, fragte er leise und hielt mich an den Oberarmen fest. »Du siehst verändert aus.«

Scheiße. Ich konnte nicht mehr länger geheim halten, was mich belastete, zumal ich auch keinen geeigneten Zeitpunkt für meine Beichte fand. Ich hatte keine Ahnung, wie Kayne reagieren würde. Wie in Zeitlupe wandte ich mich ihm zu. »Ich muss mit dir reden.« Ich schluckte hart und hörbar, denn Kayne musterte mich nur reglos.

»Bitte.« Mein Herz schlug immer heftiger in meiner Brust. Unwillkürlich schossen mir Tränen in die Augen, die ich hektisch wegblinzelte.

»Lass uns in mein Büro gehen.« Mit dem Kinn deutete Kayne zur Seite.

Ich nickte, rührte mich jedoch kein Stück. Als wären meine Beine mit dem Boden verwachsen, ließen sie sich nicht bewegen. Die Angst vor Kaynes Reaktion sprengte fast meinen Brustkorb.

Ich würde ihn verlieren. Sobald er hörte, was ich ihm zu sagen hatte, war es aus zwischen uns.

»Lainey«, sagte er leise und nahm meine Hand. Er wollte mich mit sich führen, aber ich stemmte mich dagegen. Also ließ er mich wieder los. Fragend sah er mich an, ich bemerkte die Sorge in seinen Augen und wischte mir mit beiden Händen durchs Gesicht.

»Kayne, ich liebe dich«, flüsterte ich, er sollte und musste das genau jetzt, in diesem Augenblick wissen. Obwohl ich ihm meine tiefen Gefühle bestimmt schon eine Million Mal offenbart hatte, enthielt dieser Moment eine ganz besondere Bedeutung. Und auch eine gewisse Sprengkraft. Mein Herz schmerzte, denn vielleicht hatte ich ihm heute zum letzten Mal eine Liebeserklärung gemacht. Ich konnte nicht im Entferntesten seine Reaktion auf das, was mich bedrückte, einschätzen und schlotterte innerlich. Aber ganz egal, was auch passieren würde, was nach meiner Beichte auch mit uns geschah, dieser Mann war auf ewig in meinem Herzen verankert. Sein Blick schweifte in die Runde, an den Leuten entlang, die stumm um uns herumstanden. Als spürten sie alle instinktiv, dass etwas Brisantes in der Luft lag, unterbrachen sie uns nicht.

»Komm mit«, sagte er so eindringlich, dass ich mich schließlich doch noch in Bewegung setzte. Jeder einzelne Schritt fiel mir schwer, als würde ich durch knietiefen Morast waten. Ich hatte solche Angst vor dieser Aussprache, ich wollte Kayne nicht verlieren.

Stumm gingen wir nebeneinander ins Haus. Gentleman like legte Kayne eine Hand an meinen unteren Rücken und führte mich die Treppe nach oben. Ihn so nah neben mir zu wissen, fühlte sich großartig und gleichzeitig zutiefst beängstigend an. Vielleicht waren wir uns zum allerletzten Mal so nah. Der Weg nach oben kam mir endlos vor, gleichzeitig jedoch auch wie eine Schonfrist, die mir Luft verschaffte. Ich musste nicht reden, noch nicht. Noch durfte ich einfach seine Nähe auskosten, seinen großen beeindruckenden Körper still und heimlich anbeten. Noch musste ich ihm nicht offenbaren, was ihn vielleicht aus der Bahn werfen würde.

Am oberen Treppenabsatz hielt Kayne an. Er neigte sich zu

mir und gab mir einen zärtlichen Kuss auf die Schläfe. »Ich liebe dich auch.«

Ich glaubte ihm jedes einzelne Wort. Kurz schloss ich die Augen und lehnte mich an ihn. »Was ich dir zu sagen habe, wird dir nicht gefallen.«

Er ließ ein paar Sekunden verstreichen. »Immerhin bist du noch nicht auf- und davongerannt.«

Ein kleines Schmunzeln hob trotz meiner inneren Anspannung meine Mundwinkel. »Ich renne nicht mehr weg.« Meine Hände zitterten und er bemerkte es mit einem Blick nach unten.

»Aber ich muss mir Sorgen machen.«

Statt einer Antwort hallte mein lauter Schluchzer durch den weitläufigen Gang, bevor ich mich wieder einigermaßen unter Kontrolle hatte und tief durchatmete.

Er nahm meine Hand, führte mich in sein Büro und schloss die Tür hinter uns. »Raus mit der Sprache.« Kayne klang ernst und energisch. »Was ist los?«

Mühsam hielt ich diese verfluchten Tränen zurück, die in meinen Augen brannten, und strich ihm mit den Fingerknöcheln über die Wange, spürte die winzigen Bartstoppeln. Oh Gott, wie ich diesen Mann vergötterte. Augenblicklich wusste ich, dass ich niemals wieder im Leben einen Mann so sehr lieben würde wie ihn.

»Lainey, spann mich nicht auf die Folter.«

Erst räusperte ich mich kurz, alles in mir sträubte sich dagegen, ihm die Wahrheit zu sagen und damit vielleicht mein Glück, mein wundervolles Leben mit diesem atemberaubenden Mann aufs Spiel zu setzen. Aber es nützte nichts. Kayne hatte ein Recht darauf, zu erfahren, was mir solche Angst einjagte. »Erinnerst du dich noch an diesen Abend vor ein paar Wochen? Als wir dieses hübsche Restaurant in Las Vegas besuchten. Mir wurde hinterher so schlecht, dass ich mich die ganze Nacht nicht von der Toilette wegbewegen konnte.«

Er nickte. »Du hattest eine Fischvergiftung. Es ging dir so übel, dass ich dich schon zum Arzt bringen wollte, aber am frühen Morgen hattest du dann das Schlimmste überstanden. Ich hatte eine Scheißangst um dich.«

Ich nahm seine große gebräunte Hand. »Wir waren vorhin nicht shoppen … Vivien und ich.«

Kaynes Sinne schärften sich auf der Stelle. Seine völlige Aufmerksamkeit lag auf mir, als erwarte er eine unheilvolle Beichte und die würde er auch bekommen. »Was habt ihr dann gemacht?«

Ein paar Mal schluckte ich den riesigen Kloß weg, der mich am Weitersprechen hinderte und immer wieder aufs Neue in meiner Luftröhre wuchs. »Ich war vorhin beim Arzt.«

»Bist du krank?«, fragte er leise, »von diesem Restaurantbesuch?«

»Nicht wirklich …« Ich stockte. »Also nicht krank.«

»Worum geht es dann? Lainey, rede endlich«, sagte er scharf.

»Ich bin schwanger, Kayne«, beichtete ich schließlich leise und schluchzte auf. Ich wusste, dass Kayne kein Familienmensch war und es konnte gut sein, dass er nun nichts mehr mit mir zu tun haben wollte. Dass er mich samt Kind zum Teufel jagte. »Dadurch, dass ich mich damals an dem Abend so oft übergeben musste, hat die Pille wohl nicht mehr gewirkt.« Diese Erklärung klang wie eine billige Ausrede, obwohl es die Wahrheit war und nichts als die Wahrheit. Wer konnte denn mit so etwas rechnen?

So, jetzt war es raus. Angespannt wartete ich auf Kaynes Reaktion, auf irgendwas, aber er stand einfach nur da und regte sich nicht. Als hätte Blitzeis ihn eingefroren. Eine unglaubliche Angst kroch in mir hoch.

»Kayne, wir bekommen ein Baby. Es tut mir so leid«, sagte ich, weil einfach nichts von ihm kam und schon perlten Tränen über meine Wangen. Genau aus diesem Grund hatte ich mir verboten, mich über dieses winzige Zellknäuel zu freuen, das in meinem Bauch heranwuchs und zum Teil von Kayne stammte. Insgeheim hatte ich geahnt, dass er diese frohe Botschaft nicht gut aufnehmen würde.

»Ich werde ein Dad«, sagte er schließlich und regte sich minimal. Immerhin. Ein wunderschönes Glühen rahmte sein Gesicht ein und brachte seine Augen zum Strahlen, während ein breites Lächeln auf seinen Lippen wuchs. Er hob mich an der Taille hoch, als wäre ich ein Püppchen, sodass ich ihm direkt in die Augen sehen konnte. Ich legte die Arme um seinen Nacken.

Was war denn jetzt los? Schlagartig wurde seine Miene wieder ernst. »Du hast mir eine Scheißangst eingejagt, weißt du das? Was hast du dir nur dabei gedacht?«

»Es tut mir leid, Ich wusste einfach nicht, wie du reagieren würdest.«

»Wow.« Er wirkte verletzt. »Ich dachte tatsächlich, du kennst mich mittlerweile. Wie konntest du glauben, ich würde mich nicht freuen?«

Unwillkürlich senkte ich die Lider. »Ich hatte einfach so schreckliche Angst, dich zu verlieren.«

»Wir bekommen tatsächlich ein Baby?« Kayne strahlte mich an. »Als ob du mich jemals loswerden könntest, du Dummkopf.« Er schüttelte lachend den Kopf.

»Ich bin in der vierten Woche.« Ich nickte. »Du freust dich also?«, hakte ich sicherheitshalber nach, nur um mich endgültig zu vergewissern. Nicht, dass ich doch noch irgendwas falsch verstanden hatte. In meinem Kopf schwirrte alles bunt durcheinander.

»Ich kann gar nicht in Worte fassen, wie glücklich du mich machst.« Seine Lippen trafen auf meine, wir versanken in einem Zungenkuss, der voller Liebe und Emotionen steckte. So großartig. So überwältigend. So gigantisch. Noch immer hielt er mich in der Luft gefangen. Kayne freute sich tatsächlich über das Kind und eine wahre Gerölllawine löste sich befreiend von meinem Brustkorb. Erlöst erwiderte ich sein sinnliches Zungenspiel und genoss dieses warme Gefühl, das mich flutete und sämtliche dunklen Gedanken verjagte. Ich hatte mich ganz umsonst selbst fertig gemacht. Kayne war immer noch bei mir, ich hatte ihn nicht verloren und musste unser Kind nicht ohne Vater großziehen. Im Gegenteil, bald waren wir eine Familie. Eine fantastische Zukunft lag vor uns, meine allerletzten Zweifel schlichen mit hängenden Köpfen davon und ließen dem Jubelsturm in meinem Inneren freien Raum. Schon bald waren wir zu dritt und Kayne würde ganz sicher einen großartigen Dad abgeben. Mitzuerleben, wie sehr er sich freute, wärmte mein Herz. Was war ich dumm gewesen. Wie hatte ich nur so an ihm zweifeln können? Wir würden alles richtig machen. Dieses Kind mit all unserer Liebe überhäufen, ihm jeden Fehler verzeihen und immer für diesen kleinen Menschen da sein. Später seine Schulaufführungen besuchen oder sein Team bei Sportveranstaltungen anfeuern, ganz egal, was auch immer unserem Kind Spaß machte, wir würden an seiner Seite stehen und es unterstützen. Wir würden die großartigsten Eltern der Welt werden, das schwor ich mir ganz fest.

Atemlos ließen wir schließlich voneinander ab und sahen uns in die Augen. Eine neue Art von Verbundenheit griff nach uns und hüllte uns ein, schottete uns vom Rest der Welt ab. Dieser Moment gehörte uns allein. Ein warmes Gefühl schwelte in mir, das ich in dieser Intensität bisher noch nicht erlebt hatte. Als wäre aus eins und eins plötzlich drei geworden. Ich hauchte feuchte Küsse auf Kaynes Lippen, denn ich wusste nicht, wohin mit all der überflutenden Liebe, die aus mir herausströmte, ehe ich ihm ins Ohr flüsterte: »Ich liebe dich. Mein Wicked Virgin Whisperer.«

LESEPROBE

Wicked Gentleman Lover *von Holly Clarkson*

Klappentext
Sie ist jung und braucht das Geld. Wenn auch nicht für sich, sondern für die Therapie ihres schwerkranken Bruders. Und zwar pronto! Also bewirbt sich die hübsche Vivien als Edelprostituierte in einem Nobelbordell mitten in der Wüste Nevadas – ohne zu ahnen, was sie dort erwartet. Ausgerechnet Aidan, ihr verhasster Exfreund aus Highschoolzeiten, soll sie in einem einmonatigen Trainingsprogramm in sämtliche Geheimnisse der Liebeskunst einweisen. Längst hatte sie den Mistkerl aus ihrem Leben gestrichen. Doch in ihrer Not lässt sie sich auf den Deal ein. Leider ist Aidan auch noch ein Meister der Verführung, der ihr Herz immer öfter aus dem Takt bringt. Wäre da nicht ihre gemeinsame Vergangenheit und dieser verhängnisvolle Abend vor zehn Jahren, an dem er sie einfach im Stich ließ …

KAPITEL 1

AIDAN

Ich erstarrte. Es war lächerlich, aber ich konnte mich tatsächlich keinen Millimeter mehr bewegen. Stattdessen lauschte ich meinem dumpfen Herzschlag, der bis hoch in meine Schläfen pochte. Nur eine Frau auf dieser Welt vermochte es, mir eine derartige Reaktion zu entlocken. Und scheiße, genau diese hatte mich per E-Mail kontaktiert.

Vivien Davis.

Was machte ich denn jetzt mit ihr?

Noch einmal überflog ich die Zeilen, welche eigentlich an meine Assistentin Joanne Farnham gerichtet waren. Offenbar dachte Vivien, der Club wurde von einer Frau geführt, nicht von mir, einem gestandenen Mann von achtundzwanzig Jahren.

Liebe Ms Farnham,

Sie suchen zur Verstärkung Ihres Teams eine kollegiale, zuvorkommende und freundliche Mitarbeiterin? Mein Name ist Vivien Davis, ich bin sechsundzwanzig Jahre alt, habe Wirtschaftswissenschaften studiert und mein Studium an der California State University in Sacramento mit einem Bachelor abgeschlossen. Bislang arbeite ich bei der Smithsonian Corporation am rth Speedway in Las Vegas im Bereich der Kundenakquise (ich bitte in Ihrem Fall von telefonischen Empfehlungsnachfragen abzusehen und hoffe auf Ihr Verständnis sowie Ihre Diskretion.) Obwohl Clubs wie der Ihre zum absoluten Neuland für mich zählen, bewerbe ich mich dennoch in Ihrem gehobenen Etablissement für die Stelle einer erotischen Liebesdame. Der Umgang mit Menschen bereitet mir sehr viel Freude, zuvorkommender Service jeglicher Art ist mein erklärtes Ziel. Darüber hinaus bin ich flexibel einsetzbar und kann selbst unter Stress ausdauernd, freundlich und zuverlässig arbeiten. Gerne würde ich weitere Einzelheiten in einem persönlichen Gespräch mit Ihnen klären.

Mit freundlichen Grüßen
Vivien Davis

Wider Willen schmunzelte ich in mich hinein. Zu gern hätte ich gewusst, was Vivien unter ausdauernd verstand. Ob sie tatsächlich kapierte, als was sie sich bei uns beworben hatte?

Ich hingegen hatte ehrlich gesagt keine Ahnung, was ich von dieser Bewerbung halten sollte. Erotische Liebesdame, Clubs wie Ihrer, von Empfehlungsnachfragen absehen. Himmel. Wie es aussah, war Vivien Davis noch genauso weltfremd wie zu Schulzeiten. Ihre Mail las sich, als hätte sie ein paar Satzbausteine aus ehemaligen Bewerbungen zusammengefügt und daraus ein Anschreiben gebastelt. Warum um alles in der Welt bewarb sie sich für eine Stelle als Prostituierte? Ich musste zugeben, unser Riesenstreit nagte noch immer ein wenig an mir. Zehn Jahre war das alles her. Unsere Beziehung, die erste große Liebe und der Moment, als mir klar wurde, dass sie mich nur verarscht hatte. Was war ich in dieses Mädchen verliebt gewesen. Ich winkte ab. Scheiß drauf. Sie war schon damals ein verwöhntes Ding gewesen, wieso sollte sich dieser Umstand geändert haben? Meine Neugierde war nach dieser doch eher ungewöhnlichen Bewerbung auf jeden Fall geweckt. Zumindest anschauen konnte ich sie mir, nicht dass die Gute zwischenzeitlich hundert Pfund zugelegt hatte.

Nach einem Klick auf den Anhang sog ich scharf die Luft ein. Ein Foto von ihr hatte sich geöffnet und ich blickte direkt in ihre fantastischen großen grünen Augen, in denen sich bernsteinfarbene Sprenkel tummelten. Ihre dezent geschminkten Lippen zierte der Hauch eines Lächelns. Sie sah aus wie die Unschuld in Person.

Ihr Anblick traf mich wie ein elektrischer Schlag. Wie von selbst fand mein Blick zum Ausschnitt ihrer – wie konnte es auch anders sein – adrett gebügelten, aber immerhin eng anliegenden schneeweißen Bluse. Ein ansehnlicher Busenansatz wölbte sich mir – dezent natürlich – entgegen und lud fast schon dazu ein, ihr das lästige Stück Stoff von den Schultern zu streifen. Für Viviens Verhältnisse wohl mehr als offenherzig, mir hingegen drängte sich der Eindruck auf, als könnte sie nicht aus ihrer kühlen Businessfrau-Haut.

Ich verlor mich in ihrem Anblick, spürte wie mein Schwanz – ebenso dezent – zuckte. Kleines Biest. Noch immer hatte sie dieselbe Wirkung auf mich, obwohl sie im Vergleich zu den Frauen, die ich die letzten Jahre kennengelernt und gevögelt hatte, nicht mal großartig herausstach. Gut, das war gelogen. Ich konnte es nicht leugnen, ihr Aussehen war schlichtweg fantastisch. Das streng zurückgekämmte hellblonde Haar glänzte im Blitzlicht der Aufnahme wie ein Heiligenschein. Schon immer hatte mich Viviens ungewöhnliche Art fasziniert. Sie war anders gewesen als die restlichen Mädchen an der Schule. Kühl und streberhaft, ganz die perfekte Tochter des Oberrichters von Carson City. Was ihr alter Herr wohl zu der Bewerbung seiner Tochter im Gentleman's Paradise sagen würde? Meinem Baby, das ich zusammen mit meinem Geschäftspartner erst zu dem gemacht hatte, was es heute war. Das exklusivste Etablissement der Extraklasse weit und breit. Und ich war verdammt stolz darauf. Ich legte die Stirn in die Hand, stützte den Ellenbogen auf der nussbaumfarbenen Schreibtischplatte ab und schüttelte erneut den Kopf. Dieses Anschreiben las sich so abstrus und lächerlich, dass ich eher an einen schlechten Scherz glaubte, denn an eine ernst gemeinte Bewerbung.

Sie hatte mir tatsächlich ein Foto im Businessoutfit geschickt. What the fuck …? Vivien war zauberhaft, stellte ich erneut widerwillig fest. Sie besaß diese unschuldige Süße, auf die ein Großteil meiner Gäste total stand (mich leider eingeschlossen), allein ihre riesigen Augen in dem schmalen, aparten Gesicht. Eine Frau wie sie könnte bei mir im Club binnen kürzester Zeit einen Haufen Geld verdienen. Und wir mit ihr. Verlockend.

Ein Geräusch an der Bürotür riss mich aus meinen schwelgerischen Gedanken. Mein Geschäftspartner Kayne schneite herein - natürlich ohne anzuklopfen, wie es seine Art war.

»Verdammt, Kayne. Warum kannst du nie anklopfen? Ich hätte hier mit heruntergelassener Hose sitzen können, während mir eine der Neuen einen bläst.«

Kayne kam unbeeindruckt näher. »Als ob dich Zuschauer jemals gestört hätten.«

Wo er recht hatte ... Ich mochte Zuschauer beim Sex, fuhr sogar voll drauf ab. Überhaupt stand ich auf ausgefallene Praktiken, experimentierte gern, bei mir gab es keine Berührungsängste. Ebenso wusste ich einfallsreiche Frauen zu schätzen, vor allem solche, die meine Ideen, egal wie - sagen wir mal - unanständig sie auch waren, mit Hingabe ausprobierten.

Ob sich Vivien wohl über die Missionarsstellung hinauswagte? Ich konnte mir ein kleines Schmunzeln nicht verkneifen, als ich mir die prüde Blondine auf dem Rücken liegend, mit verkniffenem Gesichtsausdruck, vorstellte. Die Augen fest zugepresst, ließ sie den Akt über sich ergehen, in der Hoffnung, das unkeusche Treiben möge bald vorbei sein.

Obwohl es mich in den Lenden juckte, herauszufinden, wie weit sich Vivien Davis diesbezüglich formen ließ, verschwendete ich besser keinen zweiten Gedanken daran. Ein weiterer Blick auf ihr Foto, von dem sie mich im Business- Outfit geschäftsmäßig anlächelte, ließ meine Fantasien zerplatzen wie schillernde Seifenblasen. Diese Frau war nicht für schamlose Stunden gemacht, sie war ein Küken, ein hübsches Hühnchen auf der Suche nach einem warmen Nest, in dem sie ihre Brut aufziehen konnte. Im Prinzip stand mir nichts ferner als ein Wiedersehen. Lediglich die Neugierde bewog mich zu einem erneuten, wenn auch nur raschen Blick. Sie wollte eine Hure werden? Es konnte sich nur um einen Witz handeln. Keine gewöhnliche Hure, selbstverständlich nicht. Eine Edelhure. Darunter machte sie es nicht. Aber wieso? Ihr Dad war einer der einflussreichsten Männer von Carson City gewesen. Weshalb also tat sie sich das an? War sie in Ungnade gefallen? Oder an ihrem ausufernden Lifestyle gescheitert? Andererseits hatte ich Besseres zu tun, als meine Zeit mit einer verzogenen Tochter aus stinkreichem Hause zu vergeuden, die mir vor Jahren einen schmerzhaften Arschtritt verpasst hatte. Mittlerweile besaß ich selbst mehr Kohle, als ich in einem Leben ausgeben konnte und eröffnete, sofern alles glattlief, bald zusammen mit Kayne unser viertes Bordell in Nevada. Obendrauf nannten wir einen harmlosen Stripclub in Sacramento unser Eigen.

»Suchst du eine neue Assistentin?«, hörte ich Kayne fragen und schrak erneut aus meinen Gedanken. Er deutete auf meinen Laptop, von dem uns Vivien noch immer reserviert und unnahbar entgegenlächelte. »Du hast doch nicht etwa Joanne vergrault?« Mein Geschäftspartner klang entsetzt. »Sie ist die beste Assistentin seit Jahren und hat so ziemlich den schönsten Apfelpo, den ich je betrachten durfte.«

»Du hast Joannes Arsch noch nie blank gesehen. Sie ist verlobt und das ist gut so. Schließlich brauchen wir sie für alles, was im Büro anfällt. Und nein, hierbei« - ich deutete lax auf den Bildschirm - »handelt es sich nicht um eine Bewerbung für einen Assistentenposten.«

Kayne beugte sich vor und studierte interessiert Viviens Gesicht. »Wer ist die Kleine? Hübsches Ding.«

»Egal«, erwiderte ich eine Spur zu unwirsch, mir stand nicht der Sinn nach einer Unterhaltung über Vivien Davis.

Kayne musterte mich eingehend, was mir überhaupt nicht passte. Er war ein Player, und zu meinem Leidwesen war es aussichtslos, Geheimnisse vor ihm zu haben. Er kannte mich viel zu gut, besser gesagt, zu lang.

Seit unserer gemeinsamen Zeit auf dem College in Las Vegas, als ich noch vorhatte, Industrial Engineering zu studieren. Das war lange her, sechs Jahre, um genau zu sein. Schlussendlich war ich ohne Abschluss abgegangen und hatte mich gemeinsam mit Kayne den vergnüglicheren Seiten des Lebens gewidmet: hemmungslosem und versautem Sex nach allen Regeln der Kunst. Wir waren Meister in dieser Disziplin geworden; gäbe es einen Unilehrgang in ausschweifender Erotik, Kayne und ich hätten unseren Master mit Auszeichnung bestanden. Weshalb also nicht die Leidenschaft zum Beruf machen, hatten wir uns gesagt, und das Gentleman's Paradise gegründet, welches sich rasant zum beliebtesten Bordell in ganz Nevada gemausert hatte.

»Wenn die Kleine dir so egal ist, warum starrst du sie seit einer Ewigkeit an, als würdest du auf einen Blowjob, ausgeführt von diesem, zugegeben ein wenig verkniffenem Mund hoffen?« Er lachte leise. »Passt du bei der einen Moment lang nicht auf, beißt sie dir den Schwanz ab. Glaub mir, mit dieser Sorte Frau hast du keinen Spaß. Die wollen nicht spielen, die wollen ohne Licht im Schlafzimmer auf dem Rücken liegen, und treiben ihren Alten an, damit er schnell zum Ende kommt.«

»Woher willst du das wissen?«, blaffte ich, obwohl ich vorhin dasselbe gedacht hatte. Ohne es zu wollen, verspürte ich den Drang, Vivien zu verteidigen. »Du kennst sie überhaupt nicht«, schob ich zahmer hinterher.

Als er eine Augenbraue hob, fühlte ich mich unangenehm ertappt.

»Du etwa?«

Fuck. Ich hatte keine Lust auf ausufernde Erklärungen. Warum hatte ich vorhin nicht einfach nebenher eine Absage an Vivien getippt? Knapp und schmerzlos. Sollte die Gute sich woanders bewerben, an der Rezeption des Bellagio, da passte sie hin. Fakt war, sie musste weg vom Tisch. Also die Bewerbung.

»Ich kenne sie nicht wirklich«, gab ich schließlich lahm zu. »Ich dachte mal, ich kenne sie, aber das habe ich dann doch nicht.« Mist, diese überflüssige Erläuterung machte mich extrem verdächtig. Sofort, nachdem mein neugieriger Teilhaber mein Büro verlassen hatte, würde die Absage rausflattern, danach würde ich Grace aus der Gentleman's Bar hier im Haus herzitieren, damit sie mir mit einem gekonnten Blowjob jeglichen Gedanken an Vivien Davis austrieb.

»Ihr kennt euch also tatsächlich?« Kaynes rechter Mundwinkel hob sich zu einem halben Grinsen. »Hattet ihr schlechte Erfahrungen im Bett?«

»Wir waren nicht zusammen im Bett. Ich kenne sie aus der

Highschool. Vivien war zwei Klassen unter mir. Viel mehr gibt es nicht zu erzählen.«

»Sie hat dich nicht rangelassen, stimmt's?« Kayne setzte sich auf die Schreibtischkante. »Die süße Vivien hat ihre strammen Schenkel fest zusammengehalten und dich nicht mal einen Blick auf ihre blonden Locken dazwischen werfen lassen.« Er klang spöttisch. Arschloch. Ja, genauso war es abgelaufen. So ähnlich zumindest. Eigentlich war unsere Beziehung eine einzige Katastrophe gewesen. Details würde Kayne ganz bestimmt keine von mir bekommen. Dass Vivien extrem schlecht auf mich zu sprechen war, verschwieg ich wohlweislich - im Prinzip war das auch völlig egal. Ganz sicher hatte Vivien mir unser desaströses Beziehungsende bis heute nicht verziehen. Nachher würde ich ihre Mail löschen, somit tapfer der Versuchung widerstehen, erneut in den Bann ihres Fotos zu geraten. Stattdessen würde ich mich auf Graces volle Lippen um meinen Schwanz konzentrieren. Ich brauchte nur Ablenkung, das war alles.

»Halt die Klappe.« Ich lehnte mich zurück. »Die Sache mit ihr ist schon eine Ewigkeit her.« Warum machte mich der bloße Gedanke an Vivien dermaßen aggressiv?

Tief in mir drin wusste ich, warum. Bei unserem letzten Treffen hatte ich mich wie das mieseste Arschloch der Welt aufgeführt, nur um sie zu verletzen. Meine brodelnde Wut hatte ein Ventil in ihr gefunden. Schließlich hatte sie mich echt verarscht ...

»Und was will sie nach all den Jahren von dir?«, ließ Kayne nicht locker und strich sich mit einer Hand durch sein dunkelblondes Haar.

»Sie will im Gentleman's Paradise als Nutte anfangen.«

»Im Ernst?«

»Ja, im Ernst.« Ich verspürte den plötzlichen Drang, gegen meinen massiven Schreibtisch zu treten, ließ es dann aber sein. Mittlerweile hatte ich mich im Griff, solche Anfälle hatte es schon Jahre nicht mehr gegeben. Inzwischen beschränkten sich meine Zornausbrüche auf ein normales Maß, und das sollte auch so bleiben.

»Als Prostituierte. Interessant.«

»Was soll daran interessant sein?« Ich setzte mich aufrecht

hin. Wie ich es hasste, wenn Kayne auf diese Art mit mir redete, indem er mir einzelne Wörter wie Hundekekse vorwarf.

»Ich meine damit, dass es für jemanden wie sie wohl einen triftigen Grund geben muss, sich hier bei uns zu bewerben. Weiß sie, dass dir der Laden gehört?«

Ich schüttelte den Kopf. »Ich denke nicht. Wie es aussieht, glaubt sie, der Puff wird von Joanne geführt. Warum ist das wichtig? Ich werde ihr auf jeden Fall absagen.«

»Warum willst du ihr absagen? Lad doch Vivien wenigstens zum Vorstellungsgespräch ein.«

»Was soll der Scheiß, Kayne?«

Er kratzte sich am Hals. »Ich könnte dir auf Anhieb mindestens zwanzig Stammkunden aufzählen, die ein Vermögen für ein paar Stunden mit Vivien Davis ausgeben würden. Ich meine, seien wir mal ehrlich. Sie ist heiß. Im Club arbeiten so viele hemmungslose und dauergeile Frauen, allesamt Vollprofis, die jede Stellung im Schlaf beherrschen. Aber von der schüchternen, kühlen Sorte haben wir ganz wenige. Eigentlich so gut wie keine.« Er fuhr mit einem Finger die Linie ihrer Brustansätze auf dem Foto nach. »Stell dir vor, sie steht in genau diesem engen Business-Outfit im Club, darunter trägt sie nur einen winzigen, sündigen Spitzen-BH, diese Art von Hebe, welche die Nippel freilässt, damit sie sich durch den dünnen Stoff der Bluse drücken können. Unter dem Rock trägt sie ganz klassisch Strapse, selbstverständlich ohne Höschen.« Ein feines Grinsen umspielte Kaynes Lippen. »Du schiebst eine Hand unter diesen biederen, braven Rock, immer höher und höher, ihre schlanken schneeweißen Schenkel entlang, bis du mit einem Finger den Schlitz zwischen ihren Schamlippen erreichst und erfreut bemerkst, dass sie nichts drunter trägt, du greifst direkt in ihre nasse Pussy, bevor du ihr zwei Finger bis zum Anschlag reinschiebst.«

Mein Schwanz zuckte bei seinem Gequatsche, richtete sich halb auf. Allein diese recht harmlose und zahme Vorstellung von Vivien ließ mich hart werden.

»Lass den Quatsch«, sagte ich kurzatmiger als gewollt.

Kayne ignorierte mich, stattdessen stützte er sich mit beiden Händen auf der Tischplatte auf. »Ich hingegen würde ihr den Rock bis zu den Hüften hochschieben und sie mir über die Knie legen, während ich ihren süßen Arsch so lange mit meiner Handfläche bearbeite, bis er leuchtet wie das rote Licht einer Ampel. Gleichzeitig würde ich ihr einen dieser elektrischen Mini-Vibratoren in die Pussy schieben. Leise mitzählen wie lange es dauert, bis sie kommt, während ich mit der Fernbedienung die Vibration langsam steigere, bevor ich auf den Zug aufspringe und mit ihr bis zur Endstation fahre.«

»Das ist doch Blödsinn.« Hilflos deutete ich auf ihr Foto. »Sieh sie dir doch an. Das da ist nicht gespielt, die Kleine führt uns keine Fantasie vor. Das auf dem Bild ist Vivien, wie sie leibt und lebt. Die Frau hat einen riesigen Stock im Arsch. Kein Freier im Haus wird bei ihr auf seine Kosten kommen. Vorher wird sie Vergewaltigung und Mord schreien.«

»Das glaube ich weniger«, erwiderte Kayne gelassen. »Zumindest dann nicht mehr, nachdem sie ihren ersten Abendverdienst in den Händen hält. Stellt sie sich geschickt an, kann sie locker zwei- bis dreitausend Dollar pro Abend kassieren. Für diese Summe lässt selbst das schüchternste Mauerblümchen seine Hemmungen fallen.« Er stieß sich vom Schreibtisch ab und stand mit leicht ausgestellten Armen und Beinen vor mir. Kayne war ein Kerl, der nicht mal als Gast im Gentleman's Paradise für Sex zahlen müsste. Die Mädels gaben ihm bereitwillig alles, was sie zu bieten hatten, und ihre Willigkeit nutzte er reichlich aus.

Ich ließ sein Gequatsche in mir nachklingen, das sich mit zeitlicher Verzögerung noch abstruser anhörte.

»Komm schon«, redete er leise auf mich ein, »die Gäste wollen Abwechslung, dauernd derselbe Typ Frau wird ihnen zu langweilig. Wir sind nicht irgendein Bordell. Vivien wird der Star im Club, glaub mir.«

In seiner Euphorie hatte Kayne eine Kleinigkeit übersehen. Dass Vivien mich ganz bestimmt niemals als ihren Boss akzeptieren würde. Nicht für alles Geld der Welt. Die Kleine hasste mich abgrundtief.

»Sie wird nie im Leben für mich arbeiten.«

»Dann arbeitet sie halt für mich.«

»Du bist ab Freitag geschäftlich für ein paar Tage in Lyon County. Schon vergessen?«

»Dann wird Joanne mich solange vertreten.« Sein Grinsen sah spöttisch aus. Ich wusste, dass Kayne die Sache irre witzig fand. Er liebte es, zu spielen.

»Kayne.« Ich schüttelte frustriert den Kopf. »Mich würde es nicht mal wundern, wenn sie noch Jungfrau wäre. Du kannst sie nicht in einem Business-Outfit in den Club stellen und die Gäste auf sie loslassen. Das wird niemals funktionieren. Sie hat keine Ahnung, was in unserem Haus vor sich geht. Lies ihre Bewerbung. Dass die Gäste eben nicht auf den klassischen Vanilla-Sex abfahren. Unsere Kunden erwarten Abwechslung auf hohem Niveau, haben Kinks, und sind nicht nur an der Beseitigung ihres Triebstaus interessiert. Eine schnelle Nummer können sie bei jeder illegalen Nutte in Las Vegas um die Ecke kriegen. Was glaubst du, würde passieren, wenn Homer Landon sie buchen würde und sie im Club nackt vor ihm knien müsste, während sie ihm vor allen Leuten den Schwanz lutscht?«

Ein leises Lachen stahl sich aus Kaynes Kehle. Ich wusste, dass der Blödmann sich die Szenerie gerade in allen Einzelheiten vorstellte. Wie unser sechzigerjähriger Stammgast die blutjunge Vivien vor allen Leuten entkleidete und eingehend nachprüfte, ob sie auch tatsächlich feucht wurde oder ihm nur was vorspielte. Mir wurde kotzübel, allein bei dem Gedanken.

»Kayne, sie wird keine Lust spielen können, für diesen Job hat sie zu wenig Erfahrung. Das ist, als ob man einen Goldfisch in ein Haifischbecken kippt und ihm dann viel Glück wünscht.«

»Dann braucht sie vorher halt ein anständiges Training.«

»Was?« Ich riss die Augen auf.

»Einen Einreiter, einen Kerl mit der nötigen Erfahrung, der ihr alles beibringt, was sie wissen muss.«

»Und wen stellst du dir dafür vor?«

Kayne hatte sich in Vivien verbissen wie ein Mungo in eine Kobra.

»Dich.« Kayne legte mir eine Hand auf die Schulter. »Wen sonst. Du bist brillant im Bett und besitzt anders als ich auch das nötige Feingefühl, das eine kleine, ungerittene Stute braucht, um mal so richtig in Fahrt zu kommen.«

»Sie wird sich nicht auf mich einlassen.«

»Aidan. Diese Frau braucht entweder ganz dringend einen Haufen Kohle oder sie will ihr langweiliges Leben aufpeppen. Ich denke ja eher, sie hat einen gewichtigen Grund, weshalb sie sich bei uns als Nutte bewirbt. Euer Drama ist Jahre her, sprecht miteinander und schafft es aus der Welt. Und danach ...« - er machte eine wirkungsvolle Pause - »reitest du sie ein. Denk dran, was allein die Versteigerung einbringen würde.«

Die Versteigerung war in der Tat ein schlagkräftiges Argument. Kayne hatte leicht reden, er hatte null Ahnung, aus welchem Grund Vivien mich hasste. Ich konnte mir nicht vorstellen, dass sie mir bei einem erneuten Zusammentreffen die Hand reichen würde, während wir gemeinsam über unsere Jugendstreitereien lachten.

»Dein Vorschlag ist doch Wahnsinn.« Alles in mir sträubte sich.

»Du hast Schiss, das ist alles«, warf Kayne mir vor die Füße.

»Schiss vor einer Frau? Come on.« Ich griff nach der Whiskykaraffe, die auf meinem Schreibtisch stand, und goss mir ein Glas randvoll.

»Nicht vor irgendeiner Frau. Vor Vivien Davis.«

»Ich glaube einfach nicht, dass aus dieser Frau eine Edelhure werden kann, das ist alles. Dein bescheuerter Plan wird niemals funktionieren.«

»Wenn es einer schafft, dann du.« Sein Grinsen wurde schon wieder gemein, was mich das Schlimmste ahnen ließ. »Schließen wir eine Wette ab.«

»Eine Wette?« Heute brachte ich wohl nichts weiter als dümmliche Wiederholungen über die Lippen. Obwohl Kayne und ich uns schon so lange kannten, überraschte er mich immer wieder aufs Neue.

»Du hast einen Monat Zeit, um Vivien Davis nach allen Regeln der Kunst für den Job fitzumachen. Knackt sie bei der Versteigerung die 45.000 Dollar, gehört unser Anteil komplett dir. Obendrauf darfst du in der Zeit, in der ich in Lyon County bin, meine Corvette fahren.«

Der Einsatz klang mehr als verlockend. Bisher hatte noch keine Frau bei der Versteigerung diese Summe getoppt.

Allerdings würde es schwer werden, Vivien bei den Gästen so interessant zu machen, dass sie ihre Geldbörsen weit öffneten. Mein Ehrgeiz packte mich am Kragen, meldete sich pochend in meinem Brustkorb, dazu gesellte sich nun auch noch mein verfluchter Spieltrieb. Die Aussicht war verführerisch. Zu gern würde ich Vivien einen Monat lang einem harten Sex-Training unterziehen, sie nach allen Regeln der Kunst einweisen und ihre Grenzen ausloten. An welchem Punkt würde sie wohl die Reißleine ziehen? Wo lag ihre Schmerzgrenze? Für wie viel Geld ließ sich sogar eine Vivien Davis kaufen?

Ich war gespannt, wo sie in einem Monat stehen würde, wenn wir sie den Gästen präsentierten und den Kunden ihren Körper zum Kauf anboten. In diesem Zeitrahmen könnte ich locker eine Edelhure der Extraklasse aus ihr formen, die in allen Bereichen souverän und lustvoll handelte. Sie würde es genauso lieben, vor einem Meister zu knien, wie sie es genießen würde, einem Mann ihre kleine Pussy ins Gesicht zu strecken, damit der sie genussvoll lecken konnte. Sie würde die Gebende werden, genauso wie die Dienende, gefesselt und mit einem Flogger bearbeitet, würde sie ihre Lust herausschreien und sich hinterher auf Knien bedanken. Was auch immer der Gast wünschte, Vivien würde es ihm mit dem richtigen Training erfüllen können. Dazu ihre kühle Unschuld bewahren. Was für eine betörende Mischung. Meine Hoden zogen sich schmerzhaft zusammen und bettelten allein bei meinen Fantastereien um Erlösung. Ich wollte ihren Körper in beiden Händen halten und ihn gründlich erforschen. Die schmutzigsten und lustvollsten Dinge mit ihr anstellen und sie zum Schreien bringen, getrieben von einem Orgasmus zum nächsten. Fuck, diese Vorstellung klang in der Tat verheißungsvoll.

»Ich sehe, du freundest dich langsam mit dem Gedanken an.« Kayne deutete auf die Ausbeulung in meiner Anzughose. Grace würde nachher viel zu tun haben, um mir Erleichterung zu verschaffen.

»Was ist? Traust du dich?«, stichelte er weiter. »Falls du möchtest, werde ich sie zum Schluss prüfen, als Generalprobe sozusagen, bevor der Ernst im Club beginnt.«

Obwohl Kayne und ich uns schon oft Frauen geteilt, manche

sogar gemeinsam gefickt hatten, fuhr mir ein unangenehmer Stich ins Herz, bei dem Gedanken, Vivien jemand anderem zu überlassen. Hastig schob ich dieses mir so fremde Gefühl beiseite. Kayne war erstens mein bester Freund und zweitens hatte sich Vivien um die Stelle einer Prostituierten beworben, was regen Männerwechsel quasi zur Grundvoraussetzung machte.

»Einverstanden, ich lade sie zum Vorstellungsgespräch ein, und dann sehen wir weiter. Spielt sie mit, bekommt sie von mir ein einmonatiges Spezialtraining der Sonderklasse.«

Mittlerweile ging es um die Ehre. Nirgendwo konnte ein Mann nachdrücklicher gepackt werden als bei seinem Stolz. Ich wollte Kayne beweisen, dass ich Vivien nach meinen Vorstellungen biegen und formen konnte. Bisher war mir noch jede Frau verfallen, sofern ich es darauf angelegt hatte. Meine leichteste Übung. Ich betrachtete Kaynes ausgestreckte Hand, bevor ich einschlug. Wir bekräftigten die Wette mit einem großen Schluck Whisky, der mir mit einer angenehmen Karamellnote die Speiseröhre hinunterbrannte.

»Setz den Termin bald an, damit ich sie noch kennenlernen kann, bevor ich abreise. Ich möchte mir den Vorher- Nachher-Effekt nicht entgehen lassen.«

Ich seufzte tief und gequält, bereute meine Voreiligkeit in derselben Sekunde. Mir wurde klar, dass Kayne mich genau an den Punkt gebracht hatte, an dem er mich haben wollte. »Also gut, ich lade sie für übermorgen ein, und du stellst dich dann gemeinsam mit Joanne als die Chefs vor.« Ich leerte mein Whiskyglas in einem großen Zug, während sich mein Partner nachschenkte. »Brauchst du noch irgendwelche Referenzen von ihr?«, fragte ich im Spaß.

»Sie hat alles Wichtige dabei«, erwiderte Kayne lachend. »Ich werde der Crew und den Stammgästen erzählen, dass du dich die nächsten Wochen in geheimer Mission befindest und nicht als Boss geoutet werden willst. Sicher ist sicher. Nicht, dass die Kleine noch Wind von unserem Spielchen bekommt und mit wehenden Fahnen abhaut.«

»Wegrennen wird sie wahrscheinlich schon beim Gespräch, spätestens, wenn sie mich das erste Mal zu Gesicht bekommt.« Es war idiotisch von mir, mich auf diesen Schwachsinn einzulassen, aber jetzt gab es kein Zurück mehr.

Kayne winkte ab. »Lass das mal meine Sorge sein. Ich werde ihr eine Summe nennen, bei der sie sogar dich in Kauf nimmt. Wart es ab.«

»Die besten Voraussetzungen für eine optimale Zusammenarbeit.« Ich schenkte mir nochmal von der braunen Flüssigkeit nach, bevor ich zu meinem Handy griff und die Kurzwahl für den Club wählte. Gleich darauf meldete sich eine rauchige Stimme, die lasziv ein »Hallo« in den Hörer hauchte.

»Grace«, sagte ich barsch. »Ich erwarte dich in fünf Minuten für einen Blowjob in meinem Büro.« Ohne eine Antwort abzuwarten, legte ich auf und sah direkt in Kaynes amüsiertes Gesicht.

»Wenn du wüsstest, wie sehr ich mich auf übermorgen freue«, sagte er.

»Halt endlich die Klappe«, bellte ich ihn an, wie ein wütender Rottweiler.

Das Vorstellungsgespräch würde zum Desaster mutieren. Falls Vivien sich tatsächlich wider Erwarten auf mich einließ, konnte ich mich mit ziemlicher Sicherheit auf einen harten Ritt einstellen. Mein Hals wurde warm bei der Vorstellung, aus dieser prüden, behüteten Frau eine Göttin der Lust zu erschaffen. Das war genau mein Ding. Ich liebte es, die dunkle Seite aus unerfahrenen Frauen herauszukitzeln, zu beobachten, wie sie langsam sämtliche Skrupel über Bord warfen, und ihr neu entdecktes Verlangen genossen. Von Viviens Sorte gab es nicht viele, die meisten Frauen spielten einem die Prüderie nur vor, um sich selbst interessanter zu machen. In Vivien hingegen schlummerten Klasse und Stolz. Eine aufreizende Mischung im Bett, die einem Mann dennoch alles abverlangen konnte. Bisher hatte ich noch jede Frau zum Orgasmus gebracht, diese Fertigkeit zählte zu meinen absoluten Stärken, ohne eingebildet klingen zu wollen. Ich wusste einfach, wie man eine Frau anfassen musste, um ihre Saiten zum Klingen zu bringen, in welcher Intensität und mit der richtigen Portion an Hingabe. Wenn ich eines bravourös beherrschte, dann eine Frau zu befriedigen. Eigentlich konnte sich Vivien überaus glücklich schätzen.

Ohne Kayne noch weiter Beachtung zu schenken, tippte ich eine kurze Antwort mit Terminangabe für das Vorstellungsgespräch an Vivien und unterschrieb mit »Joanne Farnham« sowie »Kayne Crest«, bevor ich kurzerhand auf senden klickte.

36748179R00237

Printed in Poland
by Amazon Fulfillment
Poland Sp. z o.o., Wrocław